자폭조항

KIRYU KEISATSU JIBAKU JYOUKOU

by Ryoue Tsukimura

차례

밴시는 언제나 고귀한 아일랜드 민족을 위해서만 서글픈 노래를 부른다!

살해된 옛 왕좌의 후계자를 위해서, 몸을 낮추고 있는 지도자를 위해서!

들어라! ……또다시 밴시의 울음소리가 저편에서 들리는 것 같도다!

그때처럼 지금 이 근처에 있는 것인가?

아니면 밤바람이 텅 빈 골짜기 사이로 불고 있을 뿐인가?

— 클라렌스 망간 역 「비탄의 노래」

(윌리엄 버틀러 예이츠 편저 『켈트 요정 이야기』)

제1장

도쿄/현재 I

0

그것은 지극히 평범한 항구의 풍경이었다.

10월 31일 오후 3시 44분. 요코하마항 다이코쿠 부두 T-9호 계류장. 갠트리 크레인이 부두에 접안한 소형 컨테이너선에 실린 화물을 질서정연하게 내리고 있었다. 거대한 크레인은 컨테이너 중 일부를 대기하고 있던 세미 트레일러의 짐칸에 내려놓았다. 검수원들은 적하 목록을 들고서 컨테이너 번호를 확인했다. 데릭 크레인 운전기사가 크레인을 조작했다. 그 외에 수많은 항만 작업자들이 각자 맡은 위치에서 묵묵히 근무했다. 컨테이너선의 선체에는 영어로 '이스턴리프'라고 적혀 있었다.

거멓게 가라앉은 해면은 아침부터 하늘을 뒤덮은 먹구름이 비쳐서인지 더욱 어두웠다. 콘크리트로 만들어진 인공섬이 더욱 적막해 보였다.

이스턴리프 호의 하역 책임자로 보이는 작업복 차림의 남자가 짙은 갈색 점퍼를 입은 남자와 종종 말을 주고받았다. 두 사람 모두 노란색 작업용 헬멧을 쓰고 있었다. 점퍼를 입은 남자는 머리가 거멓지만, 일본인도 다른 아시아인도 아닌 백인이었다. 꽤 젊다. 아니, 탱탱한 피부를 보니 소년이라고 할 수 있을 만큼 어리다. 다목적 외무부정기선 계류장인 T-9에서 외국인은 흔하게 볼 수 있다. 하지만 이곳과 어울리지 않는 저 젊음은 다소 위화감을 빚어냈다.

"작업 중인 것 같은데 방해해서 미안합니다. 쓰루미서에서 나왔습니다."

사복 차림의 네 사람이 슬그머니 다가와 두 남자를 재빨리 에워쌌다.

두 남자는 반사적으로 주변을 둘러봤다. 퇴로에는 제복 경관들과 경찰차가 세워져 있었다. 남색 제복을 입은 사람들은 요코하마 세관 다이코쿠 부두 출장소의 직원들이다. 막 출발하려던 트레일러 운전기사도 경관과 세관 직원에게 붙잡혔다.

두 남자의 표정과 시선의 흐름을 형사들은 놓치지 않았다.

"대체 뭡니까?"

하역 책임자가 퉁명스럽게 쏘아붙였다.

"죄송합니다. 잠시 물어볼 게 있어서……. 아, 그대로 계십시오. 거기서 꼼짝하지 말아요."

"그건 알겠고, 대체 뭡니까?"

남자의 발음에서 중국인 특유의 억양이 묻어 나왔다. 키는 작고 체형은 땅딸막했다. 험악한 사내들을 통솔하는 역할치고는 풍채가 썩 훌륭하지 않았다.

"우선 신분증부터 보여 주시겠습니까?"

"예."

햇볕에 그을린 얼굴을 찡그리며 남자가 마지못해 작업복 안주머니에서 신분증을 꺼냈다.

"자, 여기요."

"살펴보겠습니다."

사복형사 중 하나가 카드를 넘겨받았다.

하역 책임자 옆에 있는 백인 남자도 마찬가지로 점퍼 안주머니에 손을 넣었다. 그는 지퍼를 단숨에 내리자마자 검은 덩어리를 꺼냈다.

단기관총인 슈타이어TMP였다.

백인 남자가 지근거리에서 전자동으로 발사한 총알이 네 형사들의 육체를 순식간에 찢어 버렸다. 또한 총기의 반동을 억누르지 못하고 그만 하역 책임자의 머리마저도 터뜨리고 말았다.

예기치 않은 총격에 주변에서 대기하고 있던 경관들이 얼어 버렸다.

백인 남자는 숨겨 뒀던 예비 탄창을 재빨리 갈아 끼운 뒤에 트레일러 운전석을 겨눴다. 그 광경을 보고 경악한 기사는 도망칠 새도 없이 운전석에서 총알 세례를 받았다. 트레일러 앞유리창은 깨졌고, 피와 살점이 사방에 튀어 운전석을 붉게 물들었다. 옆에 서 있던 세관 직원도 유탄을 맞고 쓰러졌다.

탄창을 다시 갈아 끼운 백인 남자는 슈타이어를 허리에 대어 사격 자세를 취한 뒤에 이번에는 서 있는 작업원들을 겨눴다.

작업원들이 비명을 지르며 달아났다. 백인 남자는 그들의 등을 향해 총을 마구 난사했다. 총알의 파도가 가차 없이 몰아쳐 부두가 순식간에 핏물을 뒤집어썼다.

경찰차와 건조물 뒤에 숨어 있던 경관들이 일제히 S&W M37로 백인 남성을 겨눴으나 총알이 빗발치자 다시 몸을 움츠렸다.

백인 남자는 9mm 패러벨럼탄을 한바탕 난사한 뒤에 몸을 휙 돌려 컨테이너선과 부두 사이에 걸려 있는 연결다리를 뛰어올랐다. 그의 몸놀림은 훈련된 병사처럼 기민했다.

그는 불안정하게 흔들리는 가파른 연결다리를 오르며 앞에 서 있던 선원을 총으로 쐈다. 아래로 스르르 흘러내리는 시체를 뛰어넘어 연결다리를 단숨에 오른 남자는 뒤를 돌아 부두에 있는 경관들을 향해 견제 사격을 가한 뒤에 배 안으로 사라졌다.

부두를 포위했던 쓰루미서 경관들은 컨테이너선 안에서 띄엄띄엄 들리는 슈타이어의 총성을 그저 멍하니 듣기만 했다.

사살된 네 형사는 모두 요코하마 세관의 요청을 받아 출동한 쓰루미서 형사과 수사원들이었다.

약 한 시간 전인 오후 2시 31분. 요코하마 세관 조사부의 야마하타 미노루는 긴급한 보고를 받았다. 현재 입항한 싱가포르 선적船籍 컨테이너선 이스턴리프 호에 밀수된 무기가 실려 있다는 보고였다. 정보의 정확도는 미묘했다. 야마하타와 직원들은 곧장 항구 일정표와 관계 자료들을 점검했다. 이스턴리프 호는 보세 및 각종 통관 심사와 수속을 마친 뒤에 한창 화물을 내리는 중이었다. 재판소의 허가를 기다리고 있을 시간이 없었다. 컨테이너선의 스케줄은 분 단위로 관리된다. 짐을 다 내리자마자 이스턴리프 호는 바로 출항할 것이다. 틀린 정보일 가능성은 있으나 금지된 품목이 상륙하지 못하도록 항구에서 어떻게든 막아야만 했다. 특히 그것이 무기나 마약이라면 더 말할 것도 없다. 이때 조사부장인 야마하타가 내려야 할 판단은 하나밖에 없었다. 현경과 연대하는 것이다.

세관의 연락을 받은 쓰루미서는 요코하마 세관 직원들과 합류한 뒤에 통상 매뉴얼대로 불심검문을 실시했다. 피의자가 도주하지 못하도록 미리 충분한 인원을 배치했지만 설마 단기관총으로 총격을 가할 줄은 예상하지 못했다.

그야말로 허를 찔렸다고 할 수 있었다. 보통은 이름과 몇 가지 항목을 물어본 뒤에 몸을 수색한다. 무기를 소지하고 있을 가능성은 물론 예측했고, 네 명의 형사들도 결코 방심하지 않았다. 하지만 피의자가 너무나도 일찍 결단을 내렸던 것이다.

"피의자는 젊은 백인 남성. 이름 및 국적 등은 불명. 15시 44분에 경찰관 네 명과 항만 하역 작업원 여섯 명, 요코하마 세관 다이코쿠 부두 출장소 직원 한 명을 사살한 뒤에 15시 48분에 싱가포르 선적 컨테이너선인 이스턴리프 호에 침입했습니다. 승조원 및 선내 하역 작업원의 이름과 숫자 등은 현재 조회 중입니다. 피의자는 현재도

배 안에서 총을 계속 발포하고 있습니다."

상황은 곧장 가나가와 현경 본부와 경찰청에 알려졌다. 가나가와 본부의 형사부 STS와 경비부 제1, 제2기동대가 항구로 출동했다.

다이코쿠 부두로 통하는 수도고속도로 완간선과 다이코쿠 대교는 봉쇄되었다. 322헥타르짜리 인공섬이 갑자기 경찰 차량과 경찰관들로 들끓었다. 이스턴리프 호 주변 해상에는 열 척이 넘는 쓰루미서 보트가 떠 있었고, 해상보안청 소속 순시정이 항구 안을 돌고 있었다. 이제 피의자가 도망치는 것은 불가능했다.

"피의자가 갑자기 발포……, 그렇습니다. 불심검문을 한 순간에 발포했다고 합니다……. 뒤이어 트레일러 운전기사를……. 옛, 틀림없습니다. 분명 운전기사를 겨누고 쐈습니다. 그다음에는 작업원들을 하나둘씩……."

돌발 사태와 맞닥뜨린 쓰루미서 직원들은 모두 격렬하게 흥분했다. 그들은 현장에 도착한 현경 간부에게 입을 모아 보고했다.

그동안에도 이따금씩 배 안에서 총성이 울렸다.

그대로 방치되어 있던 연결다리에서 여러 아시아인 선원들이 허겁지겁 뛰어 내려왔다. 바다로 뛰어든 선원도 있었다. 피의자는 배 안에 남아 있는 선원들과 작업부들을 지금도 죽이고 돌아다니는 듯했다. T-9 계류장 주변에 있는 창고 및 건조물 옥상에서 바라보니 갑판에 시체가 나뒹굴고 있었다.

상식을 초월한 학살이었다.

경찰 지도부는 곧바로 결단을 내렸다. 늦가을의 약한 빛이 구름

사이로 새어 나온 오후 4시 27분. 제1기동대 총기대책부대를 중심으로 편성된 돌입부대는 세 반으로 나뉘어 제각기 선수와 선미, 연결다리를 통해 배 안으로 돌입했다.

탈출한 선원들에게 물어서 선내 구조는 대강 알아냈다. 또한 현재 피의자가 기관실에서 농성하고 있다는 사실도 들었다. 그러나 선내 상황을 정확하게 파악하고 있다고 할 수는 없었다. 이런 단계에서 돌입을 강행하는 것은 이례적인 일이었다. 하지만 극도로 위험한 피의자를 속히 제압하여 선내에 남아 있는 인질들의 안전을 확보하고자 빠른 결단이 내려졌다.

H&K MP5SFK를 소지한 채 선내로 몰려 들어간 대원들은 갑판과 통로 곳곳마다 시체가 널브러져 있는 참혹한 광경을 보았다.

1분 뒤에 돌입 제2반이 선원이 알려 준 정보대로 기관실 구석에 웅크리고 있는 피의자를 발견했다.

백인 남자는 자신을 겨누고 있는 수많은 총구들이 눈에 들어오지 않는 듯했다. 단기관총을 끌어안고서 쪼그리고 있는 그는 그저 자신이 들고 있는 슈타이어 TMP의 검은 총구만을 바라보고 있었다.

대원들은 소년이라는 단어가 잘 어울리는 그 어린 남자의 하얀 얼굴을 똑똑히 봤다. 그의 얼굴에서는 수많은 살인을 저지른 피로감도, 도취도 느껴지지 않았다. 그는 상기된 얼굴로 결연한 표정을 짓고 있었다.

상대가 미성년에 가까운 나이라서 판단을 그르친 것은 아니었다. 제지할 새가 전혀 없었다.

자신을 에워싼 돌입부대 따윈 아랑곳하지 않고 남자는 슈타이어의 총구를 자기 얼굴에 겨누고서 오른쪽 엄지로 방아쇠를 힘껏 당겼다. 전자동으로 발사된 초속 380미터짜리 총알을 맞은 그의 얼굴이 검붉게 터져 버린 석류 열매처럼 변했다.

피의자가 사망했지만 다이코쿠 부두의 혼란은 가라앉을 기미가 보이지 않았다. 오후 5시 56분. 휘황찬란하게 번쩍이는 투광차의 조명이 항구의 밤을 한 조각도 남김없이 모조리 쓸어 버렸다. 그 불빛은 불온하리만치 밝았다.

배 안에서 선장, 부선장, 일등항해사를 비롯한 승조원 다섯 명, 선내 하역 작업원 두 명이 사망했다. 감식 작업이 끝난 뒤에 처참한 시체들이 잇달아 배 밖으로 운구되었다.

배 밖에서 살해된 열한 명을 합치면 사망자는 총 열여덟 명이다. 전대미문의 무차별 대량 학살이었다.

트레일러에 실려서 출하되기를 기다리던 컨테이너는 만약의 사태에 대비하고자 폭발물 처리대가 신중하게 열었다. 서류상으로 이 컨테이너 안에는 업무용 공업 제품이 실려 있어야 했다. 세관 심사를 이상 없이 끝마친 그 컨테이너 안에 숨겨진 것을 보고 경찰 관계자들은 하나같이 신음했다.

"기모노잖아……."

투광차의 빛이 새어드는 컨테이너 안에 두 거인이 비좁게 웅크리고 있었다.

시가전을 상정하고 개발된 군용 유인 병기. 사람의 모양을 본뜬 온몸에 강력한 살상 능력을 숨기고 있는 그 병기는 무릎을 접고 고개를 숙인 채 조용히 전투가 벌어지길 기다리고 있었다.

그것은 완벽하게 조립된 완전한 형태의 기갑병장이었다.

1

11월 3일 오전 8시 42분. 도쿄도 고토구 신키바. 역 앞 편의점에서 스즈이시 미도리 경부보가 아침밥으로 먹을 만한 먹을거리를 물색하고 있었다.

어젯밤에는 오랜만에 고코쿠지에 있는 임대 아파트로 돌아가 곰팡내가 나는 이부자리에서 잤다. 경시청 특수부 기술반 주임인 그녀에게 직장은 집이나 마찬가지였다. 오히려 정시에 집으로 퇴근하는 것이 이상할 정도였다. 오랜만에 돌아간 집은 여행지 여관보다도 낯설었다. 축축한 이불이 공연히 잠을 방해했다.

미도리는 늦잠을 잔 자신을 새삼스레 자책하며 혀를 차고는 진열대 앞쪽에 있는 샌드위치를 하나 집고서 빠른 걸음으로 음료수 진열대로 이동했다.

9시 반에 수사 회의가 열린다. 몇 시에 끝날지 예상할 수가 없으니 회의에 들어가기 전에 배를 채워 둘 필요가 있었다.

미도리는 수사원은 아니지만 특수부의 중추인 특수장비 드래군

龍機兵을 관리하는 기술반의 책임자라서 수사 회의에 반드시 참석해야만 한다.

오늘 의제는 알려지지 않았다. 기존에 해 오던 수사를 제외하고 당장 대처해야만 하는 사안은 없었다.

무슨 회의일까? 기술반에 무거운 짐을 지우지 않았으면 좋겠는데…….

자꾸만 샘솟는 생각에 사로잡혀 진열대를 바라보는 시선이 갈피를 잡지 못하고 이리저리 흔들렸다. 간편하게 섭취할 수 있는 식품은 어차피 뻔하다. 늘 연구실에서 컴퓨터 자판을 두드리며 먹던 것을 골랐다.

잡지 진열대 옆에 늘어서 있는 각 스포츠 신문의 머리기사가 눈에 들어왔다. 사흘 전에 다이코쿠 부두에서 벌어졌던 대량 살인 사건을 다룬 속보가 실려 있었다. 여느 때처럼 진전이 없는 경찰의 수사를 비난하는 내용뿐이었다. 신문을 집어 훑어볼 것도 없었다. 자살한 백인 남성의 신원조차 파악하질 못했다. 어쩌면 어떤 의도로 은폐하고 있는지도 모를 일이다. 두 기의 기갑병장을 밀수하고, 수많은 작업원들과 승조원들을 사살한 범인의 정체가 무엇인지 온갖 억측이 난무했다. 범인이 고도로 훈련된 테러리스트라는 것만은 경찰 내부와 외부의 견해가 일치했다.

백인. 고도로 훈련된 테러리스트.

미도리는 어두운 생각을 떨쳐 내고자 고개를 돌렸다.

바로 그때 누군가가 갑자기 말을 걸었다.

"오."

186센티미터 장신에 블루종을 걸친 그 젊은 남자는 다박나룻이 있고 사내답게 생겼다. 아무렇게나 뒤로 넘긴 머리카락은 일부를 빼고는 거의 하얗게 세어 있었다.

스가타 도시유키 경부였다.

"안녕하세요."

미도리가 아주 공손히 인사했다.

"뭐 사러 오셨어요?"

"편의점에 또 무슨 볼일이 있겠어? 현금 인출기도 쓰지 못하는데."

무심코 어리석은 질문을 했다.

"죄송합니다. 왠지 희한해서."

"내가 편의점에 있는 게 그렇게나 희한한가?"

미도리는 예, 하고 말하려다가 황급히 입을 가렸다.

민간경비요원…… 즉 용병인 저 남자가 비일상인 전장이라면 모를까 일상 속 편의점에 있는 모습은 상상해 본 적이 없었다. 실제로 두 눈으로 보니 상당한 위화감이 느껴졌다. 다른 손님들도 그를 보자마자 시선을 휙 돌렸다.

"그쪽이야말로 편의점에 있는 게 희한한데?"

스가타가 쓴웃음을 짓자 미도리도 무심코 웃었다. 자조적인 웃음이었다.

"늘 다른 사람한테 사 오라고 부탁하니까……."

그녀는 그렇게 말하며 스가타가 든 것을 봤다. 그는 캔 커피 두

개를 한 손으로 쥐고 있었다.

미도리가 무엇을 보는지 눈치 챈 스가타가 당연하다는 듯이 말했다.

"청사 자판기에는 늘 똑같은 커피밖에 안 팔잖아. 맨날 똑같은 것만 마시면 역시 입에 물려. 그래서 종종 바깥에 있는 자판기나 편의점에 들러 다른 회사 음료를 사 먹곤 하지."

"그런가요?"

미도리가 무심하게 대답했다. 캔 커피 브랜드 따윈 아무래도 상관없었다. 어디서 만들든 캔 커피는 다 비슷하지 않나? 그녀는 그의 말이 와 닿지 않았다.

스가타는 일본 국적을 가진 일본인이지만 일본에서 태어나고 자라지 않았다고 들었다. 그는 캔 커피 그 자체에 무척 흥미가 있는 듯했다.

"그럼 이만."

바쁜 아침인지라 서로 이야기를 더 이어 나갈 수가 없었다. 스가타는 어깨를 들먹이고서 계산대로 향했다.

미도리도 고개를 숙이고서 음료수 진열대로 갔다. 그녀는 캔 커피에는 눈길도 주지 않은 채 오렌지 주스팩을 집어 바구니에 넣고서 서둘러 계산대로 향했다. 하지만 도중에 발걸음을 멈추고 진열대 가장 위에 있는 신문 한 부를 집어 바구니에 던져 넣었다.

오전 9시 48분. 특수부 청사 내 회의실에서 정례 보고가 끝난 뒤에 부장인 오키쓰 준이치로 경시장이 부하들을 둘러보며 말했다.

"그나저나 다이코쿠 부두 사건은 여러분들도 알다시피 현재 가나가와 현경이 수사 중이고, 또한 본청에서도 연대하여 움직이고 있다. 하나 매스컴에서 보도된 바대로 자살한 피의자의 신원을 비롯해 사건 전모를 밝힐 수 있을 만한 유력한 정보는 아직도 잡아내질 못했다."

부장인 오키쓰와 수사원들이 쉴 새 없이 피워 대는 담배 때문에 누렇게 변색된 회의실 안에는 누런 벽과는 어울리지 않는 최신형 디스플레이가 여러 대 설치되어 있었다.

창문이 없는 실내에는 길쭉한 회의용 테이블이 놓여 있었다. 다섯 번째 줄 가장 오른쪽에 앉아 있는 미도리는 정면에 달린 대형 디스플레이 앞에 자욱한 담배 연기를 지긋지긋하다는 눈으로 쳐다봤다. 각종 디스플레이는 물론, 각 수사원들의 앞에 놓인 단말기와 기기를 수시로 점검하는 것은 기술반의 업무 중 하나였다.

민간과 공공을 불문하고 금연 문화가 널리 퍼진 현재에 실내에서 대놓고 흡연을 하는 곳은 경찰이라는 특수 조직 안에서도 이곳 특수부뿐일 것이다.

경시청 특수부, SIPD Special Investigators, Police Dragoon. 경찰법, 형사소송법, 경찰관직무집행법이 개정되면서 경시청에 새로이 설치된 부국이다. 오키쓰가 통솔하는 마흔한 명의 전속 수사원들과 세 명의 돌입 요원들은 기존 형사부, 경비부, 공안부 등 그 어느 부국에도 속해 있지 않다. 미도리가 주임을 맡고 있는 기술반도 마찬가지였다.

"외부에서는 쓰루미서 형사들이 몸수색을 등한시했다고 비난도 하는 모양이지만, 말을 걸자마자 피의자가 느닷없이 단기관총을 꺼냈으니 어쩔 수 없었겠지. 특히 이번에 쓰인 슈타이어TMP는 옷 속에 숨길 수 있을 만큼 휴대성을 중시하여 설계된 무기다. 쓰루미서 경관들이 알아차리지 못하는 것이 당연하니, 비난은 지나친 처사야. 매뉴얼에 뭐든지 적혀 있는 것은 아니잖나. 이런 사례가 생겼으니 앞으로 경관들의 대처 매뉴얼을 바꿔야겠지."

한담을 나누는 것 같은 말투였다. 세련된 안경을 쓴 멋을 아는 40대인 오키쓰의 이야기를 수사원들은 겉으로는 조용히, 속으로는 의심스러워하며 들었다. 사흘 전에 발생한 그 중대 사건은 경찰관으로서 당연히 관심이 간다. 하지만 형사는 늘 자신이 맡은 임무에만 집중해야 한다. 오키쓰가 말했다시피 가나가와 현경이 수사를 진행하고 있으니 자신들과는 관계가 없었다. 그런데 왜 굳이 이 회의에서 그 사건 이야기를 꺼내는가?

수사원들의 속내를 짐작했는지 오키쓰가 서서히 본론으로 들어갔다.

"자, 이제부터 들려줄 이야기는 매스컴에도 알려지지 않은, 비밀을 엄수해야 하는 극비 사항이네. 유의해서 들어주길 바라네."

수사원들이 하나같이 긴장했다.

세 번째 줄 왼쪽 끝에 앉아 있는 스가타 경부가 홀로 느긋한 표정으로 캔 커피를 마시고 있었다. 그의 옆에는 돌입 요원인 유리 오즈노프 경부와 라이저 라드너 경부가 앉아 있었다. 스가타와는 달리 그들은 철저하게 무표정했다. 그들이 나란히 앉아 있는 이유는 그곳이 세 외인 경부의 지정석이거나 세 사람이 동료라서가 아니었다. 다른 수사원들과 섞이지 못하고 그들이 스스로 그곳에 모여든 결과였다.

"그럼 시로키 이사관."

"예."

오키쓰 옆에 앉아 있는 이사관 시로키 다카히코 경시가 대답했다. 회의실에 들어왔을 때부터 그와 동료인 미야치카 고지 이사관은 어쩐지 얼굴이 창백해 보였다.

"우선 요코하마에서 벌어진 사건을 상세히 살펴보도록 하겠다. 먼저 밀수가 발각된 경위부터."

시로키는 오키쓰의 오른팔이라고 할 수 있는 부관이다. 수사 회의에서 언제나 그가 사회를 맡아 진행을 하는 것이 특수부의 관례였다.

"사건이 발생한 당일에 요코하마 세관 직원들은 전혀 다른 사안을 조사하다가 우연히 무기 밀수 정보를 포착했다. 그 정보가 이번 사건의 단서다. 정보의 정확도는 미묘했고, 또한 그 당시에는 그 밀수 무기가 기갑병장일 거라는 생각은 하지 못했다. 담당 직원은 기껏해야 권총일 거라고 여겼다고 진술했다. 조사부장에게 정보가 들어왔을 때 해당 선박은 정식 보세 통관 절차를 모두 끝마치고서 하역 작업을 벌이고 있었다. 임검臨檢을 하려면 재판소에서 허가를 받아야만 한다. 그러나 허가가 떨어지기를 기다릴 시간은커녕 보충

조사를 할 시간조차 없었던 요코하마 세관은 신속하게 가나가와 현경에 통보했다. 현경은 세관과 연대해 충분한 준비를 갖춘 뒤에 작업 책임자로 보이는 인물에게 불심검문을 실시했다. 현장에서는 컨테이너를 실은 트레일러 한 대가 막 출발하려던 참이었다. 선박에서 내린 컨테이너는 보통 컨테이너 야적장에 먼저 반입되지만, 그 컨테이너만은 곧바로 밖으로 내보내려고 했다. 현장 사진은 모두 '다이코쿠 a1' 파일에 담겨 있으니 참조 바람."

시로키 이사관의 목소리와 말투는 단정한 풍모에 걸맞게 또렷해서 널찍한 실내 구석구석까지 잘 들렸다.

"다음에는 스무 살 전후로 추정되는 피의자 백인 남자에 대해 설명하겠다. 하역 작업원의 증언에 따르면 피의자는 하역을 개시하기 직전에 나타나 어느새 포먼foreman, 이건 항만 용어로 하역 책임자를 의미하는데, 그 포먼과 함께 있었다고 한다. 그 이전에 피의자를 목격했다는 정보는 아직 들어오지 않았다. 15시 44분에 포먼과 함께 불심검문을 받은 피의자는 숨겨 뒀던 총기로 쓰루미서 경관들과 포먼을 사살했다. 뒤이어 트레일러 운전기사와 작업원 네 명도 조준해 쏜 뒤에 이스턴리프 호에 뛰어들어 선내에 있던 쉰네 살의 코스메 아마비스카 바티노 선장을 비롯해 부선장, 일등항해사, 승조원 두 명, 선내 하역 작업원 두 명을 사살했다. 선박 밖으로 탈출한 승조원의 증언에 따르면 피의자는 배에 오르자마자 곧장 조타실로 가서 선장과 일등항해사를 사살했다고 한다. 선내에 있던 승조원과 작업원 들은 처음에 무슨 일이 벌어진지 파악하지 못했다고 한다. 피의자는 선내를 신속하고도 적확하게 이동하며 효율적으로 살인을 저질렀다. 또한 모든 승조원들은 피의자와 전혀 면식이 없었다고 증언했다. 기관실에 틀어박혀 있던 피의자는 현경 돌입부대의 눈앞에서 소지한 총기로 스스로 얼굴을 쏴서 자살했다."

시로키의 설명을 들으며 각자 앞에 있는 단말기로 현장 사진을 확인했다. 얼굴이 망가진 소년의 시체 사진을 보자 미도리는 회의 직전에 오렌지 주스와 함께 목구멍에 흘려 넘긴 샌드위치가 위 안에서 역류할 것만 같았다.

"그다음에는 기모노에 대해 설명하겠다. '다이코쿠 d4' 파일을 참조 바람."

디스플레이에 기갑병장 사진과 자료가 표시되었다.

현재 전쟁은 지역 분쟁, 국지전으로 한없이 세분화되어 바이러스처럼 무차별적으로 퍼져 나가고 있는 실정이었다. 바이러스는 테러라는 이름의 악종으로 변이하여 지상을 좀먹고 있었다. 필연적으로 시가지에서의 CQBClose Quarter Battle*를 중점에 둔 병기 체계가 대두되었다. 기갑병장이라 통틀어서 부르는 이족보행형 군용 유인 병기군이 바로 그것이다. 제1종은 초기 콘셉트 모델을 계승한 기초적인 기체다. 제2종은 제1종의 발전형인 제2세대기다. 그리고 제3종은 극단적인 개조 기체 등 규격에서 벗어난 기체를 가리킨다. 현재 기갑병장은 세 종류로 분류되어 있다.

---

* 근접전투.

기모노란 '착용하는 물체'라는 뜻을 지닌 기모노着物라는 단어에서 비롯된 경찰들만의 은어로, 기갑병장을 가리키는 말이다.

"압수된 기모노는 제2종 둘라한. 테러리스트가 즐겨 쓰는 기종 중 하나로 작년부터 사례가 급증하고 있다. 카이로 공항 테러 때도 이 둘라한이 쓰였다."

작년 8월 이집트에서 벌어진 카이로 국제 공항 테러 사건은 우연히 현장에 있었던 방송국 직원이 영상을 촬영한 덕분에 전 세계에 널리 알려졌다. 그 영상에서 한순간 선명하고 크게 비친 기갑병장이 바로 둘라한이다. 사람으로 말하자면 머리가 없고, 매니퓰레이터*가 달린 양쪽 어깨와 몸통이 일자로 이어진 그 기괴한 모습은 충격적인 테러 영상과 함께 전 세계 사람들의 뇌리에 깊이 새겨졌다.

"고맙네, 시로키 이사관. 다음에는 미야치카 이사관이 지금까지 올라온 정보를 대략적으로 소개해 주게."

"예."

오키쓰의 오른쪽에 앉아 있던 미야치카 경시가 대답하고서 시스템 홀더에 담겨 있던 파일을 펼쳤다. 7대3으로 가르마를 탄 그는 성정이 거칠어 보였다. 시로키와 마찬가지로 부관인 그는 저번에 벌어진 지하철 농성 사건이 원하지 않는 방향으로 마무리가 된 뒤로 한동안 침울한 표정을 보였다. 하지만 최근에 비로소 특유의 그 거만함을 되찾았다. 특수부 관계자들은 안도해하면서도 한편으로는

---

* 사람 팔과 비슷한 기능을 하는 기계.

넌더리를 냈다.

"항만 하역 작업에 종사하는 업자들은 모두 항만국이 관리하고 있다. 요코하마 항구도 당연히 업자들을 파악하고 있지. 현장에서 평소에 작업을 하던 사업자는 '요코마루 항만'이지만, 당일에는 하청 업체인 '도쿠다 작업'이 대행했다. 도쿠다 작업이 당일에 작업할 수 있게 해 달라고 강하게 요청했다고 하는군. 살해된 포면은 도쿠다 작업의 직원인 마흔한 살 후쿠다 도요타케다. 중국 이름은 자오펑이趙豊毅. 잔류고아* 3세로 4년 전에 일본 국적을 취득했다. 트레일러 운전기사를 비롯해 살해된 작업원들 모두 자오펑이의 소개로 도쿠다 작업이 임시로 고용한 자들이다."

자오펑이. 수사원들은 단말기에 뜬 자료로 한자 표기를 확인했다. 기계적인 말투로 파일을 읽던 미야치카도 그 부분만은 신중하고도 천천히 발음했다.

"다음에는 이스턴리프 호에 대해 설명하겠다. 싱가포르 선적인 그 선박의 소유자는 필리핀의 '상리사르 상회'다. 상회가 제출한 통관 서류가 정식으로 잘 갖춰져 있어서 세관은 전혀 의심을 품지 않았다. 그 선박에는 세계 각지에서 선적한 컨테이너들이 실려 있었다. 문제의 그 컨테이너를 발송한 자는 싱가포르의 '조홀 인더스트리'다. 그 회사는 일본의 '우메이 정기'의 주문을 받아 볼트나 너트 등 지극히 평범한 부품들을 출하했다. 분량은 컨테이너 서른 대 분

---

* 옛 만주 지역에 이주했다가 2차 대전 패전 후에 중국에 남겨진 일본인 고아.

량. 그중 한 컨테이너 안에 기모노 두 기가 숨겨져 있었다. 애초부터 실려 있었는지, 아니면 말레이시아나 인도네시아 등 수많은 기항지에서 내용물을 바꿔치기했는지는 확인하기가 어렵다."

싱가포르는 해운 산업을 중심으로 성장한 무역 국가다. 과학자인 미도리도 특수부에 소속되어 있어서 싱가포르를 경유한 수많은 밀수 사건을 익히 들어 왔다.

"발주처인 우메이 정기의 주소를 확인하고자 등기부를 열람했으나 허위 기재였다. 또한 전화도 되지 않았다. 그 회사의 활동 실태는 전혀 알려진 것이 없다. 한편 물품을 출하한 조홀 인더스트리는 채무 초과로 경영난을 겪다가 2개월 전에 도산했다."

수사원들은 그 말을 듣고 깜짝 놀라 고개를 들었다. 미도리도 마찬가지였다.

이미 도산한 싱가포르 회사가 존재하지도 않는 일본 회사에 볼트를 수출했다는 것인가?

"컨테이너에 적재된 부품에는 모두 조홀 인더스트리라고 새겨져 있었는데, 해당 회사가 떠안고 있던 재고임이 밝혀졌다. 누군가가 도산 기업의 자산을 무단으로 빼돌려서 일본으로 출하했다. 조홀 인더스트리의 명의도 통관에 필요한 서류를 꾸미고자 이용됐다. 더욱이……."

미야치카는 그 대목에서 입을 다물고는 숨을 고른 뒤 다시 말을 이었다.

"더욱이 부장님의 지시를 받아 전국 항만 당국의 기록과 법무국의 기록을 조회해 보니 요코하마 사건을 전후로 하카타, 니가타, 나고야, 고베, 오사카, 다섯 군데에서 동일한 수법으로 밀수가 벌어진 흔적이 발견됐다."

회의실에 있는 수사원들이 수런거렸다. 스가타도 캔 커피를 마시던 손을 멈추고서 미야치카를 응시했다.

전국에서 동일한 수법으로 동시다발적으로 기갑병장이 밀수됐다. 만약에 그 말이 사실이라면 그것이 의미하는 바는…….

"도산한 지 얼마 안 된 기업 명의로 일본의 페이퍼컴퍼니에 물품을 출하하는 수법을 썼다. 밀수에 이용된 기업은 인도, 베트남, 태국 등 아시아 각국에 퍼져 있어서 상세한 현황을 파악하는 데 시간이 상당히 걸릴 것이다. 수입된 모든 컨테이너들은 인수자가 나타나질 않아서 그대로 각 항구의 야적장에 보관되어 있다. 그런데 확인을 해 보니 장부에 적힌 숫자보다 한 개 혹은 두 개가 비더군. 하역하면서 밖으로 내보낸 그 컨테이너 안에 무엇이 들어 있었는지 이제와 확인할 방법은 없다."

다이코쿠 부두, 밀수범의 학살, 컨테이너에서 발견된 기갑병장 둘라한.

개개의 점들을 이어서 그려 낸 최악의 그림. 그것이 의미하는 것은 하나뿐이었다.

파일을 덮은 미야치카는 스스로도 도저히 가늠할 수 없는 현실이 버거운지 옆에 앉은 상관의 옆모습을 쳐다봤다.

오키쓰는 모든 요원들을 둘러본 뒤 서서히 입을 열었다.

"누군가가 여러 지점에서 동시에 기모노를 국내로 반입했다. 그만한 숫자의 기모노가 조직적, 계획적으로 밀수됐으니 틀림없이 상당한 규모의 테러를 계획하고 있을 것이다. 우리 특수부는 일련의 밀수 사건들을 독자적으로 수사하겠다."

수사원들은 꼼짝도 할 수 없었다. 각자가 막연하게 예측했던 바를 아득히 웃도는 중대 사건이다.

오키쓰는 시가릴로 케이스를 꺼냈다. 애용하는 몬테크리스토 미니 시가릴로다.

"이 수법은 오랫동안 써먹을 만한 항구적인 방식이 절대로 아니다. 막대한 손해를 감수하고 딱 한 번 동시다발적으로 밀수하겠다는 속셈이었겠지. 다시 말해 밀수를 해서 이득을 취할 생각이 없었다는 뜻이다. 만약에 한 곳이 발각되더라도 당국이 전모를 파악하기까지 시간이 다소 걸리리라 예측했을 것이다. 이 역시 테러 계획이 존재한다는 것을 뒷받침한다. 불심검문을 받은 시점에서 테러리스트가 택할 수 있는 선택지는 딱 하나뿐이었다. 사정을 아는 모든 자들을 제거하는 것이지. 얼핏 포면인 자오펑이는 재수 없게 휘말린 것처럼 보이지만, 그는 슈타이어의 눈먼 총알 때문에 죽은 게 아니다. 오히려 피의자는 맨 먼저 그를 죽이려고 했다. 자오펑이와 그의 소개로 고용된 작업원들은 전부 공범이며, 밀수를 조직적으로 지원했으리라 추정된다. 앞서 살펴본 사실들로 미루어 봤을 때 이번 사건에는 여러 조직들이 관여하고 있는 것이 확실하다. 입안자, 다시 말해 주범 조직은 사전에 밀수 수법을 정교하게 가다듬었다.

자오펑이의 조직은 도착한 컨테이너 안에서 기모노가 든 컨테이너만을 빼돌리는 역할을 맡았다. 주범 조직에서 입회자 겸 인수자로서 그 백인 남자를 현장에 파견했겠지."

오키쓰는 케이스에서 꺼낸 시가릴로를 입에 물고서 성냥을 능숙하게 그어 불을 붙였다.

"피의자는 애초부터 도망칠 생각이 전혀 없었다. 그의 머릿속에는 오로지 증인을 죽여야겠다는 생각뿐이었겠지. 그러니 맨 먼저 선장과 승조원들이 있는 곳으로 달려갔겠지. 사정을 모르는 자는 거들떠 보지도 않았고. 그래서 선내에서 그와 맞닥뜨렸으면서도 몇몇 승조원들이 살아서 탈출한 것이다. 선장, 부선장, 그리고 일등항해사 등 이스턴리프 호에서 살해된 승조원은 모두 밀수에 관여했던 자들이다. 정말로 억울하게 휘말린 자도 있을지 모르겠으나 모든 공범이 죽은 것을 확인했기에 피의자는 자결한 것으로 보인다."

피의자는 광기에 사로잡혀 무차별 학살을 벌인 것이 아니었다. 냉철하게 계산한 뒤에 살인을 저질렀던 것이다. 아니, 그것이야말로 진짜 광기일지도 모르겠다.

"자결이라는 단어가 시원스럽게 들릴지도 모르겠으나 허구적인 미의식은 테러리스트와 가장 동떨어진 개념이야."

시가릴로를 우아하게 물면서 오키쓰가 냉철한 말투로 단언했다. 세련된 안경 안에서 철저한 현실주의자의 눈이 엿보였다.

"신원을 확인하기 어렵도록 자기 얼굴을 단기관총으로 망가뜨렸겠지. 물론 신원을 특정하는 것이 불가능하지만은 않네. 지문도 있고 DNA도 있으니. 그 사실을 알면서도 얼굴을 망가뜨린 건 조금이라도, 단 몇 시간이라도, 아니, 단 몇 분이라도 신원이 밝혀지는 것을 늦추려는 의도였을 테지. 피의자는 자신에 관한 기록이 일본 당국에 없다는 걸 알고 있었어. 그래서 나이가 어린데도 그에게 중요한 역할을 맡겼겠지. 실제로 ICPO*에 조회를 해 보니 해당하는 자는 나오지 않았어."

각 디스플레이에는 얼굴을 판별할 수 없는 시체 사진과 더불어 현장에 있던 경관과 작업원들의 증언을 토대로 제작한 3D 몽타주가 표시되어 있었다.

검은 머리, 하얀 피부, 주근깨. 목격자들의 증언대로 제작된 몽타주에는 소년다운 앳됨이 남아 있었다. 그러나 그는 냉혹하게 수많은 사람들을 살해한 뒤 결연히 자기 자신도 파괴했다.

미도리는 손수건으로 입을 막고서 몽타주를 들여다봤다. 위액이 아닌 다른 것이 튀어나올 것 같은 구역질이 솟았다. 증오와 혐오, 광기에 홀려 순교한 테러리스트를 보면서.

"그의 자살은 테러 결행일이 얼마 남지 않았다는 방증이기도 하다. 우리에게 남은 시간은 그리 많지 않아."

수사원에게는 두렵기 그지없는 압박이었다.

숨소리조차 들리지 않는 침묵이 흐르는 실내에서 갑자기 푸쉭, 하는 소리가 났다.

---

* 국제형사경찰기구. 통칭 인터폴.

스가타 경부가 두 번째 캔 커피를 따는 소리였다.

미야치카가 이맛살을 찌푸리며 노려봤지만 스가타는 아랑곳하지 않고 맛있게 커피를 홀짝였다.

오키쓰는 쓴웃음을 짓고서 말을 이었다.

"현재는 피의자 신원을 알아낼 만한 단서가 없네. 이스턴리프 호 선장을 비롯한 승조원들의 배후 관계는 현재로서는 국제 공조 수사의 결과를 기다릴 수밖에 없지만, 현재까지 나온 단서들로 미루어봤을 때 돈을 받고 밀수를 묵인해 줬을 뿐이겠지. 그렇다면 남은 건 살해된 도쿠다 작업의 자오펑이와 그 조직이다. 그들의 배후 관계를 철저히 밝혀내라. 폭력단 혹은 아시아 계열의 조직인지 말이다. 반드시 범죄 조직과 관련이 있을 거다. 경우에 따라서는 조직범죄 대책부나 공안과 합동 수사를 할 수도 있다."

합동 수사. 경찰 조직 내에서 고립된 특수부가 가장 곤혹스러워 하는 수사다. 수사에 도움이 되기는커녕 의도적으로 발목을 잡을 위험성이 훨씬 높다. 누구보다도 현실을 잘 아는 오키쓰가 굳이 그 단어를 입에 담았다. 부장이 얼마나 큰 위기감을 느끼고 있는지 모두가 새삼스레 통감했다.

"자오펑이가 속한 조직부터 더듬어서 주범 조직을 밝혀낸다. 이 방법밖에 없다. 나쓰카와 주임."

"옛!"

나쓰카와 다이고 경부보가 고개를 들었다. 바싹 치켜 깎은 머리와 야무지게 생긴 거뭇한 얼굴. 시로키와 미야치카와 비슷한 나이

대지만, 경찰 간부 코스를 밟고 있는 그들과 달리 현장에서 풍파를 겪으며 다져진 강인함이 엿보였다.

"나쓰카와반이 맡도록 한다. 동시에 우메이 정기…… 이만한 밀수를 성공해 낸 조직이니 자기들이 만든 페이퍼컴퍼니에 발목이 잡힐 만한 단서를 남겨 뒀을 리는 없겠지만, 혹시 모르니 그쪽도 살펴주게. 다음에 유키타니 주임."

"예."

유키타니 시로 경부보. 나쓰카와와는 대조적으로 그의 얼굴은 하얗고 부드러웠다. 하지만 지금은 다른 요원들과 마찬가지로 경찰관답게 준엄한 표정을 짓고 있었다.

"하카타, 니가타, 나고야, 고베, 오사카. 유키타니반에서 각 항구의 밀수 사건을 파악해 주게. 각 현경 본부와 공조를 해야겠지만, 내가 책임지고 이야기를 해 놓겠네. 그래도 현장에서 불쾌한 일을 겪을 테지만 그래도 감안하고 애써 줬으면 한다."

"알겠습니다."

상사가 각오가 서려 있는 발언을 하자 유키타니 역시 결연한 표정으로 고개를 끄덕였다.

"누가 언제 어디서 어떤 테러를 저지를지 알 수가 없다. 하나 그때가 확실히 시시각각 닥쳐오고 있다. 우리는 반드시 테러를 저지하고 주범 조직을 국내에서 검거해야 한다."

수사원들의 결의가 파동처럼 실내를 뒤덮었다.

전모를 알 수 없는 대규모 테러를 저지한다. 미도리도 그 소리를 듣고 고양감을 느꼈다. 하지만 수사원이 느낀 흥분과는 다른 감정이었다.

그녀는 왼쪽 앞자리를 슬쩍 엿봤다.

라이저 라드너. 특수부 외인 경부, 드래군 탑승 요원, 그리고……테러리스트.

유리 세공품 같은 그녀의 표정이 변하는 장면을 미도리는 지금껏 본 적이 없었다. 그녀는 남몰래 깨달았다. 그것이 바로 테러리스트라는 것을.

2

상세한 역할 분담 및 논의를 끝마친 뒤 수사 회의는 11시가 넘어서 끝났다.

미도리는 청사 지하에 있는 연구소로 돌아가 기술반 주요 직원들과 미팅에 들어갔다.

'연구소'라고는 하지만 그곳은 연구소와 공장을 합쳐 놓은 것 같은 시설이다. 특수부가 보유하고 있는 드래군들은 확 트인 홀 중앙에서 정비 및 점검을 받고 있었다.

연구소 한편에 마련된 미팅룸에 모두 열일곱 명이 모였다. 하얀 가운, 작업복, 오픈 셔츠 등 옷차림은 제각각이었다. 미도리가 늘 입는 경시청 스태프 점퍼는 제복이 아니었다. 단순히 실용적이라서 개인적으로 애용하고 있을 뿐이었다. 엄중한 심사를 거쳐 경시청에 채용된 그들은 신분상 경찰 요원이지만 계급은 없다. 다만 주임인 미도리에게만 특례로 경부보 계급을 부여했다.

그다지 넓지 않은 살풍경한 실내에 수많은 사람들이 모여 있어서 약간 답답한 느낌이 들 법도 하지만 아무도 불평하지 않았다. 오히려 담배 연기가 없어서 위에 있는 회의실보다는 낫다고 할 수 있었다.

미도리는 극비이니 결코 누설하지 말라고 당부한 뒤 허용된 범위 안에서 대규모 테러가 발생할 가능성이 있음을 전했다.

"테러가 언제 벌어질지는 현 시점에서는 전혀 알 수가 없지만, 부장님의 추측이 맞는다면 얼마 남지 않았을 겁니다."

다시 입에 담았을 뿐인데도 소름이 돋았다. 기술자들도 오싹한 얼굴로 이야기를 들었다.

"기술반도 긴급 사태에 대비해 근무표를 바꾸겠습니다. 팀 리더는 못 해도 일곱 명에서 아홉 명 정도가 늘 대기할 수 있도록 조정해 주세요."

"이제야 평상시로 돌아왔나 싶었는데 또 근무 변경이야?"

하얀 가운을 입은 기술자가 탄식했다. 팔과 다리가 가냘프고 긴 시바타 겐사쿠 기술관이었다.

"또 무거운 부담을 지워서 미안합니다."

미도리가 고개를 숙이자 시바타가 황급히 말을 덧붙였다.

"주임님 탓이 아니잖습니까. 애당초 그게 우리들 일이니까."

시바타가 근처에 있는 단말기 자판을 두드리며 말했다.

"대기 인원이 늘어나는 건 바람직한 일이긴 하지만, 스터디에 또 영향을 끼칠지도 모르겠군요."

연구를 직역한 '스터디'란 기술반 내부에서 하는 드래군 관련 연구를 가리킨다.

하나같이 일류 기술자인 그들이 이곳에 초빙된 것은 단순히 정비 때문만이 아니었다. 드래군이라는 최첨단 병기의 작동 원리를 밝혀내기 위해서이기도 했다.

그들이 처음에 청사 지하 연구소에 발을 들였을 때 세 드래군은 이미 그곳에 있었다. 기존보다 4~5년쯤 앞선 기술이 적용된 기갑병장 말이다. 경시청은 그것들을 어떻게 입수했는지 그들에게 알려주지 않았다. 또한 개발 과정도 대강만 알려 주었다. 그 이유는 짐작이 갔다. 한없이 불법에 가까운 경로를 통해 들여왔을 것이다. 아마도 타국에서(솔직하게 말하자면 첩보 활동을 통해서) 말이다. 더욱이 경찰 조직의 반대를 무릅쓰면서까지 의도적으로 범죄 최전선에 배치되었다. 여러 세력의 일그러진 의도와 역학 관계에서 비롯된 결과라고 할 수 있으리라.

그렇다면 오히려 모르는 편이 낫다. 그것보다 그들은 드래군이라는 소재 그 자체에 큰 흥미를 느꼈다. 엄밀하게 말하자면 드래군의 중추 유닛인 '킬龍骨'에. 그 안에는 3차원 분자 구조로 컴파일된 통합 제어 소프트웨어가 심어져 있다. 그 소프트웨어 덕분에 드래군은 다른 기갑병장을 능가하는 성능을 갖게 되었다.

5년을 앞선 기술. 반대로 말하자면 5년 뒤에는 누구나 실현할 수 있을 기술이다. 어딘가 독립된 연구 기관이 우연히 개발에 성공해도 이상하지 않다. 그리고 그것은 틀림없이 세계 표준이 될 것이다. 고작 5년이다. 그러나 이 5년의 차이가 의미하는 바는 대단히 크다. 특히 군사 세계에서.

여하튼 기술자로서 절호의 소재를 맡게 된 그들은 기꺼이 밤낮으로 연구에 몰두했다. 그러나 오늘에 이르기까지 킬을 파괴하지 않고 분해하려는 시도는 모조리 실패했다. 그래서 그들은 돌발 사건 때문에 일상 연구가 중단되는 것을 원치 않았다.

타원형 탁자에 설치된 디스플레이에 시바타가 불러낸 근무 편성표가 표시되었다. 여러 사람들이 변경 계획을 여럿 제안했고 편성표가 조금씩 수정되었다. 잠시 뒤 새로운 근무 편성표가 완성되었다.

"그럼 당분간은 이대로 통상 업무와 스터디를 진행해 주세요. 이상입니다. 잘 부탁드립니다."

미도리는 스태프들에게 인사한 뒤 자신의 소형 단말기를 들고 일어섰다.

바뀐 근무 편성이 미도리에게 뜻밖의 영향을 끼쳤다. 어제에 이어서 오늘도 정시에 퇴근한 것이다. 아니, 퇴근할 수밖에 없었다고 해야 하나. 무언가 핑계를 대고서 연구소에서 계속 작업을 하고 싶었지만, 주임인 자신이 퇴근하지 않으면 부하들이 퇴근하지 못한다. 편성표를 지키지 않으면 정작 긴급 상황이 발생했을 때 대응하지 못할 수도 있다.

미도리는 내키지 않았지만 퇴근 준비를 한 뒤 청사를 나섰다. 신
키바역에서 유라쿠초선을 타면 맨션이 있는 고코쿠지까지 한 번에
갈 수 있다. 아직 혼잡하지 않은, 흔들리는 지하철 안에서 미도리는
가장 가고 싶지 않은 곳에 가자고 마음먹었다. 유라쿠초역에 도착
하기 직전이었다.

지금 가지 않으면 당분간 기회가 없겠지…….

이내 마음을 먹고서 서둘러 내렸다. 지하도에 들어서 히비야역까
지 걸어간 뒤 지요다선으로 갈아탔다. 요요기우에하라역에서 다시
한 번 환승하여 오다큐선 교도역에서 내렸다. 북쪽 출구로 나와 왼
쪽으로 걸었다. 오래전부터 자주 오가서 익숙한 길이었다. 아무것도
바뀌지 않은 듯했지만 군데군데 바뀐 곳도 있었다. 새로운 빌딩, 낯
선 가게. 거리의 변화는 미묘했지만, 거리를 바라보는 미도리의 시
선이 결정적으로 바뀌었다. 이제 두 번 다시 옛날로 돌아갈 수는 없
었다.

사람 사는 냄새가 아직 짙게 남아 있는 오후 7시 주택가. 그녀는
어느 빈집 앞에서 발걸음을 멈췄다. 40평쯤 되는 부지에 세워진 2층
짜리 주택이다. 커다란 창문이 여러 개 달린 개방적인 외관은 기억
과 조금도 달라지지 않았다. 정원이라 할 만한 수준은 아니지만, 대
문에서 현관까지의 공간은 인근과 비교하면 넓은 편이었다.

'스즈이시 데루마사, 유코, 히토시, 미도리.'

옛날에 이곳에서 살았던 가족의 이름이 적힌 문패가 여전히 달려
있었다.

부지를 에워싸는 산울타리에 달린 대문은 잠겨 있지 않고 열려 있었다. 살짝 밀어서 안으로 들어갔다. 미도리는 현관까지 걸어간 뒤 이런 날을 위해서 늘 갖고 다녔던 열쇠를 꺼내 마음을 먹고 문을 열었다.

습기와 먼지, 곰팡내에 뒤섞여 과거가 밀어닥쳤다.

잃어버린 나날. 잃어버린 가족.

신발을 살짝 벗고서 먼지를 개의치 않고 집 안으로 들어갔다. 옆집의 불빛과 가로등 불빛이 겨우 새어드는 어스레한 실내를 멍하니 걸었다.

그 발치에서 먼지와 함께 기억의 잔재가 피어올랐다.

응접실, 거실, 부엌.

모든 방은 가지런히 정돈되어 있었다. 하지만 이곳에 살았던 사람들이 영국으로 여행을 떠났던 그날 그대로 얼어붙은 채 숨을 쉬지 않았다.

가장 안쪽에 있는 아버지의 서재에 갔다.

무역상이었던 아버지는 두 자식을 다 키운 뒤에 휴일에는 서재에 온종일 틀어박혀 집필에 열중했다. 일 때문에 들렀던 여러 외국을 보고 느낀 점들을 적은 견문록이었다. 자칭 아마추어 에세이스트였던 아버지는 나중에 그 글들을 한 권의 책으로 엮었다. 미도리는 벽에 있는 책장에서 그 책을 발견했다. 책등이 기억 속 그대로 대형 서적들 사이에 끼여 있었다. 어둠 속에서도 판별할 수 있었다.

『차창(車窓)』, 스즈이시 데루마사 지음.

그 책을 꺼내 책장을 훌훌 넘겨 봤다. 눈은 진즉에 어둠에 익숙해졌지만, 창문에서 새어드는 뿌연 빛 말고는 다른 광원이 없는 방 안에서는 도저히 읽을 수가 없었다. 휴대전화 백라이트로 책을 비추었다.

국경을 넘을 때면 나는 언제나 사람과 사람의 사이를 가로막는 진정한 경계를 떠올린다. 이 경계는 국경과 반드시 일치하지 않는다. 그 점은 행복이라고 할 수도 있고, 불행이라고 할 수도 있다. 사람은 무언가에 의해 언제나 서로 분리되어 있다. 눈에 보이지 않는 그 경계가 과거와 현재에 수많은 비극과 불행을 낳았고, 또 낳고 있다. 그래도 이렇게 흔들리는 열차 안에 있으니 예전에 친구가 될 수 있었을 사람이 갑자기 문을 열고 고개를 내밀어 말을 걸어 줄 것만 같다. 그것은 진실의 예감일지도 모르고 순전히 내 희망일지도 모른다.

책을 덮고 어깨에 멘 가방에 넣었다.

예전에는 손도 대지 않았던 책이었다. 아버지가 쓴 문장을 새삼스레 읽는 것이 괜스레 쑥스러워서였다. 아버지도 굳이 읽어 보라고 권하지 않았다. 오히려 아버지가 더 부끄러워하는 듯했다.

이 감성적인 문장을 보니 아버지가 왜 그랬는지 고개가 끄덕여졌다. 전형적인 로맨티스트였던 아버지는 딸이 이공계를 택했다는 사실을 알고 의아해했다. 하지만 그 표정은 한순간이었고 이내 딸의 의지를 존중해 주었다. 문과 사람다운 상냥한 배려였다.

현관 쪽으로 돌아와 계단을 올랐다. 2층에는 앞쪽부터 어머니의 방, 오빠의 방, 자신의 방이 있다.

자신은 어머니와 닮지 않았다. 프랑스어가 유창했다는 어머니는 젊었을 적에 번역가를 꿈꾸었다고 종종 자랑스럽게 말하곤 했다. 그렇다. 텔레비전에서 옛날 프랑스 영화가 자막과 함께 방영됐을 때 그런 말을 곧잘 했었다. 아버지와 달리 어머니는 기계를 만지는 것을 좋아하는 딸에게 여자애가 왜 그런 걸 하느냐고 늘 푸념을 늘어놓았다. 그래도 미도리의 유학이 결정된 밤에는 식탁에서 "많이 적적하겠네." 하고 여러 번 중얼거렸다.

그리고 오빠. 특별히 우애가 깊지는 않았다. 허구한 날 말싸움을 벌였고, 한번 심하게 싸운 뒤에는 며칠씩, 때로는 수십 일씩 말조차 섞지 않았다. 그러나 세상의 오누이들은 대개 그런 법이니 그럭저럭 사이가 좋았다고도 할 수 있으리라.

어머니의 방에 놓인 장롱에 오빠와 자신이 갓난아기였을 때 입었던 옷이 숨겨져 있다는 걸 미도리는 알고 있었다. 맨아래 서랍을 열면 지금도 안에 잠들어 있을 것이다. 물론 그 추억을 꺼낼 용기는 없었다. 그 작은 옷을 만지면 유소년 시절의 자신이 아니라 어머니의 인생 그 자체를 만지는 것 같은 기분이 들어서였다.

오빠의 방은 다른 방보다 물건이 적었다. 대형 상사의 런던 지점에 배속된 오빠는 떠나기 전에 스스로 짐을 정리했다. 타국에서 뼈를 묻겠다는 심정은 아니었겠지만, 넓은 세계로 뛰어들겠다는 기개는 있었으리라. 오빠는 아버지와 닮았다. 옆에서 봐도 아버지처럼 여행과, 여행에 대한 상념을 과도할 만큼 동경했다.

4년 전에 부모님은 오빠가 일하는 런던을 여행하자는 계획을 세웠다. 당시에 이미 MIT 연구원으로서 매사추세츠에서 살고 있던 미도리도 휴가를 얻어 합류하기로 했다. 오랜만의 가족 여행이라기보다 네 가족이 한 자리에 모이는 것 자체가 몇 년 만인지 몰랐다. 오빠와 한발 먼저 합류한 부모님이 혼잡한 히스로 공항에 도착한 미도리를 맞이했다. 공항 스카이덱에서 손을 흔들었던 어머니. 미소를 지었던 아버지. 성가시다는 표정으로 고개를 끄덕였던 오빠.

그로부터 닷새 뒤 채링크로스 길 위. 섬광과 굉음. 화염과 충격. 그리고 어둠…….

병원에서 깨어난 미도리는 부모님과 오빠가 이미 이 세상에 없다는 소식을 들었다. '채링크로스의 참극'이라 명명된 대규모 테러였다. 병상 위에서 미도리는 절벽과도 같은 어둠을 느꼈다.

그 어둠에서 이어진 이 어스레 속에 미도리는 홀로 서 있었다. 옛날 자기 방에 있지만 이미 자신은 다른 누군가로 변했다. 차갑고도 머나먼 집 안에서 가장 익숙해야 할 자기 방이 가장 멀게 느껴졌고 또 꺼림칙했다. MIT에서 연구에 몰두했던 시절에 미도리는 이 집을 돌이켜 본 적도 없었다. 그건 오빠도 마찬가지였을 것이다. 설령 테러를 당하지 않고 가족이 모두 무사했다고 해도 역시 지금껏 그래 왔던 것처럼 뿔뿔이 흩어져 살았으리라.

오빠와는 네 살 터울이었다. 지금 자신은 세상을 떠난 오빠와 같은 나이가 됐다. 미도리는 새삼스레 기이한 느낌이 들었다. 자신은 앞으로 오빠보다 나이를 더 먹어 갈 것이고, 그 차이는 시시각각 벌어질 것이다. 젊은 시절의 아버지를 닮은 모습 그대로 오빠는 늙지 않는다. 자신의 기억이 풍화되어 자신과 함께 재로 사라질 그날까지.

잃어버리고 나서야 깨닫는다. 아니, 잃어버리지 않고서는 깨닫지 못한다. 평온하고 평범한 일상이야말로 실로 찬란하다는 사실을. 아니, 그것도 아니다. 잃어버렸기에 찬란하게 보이는 환상이다.

그 무엇으로도 대체할 수 없는 찬란한 환영을 그리며 미도리는 견디기 어려운 상실감을 안고 홀로 폐가에 서 있었다. 먼지와 함께 피어오른 기억의 파편은 먼지와 함께 어두운 바닥에 가라앉아 보이지 않았다.

파편은 어차피 파편일 뿐이다. 보고 싶었던 것은 모두 봤다. 이제 두 번 다시 보고 싶지 않았다.

미도리는 계단을 내려가 현관문을 열고 밖으로 나갔다.

그러고는 오늘에 이르기까지 질질 끌었던 결정을 내렸다.

문을 닫으면서 미도리는 집을 팔기로 결심을 굳혔다.

3

오후 7시 30분 고쿄에 인접한 그랜드 아크 한조몬 호텔의 대연회장 '후지'에서 미야치카는 뷔페 형식의 입식 파티에 참석했다. 정장 가슴에는 '초간××기 미야치카 고지'라는 이름표가 달려 있었다.

모임의 이름은 '젊은 직원을 격려하는 모임'이다. 이 모임에 참석한 젊은 직원이란 경찰청 종합직 채용자 중에서 '견습'이라 불리는 채용 2년차에서 6년차까지의 경부를 가리킨다. 이 모임에는 경찰청 장관부터 채용 2년차 햇병아리까지 수많은 사람들이 참석했다. 미야치카의 이름표에 적혀 있는 초간初幹이란 경찰대학 초임간부과의 약칭이다. 이 모임에는 수많은 경찰대학 과정 중에서도 옛날 I종 채용자를 비롯해 종합직 채용자만이 참석할 수 있다.

보통은 대개 초가을에 열리는데, 올해는 기갑병장의 지하철 농성 사건 때문에 늦가을인 오늘로 늦춰졌다. 임페리얼 호텔 그룹이 운영하는 그랜드 아크 한조몬 호텔(옛 명칭 한조몬 회관)은 경찰 직원 공제회의 시설이라서 경찰과 관련된 모임이나 각종 행사가 자주 열린다.

6시 30분에 장관의 인사말로 시작된 모임은 각 기수의 자기 소개를 거쳐 지금은 환담의 자리가 되었다. 한구석에서 미야치카는 홀로 음울한 얼굴로 미즈와리 잔을 기울이고 있었다.

70~80명쯤 되려나? 행사장 여기저기에서 경찰 관료들이 음료를 들고서 담소를 나누었다. 주요 화제는 당연히 인사 문제다. 사람이 많은 파티 회장이라서 노골적인 인사 청탁은 피하고들 있지만, 간부들이 얼굴을 마주하면 대개가 인사 이야기를 나눈다.

미야치카도 평소처럼 스스럼없이 대화에 끼려고 했다. 그러나 그날 밤은 눈에 보이지 않는 벽에 가로막힌 것 같은 소외감이 들었다.

다들 웃으면서 대답을 해 주기는 하지만, 어쩐지 미야치카를 따돌리는 것 같은 느낌이었다. 지금까지 느껴 본 적이 없는 소외감이었다. 어떤 화제를 꺼내든 좀처럼 이야기가 나아가질 못했다. 다들 겉치레 웃음을 지으며 건성으로 대꾸할 뿐이었다. 자신을 배제하는 은근한 분위기가 느껴져 미야치카는 곤혹스러웠다. 결국 정신을 차리고 보니 홀로 구석에 서서 어찌할 바를 모르고 당황해하고 있었다.

그동안에도 앞을 지나가는 자들이 알은체나 목례는 해 주었다. 그러나 가만히 서 있는 미야치카에게 말을 거는 자는 없었다. 어느 정도는 예상했다. 그래도 이렇게까지 배척할 줄은 몰랐다.

반드시 참석해야 하는 모임은 아니지만 경찰 간부라면 꼭 참석해야 할 친목 자리다. 동기인 시로키도 참석할 예정이었다. 그러나 함께 정시에 퇴청하려고 했을 때 시로키는 담당한 안건과 관련한 연락이 들어와서 급히 현장으로 향했다.

시간이 되면 꼭 얼굴을 비추겠다고 말한 동료는 어쩐지 안도한 표정으로 떠났다. 결코 기분 탓이 아니었다. 시로키의 성격을 잘 알기에 단언할 수 있었다. 수사원들이 일본 각지를 바삐 돌아다니며 수사를 벌이고 있는데, 느긋하게 환영회에나 참석할 시로키가 아니다.

실은 이 모임은 느긋하게 즐기기 위한 자리가 아니다. 경찰 간부에게는 가장 혹독한 교류의 장이다. 보통은 기꺼이 참석해서 무난하게 이 난관을 통과해야만 한다. 그러나 시로키는 일이 산더미 같다는 핑계를 대며 이 모임을 피해 왔다. 마치 출세를 하고 싶지 않다는 듯이 말이다. 다른 경찰 간부들은 결코 그래서는 안 된다는 것을 본능적으로 안다. 평상시였다면 미야치카도 기개 없이 피하기만 하는 동기에게 호통을 쳤으리라. 하지만 오늘은 그 역시 순간 시로키와 함께 빠질까 하고 생각했다.

경찰이라는 닫힌 조직 안에서 특수부 현장 수사원들이 겪는 비난과 해코지는 상상을 초월한다. 그것은 현장뿐만 아니라 이사관인 미야치카와 시로키도 마찬가지였다. 특히 지하철 농성 사건 이후로 더욱 그렇다.

손 안의 잔에 땀이 배었다. 불안과 초조, 동기들에게 뒤처지고 있다는 실감이 들었다. 자신의 신념과 존재가 근본부터 위협받고 있었다. 그것은 공포였다…….

"오, 미야치카."

뒤에서 누군가가 부르자 엉겁결에 돌아봤다.

"오노데라?"

쾌활해 보이는 키 작고 통통한 남자였다. 경비국 경비기획과 과장보좌인 오노데라 노리히로 경시였다.

"이야, 이거 오랜만인데."

오노데라가 스스럼없이 말을 걸자 미야치카도 무심코 활짝 웃었다.

"나야 신키바에 있으니 가스미가세키에 들를 일이 없지."

"소문을 들으니 힘든 것 같던데?"

"뭐, 힘들다면 힘들다고 할 수 있겠지만, 어디에서 근무하든 경찰은 다 고달픈 법이지."

동료가 은근히 탐색전을 걸자 미야치카는 신중하게 대처했다.

"시로키는 어쩌고? 안 왔나?"

"아아, 여기 오기 직전에 긴급한 연락을 받았어."

"그래? 특수부에서는 이사관도 현장에 나간다고 하더니만."

그런 소리가 돌고 있나…….

불쾌하다. 본청에서 우리는 웃음거리가 되고 있다. 지하철 농성 사건과 관련되어 특수부 요원이 납치됐을 때 가나가와현의 가와사키 임항서 관내를 뛰어다녔던 기억이 되살아났다.

"그 녀석 성격으로 보아 빠질 핑곗거리가 생겨서 기뻐했겠구먼?"

오노데라는 농담이라는 듯이 웃으며 얼버무렸지만, 미야치카는 내심 혀를 내둘렀다.

여전히 예리하군…….

오노데라는 사근사근한 표정으로 얼굴을 가까이 대고서 작은 목소리로 물었다.

"이따가 시간 있나?"

"있어. 괜찮아."

"좋아, 그럼 이따가 보자고."

미야치카와 헤어진 오노데라는 금세 누군가에게 말을 걸었다.

미야치카는 안도했다. 괜찮다. 아직 이어져 있다. 오노데라처럼 빈틈없는 남자가 말을 걸었으니.

충분히 만회할 수 있다고 마음속으로 중얼거리고서 근처에 있는 사람들 틈에 끼었다. 오노데라처럼. 예전부터 그래 왔던 것처럼.

모임이 막 끝난 어수선한 행사장 안에서 어느새 오노데라가 미야치카 곁으로 다가왔다. 그는 미야치카를 아카사카로 데리고 갔다.

두 사람은 상업빌딩 지하 1층에 있는 '지요리'라는 가게에 들어갔다. 대중 술집이지만 좌석마다 칸막이가 쳐져 있어서 차분하게 이야기를 나눌 수 있을 듯했다.

4인용 좁은 좌석에 안내를 받은 두 사람은 곧바로 찬술을 시켜서 건배했다.

술잔을 기울이며 서로 근황을 주고받고 푸념을 늘어놓았을 때였다.

"이봐, 미야치카."

오노데라가 무심한 말투로 미야치카를 불렀다.

"다음 인사 이동 때 홋타 과장님이 널 원하는 눈치더라."

드디어 왔구나…….

술잔을 든 미야치카의 손이 멎었다. 그저 한담이나 정보 교환을 하려고 술을 마시자고 권했을 리는 없다고 여겼는데 예상이 맞았다.

경비국 홋타 요시미치 경비기획과장. 미야치카가 입청했을 당시에 인사과 기획관이었던 인물이다. 오노데라, 시로키 등 동기 간부들은 모두 그에게 신세를 졌다.

"홋타 과장님이?"

기대를 감추며 고개를 갸웃거렸다.

"그거 진짠가?"

"진짜라면 넌 어쩔 셈인데?"

"당연히 따라야지. 바라지도 않았던 일이야. 난 언젠가 다시 본청으로 돌아갈 날을 손꼽으며 이날까지 신키바에서 분발했다고."

"그렇겠지."

오노데라가 이해한다는 표정으로 고개를 끄덕였다.

"알았어. 나도 홋타 과장님에게 잘 말해 볼게."

"부탁한다."

"나한테 맡겨 둬. 근데 그러려면⋯⋯."

"뭔가?"

"특수부가 어떻게 돌아가는지 여태까지 그래 왔던 것처럼 본청에 보고해 줘야겠지."

미야치카가 아연실색하며 오노데라를 쳐다봤다.

기갑병장이 저지른 지하철 농성 사건. 실은 SAT 섬멸 작전이었던 그 사건의 실행범을 확보하고자 특수부는 피의자의 은신처를 급습했다. 그때 경찰 내부의 누군가가 정보를 누설했다는 의혹이 있었다. 오키쓰 부장이 극비이니 결코 누설하지 말라고 엄명을 내렸지만, 미야치카는 사전에 경찰 상층부와 공안위원회에 돌입 작전 계획을 몰래 보고했다. 돌입 작전이 끝난 뒤에 그가 번민하고 초췌해진 것은 바로 그 때문이었다.

경찰이 동료 경찰을 죽이는 그런 어리석은 짓을 저질렀을 리가 없다고 얼마나 자기 자신을 타일렀던가. 최근에야 겨우 진정됐건만⋯⋯.

부장의 말대로 경찰 상층부 누군가가 무시무시한 중대 범죄에 가담하고 있는 건가? 홋타와 오노데라는 그들과 한패인가? 미야치카가 의혹을 품고 있다는 걸 눈치 채고서 출세를 미끼로 협박하는 것인가? 원래 당연히 주어져야 할 보상인데도.

"왜 그러나?"

오노데라가 거듭 묻자 미야치카는 마음의 동요를 가까스로 억누르고 대답했다.

"알겠어. 경찰청 경비국이 특수부의 움직임을 파악하고 싶어 하는 게 당연하겠지. 홋타 과장님도 참 고달프겠군."

"진짜 고달프지."

오노데라는 그 말을 듣고 마음을 놓은 듯했다.

"특수부처럼 괴짜 조직은 정말이지 머리가 아파. 형사국 녀석들도 그렇겠지만, 특히 우리는 업무가 업무인지라."

"아아, 알고말고."

잘 안다. 그렇게 대답할 수밖에 없었다. 지금 이 자리에서는. 오노데라와 그의 배후에 있는 자들의 진의를 알기 전까지는.

그는, 그들은 정말로 업무이기에 그런 요구를 하는 것인가? 아니면 그 '적'인가? SAT 섬멸 작전을 비롯해 특수부를 도발하는 정체불명의 '적' 말이다.

"네가 이성적으로 생각해 줘서 정말 살았다. 시로키는 생김새와 어울리지 않게 별종이잖아. 더군다나 오키쓰 부장님에게 심취해 있고."

"그 정도까지는 아냐. 뭐, 곧 환상에서 깨어나겠지. 그 녀석은 원체 영리하니까."

"그럼 다행이겠지만."

오노데라는 그렇게 중얼거리고서 종지에 담긴 안주를 입에 넣었다.

이 남자는 '적'인가?

그렇다면 이야기해서는 안 된다.

적이 아니라면 반드시 말해야만 한다. 미야치카가 생각하는 경찰 조직의 규범을 지키기 위해서, 또한 자신의 출세를 위해서.

"오늘은 술이 잘 받는 모양이군. 거나하게 취해 보자."

"미안하다."

오노데라가 술병을 내밀자 미야치카는 황급히 술잔을 비웠다.

"실은 하나 더 말할 게 있어."

"하나 더?"

술을 받으면서 미야치카가 경계하며 되물었다.

"어. 내가 곧 특수부에 갈 일이 있는데 말이지."

아, 그거구나. 미야치카는 납득하며 고개를 끄덕였다. 부국 사이에서 갈등이 생겨 조정을 할 즈음에 동기 혹은 선배 간부가 사전에 들은 자기 부국 상관의 의향을 넌지시 알려 주는 경우가 있다. 그렇게 해서 꼭 갈등이 해소되는 것은 아니지만, 그렇게 문제를 부드럽게 풀어 나가는 것이 중간 관료의 역할이다.

관료는 기본적으로 '동급'끼리 접촉한다. 오노데라가 미야치카에게 접근한 것은 경비국 전체의 의향(꼭 그렇다고 단정할 수 없지만)이라고 봐도 될 것이다.

"실은 특수부가 수사하고 있는 밀수 사건 말이야. 그 다이코쿠 부두."

"그게 뭐 어째서?"

"응, 그거 말인데. 수사에서 손을 떼라고 말할 예정이야."

오노데라가 선뜻 말했다.

"아마도 수사 중지 요청을 할 거야."

"무슨 뜻이지?"

"나도 몰라. 그 건은 워낙 많은 나라가 얽혀 있잖아. 여하튼 그런 움직임이 있다는 것만 알려 주려고. 내 호의야."

"외사*에서 움직이고 있나? 우리는 합동 수사도 염두에 두고……."

오노데라가 웃으면서 미야치카의 말을 잘랐다.

"그건 관계없어. 실제로 통보가 갔을 때 우왕좌왕하지 않도록 사전에 미리 조정하는 게 우리들의 역할이잖아?"

"……."

"괜찮나? 너도 혹시 시로키와 같은 병에 걸린 거 아냐? 오키쓰 부장님이 나름 카리스마가 있다고들 하던데."

"농담하지 마. 난 신키바에서 뼈를 묻을 생각이 없어."

"다행이군. 사실이면 어쩌나 걱정했는데."

오노데라는 순간 눈빛을 번뜩였다가 이내 싹싹한 표정을 다시 지었다.

"이야, 진짜, 진짜 다행이야. 특수부에는 희한한 사람이 참 많으니까."

---

* 외국인, 외국 기관이나 단체 등의 동정을 관찰하고 관련 범죄를 예방 및 단속하는 경찰 부서.

한 시간 뒤에 택시에 탄 오노데라를 웃으며 전송한 뒤에 미야치카는 차가 멀어지길 기다렸다가 휴대전화를 꺼냈다.

연결음이 다섯 번쯤 울린 뒤에 상대방이 받았다.

"시로키입니다."

"나야, 미야치카."

"아아. 시간을 보니 2차가 끝났나?"

"오노데라를 만났어."

"오노데라? 정겨운 이름이네. 잘 지내나?"

"지금 이런 얘기를 하고 있을 때가 아냐. 지금 어디야?"

심상치 않은 분위기를 감지했는지 시로키가 긴장한 목소리로 대답했다.

"청사 오피스. 아직 근무 중이야."

"여긴 아카사카야. 금방 갈 테니 기다려."

"무슨 일이야?"

"가서 말하지."

"알았어."

통화를 끊기 전에 미야치카는 먼저 손을 들어 택시를 불렀다.

금방 잡힌 택시에 타고서 기사에게 '신키바'라고만 말한 뒤에 아까와 다른 번호를 눌렀다. 자택 전화번호였다.

"예, 미야치카입니다."

아내인 마사미가 받았다.

"나야. 오늘은 늦게 들어갈 거 같으니 먼저 자."

"알았어. 걱정 마. 이런 때일수록 사람을 잘 사귀어 둬야지."

경찰 간부의 딸인 마사미는 관료의 아내가 어떤 마음가짐을 가져야 하는지 교육을 받으며 자라 왔다. 평소에는 든든하게 느껴졌을 아내의 말이 오늘은 살짝 귀에 거슬렸다. '이런 때'란 특수부 같은 부서로 떠밀린 현 상황을 가리키는 것이리라.

"그래도 과음하지는 마. 너무 취해서 돌이킬 수 없는 실수를 저지르는 사람도 많으니까."

"술자리가 아냐. 지금 청사로 가고 있는 중이야. 급하게 처리할 일이 생겨서."

"그래?"

마사미가 의아하다는 반응을 보였다. 이런 때 아내의 감은 이상하리만치 예리하다. 거짓말을 한 것이 아닌데도 미야치카는 조금 뜨끔했다. 마사미는 경찰 조직의 이단자인 오키쓰를 따르는 시로키도 경계하고 있었다.

"구미코는?"

"막 잠들었어. 그 전까지 텔레비전을 보다가."

"그래? ……숙제나 학교 생활은 어때?"

"괜찮아. 내가 확실히 봐주고 있어."

"알았어. 그럼."

미야치카가 통화를 끊자 운전기사가 말을 걸었다.

"잔업입니까?"

"뭐, 그런 셈이지."

"부인과 따님입니까?"

"그래."

"가장이 빠져서 허전하겠습니다."

"뭐, 그야."

미야치카는 건성으로 대꾸하고서 입을 다물었다. 운전기사도 의중을 읽었는지 더는 말을 걸지 않았다.

마사미와 구미코. 택시 뒷좌석에서 가족을 생각했다. 운전기사가 말했다시피 허전해한다면 기쁘련만. 미야치카는 이내 가족 생각을 떨쳐 내고서 방금 들은 정보를 분석하는 데 정신을 집중했다.

수사 중지. 그것은 누구의 의지인가?

미야치카는 이맛살을 찌푸린 채 신키바역 근처에 도착할 때까지 한 마디도 하지 않았다.

'젊은 직원을 격려하는 모임'이 끝난 이튿날 오후 9시 30분. 오키쓰 특수부장은 가스미가세키에 있는 합동청사를 찾았다. 제2호관 20층. 청사 안에서 가장 엄중한 보안 시스템에 설치된 그 층에 경찰청 경비국이 자리하고 있었다.

조명의 밝기를 낮춘 어두운 통로를 지나 국장실로 향했다. 아무리 특수부장일지라도 쉽사리 드나들 수 있는 곳이 아니다. 상대가 이 시간에 이곳에 오라고 지정한 것이다.

"자네의 그 무례함에는 늘 감탄하고 있네. 행동력과 인맥도 말일세."

에비노 다케시 경비국장이 오키쓰의 얼굴을 보자마자 말했다.

"외무성에서 배운 방식인가? 나 참, 대단한 책사로군. 이 몸이 스케줄을 비워야만 하다니. 적어도 통보를 해 줄 때까지 기다릴 수는 없었나?"

"송구스럽기 그지없습니다."

전혀 송구스럽지 않은 표정으로 오키쓰가 대답했다.

"하나 국장님께서는 제가 어떻게 움직일지 진즉에 예측하셨을 줄로 압니다만."

"예측보다 훨씬 빠르더군. 자네는."

에비노는 씁쓸한 표정으로 응접용 소파를 눈으로 가리켰다.

"앉게."

에비노도 업무용 책상에서 일어나 오키쓰의 맞은편에 앉았다. 몸집이 커서 그런지 쉰아홉이라는 실제 나이보다 훨씬 정력이 넘쳐 보였다. 실내에는 세 사람이 더 있었다. 모두들 에비노가 눈짓을 하자 소파에 앉았다. 모두 아는 얼굴들이었다.

외사정보부장인 사기야마 가쓰야 경시감.

외사과장인 나가시마 요시타케 경시장.

국제 테러리즘 대책과장인 우사미 교조 경시장.

세 사람 모두 침묵을 지킨 채 오키쓰를 쳐다봤다. 그들은 현장 수사관이 아니지만 경비경찰 특유의 무기적인 표정을 짓고 있었다.

"무슨 용건으로 왔는지 알고 있네. 하고 싶은 말은 많지만, 피차 시간을 아끼는 게 어떻겠나?"

"바라던 바입니다."

오키쓰가 넉살 좋게 말하자 에비노는 한숨을 내쉬고서 입을 다물었다.

그대로 2분이 흘렀다.

오키쓰는 고개를 갸웃거렸다. 시간 낭비를 하지 말자면서도 이렇게 시간을 흘려보내다니 반드시 무언가 의미가 있을 것이다.

오키쓰가 입을 열려고 했을 때 탁상 위 전화가 울렸다.

에비노가 곧바로 수화기를 들었다.

"에비노입니다……. 예, 오키쓰 부장 여기 있습니다."

그리고 그는 오키쓰에게 수화기를 건넸다.

"오키쓰 부장. 받아 보게."

"저 말입니까?"

경비국장실에 직접 걸려온 전화. 아무래도 미리 예정된 통화인 모양이다. 오키쓰는 흥미진진한 표정으로 수화기를 받았다.

"오키쓰입니다."

에비노는 전화를 받은 오키쓰의 반응을 정면에서 유심히 관찰했다. 입가에 난 주름이 움찔거리는 것조차 놓치지 않겠다는 눈빛이었다.

"……오랜만에 뵙습니다……. 예…… 예……."

오키쓰의 낯빛은 변하지 않았다. 그저 고개만 끄덕였다.

"마음 써 주셔서 감사합니다……. 아뇨, 아무 문제 없습니다."

외사 소속 사기야마도 음침한 눈으로 주시했다. 그들은 통화 내용과 사태의 추이를 완벽하게 파악하고 있으리라.

"송구스럽습니다……. 예, 실례했습니다."

통화가 끝나고 수화기를 내려 뒀다.

그와 동시에 에비노가 물었다.

"난 할 말이 없는데, 자네는 있나?"

"예."

"말해 보게."

"수사원들을 즉시 철수시키겠습니다."

"그래 주겠나?"

에비노는 귀찮아하며 책상으로 돌아갔다.

"오늘 고생했네."

외사 소속 세 사람도 아무 말 없이 일어섰다.

오키쓰는 고개를 숙인 뒤 방을 나갔다.

4

수사 중지 명령.

철수한 수사원들은 회의실에서 하나같이 입을 다물고 있었다.

나쓰카와는 팔짱을 낀 채 오만상을 찌푸리고 있었다. 무슨 일인지 눈빛으로 묻는 부하들을 제지하듯이. 유키타니도 회의에 참석했지만, 전국에 흩어져 있는 그의 부하들 중 절반쯤은 아직 돌아오지 않았다.

유리 미하일로비치 오즈노프 경부는 안타까워하며 그들의 모습을 관찰했다. 무언가 말해 주고 싶었으나 일본 경찰에서 자신은 그저 '외부인'에 불과하다. 그들이 자신을 그렇게 바라보고 있다는 걸 잘 알고 있고, 또한 그것은 엄연한 사실이기도 했다. 그는 테이블 아래로 내린 검은 가죽 장갑을 낀 양손을 불끈 쥐었다. 그리고 자기 자신을 타일렀다. ……지금 나는 모스크바 민경의 형사도, 일본 경찰의 형사도 아니라고.

실내에 감도는 불온한 분위기는 불만이 아니라 의혹이었다.

그동안 외부에서 숱한 압력이 있었지만 오키쓰는 한 번도 굴하지 않았다. 그래서 현장 수사원들도 정체불명의 상관을 따랐던 것이다. 경찰 출신이 아닌 외무성 출신자. 보통 그런 인물은 현장을 장악할 수 없다. 그러나 오키쓰 준이치로는 그것을 해냈다. 수사원들이 인정할 수밖에 없는 빼어난 실력이 있었다.

그런 부장이 어째서…….

"기존 조직 구성에서 비롯된 알력이나 다른 압력에 굴복한다면 특수부를 창설한 의미가 없겠지. 하나 이번에는 다르다."

모두 모인 수사원들 앞에서 오키쓰는 평소처럼 시원스럽게 말했다.

"현장에서 가타부타 말할 수 있는 수준이 아니다. 아마도 이건 경찰 최상부를 뛰어넘은 수상 관저의 판단일 것이다."

실내가 순식간에 조용해졌다.

꼭 필요할 때는 할 말을 하자. 그것이 바로 특수부다. 그렇게 마음을 먹고 있었던 나쓰카와도 아연실색한 채 말문이 막혔다.

수상 관저. 차원이 다른 곳이라서 생각할 여지가 없었다. 유리도 마찬가지였다.

"내각관방의 모리 부장관보가 에비노 경비국장 집무실에 있는 내게 직접 전화를 걸었다. 내용이야 간단한 위로 전화였지만, 무슨 의도인지 충분히 알 수 있었다. 오히려 위로만 하고 전화를 끊은 것에 의미가 있다. 내각이 경찰청에 직접 전화를 했다는 사실만 내게 확인시키면 될 뿐이니."

내각관방의 부장관보는 사무차관급이다. 그의 뜻에 이의를 제기할 수 있는 관료는 사실상 존재하지 않는다.

"국가가 나아갈 길을 생각하고 조타하는 곳이 바로 내각관방이다. 우리는 그 결정에 따라 움직이는 공무원이지. 그저 충실히 따르면 된다."

수사원들은 아무 말 없이 상관을 쳐다봤다.

라드너 경부의 허무한 표정은 변하지 않았다.

그러나 유리는 자신이 적의와 경멸이 섞인 표정을 지었다는 걸 깨달았다.

국가는 무슨……. 어디 나라든 관료는 다 똑같은 소리를 한다.

어떤 시선을 느끼고 옆을 돌아보니 옆에 앉은 스가타 경부가 캔 커피를 마시며 유리의 속내를 엿보고 있었다. 마치 아군의 컨디션을 점검하듯이.

아니, '마치'가 아니라 '그야말로'라고 정정하겠다.

직업군인인 스가타 도시유키는 유리의 정신 상태가 작전에 영향을 끼치지 않을지…… 자신의 발목을 잡을 가능성이 없는지 확인하고 있는 것이다.

유리는 내심 혀를 차고서 오키쓰의 이야기에 귀를 기울였다.

"나도 수사원들을 철수시키겠다고 경비국장과 약속했다. 하나……."

그 대목에서 오키쓰가 희미하게 웃었다.

"수사원이 아닌 자를 어떻게 하라고 딱히 말한 바는 없다."

오키쓰의 좌우에 앉아 있는 시로키와 미야치카가 놀라며 상관을 돌아봤다.

오키쓰는 그들을 아랑곳하지 않고 똑같은 투로 말을 이었다.

"스가타 경부, 오즈노프 경부, 라드너 경부. 이상 세 사람에게 비상시 초계 행동을 명한다. 이번에 내린 초계 명령에는 색적索敵 및 그에 필요한 정보 수집 활동도 포함되어 있다. 이 명령은 경시청과 자네들이 각자 맺은 계약에 근거한 것이니 정당한 명령이다."

오호? 스가타가 소리를 내지 않고 웃었다.

"부장님, 잠시만."

미야치카가 낯빛을 바꾸어 일어섰다.

"터무니없는 일탈입니다."

시로키 역시 곧바로 동료를 지지했다.

"미야치카 이사관의 말이 맞습니다. 탈법 행위일 가능성, 아니, 그 전에 정도에서 벗어난 결정입니다."

"문제는 없네. 스가타 경부를 비롯한 세 사람은 돌입 요원이지 수사원은 아니다. 또한 나는 초계 명령을 내렸지, 수사 명령을 내리지는 않았다."

"궤변입니다."

미야치카가 말하자 오키쓰가 고개를 끄덕였다.

"그 말이 맞네."

"예?"

상관이 선선히 인정하자 미야치카는 더욱 혼란스러워했다.

"궤변이자 꼼수네. 그러나 정부가 이런 방법을 마련해 놨으니 우리는 그저 조용히 쓸 수밖에."

오키쓰가 태연하게 말을 이었다.

"검찰에도 비밀로 해야 하니 당연히 체포도 할 수 없다. 현행범 체포는 별개이긴 하지만. 어디까지나 초계 활동이다. 부디 눈에 띄지 않도록 주의해다오. 특히 외사를 방해하지 마라."

"농담하지 마십시오."

미야치카가 스가타의 하얀 머리를 가리켰다.

"저 녀석들이 여기저기 어슬렁거리면 당연히 눈에 띌 겁니다. 외사를 너무 얕보는 거 아닙니까? 녀석들의 눈을 어떻게 속인단 말입니까?"

"그 역시 동감이네."

미야치카는 그 말을 듣고 더욱 혼란스러워했다. 저 상관의 속내를 미야치카는 도저히 짐작할 수가 없었다.

"이래봬도 난 외무성 출신이다. 외사경찰이 어떻게 일하는지 잘 알지. 그걸 전제로 생각해 봤네. 눈앞에 혼탁한 연못이 있다고 치세. 국민이 자칫 빠질 수도 있는 위험한 연못이지. 그곳에 뭐가 가라앉아 있는지 돌멩이를 던져 보는 것도 좋은 방법이 아니겠나?"

유리는 이제야 이해했다. 부장은 고도의 우회 전술을 꾀하고 있다. 하지만 그것은 대단히 위험천만한 작업이다. 미야치카 이사관이 당황할 법도 하다. 자칫 실수라도 했다가는 경찰로서 그의 장래가 흔들릴 수도 있다.

"물론 국익을 해하는 사태가 벌어진다면 본말전도겠지. 그럴 가능성이 조금이라도 보인다면 즉시 철수한다. 또한 이 작전의 성격상 철저히 비밀로 진행해야 한다. 모두들 염두에 두도록."

오키쓰는 수사원들을 바라보며 엄명을 내렸다. 그것은 명백히 미야치카를 견제하는 행동이었다. 미야치카가 경찰 상층부의 의사대로 특수부의 내부 정보를 보고했다는 것을 오키쓰는 이미 알고 있었다.

"우리는 충실한 공무원이고 그리고 경찰이다. 특수부가 창설된 경위와 이념을 다시금 되새겨 주길 바란다."

유리는 떠올렸다. 일찍이 오키쓰는 부하들에게 이렇게 말한 적이 있었다. ……우리 다 함께 경찰 중의 경찰이 되자.

미야치카는 아무 말 없이 자리에 앉았다. 납득한 것이 아니었다. 오히려 갈등하고 있으리라. 경찰 조직의 상식을 생각한다면 말도 안 되는 상황이니 당연히 상층부에 보고를 올려야 한다. 그러나 동시에 섣불리 보고를 올렸다가는 미야치카 본인이 수렁에 빠질 우려가 있다. 섣불리 움직이지 않는 편이 나은가? 그는 아직 상층부를 의심하고 있다. 그는 여러 가지를 생각한 끝에 모든 것을 보류하고 마음속에 담아 두기로 정한 것이다.

"우린 미끼입니까?"

스가타가 묻자 오키쓰가 곧바로 부정했다.

"그건 어디까지나 가능성 중 하나일세. 내가 내린 명령을 엄밀하게 수행해 주길 바라네. 오히려 난 자네들이 색적 임무에 성공해 주길 기대한다."

"알겠습니다. 해 보죠. 헌병을 해 본 경험은 없습니다만."

스가타는 납득한 듯했다.

"오즈노프 경부."

"예."

유리가 일본어로 대답했다.

"자네가 스가타와 라드너를 지휘하게. 나쓰카와 주임과 유키타니 주임에게서 정보를 듣도록. 모든 수사원들이 노력해서 얻어 낸 성과라는 것을 잊지 말게."

"예."

나쓰카와는 무언가 할 말이 있다는 눈으로 오키쓰를 쳐다봤으나 결국 이번에도 말을 삼켰다.

부장이 마지막에 덧붙인 말은 나쓰카와와 유키타니를 비롯한 수사원들을 배려한 것이리라. 현장 수사원에게 자기 발로 뛰며 알아 낸 단서는 그야말로 생명이나 마찬가지다. 그런 정보를 '외부인'에게 넙죽 넘겨주는 형사는 없다. 수사원의 그런 감정을 짐작한 오키쓰가 일부러 '노력해서 얻어 낸 성과'라는 표현을 써 가면서 치하한 것이다. 모두가 이의를 제기하지 못하도록. 유리를 지휘관으로 지목한 것도 같은 이유였다.

세 외인 경부 중에서 전직 모스크바 민경 형사인 유리만이 유일하게 경찰관으로서 수사 경험이 있었다. 수사원들이 마음으로나마 납득할 수 있는(타협할 수 있는) 사람은 유리뿐이었다.

경찰 조직의 구폐에서 벗어나자고 부르짖는 특수부 역시 조직의 악폐에서 벗어나지 못했다. 부서가 좁으면 좁을수록 차별과 편견은 더욱 농축되어 내부로 향한다. 전직 경찰관인 유리는 그 시스템을 누구보다도 잘 알고 있었다.

여하튼 유리에게는 선택할 여지가 없었다. 스가타에게도, 라이저에게도.

세 사람은 드래군 탑승 요원으로서 경시청에 고용된 '용병'이다. 경시청과 체결한 계약서에는 어떠한 경우에도 명령에 복종한다는 내용이 명시되어 있었다. 하지만 유리는 스가타와 라이저가 어떤 계약을 맺었는지 내용까지는 알지 못한다. 계약 금액도 각자 다른 것 같았다. 아마도 스가타가 가장 많은 돈을 받았겠지. 하지만 명령에 반드시 복종해야 한다는 항목만은 계약서에 공통으로 들어가 있을 것이다.

절대 복종. 그것이 경찰의 법도이며 경찰관의 본능이다. 그런데도 오키쓰의 지시는 일탈을 두려워하는 경찰관을 난처하게 만들었다.

미야치카와 시로키 이사관도, 나쓰카와와 유키타니를 비롯한 현장 수사원들도 모두 곤혹스러워했다. 기술반 스즈이시 미도리마저도.

스가타와 라이저 두 사람만 표정이 달랐다. 그들은 평상시와 거의 똑같았다. 전직 형사인 자신도 수사원들의 눈에는 저 두 사람과 같은 부류로 비춰지리라.

시로키 이사관이 석연치 않은 표정으로 일어서 회의 종료를 알렸다.

5

"준비하는 중이야."

갑자기 키가 큰 백인이 나타나자 가게 안을 청소하던 팡랑밍房朗明이 광둥어로 호통을 쳤다.

"너 뭐야? 누가 멋대로 들어오래?"

신오쿠보의 작은 중화요리점. 팡랑밍은 그곳에서 일하고 있었다. 그의 업무는 주로 설거지와 청소다. 그는 그런 일들을 하는 자신이 가게 안에 득실한 바퀴벌레보다도 더 비참하다고 여겼다.

이럴 리가 없는데…….

나날이 커져만 가는 우울함을 안고 그는 가게를 청소하고 설거지를 했다. 이럴 리가 없는데…….

"빨리 나가. 내 말 안 들려? 멍청한 녀석 같으니."

상대방이 알아들을 리가 없다고 여겨 모국어로 마음껏 매도했다.

"어서 나가. 이 바보 자식! 얼간이!"

"팡랑밍 씨 맞는지요?"

백인 남자가 광둥어로 물었다.

"······어?"

허를 찔린 팡랑밍이 상대방을 다시 쳐다봤다.

금발. 파란 눈. 단추가 가려진 검은 코트. 두 손에 검은 장갑을 낀 이목구비가 뚜렷한 백인이 신분증을 꺼내 팡랑밍에게 보였다.

"경시청 특수부에서 나온 유리 오즈노프입니다. 문 밖에서 불렀는데 듣지 못한 것 같아서 들어왔습니다."

"그거 잠깐 좀 봅시다."

"그러시죠."

팡랑밍은 영어와 일본어로 표기된 신분증을 물끄러미 확인했다.

'경시청 특수부. Special Investigators, Police Dragoon. 경부 유리 미하일로비치 오즈노프.'

폴리스 드래군이 어떤 곳인지는 잘 모르겠지만 아무래도 진짜인 것 같았다. 그래도 팡랑밍은 러시아인처럼 생긴 남자가 왜 일본 경찰에 소속되어 있는지 선뜻 이해가 되지 않았다. 게다가 남자는 나름 광둥어를 유창하게 구사했다.

"경찰이 무슨 용건으로?"

다른 녀석들과 달리 자신의 비자는 문제가 없지만 불길한 예감이 들었다. 요코하마에서 살해된 자오펑이와 관련된 건가?

"후쿠다 도요타케, 혹은 자오펑이 씨에 대해 알아볼 게 있어서 왔습니다. 혹시 아시는지요?"

역시나…….

"당신이 자오펑이 씨의 친척이라기에 찾아왔습니다. 팡랑밍 씨, 당신은 후쿠다 야에 씨를 간호한다는 명목으로 자오펑이 씨와 함께 입국 허가를 받았더군요."

"그게 뭐 어쨌단 겁니까? 정식으로 허가를 받았어요. 경찰이 트집을 잡을 거리가 없을 텐데."

"후쿠다 야에 씨의 주소지는 이바라키현 미토시인데 왜 이곳에 계시는 겁니까?"

"여기서 일하면서 돌봐주고 있어요."

팡랑밍이 입술을 삐죽 내밀며 대답했지만 백인 형사는 냉담하게 반응했다.

"실례입니다만, 일본 지리를 잘 모르는 것 같군요."

"그게 뭐 어쨌다고요? 난 정식으로 허가를 받아 들어왔다고요. 아무 문제도 없어요. 불만이 있으면 재판소에 가서 말하시라고요."

팡랑밍은 정말로 무언가를 감추고자 뻗대고 있는 것이 아니었다. 법적으로 문제가 없는데 왜 경찰이 자신을 불심검문하고 있는지 모르겠다. 자신은 아무 문제도 없다.

"난 당신의 체류 자격을 따질 생각이 없습니다. 자오펑이 씨, 그리고 당신을 비롯한 서른한 명이 후쿠다 야에 씨의 친척으로서 입국 허가를 받았더군요. 그리고 루덩주陸登拳 씨가 모든 수속을 진행

시켰다는 것도 알고 있습니다."

"그래서 뭐 어쨌는데요. 법적으로 문제가 없으면 된 거잖아?"

"장소를 옮겨서 얘기하시죠? 팡랑밍 씨."

형사가 쌀쌀맞게 말했다.

"그럴 생각 없어요. 어서 돌아가요."

"괜찮겠습니까?"

"뭐가?"

"난 당신의 사정을 고려해서 배려한 겁니다. 앞으로 20분쯤 뒤에 가게 주인이 출근할 겁니다. 경찰이 가게 안에 있는 걸 보면 입장이 난처해질 텐데요?"

팡랑밍은 몸이 굳었다. 이 남자는 모든 걸 알고서 왔구나.

"왜 그럽니까? 팡랑밍 씨."

말문이 막혔다. 자신이 가게를 비운 사이에 사장이 출근한다면 더 골치가 아파진다. 머리에 솟았던 피가 단숨에 내려갔다.

"……여기서 합시다. 묻고 싶은 게 있으면 빨리 물어보시죠."

"알겠습니다."

상대가 고개를 끄덕였다.

"루덩주와는 어디서 만났습니까?"

"고향 마을에서요."

"포산佛山이겠군요?"

"예. 촌민위원의 소개를 받았어요. 소개료도 냈고요. 촌민위원이 루덩주가 시키는 대로 따르기만 하면 된다고 했어요."

"일본에서 루덩주와 만났습니까?"

"아뇨. 자오펑이는 여러 번 만난 것 같은데, 난 일본에서 한 번도 만나 보지 못했어요. 루덩주는 나쁜 사람이 맞지만 난 아니라고요. 보다시피 성실하게 일하고 있잖아요."

형사는 팡랑밍이 스스로를 옹호하는 말에는 전혀 흥미가 없는 듯했다.

"루덩주에 대해 더 아는 건 없습니까?"

"그게 답니다."

"사실입니까?"

"형사 양반, 날 의심하는 겁니까?"

"아뇨."

즉답이었다. 팡랑밍은 안도하는 눈치였다.

"그렇겠지. 난 자오펑이처럼 나쁜 인간이 아니니까."

"악인인지 아닌지는 내가 판단할 수가 없지만, 범죄자인지 아닌지는 압니다."

"무슨 소립니까?"

"호야, 아사카."

팡랑밍은 전율했다. 역시 이 남자는 철저하게 조사한 뒤에 자신을 찾아온 것이었다.

팡랑밍은 일본에 온 뒤에 자오펑이의 꾐에 빠져 강도짓을 두 번도 왔다. 호야와 아사카에서. 먹잇감으로 점찍은 민가에 들어가 노인을 폭행하고 돈을 갈취했다. 팡랑밍은 자오펑이가 범행을 벌이는 동안에 망을 봤다. 두 차례 모두 범행에 성공했지만 생각보다 소득이 짭짤하지 않았다. 무섭기도 했고, 또 자오펑이가 몫을 인색하게 챙겨 준 것이 불만스러워서 손을 털었다. 그 이후에는 만나지 않았다. 만약에 자오펑이와 함께 행동했다면 자신도 요코하마에서 시체가 됐을지도 모른다.

러시아인 경찰관은 범죄자인지 아닌지를 안다고만 말했을 뿐이다. 그리고 두 곳의 지명. 그 외에 구체적인 말은 내뱉지 않았다. 냉철한 파란 눈에서는 동정심도, 의분도 느껴지지 않았다. 점찍은 먹잇감을 오로지 쫓는 사냥개의 신중함이 엿보였다. 이 남자는 분명형사다. 그것도 여간내기가 아닌.

난 범죄자가 아냐. 뭐 알고 있는 게 있으면 한번 말해 봐. 증거가 있으면 이 자리에서 당장 체포해 보라고……. 그렇게 뻗댈 기개는 이미 없었다.

그런 기개가 있다면. 적어도 이런 비참한 신세는 면했을 텐데.

팡랑밍의 그런 내면을 들여다본 것처럼 상대가 한 장의 사진을 건넸다.

"이 남자를 본 적이 있습니까?"

팡랑밍은 사진을 힐끔 쳐다봤다. 백인으로 보이는 어떤 인물의 컴퓨터그래픽이었다. 스무 살? 아니 10대인가? 아직 어린애인 것 같았다.

"없습니다."

"잘 보세요."

다시금 유심히 살펴봤다.

"모릅니다."

"그렇습니까? 그럼 자오펑이 씨가 누구와 친분이 있었는지 묻겠습니다. 당신 같은 고향 사람 말고 달리 친하게 지냈던 사람은 없었습니까?"

"글쎄요……."

"일을 하면서 만났던 사람은? 자주 가던 술집은 없었습니까?"

"그러고 보니……."

팡랑밍은 세 사람의 이름과 가게 두 곳의 이름을 말했다.

형사는 사진을 집어넣은 뒤 메모장을 꺼내 고유명사 다섯 개를 적고서 돌아갔다.

고개를 숙인 팡랑밍의 시야 한구석에 무언가가 스쳤다. 바퀴벌레였다.

팡랑밍은 제정신을 차리고 청소를 재개했다. 조금 있으면 사장이 온다. 그때까지 청소를 끝마치지 못하면 또 불호령이 떨어지겠지. 이번에야말로 잘릴지도 모른다.

팡랑밍은 어깨를 축 늘어뜨린 채 한숨을 내쉬었다.

이럴 리가 없는데…….

6

사람이 오가지 않는 주택가를 쌀쌀한 바람이 훑고 지나갔다.

"이봐, 잠깐만."

뒤에서 목소리가 들리자 유리와 라이저가 동시에 뒤를 돌아봤다.

도부이세사키선 가네가후치역 인근 길 위. 자판기 앞에서 발걸음을 멈춘 스가타가 버튼을 누르고 있었다.

"이거 처음 보는 건데. 신제품인가? 아니면 옛날 브랜드? 일본은 참 별난 나라야. 온통 자판기 투성이야."

유리와 라이저는 아무 말도 하지 않았지만 스가타는 전혀 개의치 않았다.

"지역마다 자판기에서 파는 상품이 다르군. 수사……가 아니라 초계 활동도 가끔은 할 만하네."

스가타가 자판기에서 커피를 꺼내기 전에 두 사람은 다시 앞으로 걸어 나갔다.

나쓰카와와 유키타니에게서 인수인계를 받은 유리는 우선 나쓰카와반이 담당했던 수사부터 재개했다. 예전에 수사1과의 기대주라는 소리를 들었던 나쓰카와는 자오펑이의 인간 관계를 유심히 조사했다. 잔류고아의 유족으로 위장해 불법 입국한 자들이 소속된 범죄 조직. 팡랑밍이라는 이름도 그 안에 있었다. 그리고 루덩주라는 어둠의 브로커도. 수사 정보를 넘겨 줘야만 하는 수사원들의 복잡한 심정은 눈에 보일 듯이 잘 안다. 하지만 유리는 명령을 따를 수밖에 없었다. 경시청과 맺은 계약 때문에.

현대 최강의 개인용 병기인 드래군을 조종하는 돌입 요원 임무보다도 형사로서 수사를 하는 것이 적성에 더 잘 맞았다. 지명수배를 받고 고국에서 도망쳐 나온 자신은 한번 잃어버렸던 경찰관으로서의 삶을 다시 살고 있었다. 일본 경찰이 자신에게 그저 '외주'를 주었을 뿐이라는 걸 잘 안다. 그래도 다시 경찰관으로서 살아갈 수 있게 되어 내심 환희하고 있었다. 애써 부정하려 해도 인정할 수밖에 없었다.

하지만 막상 수사에 착수한 유리의 발걸음은 무거웠다. 이것은 자신의 수사가 아니다. 다른 사람들이 잡아 낸 다른 사람의 단서로 수사를 하고 있는 것이다. 국경을 초월한 형사 특유의 가치관은 처참하게 훼손됐어도 유리의 마음속에 살아 있었다.

스가타와 라이저에게는 수사 경험이 없었다. 그러나 역전의 용병인 스가타는 CIA를 비롯한 각국의 정보 기관이 어떤 수법으로 정보를 수집하는지 옆에서 봐 왔다. 테러리스트 출신인 라이저 역시 스스로 겪어 왔기에 경찰이 어떻게 수사를 하는지 숙지하고 있을 터였다.

분담하여 수사 선상에 있는 인물들과 접촉했다. 여러 인물들이 말해 준 이름과 정보를 정리한 뒤 또다시 하나씩 접촉해 나갔다.

스가타와 라이저는 유리가 예상했던 것보다 수사원으로서 유능했다. 각자 맡은 일을 신속하고도 실수 없이 처리하는 모습을 보고 유리는 내심 혀를 내둘렀다.

이윽고 세 사람은 하나의 정보에 이르렀다.

어느 가게에서 자오펑이가 사진 속 남자와 만나는 장면을 봤다…….

가게 이름은 '지브라'. 기니인 사장이 운영하는 곳으로 롯폰기에 소재한 바였다. 외국인 범죄자들이 정보를 교환하는 곳인 모양이다. 날짜는 다이코쿠 부두에서 학살이 벌어지기 이틀 전이었다. 증언자는 사진 속 남자의 정체는 모른다고 했다. 그저 자오펑이와 함께 술을 마시는 것을 딱 한 번 봤다고만 했다. 점원에게도 물어봤지만 기억하는 자는 없었다. 유리는 목격된 시간에 바 안에 있었던 손님을 최대한 알아내어 개별적으로 접촉하기로 했다.

10월 29일에 지브라에서 이 남자를 봤나? 예전에 본 적은 없나? 누군지 아나?

그 시간에 바 안에 있었던 손님들은 특정할 수 있겠지만, 과연 남자의 정체를 밝혀낼 수 있을까? 아마도 헛수고로 끝나리라. 하지만 할 수밖에 없었다. 모래알 같은 작은 '점'들을 긁어모아서 희미한 '선'으로 이어 나간다. 모든 수사가 이렇듯 고생스럽다.

뒷골목에 있는 가게라서 손님도, 종업원도 모두 입이 무거워 조사하기가 참으로 힘들었다. 결국 고작 네 사람밖에 알아내지 못했다. 백인 두 명, 이란인 한 명, 일본인 한 명.

분담을 해서 그중에 세 사람과 접촉했지만 수확은 없었다.

남은 건 백인 하나. 은퇴한 영국인 범죄자다. 먼 옛날에 고향을 버리고 늘그막에 겨우 극동의 이국에 정착한 남자였다.

11월 11일 오후 1시 15분. 가네가후치에서 합류한 세 사람은 그 남자가 하루 중 대부분의 시간을 보내는 곳으로 향했다.

"그 영감, 정말로 은퇴한 거 맞아? 아직도 현역인 거 아냐?"

스가타가 캔 커피 마개를 따면서 말했다.

유리와 라이저는 묵묵히 걸어 나갔다. 스가타는 혼잣말을 하듯이 자문자답을 했다.

"아니지. 대수술을 받고 목숨을 겨우 건졌으니 그런 거짓말을 할 이유도 없겠구먼."

"하나 그자가 과거를 씻고서 선량한 자가 됐다고도 단정할 수 없지."

유리는 돌아보지 않은 채 일본어로 말했다.

모국어는 각자 다르지만, 일본 경시청의 동료로서 이야기를 나눌 때는 오로지 일본어만 쓴다.

"전직 형사의 의견인가?"

"전직 형사가 아니더라도 그 정도쯤은 상상할 수 있다."

유리가 무뚝뚝하게 대답했다. 동료의 정 따윈 터럭만큼도 느껴지지 않았다. 라이저는 시종 아무런 반응을 보이지 않았다. 평상시처럼 오래 입은 가죽점퍼와 데님바지 차림으로 주택가를 걷고 있었다.

좁은 길을 빠져나가자 아라카와강의 제방이 나왔다. 콘크리트 계단을 다 오르자 확 트인 풍경이 펼쳐졌다.

강변을 따라 한동안 걸었다. 오전은 햇살이 약하기는 했지만 오랜만에 날씨가 맑았다. 하지만 오후가 되자 역시나 먹구름이 몰려들었다. 수면 위에 탁한 빛이 허여멀겋게 가라앉았다.

한창 신나게 야구를 하는 소년들의 환호성이 들렸다. 요쓰기교를 오가는 차량의 소음과 배기가스가 공을 던지고 때리고 달리며 내뱉는 소년들의 무심한 목소리에 묻혀 사라졌다.

야구장 옆에 놓인 한 벤치에 노인이 앉아 있었다. 방치되어 말라 죽은 나무가 오브제처럼 소년들이 야구하는 모습을 가만히 바라보았다.

"스티븐 로지 씨 맞는지요?"

동그랗게 웅크린 작은 등에 대고 유리가 영어로 말을 걸었다.

대답이 없었다.

유리는 노인의 앞으로 나와 시야를 가리지 않도록 비스듬한 위치에 선 뒤에 신분증을 내밀었다.

"경시청 특수부에서 나온 유리 오즈노프입니다. 잠깐 얘기 좀 하시지요."

신분증에 눈길을 주기는커녕 유리의 목소리조차 듣지 못한 것처럼 노인은 똑같은 자세로 시합을 보고 있었다. 노인은 두꺼운 스웨터 위에 오래 입은 코트를 걸치고 있었다. 목에는 회색 머플러도 두르고 있었다.

"로지 씨. 당신은 지난달 29일 오후 7시에서 10시에 걸쳐 롯폰기의 지브라라는 바에서 옛 동료인 닉 메이어와 만났지요?"

유리는 아랑곳하지 않고 말을 이었다.

"메이어에게 이미 묻고 왔습니다. 그는 그날 밤에 당신과 그 바에 있었다고 인정했습니다."

그리고 유리는 컴퓨터 그래픽 사진을 보였다.

"우린 이 남자를 찾고 있습니다. 10월 29일 밤에 카운터 안에서 중국인과 대화를 나눴던 남자입니다. 메이어와 당신은 벽 쪽 테이블에 있었습니다. 출입구와 등지고 앉았던 메이어는 모르겠지만, 당신은 그 남자의 얼굴을 봤을 겁니다."

스가타는 캔 커피를 마시면서 노인의 모습을 관찰했다. 이야기를 듣고 있는가 안 듣고 있는가? 아니, 분명 듣고 있었다. 그런데 노인은 고목처럼 아무런 반응도 보이지 않았다. 야구가 아니라 먼발치를 보고 있는 것처럼.

라이저는 조금 떨어진 위치에서 자연스럽게 주변을 둘러봤다.

"이 남자를 기억한다면 고개를 끄덕이고, 모른다면 가로저어 주십시오. 아니면 필담을 원한다면 이걸 쓰십시오."

유리는 준비해 온 메모패드와 사인펜을 내밀었다.

머플러로 가린 노인의 목에는 커다란 상흔이 숨겨져 있었다.

사전에 이야기를 들었다. 스티븐 로지는 발성 기능을 상실했다. 목에 수술 자국이 남아 있을 것이다. 그리고 청각에는 장애가 없다. 그는 대화만 할 수 없는 발성 장애인이다.

6년 전에 로지는 후두암 진단을 받고 후두 적출 수술을 받은 이후로 목소리를 잃었다. 밀수업에서 손을 씻고서 매일 소년들의 야구를 바라보며 여생을 보내 왔다. 지브라에서 오랜만에 재회했던 그날 밤에 메이어는 술을 진탕 마시고 취했지만, 로지는 술을 한 방울도 입에 대지 않았다.

"듣고 있다는 거 압니다. 로지 씨, 이 남자를 기억합니까?"

노인은 야구장을 바라본 채 꿈쩍도 하지 않았다. 몇 번을 물어도 마찬가지였다.

메모장을 내민 유리와 캔 커피를 든 스가타가 서로 마주 봤다. 고집이 세다고는 들었다. 성격이 괴팍하다는 것도. 그러나 인생이 덧없음을 깨닫고 체념한 노인은 세상을 향한 모든 관심을 끊어 버렸다. 그동안 범죄자와 고참 병사들을 수없이 심문해 온 유리와 스가타가 곤혹스러워할 만큼 그 체념은 깊었다.

두 사람이 한숨을 내뱉었을 때였다.

지금껏 방관하던 라이저가 무슨 영문인지 갑자기 노인 앞에 섰다. 라이저가 시야를 완전히 가리자 노인은 노기가 어린 눈으로 그녀를 올려봤다. 노인의 눈에 처음으로 깃든 감정이었다.

라이저는 그대로 쪼그려 앉아 노인의 얼굴을 들여다보며 두 손을 복잡하기 놀리기 시작했다.

노인은 허를 찔린 것처럼 눈을 크게 떴다. 라이저의 손이 매끄럽게 움직였다. 이윽고 노인은 고개를 여러 번 끄덕이며 주름이 자글자글한 자기 손을 움직였다.

수화였다.

유리와 스가타는 어이없어하며 침묵의 대화를 지켜봤다.

그들과 마찬가지로 라이저도 5개 국어 이상의 언어를 구사할 줄 안다. 그건 알고 있지만 설마 수화까지 습득했을 줄은 상상도 못 했다.

복잡하게 변화하는 저 손은 지금 묻고 있는 것인가, 아니면 잡담을 나누고 있는 것인가. 고목 같은 노인의 손이 막힘없이 움직였다. 노인은 대화에 굶주린 사람 같았다. 죽은 사람 같던 노인의 얼굴에 생기마저 돌아온 것처럼 보였다.

　"로지는 사진 속 남자를 본 적이 있다고 해."

　"남자의 신원은?"

　유리가 다급하게 물었다.

　"모른다는군. 하지만……."

　라이저가 무슨 영문인지 말끝을 흐렸다. 모래색에 가까운 블론드. 아름다움보다는 짙은 그늘이 더 도드라진 그 얼굴이 허무 이외의 감정을 드러낸 적은 거의 없었다. 그런데 지금 그 얼굴이 다른 무언가를 가리키고 있었다.

　"물을 마시려고 카운터에 다가갔을 때 남자가 하는 얘기를 들었다더군. 영어로 대화했다는데."

　"영어? 뭐라고 했지?"

　"이 가게의 술은 맛이 없다는 말을 언뜻 들었다는데, 대화 내용은 기억이 나질 않는다고 하는군."

　유리는 낙담하며 한숨을 내쉬었다. 스가타는 쓴웃음을 지으며 남은 캔 커피를 입속에 모조리 털어 넣었다.

　라이저가 이어서 말했다.

　"하나 그 남자의 영어 발음에서 아일랜드 억양이 느껴졌다는군."

　아일랜드 억양.

유리와 스가타가 고개를 들었다. 두 사람은 동시에 어느 테러 조직의 이름을 떠올렸다.

IRF Irish Republican Force.

라이저가 순간 내보였던 기묘한 그 표정. 그것이 무슨 의미인지는 자명했다.

자조, 그리고 각오.

라이저 라드너. 한때 테러리스트였던 그녀가 일찍이 몸을 담았던 조직이 바로 IRF였다.

7

같은 날 오후 4시 21분. 시부야문을 지나 요요기 공원에 들어간 오키쓰는 중앙광장을 향해 걸었다. 캐시미어 코트를 멋들어지게 차려입은 그의 발걸음은 여느 때처럼 표표했다. 산책을 하는 것인지 일을 하러 가는 것인지 판별할 수가 없었다.

늦가을 공원에 인적은 뜸했다.

"오키쓰 부장님."

누군가가 뒤에서 불렀다. 오키쓰는 돌아보지 않았다. 목소리의 주인공은 이미 그와 나란히 걷고 있었다.

"처음 뵙겠습니다. 서유럽과 수석 사무관 스오 히로오미라고 합니다."

"특수부의 오키쓰입니다."

오키쓰가 가볍게 알은체를 했다. 상대는 경찰이 아니라 외무성 관료다.

자신의 이름을 스오라 밝힌 젊은 외무 관료는 나이에 걸맞지 않는 여유와 자신감을 갖고 있었다. 국가 간 외교를 맡은 자로서 당연한 자질이었다. 깊이가 있는 차분한 목소리에도 그것이 드러나 있었다. 그의 턱을 보니 굳은 의지가 느껴졌다. 이목구비는 뚜렷하지만, 외모와 어울리지 않는 두꺼운 안경을 쓰고 있었다. 도수가 꽤 높은 듯했다. 그는 키가 작은 편이었지만 어깨가 넓어서 실제보다 커 보였다. 평소에 그는 남이 속내를 읽지 못하도록 표정을 관리할 것이다. 하지만 지금은 기분 탓인지 저물어 가는 빛 속에서 긴장한 것처럼 보였다.

"갑작스러우실 텐데 면회에 응해 주셔서 감사합니다."

"개의치 말아요. 나도 외무성 출신이니 이해합니다."

"혹시 몰라서 말씀드리겠습니다만, 이번 접촉은 어디까지나 비공식이라는 걸 이해해 주십시오."

전직 외무 관료인 자신에게 그런 말은 불필요했다. 스오는 주의를 주려고 말한 것이 아니라 자신이 앞으로 할 말이 얼마나 중요한지 한 단계 강조한 것이었다. 오키쓰는 속내를 짐작하고서 고개를 끄덕였다.

쌓인 낙엽을 밟으며 중앙 광장으로 나왔다. 스오는 공원 둘레길이 나오자 주저 없이 왼쪽으로 꺾었다.

"이런 형태로 만나서 아쉽기는 하지만, 개인적으로는 전설적인 선배를 뵙게 되어 참으로 영광입니다."

"당치도 않습니다. 전설이라니."

"겸손하시군요. 전설은 진위나 상세한 내용이 감춰져 있기에 전설이라고 하는 거지요."

"과연."

오키쓰는 그 말에 유쾌해하며 웃었다.

"스오 사무관은 몇 년도에 채용됐습니까?"

"××년입니다."

"젊군요. 외무성의 에이스 후보라고 예전부터 이름을 들어 왔는데 과연 사실이야."

"오키쓰 부장님에 비해서는 아직 풋내기입니다. 한발 먼저 드래군을 확보한 그 솜씨는 참으로 대단했습니다. 고마에 사건 때문에 경찰 전체가 비난을 받는 흐름을 역이용할 생각을 하다니."

'고마에 사건'이란 도쿄도 고마에시에서 불심검문을 받은 한국인 범죄자가 숨겨 뒀던 기갑병장을 타고서 도주한 사건을 말한다. 초등학생을 인질로 잡은 피의자는 결국 다마가와강에 있는 슈쿠가와라 제방에 내몰렸다. 현장은 도쿄도와 가나가와현의 경계선에 있어서 평소에도 갈등이 심했던 경시청과 가나가와 현경이 정면으로 대립하게 됐다. 조직의 오래된 폐단은 인질 아동이 사망하고, 경찰관 세 명이 순직하는 최악의 결과를 초래했다. 경찰의 부끄러운 본모습이 만천하에 드러나고 말았다.

그 이전부터 특수부 설립안을 검토하고 있었으니 고마에 사건이 계기가 된 것은 아니었다. 그러나 경찰 내부의 저항이 극심해서 좌절될 뻔했던 것도 사실이었다. 때마침 벌어진 고마에 사건은 여론을 일으켜 주었다. 고마에 사건 때 추태를 보여 혹독하게 비난을 받은 경찰은 대놓고 반대하지 못한 채 특수부 창설을 그저 지켜볼 수밖에 없었다.

"상반되는 여러 흐름을 한데 모아 가장 바람직한 방향으로 유도한다. 외교의 극치라고 할 수 있지요. 오키쓰 부장님, 그 수완을 친정에서 발휘해 주셨으면 참 좋았을 텐데."

"현역 외교 관료인 당신이 말하니 비아냥으로밖에 들리지 않는군요."

"그렇습니까? 그런데 말입니다."

스오가 갑자기 본론으로 들어갔다. 외무성 특유의 어법이다.

"관저의 의향이 특수부에 전해졌다고 알고 있습니다만."

"예, 알고 있습니다."

"특수부의 성격상 독자적으로 움직일 수밖에 없다는 걸 잘 압니다만, 이렇게까지 대담하게 나오실 줄은 몰랐습니다."

"용건을 말씀하시지요."

오키쓰도 외무성 어법으로 전환했다.

"다이코쿠 부두에서 자살한 남자는 피터 오핼러런. IRF 멤버입니다."

자살한 테러리스트가 아일랜드 억양으로 영어를 구사했다는 보고는 이미 받았다. 외무성은 특수부가 거기까지 파악했다는 걸 알고서 접촉한 것이다.

오키쓰가 곁눈으로 스오를 노려봤다.

"외무성은 언제부터 그 사실을 파악하고 있었습니까?"

"사건이 발생한 지 며칠 뒤라는 것만 말씀드리지요."

"가나가와 현경과 우린 그것도 모르고 헛걸음만 했군요."

오키쓰가 은근히 비난하자 스오가 곧바로 견제했다.

"솔직히 말씀드리자면 특수부는 우리에게 아주 골칫거리입니다. 특히 그 북아일랜드 여성 말입니다. 영국은 언젠가 활용할 수 있는 카드라 여기고서 입을 다물고 있습니다만, 우린 그 말썽거리를 언제쯤 잘라 낼 수 있을는지…….."

"고생시켜서 미안합니다."

오키쓰가 순순히 사과했다. 경시청 특수부라는 그럴듯한 간판을 내걸고 있는 부서는 최신예 병기인 드래군뿐만 아니라 자칫 국제 문제로 비화될 수 있는 여러 '불씨'를 떠안고 있었다. 그중 하나가 전직 테러리스트인 라이저 라드너 외인 경부다. 존속은커녕 설립 그 자체가 기적인 특수부 때문에 외무성을 비롯한 관련 관청들은 늘 극도로 긴장하고 있었다.

"그게 아니더라도 경찰 내부에 적이 상당히 많다는 걸 압니다. 이번 건 때문에 자칫 큰 곤혹을 치를 수도 있을 겁니다."

"IRF의 목적은?"

"그걸 전해 드리려고 제가 온 게 아닙니다."

스오가 딱 잘라 말했다.

"비공식 만남이긴 하지만 제 권한 밖입니다."

그는 자신의 장래에 큰 영향을 끼칠 수도 있는 책임을 신중하게 회피했다. 일본 관료…… 특히 외무 관료에게는 생존 경쟁에 꼭 필요한 처세술이다.

"묘한 얘기군요. 날 이리로 불러냈으면서 전해 줄 수 없다니."

오키쓰가 아무것도 모른다는 듯이 묻자 스오 역시 아무것도 모른다는 듯이 입을 다물었다.

그걸 전해 줄 다른 자가 있다. 스오는 오키쓰를 그 누군가에게 안내하려고 하는 것이다.

공원 둘레길에서 왼쪽으로 꺾어 산구바시문을 지나 이노카시라도오리로 나왔다. 늦가을이라 그 주변은 이미 밤으로 바뀌어 있었다.

스오를 쫓아 시부야 방면으로 걷던 오키쓰 옆에 차량 한 대가 멈췄다. 실버 그레이 렉서스LS였다. 뒷문이 살짝 열렸다.

오키쓰는 안을 들여다보고서 눈이 살짝 커졌다.

"마스하라 국장님……."

뒷좌석 안쪽에 외무성 유럽 국장인 마스하라 다이치가 있었다.

"어서 타게나."

마스하라가 재촉하자 오키쓰는 차에 탔다. 스오는 그걸 확인하고서 조수석에 탔다. 두 사람이 타자마자 렉서스가 미끄러지듯 달려 나갔다.

"자넨 여전하구면."

마스하라가 앞을 노려보며 한숨을 내쉬었다. 그는 원체 작았던 체구가 더 쪼그라든 것처럼 늙었다.

"다른 청으로 옮겨서 이제는 자네 뒤치다꺼리를 하지 않아도 되겠구나 싶었는데, 내 생각이 짧았어."

"죄송합니다. 국장님께 늘 신세만 지는군요."

마스하라는 순순히 고개를 숙이는 오키쓰를 만류하고서 말했다.

"피차 바쁜 몸이니 거두절미하고 본론으로 들어가겠네. 현재 미일 관계가 어떤지 자네도 잘 알걸세."

"예."

그것은 모두가 다 아는 사실이었다. 하루가 멀다 하고 각종 미디어에서 보도가 나왔다. 미국과 일본 사이에는 안전 보장 체제 및 경제 안건을 비롯한 여러 문제들이 있었다. 오랫동안 쌓여 온 그 문제들은 문화와 가치관의 차이에서 비롯된 충돌이기도 했다. 그래도 두 나라는 문제를 해결하기 위해서 그동안 노력해 왔다. 하지만 양국에 새롭게 탄생한 신정권이 방침을 바꾸는 바람에 모든 노력들이 수포로 돌아갔다. 양국의 노림수는 빗나갔을 뿐만 아니라 정상부터 말단에 이르기까지 불행한 분쟁과 스캔들이 연일 터졌다. 그래서 문제는 더욱 복잡해졌고 깊은 수렁에 빠져들었다.

"내가 외무성에 들어온 이래로, 아니, 전후 최악의 위기라고 할 수 있네. 지금은 특히 시기가 좋질 않아. 중국 말일세. 중국은 남중국해, 동중국해에 이어 제2열도선*까지 활동 영역을 넓히려 하고 있네. 중국의 팽창과 패권주의를 견제하려면 반드시 미일이 동맹을

---

* 중국이 설정한 대미 방어선으로 일본 이즈 제도와 괌과 사이판을 잇는다.

굳건히 유지해야 하지. 한국도 반일 활동만은 중국에 동조하고 있는 실정일세."

마스하라는 피로가 짙게 밴 숨을 내뱉었다.

"사태는 매스컴 보도보다도 더 심각하네. 이미 한계에 달했어. 이제 더는 미룰 수가 없어. 문제가 더 악화된다면 일본의 미래는 크게 바뀔 거야. 미일 관계를 복구하는 건 현 정권의 가장 시급하고도 중요한 과제라네."

"잘 압니다."

"미국도 현재 어떻게 대응할지 고심하고 있겠지. 일본과의 파트너십을 잃는 건 미국에게도 위험하니까. 두 나라의 관계를 조율하는 양국 외교관들이 얼마나 골치를 썩고 있는지 아나?"

외무성 출신인 오키쓰는 말할 것도 없이 전 세계의 외교 관계자라면 그 고충을 잘 알 것이다.

"그래서 양국의 요청을 받는 형태로 영국이 조정 역할을 맡았네. 중요한 건 '형태'라네. 오키쓰 부장."

"예."

"정치적 입장뿐만 아니라 역사적인 관점에서 봐도 영국이 적임자라고 전 세계가 인정해 줄 걸세. 뒤집어서 말하자면 그만한 형태를 갖추지 않는다면 이 갈등을 봉합할 수 없다는 뜻이야."

공용차는 일정한 속도로 땅거미가 진 야마테도오리 거리를 달렸다. 조수석에 앉은 스오는 앞을 본 채 끼어들지 않았다. 두 사람이 나누는 대화를 가만히 듣고 있었다.

"조정을 위해서 영국 고위 관료가 극비리에 일본에 오기로 결정됐네. 외무영연방부 심의관인 윌리엄 소더튼. SIS*의 북아일랜드 특수 공작에도 관여했던 인물이지. IRF 처형 리스트의 가장 위에 올라 있네."

마스하라는 비로소 오키쓰를 쳐다봤다.

"IRF의 목적은 소더튼을 암살하는 걸세. 영국 본토가 아니라 일본에서 암살한다면 일본 정부의 국제 신용을 실추시킬 수 있을 뿐만 아니라 미국과 일본, 영국을 비롯한 국제 협력 태세에도 타격을 가할 수 있겠지. 그야말로 일석삼조. 그것이 테러리스트의 전략이네. 일본 정부를 비롯해 경비경찰은 전력으로 테러를 막아야만 하네. 그것도 극비로."

오키쓰는 마스하라를 조용히 쳐다봤다. 지금 차 안에서 마스하라가 하는 이야기는 고도의 외교 기밀이자 국가 기밀이다. 왜 그가 경찰 관계자를 통하지 않고 직접 접촉을 해 왔는지 이제야 알 것 같았다.

"스오 사무관. 보충 설명을 부탁하네."

마스하라는 피곤에 지쳤는지 좌석에 깊숙이 몸을 묻었다.

"SS**의 T브랜치***에서 제공한 정보에 따르면 IRF의 유력 멤버 중 하나가 현재 행방이 묘연하다고 합니다. 그 남자가 작전을 지휘하고 있을 가능성이 높습니다."

---

* 영국의 해외 정보부.

** 영국의 보안국.

*** 테러 대책 부서.

"이름은?"

오키쓰가 묻자 스오는 심호흡을 하고서 대답했다.

"킬리언 퀸."

국가 기밀을 들으면서도 냉정을 유지했던 오키쓰의 낯빛이 그 이름을 들은 순간 확연히 변했다.

"거물이군."

"거물 중의 거물입니다."

스오는 운전기사를 향해 말했다.

"차를 적당한 곳에 세워 주십시오."

공용차는 한동안 달리다가 갓길에 정차했다. 오사키역 근처였다. 조수석에 앉은 스오가 오키쓰를 돌아보며 말했다.

"현재 특수부는 지휘 계통을 확립하는 데 방해가 되고 있습니다. 특히 공안 외사3과를 총괄하려면 반드시 특수부는 배제되어야 합니다. 이번 작전에서 즉각 손을 떼십시오. 돌입부대로서는 높이 평가하고 있으니 상황에 따라서 SAT나 기동대와 함께 대기해 주십사 부탁할 수도 있겠습니다만."

"그런 상황에 드래군 말고 어떤 부대를 투입할 수 있겠나?"

스오는 1~2초쯤 생각하고서 정정했다.

"그렇게 판단하신다면 SAT보다 먼저 투입하는 것을 검토하겠습니다. 여하튼 경비국에서 형사국을 경유해 명령을 내리겠습니다. 그럼 이만."

오키쓰의 옆에 있는 잠금장치가 덜컥 풀렸다. 오키쓰는 손잡이를 당기고서 내리려다가 갑자기 물었다.

"일정은?"

"뭐라고 하셨습니까?"

"소더튼이 일본에 언제 옵니까?"

"개입하지 말라고 말씀드렸을 텐데요. 특수부가 알 필요가 없습니다."

오키쓰는 쌀쌀맞게 대답한 스오를 물고 늘어졌다.

"그 일정을 알아야 드래군을 제때에 정비할 수 있지 않겠습니까? 일정을 미리 안다면 완벽한 상태로 출동할 수 있을 겁니다."

스오는 곤혹스러워하며 마스하라를 돌아봤다. 그는 눈을 감은 채 고개를 끄덕였다. 스오는 마지못해 대답했다.

"12월 2일입니다."

"며칠까지 머뭅니까?"

"현 단계에서는 거기까지 알려 드릴 필요는 없겠지요. 이만 가십시오."

한계였다.

오키쓰가 인도에 내리자 공용차는 밤의 물결에 녹아들듯 달려가 버렸다.

그는 무수한 헤드라이트가 연이어 몰려들었다가 사라져 가는 차도를 잠시 조용히 쳐다봤다.

8

그날 밤은 어두웠다. 먹구름이 달과 모든 별을 가렸고, 아스팔트를 기는 냉기가 가로등 불빛마저도 뒤덮은 듯했다.

운하에 면한 다마치의 어느 작은 빌딩. 라이저는 주차장에 혼다 CBR1000RR 파이어블레이드를 세우고서 계단을 올랐다. 3층에 거처로 삼은 더그매가 있다. 이 건물에는 라이저를 빼고 아무도 살지 않는다. 재개발을 하고자 해체할 예정이었는데 업자가 도산하면서 뒤집어졌다. 주변에 있는 다른 빌딩과 맨션도 마찬가지였다. 라이저는 폐허로 변한 이 일대의 유일한 주거인이었다.

어둑한 계단을 오르며 그녀는 생각했다. 고향과 고향의 폐허를. 혹독하게 추웠던 항구와 운하를. 일본이라는 극동의 땅에 흘러들었는데 공교롭게도 고향과 똑같은 폐허에서 살고 있었다. 고향도, 이곳도 모두 죽은 도시였다. 사람이 삶을 꾸려 나가기 위한 집들을 파괴하고 좀먹은 존재가 총탄인지 돈인지가 다를 뿐이었다. 폐허에서 도망쳐 나와 폐허에서 산다니. 웃음밖에 나오지 않았다. 산송장이나 마찬가지인 자신에게는 폐허야말로 가장 잘 어울리는 감옥이라는 건가?

미쳐 버릴 듯한 이 상념은 소리 없는 운하에 빨려들어 사라졌다. 고요함이야말로 죽음의 증거다. 망자의 원망으로 가득한 연옥에 소리는 없다. 그리고 이곳은 지상에 튀어나온 연옥의 일부다.

문 앞에 선 순간 깨달았다. 인기척.

가죽 점퍼 안에서 S&W M629를 뽑고는 왼손으로 문손잡이를 잡았다. 손잡이에서 명료한 살의가 전해져 왔다.

왔구나, 드디어…….

바라마지 않던 순간이 찾아왔는데도 환희가 전혀 느껴지지 않았다. 허무에 말라 버린 마음에 출렁거릴 감정이야 있겠는가.

발소리를 죽이고서 안으로 들어갔다. 불이 켜져 있었다. 총부리를 겨눈 채 복도를 나아갔다. 좌우에 각각 배치된 욕실과 손님방에도 인기척은 느껴지지 않았다. 인기척은 바로 안쪽 거실에서 느껴졌다.

이 집은 천장이 높은 복층 구조다. 창문 앞에 한 남자가 서 있었다. 남자는 라이저가 한 번도 걷어 본 적 없는 베이지색 커튼을 걷고서 칠흑에 잠긴 운하를 내려다보고 있었다.

설마…….

온몸이 얼어붙었다. 과거에서, 고향에서 불어닥친 바람에.

익숙한 뒷모습이었다.

'시인.'

고향을 사랑하는 시를 읊으며 고향을 위해 총을 쥐었다. 자신의 피로 시를 지으며 적이 쏟아낸 피로 뺨을 적셨다. 일찍이 '시인'은 수많은 자들을 전쟁으로 이끌었다. 라이저도 바로 옆에서 그를 우러러봤던 한 사람이었다.

"설마……."

그 소리가 입 밖으로 튀어나오고 말았다. 모국어로…… 아니, 영어는 모국어가 아니다. 태어났을 때부터 써 온 적국어다.

남자가 서서히 돌아봤다. 가늘고 긴 체구와 곱실거리는 은발. 처진 눈썹에서는 애교가 느껴지고, 두 눈동자에는 소년의 정열과 청년의 이상과 장년의 노회함이 혼재했다. 그는 살결이 흰 얼굴로 온화한 미소를 지었다. 트위드재킷 위에 국방색 모즈코트를 걸치고 있었다. 모든 것이 옛날 그대로였다.

"설마 당신이 올 줄이야…… 킬리언."

'시인' 킬리언 퀸이 포옹을 원하듯 두 팔을 벌렸다.

"살아서 다시 만난 동지에게 축복 있으라. 너 그리고 나."

라이저는 총으로 상대방의 머리를 겨누었다.

"이제 동지가 아냐."

"넌 우리를 동지가 아니라고 생각하고 있나?"

"……."

"네가 전선에서 무단으로 이탈했을 때 참모본부는 널 배신자로 단정 지었다. 넌 모를 테지만 난 널 마지막까지 믿고 변호했지."

"우린 동지가 아냐."

라이저가 차갑게 말하자 킬리언이 어깨를 들먹였다.

"난 이제 동지가 아냐. 그래서 당신이 왔지."

"네 말대로 난 널 처형하러 왔어. 하지만 엄밀하게 말하자면 조금 달라. 난 어떤 목적이 있어서 이 나라에 왔다. 널 처형하는 건 어디까지나 '두 번째 목적'이야."

'어떤 목적'이란 무엇인가? 그게 무엇인지 관심이 생기질 않았다. 그딴 건 아무래도 상관없었다.

"그 목적, 다시 말해 내 '첫 번째 목적'을 지금 네가 소속된 조직이 아는 것 같더군. 그래서 인사차 들렀지."

말투도 여전했다. 종잡을 수 없는 그 태도 때문에 본심을 파악할 수가 없었다. 그는 신 앞에서도 본심을 속일 수 있으리라.

"어이쿠. 널 처형하는 게 첫 번째 목적의 덤인 것처럼 들렸다면 미안해. 널 제거하는 건 우리 조직의 중대 현안 중 하나야. 그리고 난 네가 저지른 사태에 책임을 져야 하는 위치에 있지. 하지만 어수룩한 처형인을 보내 봤자 반격만 당할 뿐이잖아. 지금까지 그래 왔던 것처럼. 파리에서 두 명, 스톡홀름에서 세 명, 마드리드에서 한 명. 벌써 여섯 명이야. 참모본부도 체면이라는 게 있다고."

킬리언을 겨눈 M629의 총구는 미동조차 하지 않았다.

"그래, 체면. 그 덕분에 우리가 이렇게 기적처럼 재회한 거지. 운명이란 녀석은 언제나 뜻밖의 무대를 마련해 주거든."

IRF는 라이저를 결코 정부 당국에 팔지 않는다. 오히려 당국의 추적으로부터 적극적으로 지켜 주기까지 했다.

배신자를 다른 자의 손에 맡기지 않고 반드시 직접 처형한다. 그것이 IRF의 '체면'이며 조직을 지배하는 '규칙'이었다.

라이저 또한 경찰에 근무하면서 옛 동료…… 자신의 목숨을 노리는 자들의 정보를 결코 누설하지 않았다. 특수부가 맡은 사건에 연루되지 않는 한. 그것은 경시청과 맺은 계약의 특약 항목에도 명기되어 있었다. 라이저가 요구해서 추가한 항목이었다. 라이저는 옛 동료들을 결코 팔지 않았다. 경시청도 정보를 제공해 달라고 요구하지 않았다. 서로가 그러기로 확약했기에 그녀는 비로소 경찰을 위해 일하기로 승낙한 것이었다.

"너에게 무슨 비극이 벌어졌는지 잘 알아. 그야말로 비극이지."

킬리언이 명복을 빌듯이 눈을 감았다.

"할 말이 없다. 내가 무슨 말을 하든 넌 나를 용서하지 않겠지. 또한 나도 탈영한 병사를 결코 용서할 수 없어."

아주 잘 아는 규칙이었다. 라이저는 지금까지 수많은 탈주병들을 처형해 왔다.

자신에게 겨눠진 총구를 보며 킬리언은 감개에 젖었다.

"아직도 그 총을 쓰는군."

S&W M629V콤프. 6인치짜리 은색 스테인리스 배럴이 달린 커스텀건.

"역시 넌 옛날을 잊지 못했어. 아니, 홀려 있다고 해야 할지도 모르겠군."

시인은 창밖으로 시선을 옮겼다.

"여긴 벨파스트와 비슷해. 특히 저 어두운 운하가 말이야. 어둠과 오물이 한데 뒤섞여 고약하리만치 거멓지."

나도 그렇게 생각해. 킬리언.

"그렇지 않나? 라이저."

"생각해 본 적 없다."

라이저는 총으로 겨눈 채로 대답했다.

"뭐야. 난 틀림없이 고향과 비슷해서 이곳을 거처로 삼은 줄 알았는데."

"여기가 벨파스트든 도쿄든 상관없어. 당신의 전쟁은 여기서 끝이야."

"글쎄?"

킬리언은 이따금씩 체서 고양이처럼 웃으며 방 안을 둘러봤다.

"여긴 죽은 자의 여관인가? 술병이 하나도 없는 모양이군. 이럴 줄 알았으면 선물로 고향의 위스키라도 들고 오는 건데 말이야."

그의 말대로 라이저의 차가운 거처는 전혀 생활감이 느껴지지 않았다. 그야말로 죽은 자의 여관이었다.

"아까도 말했다시피 오늘 밤은 그저 인사차 들렀을 뿐이야. 오랫동안 못 본 그리운 사람과 회포나 풀려고 말이지. 너와 마지막으로 술잔을 기울였던 게 언제였더라?"

"인사는 됐어. 당장 끝내주지."

방아쇠를 당기려고 했을 때 손가락이 멎었다.

등 뒤에서 강렬한 살기가 느껴졌다. 반사적으로 뒤를 돌아보려고 했으나 불가능했다. 손가락은커녕 온몸을 꼼짝할 수 없었다. 본능이 말한다. 움직여서는 안 된다. 움직이면 죽는다.

이곳에 들어올 때는 전혀 알아차리지 못했다. 틀림없이 확인했는데도 이토록 완벽하게 인기척을 없앴을 줄이야.

두 인기척이 느껴졌다. 누군가가 자신을 겨누고 있다는 것이 명확하게 느껴졌다. 이윽고 그 인기척이 실체가 되어 좌우에서 동시에 나타났다. 베레타Px4. 두 남자가 비스듬한 위치에서 각자 라이저를 겨누고 있었다. 덩치 큰 한 남자는 머리가 붉고 곱슬곱슬하며 다운재킷을 입고 있었다. 또 다른 남자는 노인인데 몸집이 작고 헌팅캡을 쓰고 있었다. 붉은 머리는 오만하게 비웃었고, 노인은 온화하게 미소를 지었다. 둘 다 잘 아는 얼굴들이었다.

"어때? 오랜만이지? '사냥꾼'과 '묘지기'야."

시인은 라이저가 겨눈 총구를 향해 미소를 지었다.

붉은 머리는 사냥꾼 션 맥라글렌.

노인은 묘지기 매슈 피츠기번스.

"오, '사신'. 오랜만이로군."

붉은 머리가 라이저에게 말을 걸었다. 사신이란 라이저에게 붙었던 별명이자 통칭이었다. 사냥꾼과 묘지기라는 호칭도 마찬가지로, 이들은 IRF의 처형인으로 알려져 있었다.

사냥꾼은 아쉽다는 듯이, 그리고 우습다는 듯이 말했다.

"역시 이렇게 됐군, 사신. 하지만 펍에서 한턱 얻어먹을 사람은 묘지기 영감이 아니라 바로 나야."

두 호위를 대동한 킬리언이 말했다.

"놀랄 거 없어. 표적은 그 유명한 사신이잖아. 우리도 최강의 카드를 준비해 왔지."

먹잇감을 위압하는 사냥꾼과 묘지의 어둠 속에서 도사리고 있는 묘지기.

견뎌 낼 수밖에 없었다. 긴장을 이기지 못하고 움직인다면 곧바로 사냥꾼이 사냥에 나서고, 묘지기가 무덤 구덩이 속으로 밀어 넣을 것이다. 라이저는 자신이 머리카락보다도 더 가느다란 밧줄 위에 서 있다는 것을 자각했다.

그뿐만이 아니었다. 강대한 살기가 하나 더 느껴졌다.

M629를 킬리언에게 겨눈 채 위쪽을 힐끔 올려다봤다. 어느새 2층에서 하얀 실루엣이 홀연히 나타나 마찬가지로 베레타Px4로 라이저를 겨누고 있었다. 여자였다. 하얗고 작은 새를 떠오르게 하는 트렌치코트. 얼굴이 작은 그녀의 까만 긴 머리 끝은 일자로 다듬어져 있었다. 몸집이 아담하고 키가 크지 않았다. 20대 초반, 아니, 스무 살 전후? 외모는 가련하지만 그 존재감은 사냥꾼과 묘지기에 결코 뒤지지 않았다.

세 사람이 내뿜는 무시무시한 살기가 실내를 무겁게 짓눌렀다. 그 중압감에 숨이 막힐 듯했다.

여자는 난간을 따라 나선계단으로 향했다. 그러고는 춤을 추듯 사뿐사뿐 내려왔다. 마치 무대에 오르는 여배우처럼.

"저 사람은 초면이겠지. 소개하지. 이파 오드넬. 동료들 사이에서 '무희'라 불리고 있다."

무희는 거리낌 없이 라이저의 바로 앞에 서서 그녀의 얼굴을 물끄러미 들여다봤다. 커다랗고 검은 눈동자로 품평하듯이.

"흐음……."

사랑스럽게 살짝 들린 코로 비웃으며 무희가 킬리언을 돌아봤다.

"얘가 사신?"

"맞아. 내가 아는 최고의 처형인이지."

"이 녀석 좀 봐. 덜덜 떨고 있어."

무희가 서슴지 않고 도발했다. 무서우리만치 오만한 태도였다.

"사신이라 불릴 정도니 그동안 사람을 숱하게 죽여 왔을 거 아냐? 그런데도 죽는 게 무서워?"

라이저는 총을 쥔 손에 더 힘을 주었다.

눈앞에 있는 작은 아가씨가 폭력적인 살기를 방출했다. 머릿속에서 되살아났다. 고향에 감돌았던 시취. 동포와 동포가 아닌 사람을 무차별적으로 가해하는 광기 어린 충동.

"그야 너희들 같은 처형인이 세 명이나 눈앞에 있으면 누구든 벌벌 떨겠지. 나도 무서운걸."

킬리언은 농담투로 대답하고서 라이저를 쳐다봤다.

"그녀는 내 밑에서 일하고 있어. 지금 내가 갖고 있는 가장 강력한 패지. 굳이 말하자면 네 후임이라고 할 수 있겠군. 저래 봬도 꽤 수재야."

자신의 후임.

라이저는 이파의 눈을 똑바로 쳐다봤다. 그녀는 동그란 눈동자에 깃들어 있는 악의를 감추려고도 하지 않았다. 그 격렬한 시선에 빨려들었는지 도저히 눈길을 돌릴 수가 없었다. 마치 서로 마주한 한 쌍의 거울 속에 펼쳐진 무한함의 마력에 사로잡힌 것처럼.

그렇다. 거울이다.

겉모습은 닮지 않았다. 품고 있는 증오가 무척이나 닮았다. 자신의 죄가 무한히 이어져 보이는 세계. 영원히 빠져나갈 수 없는 죄의 연쇄다. 그것이 자신을 옭아맸다.

"어때? 마치 옛날의 너 같지?"

"안 닮았어. 하나도."

이파가 항의했다.

킬리언은 아랑곳하지 않고 다시 라이저를 쳐다봤다.

"라이저 라드너 경부? 네가 경찰이 됐다는 소리를 듣고 어찌나 놀랐던지. 하지만 이내 환희했지. 신께 감사를 드렸다. 넌 경찰로서 우리와 싸우겠지. 우린 널 옛 동료가 아니라 경찰로서 죽일 거다. 넌 자긍심을 잃고, 천박한 신분인 채로 죽을 거야. 그것이야말로 IRF가 바라는 이상적이면서도 최고의 처형이잖나?"

킬리언은 유쾌해하면서 방 안에 딱 하나 있는 의자로 향했다. 라이저는 그의 움직임에 맞춰서 머리를 겨눈 총구를 옮겼다.

"킬리언을 저승길 동무라도 삼을 셈이야?"

무희가 베레타를 라이저의 관자놀이에 대고서 눌렀다.

"내가 가만히 내버려 둘 것 같아?"

싸늘하고 딱딱한 총구의 감촉이 느껴졌다. 무희의 노골적인 살의가 확연히 느껴졌다.

킬리언은 간소한 목제 의자 등받이에 손을 얹고는 앉지 않고 진지하게 중얼거렸다.

"이 의자마저도 고향의 것과 비슷한 것 같군. 네 아버지의 차고를 한번 떠올려 보라고. 델릭은 이런 의자에 앉아서 술을 마셨지. 넌 예나 지금이나 늘 같은 곳에 있어. 네 영혼은 크게 변했지만 말이야."

지금껏 입을 다물고 있던 묘지기가 온화한 미소를 유지하며 불쑥 내뱉었다.

"배신자 맥브레이드."

그의 눈은 온화하게 웃고 있지만, 그 속에는 깊은 혐오와 경멸이 깃들어 있었다. 그는 얼굴에 침을 뱉어 주고 싶을 만큼, 얼굴을 보기만 해도 두 눈이 썩어 버릴 만큼 그 이름을 증오했다.

"내가 애초에 말했었지. '배신자의 혈통' 따위 믿을 수 없다고. 맥브레이드 가의 인간을 동료로 들이는 건 말도 안 된다고 했잖나."

여러 번이나 들었던 말이다. 태어났을 때부터 지금까지 자신의 이름보다도 그런 욕설을 더 많이 들어왔다.

"난 네 할아버지를 알고 있다. 조슈아 맥브레이드. 72년에 벌어진 '피의 일요일' 때였지. 그놈도 너와 마찬가지로 수치를 모르는 배신자였다. 맥브레이드 가의 인간들은 죄다 똑같은 것 같구먼."

"그녀는 이제 맥브레이드가 아냐. 그보다 더 질 떨어지는 라드너 경부지."

평온한 얼굴로 분노를 드러내고 있는 노인을 달래며 킬리언이 코트 자락을 휘날렸다.

"그만 가자. 인사는 끝났다."

시인은 라이저의 옆을 태연히 지나 문으로 향했다. 라이저의 총구는 더는 그 뒤를 쫓지 않았다.

"방해를 했군. 잘 자게나, 경부. 오늘 밤은 별이 없군. 운하를 바라보다가 네가 버린 조국이 나오는 꿈이나 꾸면 딱 좋겠어."

사냥꾼, 묘지기, 그리고 무희는 킬리언의 뒤를 쫓아 발소리도 내지 않고 떠나갔다.

무희가 발걸음을 멈추고서 뒤를 본 것 같았다. 그녀가 살짝 웃었다. 라이저는 등으로 그것을 느꼈다.

문이 닫히고 방문객들의 기척이 사라졌다.

온몸을 바짝 죄었던 긴장의 끈이 풀리고 라이저는 M629의 총구를 비로소 내렸다.

폐에 괴어 있던 숨을 단숨에 내뱉었다. 이내 오한이 들었다. 열병에 걸린 것처럼 떨림이 멎질 않았다. 손에서 M629가 스르르 떨어졌다. 두 손으로 두 팔을 부여잡았다. 이가 딱딱 떨릴 만큼 한기가 돌았다. 공포였다. 킬리언 퀸과 세 수행원들은 공포를 남기고 갔다.

하지만 라이저가 이토록 떠는 것은 죽음이 두려워서가 아니었다. 먼 과거에 자신이 저질렀던 죄 때문이었다. 그것은 텅 빈 영혼 속에서 줄곧 되울리던 잔향이기도 했다.

간신히 고개를 들어 정면에 있는 창문을 봤다. 그 너머에 펼쳐진 것은 틀림없는 고향의 어둠이었다.

아일랜드의 밤에 숨어 있는 정령 밴시. 죽은 자가 나온 집 창가에서 흐느껴 운다고 전해진다.

그때 라이저는 창가에서 흐느끼는 밴시의 울음소리를 들은 것 같았다.

9

이튿날 아침. 오키쓰는 특수부의 주요 인물들을 부장실에 불러 모았다. 시로키와 미야치카 이사관, 세 외인 경부들, 수사주임인 유키타니와 나쓰카와, 그리고 기술반 주임인 미도리까지.

응접용 소파부터 파이프 의자까지 책상 앞에 어지러이 놓인 각종 의자에 모두가 앉아 있었다.

극비 사항이니 누설하지 말라고 당부하고서 오키쓰는 외무성이 비공식적으로 알려 준 정보를 간략하게 말했다.

"킬리언 퀸……."

스가타가 신음했다. 그 이름은 스가타를 비롯한 모두가 물론 알고 있었다. 국제 테러리스트 중에서 이슬람 원리주의 조직의 정신적 지도자에 버금갈 만큼 유명했다.

평소와 마찬가지로 경시청 직원 점퍼를 입은 미도리는 무릎 위에 올린 두 주먹을 세게 쥐었다. 시로키가 염려하는 눈빛으로 힐끔 돌아봤다.

킬리언 퀸. 통칭 시인. IRF를 결성한 주역이자 참모본부의 중진이다. 그리고 미도리에게서 가족을 빼앗아 간 '채링크로스 참극'의 주범이다.

"하지만 부장님, 퀸이 이미 입국했다는 증거는……."

라이저가 시로키의 말을 가로막았다.

"퀸은 일본에 있다."

"뭐?"

"어젯밤에 내 거처를 찾아왔었다."

모두가 할 말을 잃었다.

라이저는 어젯밤에 겪었던 일을 담담하게 말했다. 감정을 배제하고 정보만을, 마치 다른 사람 이야기처럼 전했다.

귀를 의심할 만한 내용이었다.

시인이 수행원이자 테러리스트인 사냥꾼, 묘지기, 무희와 함께 찾아왔다.

"국제 지명 수배 중인 테러리스트가 경찰관의 거처를 찾았다고?"

미야치카가 참지 못하고 외쳤다. 미도리도 똑같은 생각이었다.

"그런데도 네놈은 그냥 지켜보기만 했다? 긴급 체포는 어려웠을 테지만 왜 곧바로 보고하지 않았나? 긴급 배치는 가능했을 텐데."

라이저는 아무 대답도 하지 않았다.

"아니, 긴급 배치는 불가능했을 거야."

시로키가 고개를 가로저었다.

"킬리언 퀸이 도쿄에 있다는 사실이 널리 알려진다면 큰 소란이 벌어질 거다. 외무성의 계획에 차질이 빚어져."

"그런가……."

미야치카는 그 말을 듣고 입을 다물었다. 상대가 워낙 거물이라서 관할 경찰서가 공황 상태에 빠졌을 것이다. 그렇게 되면 비밀이 누설되리라.

나쓰카와가 결심을 굳혔는지 일어섰다.

"저도 미야치카 이사관님과 똑같은 의문을 품고 있습니다. 이곳에 있는 모두가 마찬가지겠죠. 스가타 경부와 오즈노프 경부는 다를지도 모르겠지만."

가슴에 담아 뒀던 묵은 생각을 토해 내는 듯했다.

"저는 라드너 경부의 말을 솔직히 이해할 수가 없습니다. 비단 이번 사안뿐만 아니라 언젠가 경부의 경력에 대해 현장 수사원들에게 설명을 해야만 하는 때가 올 겁니다. 그때 부하들에게 뭐라고 해야 합니까? 저와 부하들도 소문을 들어 어렴풋하게나마 짐작하고 있습니다. 공공연히 말해서는 안 되는 내용인지도 모르겠지만, 더 숨겼다가는 부하들의 사기가 크게 흔들릴 겁니다."

"저도 나쓰카와 주임과 같은 의견입니다."

유키타니도 결연히 일어섰다.

오키쓰는 두 사람을 쳐다보며 말했다.

"공공연히 말해서는 안 된다라……. 분명 그 말이 맞네. 우리는 여러 기밀을 떠안고 있네. 그렇지 않으면 애당초 특수부가 설립되지 않았겠지. 자네들도 그걸 잘 알 텐데?"

"예. 하지만……."

오키쓰는 우물거리는 나쓰카와를 제지했다.

"무언가를 안다는 건 때로는 성가신 짐이 되기도 한다. 시로키 이사관과 미야치카 이사관은 늘 그런 위험 속에서 살고 있다네. 자네들은 그걸 모르기에 최소한의 알리바이가 보장되어 있지. 물론 언젠가는 그 보장을 버려야만 하는 때가 오리라 생각하네만."

나쓰카와는 잠시 생각한 뒤 말했다.

"저는 보장 따윈 바라지 않습니다. 현장수사원들을 통솔하는 위치이니 마땅히 짊어져야 할 책임이라고 생각합니다."

"유키타니 주임은?"

"마찬가지입니다."

두 사람을 옹호하듯 시로키가 상관을 쳐다보고 말했다.

"전 나쓰카와 주임과 유키타니 주임을 신뢰합니다. 라드너 경부의 보고를 듣고 저 역시 이해가 되지 않는 부분이 많았습니다. 나쓰카와 주임의 말이 맞습니다. 이해를 하지 못한다면 문제를 판단할수가 없습니다."

"좋네."

오키쓰가 라이저를 쳐다봤다.

"라드너 경부. 모두에게 자네의 본명을 알려 주게나."

"라이저 맥브레이드."

라이저가 기계처럼 대답했다.

나쓰카와와 유키타니는 특별한 반응을 보이지 않았다. 그 이름을 잘 모르기 때문이다. 다른 자들은 라이저의 본명을 알고 있었다. 특히 스가타와 유리는 사신이라는 통칭도 알고 있었다. 그 이름이 암흑가에서 공포의 대명사로 통하고 있다는 것도.

"자네가 예전에 몸을 담았던 조직 이름을 말하게."

"IRF."

"조직에서 자네의 역할은?"

"처형인."

"무슨 임무인지 구체적으로 말해 주게."

"조국의 독립을 방해하는 모든 적을 제거하고 군대의 규율을 어긴 자를 숙청하는 것이었습니다."

처형인…… 암살에 특화된 임무를 수행하는 자를 IRF에서는 그렇게 부르는 모양이다.

"옛 동료들이 자네를 노리는 이유는?"

"군율을 어기고 전선에서 이탈했기 때문에."

"킬리언 퀸과의 관계는?"

"그의 권유로 조직에 지원했습니다. 입대한 뒤로 줄곧 그의 직속 부하가 되어 지휘를 받았습니다."

"그가 참모본부 안에서 입지를 굳히는 데 자네의 활동이 도움이 됐나?"

"도움이 됐다고 생각합니다."

"어느 정도로?"

"상당히."

심문과도 같은 일문일답이었다. 라이저의 얼굴에서는 주저하는 기색이 조금도 보이지 않았다.

"자네는 과거에 영국 당국, 혹은 다른 나라의 당국에 붙잡혀 취조를 받은 바가 있나?"

"없습니다."

"지명수배를 받은 적은?"

"없습니다."

"범죄 혐의를 받아 용의선상에 오른 적은?"

"없습니다."

"IRF는 왜 자네 정보를 당국에 흘리지 않았나?"

"군율에 따라 손수 나를 처형하기 위해서입니다."

"킬리언 퀸이 자네의 거처를 방문한 이유는?"

"처형을 고지하러 왔습니다."

"고맙네. 경부."

오키쓰는 다른 부하들의 얼굴을 둘러보고 말했다.

"필요한 정보는 거의 다 들었으리라 생각하네. 질문이 있다면 경부에게 직접 물어보게."

"질문해도 되겠습니까?"

미도리는 일어서서 라이저를 똑바로 응시했다. 몸이 딱딱하게 경직되어 있었다.

"방금 들은 문답 속에 미야치카 이사관님이 지적한 의문의 해답은 담겨 있지 않은 것 같습니다. 테러리스트와 접촉했으면서 왜 바로 보고하지 않았습니까?"

"그럴 의무가 없다."

라이저가 무표정으로 딱 잘라 말하자 미도리는 순간 어리둥절했다.

다른 사람들도 마찬가지였지만 스가타 경부만은 흥미진진한지 웃음을 짓고 있었다.

"말도 안 돼. 경부님은 경시청과 계약을 맺었고…… 과거야 어쨌든 현재는 경찰관으로서……."

"특약 조항이 있다. 내 계약서에만 추가한 조항이다. 경시청은 나에게 IRF와 관련된 정보를 제공해 달라 강요하지 않는다. 특수부가 다루는 사건과 관련이 있지 않는 한."

"그럼 더더욱 보고해야 하지 않나요? 이 사안은……."

미도리는 말을 하려다가 입을 다물었다. 특수부는 이번 사안에서 배제되어 있다. 지난번에 상관이 그렇게 말했었다.

"하지만 어젯밤 시점에서는."

"어젯밤 시점에서는 다이코쿠 부두 사건과 관련이 있는지 명확하지 않았다. 적어도 내게는."

"……."

"난 킬리언이 개인적인 이유로 왔다고 생각했다."

라이저가 담담하게 대답하자 미야치카가 또다시 격노했다.

"그게 무슨 헛소리야!"

"이봐, 미야치카."

시로키가 동료를 만류했으나 역시 이번만큼은 시로키도, 유키타니와 나쓰카와도 미야치카와 동감이었다.

"이번에야말로 꼭 말을 해야겠어. 이 녀석은 역시 최악의 범죄자야. 결코 경찰관이 아냐."

분노한 나머지 미야치카는 특수부의 근간을 부정했다. 그러나 경찰관의 순수한 긍지에서 비롯된 분노였기에 모두들 그를 이해했다.

"네놈은 스즈이시 주임이 어떤 심정인지 알기나 하나?"

"사정은 들어서 안다."

라이저가 말했다. 조용한 목소리로.

"채링크로스 참극에서 살아남았다고 알고 있다. 나……."

라이저는 무슨 말을 하려다가 무심코 입을 다물었다.

나와는 관계없다, 난 그 심정을 모른다.

그렇게 말하려고 했으리라 미도리는 짐작했다. 그래서 더욱 분개
했다.

"정리를 해 보죠."

미도리는 가까스로 화를 억누르고서 질문을 계속했다.

"경부는 어젯밤에 자신의 목숨을 노리고 온 IRF 멤버와 직접 대화
를 나눴으면서도 그들을 방치했군요?"

"그렇다."

"그들의 손에 살해되어도 상관없다고 생각했나요?"

"아니."

"모순입니다."

"그럴지도 모른다."

"이해할 수 없어요."

"이해하지 않아도 된다."

미야치카가 또다시 버럭 외쳤다.

"헛소리 좀 작작해!"

라이저는 역시 아무런 변화가 없었다.

"임무를 수행할 때는 전력을 다할 거다. 문제없다."

"믿을 수 없어요."

미도리는 다시 숨을 고르며 결심한 뒤에 말했다.

"기술반 주임으로서 제 견해를 말씀드리겠습니다. 작전을 수행할 때 밴시는 일정한 경향대로 움직이는 것 같습니다."

밴시란 라이저가 탑승하는 드래군의 코드네임이다.

"밴시는 극단적으로 돌출하는 경향이 있습니다. 경부님이 명령을 무시한다는 뜻은 아닙니다. 오히려 명령을 대단히 정확하게 실행해 왔습니다. 어디까지나 경향을 말씀드리는 겁니다. 작전을 수행하는 밴시의 행동을 분석하고 관찰해서 얻어 낸 추론이죠. 분명 밴시는 그렇게 운영했을 때 능력을 최대한 발휘할 수 있는 기체입니다. 하지만……."

미도리는 순간 망설인 뒤에 말을 이었다.

"하지만 전 자꾸 경부님이 그저 죽고 싶어서 안달하는 사람처럼 보입니다."

"그 판단은 옳다. 그리고 동시에 틀렸다."

모두가 그야말로 혼란에 빠졌다.

"그게 무슨 소리냐! 알아들을 수 있게 말해라."

이제 미야치카를 제지하는 사람은 없었다. 오키쓰도 냉담한 얼굴로 침묵했다.

"그건 나도 듣고 싶구먼."

스가타 경부가 말했다.

"네가 라드너이든 맥브레이드든 나와는 아무런 관계가 없어. 넌 분명 믿음직한 동료야. 중요한 전력이지. 너만한 실력을 갖춘 병사는 베테랑 중에서도 거의 찾아볼 수가 없어. 하지만 동시에 넌 언제 폭발할지 모르는 시한폭탄 같더라. 그런 불안정한 동료와 함께 전선으로 나가는 우리도 생각해 줘."

모두가 라이저를 주목했다.

"내게는 자살이 허용되지 않는다."

그것이 그녀의 대답이었다.

"두 시간 뒤에 회의가 열린다. 수사원들에게는 내가 상황을 전하도록 하지."

오키쓰가 모두에게 해산을 고했다.

스가타와 유리는 어쩐지 납득한 듯했지만, 다른 사람들은 석연치 않은 표정으로 일어섰다.

미도리는 부장의 집무실을 나오면서 마음속으로 라이저를 향해 거듭 따져 물었다.

내 가족을, 수많은 목숨을 빼앗아 놓고서 당신은 어떻게 그리 태연하게 살 수 있는 거죠…….

자기 자리로 돌아간 시로키는 곧장 전용 단말기로 ICPO와 FBI, 그리고 스코틀랜드 야드*의 사이트에 접속했다.

세 처형인은 국제 지명 수배범이라서 어떤 사이트에 들어가든 얼

---

* 영국 런던 경찰국의 별칭.

굴 사진과 정보가 널리 공개되어 있었다. 시로키는 메모를 하면서 각종 자료를 숙독했다.

션 맥라글렌. 통칭 사냥꾼. 아마주 출신. IRA잠정파 남아마여단의 전사로서 수많은 테러에 관여해 왔다. 그 뒤에는 리얼IRA를 거쳐 IRF에 합류했다. 철저하게 강경 노선을 고집하는 무투파다. 리얼IRA에 소속되어 있던 90년대에는 벨파스트 합의에 반대하여 오마 폭탄 테러를 저질렀고 주요 테러에 가담했다. 뉴리에서 강도 사건 용의자로 체포되어 징역 12년형을 선고받았으나 복역 6년째에 가석방되었다. 정치 거래의 산물로 추정된다. 그 가석방 기간 중에 그는 잠적했고, 이후에는 IRF의 처형인, 즉 암살 전속 요원으로서 활약하고 있다. 지금까지 적어도 네 사람을 살해했다.

매슈 피츠기번스. 통칭 묘지기. 에니스킬렌 출신이다. 72년에 벌어진 피의 일요일 이전부터 전쟁에 참가했다. 입대 당시 10대 초반이었다고 한다. 결코 밖으로 드러내서는 안 되는 은밀한 일들을 묵묵히 처리해 온 역전의 노병이다. 북아일랜드 역사의 산증인이며 동지들이 잇달아 사망하는 와중에도 끈질기게 살아남아서 어느새 묘지기라 불리게 됐다. 늙은 뒤에는 암살 기술을 더욱 연마하였는데 젊은 병사 따윈 발치에도 못 미치는 전설적인 존재다. 활동력을 보면 이미 장로로서 지휘를 해야 할 위치이지만 무대에서 활약하고 싶다고 고집을 부려 스스로 일반 병졸에 머물렀다. 북아일랜드 분쟁의 정치적 해결을 철저하게 반대해 왔다. 그래서 한창 평화 프로세스가 진행되던 중에는 지도부의 배척을 받아 은퇴를 한 바 있다.

한때는 사망설까지 나돌았지만 IRF가 결성되자 일선에 복귀했다. 현재도 처형인으로서 활동하고 있다는 정보가 있다.

이파 오드넬. 통칭 무희. 다운패트릭 출신이다. 열세 살 때 프로테스탄트 지구 주민을 폭행했다는 혐의로 처음으로 체포됐다. 그 뒤에 세 차례나 체포되었다가 보석으로 풀려났다. 교활하고 지능이 높다. 성격은 지극히 냉혹하다. 열다섯 살 때 란에 있는 한 클럽에서 댄서를 가장해 무대 위에서 UDA(얼스터 방위 협회*) 동앤트림여단의 멤버를 사살했다. 대담한 행동력을 눈여겨본 킬리언 퀸의 권유에 따라 그녀는 IRF에 몸을 던졌다. 무희라는 별명은 클럽에서 살인했을 때 붙여진 것이다. 그 이후에는 킬리언 퀸의 직속 부하로서 암살 임무를 수행해 왔다. PSNI(북아일랜드 경찰) 직원, 영국군 장교를 비롯해 아홉 명을 살해했다……

정보를 읽으면서 시로키는 암울한 생각에 사로잡혔다. 직업 범죄자의 프로필을 자주 봐 왔지만, 그래도 그들의 경력은 혀를 내두를 정도였다. 모두들 유소년기 때부터 폭력과 함께 살아왔다. 요람 속에서 총성을 듣고 장례식에서 폭탄이 터지는 소리를 듣는다. 당연하다는 듯이 사람을 증오하고 죽인다. 시로키는 보고 들은 바가 있어서 대강은 알지만, 결코 북아일랜드 얼스터의 일상을 실감할 수 없었다.

마지막으로 라이저 맥브레이드로 검색해 봤다. 여러 군데에서 검

---

* 북아일랜드의 독립을 방해하기 위한 비합법 군사 조직.

색해 봤지만 역시나 그 이름은 나오지 않았다. 킬리언 퀸은 비장의
패로 쓰고자 그녀의 존재를 철저히 숨겼다. 그녀의 전과 기록은 깨
끗했다. 영국 당국이 알아차리지 못했을 리가 없지만, 겉으로는 애
써 모르는 척했다. 일종의 첩보 전략이리라. 이파 오드넬이 라이저
처럼 될 수 없었던 것은 그녀가 IRF에 입대하기 전에 체포된 전력이
있고, 무엇보다 공공 장소인 클럽에서 살인을 저질러서였다.

시로키는 책상 위에 있는 시계를 힐긋 쳐다봤다. 회의 시간까지
10분이 남았다. 메모를 정리하여 파일 홀더에 끼운 뒤 일어섰다. 몹
시 심호흡을 하고 싶었다. 어디든 좋으니 야외에서 공기를 들이마
시고 싶었다. 자신이 아는 일상의 공기를. 지하철 농성 사건 이후로,
아니, 그 이전부터 불온한 느낌이 점점 짙어지고 있었다. 그러나 아
직 일본은 얼스터가 아니다.

킬리언 퀸과 세 부하들, 그리고 라이저 맥브레이드…… 라드너.

시로키는 그들이 살았던 북아일랜드 얼스터를 떠올렸다. 그들의
증오의 과거를 생각했다. 그리고 자신이 얼마나 무지하고 무른지도
깨달았다.

두 시간 전에 밝힌 대로 오키쓰는 수사원들에게 상황을 설명했다.

IRF의 킬리언 퀸이 일본이 잠입했다. 목적은 일본을 방문할 영국
고위 관료를 암살하는 것이다. 그리고 특수부는 이번 사안에 개입
할 수가 없다.

라이저의 과거에 대해서는 언급하지 않았다. 그러나 오키쓰는 킬

리언 퀸의 '두 번째 목적'이 라이저 라드너 경부를 처형하는 것임을 최소 한도로 설명했다. 수사원들은 두 시간 전에 주요 인물들이 그 랬던 것처럼 어리둥절해했다. 뒤이어 유키타니와 나쓰카와를 쳐다봤다. 두 사람은 그저 고개만 무겁게 끄덕였다. 수사원들은 소문으로만 나돌았던 라이저의 과거가 사실임을 넌지시 깨달았다.

회의실에 있는 모두가 입을 다물었다. 수사를 지속하느냐 마느냐는 이미 논외였다.

특수부는 IRF를 수사할 수 없다. 하지만 그들이 목숨을 노리는 라이저는 어떻게 되는가? 특수부는 이 외인 경부를 어떻게 대우해야만 하는가?

본인은 이 모든 것이 다른 사람 일인 것처럼 무심한 표정을 짓고 있었다.

"킬리언 퀸이라는 이름은 여러분들도 익히 아리라 생각한다. 하나 인간은 보도나 정보만으로는 알아낼 수 없는 냄새를 맡을 수 있지."

오키쓰는 라이저를 쳐다봤다.

"라드너 경부. 자네는 일찍이 킬리언 옆에 있었지."

"예."

"자네가 보기에 그는 대체 어떤 인물인가?"

라이저는 상관을 쳐다보며 잠시 생각한 뒤에 딱 잘라 대답했다.

"부장님과 닮았습니다."

그 대답을 듣고 모두가 굳어 버렸다. 발칙하게도 상관이 테러리스트와 닮았다는 소리를 하다니.

"외모가 닮았다는 뜻이 아닙니다. 말씀하신 대로 냄새입니다. 킬리언의 냄새와 부장님의 냄새가 비슷합니다."

"이건 나도 두 손을 들 수밖에 없겠구먼."

역시 오키쓰도 허를 찔린 듯했다. 하지만 그는 화를 내지 않고 쓴 웃음을 지었다.

"그래? 나와 닮았다……. 이거 영광이라고 해야 하나?"

오키쓰가 장난꾸러기 소년처럼 웃었다. 그리고 악마처럼 간사한 지혜를 짜냈다.

미야치카를 비롯한 요원들이 불쾌해하며 얼굴을 찡그렸을 때, 스가타는 그럴듯한 말이라며 고개를 끄덕였다.

미도리는 구역질을 참아 내기가 어려웠다. 킬리언 퀸이 누구와 닮았든 상관없다. 갑자기 모든 것이 악몽 같았다. 4년 전부터 이어진 악몽. 눈 하나 깜빡이지 않고 유리 조각품처럼 앉아 있는 라이저야말로 그 증거가 아닌가. 바라건대 지금 이 순간이 악몽에서 깨어나기 직전이길 바랐다. 하지만 그와 동시에 미도리는 그것이 헛된 바람이라는 걸 잘 알았다. 악몽의 끝은 아직도 머나먼 곳에 있었다. 끝날 기미가 전혀 보이지 않았다. 오전인데도 청사를 둘러싼 빛이 흐릿했다. 주변이 어둠에 휩싸인 것만 같았다.

제2장

벨파스트/과거

1

헐리*와 헐리가 격렬하게 부딪치며 공을 쫓았다. 공격수가 슛한 공을 골키퍼가 쳐냈다.

유일한 관객인 라이저는 벤치에 앉아 운동장을 뛰어다니는 카모지** 선수들을 지루하게 쳐다봤다. 모두가 세컨더리 스쿨의 주니어 사이클(전기 과정)에 속해 있다. 그리고 모두들 가톨릭이었다.

북아일랜드의 가톨릭 교회가 운영하는 학교의 학생들은 방과 후 활동으로 오로지 게일 게임***만 할 수 있다. 게일 풋볼과 함께 카모지는 대표적인 게일 게임으로 손꼽힌다. 한 팀은 열다섯 명으로 구성되어 있다. 유니폼을 입은 서른 명의 학생들이 운동장을 이리저

---

* Hurley, 카모지 경기를 할 때 쓰는 채.

** Camogie, 아일랜드식 여성 하키.

*** 아일랜드의 여러 전통 스포츠.

리 뛰어다니고 있었다. 공을 쫓아가서 헐리를 휘둘렀다. 하키채보다 큰 헐리는 딱딱한 떡갈나무로 만들어졌다. 몸에 맞으면 위험할 테지만 헬멧 착용은 의무가 아니었다. 착용 여부는 선수들의 판단에 맡겨져 있다. 당연히 학생들은 아무도 착용하지 않았다.

헐리로 때릴 뿐만 아니라 발로 차기도 한다. 온몸을 이용한 다채로운 기술과 몸놀림이 카모지의 매력이라고 할 수 있다. 하지만 지금 운동장에서 펼쳐지고 있는 시합은 주니어 팀이 벌이는 시합이다. 빈말이라도 수준이 높다고 할 수가 없었다.

아까 그 공격수가 또다시 앞으로 튀어나와 슛을 노렸다. 머리가 붉고 키가 큰 공격수였다. 메이브 맥허티다. 라이저와 동급생으로 열다섯 살이다. 라이저는 그녀의 성격을 지겹도록 잘 안다. 프라이머리 스쿨부터 사귄 소꿉친구이기 때문이다.

메이브가 손에 든 헐리로 공을 때렸다. 그녀가 크게 휘두른 헐리 끝이 허공을 스쳐 상대팀 선수의 얼굴에 맞았다. 얼굴을 세게 얻어맞은 선수가 땅바닥에 벌러덩 쓰러졌다. 두 팀의 선수들이 쓰러진 선수에게 달려갔고 이내 난투가 벌어졌다. 늘 봐 온 패턴이었다. 이 지역의 학생들을 모두 싸움을 즐겨했다. 라이저도 예전에는 즐겨했었다. 으레 메이브보다 먼저 싸움에 나섰었다. 하지만 지금은 이제 하나도 재미가 없었다.

스포츠 협회에서 파견한 코치가 때를 보다가 개입했다. 머리가 벗어진 중년 코치가 심드렁한 표정으로 선수들을 미적지근하게 혼낸 뒤 연습 시합을 이만 끝내자고 했다. 얼굴을 얻어맞은 소녀가 피투성이가 되어 실려 갔다. 한 학년 아래인 스테파니 피케였다. 다른 선수들은 모두들 욕설을 퍼부으며 제각기 운동장을 떠났다. 라이저도 지긋지긋하다며 일어서 두 손을 파카 주머니에 찔러 넣고는 벤치를 뒤로했다.

"라이저."

뒤에서 누군가가 불렀다. 메이브가 숨을 헐떡이고 있었다.

"방금 시합 어땠어?"

대답할 가치도 없었다. 최악이었다.

"적당히 좀 해."

"뭐가?"

"일부러 그랬지?"

라이저는 메이브가 들고 있는 헐리를 가리켰다. 채 끝에 끈적끈적한 피가 묻어 있었다.

메이브는 조금도 주눅 들지 않고 말했다.

"걘 프로테스탄트 대학생이랑 사귀고 있어."

"진짜?"

라이저가 놀라워하며 상대를 쳐다봤다.

"진짜야. 모두들 그 얘기로 시끄러워. 캐시의 오빠 말에 따르면 유니어니스트* 고리대금업자의 아들이래."

라이저는 한숨을 내뱉었다. 정말로 그런 남자와 사귀고 있다면

---

* 북아일랜드와 영국의 통합을 바라는 자.

헐리에 얻어맞는 게 당연하다. 그뿐만 아니라 나중에 더 혹독한 폭력도 각오해야만 하리라.

암담한 마음으로 라이저가 발걸음을 돌리자 메이브가 불러 세웠다.

"기다려 봐."

라이저가 돌아보자 메이브가 헐리를 내밀었다.

"너, 진짜 이제 안 할 거야?"

"응."

"왜?"

"그냥."

"그게 뭐야?"

"……."

"루스가 했던 말을 아직도 마음에 담아 두고 있는 거야?"

루스 마일스는 팀의 수비수인데 예전에 라이저와 다툰 적이 있었다. 처음에는 사소한 말다툼이었다. 그런데 감정이 격해지자 루스가 라이저를 '배신자의 혈통'이라고 매도했다.

"그 녀석 이제 아무 말도 안 해. 걘 얼간이거든. 다른 애들에게는 내가 잘 말해 볼게."

루스와의 싸움은 잊지 않았다. 팀원들과의 관계가 소원해진 계기 중 하나였다. 하지만 순전히 그것 때문에 카모지를 관둔 것은 아니었다. 마음을 옭아 매고 있는 이 권태로움을 말로 다 표현할 수가 없어서 라이저는 그저 입을 다물었다.

"우리 팀은 딱 봐도 약하잖아. 그러니까 너 같은 녀석이 있어 줘야 돼. 우리 다시 한 번 해 보자."

"미안한데 다른 애한테 부탁해."

"이 동네에서 나보다 발이 빠른 사람은 너뿐이라고. 분하긴 하지만."

라이저는 얼굴이 붉게 달아오른 상대의 얼굴을 쳐다봤다. 옛날부터 메이브는 외골수였다. 무엇보다 맥브레이드 가문의 딸인 라이저를 격의 없이 대하는 유일한 친구다.

"밀리를 데리러 가야 돼."

겨우 말을 쥐어짜냈다.

"그래? 오늘이 목요일이었나?"

메이브가 선선히 수긍했다.

"못 본 지 꽤 됐는데 밀리는 잘 지내?"

"응. 피아노 치는 날에는 특히 더 씩씩해."

"피아노 배우려면 돈이 꽤 들잖아?"

"응. 플러머 씨가 특별히 봐주고 있어."

"밀리에게 안부 전해 줘. 예전처럼 종종 놀러 오라고 말이야. 우리 집 스콘은 맛이 별로긴 하지만."

"알았어. 전해 줄게."

메이브가 학교 건물을 향해 몸을 돌렸다.

"아까 카모지를 다시 해 보자는 내 얘기 말이야. 한번 생각해 봐."

메이브는 라이저의 대답을 기다리지 않고 운동장을 가로지르며 달려 나갔다.

라이저는 그 뒷모습을 한동안 바라본 뒤 반대 방향으로 걸어 나갔다.

학교를 나와 샨킬 로드 쪽으로 향했다. 이 인근은 프로테스탄트의 주거 지역이라서 라이저는 발걸음을 빨리 했다. 아무리 대낮이라고 해도 가톨릭에게 이 지역은 위험하다. 조심해서 나쁠 것은 없다.

곳곳마다 유니언잭이 걸려 있었다. 건물 벽에는 선명한 낙서와 정치 슬로건이 휘갈겨져 있었다.

'로열리스트*는 거짓 평화에 속지 않는다.' '내셔널리스트**는 프로테스탄트를 향한 차별을 철폐하라.' '신이시여, 올바른 저희들을 올바른 세계로 인도하여 주소서.'

인적이 뜸한 길 위에는 어젯밤에 벌어졌던 폭동의 흔적들이 생생하게 남아 있었다. 시위대가 던졌을 벽돌, 깨진 유리 파편, 가솔린 냄새, 타 버린 타이어. 그 모든 것들이 고향의 얼굴이었다. 넓은 도로 양옆에는 상점들이 지붕을 맞대고 늘어서 있었다. 하지만 활기는커녕 생기조차 느껴지지 않았다. 길거리에 서서 이야기를 나누던 젊은 두 남자가 위협하듯 라이저를 힐끔 쳐다봤다. 그녀는 애써 시선을 마주하지 않고 앞으로 나아갔다.

샨킬 로드를 가로질러 골목에 들어섰다. 한동안 앞으로 나아가면 외딴섬처럼 고립된 가톨릭 주거 구역이 나온다. 이 좁은 지역에서 가톨릭과 프로테스탄트는 모자이크처럼 뒤섞여 있었다. 내셔널리스트와 유니어니스트. 복잡하게 뒤얽힌 종교와 정치는 그 어떤 벽

---

* 영국의 종족 민족주의를 따르는 세력, 주로 개신교도.

** 영국에서 분리하여 아일랜드 공화국으로의 통일을 추구하는 세력, 주로 가톨릭교도.

보다도 사람과 사람 사이를 높이 가로막고 있었다.

벽돌담 사이를 지나자 눈앞에 금작화 담장이 나왔다. 아직 초봄이지만 노란 금작화가 여기저기 피어 있었다. 멀리서 피아노 소리가 들렸다. 라이저의 발걸음이 무심코 빨라졌다.

편안하게 퍼지는 귀에 익은 선율. 바흐의 곡이다. 제목은…… 그래, 틀림없이 「G선상의 아리아」.

소리가 가까워지자 발걸음이 더욱 빨라졌다. 물웅덩이를 박차며 라이저는 달려갔다.

좁은 골목에 오래된 교회가 하나 세워져 있었다. 피아노 선율은 그곳에서 들려왔다. 라이저는 담장 사이로 들어가 교회 뒤쪽으로 돌아갔다.

잡초가 우거진 뒤뜰에서 예배당으로 남몰래 다가갔다. 피아노를 열심히 치는 작은 등이 창문에서 보였다. 세 살 어린 여동생의 등이었다. 노란 원피스를 입은 동생의 어깨가 사뿐히 흔들리고 있었다. 금작화 같은 샛노란색. 동생은 색이 바랜 그 원피스를 라이저에게서 물려받았다. 하지만 라이저는 그 옷을 입었던 자신의 모습이 떠오르지 않았다. 노란 원피스는 그만큼 밀리에게 잘 어울렸다. 어깨 부근에서 단정하게 다듬어진 거무스름한 머리가 흔들렸다. 어머니의 피를 물려받은 짙은 흑갈색 머리. 라이저는 어머니가 아니라 아버지를 닮았다. 자신이 물려받은 배신자의 피만큼 동생의 피는 무구하다. 라이저는 어쩐지 그런 생각이 들었다. 순진무구한 등이 평안하게 흔들렸다. 그 모습을 바라볼 때면 라이저는 모든 것을 잊을 수 있었다.

선율이 갑자기 끊어졌다. 얼굴이 둥근 동생이 이쪽을 보고 미소를 지었다. 옆에 앉아 있던 부인이 라이저를 돌아봤다.

"벌써 시간이 그렇게 됐구나."

제인 플러머가 고개를 부드럽게 끄덕이고서 일어섰다. 그녀는 수수한 블라우스에 치마를 입었다. 몸이 가냘파서 실제 나이보다 더 늙어 보였다.

"밀리가 실력이 꽤 늘었어."

"늘 고마워요, 제인."

라이저는 열려 있던 문을 통해 안으로 들어갔다.

제인은 교구 신부의 여동생이다. 올해 나이가 서른아홉 살이다. 옛날에는 더블린에서 피아노를 가르쳤다고 하는데 지금은 미혼인 채 오빠와 함께 살고 있었다. 주기적으로 제례와 자선 바자회를 열어야하지만 인력도, 예산도 없는 오빠를 돕느라 바쁘다. 그녀는 순전히 호의로 한 주에 두 번, 월요일과 목요일에 밀리에게 피아노를 가르쳐 주었다.

"붙임줄로 이어진 8분 음표를 너무 세게 치는 버릇이 있어. 그리고 선율의 마무리가 조금 엉성해. 그것만 주의하면 연주가 분명 자연스러워질 거야. 전체적으로 아주 잘했어."

그녀는 칭찬만 한 것이 아니었다. 반쯤 체념도 섞여 있었다. 어떻게 해 줄 수가 없는 현 상황을 비탄하고 있었다. 좀 더 실력이 있는 선생의 지도를 받을 수 있다면……. 제인은 실제로 이렇게 중얼거린 적이 있었다. 수준 높은 정식 피아노 교사의 지도를 받을 수 있다면…….

일류 피아니스트가 되려면 이른 나이에 나름 괜찮은 환경에서 교육을 받아 연주 실력을 갈고 닦아야만 한다. 당연히 매일 피아노를 쳐야 하는데 밀리가 피아노를 칠 수 있는 날은 고작 일주일에 딱 두 번이었다. 맥브레이드가는 피아노 교사를 고용하기는커녕 피아노를 구입할 수 있는 형편조차 아니었다. 저소득자가 많이 사는 이 지구의 현실을 이해하면서도 제인은 밀리의 재능을 안타까워했다. 라이저는 그런 여동생이 자랑스러우면서도 한편으로는 서글펐다. 아무리 재능이 있어도 밀리는 결코 그 재능을 갈고 닦지 못할 것이다. 그리고 꿈을 이루지도 못하겠지. 그래도 본인은 피아노를 칠 수 있는 것만으로도 행복해하는 듯했다. 라이저는 그저 그 행복한 시간을 지켜 주는 것밖에 할 수가 없었다.

"다음 주에 또 부탁드릴게요."

"그래, 기다릴게."

제인은 요즘에 부쩍 주름살이 늘어난 입가에 미소를 머금었다.

"자, 가자. 밀리."

밀리는 조용히 일어서서 언니의 손을 잡았다. 그러고는 제인을 돌아보며 방긋 웃고는 말없이 고개를 끄덕였다.

"잘 가렴. 조심해서 돌아가."

제인이 인사하자 밀리는 역시 조용히 미소를 지었다.

예전에는…… 라이저가 프라이머리 스쿨에 다니기 시작했을 때는 북아일랜드에 아직 희망이 있었다. 실업률은 여전히 높았고 내셔널리스트와 유니어니스트의 대립은 여전했지만, 그래도 평화 프로세스가 간신히 진행 중이었다. 1998년 굿프라이데이 합의, 2006년 세인트앤드루스 합의, 2010년 힐즈버러 합의. 정전 선언과 파기가 여러 번 거듭된 끝에 DUP(민주통일당)와 신페인당*은 놀랍게도 교섭 테이블에 마주 앉았다. 런던의 영국 정부가 쥐고 있었던 경찰권, 사법권은 북아일랜드 자치 정부에게 이양되었다. 또한 IRA잠정파, INLA(아일랜드 민족 해방군)도 무장을 해제했다. 리얼IRA과 콘티뉴이티IRA 등 비주류 조직들은 여전히 산발적으로 테러를 자행했지만, 정세는 분명 분쟁을 끝내는 쪽으로 향했다. 그것은 화해라는 단어로 수식할 수 있는 아름다운 일이 아니었다. 정치적 계산과 이해 득실이 뒤섞인 흥정의 결과였다. 하지만 북아일랜드가 걸어왔던 역사를 아는 자에게는 기적과도 같은 극적인 변화였다.

비주류파 리퍼블리컨과 로열리스트 준군사조직은 여전히 범죄와 폭력을 저지르리라. 그리고 차별과 빈곤도 이어지겠지. 중세에서부터 이어진 원한도 여전할 것이다. 그러나 전 세계 그 누가 보더라도 시대의 흐름은 명백했으며 되돌리기가 어려웠다.

피의 일요일에 그것이 움직였다. 엄밀하게 말하자면 북아일랜드에서 두 번째로 벌어진 피의 일요일에.

---

* 아일랜드의 독립을 주장하는 민족주의적 공화주의 정당.

1972년 1월 30일에 데리의 보그사이드 지구에서 정치적, 사회적 평등을 요구하며 행진하던 비무장 시민을 향해 영국 육군 공수연대 제1대대가 30분 동안 무차별 사격을 가했다. 그날 열세 명이 숨졌다. 추후에 중상을 입었다가 끝내 숨을 거둔 자를 포함하면 사망자는 모두 열네 명이었다. 블러디 선데이…… 피의 일요일. 여론은 단숨에 무장 투쟁 쪽으로 기울어졌고, IRA에 지원병이 쇄도했다. 이아몬 맥칸이 주도했던 공민권 운동의 정신이 사라진 자리를 그대로 IRA의 사상이 슬쩍 차지한 것이다. 모든 것은 암흑으로 귀결한다. 최악의 70년대 말. 그 시대가 정말로 최악이었는지 지금은 아무도 알지 못한다.

그리고 악몽은 되풀이된다. 새벽녘에 꾼 악몽이 한낮의 소음에 잊혀도 그것은 다시 잠자리를 엄습한다.

얼마나 되풀어왔던가. 그날 밀리의 손을 놓지 않았더라면…….

그날…… 2년 전 일요일에 라이저는 동생을 데리러 교회가 갔다.

특별한 일요일이었다. 평화 프로세스가 진전되면서 각지에서 피의 일요일의 희생자를 추도하는 모임이 열렸다. 그날은 교구 신부도 미사를 일찍 끝내고서 가장 가까운 집회에 참석하기로 되어 있었다. 그래서 제인이 특별히 피아노를 쓰도록 허락해 주었다.

약속한 시간에 가니 오늘처럼 교회에서 피아노 선율이 새어 나왔다. 지금과 비교하자면 서투르고 더듬거리는 소리였다. 그러나 그 선율에 맑은 목소리가 더해졌다. 어리고 무구하고 생명의 환희를 표현하는 노래. 천사가 낡아 빠진 교회를 축복하는 것 같았다. 그 목소리를 좋아했다. 노래를 부르는 밀리를 보는 게 좋았다.

역시 오늘 그랬던 것처럼 뒤뜰에서 밀리를 바라보았다.

생기발랄하게 흔들리는 작은 어깨. 작고 사랑스러웠다.

—라이저 언니!

피아노를 치는 손을 멈추고 밀리는 돌아봤다. 지금은 잃어버린 그 목소리로 기쁘게 언니의 이름을 불렀다.

옆에 앉아 있었던 제인도 돌아봤다. 지금보다 얼굴이 훨씬 젊었던 것 같았다.

헤어질 즈음에 밀리는 제인을 올려다보고는 웃으며 인사했다.

—안녕, 제인. 늘 고마워요.

프라이머리 스쿨 교사의 소개로 플러머 씨를 알게 되었다. 규칙이 엄격한 학교에서는 어떠한 이유에서든 수업 시간 이외에는 피아노를 쓸 수가 없었다. 이 지구의 실정 때문에 학교라는 공적 기관은 학생을 신뢰하지 않는다는 원칙으로 운영되고 있었다. 그러나 밀리의 재능을 아까워했던 교사 중 하나가 오래된 친구인 제인을 소개해 주었다.

제인은 밀리가 치는 피아노 선율을 처음 듣고서 그 자리에서 개인 지도를 흔쾌히 수락했다. 하지만 교회 일이 바빠서 일주일에 두 번 지도해 주는 것이 고작이었다. 그리고 제인은 자신의 지도력에는 한계가 있다고도 했다. 그래도 밀리는 크게 기뻐했다.

그날 벨파스트에는 드물게도 비가 내리지 않았다. 하지만 하늘은 평소처럼 잿빛이었다. 교회에서 돌아오던 도중에 두 사람은 폴스 로드를 행진하는 시민들과 맞닥뜨렸다. 수십 년 전 피의 일요일 때 숨진 동포를 추도하는 시민들의 행진이었다. 대부분은 가톨릭 교도였으나 취지에 동감하는 프로테스탄트 계열 주민들도 참가한 듯했다. 길가에는 경비를 담당한 경찰관들이 배치되어 있었다. 하지만 시민들은 저마다 온화한 표정으로 느긋하게 나아갔다. 그 행진은 시위라기보다는 퍼레이드에 가까운 축제 분위기였다. 그 행진 안에는 이웃에 사는 패트릭 더프너 일가가 섞여 있었다.

—밀리!

열한 살짜리 앤지 더프너가 두 사람을 보고 외쳤다. 앤지는 밀리와 같은 프라이머리 스쿨에 다녔다.

—밀리, 밀리야!

앤지의 남동생인 바비와 여동생인 베시도 손을 크게 흔들었다. 바비는 여덟 살이었고, 베시는 여섯 살이었다. 모두들 밀리와 아주 친한 사이였다. 음침한 자신과 달리 주변 사람들의 사랑을 한 몸에 받는 동생 라이저는 자랑스러웠다. 그리고 한편으로는 남몰래 부러워도 했다.

더프너가 사람들은 맥브레이드가를 스스럼없이 대해 주는 몇 안 되는 이웃이었다.

—밀리, 우리랑 같이 갈래?

앤지가 권했다.

—시청에 가면 초콜릿 퍼지를 사 준댔어. 그치, 아빠?

딸이 쳐다보자 아버지인 패트릭 더프너가 쓴웃음을 지었다.

—밀리와 라이저 언니도 우리와 함께 가자. 괜찮지?

바비와 베시도 입을 모아 말했다.

—밀리. 같이 가자, 밀리.

라이저와 밀리가 주저하자 부인인 마지가 온화하게 웃으며 말했다.

—어서 오렴. 바비와 베시가 저렇게 떼를 쓰면 더는 말릴 수가 없단다. 걱정하지 말거라. 우리 남편이 나중에 집까지 데려다 줄 테니까.

아내 곁에 나란히 서 있는 패트릭이 고개를 끄덕였다. 그는 말수가 적고 순진한 노동자이자 얼스터에 사는 젊은 아버지였다.

밀리가 라이저를 올려다봤다. 그 눈은 흥분과 기대감으로 반짝였다.

—다녀와. 어머니한테는 내가 말해 둘게.

—라이저는?

—난 메이브랑 약속이 있어.

거짓말이었다.

더프너가 사람들을 싫어하지는 않았다. 오히려 좋아했다. 자기 자신에 늘 드리워져 있는 그늘이 싫었다. 이 빛 속에 자신은 없는 편이 나았다. 그래야만 밀리도 더 즐거울 것이다. 갑자기 그런 생각이 들었다. 또한 그것이 자기 자신을 납득시키려는 변명이라는 것도 자각했다.

—정말?

밀리가 고개를 갸웃거리자 속내를 들킨 것 같은 기분이 들었다.

—정말이야. 어서 다녀와.

마음의 동요를 감추고자 라이저는 밀리의 손을 놓았다.

더프너 부부에게 밀리를 맡기고서 라이저는 행진과 반대 방향으로 걸어 나갔다.

주변이 소란스러운데도 바비와 베시가 웃고 떠드는 소리가 등 뒤에서 사라지지 않고 계속 들렸던 기억이 남아 있었다.

라이저는 곧바로 자택으로 돌아가지 않았다. 당시부터 부모와는 사이가 좋지 않았다. 특히 아버지와.

갈 곳도 없어서 무의미하게 거리를 어슬렁거리며 시간을 보냈다.

1년 내내 할인을 하는 의류점의 왜건을 들여다봤을 때 흥분된 목소리가 들렸다. 가게 계산대에 놓인 텔레비전에서 나는 소리였다. 아무래도 실황인 모양이었다.

'자세한 상황은 아직 밝혀지지 않았습니다만…… 사망자가 나온 모양입니다…… 현장은 대혼란에…… 폭발이 일어났다는 정보도…….'

또 자동차 폭탄인가? 최근에는 줄긴 했지만 얼스터에서는 드물지 않았다.

'경비하던 기갑병장이 시위 시민들을 향해 발포하여…….'

고개를 들고 뒤를 돌아봤다. 텔레비전 앞에는 이미 손님들이 모여 있었다. 휴대전화로 황급히 정보를 찾아보는 사람도 있었다.

'시청 앞에서 보내 드립니다.'

화면 안에서 혼란에 빠진 군중과 경찰관들을 배경으로 리포터가 창백한 얼굴로 외치고 있었다.

'다시 말씀드립니다. 피의 일요일 사건의 희생자를 추모하고자

모인 시민들에게 PSNI의 기갑병장이 사격을 가했습니다! 믿기지 않는, 도저히 믿기지 않는 폭거입니다!'

그 순간 라이저는 가게를 뛰쳐나와 전력으로 달렸다.

그로브너 로드를 질주하며 휴대전화를 꺼내 화면을 쳐다보고는 혀를 찼다. 배터리가 다 됐다.

길거리 여기저기에서 사람들이 고성을 지르고 있었다. 라이저와 마찬가지로 시청으로 달려가는 사람이 적지 않았다.

도저히 버스가 오기를 기다릴 수가 없었다. 달릴 수밖에 없었다.

빗방울이 뚝뚝 떨어지기 시작했다.

머릿속에서 불쾌한 감촉이 느껴졌다. 처음 '배신자의 혈통'이라 매도당했을 때처럼. 무언가가 나쁜 방향으로 흘러갈 때면 으레 이런 감각을 느꼈다. 그 감각을 스스로 지워 내고자 라이저는 젖은 도로를 오로지 달렸다. 아무것도 없는 살풍경한 차도. 눈에 보이는 모든 광경이 비에 뭉개져 뒤로 흘러갔다.

PSNI의 경찰 차량이 그로브너 로드와 더럼 스트리트의 교차점을 봉쇄하고 있었다. 중기갑총으로 무장한 기갑병장도 보였다. 매스컴도 들어가지 못하게 막는 모양인지 노란색 테이프 앞에 카메라와 마이크를 든 보도진들이 경찰대와 옥신각신하고 있었다. 라이저는 망설이지 않고 안으로 끼어들었다.

─멈춰!

레인코트를 입은 두 경관이 노란색 테이프를 넘으려는 라이저를 제지했다.

—여긴 통행 금지 구역이야. 물러나!

—이거 놔요! 동생, 동생이 시위대 안에 있단 말이에요!

라이저는 비와 땀에 흠뻑 젖어 외쳤다.

—안 된다면 안 되는 줄 알아!

—시청에 무슨 일이 벌어졌어요? 시위는 어떻게 됐어요?

—내가 어떻게 알아! 여하튼 이 일대는 봉쇄됐다!

도로를 봉쇄하기 위해 동원된 경찰관들도 무슨 일이 벌어졌는지 파악하지 못한 듯했다.

라이저가 애원했지만 허무하게도 봉쇄선 밖으로 밀려났다.

결국 그날 라이저는 현장을 볼 수가 없었다. 그곳에는 엄청난 핏물이 아직 비에 씻겨 나지 않은 채로 남아 있었을 것이다.

부모님과 합류한 라이저는 그로부터 다섯 시간 뒤에 동생의 안부를 알게 되었다. 그리고 두 시간이 더 지나서야 겨우 동생을 면회할 수 있었다.

밀리는 무사했다.

병원 침대에 누워 있는 동생을 보고 라이저는 진심으로 안도했다.

—밀리. 아아, 다행이다. 밀리…….

눈을 뜬 채로 천장을 쳐다보고 있는 동생에게 라이저와 부모님이 기뻐하며 말을 걸었다.

대답이 없었다.

의사는 일시적인 충격 때문일 거라고 했다.

그날 밤에 일단 귀가했다가 이튿날 아침에 다시 병원을 찾은 라이저와 부모님은 밀리에게 연거푸 말을 걸어 봤다. 하지만 딱딱하게 굳어 버린 얼굴은 여전히 무표정했다.

이튿날에도, 또 이튿날에도 라이저는 꾸준히 병원을 찾았다. 일주일이 지났을 즈음에 밀리는 비로소 극도의 긴장 상태에서 벗어났다. 병원에 들어온 라이저를 보고 흐릿하게 웃어 주었다.

—다행이다. 꽤 괜찮아졌나 봐. 기분은 어때?

라이저가 묻자 밀리는 바로 대답하려고 했다. 하지만 입술이 움직이는데도 무슨 영문인지 목소리가 나오지 않았다. 열심히 입을 움직이던 밀리가 점차 초조해했다. 그리고 끝내 울먹이며 언니를 올려다봤다.

그때 라이저는 처음 알아차렸다. 밀리가 목소리를 잃었다는 것을.

BLOODY SUNDAY AGAIN. 당시 각종 언론 매체에서 그러한 표현을 쏟아 냈었다. 블러디 선데이 어게인. 두 번째 피의 일요일, 제2차 피의 일요일. 역사는 상상할 수 있는 가장 최악의 형태로 되풀이되었다. 후에 이 사건을 '어게인' 혹은 '세컨드'라 부르는 것은 바로 이 때문이었다.

이 사건 때문에 시대의 흐름은 확연하게 바뀌었다. 1972년과 똑같이. 사람들의 의식 속에서 평화는 부정적인 의미를 내포하게 되었다. DUP*와 신페인당도 자신들의 지지 기반인 민의를 반영하여

---

* 북아일랜드의 보수 정당. 북아일랜드가 영국과 연합해야한다고 주장한다.

주저 없이 주장을 바꾸었다. 그 뻔뻔스러움이야말로 북아일랜드의 정치였다. 쇠퇴하는 줄 알았던 비주류파 리퍼블리컨과 프로테스탄트 준군사조직의 활동이 갑자기 활발해졌다.

그리고…… IRF가 대두되었다.

2년 전 일요일에 시청에서는 대체 무슨 일이 벌어졌는가? 진실과 거짓이 뒤섞여서 사람들이 그 사건의 전모를 알기까지 상당한 시간이 걸렸다. 정보를 수집할 수 있는 도구와 미디어가 널리 보급되었는데도 말이다. 거리에는 곳곳마다 감시 카메라가 달려 있었고, 휴대전화로 동영상을 촬영한 시민도 있었다. 하지만 그 모든 정보는 사건 전체의 조각들일 뿐이었다.

사실을 시계열로 나열해 보자면 맨 처음에 총성이 울렸다. 그때 상황을 기록한 여러 영상이 있었다. 대부분 시민이 촬영한 것이었다. 조용히 행진하던 시위대가 갑작스러운 총성을 듣고 발걸음을 멈추고서 주변을 둘러봤다. 총 여섯 발. 모두 총성만 들릴 뿐 발포한 자의 영상은 없었다.

뒤이어 시청 앞에 배치되어 있었던 네 기의 제1종 기갑병장 다나 중 한 기가 장착된 브라우닝M2 중기관총으로 시민에게 발포했다. 그 총격으로 열세 명이 사망했다. 기이하게도 1972년에 벌어진 사건의 사망자 수와 똑같았다.

사망한 열세 사람 중에는 더프너 일가 다섯 명도 포함되어 있었다. 앤지, 바비, 베시, 그리고 세 아이의 부모도 모두 사망했다. 친하게 지냈던 부부와 사랑스러운 세 아이들은 순식간에 몸이 찢겨져 처참한 고깃덩어리로 바뀌었다. 밀리는 그 참상을 바로 눈앞에서 지켜보았다.

바로 옆에서 걷고 있었던 밀리가 하나도 다치지 않은 것은 기적이라 할 만했다. 여러 목격자의 말에 따르면 밀리는 피바다 속에서 홀로 멍하니 서 있었다고도 하고, 심신 미약 상태로 시체들에 섞여 쓰러져 있었다고도 했다. 실제로 어땠는지는 알 수가 없었다. 여하튼 총격 속에서 건진 목숨과 맞바꾸어 밀리는 목소리를 잃었다. 심인성 발성 장애인이 되었다. 아버지와 어머니는 최선을 다해 딸의 병을 치료하고자 시도했지만 허사였다. 맥브레이드가의 경제력으로는 값비싼 치료 프로그램을 받을 수가 없었으며, 또한 의사 대부분이 치료를 받아 봤자 효과가 없을 거라고 했다. 의사의 말을 들으면서 라이저는 마음속으로 수백, 수천 번 생각했다. ……그때 여동생의 손을 놓지 않았더라면.

교회에서 집으로 돌아가는 버스 안에서 밀리는 언니를 향해 두 손을 바삐 움직였다.

'무슨 생각을 해?'

옛날부터 밀리는 눈치가 빨랐다. 목소리를 잃은 뒤에는 더욱.

"아무 생각도 안 했어. 그냥 멍하니 있었어."

라이저가 목소리를 내어 대답했다. 밀리는 발성장애만 있을 뿐 귀는 잘 들린다.

'거짓말.'

여동생의 손을 보고 라이저는 한숨을 내쉬었다. 라이저와 어머니는 밀리와 함께 수화를 배우고 있었다.

"교회에 가기 전에 메이브가 부탁했어. 다시 한 번 카모지 팀에 들어와 달라고. 그래서 어떻게 할지 고민하고 있었어."

그것도 거짓말이었다. 피의 일요일, 어게인, 그리고 폴스 로드에서 밀리의 손을 놓았던 순간……. 그런 것들을 생각하고 있었다고 밀리에게 차마 말할 수가 없었다.

그러나 즉석에서 꾸며 낸 거짓말치고는 그럴듯했다. 메이브의 성의와 호의는 진심이었다. 그녀의 부탁을 무시할 수가 없었다. 라이저는 진지한 표정으로 세 살 아래 여동생에게 물었다.

"어떻게 할까?"

밀리가 또다시 두 손을 바삐 움직였다.

'메이브에게는 미안한 말이지만, 난 언니가 카모지를 하는 모습을 이제 보고 싶지 않아.'

헐링과 카모지에 열중하는 주니어 사이클 아이들(시니어 사이클도 그렇다.)은 경기를 하면서 다른 쪽으로도 열의를 불태웠다. 이 땅에 켜켜이 쌓여 온 억압의 울분을 타인에게 폭력을 가해서 풀려는 충동. 밀리는 아는 사람들이 폭력을 휘두르는 것을 매우 싫어했다. 물론 개중에는 진심으로 향토 스포츠를 사랑하는 사람도 있었다. 메이브를 비롯해 대부분의 선수들이 그렇다고 할 수 있었다. 그러나 정신이 아직 불안정한 10대 아이들은 게임의 광기에 취해 쉽게 이성을 잃었다. 그리고 어렸을 적부터 부모와 친척, 주변 환경이 심어

온 증오와 편견이 잃어버린 이성을 대신했다.

실제로 오늘도 메이브는 시합을 하다가 스테파니 피케를 일부러 헐리로 세게 때렸다. 그때 그 아이는 의기양양해했다. 가톨릭이며 프로테스탄트 할 것 없이 북아일랜드의 저소득자들은 오랜 폭력에 길들여져 있었다. 라이저는 그것이 싫었다. 밀리가 그런 모습을 볼까 봐 무서웠다.

"아, 맞다. 메이브가 예전처럼 또 놀러 오래."

밀리는 그 말이 기쁜지 미소를 지었다.

'다음에, 놀러 가자.'

"응. 가자. 맛없는 스콘을 먹으러 가자."

두 사람은 웃었다. 라이저는 목소리를 내어, 밀리는 목소리를 내지 않고.

맥브레이드가의 집은 벨파스트시 묘지 인근의 가톨릭 지구에 있었다. 그 인근은 얼라이언스 애비뉴와 함께 북아일랜드에서 충돌이 가장 격렬한 지구로 알려져 있었다. 그 동네에는 똑같이 생긴 2층짜리 집 다섯 채가 하나의 지붕 아래에 나란히 붙어 있는 테라스하우스가 있었다. 그중 한 집은 폐허로 방치되어 있었다.

맥브레이드 일가 네 사람은 그중 가장 왼쪽 집에서 살았다. 왼쪽에 있는 공터에는 조악한 목조 차고가 잡초에 둘러싸인 채 세워져 있었다. 아버지의 일터이기도 한 그 차고는 라이저가 태어날 즈음에 싸구려 자재로 가설한 것인데, 그 모습 그대로 그 자리를 여태껏 지켜 왔다.

"늦었구나."

라이저와 밀리가 집으로 돌아오자 부엌에서 어머니인 유니스가 말을 걸었다. 5시가 넘긴 했지만 결코 늦지 않았다. 평소와 똑같은 시간에 귀가했다. 라이저는 그 말을 흘려듣고서 어머니 옆에서 요리를 거들었다. 밀리는 찬장에서 그릇을 꺼내 식탁에 놓았다. 저녁밥을 먹을 때가 되면 차고에 있는 아버지 델릭을 부르러 가는 것도 밀리의 역할이었다.

델릭 맥브레이드는 온종일 차고에 틀어박혀 각종 금속을 가공하여 액세서리나 기념품을 만든다. 빈말이라도 세련되었다고 할 수가 없는 흔하디흔한 상품이었다. 상점을 운영하는 먼 친척이 일가의 처지를 딱하게 여기고서 준 일거리였다. 온종일 일해도 푼돈밖에 벌지 못하는 그 일이 맥브레이드가의 주요 수입원이었다. 어머니는 파트타임으로 어시장 청소를 했고, 라이저는 슈퍼에서 계산원 아르바이트를 했다. 하지만 정직원이 아니라서 수입은 뻔했다. 예나 지금이나 델릭은 금속 세공 일에 매달릴 수밖에 없었다. 맥브레이드가 남자에게 일거리를 주려는 사람은 이 지구에 없기 때문이다. 예전에는 그렇지 않았다. 그런데 일자리를 얻어서 며칠 일하면 고용주에게 해코지를 하는 자가 생겼다. 그게 단순한 해코지인지 테러 예고인지 벨파스트에서는 쉽게 구별할 수가 없었다. 괜히 리퍼블리컨을 자극했다가 상점이나 창고에 화염병이라도 던지면 큰일이다. 결국 맥브레이드를 고용하려는 사람은 없어졌다.

아버지가 밀리와 함께 뒷문을 통해 부엌으로 들어왔다. 간소한 나무 의자와 식탁. 가족이 자리에 앉자 어머니가 각자 앞에 놓인 그릇에 요리를 담았다. 양고기 스튜와 브라운브레드와 감자였다. 훈제 연어도 살짝 곁들어져 있었다. 늘 먹는 식단이었다. 차이는 양고기의 양이었다. 어느 때는 스튜에 야채 부스러기만 들어가는 경우도 있었다. 이 지구의 주민들은 모두 비슷하게 먹는다. 모두들 실업자가 아닌 것만으로도 다행이라고 여기고 있었다.

기도를 올린 뒤에 맥브레이드 일가는 묵묵히 음식을 입에 넣었다. 예전에는 밀리가 홀로 무거운 분위기를 밝혀 주었다. 그러나 밀리는 목소리를 잃었다. 맥브레이드가의 식탁은 더욱 우울해졌다. 기도문을 외는 것처럼 푸념만 늘어놓던 어머니도 어게인 이후에는 푸념조차 입 밖으로 내뱉지 않았다. 우울한 마음이 어느 한도를 넘어서면 푸념조차 입 밖으로 쉽게 나오지 않는 모양이다. 그 대신에 어머니는 어두운 한숨을 내뱉었다. 오랫동안 앓은 환자의 단말마와도 같은 그 한숨은 라이저에게 고통이었다. 어머니가 한숨을 내뱉을 때마다 자신을 나무라는 것 같아서였다. '넌 그때 왜 여동생의 손을 놓았니?' 하고 타박하는 것 같았다. 실제로 사건이 벌어진 직후에 어머니가 밥상머리에서 심하게 꾸짖은 적도 있었다.

회한을 품고서 하루하루를 버겁게 살아가는 어머니는 왜 아버지와 가정을 꾸렸을까? 라이저는 알 수가 없었다. 가톨릭도, 프로테스탄트도 모두 비좁은 세계에서 살고 있다. 도로 하나, 골목 하나만 벗어나면 다른 세계가 나온다. 자신이 속해 있는 이 지구만이 완결된 세계였다. 그런 환경, 아니, 인식은 북아일랜드 사람들을 보다 편협하게 만든 한 요인이었다. 미디어나 도구의 발달과는 관계가 없었다. 휴대전화로 드넓은 전 세계의 뉴스를 보면서도 그 휴대전화로 근처에 사는 지인들하고만 연락을 주고받는다. 젊은 시절에 꽤 미인이었다는 어머니도 동네라는 세계 밖으로 발걸음을 내딛을 수 없었으리라. 하지만 맥브레이드가의 남자와 결혼하면 어떻게 되는지는 알았을 것이다.

"너, 앞으로 어떻게 할지 정했니?"

잇몸 출혈로 고생하는 어머니가 고기를 힘겹게 씹으며 물었다. 플러머 씨와 마찬가지로 어머니도 요 2년 새 급속도로 늙어 버렸다.

"어……."

라이저가 모호하게 고개를 끄덕였다. 요즘에 어머니와는 이런 이야기밖에 하지 않는다.

세컨더리 스쿨은 3년짜리 주니어 사이클과 2년짜리 시니어 사이클(후기 과정)로 나뉘어져 있다. 의무 교육은 주니어 사이클까지다. 열다섯 살인 라이저는 이번 학기 안에 시니어 사이클로 진학할지 말지 결정해야만 한다. 친구들 대부분은 진학한다. 지금 라이저는 공립학교를 다니고 있어서 학비가 무료다.

'대학교에 들어가는 것은 어렵겠지만 시니어 사이클만은 수료해 줬으면 좋겠다.' 배운 자와 배우지 못한 자의 격차를 하루하루 통감하는 부모라면 누구든 그렇게 생각할 것이다.

아버지는 조용히 연어를 입에 넣고 있었다. 어머니의 한숨도, 라이저의 불평도 마치 들리지 않는 듯한 얼굴이었다. 델릭은 주니어 사이클까지밖에 다니지 못했다. 그뿐만이 아니었다. 맥브레이드 가의 사람들 중에서 시니어 사이클 이상의 학력을 가진 사람은 거의 없었다.

북아일랜드에서 맥브레이드가만큼 오랫동안 손가락질을 받아 온 가문도 없으리라. '배신자의 혈통.' 가문의 역사는 북아일랜드의 투 쟁사와 겹쳐진다.

1916년 부활절 봉기* 이후로 아니, 그보다 훨씬 전부터 맥브레이 드가의 남자들은 고향을 위해서 피를 흘리며 싸웠다. 그리고 배신 했다. 영국과 아일랜드 사이에 체결된 조약에서 비롯된 내전. 아일 랜드 공화국 성립. IRA의 분열. 분쟁의 중요한 고비 때마다, 혹은 오 랫동안 이어져 내려온 폭력의 일상 속에서 맥브레이드는 배신했다. 궁지에 몰려서 배신할 수밖에 없었다. 동료를 팔아넘긴 비겁자가 있었는가 하면, 전선에서 달아난 겁쟁이도 있었다. 라이저의 할아버 지인 조슈아는 전자였다고 들었다. 증조부인 애덤도 그랬다. 아버지 는 어느 쪽도 아니었다. 아무것도 하지 않았다. 부끄러운 선조 때문 인지 분쟁에는 얽히지 않은 채 이목을 피해 살아왔다.

"넌 장래에 뭘 하고 싶니? 똑바로 말해."

어머니가 거듭 물었다.

"일할 거야."

---

* 아일랜드인들이 영국으로부터 독립하고자 일으킨 무력 항쟁. 역사적으로 독립의 도화선으로 평가받는다.

라이저가 마지못해 대답했다.

"일한다고? 일할 데가 어디 있다고? 온 거리가 실업자 천지인데."

"집을 나가서 일할 거야."

밀리가 화들짝 놀라 언니를 쳐다봤다. 불안해하는 얼굴로.

"어딜 가든 똑같아."

"적어도 여기서 일하는 것보다는 돈을 더 벌 수 있을걸."

돈을 많이 벌어서 밀리가 정식으로 피아노를 배울 수 있게 해 주
고 싶다. 밀리의 목소리를 되찾아주고 싶다. ……라이저는 차마 그
말은 할 수가 없었다. 실현시킬 자신이 없거니와 겸연쩍기도 했다.

또한 동시에 라이저는 자신이 어떤 마음인지 정확하게 헤아릴 수
가 없었다. 왜 집을 나가고 싶어 하는 걸까? 왜 고향을 버리려는 걸
까? 명확한 이유가 있는 것 같아서 속내를 들여다보면 모든 것이 뿌
연 안개 속이었다. 라이저는 이 충동의 정체를 알지 못했다. 이 번민
을 표현할 단어조차 찾아내지 못했다. 그런 자기 자신이 짜증스러
웠다.

"나가는 건 찬성이다."

느닷없이 아버지가 말했다.

하지만 그뿐이었다. 왜 찬성하는지 이유는 말하지 않았다.

언제나 그랬다. 원체 과묵한 아버지는 살면서 겪은 갖은 풍파 때
문인지 비굴과 울분이 몸에 배어 진심을 쉽사리 드러내지 않았다.
그것은 아버지와 타인과의 거리였다. 타인 속에는 자신의 가족도
포함되어 있었다.

아버지는 라이저의 생각에 동의해서 찬성했을지도 모르고, 그저 골칫거리를 쫓아낼 작정으로 찬성했을지도 모른다.

어머니는 한숨을 더욱 크게 내뱉었다.

쓸쓸하게 고개를 숙인 여동생을 보고 라이저는 그 말을 괜히 했다며 후회했다.

저녁밥을 다 먹은 뒤 아버지는 거실에서 텔레비전을 봤다. 꿈쩍도 하지 않고 한 시간 반 동안. 무슨 방송인지는 관계가 없었다. 영화를 보던 도중이라도 시간이 다 되면 꺼 버렸다. 정세의 변화나 폭동을 알리는 뉴스에도 한 시간 반 이상은 관심을 보이지 않았다. 그것이 습관이었다. 그 뒤에 아버지는 차고로 가서 부엌에 있는 것과 똑같은 의자에 앉아 홀로 부시밀스*를 마셨다. 안주도, 술동무도 없이 홀짝였다. 거실이나 부엌에서는 결코 마시지 않았다. 그리고 술을 마시는 얼굴을 아무에게도 보이지 않았다.

어렸을 적(프라이머리 스쿨에 들어가기 전)에 라이저는 차고에서 술을 마시는 아버지의 얼굴을 엿본 적이 있었다. 특별히 무서운 얼굴은 아니었다. 홀로 조용히 허공을 응시하며 술을 마실 뿐이었다. 그런데도 온몸이 오싹했다. 아버지와의 거리를 그때 처음으로 확연하게 느꼈다.

어머니와 라이저는 설거지를 했고 밀리는 그릇들을 찬장에 넣었

---

* 북아일랜드산 전통 위스키. 대맥 맥아로 원액을 만든다.

다. 집안일을 모두 끝마친 어머니는 기진맥진해하며 식탁 의자에 털썩 주저앉았다. 아버지가 차고로 사라지면 교대하듯 텔레비전 앞에 앉았다. 어머니는 시시한 토크쇼를 즐겨 봤다. 저속한 방송에서 보다 저속한 방송으로, 시답잖은 방송에서 보다 시답잖은 방송으로 일부러 채널을 돌리는 듯했다.

밀리와 라이저는 한동안 어머니와 함께 텔레비전을 보다가 2층 침실에 올라갔다. 그리고 잠자리에 들기까지 대부분의 시간을 함께 보냈다. 비슷한 또래의 여자애들이라면 휴대전화로 무의미한 통화를 주고받는 데 여념이 없는 시간대다. 라이저는 집 안에서 결코 휴대전화를 쓰지 않았다. 밀리를 배려한 것이다. 휴대전화로 친구와 수다를 떠는 것은 꿈도 꾸지 않았다. 자연스럽게 밖에서도 쓰지 않게 됐고 한 달쯤 전부터는 아예 전원도 꺼 버렸다. 10대 소녀에게 필수인 휴대전화를 쓰지 않아서 라이저는 반에서 더욱 고립되었다. 라이저는 그다지 신경 쓰지 않았다. 어차피 옛날부터 지역과 학교에서 고립되어 있었다. 새삼스러운 일도 아니었다.

밀리는 매일 밤 10시에 잠자리에 든다. 동그란 두 눈으로 '잘 자.' 하고 말한다.

하지만 그날 밤의 눈빛은 달랐다.

'진짜 집을 나갈 거야?'

밀리가 수화로 그렇게 물었다.

"응…… 아직 정한 건 아니지만."

'진학 안 할 거야?'

"학교는 이제 질렸어."

'진짜 나갈 생각인가 보네.'

동생이 어깨를 축 늘어뜨렸다. 저녁 식사 때 보여 줬던 그 쓸쓸한 표정을 지으며.

"하지만 널 버리겠다는 게 아냐. 이대로 벨파스트에 있어 봤자 미래는 뻔해."

라이저가 황급히 덧붙였다. 스스로도 변명처럼 들렸다. 동생에게 들려주는 변명, 자기 자신에게 들려주는 변명.

'나도 그러는 편이 좋을 것 같아.'

밀리가 고개를 가로젓고서 손으로 그렇게 말했다.

'아버지의 말이 무슨 뜻인 알 것 같아. 언니는 여기에 있으면 안 돼.'

"무슨 뜻이야?"

'표현을 잘 못 하겠어. 하지만 아버지가 여러모로 걱정하고 있어.'

라이저는 입을 다물었다. 편협한 아버지를 싫어하는 자신 앞에서 동생은 아버지와 언니를 동시에 배려하고 있었다. 자신은 갖지 못한 상냥함을 타고났다. 사람은 어렸을 적에 갖고 있던 상냥한 마음씨를 성장하면서 버린다. 밀리는 목소리와 변치 않는 순진한 마음을 맞바꿨는지도 모른다.

'쓸쓸하긴 하겠지만 난 걱정하지 마. 나도 스스로 살아가는 법을 배워 나가야지.'

"밀리……."

'고마워, 라이저 언니. 지금까지 함께 있어 줘서.'

아직 아무것도 정해진 게 없어, 하고 말하는 대신에 라이저는 동생을 세게 끌어안았다.

왜 그때 손을 놓아 버렸을까. 왜 동생을 홀로 가게 내버려 뒀을까……

2년이 지난 지금도 어게인의 진상은 밝혀지지 않았다.

처음에 총을 발포한 사람은 대체 누굴 노렸던 것인가?

PSNI의 기갑병장은 그 총성을 공격이라고 판단하여 시민을 향해 발포한 것인가?

당초에 PSNI는 수사하는 데 필요하다면서 정보를 공개하지 않았다. 그러한 대응도 사태를 더욱 혼란하게 만든 한 요인이었다. 1972년 피의 일요일 때는 영국 정부가 진실을 은폐하고자 했다. '폭도들이 공격을 해서 어쩔 수 없이 발포했다'는 허위 주장을 거듭했다. 얼스터 주민들은 그때의 기억을 아직도 지워 내지 못했다. 세월이 흘러 또다시 일요일의 비극이 벌어졌다. 사람들이 당국을 애초부터 신뢰하지 않는 것도 당연했다.

확인된 정보를 종합하자면…….

총성은 시청 정면에 배치되어 있던 제1종 기갑병장 다나 네 기가 모두 감지했다. 각 기체에 탑승했던 경관들은 시민들과 마찬가지로 굳어 버렸다. 저격 지점은 확인되지 않았다. 지시를 기다릴 새도 없이 갑자기 기갑병장 하나가 총격을 가하기 시작했다. 에드거 캠벨 순경이 탑승한 기체였다. 발포 명령은 내려지지 않았다. 제정신을 차린 다른 세 기가 발포하는 동료를 제지했다. 모두 현장에서 판단하고 벌인 행동이었다. 첫 발포에서 제지하기까지 약 3분이 흘렀다.

캠벨 순경은 한쪽 다리가 뭉개진 상태로 확보되었다. 무장한 기갑병장을 다른 기갑병장이 제압했을 경우에 피제압기 탑승자의 치사율은 80%를 넘는다고 한다. 캠벨은 다행히도 즉사를 피했지만 중상을 입고 의식을 잃었다. PSNI는 그를 즉시 병원으로 옮겼다. 도중에 의식을 되찾은 캠벨은 구급대원이 응급처치를 하느라 정신없는 틈을 타고 자살했다. 숨겨 뒀던 칼로 자신의 목을 찌른 것이다. 캠벨의 자백으로 진상을 밝혀내는 길은 사라져 버렸다.

사람들은 캠벨이 정말로 자살했는지 의심했다. 그뿐만 아니라 캠벨과 다른 경관들이 모두 '짜인 각본'대로 움직였다는 설이 끈질기게 나돌았다.

생전에 캠벨이 과격한 사상을 주장한 흔적은 없었다. 그랬다면 다나의 탑승 요원으로 선발되지 못했을 것이다. 또한 환각을 불러일으키는 약물을 복용한 흔적도 발견되지 않았다. 그의 생활 환경과 가정도 조사했지만 독신이라서 아무런 문제도 없었다.

경찰관, 특히 치안 경비 임무를 맡기 위해서는 엄격한 검증을 통과해야만 한다. 그런 검증을 통과한 캠벨이 어째서 학살을 했는가?

대부분의 사람들이 그 이유를 북아일랜드의 역사에서 찾으려고 했다. PSNI의 전신은 RUC(왕립 얼스터 경찰대)다. 그 조직의 구성원들은 대부분 프로테스탄트였다. 분쟁을 벌이던 내내 그들은 가톨릭 계열 주민들을 억압해 왔다. 물론 현재 차별은 철폐되었다고는 하지만, 중세부터 이어진 대립이 경찰 내부에서만 해소되었다고 믿는 자는 가톨릭에도, 프로테스탄트에도 없었다. 캠벨 순경은 프로테스탄트였다. 그가 뿌리 깊은 편견을 마음속에 숨기지 않았다는 증거는 없었다. 가톨릭계 주민들은 RUC도, PSNI도 '자신들의 경찰'이라여기지 않았다. 가톨릭에게 PSNI는 '점령군의 수하'일 뿐이었다. 수십 년이나 변하지 않은 그 인식은 정치 세력이 비주류파 리퍼블리컨을 필요로 하는 근거가 되었다.

사건 당일 늦은 밤에 DUP를 비롯한 유니어니스트 정당, 신페인당을 비롯한 내셔널리스트 정당은 각기 성명을 발표했다. 양측 모두 사망한 시민들에게 애도를 표했고, 진상의 해명을 요구했으며 서로를 비난했다.

이튿날 새벽에는 UDA 동앤트림여단이 자신들이 첫 발포를 했다는 범행 성명을 발표했다. 그 소식은 각종 소셜 미디어를 통해 순식간에 널리 퍼져 나갔다. 하지만 몇 시간 뒤에 그 단체는 그런 성명을 발표한 적이 없다고 공식으로 부인했다. 가짜 뉴스였다. 그 범행 성명의 출처는 끝내 밝혀지지 않았다. 가짜 성명문에는 '내셔널리스트의 도발 행위를 묵인하는 PSNI의 행태에 우려를 표하고자 경고 차원에서 발포했다'는 내용이 담겨 있었다. 그것은 로열리스트 과격파의 주장이기도 해서 오랫동안 열띤 논쟁이 벌어졌다. 그 성명문은 가짜가 아니라 진짜가 아닐까 하고.

가짜라면 대체 누가 무슨 목적으로 흘렸는가?

진짜라면 UDA는 왜 몇 시간 뒤에 부정했는가?

사망한 비무장 시민들을 살펴보면 더프너 일가 다섯 사람을 포함한 가톨릭이 여덟 명, 프로테스탄트가 네 명, 무신론자가 한 명이었다. 지금까지 리퍼블리컨이 벌였던 테러에서도, 로열리스트가 벌였던 테러에서도 가톨릭과 프로테스탄트가 동시에 사망했다. 마치 생명의 공평함을 보여 주듯이. 테러는 동포의 희생을 아까워하지 않았다. 아니, 원래는 아까워해야 하지만 점점 둔감해지고 무감각해졌고, 결국에는 변질되었다. 그것이 테러다. 특히 북아일랜드에서는. 이 사건은 로열리스트의 음모일 수도 있고, 리퍼블리컨의 음모일 수도 있다. IRA의 사실상 상부 조직이자 정치 조직인 신페인당이 관여한 것이 아니냐고 지적하는 목소리도 있었다. 영국이 관여했다고 의심하는 사람도 있었다.

벨파스트의 하늘처럼 모든 것은 잿빛이었다. 모든 것이 검은색에 가까운 재였다. 의심의 운하는 혼돈의 바다로 그저 흘러들었다.

모호하지 않은 사실은 딱 하나…… 피의 일요일이 다시 벌어졌다는 것이다.

그 사건의 결과는 현실이었다.

라이저는 늦은 밤 자기 방 침대에 누워 찌든 천장의 어둠 속에서 그것을 보았다. 얼스터의 모든 집의 어둠 속에는 '현실'이 있다. 불행이라는 신발을 신고, 비통이라는 옷을 입은 현실이란 이름의 요정은 어둠이 조금이라도 엿보이는 집에 숨어든다. 때로 그 요정은 분노와 증오라 불리는 동료도 데리고 온다.

어렸을 적부터 라이저는 맥브레이드가의 피를 싫어했다. 아버지처럼 성격이 비뚠 자신을 싫어했다. 맥브레이드를 배신자라 매도하는 주변 환경은 그 무엇보다 최악이었다.

어렸을 적에 집 앞에서 놀고 있었는데 낯선 남자들이 말했다. ……쟤가 맥브레이드의 딸인가? 쟤가 배신자의 혈통인가? 자신의 혈통을 의식했던 첫 기억이었다. 부모에게 무슨 뜻이냐고 물었지만 알려 주지 않았다. 하지만 오랫동안 그 말을 듣다 보니 자연히 무슨 뜻인지 알게 되었다. 선조와 자신은 아무런 관계가 없다고 생각했지만, 이 좁은 공동체에서 그 생각은 통하지 않았다. 라이저는 지역의 가치관에 물들며 성장했다.

가족들 중에 죄인 따윈 없다. 그런데 왜 가족들은 가슴을 활짝 펴지도 못하고 살아가는가? 마치 범죄 가해자의 가족처럼 숨을 죽이고 살아간다. 반역이라는 큰 죄를 지은 자의 가족이 마땅히 견뎌 내야 할 벌이란 말인가?

어게인 뒤에 더프너 일가와 함께 있었던 밀리가 무사하다는 걸 안 누군가가 이런 말을 했다. '누가 맥브레이드 아니랄까 봐 홀로 살아남았네.' 또한 밀리가 말을 할 수 없게 됐다는 걸 알고 '배신자의 가문에 천벌이 내려졌네.' 하고 말했다.

라이저는 눅눅한 이불 속에서 자기 얼굴을 두 손으로 가렸다.

밀리의 귀는 정상이다. 악의에 찬 목소리는 좋든 싫든 밀리의 귀에도 들린다. 여동생은 얼굴로도, 목소리로도 표현하지 못한 채 주변의 악의를 묵묵히 견뎌 냈다.

라이저는 증오했다. 악의를 드러내는 자를. 자기 자신을. 악의에 찬 그 목소리는 어렸을 적 라이저가 내심 느꼈던 불안과 똑같았으니까.

벨파스트의 밤은 종종 급속도로 싸늘해지곤 한다. 그런 밤에 오래된 집은 특히 더 춥다. 잠에 들지 못하는 건 한기 때문인가, 아니면 어둠에 숨어 있는 요정들 때문인가?

침대에서 일어나 창밖을 바라봤다. 차고에서 불빛이 새어 나왔다. 아버지가 아직도 술을 마시는 모양이었다. 얼스터 남자들에게 경멸을 받으면서도 주량만큼은 어엿한 얼스터 남자였다. 차고 안에서 아버지는 허공에서 무얼 보고 있을까? 자신은 아버지와 닮았으니 언젠가 같은 것을 보게 될까? 그렇게 생각한 순간 형언할 수 없는 충동이 치밀어 무심코 벽을 때릴 뻔했다. 겨우 참아 냈다. 밀리가 깨면 큰일이다.

악몽을 꾸고 있다면 깨워 줘야지. 하지만 만약에 행복한 꿈을 꾸고 있다면, 그걸 망가뜨린다면. 생각만으로도 두려웠다.

2

여느 때와 같은 아침을 맞이했다. 어제인 전과 별다를 것 없는 오전 8시 30분. 라이저는 밀리와 함께 집을 나섰다. 라이저는 회색 파카를, 밀리는 옅은 분홍색 카디건을 입었다. 초여름에 가까웠지만 아침은 아직 쌀쌀했다.

밀리는 예전처럼 프라이머리 스쿨에 다녔다. 의사는 장애아를 보살펴 줄 수 있는 학교에 보내라고 권했다. 하지만 밀리는 말만 못할 뿐 청력에는 문제가 없어서 예전 학교에 다니는 건 가능했다. 무엇보다도 본인이 그러기를 바랐다.

생활은 거의 달라지지 않았다.

달라진 것이 하나 있다면 등교할 때 사랑스럽게 재잘거렸던 밀리가 아무 말도 하지 않게 됐다는 점이었다.

큰 도로로 나가 오른쪽으로 꺾었다. 9미터쯤 되는 높은 벽을 따라 오래된 주택들이 쭉 늘어서 있었다. 라이저와 밀리는 발걸음을 빨리 했다. 이곳은 프로테스탄트의 주거 지구다.

영국 정부는 이곳에 '피스 라인'이라는 벽을 세웠다. 1970년대 초에 착공하여 80년대 후반에 완공했다. 가톨릭 주거구와 프로테스탄트 주거구가 인접한 곳에는 꼭 이 벽이 세워져 있었다.

'격렬하게 대립하는 두 세력의 충돌을 피하고자 피스 라인을 건설했다.' 일찍이 영국은 그렇게 주장했었지만, 사람들을 어둡게 짓누르는 그 벽은 그야말로 단절의 증거일 뿐이었다. 프로테스탄트는 저 벽 너머에서 화염병과 폭탄을 던졌다. 이쪽에 무서운 괴물이 살고 있다고 굳게 믿는 것처럼.

붉게 녹슨 셔터가 쳐져 있는 철물점 앞에서 세 젊은 남자가 등교하던 아시아인 소년에게 시비를 걸었다.

어휴, 더러워…….

빨리 중국으로 돌아가…….

그런 말들이 들렸다. 자기들도 생활 보호를 받는 주제에 아침부터 밤까지 소수자나 이민자를 괴롭히는 데 정신이 팔린 녀석들이다.

소년은 고개를 숙인 채 묵묵히 견뎌 냈다. 울먹이는 소년의 눈빛은 어딘가 흐리멍덩해 보였다. 촌스럽지만 말끔한 셔츠를 입고 있었다. 세련됐다기보다는 우스꽝스러운 옷맵시였다. 소년은 자신을 에워싼 타인을 무서워했다. 그리고 화가 났다. 어찌할 수 없는 운명에 무력감을 느꼈고, 저항하지 못하는 자기 자신을 혐오했다.

소년이 정말로 중국인인지 아닌지 라이저는 알지 못했다. 벨파스트에 중국계 이민자가 많다는 것은 사실이지만 한국인이나 베트남인일지도 모른다. 아시아인은 모두 비슷하게 생겼다.

프로테스탄트 저소득층의 실업률은 점점 높아지고 있었다. 그것은 가톨릭도 마찬가지였다. 그들은 가슴속에 쌓인 울분을 소수자에게 풀고 있었다.

그야말로 일상이었다. 그야말로 현실이었다.

맥그레이브 자매는 조용히 그곳을 지났다.

늘 이런 때면 밀리의 침묵이 무언가를 향한 항의처럼 느껴졌다.

8시 45분. 프라이머리 스쿨 앞에서 밀리를 들여보낸 뒤에 라이저는 두 블록 앞에 있는 세컨더리 스쿨로 향했다.

지루하기만 한 커리큘럼. 미래에 대한 한 조각 희망도 없는 사람이 수업에 열중할 수 있을 리가 없었다. 여러 교사들의 열변과 공론이 허무하게 머리 위를 흘러갔다. 시간을 헛되이 낭비하고 있다는 피로감과 초조함 때문에 수업에 집중하지 못하고 교실 안을 이리저리 두리번거리는 학생은 라이저 말고도 적지 않았다.

오후 3시 40분. 귀가하려고 교실을 나섰다. 복도에서 메이브와 맞닥뜨렸다.

"생각해 봤어?"

갑작스러운 질문이었다. 그녀는 카모지 팀에 다시 들어와 달라고 부탁했었다.

"아직 좀……."

라이저는 모호하게 얼버무렸다. 메이브 앞에서 곧바로 싫다는 말이 나오질 않았다.

"그렇겠지. 어제 물어봤으니까."

메이브는 저 혼자 납득했다는 듯이 고개를 끄덕였다. 새삼스레 미안한 마음이 솟았지만, 교실 안에서 전 팀원들에게 반나절 동안이나 무시를 당한 뒤라 어쩔 수가 없었다.

"괜찮아. 나중에 또 물어볼게."

"미안."

"대신에 오늘은 나랑 어울려 줘. 실은 아버지가 일이 생겨서 갑자기 삼촌 생일에 대신 참석하게 됐거든."

"무슨 일인데?"

"어제 뉴리 경찰서에 구금됐어."

메이브는 역시나 겸연쩍어했다.

"뉴리에 친구가 있어서 어제 같이 술을 마셨대. 그런데 혼자 운전하고 돌아오는 길에 검문에 걸려 버렸지 뭐야. 그 멍청한 아버지가 그냥 얌전하게 있으면 되는데 난동을 부리면서 경찰관을 때렸대."

"네 아버지답다."

흔한 이야기였다. 오히려 웃음이 났다.

"아버지도 술을 진탕 마시기는 했는데, 경찰 녀석들이 꽤 깐깐하게 조사했던 모양이야. 그래서 아버지가 회까닥했대. 뉴리 경찰들은 점수를 벌려고 자주 잠복 검문을 한대. 폭탄이나 마약이라도 발견하면 승진감이니까. 여하튼 그래서 아버지를 대신해 삼촌 생일잔치에 가야 돼. 성대한 파티는 아냐. 가서 포옹하고 축하한다고 인사하면 끝."

"근데 왜 날?"

"브라이언네 집이야. 삼촌은 브라이언의 아버지야."

"브라이언?"

"내 사촌오빠. 기억나지? 옛날에 한때 같이 놀았었잖아."

"그야 기억하긴 하지만……."

메이브의 사촌오빠인 브라이언 맥허티. 알고는 있지만 안 본 지꽤 오래됐다. 얌전하다기보다는 어쩐지 존재감이 옅은 소년이었다. 나이는 분명 라이저와 메이브보다 세 살 위였다.

"브라이언 녀석 말이야. 아주 오래전부터 킬리언 퀸한테 아주 푹빠져서 시끄러워. 사람을 만났다 하면 맨날 IRF 이념이 어쩌고저쩌고 떠들어 대."

메이브가 지긋지긋하다는 얼굴로 한숨을 내뱉었다.

이제야 떠올랐다. 브라이언이 킬리언 퀸에게 심취했다는 소리는 예전에도 들어 본 적이 있었다.

리얼IRA, 콘티뉴이티IRA 등 IRA잠정파에서 분열된 과격파는 수없이 많았다. 그러한 비주류 리퍼블리컨은 평화 프로세스의 흐름에 저항하지 못했다. 억압된 충동은 순수한 결정이 되어 결국에는 폭발하고 만다. IRA잠정파가 무장 해제를 결정한 2005년 이후 분열은 급속도로 확대되었다. 외부가 아니라 내부를 겨눴을 때야말로 증오는 그 흉악성을 최대한으로 발휘한다. 무시무시한 항쟁과 숙청을 거듭한 끝에 아일랜드 리퍼블리컨 포스…… IRF가 탄생했다.

당초에 새로운 한 분파에 지나지 않던 IRF는 그 과격한 군사 노선 때문에 단번에 큰 지지를 얻었다. 어게인 이후에 말이다. 시대의 조류가 확 바뀌었다. 미디어와 소셜네트워크가 발달한 시대라서 사람들은 실시간으로 중개되는 폭력을 목도했고 큰 충격을 받았다. 그리고 세계의 본질을 직감했다. 인심은 원초적인 충동으로 회귀했다. IRF가 내세운 이념은 이렇다. 피지컬 포스 리퍼블리커니즘. 무력으로써 통일 아일랜드를 실현하자. 이리하여 잃어버렸던 몽상이 되살아났다.

킬리언 퀸은 IRF 결성을 주도한 자 중 하나다. 시인 출신인 그의 말은 울분에 찬 노동자층의 마음을 뒤흔들었다. 그는 말보다는 행동(다시 말해 테러)으로 사람들을 매료시켰다. 그의 행동은 뛰어난 웅변이었다.

새로운 카리스마. 시대의 총아. 그에게 심취된 청소년은 얼스터뿐만 아니라 아일랜드 전국에 드물지 않았다. 브라이언 같은 젊은이는 발에 채일 만큼 많았다.

"네가 있어 주면 도중에 나오기 좋을 것 같아서. 둘이서 라이브 공연을 보기로 약속했다고 핑계를 대고서 말이지. 요즘에 집에 붙어 있지 않아서 맞닥뜨릴 일은 없을 것 같지만, 혹시 브라이언이 이상한 소리를 하기 시작하면 옆에서 공연이 시작할 시간이니 그만 가보겠다고 해 주지 않을래? 제발 부탁이야."

간단한 부탁이긴 하지만 선뜻 수락하기가 망설여졌다. 하지만 눈앞에서 고개를 숙이는 친구의 부탁을 매몰차게 거절할 이유는 떠오르질 않았다. 팀에 복귀해 달라는 부탁을 거절할 작정이어서 마음이 켕겨 그런지도 모르겠다.

"알았어. 같이 갈게. 파티에서 나오면 진짜로 라이브하우스에 가자. 쇼핑도 좋고."

"그래 좋아! 마침 새 부츠나 하나 살까 생각하고 있었는데."

메이브가 안도해하며 활짝 웃었다.

브라이언의 집은 플러머 씨의 교회 옆에 나 있는 좁고 긴 골목을 따라 북쪽으로 가다 보면 나온다. 외딴섬처럼 떨어져 있는 가톨릭 주거구 바깥쪽, 그야말로 징검다리와 같은 입지에 있었다.

두 사람은 또래 여자애들 사이에서 유행하는 패션, 지루하기 짝이 없는 수업과 교사들의 신물이 나는 설교, 좋아하는 밴드의 활동 등 한담을 나누며 걸어 나갔다. 반 누구와 누가 사귄다더라, 누구와 누가 헤어졌다더라 하는 이야기가 중심이었다. 주로 메이브가 이야기를 했고 라이저는 고개를 끄덕이며 들었다.

　살풍경한 뒷골목에서 저학년 아이들이 축구공을 쫓고 있었다. 공은 젖은 포석 위를 굴러가다가 콘크리트 벽에 맞고 튕겼다. 아이들은 질리지도 않는지 벽을 향해 연거푸 공을 찼다. 뛰어노는 아이들의 환호성 속에는 프로테스탄트도, 가톨릭도 없다.

　"페니랑 다이앤이 아주 오래전부터 상급생 토비 펄롱을 짝사랑해 왔어. 아침부터 밤까지 토비, 토비, 하고 중얼거리는데, 그 여드름 남자애가 뭐가 좋다는 건지 도대체 이해가……."

　메이브가 그렇게 말했을 때였다.

　오른쪽 골목에서 두 남자가 나타나 앞길을 막아섰다. 오른쪽에 있는 고릴라처럼 생긴 남자는 곤봉을 들고 있었다. 그걸 보고 메이브와 라이저는 상대의 목적이 무엇인지 눈치 챘다.

　고릴라가 손에 든 곤봉을 내밀었다.

　"이게 뭔지 알지?"

　카모지를 할 때 쓰는 헐리였다.

　"이걸로 얼굴을 냅다 때리면 어떻게 되는지 넌 잘 알겠지. 메이브 맥허티."

　남자는 헐리로 옆에 있는 벽을 힘껏 때렸다. 딱딱하게 굳어 버린 채 이쪽을 보고 있던 아이들이 기겁을 하고 달아났다.

　"가엾게도 내 여동생의 코는 아직도 휘어져 있어. 어렸을 적부터 귀엽다는 소리를 들은 그 코가 말이지."

　스테파니의 오빠다. 라일 피케. 이름은 들어 본 적이 있었다. 이

동네의 불량아다. 하지만 IRA도, INLA도 아닌 그저 양아치일 뿐이다.

메이브와 라이저는 동시에 뒤를 돌아봤다. 그곳에도 두 남자가 있었다. 험악한 표정을 지은 채 빠른 걸음으로 다가왔다. 한 남자는 커다란 스패너를 쥐고 있었다.

"도망치게 놔둘까 보냐."

라일이 두 사람의 속내를 들여다본 것처럼 말했다. 라이저는 재빨리 주변을 둘러봤다. 다른 사람은 보이지 않았다. 골목에 면한 모든 창문들이 닫혀 있었다. 위험한 상황이었다.

"학교에서부터 여기까지 졸졸 따라온 거야? 너, 시스터 콤플렉스가 있는 걸로도 모자라서 스토커 짓거리까지 하니?"

메이브가 빈정거리자 라일은 갑자기 손에 든 헐리로 그녀의 뺨을 세게 때렸다.

라이저는 비틀거리는 메이브를 간신히 부축했다. 그녀는 코피를 흘리고 있었다.

메이브가 손바닥으로 피를 훔치며 당차게 따졌다.

"앙갚음을 하려면 그 남자가 해야지. 스테파니랑 사귀는 그 대학생 말이야. 자기 여자가 당했는데도 여자 오빠한테 대신 복수해 달라고 부탁한 거야?"

"그 얼간이 유니어니스트 따윈 아무 짝에도 쓸모없어."

"그럼 그 얼간이랑 죽고 못 사는 네 여동생은 뭐니?"

라일은 대꾸하지 않고 다시 헐리를 쳐들었다. 라이저는 곧바로 메이브를 감쌌다. 헐리는 메이브 대신에 라이저의 오른팔을 세게 때렸다.

"웃기지 마."

메이브가 쉰 목소리로 외쳤다.

"네 친척이나 동네 사람들한테 한번 물어봐. 스테파니는 무슨 꼴을 당하든 자업자득이라고 다들 그러지."

"그래, 다들 그러더라고. 스테파니 년은 엉덩이가 너무 가벼워. 부끄러운 줄도 모르고."

라일의 얼굴이 분노에 일그러졌다.

"빌어먹을. 왜 그딴 유니어니스트랑."

치욕과 증오. 두 감정이 그의 마음속에서 대립하고 있었다. 피붙이와 세상의 이목, 자신들을 둘러싼 모든 세계를 향한 분노. 마음속에 감정의 오물이 쌓여 있었다. 라이저는 그 심정을 그 누구보다도 잘 안다. 메이브와 다른 세 남자들도 마찬가지겠지. 잘 알고 있으면서도 어쩔 도리가 없었다. 울분을 분노로 푸는 방법 말고는.

"여동생도, 걔 남친도, 그리고 날 비웃은 동네 사람들도 몽땅 박살내 주마! 날 우습게 보면 어떻게 되는지 똑똑히 알려 주겠어! 우선은 너희들부터야!"

"그럼 라이저는 빼야지."

라일은 헐리를 쥔 채 얻어맞은 오른팔을 부여잡고 있는 라이저를 힐끗 쳐다봤다.

"쟤 맥브레이드의 딸이잖아? 저 녀석이야말로 무슨 짓을 당하든 불평할 수 없는 처지일 텐데?"

"넌 최악이야!"

"내 말이 틀렸냐? 맥브레이드의 딸은 설령 벙어리가 되더라도……."

라이저는 반사적으로 오른팔을 휘둘렀다. 강렬한 훅이 라일의 얼굴로 들어갔다.

"이년이!"

라일의 동료들이 일제히 움직였다. 서로 드잡이를 벌였을 때 골목 안쪽에서 다섯 남자들이 달려왔다. 모두 스무 살 전후로 보였다.

"빨리! 저기야!"

아까 달아났던 아이들 중 하나가 안내하고 있었다.

선두에 선 남자가 황급히 끼어들었다.

"무슨 짓들이야. 어서 그만두지 못해!"

그 얼굴을 보고 메이브가 목소리를 높였다.

"브라이언!"

"메이브? 여기서 뭐하고 있어?"

"뭐냐니. 이 녀석들이 느닷없이."

라이저는 놀라서 남자를 쳐다봤다. 그의 머리는 검은색에 가까운 갈색이었고 눈동자는 푸르렀다. 브라이언 맥허티가 틀림없었다. 마지막에 만났을 때와 인상이 완전히 달라졌다. 존재감이 흐렸던 소년은 어엿한 사내가 되어 있었다.

브라이언은 이미 IRA다. ……라이저는 그 얼굴을 보고 깨달았다.

IRA는 옛날부터 몸을 던져 지역 주민들을 지켜 왔다. 그러한 측면은 부정할 수가 없었다. 영국을 비롯한 여러 외국과 프로테스탄트 범죄 조직, 그리고 부조리한 폭력으로부터 가톨릭계 주민들을 지켜 온 수호자였다. 테러 조직은 언제나 두 얼굴을 갖고 있다. 선으로도, 악으로도 단정할 수 없는 두 얼굴. 전 세계의 어느 곳에 가도 마찬가지이리라. 같은 형제이기에 결코 근절할 수가 없다. 브라이언은 이미 IRA, 혹은 IRF를 이루는 한 세포가 되었다.

오랫동안 말라 있었던 조직이 어게인을 계기로 신진대사를 재개했고 새로운 세포를 보충했다. 아직은 동네 패거리 수준이긴 하지만, 그 세포들은 거리에 벌어진 분쟁을 해결하는 자경단으로서 기능하고 있었다.

브라이언이 정식으로 입대했는지는 알 수가 없었다. 입대했더라도 조직 말단이나 수습 병사일 것이다. 다른 네 남자도 나이로 보아 비슷한 처지이리라.

"너희들은 뭐야? 관계없는 녀석은 빠져. 난 여동생 복수를 해 주고 있거든."

라일이 일어서서 헐리를 다시 쥐었다.

"관계있어. 쟤는 내 사촌동생이야. 여하튼 여기서 소란피우지 마. 할 말이 있다면 내가 들어 주지."

"닥쳐. 꺼지라고."

라일의 동료가 브라이언이 멘 가방을 잡아당겨서 그를 쓰러뜨리려고 했다.

"이거 놔."

브라이언이 그 손을 뿌리치고자 몸을 비틀었다. 싸구려 가방이 힘을 이기지 못하고 찢어졌다. 내용물이 바닥에 흩어졌다. 기종이 다른 두 대의 휴대전화, 헤어스프레이 통, 프리스크 케이스, 라이터, 잡지, 수첩, 사인펜, 열쇠고리. 두 사람은 이내 다투기 시작했다.

라일이 휘두른 헐리가 브라이언 동료의 배를 때렸다. 남자가 상체를 숙이며 고통스러워했다. 라일이 그 남자를 덮치려고 하자 브라이언은 그의 턱을 냅다 차올렸다. 라일이 비명을 지르며 몸을 뒤로 젖혔다. 브라이언은 재차 발차기를 날리려고 했지만 뒤에서 누군가가 태클을 걸어서 땅바닥에 엎어졌다. 포석 위에 피가 튀었다. 누구의 피인지 모르겠다. 모두들 온힘을 다해 치고 박았고, 짐승처럼 몸부림쳤다.

메이브와 라이저는 남자들의 난투를 그저 지켜볼 수밖에 없었다. 체격은 라일과 그의 동료들이 좋았지만, 브라이언 패거리는 한 명 이긴 해도 머릿수가 더 많았다.

쓰레기통이 쓰러져 야채 부스러기가 땅바닥에 널브러졌다. 창문이 깨지고 주민이 비명을 질렀다.

이윽고 경찰차 사이렌 소리가 들렸다. 두 패는 화들짝 놀라 고개를 들었다.

모두가 잽싸게 흩어졌다. 라일도 브라이언의 동료를 밀치고서 재빨리 달아났다.

길 위에 떨어져 있는 소지품을 주우면서 브라이언이 메이브와 라이저에게 말했다.

"괜찮아? 뛸 수 있겠어?"

"응."

메이브는 고개를 끄덕이며 발밑에 있던 브라이언의 휴대전화를 주웠다. 라이저도 황급히 그의 공책과 책을 주워서 자기 가방에 던 져 넣었다.

"서둘러."

오른쪽 눈꺼풀에서 피가 흐르는 브라이언이 재촉했고 라이저는 그의 뒤를 쫓았다.

7분 뒤. 메이브와 라이저를 자기 집까지 데려다 준 뒤에 브라이언 은 그대로 모습을 감췄다.

헐리에 얻어맞은 메이브의 얼굴은 크게 부어 있었다.

얼굴이 퉁퉁 부어오른 조카가 숨을 헐떡이며 집 안으로 뛰어들자 맥허티가 식구들은 생일 파티를 할 마음이 싹 사라졌다. 메이브의 삼촌은 아들인 브라이언과 IRA에게 욕을 퍼부었다. 그리고 더 상스 러운 욕설로 킬리언 퀸과 IRF를 매도했다.

가시방석과도 같은 분위기를 견디지 못하고 라이저는 일찍 그 집 을 나왔다. 말은 하지 못했지만 라일에게 얻어맞은 오른팔이 몹시 욱신거렸다.

그 통증 때문에 새삼스레 깨달았다.

위험했다……. 만약에 브라이언이 와 주지 않았더라면 메이브보 다 더 호된 해코지를 당했을 것이다.

이제야 몸이 덜덜 떨렸다. 떨림과 통증을 억누르고자 라이저는 왼손으로 오른팔을 세게 쥐었다.

집으로 돌아온 라이저는 가족에게 아무 말도 하지 않고 밤을 보냈다. 굳이 말할 필요가 없다고 생각했다. 갑작스러운 폭력은 벨파스트에서는 오후에 쏟아지는 소나기보다도 흔했다. 동생이 겪은 고통에 비해 팔에 난 멍쯤은 별 것 아니었다.

하급생에게 휘둘렸던 헐리가 이번에 자기 얼굴에 되돌아왔다. ……메이브가 당한 재난은 자업자득이었다. 웃음이 날 만큼 어리석기 짝이 없었다. 그리고 거기에 휘말린 자기 자신도. 다만 브라이언의 변모는 놀라웠다.

결코 드문 일이 아니었다. 무심히 공을 쫓던 소년이 몇 년 뒤에 테러리스트로 변모한다. 혹은 테러리스트의 정신을 마음속에 품게 된다. 아니, 몇 년을 기다릴 필요도 없다. 열 살이 채 되지 않은 소년이 성장했다는 증거인 양 경찰대를 향해 돌을 던진다. 벨파스트에서는 지극히 자연스러운 일이었다. 하지만 라이저의 마음은 어지러웠다.

결론이 나지 않는 생각을 품은 채 라이저는 자기 침대에 몸을 던졌다.

미덥지 않았던 브라이언의 가는 턱은 예리하고 단단해졌다. 일찍이 소년은 헐링에도, 게일 풋볼에도 흥미를 보이지 않았다. 다른 아이들이 무시하더라도 개의치 않고, 반발하지 않고 묵묵히 받아들였다. 브라이언의 옛 모습이 기억 속에서 그토록 선명했던가? 그의 변화가 인상이 깊었던 것은 그 때문인지도 모르겠다고 멍하니 생각했다.

막연한 생각은 그치지 않았다. 머리가 나빠서 그렇겠지. 밀리는 이미 잠에 들었다. 아버지는 아직도 차고에 있었다. 냉기가 어느새 밤을 가득 뒤덮었다. 침대에 누운 채 책상 위에 있는 시계를 봤다. 11시 55분. 곧 날짜가 바뀐다. 내일 준비를 해야만 한다. 라이저는 내키지 않았지만 침대에서 일어나 의자 옆에 있는 가방을 들었다.

숙제는 하나도 하지 않았다. 늘 그래 왔다. 아무래도 상관없었다. 교사도 진즉에 포기했을 것이다. 가방 안에 있는 교과서와 공책을 꺼낸 뒤 내일 수업에 필요한 것들을 다시 넣었다.

그때 낯선 책이 섞여 있다는 걸 깨달았다. 라이저는 고개를 갸웃거리며 책을 집었다. 많이 두껍지는 않았다. 별다른 장식이 없는 적갈색 장정. 색이 바랜 표지에는 접힌 흔적이 있었고, 네 모퉁이가 닳아 있었다. 꽤 여러 번 읽었던 모양이다.

제목은 『철로』. 저자는 킬리언 퀸.

그때구나…….

저자 이름을 본 순간 깨달았다. 길바닥에 널브러져 있던 브라이언의 소지품들을 황급히 자기 가방에 집어넣었다. 브라이언의 집 앞에서 다른 소지품들은 다 넘겨 줬는데, 이 책만은 교과서에 섞여 있어서 깜빡했다.

아무래도 시집인 것 같았다. 속표지에 저자의 경력이 적혀 있었다.

데리의 노동자 계급 출신. 일찍부터 시인을 꿈꿨다. 트리니티 칼리지*를 중퇴한 뒤에 출간한 첫 번째 시집 『해의 소묘』로 예이츠 상을 수상했다. 앞으로 가장 주목받을 신인이다…….

'앞으로 가장 주목받을 신인이다.' 그 글이 맞았다. 그 뒤에 그는 전 세계가 주목하는 존재가 되었다. 다만 시인으로서가 아니라 테러리스트로서.

라이저는 킬리언 퀸의 모든 시집이 영국과 아일랜드에서 출판 금지 처분을 받았음을 떠올렸다.

책장을 훌훌 넘기며 훑어봤다.

젊었던 그대는 노쇠해져 끝없이 뻗은 철로를 걷겠는가?

쭉 뻗은 두 가닥 선 사이를 우직하게 나아가면

집념 깊은 회오悔悟를 뿌리칠 수 있으리라 꿈이라도 꿨는가?

철로 저 앞에 고향은 없다고 까마귀가 울어 댄다.

그렇다면 뒤에 있는가?

확실하지 않았다.

철로는 불결한 거리를 지나

차가운 묘지를 이리저리 휘돈다.

결국 그대는 헛수고임을 깨닫고서 스러지리라.

나락의 끝에서 막다른 길을 만나 비참하게 벌벌 떨리라.

구원을 바라는 것은 더더욱 헛수고다.

붉게 녹슨 운명의 앞에도, 뒤에도

철로를 기어 다니는 구더기에게 미소를 지어 주는 바보는 없다.

---

* 아일랜드에서 가장 뛰어난 교육 기관. 오스카 와일드, 사무엘 베케트, 브램 스토커 등이 다녔다.

그 대목에서 책을 내던졌다.

뜻을 모르겠다. 자랑은 아니지만 시나 작문은 젬병이었다. 평균을 웃도는 점수를 받아 본 적이 없었다. 이 시가 북아일랜드의 가혹한 역사와 현재를 암시한다는 것은 어쩐지 알 것 같았다. 이 책은 킬리언 퀸이 테러리스트가 되기 전에 발간이 됐으니 선동이 목적은 아닐 것이다. 하지만 그가 마음속에 숨겼던 사상이 시에 드러나 있었다.

그렇게 생각하니 시구 하나하나가 진부하게 보였다. 너무 뻔했다. 그렇기에 널리 침투되었는지도 모르겠지만.

아무렴 어때…….

라이저는 의자에서 일어서 침대로 향하려다가 다시 의자에 앉아 책을 들었다.

그리고 처음부터 읽기 시작했다. 팔의 통증은 어느새 잊혔다.

3

연결음이 일곱 번 울린 뒤에 상대방이 받았다.

자신이 걸었으면서도 순간 목소리가 나오지 않았다.

"……누구야?"

경계하는 기색이 느껴졌다. 애써 태연한 척 이름을 밝혔다.

"라이저 맥브레이드."

"너냐?"

상대가 뜻밖이라는 반응을 보였다.

"어디서 이 번호를……. 아, 메이브?"

"지금 병문안을 갔다가 돌아오는 길이야. 오늘 학교를 쉬었거든."

"몸은 어떻대?"

"본인은 별거 아니라고 하지만 얼굴이 꽤 부었어."

"그래."

"너희들이 와 주지 않았다면 큰일이 났을 거야. 고마워."

"됐어. 어제는 참 오랜만이었어. 마지막으로 본 게 5년 전이었나?"

"훨씬 전."

"몰라보게 변했더라."

"그쪽도. 그런데 어제 말인데……."

용건을 말했다.

"내 가방 속에 네 책이 들어 있었어. 킬리언 퀸의 시집. 어떻게 돌려주면 될까?"

2~3초쯤 뒤에 상대가 말했다.

"하퍼의 가게를 기억해?"

"응. 근데 거긴 3년 전에 불타 버렸잖아."

"그 터에서 기다릴게. 내일 4시."

통화가 끊어졌다.

메이브를 병문안하고 돌아오는 길에 약국 앞 도로에서 라이저는 손에 든 휴대전화를 쳐다봤다. 거의 한 달 만에 휴대전화를 켜 봤다.

라이저는 자기 방에 누워 있던 메이브에게 브라이언의 연락처를 물었다. 메이브는 의아해하면서도 휴대전화 번호를 알려 주었다.

　—자기 아버지한테도 안 알려 줬대. 집에도 거의 안 들어가고. 집에 혹시 무슨 일이 생기면 알려 달라면서 나한테만 알려 줬어. 뭐, 한 번도 걸어 본 적은 없지만 말이야. 근데 왜?

　—그냥 어제 도와줘서 고맙다고 인사하고 싶어서.

　메이브에게는 시집 이야기를 하지 않았다. 이유는 잘 모르겠다. 숨길 이유가 없는데.

　'어쩐지 말하기가 꺼려졌어.' 하고 마음속으로 혼잣말을 했다.

　라이저는 휴대전화를 파카 주머니에 넣고서 집으로 걸어 나갔다.

　'하퍼의 가게'는 체스넛 애비뉴에 있는 빵집 겸 막과자 가게였다.

　어렸을 적에 라이저와 메이브는 브라이언과 함께 피넛 토피*를 사러 여러 번 갔었다. 단골도 아닌데 그 가게의 이름을 기억하는 것은 너무 단 토피 때문이 아니었다. 브라이언이 좋아했던 가게 주인인 루가 그를 상냥하게 대하는 모습을 봤기 때문이었다. 다른 가게는 결코 음침하지는 않았지만 말수가 적고 존재감이 흐릿한 브라이언을 쌀쌀맞게 대했다. 그렇게 느꼈기에 루의 태도는 어린 라이저의 기억 속에 강하게 남았다. 브라이언도 다른 어른들에게는 마음을 닫았지만 루만은 잘 따랐던 것 같았다.

　생각해 보니 루도 어린 브라이언과 닮았던 것 같았다. 존재감이

---

* 설탕과 버터를 녹인 것에 잘게 부순 땅콩을 넣고서 굳힌 사탕.

흐릿하고 불우해 보였다. 겉모습은 전혀 다르긴 했지만. 루는 체형이 둥근 뚱뚱한 중년 남자였다. 시끄러운 아이들에게 묵묵히 막과자를 팔았다. 어린 라이저는 새치가 엿보이는 그의 옆모습에서 '외톨이'의 분위기를 느꼈다.

루는 3년 전에 죽었다. 체스넛 애비뉴 근처에서 폭동이 벌어졌는데 누군가가 그의 가게 안으로 화염병을 던졌다. 루는 불을 끄려다가 미처 도망가지 못했다. 라이저는 우연히 신문을 보고 루의 죽음과 가게가 불타 버렸다는 사실을 알게 되었다. 그의 죽음은 작게 다루어졌다. 흔한 사건을 다룬 흔한 기사였다. 모두들 그 기사를 봤다는 것조차 금세 잊어버릴 것이다. 말수가 적은 뚱뚱한 가게 주인과 달콤한 내음으로 가득했던 작은 가게를 기억하는 사람은 이제 없으리라.

이튿날 라이저는 가게 옛터에 섰다.

체스넛 애비뉴에는 가게들이 지붕을 맞대고 쭉 늘어서 있다. 하지만 텅 빈 채 방치된 곳이 많았다. 하퍼의 가게와 그 양옆 건물은 완전히 헐려서 공터가 되었다. 동네 주민들의 밴과 세단이 여러 대 세워져 있었다. 라이저는 건설 회사의 이름이 적힌 하얀 밴 옆에서 기다렸다. 파카 주머니에서 휴대전화를 꺼내려고 했을 때 이쪽으로 걸어오는 브라이언이 보였다. 그의 턱은 그저께 봤을 때처럼 가늘었다. 오른쪽 눈꺼풀에는 아직 상처가 남아 있었다. 약속한 4시에서 20분이 지난 시각이었다.

"늦어서 미안."

"됐어, 그것보다."

브라이언이 다가오자 라이저는 가방에서 책을 꺼내 건넸다.

"미안. 전부 돌려준 줄 알았는데 이게 내 짐 속에 섞여 있었어."

"많이 찾았는데 거기에 있었을 줄이야."

브라이언은 미소를 지으며 시집을 받았다.

"이 『철로』는 구하기가 무척 어려워. 인터넷에서도 큰 웃돈을 줘야만 구할 수 있는 모양이더라고."

"저자한테 가서 직접 구할 순 없어?"

별생각 없이 물어봤다.

"저자? 킬리언 퀸?"

"IRF에 들어간 거 아냐? 그럼……."

"직접 만날 수 있을 리가 없잖아. 나 같은 게……."

브라이언이 쓴웃음을 지었다.

"만나기는커녕 킬리언 퀸의 거처는 저 위에 있는 간부들만 알고 있다고."

"그래? 그렇겠네."

자기가 내뱉은 멍청한 발언이 부끄러웠다. 스스로가 혐오스러워 말끝을 흐렸다.

"시는 읽어 봤어?"

브라이언이 갑자기 물었다.

"응."

라이저는 반사적으로 대답한 뒤에 황급히 덧붙였다.

"미안. 멋대로 읽어서."

"사과할 거 없어. 어땠어?"

"어땠냐니?"

"읽어 보고 느낀 바가 있었을 거 아냐?"

갑작스러워서 말이 나오질 않았다.

"도중에 책을 덮어서……."

거짓말이었다. 이미 다 읽었다.

"도중? 어디까지 읽었는데?"

"절반쯤……. 책을 잘 못 읽어서……. 읽은 지 이틀밖에 안 됐고……."

브라이언은 그렇게 대답하는 라이저의 얼굴을 물끄러미 쳐다봤다.

"잠시 더 빌려줄게."

"어?"

브라이언이 시집을 내밀었다.

"모처럼 읽기 시작했으니 끝까지 읽어 봐. 그 뒤에 감상평을 들려줘."

"응."

무심코 다시 받았다. 적갈색 시집은 다시 라이저의 손으로 넘어갔다. 이미 거절할 수가 없었다. 라이저는 성가셔하면서도 어쩐지 마음이 술렁였다.

"루를 기억해?"

또 느닷없이 물었다.

"옛날에 이 자리에 있었던 가게 주인이었어. 기억할 리가 없나? 말수가 적었던 사람이었지. 근데 난 좋아했어."

"기억해. 뚱뚱하고 새치가 있었지."

브라이언은 그 말을 듣고 놀란 눈치였다.

"의외네. 메이브는 전혀 기억 못 하던데."

"루는 과묵했지만, 널 특별히 대해 줬으니까."

"그래? 역시…… 내 기억이 맞았어. 루는 역시 나한테 잘해 줬구나."

브라이언이 기뻐하며 웃었다.

"그럼 그 가게에서 팔던 피넛 토피의 맛은 기억해?"

"그것도 기억해. 너무 달아서 좋아하진 않았어."

"그래? 역시."

브라이언이 고개를 크게 끄덕였다. 그 몸짓이 우스워서 라이저는 참지 못하고 웃음을 뿜었다.

너무 단 피넛 토피. 주변에 녹아들지 못하는 과묵한 소년. 무뚝뚝한 투로 소년에게 말을 거는 뚱뚱한 중년 주인. 뿌연 유리를 지나 새어드는 부드러운 빛. 두 번 다시 돌이킬 수 없는 것을 생각하면서 라이저는 웃었다.

그날 밤에 『철로』를 처음부터 다시 읽었다.

책을 다 읽은 뒤에 한 시간쯤 침대 위에서 생각했다.

휴대전화를 꺼내 브라이언의 전화번호를 찾았다. 하지만 통화 버튼을 누르지는 않았다. 집에서는 휴대전화를 쓰지 않기로 스스로 규칙을 정했다. 밀리는 옆방에서 자고 있지만 목소리가 새어 나갈지도 모른다. 깨기라도 하면 가엾다. 그만두자.

라이저는 전원을 끈 휴대전화를 베개맡에 던지고는 이불을 뒤집어쓰고 눈을 감았다.

이튿날에도, 그 이튿날에도 브라이언에게 연락하지 않았다.

상대방이 먼저 전화를 걸었다.

라이저가 하교를 하려고 교실을 나섰을 때였다. 복도에 있던 루스와 다이앤이 희한하다는 표정으로 이쪽을 쳐다봤다. 자신이 휴대전화를 쓰는 게 그토록 희한한가?

"읽었어?"

라이저가 계단을 내려가며 대답했다.

"응, 읽었어."

"그래서 어땠어?"

"잘 모르겠어. 여태껏 시는 읽어 본 적이 없어서. 잘 모르는 단어도 많았고. 그래도 이해가 되는 대목도 있었어. 하지만 나 같은 게 이해할 정도면 비유가 너무 노골적인 거 아닐까? 그만큼 무언가 뜨거운 것이 느껴졌지만."

처음에 느꼈던 바를 말했다. 다시 읽어 본 뒤에 이리저리 생각해 봤지만 다른 대답은 떠오르지 않았다.

브라이언은 그 말을 듣고 감탄한 듯했다.

"책은 젬병이라더니 비평가가 다 됐네."

"비평이라니…… 그런 거 아냐."

"훌륭한 비평이야."

"아니래도."

"더 자세히 들려줬으면 좋겠어. 또 만나고 싶군."

"……."

잠시 생각했다. 책을 돌려주기 위해서라도 어차피 브라이언과 한 번은 만나야만 했다.

"좋아. 근데 난 IRF에도, IRA에도 흥미 없어. 활동을 권유할 작정이라면……."

"걱정하지 마. 그럴 일 없어."

"진짜?"

"내가 권하지 않더라도 넌 제 발로 이쪽으로 올 거야."

어……?

"다음 주 토요일은 어때?"

"토요일에는 아르바이트가 있어."

"그럼 다음 주 월요일은?"

"월요일은 동생을 교회에 데리러 가야 돼. 피아노를 배우거든."

"그럼 수요일은?"

"그날이라면……."

"정해졌네. 다음 주 수요일 5시에 하퍼의 가게에서 기다려. 데리러 갈게."

라이저의 대답을 기다리지도 않고 통화가 끊어졌다.

'넌 제 발로 이쪽으로 올 거야.'

그 말이 마음에 걸렸다. 무슨 의미지? 당장 전화를 걸어서 브라이언에게 묻고 싶은 충동에 휩싸였다. 간신히 그 마음을 억눌렀다.

어차피 다음 주에 만난다. 그때 진의를 물어보면 된다.

4

이튿날 아침, 라이저는 어지러운 마음을 안고 등교했다. 마치 난해한 퍼즐을 풀지 못하고 남겨 둔 것처럼 찜찜했다.

불안하긴 했지만 『철로』는 가방에 넣고 다녔다. 그 킬리언 퀸의 저서였기 때문이다. 출판 금지된 책을 소지했다고 해서 벌을 받지는 않겠지만, 편향된 사상을 갖고 있다는 오해를 살 수가 있었다. 집에 남겨 두면 부모님이 볼 위험도 있었다. 그리고 어쩐지 곁에 두고 싶은 마음도 있었다.

계단을 올라 그대로 교실로 향하려고 했을 때 라이저는 놀랐다.

"메이브!"

로커 앞에 서 있던 메이브가 돌아봤다. 그녀는 라이저를 보고 쑥스럽게 웃었다. 부기는 빠진 듯했지만 왼뺨에 큰 거즈가 붙어 있었다.

"괜찮아? 벌써 등교해도 돼?"

"응. 계속 쉴 수만은 없잖아. 팀원들한테도 민폐고."

말문이 막혔다. 복귀할 의지가 없다는 걸 아직도 전하지 못했다.

라이저의 표정을 보고 메이브는 화제를 돌렸다.

"브라이언한테 전화는 했어?"

"했어."

"브라이언은 어때? 그 녀석도 흠씬 얻어맞았는데……."

"괜찮은 것 같아. 상처는 아직 남아 있지만."

메이브는 라이저를 수상하게 쳐다봤다.

라이저는 자신의 발언이 경솔했음을 깨닫고서 혀를 찼다. '상처
는 아직 남아 있다'는 말은 직접 만나야만 할 수 있는 말이었다. 메
이브에게는 고맙다고 인사를 하겠다는 핑계로 번호를 물었다. 인사
라면 전화만으로도 가능하다.

"너, 브라이언하고 만났어?"

"응. 내 가방에 걔 책이 들어 있어서……. 경찰차가 와서 부랴부
랴 달아났잖아? 그때 집어넣었나 봐."

라이저는 결국 말하기로 했다. 애당초 숨길 이유는 없었다. 모든
것을 전하는 편이 나았다.

"브라이언이 감상평을 들려 달라고 해서……. 그래서 다음 주 수
요일에 돌려주기로 했어."

"그날 팀 미팅이 있어. 그때까지 복귀할 수 있는지 말해 줬으면
싶었는데……. 그럼 넌 못 오겠네."

"미안."

"됐어. 내가 멋대로 부탁한 건데…… 근데……."

메이브가 망설이다가 물었다.

"너, 혹시 IRF에 흥미 있어?"

"설마."

곧바로 부정했다.

"너도 잘 알잖아. 어렸을 적부터 내가 어떤 심정으로 살아왔는지."

"미안. 언짢았다면 사과할게."

"괜찮아."

메이브는 사과하면서도 당부하듯이 말했다.

"널 의심하는 건 아냐. 어쩐지 걱정이 돼서……. 요즘에 갑자기 리퍼블리컨으로 돌변하는 사람들이 많잖아. 브라이언도 그렇고. 나도 프로테스탄트가 하는 짓거리가 짜증이 나서 스테파니를 때리기는 했지만 리퍼블리컨은 아냐. 여하튼 브라이언과 너무 얽히지 마."

"알고 있어. 고마워."

라이저는 고맙다고 인사하고서 자기 로커로 향했다. 등 뒤에서 메이브의 시선이 느껴졌지만 애써 모른 체했다. 의혹이 살짝 섞인 시선이었다. 뒤를 돌아봐서는 안 된다. 그랬다가는 의혹을 긍정하는 것이나 마찬가지다. 메이브와 자기 자신에게.

머릿속에서 불쾌한 감촉이 느껴졌다. 모든 것을 감추지 않고 다 말할 작정이었는데, 책 제목이 『철로』이고 저자가 킬리언 퀸이라는 사실을 말하지 않았다.

아무 의미도 없었다. 특별한 이유가 있어서 말하지 않은 게 아니었다……. 마음속으로 그렇게 변명해 봤지만, 스스로도 어이가 없을 만큼 뻔한 거짓말이었다.

"손목을 더 유연하게, 그래, 그렇게······. 4분 음표에 얽혀 있는 장식음에 유의하고······. 음 하나하나를 살리면서 자연스럽게 앞뒤를 이어 주렴······. 좋아, 그 상태로."

밀리의 뒤에 서 있는 플러머가 말했다. 그녀가 지적할 때마다 음이 깊어졌다. 흔들리던 선율이 안정되었다. 편안하고 올곧은 연주였다.

한 주의 시작인 월요일. 피아노를 배우는 날이었다. 교회에 밀리를 데리러 간 라이저는 멍하니 「G선상의 아리아」를 들었다. 부드럽게 이어지는 따뜻한 음들은 머나먼 잔향이 되어 라이저의 머리 위를 미끄러지듯 사라졌다.

'내가 권하지 않더라도 넌 제 발로 이쪽으로 올 거야.'

최근에 재회한 브라이언은 무슨 근거로 그런 말을 한 걸까? 자신의 얼굴이 그토록 위험해 보였나? 아니면 옛날에 함께 놀았던 시절에 자신에게서 무언가 그러한 낌새를 느꼈던 건가?

혹은······ 자신의 몸속에 맥브레이드의 피가 흘러서인가? 배신자라, 비겁자라 매도당하면서도 언제나 전쟁의 최전선에 몸을 던져 왔던 맥브레이드의 혈통.

수요일에 브라이언에게 직접 물어보면······.

"라이저."

제인이 부르자 정신을 차렸다. 그녀와 밀리가 이쪽을 보고 있었다. 연습은 끝났다.

"고마워요. 제인."

황급히 인사를 하고서 동생에게 손을 내밀었다.

"자, 가자."

무언가 눈치 챘는지 밀리는 라이저를 불안하게 올려다보며 손을 잡았다. 밀리는 언제나 눈치가 빠르다. 밀리 앞에서는 아무것도 숨길 수가 없었다. 그래도 아무것도 말할 수 없었다. 스스로도 잘 모르는 것을 동생에게 설명할 자신이 없었다. 조금이라도 말로 표현한다면 곧바로 오해를 살 것이다. 지금까지 15년을 살면서 진절머리가 날 만큼 온갖 오해를 경험해 왔다. 말주변이 없어서 그런지도 모르겠지만. 모호하게 말했다가 동생에게 걱정을 끼칠 바에야 아무 말도 하지 않는 편이 나았다.

'언니는 정말 예뻐.'

라이저는 깜짝 놀랐다.

"느닷없이 무슨 소리야?"

'늘 그렇게 생각해. 언니는 내 자랑이야.'

"이상한 소리 하지 마."

'분명 언니는 특별한 사람이야.'

"그게 무슨 소리야?"

'틀림없어. 라이저 언니는 특별해.'

"그럴 리 없어."

밀리가 미소를 지으며 고개를 가로저었다.

'언니는 왜 맨날 그런 옷만 입어?'

라이저는 퍼뜩 놀라 자신의 파카를 내려다봤다. 오래 입어서 색이 바랜 회색 파카.

"왜냐니? 그냥…… 이게 마음에 드니까."

거짓말이었다. 라이저는 자신의 소지품을 모두 좋아하지 않았다.

"언니는 틀림없이 빨강이 잘 어울려. 빨간 옷을 입은 언니는 분명 멋있을 거야."

"그렇지 않아. 난 이게 좋아."

'그리고 언니의 황금색 머리는 마치 공주님 같아. 아니, 공주님보다 더 반짝반짝거려.'

"아니래도."

딱 잘라 부정했다.

'부럽다. 공주님보다 환한 금발을 가진 사람은 언니 말고는 본 적이 없어.'

"그게 무슨 소리야? 밀리가 더 귀여워."

'내 머리는 까마귀처럼 까만걸.'

라이저는 고개를 푹 숙인 밀리의 쓸쓸한 옆모습을 보며 말했다.

"이 머리는 아버지를 닮았다는 증거일 뿐이야."

무심코 짜증이 솟았다.

"어머니를 닮은 네 머리카락이 훨씬 좋아. 진짜야."

'아버질 싫어해?'

"어머니가 그나마 낫다는 뜻이야."

말하고 나서야 깨달았다. 부정하는 게 아니라고 얼버무리려다가 무심코 아버지뿐만 아니라 어머니마저 폄훼하고 말았다.

밀리가 서글픈 표정을 지었다.

그 얼굴이 보고 싶지 않아서 창밖으로 시선을 휙 돌렸다.

갑자기 밀리가 왜 그런 말을 꺼냈을까? 그 이유가 밝혀지지 않은 채 손과 목소리의 대화는 끝이 났다.

수요일이 되면. 브라이언에게 직접 물어보면…….

화요일은 천천히 지나갔다. 시간의 길이는 균일하다. 길게 느껴지는 것은 기분 때문이다. 언제나 지루했던 수업이 더 지루하게 느껴졌을 뿐이다.

수업이 끝나자마자 곧장 하교했다. 메이브와 만나고 싶지 않아서일지도 모른다.

밤도 지루했다. 드물게 비가 내리지 않아서 하늘에 뜬 별이 보였다. 조용하고 평온한 밤이었다. 습도도 낮은 편이었는데 밀리가 평소보다 뒤척여서 마음에 걸렸다.

수요일이 되면. 브라이언에게 직접 물어보면…….

그 소식은 갑자기 날아들었다. 수요일 아침이었다.

등교를 앞둔 식탁. 아버지는 아직 자고 있었다. 어머니는 일어나서 계란을 부치다가 머리가 아프다며 다시 침실로 들어갔다. 밀리의 컵에 우유를 따라 주고 있을 때 파카 주머니에 넣어 뒀던 휴대전화가 울렸다. 메이브가 건 전화였다.

"브라이언이 죽었어."

처음에는 무슨 의미인지 몰랐다.

휴대전화에서 메이브가 오열하는 목소리가 들렸다.

"오늘 아침 5시였대⋯⋯. 방금 전에 부고가⋯⋯. 펍에서 총에 맞아서⋯⋯ UDA의 짓이래⋯⋯. 동료와 함께 있었는데 뒤에서⋯⋯."

그 책은 어쩌지? 누구에게 돌려줘야 하지? 라이저는 그런 생각을 했다.

킬리언 퀸의 시집. 피를 흘리는 스테파니 피케. 높이 쳐든 헐리. 라일 피케. 찢어진 가방. 널브러진 소지품.『철로』. 차가운 묘지. 하퍼의 가게. 피넛 토피. 과묵한 소년과 뚱뚱한 가게 주인.

수요일이 되면. 브라이언에게 직접 물어보면⋯⋯.

"나, 이제⋯⋯. 미안, 갑자기⋯⋯."

말이 떠듬떠듬 들리는데 무슨 뜻인지 잘 모르겠다. 흐느끼는 목소리가 커지다가 전화가 끊겼다.

시간이 얼마나 지났을까? 몇 초? 몇 분? 밀리가 이쪽을 물끄러미 쳐다보고 있었다.

'왜 그래?'

밀리가 앉은 채로 손을 놀렸다.

라이저는 대답하지 않고 메이브에게 다시 전화를 걸었다. 하지만 전원이 꺼져 있었다.

'무슨 일이야?'

밀리가 다시 물었다.

"모르겠어."

그렇게 대답하는 게 고작이었다. 너무나도 잘 안다. 흔한 이야기다. 흔하디흔한 사건.

아직 익지 않은 작은 풋사과가 한바탕 휩쓴 돌풍에 툭 떨어졌다. 브라이언은 그렇게 세상을 떠나고 말았다. 너무나도 어이없이.

그날 메이브의 휴대전화는 켜지지 않았다.

각종 미디어는 새벽에 어도인 지구에서 벌어진 그 사건을 일제히 보도했다.

UDA가 IRF 멤버를 습격했다. 올해 들어 여섯 번째로 벌어진 '퍼니시먼트 슈팅punishment shooting'이었다. 보도의 초점은 투쟁이 격화되었음을 보여 주는 그 횟수에 맞춰져 있었다. 브라이언 맥허티라는 고유명사가 아니었다.

각종 미디어는 과묵했던 시절에 찍은 브라이언의 사진을 널리 퍼뜨렸다. 북아일랜드에 관심이 있는 사람들에게, 그리고 전혀 흥미가 없는 사람들에게도. 세계 구석구석까지 퍼져 나가 소비되었고, 이윽고 부질없는 꿈처럼 사라졌다. 그것이 존재감이 옅은 소년이었던 브라이언에게 잘 어울리는 말로라는 듯이.

"이거, 브라이언한테 빌렸던 책이야."

메이브가 불러서 그녀의 집을 찾은 라이저는 가방에서 『철로』를 꺼냈다.

"네게 돌려주기로 했어. 브라이언의 가족한테 돌려줘도 되고. 네가 알아서 해."

고민한 끝에 그러기로 했다. 그가 생전 소중히 여겼던 책을 자신이 가져서는 안 된다고 생각했다.

친구가 내민 책의 저자 이름을 힐끔 본 메이브의 낯빛이 바뀌었다.

"킬리언 퀸의 책이잖아?"

"응."

"브라이언이 네게 읽어 보라고 했던 책이 이거였어?"

"응."

"왜 감췄어?"

"딱히 감출 생각은 없었어."

"오호, 그래?"

친구는 지금껏 본 적이 없는 모멸감을 드러냈다.

"너, 알아? 브라이언이 IRF에 얽혀서 죽었다는 거?"

"……."

"너 몰래 브라이언이랑 전쟁놀이를 했던 거야? 킬리언 퀸 팬클럽?"

"……."

"돌아가."

"하지만."

"됐으니까 돌아가."

메이브가 문 밖으로 떠미는데도 라이저는 어떻게든 시집을 건네
주려고 했다.

"하지만 이 책……."

메이브가 차갑게 비웃었다.

"그딴 거 너나 가져. 그래, 너하고 잘 어울리네."

결국 문이 닫혔다. 라이저는 할 말을 잃고 우두커니 서 있었다.

예상치 못한 거절이었다. 오래된 친구의 갑작스러운 변화가 혼란스러웠다.

머릿속에서 불쾌한 감촉이 느껴졌다. 자신은 지금 무언가 커다란 것을 잃었다.

불현듯 깨달았다.

메이브는 브라이언을 사랑했던 게 아닐까?

지금껏 함께 지내면서 메이브는 그런 감정을 내비치기는커녕 브라이언을 화제로 삼은 적도 없었다. 다른 남자들과는 이런저런 관계를 맺어 왔으면서. 그녀가 삼촌 생일 파티에 함께 가자고 권한 건 브라이언이 말을 걸까 봐 무서워서가 아니었다. 오히려 그 반대였다. 그녀는 라이저에게 브라이언을 소개해 주고 싶어 했다. 그런 형태로 그의 존재를 드러내고 싶었다. 그것이 메이브가 수줍은 마음을 친구에게 드러내는 방식이었다.

라이저는 손에 있는 책을 봤다. 메이브가 꺼려하는 게 당연했다. 사랑하는 남자를 죽음으로 내몬 책이니까.

작은 적갈색 시집. 머리가 혼란해서인지 이 책이 자신의 수중에 있는 것이 신기하게도, 또한 자연스럽게도 여겨졌다.

그날 이후로 학교에서 라이저는 더욱 고립되었다. 지금까지도 학교 안에서 자신이 외톨이라는 걸 알고 있었지만 그것은 약과였다.

다른 아이들이 라이저에게 애써 반감을 드러내지 않은 것은 오로지 메이브라는 존재 때문이었다. 메이브라는 방패가 사라지자 아이들은 라이저를 대놓고 차별하기 시작했다.

'역시 맥브레이드의 혈통이야.'

그런 목소리가 들렸다. 일부러 들으라고 말한 것이다.

서쪽 교사의 복도를 걷고 있었을 때였다. 루스 마일스가 이쪽을 보고 불쾌하게 웃었다. 그 옆에 있는 페니 오설리번과 다이앤 케인도 마찬가지였다.

"메이브가 모처럼 권해 줬는데 말이야."

페니가 말했다.

"저런 애를 팀에 넣으려고 하다니 메이브도 참 이상한 애야."

다이앤이 말했다.

세 사람 모두 카모지 선수다. 페니와 다이앤은 수비수, 루스는 공격수다. 실력은 피라미 수준이다.

"메이브도 후회한대."

루스가 비웃었다.

평소였다면 무시했을 것이다. 하지만 오늘을 그럴 수가 없었다.

라이저는 세 사람에게 다가가 말했다.

"뭐라고 했어?"

"어, 뭐가?"

"방금 뭐라고 했잖아?"

루스가 평평한 턱을 앞으로 내밀며 도발했다.

"메이브가 네게 배신당했다고 했어. 맥브레이드는 역시 배신자래."

"……."

"내가 한 말이 아냐. 불만이 있으면 메이브한테……."

라이저는 그녀의 얼굴에 주먹을 날렸다. 루스가 땅바닥에 벌러덩 넘어졌다. 좌우에서 페니와 다이앤이 덤벼들었다.

"한번 해보자 이거지!"

라이저는 비웃는 페니의 허리를 차버린 뒤에 달려드는 다이앤의 옆구리에 주먹을 날렸다. 세 사람은 한데 뒤얽혀 복도에 쓰러졌다. 코피를 흘리며 몸을 일으킨 루스가 가차 없이 발로 밟았다.

"너! 남몰래 남자랑 놀아났지!"

라이저는 그녀의 다리를 홱 잡아당겨 넘어뜨렸다.

라이저는 온몸으로 발버둥을 쳤다. 상대를 마구 때렸다. 주먹이 아팠지만 마음은 딴 곳에 가 있었다.

수요일이 되면. 브라이언에게 직접 물어보면…….

우아하고 투명하고 청아한 선율이 교회를 부드럽게 감쌌다.

「G선상의 아리아」. 얼마 전에 비해 밀리의 연주 실력은 월등히 좋아졌다. 처음에는 음표 하나하나를 덧그리듯이 연주했었다. 너무나도 조심스러워서 오히려 선율이 제멋대로 흔들렸다. 하지만 지금은 망설이지 않고 확고하게 연주하고 있었다. 왼손으로 치는 베이스음은 그윽하게, 주선율은 또렷하게, 내성부內聲部는 은은하게 각 성부聲部를 이루어 나갔다.

라이저는 가만히 듣고 있었다.

슬슬 여름으로 접어드는 계절이었다. 하지만 낡은 교회 안은 평소처럼 서늘한 습기가 감돌았다. 바깥 더위는 느껴지지 않았다.

불현듯 선율이 끊어졌다.

"왜 그러니?"

제인이 놀라서 밀리에게 물었다.

뒤에 있는 언니를 돌아본 밀리가 가슴 앞에서 손을 움직였다.

'내가 그렇게 피아노를 못 쳐?'

"어?"

'요즘에 언니가 연주를 하나도 안 들어 줘.'

가슴이 뜨끔했다.

동생의 연주를 듣고 있기는 했다. 하지만 그것은 성당에 되울리는 먼 잔향을 느끼는 것에 지나지 않았다. 동생의 지적을 듣고서야 비로소 자각했다.

브라이언이 죽은 이후에 자신의 내면이 뒤흔들리고 있다는 것을 말 못 하는 동생은 확실하게 느끼고 있었다. 브라이언이 죽었다는 것도, 메이브와 절교했다는 것도 밀리에게는 한 마디도 하지 않았다.

수화를 할 줄 모르는 제인은 그저 자매의 얼굴을 번갈아 봤다.

"나도, 쳐 봐도 될까?"

입 밖으로 무심코 튀어나온 말은 스스로도 뜻밖이었다.

"그 곡 좋아해……. 그러니 잠깐만 쳐도 될까?"

스스로도 잘 알지 못하는 마음속을 동생은 역시 민감하게 알아주었다.

밀리는 허락을 바라는 눈으로 제인을 올려다봤다. 제인은 밀리를 지도하기 위해서 호의로 시간을 내주고 있는 것이었다. 그러니 라이저의 변덕에 어울려 줄 이유는 없었다.

"……좋아."

제인은 한숨을 내쉬고서 고개를 끄덕였다. 확실하게 이해하지는 못했지만, 두 자매 사이에서 오간 어떤 감정을 느낀 듯했다.

밀리는 인사를 하듯 제인을 보고 미소를 지은 뒤 의자에서 일어섰다.

대신에 라이저가 피아노로 향했다.

옛날에 밀리가 피아노를 치기 시작했을 때 자신도 장난 삼아서 쳐 본 적이 있었다. 그뿐이었다. 자기도 치게 해 달라고 말할 만한 자격은 없었다. 하지만 밀리가 연습하는 모습을 줄곧 지켜봐 왔다. 음의 흐름도, 곡의 구성도 머릿속에 완전히 담겨 있었다. 어차피 초보자의 심심풀이일 뿐이다. 엉터리로 연주하더라도 상관없었다. 치고 싶은 대로 치면 된다.

떨리지 않았다. 긴장도 되지 않았다. 괜찮아. 칠 수 있어…….

하얀 건반에 손가락을 올렸다. 숨을 들이마시고서 연주를 시작했다. 「G선상의 아리아」.

도입부를 부드럽게 시작했다. 괜찮다. 나쁘지 않다.

하지만 연주는 곧 끝났다. 첫 네 소절 만에.

자신의 손가락을 쳐다봤다. 손가락이 도저히 움직여지지 않았다. 아니, 손가락은 춤추고 싶어 하는데 마음속 어딘가에서 강하게 만류했다.

밀리와 제인이 낙담하는 기색이 등 뒤에서 느껴졌다. 손가락을 한 번 쥐었다가 다시 펴 봤다.

역시나 네 번째 소절에서 손가락이 멈췄다. 도저히 다음 소절로 넘어가지질 않았다.

"이제 오지 않아……"

건반 위에 엎드려 신음했다.

"수요일은 이제 오지 않아."

눈물이 흘러넘쳤다. 마음에 난 균열에서 덜컥 솟아났다. 수요일은 이제 오지 않는다. 혹시 브라이언을 사랑했나? 아마도 아닐 것이다. 지금 이토록 슬픈 건 다른 이유 때문이었다. 지금 이토록 괴로운 건 그 이유를 알지 못하기 때문이었다.

틀림없이 브라이언은 그 이유를 밝혀낼 단서를 갖고 있었다.

'넌 제 발로 이쪽으로 올 거야.'

그는 자신에게서 무엇을 본 건가? 이제 그것을 알 방법은 없었다. 하퍼의 가게처럼, 달콤한 피넛 토피처럼 사라져 버렸다.

밀리와 제인의 시선이 낙담에서 곤혹으로, 그리고 연민으로 바뀌어 갔다. 그런 시선을 느끼면서도 라이저는 눈물을 그칠 수가 없었다.

5

7월 들어 해가 길어졌다.

그날은 저녁부터 시가지 전체가 어수선한 분위기에 휩싸여 있었다. 간선도로에 기갑병장이 배치되었다. 경찰차가 사이렌을 울리며 지나갔다. 교차로마다 무장한 경찰관들이 서 있었다. 폭발물 소동? 아니면 시위나 폭동인가?

벨파스트 시민들은 그런 소동에 익숙했다. 하지만 그날 분위기는 약간 달랐다. 영국군 기갑병장과 병력 수송차까지 출동한 건 요즘에도 무척 드문 일이었다.

아르바이트를 끝내고 돌아가던 라이저는 샨킬 로드 위에서 제복 경관과 영국군 병사가 상의하는 광경을 보았다. 발걸음을 멈추고서 휴대전화를 들여다보는 사람과 새빨개진 얼굴로 경관과 실랑이를 벌이는 남자들도 있었다.

—왜 영국군이 나와 있는 거야!

그런 목소리가 귀에 들렸다.

—이 겁쟁이들! 경찰권은 스토몬트*로 넘어갔잖아!

—그래, 신페인당은 배신자야! 우릴 배신했어!

'배신자.' 거리에 부는 불온한 바람은 고개를 숙인 채 걷던 라이저의 머리카락을 전혀 흔들지 못했다.

---

* 북아일랜드의 국회의사당이 있는 지역. 북아일랜드 자치 정부를 의미한다.

집에 가니 어머니와 여동생이 희한하게도 소파에 앉아 뉴스를 보고 있었다. 두 사람의 뒤에서 화면을 쳐다봤다. 뉴스였다. 어머니가 이따금 손에 든 리모컨을 조작해 채널을 돌렸다. 모든 방송국이 특별 방송을 내보내고 있었다.

'PSNI가 IRF의 각 거점을 일제히 수색', '시가지 각 지구에서 IRF 간부 일곱 명 구속', '저항한 IRF 멤버 네 명이 사살되다', '일반 시민 희생되다', '중상을 입은 남성이 병원에서 사망', '일부 간부는 현재 도주 중', '영국군 개입에 항의하는 목소리'.

화면을 몇 분 들여다봤을 뿐인데도 도시가 왜 이렇게 소란스러운지 대강 알 수 있었다. 벨파스트 안에서 대대적인 단속 작전이 펼쳐졌다. PSNI가 아니라 영국군 SAS가 주도했다. 그것이 현재 문제가 되고 있었다. 시민이 작전에 휩쓸려 사망했다.

어머니는 한숨을 내쉬고서 소파에서 일어섰다. 평소보다 저녁밥 준비가 조금 늦어졌다.

저녁밥은 치킨과 감자, 찐 토마토와 찌지 않은 토마토. 그리고 소다빵이었다. 설거지와 정리를 끝마치고서 라이저는 계단으로 향했다. 아버지는 저녁밥을 먹고서 이내 차고로 돌아갔고, 어머니와 밀리는 거실에서 텔레비전을 보고 있었다. 달아난 IRF 간부는 아직 잡히지 않은 모양이었다. 계단을 오르려고 했을 때 시야 한구석에 텔레비전이 보였다. 흔들리는 화면에 시민들이 항의 집회를 하는 광경이 비쳤다.

2층 자기 방에 들어가 커튼을 치고자 창문에 다가갔다. 열려 있는 창문으로부터 아버지가 차고에서 금속을 연마하는 소리가 들려왔다. 라이저는 커튼을 치기 직전에 차고 앞에 누군가가 서 있음을 깨달았다. 오후 7시가 지나 해가 지고 있었지만 바깥은 아직 환했다. 키가 큰 남자였다. 짙은 회색 필드재킷과 베이지색 치노팬츠를 입고 있었다. 등을 돌리고 있어서 얼굴은 알 수가 없었다. 남자는 셔터 옆에 난 문을 두드리고 있었다. 아버지의 지인인가? 그렇다면 아주 드문 일이다. 라이저의 기억 속에서 아버지를 찾아왔던 친구는 하나도 없었다. 얼굴을 내민 아버지가 남자를 안으로 들였다. 역시 지인인 모양이다.

책상에 앉아 구식 노트북을 켜고서 리포트를 썼다. 과제는 근대 유럽의 역사였다. 형식적으로라도 제출하지 않으면 졸업을 할 수가 없다.

그러나 아무리 모니터를 쳐다봐도 머릿속이 산만해서 문장이 떠오르질 않았다. 교과서에 실린 역사를 볼 때면 언제나 딴 세계의 이야기처럼 느껴졌다. 다른 세계의 다른 역사 말이다. 자신들이 사는 세계와는 전혀 다른. 어쩌면 이 도시만 유럽이 아닐지도 모른다. 지리적 위치만 보고 다들 유럽의 일부라고 믿고 있는 게 아닐까? 크롬웰의 아일랜드 침략도, 감자 대기근도, 이스턴 봉기도 자신들과는 관계가 없는 텔레비전 드라마인 것 같았다. 시간의 흐름은 하나다. 역사의 결과로서 현재가 있다. 그러나 그것을 인정하고 싶지 않은 마음이 있었다. 교과서에 정리된 말들을 역사라 칭하고, 또 그것을 받아들이기에는 자신들이 떠안고 있는 문제들이 너무나도 복잡하다. 그래서 정리된 역사와 거리감을 느낀다. 그 역사를 비웃게 된다. 비웃는 자기 자신을 비웃게 된다. 자신뿐만이 아니라 다른 사람들도 그럴 것이다…….

집중력을 총동원해서 겨우 첫 문장을 지어냈을 때였다.

바깥에서 유리가 깨지는 소리가 들렸다. 커튼을 걷고 아래를 내려다봤다. 차고 창문이 깨져 있었다. 잡초가 듬성듬성 난 땅바닥에 흩어진 파편 속에서 부시밀스 라벨이 보였다. 아버지가 창문을 향해 술병을 던진 듯했다. 어쩌면 아버지를 찾은 남자가.

서둘러 계단을 뛰어 내려갔다. 어머니와 밀리도 일어서 있었다.

"차고에 아버지와 손님이 있어."

어머니의 낯빛이 바뀌었다.

"잠깐 보고 올게."

"기다려 보렴."

라이저가 부엌에 난 뒷문으로 나가려고 하자 어머니가 뒤에서 불러 세웠다.

"안 가는 게 좋아."

"왜? 싸움이 벌어졌을지도 모르잖아."

발걸음을 멈추고서 돌아봤다. 어머니를 이해할 수가 없었다.

"왜? 안 말릴 거야?"

거듭 물었다. 대답은 돌아오지 않았다. 라이저는 어머니의 얼굴에서 표정이 사라졌음을 깨달았다. 마치…… 마치 평상시의 아버지처럼.

라이저는 몸을 홱 돌려 달려 나갔다.

"라이저!"

뒤에서 어머니가 외쳤지만 아랑곳하지 않고 부엌을 나가 차고로 향했다.

나무 문을 벌컥 열고서 안으로 뛰어들었다.

"아버지!"

아버지와 마주 보고 서 있던 남자가 이쪽을 돌아봤다.

아는 얼굴이었다. 그러나 지인은 아니었다.

설마…….

"킬리언…… 퀸?"

나이는 분명 서른네 살일 것이다. 곱슬거리는 은발에 눈썹과 눈매가 조금 처져 있었다. 지성과 애교가 동거하는 눈동자는 포악한 리퍼블리컨과는 전혀 달랐다. 미디어의 보도로 여러 번 봐 왔던 그 얼굴이 활짝 웃었다.

"딸이 있다는 소리는 들었지만……. 첫째 따님인가?"

아버지가 험악한 얼굴로 호통을 쳤다.

"집으로 당장 돌아가."

"저기, 이거…….

"내 말 안 들려? 라이저!"

무언가 말하려고 했을 때 뒤에서도 엄한 목소리가 들렸다.

"어서 나가."

어머니였다. 그 뒤에는 밀리가 있었다. 언니와 어머니의 뒤를 쫓아왔나 보다. 부모님의 심상치 않은 모습을 보고 겁을 먹었다.

킬리언 퀸은 눈을 더욱 가늘게 떴다.

"오랜만이군. 유니스."

어머니를 이름으로 불렀다.

"나가, 어서."

어머니가 기계적으로 그 말을 되풀이했다.

"배신자의 집에 무슨 볼일이 있어서 온 거지?"

킬리언이 뜻밖이라는 표정을 지었다.

"너마저도 맥브레이드를 배신자라고 부르는 건가?"

그 말을 듣고 라이저는 어머니를 돌아봤다.

"무슨 소리야?"

어머니는 또다시 대답하지 않았다.

"딸한테도 알려 주지 않았나? 그야, 그렇겠지."

킬리언은 서글퍼하며 고개를 가로저었다.

"맥브레이드는 배신자가 아냐. 적어도 선대인 조슈아와 그의 아버지는……."

"난 이 녀석과 나갈 테니 유니스, 당신은 애들이랑 집으로 돌아가."

킬리언의 말을 가로막듯이 아버지가 어머니에게 말했다.

라이저는 발을 움직일 수 없었다.

배신자가 아니라고?

그 유명한 킬리언 퀸이 집에 있는 것도 희한한 일인데, 맥브레이드 집안이 배신자가 아니라는 말까지 했다. 이해할 수 없었다. 무슨 소리지? 방금 자기 귀로 들었던 말을 머리가 이해하질 못했다.

맥브레이드는 배신자가 아니다. 아버지는 한 마디도 하지 않았다. 어머니도 그걸 알고 있었다…….

"라이저, 뭐하고 있느냐. 어서 나가래도."

아버지가 외쳤다.

"어디로 나가겠다는 거예요? 경찰은 틀림없이 킬리언 퀸을 찾고 있어요. 오늘 밤은 저 사람 때문에 소란스러운 거라고요."

그렇게 말하고서야 라이저는 비로소 깨달았다. IRF 간부 체포 작전의 최대 목표는 킬리언 퀸을 검거하는 것이다. 하지만 SAS와 PSNI는 진짜 먹잇감을 놓치고 말았다.

"그 말이 맞아."

킬리언이 웃었다. 정답을 말한 학생을 바라보는 교사처럼.

"메인디시는 바로 나야. 녀석들은 내가 벨파스트에 있다는 정보를 알아냈어. 누군가가 누설한 거지. 더욱이 PSNI와 스토몬트의 정치인들은 부끄럽게도 영국군한테 도와 달라고 부탁했다. 그게 무슨 자치냐. 그게 무슨 주권이냐고. 뜻밖의 상황에서 본색을 드러냈군그래. 이게 바로 우리가 그토록 떠받드는 자치 정부의 실태지."

"그게 델릭…… 우리와 무슨 관계가 있다는 거야?"

어머니가 아버지와 킬리언 사이에 끼어들었다.

"델릭은 줄곧 참아 왔어. 세상 사람들이 뭐라고 떠들든 한 마디도 반론하지 않았지. 조국을 위해서. 오명을 뒤집어쓴 채 조용히 살아 왔어. 그런데 이제와 우리에게 무슨 볼일이 있다는 거야?"

어머니가 의연하게 맞서자 킬리언은 찬탄했다.

"유니스, 넌 조금도 변하지 않았군. 17년 전 그대로야."

"대답해."

"내가 탈출할 수 있도록 도와줬으면 해. 내 곁에 멋진 여신이 붙어 있어서 용케 SAS의 습격은 피했지만, 녀석들은 벨파스트를 이 잡듯이 뒤지고 있어. 키디까지만이라도 좋아. 거기에 긴급용 '보트'가 있어. 거기까지만 가면 어떻게든 될 거야."

"동지한테 부탁하면 되잖아. 우리가 아니라."

"내통자가 있어. 현 상황에서는 그 누구에게도 연락할 수가 없다. 너무 위험해. IRA와 다른 비주류파도 모두 적이라고 할 수 있지. 천하의 킬리언 퀸이 벨파스트에서 고립됐다는 뜻이야. 상황은 절망적이야. 그야말로 궁지에 몰렸어. 그때 그 이름이 떠올랐지. 맥브레이드! 그래, 맥브레이드만은 당국도 거들떠도 보지 않겠지. 슬프게도 동료들도 말이야. 이 불쌍한 삼류시인을 구해 줄 수 있는 사람은 배신자 맥브레이드뿐이야. 짓궂은 여신님이 아니라면 도저히 상상도 할 수 없는 운명 아닌가?"

라이저는 경악하며 어머니와 킬리언의 대화를 들었다. 일상과 너무나도 동떨어진 내용인지라 머릿속이 혼란스러웠다.

이 사람이 그 어머니 맞나? 잇몸에 피가 난다며 불평을 내뱉던 그 주부 맞아? 17년 전? 맥브레이드는 배신자가 아니다?

"제멋대로야. 당신은 늘 그랬지. 당신들을 언제나 맥브레이드한테 무거운 짐을 떠안겼어. 그러고는 공적만을 가로채고서 맥브레이드를 배신자라 매도했고."

"알아줬으면 좋겠군, 유니스."

"지긋지긋할 만큼 잘 알아."

"델릭은, 네 남편은 이해해 줬어."

라이저는 어머니와 동시에 아버지를 봤다.

"오늘 밤 안으로 돌아올게. 이번뿐이야. 더는 얽히지 않아."

아버지가 무뚝뚝한 얼굴로 대답했다. 하지만 틀림없이 아버지는 어머니보다 더한 울분을 품고 있을 것이다. 부시밀스 병을 창문에 내던진 것만 봐도 알 수 있다. 자신에게 부조리한 요구를 해서 분통이 터졌을 것이다. 당연하다. 그러나 아버지는 갈등한 끝에 알 수 없는 이유로 킬리언의 요청을 수락했다.

"여기까지 어떻게 왔지?"

어머니가 킬리언에게 물었다.

"차를 두 번 갈아탄 뒤에 마지막에는 걸어서 왔지. 묘지를 지나왔어. 누구도 날 보지 못했으니 민폐를 끼칠 일은 없어."

어머니가 한숨을 내쉬었다. 이해한 것이 아니었다. 체념하고 포기한 것이다.

아버지는 차고에 세워 둔 낡은 르노 원박스카로 향했다. 물건을 납품할 때 쓰는 차다. 뒷자리에는 납품할 기념품이 든 골판지 박스가 쌓여 있었다.

"나도 갈래."

라이저가 정신없이 외쳤다.

모두가 돌아봤다.

"내가 함께 가면 의심을 사지 않을 거야."

자신이 꼭 가야만 하는 정당성을 필사적으로 주장했다. 아이가 동승한다면 검문을 더 쉽게 속일 수는 있으리라. 그러나 북아일랜드에서는 10대 테러리스트도 드물지 않다.

"라이저!"

아버지가 또다시 질타했다.

"대체 무슨 소리를 하는 거냐!"

"데려가 주지 않으면 경찰을 부를 거야. 어차피 맥브레이드는 배신자니까. 어머니도 그러는 편이 낫죠?"

필사적으로 생각했다. 물어보고 싶은 것이 산더미처럼 많았다. 아버지에게, 그리고 킬리언 퀸에게. 답을 들으려면 꼭 따라가야 한다. 킬리언을 도피시키고 돌아온 뒤에 아버지는 여느 때처럼 아무것도 알려 주지 않으리라. 어머니도 마찬가지겠지.

도로를 지나는 경찰차의 사이렌이 멀리서 들렸다.

"어쩔 거야? 데리고 갈 거야? 아니면 경찰을 부를까?"

킬리언이 이 상황이 재밌는지 눈을 가늘게 떴다.

"괜찮지, 어머니? 경찰 부를게."

어머니는 못마땅한 표정으로 아무 대답도 하지 않았다.

"흥정하는 재능, 그리고 배짱도 두둑하군."

시인이 감탄하며 말했다.

"저 아가씨는 금발뿐만 아니라 맥브레이드 혈통의 다른 것도 물려받은 것 같군."

"그만."

어머니가 킬리언을 노려봤다.

"라이저, 헛소리 집어치워."

"뭐가 헛소리야. 시민의 의무잖아."

"그…… 그럼, 그렇게 하렴. 그게 나을지도 모르겠구나."

어머니가 갑자기 선선히 수긍하고서 말했다.

또다시 경찰차 사이렌이 들렸다. 아까보다 더 가까웠다.

"신고할 거야."

셔츠 위에 걸친 파카 안에서 휴대전화를 꺼냈다.

"알았다. 너도 도와라."

아버지는 그렇게 말하고서 원박스카의 짐칸에서 골판지 상자를
내리기 시작했다.

어머니는 들리지 않게 무언가 중얼거렸다. 틀림없이 신께 사죄를
드리고 있거나, 불평을 내뱉고 있겠지.

라이저가 원박스카로 달려가려고 하자 누군가가 파카 옷자락을
강하게 잡아당겼다. 밀리였다. 그녀는 라이저의 파카를 쥔 채로 고
개를 격하게 가로저었다.

"이거 놔. 가야 해."

밀리가 놀란 표정을 지었다. 무슨 말을 하고 싶은지 알 것 같았
다……. 동생은 '왜?' 하고 묻고 있었다.

"이유는 잘 모르겠어. 그걸 알기 위해서 난 가야만 해."

밀리가 울먹이며 고개를 가로저었다. 라이저는 고개를 돌리며 동

생의 손을 뿌리쳤다.

"미안, 밀리."

미안, 밀리. 흥분한 나머지 자신이 내뱉은 말이 얼마나 공허한지 라이저는 전혀 자각하지 못했다.

9시 전에 구형 윈박스카가 차고를 나섰다. 델릭이 운전을 맡았다. 조수석에는 라이저가 탔고, 뒷좌석에는 골판지 상자가 쌓여 있었다.

벨파스트시 묘지에서 폴스 로드를 지나 국도 A501에 들어갔다. 이내 검문에 걸렸다.

"면허증과 신분증."

경관이 무뚝뚝하게 요구하자 아버지도 마찬가지로 무뚝뚝하게 제시했다.

경관이 신분증을 훑어봤다.

"행선지는?"

"아마."

아버지가 퉁명스럽게 대답했다.

"일 때문에 갑니까?"

"오늘 안에 꼭 납품하라고 젊은 담당자가 어찌나 시끄러운지. 지금까지는 이틀이나 사흘쯤 늦는 건 봐줬는데."

라이저는 짐짓 지르퉁한 표정으로 창가에 턱을 괬다. 여름밤은 사람의 얼굴을 분간할 수 있을 만큼 환했다.

아니나 다를까 경관의 시선이 그쪽에 쏠렸다.

"당신 딸입니까?"

"그래요. 종업원을 고용할 여유가 없어서 딸과 아내가 교대로 도 와줍니다."

라이저는 흥, 하고 콧방귀를 끼고서 고개를 홱 돌렸다. 아버지를 경멸하는 사춘기 소녀 특유의 표정을 지으며.

"지나가십시오."

경관이 황급히 신분증을 돌려주고서 뒤로 향했다. 가속 페달을 밟는 아버지의 이마에 식은땀이 나 있었다.

A501에서 A55로 들어섰다. 다시 검문에 걸렸다. 같은 수법으로 통과했다.

"신세를 지는군."

뒤에서 목소리가 들렸다. 남 이야기를 하는 듯한 말투였다. 킬리 언 퀸의 목소리였다.

"쓸데없는 흉내 내지 마라."

뒤에서 들린 목소리에 아랑곳하지 않고 텔릭은 운전대를 쥔 채 딸을 나무랐다.

킬리언은 짐칸에 실린 여러 골판지 상자 중 하나에 숨어 있었다. 몸을 웅크린 사람 하나가 겨우 들어갈 만한 크기였다. 주변을 메운 모든 상자 안에는 납품할 상품이 담겨 있었다. 상자를 하나씩 열어 보면 쉽게 발각되리라. 위험하기 짝이 없는 어설픈 방식이지만, 의 심만 받지 않는다면 수색당할 일은 없다.

"넌 딸한테 너무 엄격해. 효과적인 애드리브였던 것 같은데?"

"그걸 어떻게 알았어요?"

라이저가 놀라서 뒤를 돌아봤다. 뒤를 돌아본 채 골판지 상자 안에 앉아 있는 킬리언이 검문받는 광경을 봤을 리가 없다.

"내가 창가에 턱을 괴고 있는 걸 봤어요?"

"그래? 턱을 괴고 있었군. 그리고 밤까지 일을 거들어서 뿔이 난 표정을 짓고 있었나?"

"그럼 못 본 거예요?"

"당연하잖아? 난 지금 내 손가락도 안 보여."

"근데 왜 효과적인 애드리브라고 한 거예요?"

새침한 목소리로 물었다.

"소리가 들리니까. 경관과 나눴던 말들과 그 타이밍, 쓸데없는 흉내 내지 말라는 델릭의 말, 그리고 검문을 무사히 지나간 결과. 그것들로 추측한 거지."

과연 '시인'이다. 라이저는 묘하게 납득이 됐다. 알 듯 모를 듯했다.

델릭은 앞을 쳐다본 채 아무 말이 없었다.

아마주와 곧바로 이어지는 A3국도를 피해 르노 원박스카는 A1국도를 오로지 남하했다. 시가지를 지나자 단조로운 목초지만이 이어졌다. 땅거미 속에 회녹색 들판이 펼쳐져 있었다. 군데군데 보이는 보라색은 히스 군락지다. 바람은 습기를 머금어 무거웠다. 곧 비가 내릴 것만 같았다.

"맥브레이드는 배신자가 아니라고 했죠?"

라이저는 애써 앞을 바라보며 뒤에 있는 킬리언에게 말했다.

"그건 무슨 뜻이에요?"

"나름 이유가 있어서 네 부모님이 알려 주지 않았겠지. 그래도 넌 알고 싶나?"

"그래요."

라이저는 델릭의 눈치를 살피며 나직하게 대답했다. 하지만 아버지는 여전히 입을 열지 않았다.

"예를 들어 네 할아버지인 조슈아 맥브레이드는 돈 때문에 토마스 코디를 영국에 팔아넘겼지. 토마스 코디가 누군지 아나?"

"이름만."

모를 리가 없다. 어렸을 적부터 할아버지의 이름과 함께 꼭 따라다니는 이름이었다. 할아버지의 이름은 침을 뱉어 줘야만 하는 자의 상징이었고, 토마스 코디는 유복한 자의 상징이었다.

"마이클 콜린스*가 다시 태어났다고 일컬어지는 인물이잖아. MI5인가, MI6의 손에 살해됐지?"

"살해된 사람은 사실 조슈아였다."

"어……."

"코디는 비겁한 사람이었지."

말뜻이 당장에 와 닿지가 않았다.

"토마스 코디의 발언에 힘이 있었던 건 자금을 조달하는 능력이 있어서였지. 그는 범죄 조직과 연루되어 있었다. 예나 지금이나 억

---

* 20세기 전후 아일랜드 혁명 지도자이자 정치인으로 독립투쟁을 주도하다 과격파들에게 암살되었다.

압된 인민들의 저항 조직은 적이 정한 법에 저촉되는 수단으로 자금을 확보해 왔지. 그때는 마약이었어. 지도부도 그 사실을 알면서도 묵인했지. 코디는 마약 수익을 놓고 분쟁을 일으켰고 동료를 둘이나 살해했다. 어느 날, 어느 곳에서 그 사실이 우연히 발각됐지. 코디는 프로테스탄트와 타협하지 않고 철저하게 항전을 하자고 주장하는 강경론자의 기수로 알려져 있었어. 그때는 평화 프로세스가 막 시작되려던 때였어. 만약에 그의 범죄가 발각된다면 민심은 전쟁에서 결정적으로 떠나게 될 거다. 조직 안에서도, 조직 밖에서도. 그것만은 어떻게든 피해야만 했지. 당시 리퍼블리컨이 품고 있었던 위기감을 너도 이해해 줬으면 좋겠군. 애초부터 전쟁은 깔끔한 해결 수단이 아냐. 그래도 싸워야만 해. 스스로 싸우지 않으면 아무도 자유를 주지 않아. IRA에게는 대의가 있었다. 더럽든 말든 그건 관계없어. 오히려 손을 더럽혔기에 대의는 존재할 수 있는 법이지."

대의를 말하는 자가 대의를 전혀 믿지 않는다. 시인의 목소리에서 그런 울림이 느껴졌다.

"코디는 뻔뻔하게 나오더군. 자신을 고발하든 말든 마음대로 해라, 자신은 달아나지도 숨지도 않겠다고 했지. 그 말을 들은 자들은 오히려 코디를 성인으로 추앙하기로 결정했다. 그곳에 있었던 자들 중에 하나, 다시 말해서 조슈아는 코디를 죽인 뒤에 그가 마치 적에게 암살당한 것처럼 꾸몄다. 어차피 얼스터에서 모든 진실은 오리무중이야. 수많은 사건들처럼. 맥브레이드라는 이름이 갖고 있는 이미지는 그야말로 사건 은폐에 딱 알맞았지. 조슈아는 그걸 이해하고 있었어. 그래서 스스로 배신자의 오명을 뒤집어썼다."

"그만."

갑자기 아버지가 외쳤다. 참으려고 했지만 도저히 참을 수가 없었던 모양이었다.

"제발, 그만해."

숨도 쉬지 않고 킬리언의 이야기에 귀를 쫑긋 세우고 있던 라이저는 무심코 아버지의 옆모습을 쳐다봤다.

"델릭, 왜 그래? 이건 진실이야. 맥브레이드의 오명을 씻어 낼 수 있는 사실 아닌가?"

"라이저한테는 자유가 필요해."

운전대를 잡은 채로 아버지는 분명히 그렇게 말했다. 라이저는 그게 무슨 의미인지 알지 못했다.

"토마스 코디는 죽어서 영웅이 되었고, 조슈아 맥브레이드는 배신자가 됐다. 조직원 대부분은 그 사실을 모르지. 비밀은 어둠 속에 깊이 묻혔어."

라이저는 집중하여 이야기를 듣다가 골똘히 생각했다.

"그 얘길…… 당신이 어떻게 알아요?"

킬리언은 유쾌해하며 웃었다.

"예리하군. 역시 맥브레이드 가문의 딸이야."

"대답해요."

"그곳에 있었으니까."

앞을 바라보는 아버지의 눈이 먼 비애에 잠긴 듯했다. 회색 밤이 더욱 깊어졌다.

"나도 있었어. 드럼보커니에 있는 어느 헛간이었지. 모든 것은 그곳에서 발각되었고, 그곳에서 마무리됐어. 다 합쳐서 아홉 명이 모여 있었지. 나뿐만이 아니라 델릭, 그의 연인인 유니스도 그곳에 있었다."

"그게 '17년 전'이었구나……."

17년 전 드럼보커니의 헛간. 라이저는 목초지 저 너머에 서려 있는 하얀 빛을 멍하니 쳐다봤다. 불분명한 하늘과 땅, 그리고 흐드러지게 핀 보라색 히스가 보였다. 드럼보커니에는 가 본 적이 없었지만 틀림없이 그 헛간은 이런 풍경 속에 있었으리라. 틀림없이 17년 전도 지금과 똑같이.

"IRA 관계자와 그 가족, 그리고 토마스 코디. 모두 합해서 아홉 명은 드럼보커니의 농장에 모여 있었어. 일 때문에 간 게 아냐. 주말에 호수에서 보트 놀이를 할 작정이었지. 난 아직 스무 살도 채 되지 않은 애송이었어. 내 아버지인 알렉스도 활동가였는데, 그분을 따라왔지. 마찬가지로 델릭도 아버지인 조슈아와 함께 있었어. 어제 일처럼 떠오르는군. 젊은 델릭은 그야말로 혈기왕성했지. 유니스가 사랑에 빠질 만한 사내였어. 여하튼 저녁 식사 때 코디는 환담을 나누다가 별생각 없이 행방불명이 된 두 동료의 이야기를 꺼냈어. 이상하게 여긴 조슈아와 내 아버지가 추궁하니 점점 횡설수설하더라. 그때 모두가 깨달았지. 그 자리에서 헛간으로 자리를 옮겨 당시 참모본부 부의장이었던 알렉스 퀸이 책임자로서 그를 재판했고, 조슈

214

아가 형을 집행했지. 모두들 그 광경을 지켜봤어."

화목한 저녁 식탁. 갑자기 이야기가 멎었다. 자신이 실언했음을 깨닫고 창백해진 남자. 그를 헛간으로 끌고 가서 처형하는 할아버지. 함께 있던 여자와 아이는 그저 조용히 남자들의 행동을 지켜볼 수밖에 없었다……. 모든 것이 눈에 선했다. 평온한 일상이 갑자기 부서지고 비극이 벌어졌다. 사람은 강제로 폭력을 목도하고서 입을 다물었다. 그것이 역사였다. 북아일랜드 그 자체였다.

"토마스 코디가 갑작스럽게 왜 죽었는지 자살이나 사고사로 설명할 수는 없었어. 가장 중요한 건 그런 상황에서 강경 노선을 어떻게든 유지하는 것이었지. 그래서 코디와 코디의 동료들이 저지른 죄를 짊어질 자가 필요했지."

익살스러웠던 말의 박자가 갑자기 무거워졌다.

"위장 공작에서 가장 중요한 건 모든 것을 모호하게 꾸며 내는 거야. 모두 소문이었어. 우리가 일부러 흘렸어. 소문이 모호해야만 사람들은 믿거든. 조슈아는 소문만을 남긴 채 달아났다. 그것으로 소문은 진실로 굳어졌지. 사람들은 조슈아가 자백한 것이나 마찬가지라고 여겼어."

할아버지는 라이저가 태어나기 전에 이탈리아의 토리노에서 죽었다. 밀라노였을지도 모른다. 병사했다고 들었다. 자살했다고 말하는 사람도 있었다. 하지만 IRA의 처형인이 조슈아 맥드레이드를 죽였다고 수많은 사람들이 믿었다. 참모본부는 실제로 추격자를 보냈을 것이다.

자신은 평생 목숨의 위협을 받으며 살아가고, 고향에 남은 가족들은 배신자라는 손가락질을 받으며 고통스러워한다. 얻은 것은 아무것도 없었다. 할아버지는 그만한 희생을 치르면서까지 어째서 불행을 택했는가.

"조슈아는 애국자였던 거야. 그뿐이야."

라이저가 품고 있던 의문을 들여다본 것처럼 킬리언이 앞서 말했다. 그의 말투에서는 야유가 아닌 깊은 경외감이 느껴졌다.

비가 내리기 시작했다. 앞유리창에 빗물이 툭툭 튀었다. 아버지는 아무 말 없이 와이퍼를 작동시켰다. 그 손가락은 흐느끼듯 떨렸다.

이제 물어볼 것도 없었다. 아버지와 어머니가 지금까지 아무 말도 하지 않았던 이유, 그리고 아버지가 투쟁에서 거리를 뒀던 이유.

아버지 역시 애국자다. 그래서 할아버지의 행동을 이해했다. 동시에 할아버지에게 배신자라는 오명을 씌운 수치도 모르는 조직에게 절망해 투쟁에서 몸을 뺐다.

화가 나지는 않았다. 아버지와 할아버지의 애국심은 가족을 불행에 휘말리게 한 자부심에 불과했다. 지금껏 자신이 당해 왔던 차별, 증오, 모욕, 폭력. 아무리 분통을 터뜨려도 보상받을 수 없었다. 하지만 지금은 가슴속에 다른 감정이 꽉 채워졌다.

자신은 왜 애가 타는 건가?

자신은 뭘 찾고 있는 건가?

자신은 브라이언에게 무얼 묻고 싶었나?

어둠은 시시각각 짙어져 앞길을 뒤덮었다. 떨어지는 비가 대지에 밤을 데리고 왔다.

불쾌하게 삐걱거리는 낡은 조수석에서 라이저는 자신의 내면을 들여다봤다. 아마도 아버지도 마찬가지겠지.

"조슈아의 아버지인 애덤 맥브레이드…… 즉 네 증조부의 이야기를 내 아버지가 들려준 적이 있었지. 참모본부 부의장 자리에 있어서 알게 됐겠지. 애덤은 적과 내통했다고 알려져 있다. 하나 사실은 달라. 분명 그는 적과 접촉하고 있었지만 배신은 아니었어. 이중 스파이로서 적의 품속에 파고들 작정이었지. 하지만 그 도중에 그는 죽었고 작전은 수포로 돌아갔다. 어떤 사고가 있었던 모양이더군. 아마도 참모본부가 실수를 했겠지. 결국 조직은 이 사실을 공표하지 않기로 결정했어."

출발하기 전에 미리 상의한 대로 델릭은 뉴리 근교에서 A1에서 A25로 운전대를 꺾었다. 그리고 A25에서 꾸불거리는 시골길로 진입했다. 비포장도로라서 차체가 흔들렸다. 목초지만 보였던 풍경 속에 어느덧 황무지가 섞이기 시작했다. 어디까지가 목초지고 어디까지가 황무지인가? 부푼 흙과 거멓게 뻗은 숲, 무성한 풀들이 비에 한데 섞여서 구별할 수가 없었다.

"애덤 이전에는 어땠는지 역시 나도 몰라. 뭐, 비슷한 사연이겠지. 개중에는 진짜 비겁자가 있었을지도 모르고. 다시 말해 조직은 언제나 맥브레이드를 희생양으로 삼아 왔다는 얘기지. 정치 상황에 맞춰서. 역사의 아이러니, 인간의 추악한 면모. 뭐든 좋아. 아마 그 전부겠지. 아주 제멋대로야."

이제야 알았다. 아버지의 완고한 태도와 밤마다 술로 풀었던 울분이 무엇에서 비롯됐는지.

아무도 없는 들판이 계속 이어졌다. 외줄기 시골길에 내리는 빗줄기가 점점 거세졌다.

킬리언의 말투는 자조적이었다. 청중이 두 사람뿐이라는 걸 알아서인지 그는 물 흐르듯 말을 술술 내뱉었다. 어차피 이 고백은 초원에 내리는 비에 젖어 사라지리라 예상해서인가? 역시 시인이다. 어두운 황무지에서 태연자약하게 과거를 폭로하는 그의 말투는 마치 한 편의 시를 읊조리는 듯했다.

"맥브레이드는 배신자가 아냐. 영웅이지. 오히려 순교자라고 할 수 있겠군."

자신이 집을 떠나려고 했던 이유, 고향을 버리려고 했던 이유. 자신은 그저 자긍심을 찾고 있었던 것이다.

조금이라도 좋다. 가슴을 활짝 펴고 살아갈 수 있는 근거를 갖고 싶었다. 맥브레이드의 딸로 태어난 자신은 선천적으로 자긍심을 잃어버린 상태였다. 언제나 사회와 동떨어져 있다는 거리감을 느껴왔다. 플라스틱 피막이 사이에 끼어 있는 것 같은 거리감. 그 정체가 바로 이것이었다.

지금껏 얼마나 상처를 받아 왔던가. 너무나도 오랫동안 고통을 받아 와서 이제는 고통이라는 자각조차 할 수가 없게 됐다. 자신만 특별한 것은 아니었다. 아일랜드인들은 모두 그렇다. 모두들 먼 옛날 자신이 태어나기 전에 잃어버렸던 자긍심을 애타게 찾고 있었다. 자각하지 못하는 염원이기에 오히려 영혼이 공허하게 보일 만큼 그 자긍심이 절실했다.

브라이언에게 묻고 싶었던 것을 킬리언이 대신 알려 준 것 같은 기분이었다.

"그만."

그러나 아버지가 다시 부정했다.

"배신자든 순교자든 죽은 사람은 죽은 사람일 뿐이야. 이미 묘에 파묻은 과거를 파헤쳐서 뭘 어쩌자는 거냐?"

"묘에 묻혀 버린 진실이 언제나 무의미하다고는 할 수 없지."

"라이저한테는 자유가 필요해."

아버지가 또다시 같은 말을 했다. 이해할 수 없었다. 지금 이 순간 진실이 진정 자신에게 자유를 주고 있는데도.

"진실은 언제나 자유로 이어지는 지름길이야."

"그럼 온 나라에 공표해. 맥브레이드 가문의 진실을."

아버지가 거칠게 말했다.

"짓궂군그래."

"불가능하다면 남의 묘를 멋대로 파헤치지 마라."

"정치는 교활하고, 사람은 약해. 그렇다고 해서 싸움을 그만둘 수는 없어. 17년 전과 똑같다고, 델릭. 네가 분노를 품는 건 당연해. 전세계가 얼스터를 버린 것처럼, 우린 맥브레이드를 버렸다. 그래도 넌 조국을 사랑하고 있어. 그 싸움이 얼마나 더럽든 그만둬서는 안 된다는 걸 잘 알고 있지. 지금 조국에 필요한 건 타협과 기만으로 가득한 IRA도 아니고, 신페인당의 정치도 아냐. 바로 투쟁의 깃발을 이어받은 IRF야. 그래서 네가 이렇게 날 도와주고 있지."

"딸은 관계없어."

관계가 없지 않아요……. 그렇게 목소리를 내려고 했지만 할 수 없었다. 섣불리 끼어들 수 없을 만큼 아버지에게서는 기백이 느껴졌고, 시인에게서는 정열이 느껴졌다.

"넌 정말로 자긍심마저 잃었나? 내가 보기로 따님은 분명 맥브레이드의……."

갑자기 뒤에서 사이렌이 짧게 울렸다.

아까 지나갔던 헛간 뒤에서 나타난 경찰차가 정지하라고 지시했다.

광대한 우묵땅의 가장자리를 따라 뻗은 이 도로는 차가 한 대만 지나갈 수 있을 만큼 폭이 좁았다. 오른쪽에는 완만한 경사면이 펼쳐져 있고, 왼쪽에는 광활한 초원이 펼쳐진 가운데 군데군데 숲이 보였다. 헛간은 숲과 한데 녹아 황량한 정취 속에 매몰되어 있었다.

'뉴리 경찰들은 점수를 벌려고 자주 잠복을 한대.' 메이브의 말이 떠올랐다.

여기까지 왔는데 이런 곳에서…….

라이저는 주먹을 세게 쥐었다.

메이브는 분명 이렇게도 말했다. ……녀석들이 꽤 깐깐하게 조사하는 것 같다고.

델릭은 어쩔 수 없이 차를 세웠다.

바로 뒤에 정차한 경찰차에서 레인코트를 입은 두 경관이 내렸다.

빗물이 원박스카의 차창을 때렸다. 이 계절에 해는 10시 전후에 진다. 땅에 깔려 있는 최후의 빛이 비를 맞고 있는 경관의 실루엣만을 드러내고 있었다. 비의 장막 너머에 보이는 경찰차 운전석에도 한 경관이 앉아 있었다. 황혼의 잔광은 그때 사라졌다.

경관 중 하나가 손전등으로 차 안을 비추었다.

차창을 열자 그 빛은 델릭에게 쏟아졌다.

"면허증."

눈이 부셔 눈을 가늘게 뜬 델릭은 시키는 대로 면허증을 제시했다.

경관은 손전등으로 면허증을 비춰 눈으로 훑어보고는 뒤이어 조수석에 앉아 있는 라이저를 비추었다.

"저쪽은?"

"딸이야. 날 돕고 있지."

"이런 시간까지?"

"어쩔 수 없어. 납기일을 멋대로 앞당긴 도매상한테 가서 따지라고."

손전등이 얼굴을 비추자 라이저는 눈부심과 긴장 때문에 눈을 껌뻑거렸다.

"어디 몸이 안 좋은 거 아냐?"

"……?"

"당신 딸 말이야. 안색이 안 좋아 보이는데."

심장이 옥죄어 들었다.

"저녁밥도 거르고 일을 하고 있으니 어쩔 수 없지. 나도 몸이 좋질 않다고."

델릭의 목소리가 기분 탓인지 경박하게 들렸다. 라이저는 당장에라도 날뛸 것 같은 몸을 억누른 채 필사적으로 무표정을 가장했다.

"조사할 거니까 뒷문 열어."

"어, 왜?"

다른 경관은 이미 원박스카 뒤쪽에 가 있었다.

"빨리 안 열어?"

경관의 말투에서 의심이 묻어 나왔다. 델릭은 리어해치의 잠금장치를 풀었다. 경관이 기다렸다는 듯이 해치를 활짝 열고서 바로 앞에 있는 골판지 상자를 열기 시작했다.

"무슨 짓이야?"

델릭이 창백한 얼굴로 항의했지만 경관은 쌀쌀맞게 대답했다.

"조사 좀 한다니까."

"이봐, 그거 상품이야."

"무슨 상품인지 좀 보자고."

차 뒤쪽에 있는 경관이 골판지 상자에 손을 댔다. 안에 담겨 있는 세공품들을 난폭하게 휘젓고서 옆에 있는 상자로 손을 뻗었다. 빗물이 레인코트를 타고 금속 세공품 위에 뚝뚝 떨어졌다.

심장이 세차게 뛰었다. 숨이 턱턱 막혔다.

"이제 됐지?"

"됐는지 어떤지는 더 조사해 봐야 알지."

대단히 끈질기다. 메이브의 말대로였다. 저 녀석들은 무언가 용돈이 될 만한 건수가 나올 때까지 그만두지 않으리라. 화가 치밀었다.

서민의 생활을 이해할 생각 따윈 눈곱만큼도 없는, 말단 경찰의 행태였다.

경관은 앞줄에 쌓인 골판지 상자를 흙바닥 위에 마구 내렸다. 그리고 뒷줄에 있는 골판지 상자에 손을 뻗었다.

이제 틀렸다……. 현기증이 났다……. 아아, 그 위에는…….

경관이 그 골판지 상자에 손을 댔다.

그 순간 총성이 울렸다. 경관이 뒤로 자빠졌다. 골판지 상자에서 권총을 든 그림자가 튀어나왔다. 킬리언이었다.

그와 동시에 델릭은 힘껏 가속페달을 밟아 원박스카를 후진시키고 리어해치가 열려 있는 뒷부분으로 경찰차 앞을 박았다. 그 안에 타고 있던 경찰관은 달아날 새도 없었다.

두 번, 세 번. 델릭은 원박스카로 경찰차를 여러 차례 세차게 들이박았다. 아까 심문했던 경관이 뭐라 외치며 총을 뽑았다.

앞면이 찌그러진 경찰차는 도로 바깥으로 밀려났고, 흙바닥을 미끄러져 우묵땅 바닥으로 굴러 떨어졌다. 기세를 이기지 못하고 원박스카 역시 뒤로 미끄러져 내려갔다.

라이저는 문을 열고 바깥으로 몸을 던졌다. 순간 풍압이 느껴지고 눈앞이 빙글빙글 돌았다. 그리고 충격이 느껴졌다.

히스 군락 위를 구르다 관목에 부딪친 뒤에야 겨우 몸이 멈췄다. 숨을 쉴 수 없을 만큼 온몸이 아팠다. 꼼짝할 수가 없었다. 빗물이 뺨을 때렸다.

누운 채로 생각했다. ……아버지는 어떻게 됐을까? 킬리언은? 아버지는 차 안에 있었다. 킬리언은 충돌에 휘말렸을지도 모른다.

어둠 속에서 총성이 울렸다.

킬리언인가, 아니면 경관인가.

이를 악물고 몸을 일으켰다. 비와 바람의 소리. 발이 미끄러졌다. 황급히 균형을 잡았다. 지금 자신이 경사면에 서 있음을 깨달았다. 엉거주춤한 자세로 우묵땅 안을 들여다봤다. 아무것도 보이지 않았다. 아니, 보였다. 원박스카와 경찰차의 차체가 한데 뒤엉켜 엎어져 있었다. 거리는 20미터나 30미터쯤? 비가 내린다. 비와 어둠 때문에 잘 모르겠다.

소나기가 내리는 저편에서 또다시 총성이 울렸다. 총화銃火도 번쩍였다. 경찰차 앞 우묵땅 안쪽이었다. 그리고 노성. 희미하게 들렸다. 아버지, 혹은 킬리언은 살아 있다. 아직 살아서 쫓기고 있었다.

라이저는 경사면을 우회하여 내려갔다. 젖은 히스는 고급 실크보다도 미끄러웠다. 도저히 곧장 내려갈 수가 없었다.

경사면은 기복이 심했다. 곳곳마다 바위가 툭 튀어나와 있었고, 나무들 때문에 그늘이 져서 바닥이 잘 보이지 않았다. 초조했다. 몇 번이나 미끄러져 넘어질 뻔했다. 바위를 붙잡고 관목에 매달렸다. 이내 손바닥이 상처투성이가 됐지만 신경 쓰고 있을 새가 없었다. 살아 있는 사람은 아버지인가, 킬리언인가. 경찰은 몇 명이지? 짐칸을 뒤지던 경찰관은 킬리언이 쏜 총을 맞고 사망했다. 경찰차에 타고 있던 경관은 살아 있을지도 모른다. 말을 걸었던 경관은 총을 뽑았다. 그 녀석이 먼저 우묵땅 바닥으로 떨어졌을 것이다.

경사가 갑자기 완만해졌다. 몇 미터 앞에 실루엣이 보였다. 비가 쇠를 때리는 소리가 들렸다. 엎어진 경찰차 앞부분이 나왔다. 숨을 죽이고 다가갔다.

불현듯 근처에서 목소리가 들렸다.

"꼼짝 마."

깜짝 놀라 돌아봤다. 히스 수풀 안에서 윗몸을 일으킨 경관이 총구로 겨누고 있었다.

"그대로 가만히 있어."

1미터 정도밖에 떨어져 있지 않았다. 경관이 고통에 겨워 하며 쉰 목소리로 말했다. 어둠 속인데도 상대가 피투성이라는 걸 알 수 있었다. 경찰차에 타고 있던 경관이었다. 운전석 밖으로 튕겨졌거나, 혹은 자력으로 기어 나왔을 것이다.

"한 발자국이라도 움직였다가는……"

경관이 피를 토하고서 중얼거렸다. 총구가 위아래로 흔들렸다. 그 순간 라이저는 달려들었다. 온 힘으로 상대의 팔을 억눌렀다. 경관이 맹렬하게 바동거렸다. 뜨뜻한 감촉이 느껴졌다. 피투성이가 된 경관의 몸은 미끄러웠다. 어서 총을. 총을 뺏어야 돼. 피와 비. 땀과 진흙. 바위와 히스. 울부짖음. 발버둥.

섬광이 튀었다.

처음에는 번개가 내려친 줄 알았다. 파열음이 들리더니 상대의 몸이 갑자기 축 늘어졌다. 경관의 몸을 밀어내고서 일어섰다. 숨을 가쁘게 몰아쉬며 발밑에 있는 남자를 내려다봤다. 뺨 아래에 구멍이 뚫려 있었다.

죽였다. 자신이.

의미를 모르겠다. 저질렀다. 의미를 안다. 자신이 죽였다. 아아, 비가 따갑다.

소나기가 경관의 얼굴에서 진흙과 피를 씻어 내렸다. 총상은 하얗게 씻겼지만, 그래도 거뭇고 작은 연못처럼 자꾸만 피가 솟아났다.

또다시 총성이 울렸다. 화들짝 놀라 고개를 들었다. 앞쪽에 있는 숲에서 들렸다. 어둠 속에서 동시에 두 군데에서 총화가 번쩍였다. 서로를 향해 발포하면서 이동하고 있었다.

떨어져 있는 권총을 주워 라이저는 밤의 밑바닥을 달렸다

누구지? 누가 살아 있지? 누구와 누가 싸우고 있지?

바위와 바위를 넘나들며 이동했다. 그리고 숲 바로 앞에 있는 수풀 속으로 몸을 숨겼다. 이름도 모르는 잡초 수풀 안에 있었다. 신중하게 기척을 살폈다. 어느덧 빗줄기가 약해졌다. 힘껏 뛰쳐나가 가장 가까운 나무 뒤에 숨었다. 총을 두 손으로 꽉 쥐고서 나무와 나무 사이를 들여다봤다. 누군가가 있었다. 하지만 어디? 총화가 번쩍였다. 노란색 레인코트가 보였다. 경관이었다. 왼쪽 안에 숨어 있는 상대(아버지나 킬리언)와 총격전을 벌였다.

라이저는 레인코트를 향해 총을 쐈다. 경관이 화들짝 놀라 이쪽을 돌아보고는 총을 겨눴다. 라이저는 허겁지겁 방아쇠를 당겼다. 몇 번이고 몇 번이고. 경관이 비명을 지르며 무릎을 꿇었다. 갑자기 방아쇠가 당겨지지 않았다. 권총의 슬라이드가 뒤로 당겨진 채 멈

쳐 있었다. 총알을 다 쏜 것이다. 경관이 총구를 들었다. 어서 숨어야 해. 어서 몸을 숨겨야 해. 경관이 이쪽을 겨눴다. 뭐라 외치고 있었다. 잘 들리지 않았다. 총성. 경관이 진흙 위에 고꾸라졌다. 그러고는 꼼짝도 하지 않았다.

풀을 밟으며 이쪽으로 다가오는 발소리가 들렸다. 라이저는 반사적으로 슬라이드가 당겨져 있는 권총으로 겨눴다.

"잠깐, 나야."

킬리언이었다. 총을 소지하고 있었다.

"대단하군."

그는 라이저가 쥐고 있는 권총을 보고 살짝 웃은 것 같았다.

무언가 말하려고 했지만 말이 나오질 않았다.

아버지는…… 아버지는 어디에…….

라이저의 표정을 읽었는지 그는 아무 말 없이 시선을 뒤로 돌렸다. 엎어진 차량 쪽이었다.

달려갔다. 나무뿌리에 발이 걸려 넘어질 뻔했다. 비는 이미 그쳤다. 머릿속에서 불쾌한 감촉이 느껴졌다.

운전석. 아까는 보이지 않았다. 앞유리창에 금이 나 있었다. 언제나 차고 안에서 아버지 등 뒤에 세워져 있던 허름한 르노 윈박스카.

아버지는 두 눈을 뜬 채 숨을 거두었다.

6

딸을 인질로 삼았기에 아버지인 델릭 맥브레이드는 어쩔 수 없이 킬리언 퀸을 도피시킬 수밖에 없었다…….

경찰이 사정청취를 했을 때 라이저는 그렇게 주장했다. 출발하기 전에 미리 말을 맞춘 대로. 맥브레이드 부인도 같은 주장을 되풀이했다.

행인의 신고를 받고 현장으로 급히 달려간 경찰은 세 경관과 한 시민의 시신을 발견했다. 그리고 넋을 놓고 있던 미성년자 소녀를 보호했다.

경찰서에서 라이저는 킬리언 퀸이 세 경찰관을 죽이고 달아났다고 증언했다. 아버지가 싸움에 휩쓸려 죽었다고도.

킬리언 퀸은 뒤에 실린 골판지 상자에서 줄곧 아버지와 자신을 노리고 있었다. 그는 경관 하나를 총으로 쏴서 죽인 뒤에 차를 후진시켜 경찰차를 들이박으라고 강요했다. 자신은 그 충격에 밖으로 튕겨졌고, 그 뒤의 일은 기억이 잘 나질 않는다…….

이번 사건은 거의 그 증언대로 마무리가 되었다.

아치 오그던 순경은 지근거리에서 가슴에 총을 맞고 도로 위에서 즉사했다. 골판지 상자에 나 있던 구멍으로 추정한 탄도와도 일치했다. 굴러떨어진 경찰차 근처에서 숨진 클리프 모리슨 순경은 온몸에 타박상을 입었고 늑골도 부러졌다. 킬리언 퀸과 몸싸움을 벌이면서 생긴 찰과상도 여럿 보였다. 치명상은 머리에 가해진 총격이었다. 그는 자신이 소지하고 있던 글록17의 총탄을 맞았다. 벤 오켈리 순경은 온몸에 여러 총탄을 맞았다. 모두 9mm패러벨럼탄이었다. 그중 한 발은 모리슨 순경의 총에서 발사된 총알과 총흔이 일치했다. 상황으로 보아 퀸이 모리슨 순경의 권총을 빼앗아 쏜 것으로 추정되었다. 흉기로 쓰인 권총은 모두 퀸이 갖고 갔는지 하나도 발견되지 않았다. 현장에서 도주한 그의 종적은 밝혀지지 않았다.

또한 경찰은 소녀의 가문이 IRA와 기묘한 인연이 있다는 것을 밝혀낸 뒤 신중하게 조사를 벌였다. 하지만 사망한 델릭 맥브레이드는 일찍부터 IRA와 관계를 끊어 왔다는 점, 그리고 무엇보다 리퍼블리컨 사이에서 맥브레이드라는 이름은 기피되어 왔다는 점 때문에 그가 IRF 활동가를 도주시키는 데 적극적으로 협력했을 가능성은 없다고 판단을 내렸다.

시민을 희생시켰는데도 가장 중요한 킬리언 퀸을 놓치고 만 PSNI와 SAS는 비난을 받았다. 또한 지극히 일부에서는 미디어조차 다루지 않았던 옛 소문을 다시 들추어 내어 이렇게 속삭였다. '맥브레이드가 배신했다'고.

8시 30분에 밀리와 함께 집을 나섰다. 프라이머리 스쿨 앞에서 여동생과 헤어진 뒤에 세컨더리 스쿨로 향했다. 이제 교실 안에서 말을 거는 사람은 없었다. 월요일과 목요일에는 동생을 데리러 교회에 갔다. 제인이 동생에게 피아노를 가르쳐 주었다. 아르바이트를 하는 날과 하지 않는 날이 있었다. 하는 날에는 묵묵히 일했다. 하지 않는 날에는 하릴없이 시간만 보냈다. 귀가한 어머니와 저녁 준비를 했다.

예전과 별반 다를 게 없는 생활이었다. 아버지가 없다는 것 빼고는. 저녁을 먹은 뒤에 꼭 한 시간 반 동안 텔레비전을 보던 아버지도, 늦은 밤까지 부시밀스를 마셨던 아버지도 없었다. 아버지가 허공을 쳐다보며 술을 마셨던 차고만이 그대로 남겨져 있었다. 아버지가 매일 밤 무엇을 바라보았는지 이제는 조금 알 것 같았다.

경관을 죽였다는 건 아무에게도 밝히지 않았다. 어머니와 밀리에게도. 하지만 어머니는 첫눈에 알아차린 듯했다. 유니스는 사람을 죽인 리퍼블리컨을 여러 명 봐 왔다. 딸을 바라보는 눈빛에 비난과 혐오가 숨겨져 있는 듯했다. 그래도 어머니는 체념으로 가득한 한숨만을 내뱉을 뿐 아무 말도 하지 않았다. 밀리는? 밀리는 눈치 챘을까?

그러나 말을 하지 못하는 밀리의 표정은 사고를 당한 언니를 위로하려는지 상냥했다. 그 안에 감춰진 감정까지는 읽을 수 없었다.

예전과 같으면서도 예전과 달랐다. 그런 나날이 조용히 지나갔다.

1년 뒤. 라이저는 더블린에 있었다.

일찍이 희망했던 대로 고향 밖에서 직업을 구했다. 지금은 더블린의 작은 운송회사에서 차량 청소원으로 일하고 있었다. 주니어 사이클을 수료한 뒤에 집을 나왔다. 어머니는 반대하지 않았다.

직장은 마테르 미세리코르디아에 자리한 병원 근처에 있었다. 기숙사는 콘노트 스트리트에 있었다. 좁은 방에서 함께 지내는 인도인 여자 룸메이트는 최악이었지만 불만은 없었다. 가져온 짐은 아주 적었다. 보스턴백 한 개 분량이었다. 갈아입을 옷과 일용품만 골라서 챙겼다. 그리고 적갈색 시집.

라이저는 오후 근무에 편성되었다. 오전 11시에 출근해서 각종 점검 업무와 잡무를 처리한 뒤 잠깐 쉬었다가 오후 8시까지 밴과 트럭을 세차했다.

세차하면서 생각했다. 맥브레이드 가문을, 델릭을, 조슈아를, 애덤을.

아버지는 전사한 것이라고 생각했다. 꼬리 내린 개처럼 살아왔지만 실은 자긍심을 품고 있었다. 오랜 세월을 견디고 견디다가 끝내 죽을 자리를 찾았다. 마지막에 긍지를 내보인 것이다.

또 생각했다. 자신이 저질렀던 살인을.

사람을 죽였다.

선을 넘었다는 두려움은 희한하게도 없었다. 죄책감도 없었다. 대신에 기묘한 고양감이 느껴졌다. 자신이 해야만 하는 일을 했다는 느낌이 들었다. 날이 지날수록 기억은 시간을 거슬러올라 선명해졌다. 방아쇠의 감촉. 적을 쏘았다. 보라색 히스. 우묵땅 어두운 밑바닥에서 자신은 숨을 헐떡이며 달렸다. 그래, 빗줄기는 따가웠다.

잔업이 많았다. 작업이 근무 시간 안에 끝난 날은 하루도 없었다. 종업원들은 모두들 불평을 토로했다. 특히 인도인 여자는 쉬지 않고 푸념을 늘어놓았다. 입버릇처럼 그만둔다고 말하면서도 그만둘 낌새가 전혀 없었다. 달리 직장이 없기 때문이다. 라이저는 그저 묵묵히 작업했다.

그날도 9시가 넘어서야 일이 끝났다.

어둠이 깔린 노스서큘러 로드를 곧장 걸었다.

걸으면서 계속 생각했다. 맥브레이드의 혈통을 오명이 아니라 긍지로 여기며 살아가는 삶을. 자신이 애국자라고는 생각하지 않았다. 하지만 애국자로서 살아가는 것과 긍지를 품고 살아가는 것을 별개였다.

앞에 보이는 가로수 뒤에 누군가가 서 있었다. 키가 크고 호리호리하며 국방색 모즈코트를 입고 있었다.

라이저는 발걸음을 멈추고서 그를 쳐다봤다.

놀라지 않았다. 어쩐지 이렇게 될 것 같다는 예감이 있었다. 이유는 잘 모르겠다.

"조금 놀라는 척이라도 해라."

킬리언이 시시해하며 말했다. 처져 있던 눈썹이 곤혹스러운 나머지 더욱 처졌다.

"전부 다 알고 있다는 듯한 얼굴이군."

"그럴지도 모르지."

시인이 어깨를 크게 들먹였다.

"그만 항복해야겠군. 맞아. 난 네게 권유하러 왔어."

"괜찮겠어? 난 맥브레이드야."

"그러니까 왔지. 맥브레이드는 신념이 있는 혈통이야. 난 그걸 잘 알아."

예전에도 생각했다. 역시 시인이다.

"미안하지만 시간이 없어. 원래 더 정중하게 권유를 하려고 했지만, 이 자리에서 바로 결정해 줬으면 한다. 나와 함께 갈지, 아니면 기숙사로 돌아가 내일을 대비해 쉬든지."

"나중에 통보한다는 선택지는?"

"그것도 가능은 하겠지. 뭐든 좋으니 어서 결정해."

망설임은 없었다. 주저할 이유 따윈 처음부터 없었다. 브라이언은 그것을 정확하게 이해하고 있었다.

마음에 걸리는 것은 딱 하나…… 밀리.

제3장

도쿄/현재 II

1

킬리언 퀸이 일본이 잠입했으며 IRF가 영국 고위 관료를 암살하려고 한다고 오키쓰 부장이 말했던 날…… 다시 말해 수사가 완전히 금지된 11월 12일 밤에 수사반 주임인 유키타니와 나쓰카와는 부하들을 위로해야만 했다.

유키타니 경부보가 엣추지마에 있는 맨션에 도착한 시각은 날짜가 바뀐 오전 0시 무렵이었다. 맨션은 게이요선 엣추지마역에서 도보 5분 거리에 있었다. 약 서른 세대가 입주한 작은 맨션으로 민간 건물이지만 경찰이 통째로 빌렸다. 경찰은 그 맨션 말고도 게이요선을 따라 몇몇 건물들을 사들여 특수부 관계자에게 관사로 쓰도록 배정했다. 하나같이 등청하기 쉬운 입지에 세워져 있었고, 보안 시스템이 엄중했다. 특수부라는 부서의 특수성과 계급을 고려한 배려였다.

유키타니의 집은 꼭대기 층인 4층에 있다. 방 두 개에 거실과 부엌이 있는 넓은 집이다. 독신이 살기에는 충분할 만큼 넓었다. 그는 코트를 벗으며 부재중 음성을 들었다. 처음에는 아무 말이 없다가 뒷부분에 누군가가 욕설과 비방을 늘어놓았다. 컴퓨터로도 비방하는 이메일을 자주 받아 왔다. 모든 경찰관들은 청렴하게 살아가는데 네놈들은 국민의 혈세로 고급 맨션에서 흥청망청 살아간다느니, 부끄러운 줄 알라느니, 배신자라느니…….

　대부분 경찰 관계자들이었다. 경찰 내부에서는 넓은 맨션에 사는 특수부 관계자들을 질투하고 있었다. 개인 전화번호와 이메일 주소는 아마 경찰학교 동기들이 흘렸으리라. 그들은 특수부 관계자들이 진심으로 추궁할 리가 없다고 깔보고 있었다. 그럼 점이 경찰다웠다. 실제로 이런 전화와 이메일을 보낸 자가 경찰 관계자임이 명백해서 오히려 내버려 둘 수밖에 없었다.

　유키타니는 울적한 얼굴로 스킵 스위치를 눌렀다. 일일이 신경 쓰다가는 도저히 생활을 할 수가 없다. 꽤 익숙해지긴 했지만 그래도 이런 밤에 듣는 건 역시나 씁쓸하리라.

　배신자. 이 말이 가장 쓰라렸다. 경찰관으로서 긍지를 갖고 열심히 임무를 수행하면 할수록 경찰 내부에서는 특수부를 싸늘하게 흘겨봤다. 가장 이해해 줬으면 하는 피붙이조차 자신을 이해해 주지 않았다. 어렸을 적부터 주위 사람들이 자신을 이해해 주지 않는 것을 당연하게 받아들이며 성장해 온 유키타니조차 한동안 암담해했을 정도였다.

한숨을 내뱉었을 때 휴대전화가 울렸다. 나쓰카와였다.

"관사에 있나?"

"그래, 방금 돌아왔어."

"그쪽으로 가도 되나?"

"좋아. 마침 나도 술이 덜 차서 한잔 더 할까 생각하던 참이었는데."

나쓰카와도 마찬가지로 맨션에서 살고 있다. 시오미역 근처에 있는 맨션인데 서로 걸어서 오갈 수 있는 거리였다. 하지만 격무에 시달려서 실제로 서로 동료의 맨션을 들른 적은 거의 없었다.

다이닝 키친의 탁자 위에 잔을 놓고, 사이드보드에서 위스키 병을 꺼냈다.

10분 뒤에 인터폰이 울렸다. 현관 모니터로 나쓰카와의 얼굴을 확인하고서 오토락을 해제했다.

집 안으로 성큼성큼 들어온 나쓰카와가 실내를 둘러보며 탁자에 앉았다.

"여전히 잘 정리하고 사는군."

"그렇지도 않아. 청소도 통 못 했고."

"아냐, 아냐. 우리 집에 비해서는 정리정돈이 잘 되어 있어. 깔끔해."

유키타니는 쓴웃음을 지으며 잔에 위스키를 따랐다.

"스트레이트?"

"어, 그래."

분명 정돈된 것처럼 보일지도 모르겠지만, 애당초 정리할 만한 살림살이가 별로 없다.

"안주는 없으니 이해해 줘."

"그래."

나쓰카와는 유키타니가 내민 술잔을 받은 뒤에 말했다.

"이런 시간에 찾아와서 미안해."

"천만에. 네가 와 준 덕분에 이렇게 술도 마실 수 있잖나?"

"그냥 이대로는 잠에 못 들 것 같아서 말이야."

"나도 마찬가지야."

두 사람은 처지가 같아서 생각이 비슷했다. 나쓰카와도 부하들의 푸념을 잔뜩 듣고서 관사로 돌아왔으리라. 부하들 앞에서는 애써 감 췄던 약한 모습과 회의감을 같은 주임 앞에서는 내보일 수 있었다.

"그나저나 킬리언 퀸이라니."

나쓰카와는 흥분을 감추지 못하고 말했다.

"너무 거물이라서 실감이 나질 않아. 그런 인물은 뉴스에서만 봤 는데 말이야. 경찰관으로 그런 인식은 금물이지만."

"나도 동감이야. 북아일랜드하면 떠오르는 건 어게인 때 벌어진 소란 정도지."

"맞아, 그건 엄청났어. 뉴스가 연일 어게인으로 도배가 됐었지."

"그때 우린 중학생, 아니, 고등학생이었나? 여하튼 시골 꼬맹이한 테는 딴 세상 이야기였지. 흥미를 가질 수가 없었어."

"그야 그렇겠지. 나도 그 시절에서는 머릿속에 온통 부활동뿐이 었거든. 마음속에는 오로지 현 대회뿐이었어. 아일랜드 따위보다 지 역 뉴스가 훨씬 더 중요했지."

유키타니는 체육인다운 나쓰카와의 이야기를 듣고 가볍게 웃었다. 그러고는 잔을 기울이며 화제를 바꿨다.

"뭐, 이번 건은 외무성이 얽혀 있는 국제 문제야. 위에서 압력을 가하는 것도 당연해."

"그나저나 라드너, 아니, 맥브레이드라고 해야 하나? 이번만은 미야치카 이사관의 말이 맞아. 몇 명을 죽였는지 모를 여자잖아?"

"그 점은 스가타 경부와 오즈노프 경부도 마찬가지야."

유키타니가 부드럽게 말하자 나쓰카와가 벌컥 성을 내듯이 말했다.

"분명 네 말이 맞아. 하지만 스가타 경부는 직업군인이야. 군이 말하자면 적을 죽이는 게 일이니 범죄자라고 할 수는 없어. 오즈노프 경부는 아시아 암흑가에서 상당히 위험한 일을 해 온 모양이지만, 그래도 IRF와는 달라. 아무리 그래도 IRF는 너무 흉악해."

"이 얘기는 언제나 출발점으로 되돌아가는군."

유키타니는 위스키를 씁쓸하게 홀짝였다.

"드래군의 탑승 요원은 역시 경찰관 중에서 선발했어야 했어. 기동대나 SAT 대원 중에서 뽑았다면 우리가 이토록 경찰 내부에서 비난받는 일은 없었을 거야."

나쓰카와는 술을 마시면 곧바로 얼굴이 붉어지지만, 유키타니는 취하면 취할수록 얼굴이 하얘진다.

"그걸 알면서도 군이 외부에서 요원을 뽑은 이유를 우리는 알 수가 없어. 우리가 특수부에 뽑혔을 때 드래군 탑승 요원은 이미 결정되어 있었지. 애초에 특수부는 그 녀석들이 주축이야. 이제 와 이러

쿵저러쿵 따져 봤자 소용없어."

"그야 그렇지만……."

"정확하게 말하자면 나도 납득이 되질 않아. 왜 그런 녀석들을 뽑았는지 모르겠어."

평소에는 결코 내뱉지 않는 본심이었다.

"그 세 사람은 분명 임무를 제대로 수행하고 있어. 실제로 터무니없는 흉악범과 목숨을 걸고 싸우고 있지. 특히 오즈노프 경부……과거야 어쨌든 지금 그 사람한테서는 경찰관의 긍지 같은 것이 느껴져. 하지만……."

유키타니는 술병을 들어 자신의 잔을 채웠다.

"역시 경찰관 중에서 드래군을 조종할 만한 우수한 인재들이 많을 텐데, 왜 군이 그런 인간들을……."

이제와 따져봤자 소용없다고 했으면서 스스로도 부질없는 이야기를 되풀이했다. 취기 때문만은 아니라는 것을 잘 안다.

유키타니에게는 스스로 주체할 수 없을 만큼 방황했던 시기가 있었다. 경찰관이었던 숙부의 헌신 덕분에 갱생할 수 있었다. 그리고 숙부처럼 경찰관이 되었다. 경부보로 승진한 지금도 그는 자신의 내면에 옛날의 자신이 잠들어 있음을 자각하고 있었다. 어떤 계기로 미숙하고도 사나운 또 다른 자신이 튀어나오지 않을지 언제나 전전긍긍했다.

그렇기에 유키타니는 경찰을 개혁하겠다는 핑계로 자신을 애써 변혁해 왔다. 특수부에 들어가기로 결정한 것도 그 때문이었다. 그런데도 경찰관으로서의 근본이 경찰 내부의 이물질을 거부하고 있었다. 자신이 경찰을 그만두지 않는 한 자기모순에서 벗어날 수 없으리라.

그때 유키타니는 나쓰카와가 잔을 든 채로 자신을 물끄러미 쳐다보고 있음을 깨달았다. 고지식하게 성실한 이 동료는 자신이 속으로 갈등하고 있다는 걸 눈치 채고서 염려하고 있는 것이다.

유키타니는 간신히 마음을 다잡았다.

"아, 그래. 냉장고에 분명 치즈가 남아 있었지. 잠깐 보고 올게."

유키타니가 밝게 말하며 일어서자 나쓰카와도 웃었다.

"뭐야, 그런 게 있으면 빨리 내와."

유키타니는 냉장고로 향하면서 등 뒤로 나쓰카와가 투덜거리는 소리를 들었다.

"어차피 수사가 중지됐다는 사실은 바뀌지 않아. 이번에는 정말로 다 끝났어. 분하긴 하지만 우리 힘으로는 어쩔 수 없어."

치즈를 갖고 탁자로 돌아오려던 유키타니는 무심코 발걸음을 멈췄다. 허리를 굽혀 냉장고 옆에 굴러다니는 상자를 집어 유심히 살펴봤다.

"왜 그래?"

나쓰카와가 묻자 유키타니는 들고 있던 상자를 내밀었다. 위스키가 들어 있던 빈 상자였다.

"지금 마시고 있는 위스키 상자야. 누가 준 물건인데 나중에 버리려고 상자를 여기에 놔뒀었지."

나쓰카와는 상자에 인쇄된 글자와 탁자에 놓여 있는 술병의 라벨을 번갈아 봤다.

COLERAINE(콜레인). 분명 똑같았다.

"이게 뭐 어쨌다고?"

"별거 아니긴 한데 묘한 인연인 것 같아. 방금 전까지 의식하지도 못했는데."

"뭔데?"

"여길 봐."

유키타니가 손가락으로 상자 아랫부분을 가리켰다. 일본어로 표기된 스티커가 붙어 있었다.

'알코올 40%. 앤트림주 부시밀스 증류소.'

나쓰카와도 부시밀스라는 명칭을 아는 듯했다.

"그래, 이건 아일랜드산 위스키였군. 어쩐지 혀에 닿는 맛이 좋더라."

"나도 여태껏 모르고 마셨어."

유키타니는 통절한 마음을 품고서 진지하게 말했다.

"우린 이 세상을 너무 모르는지도 모르겠어."

2

시로키와 미야치카를 대동하고서 온종일 밖에 나가 있었던 오키쓰 부장이 오후 8시 전에 청사로 돌아왔다.

약 두 시간 뒤인 10시에 유키타니는 회의 안건도 모른 채 부하들을 데리고 회의실에 들어갔다. 나쓰카와반은 이미 모두 모여 있었다. 기술반에서는 여느 때처럼 스즈이시 주임이 참석해 진지한 표정으로 앉아 있었다.

돌입반도 모두 모여 있었다. 평소처럼 모두 각양각색으로 앉아 있었다. 스가타 경부는 불손하게 보일 만큼 느슨하게 앉아 있었다. 오즈노프 경부는 냉정한 표정으로 앉아 있었다. 그리고 라드너 경부는 냉정을 넘어 허무한 표정으로 앉아 있었다.

모두들 라드너 경부의 일거수일투족을 신경 쓰고 있었다. 전직 IRF 처형인은 역시나 여느 때처럼 주변 사람들 따윈 존재하지 않는 것처럼 묵묵히 앉아 있었다. IRF가 본인을 노리고 있는데도.

그녀의 초연한 태도에 수사원들은 더욱 반감을 키웠고, 더욱 초조해했다. IRF를 둘러싼 일련의 사건들과 자신은 전혀 관계가 없다고 말하는 듯한 저 무신경한 태도에 유키타니는 혀를 내둘렀다. 하물며 스즈이시 주임은…….

"그저께 새벽에 다이토구 우에노의 도로 위에서 중국 국적을 가진 한 남성이 칼에 찔렸다. 이름은 후전보胡振波, 나이는 마흔한 살. 중국인 범죄 조직의 일원이다. 우에노서에서는 흔한 조직 내부 분쟁에 휘말려 살해된 것으로 보고 있지."

오키쓰의 발언으로 회의가 시작되었다.

"일본으로 진출하는 중국계 범죄 조직, 이른바 흑사회가 점점 늘

242

어 가고 있는 추세다. 우리는 조속히 대책을 마련해야만 하지. 우리는 이번 살인 사건을 조직범죄를 적발할 계기로 삼아 오늘부로 수사에 착수하겠다."

중단된 IRF 관련 수사 따윈 아무런 미련이 없다는 듯이 오키쓰가 말하자 회의실 안에 초연한 분위기가 퍼졌다. 흑사회의 준동을 막을 대책은 분명 시급하게 마련해야만 한다. 하지만 지금까지 맡아왔던 사건과 전혀 관계가 없는 명령이 내려지자 수사원들은 하나같이 마음을 다잡지 못하고 있었다.

그러나 이어지는 말을 듣고 유키타니가 고개를 들었다.

"이번에 살해된 후전보가 루덩주와 관계가 있다는 흔적이 나왔다."

루덩주. 다이코쿠 부두에서 살해된 자오펑이를 비롯한 밀수 조직원들의 배후에 있는 것으로 추정되는 어둠의 브로커다. 나쓰카와반이 치열하게 수사해서 알아낸 이름이었다. 불법 입국을 비롯해 인신 매매 알선, 밀수 중개 등 여러 범죄에 관여했다는 의혹이 있었다. 가나가와 현경에서도 온 힘을 다해 그의 행방을 좇고 있지만 아직 발견되지 않았다.

"또한 후전보의 주 수입원이 무기 밀수라는 것이 밝혀졌다. IRF를 위해서 기모노를 밀수한 업자 중 하나일 가능성이 높다."

실내가 크게 수런거렸다. 수사원들의 반응을 보고 오키쓰는 고개를 살짝 끄덕였다.

"흑사회를 수사하는 것은 어디에서도 금지하지 않았다. 자유롭게 움직여라. 이건 우리 사건이다."

갑자기 벌어진 살인 사건을 수사의 구실로 삼으려는 작정이다…….

유키타니는 무심코 소리를 지를 뻔했다. 마음속에서 환희가 솟구쳤다. 예상하지 못했던 만큼 흥분도 컸다. '우리 사건.' 이래야 오키쓰 부장이지. 이래야 경시청 특수부지. 한편 불안하기도 했다. 아무리 관습에 얽매이지 않는 특수부일지라도 이런 방식이 과연 통할까?

"지검에도 우리 특수부가 조직범죄 사건을 수사하겠다고 이미 말을 해 뒀다. 우에노서는 질색하겠지만, 주눅 들지 말고 수사에 힘껏 임해 주길 바란다."

오키쓰가 단호하게 말하자 수사원들이 환호성을 질렀다.

시로키 이사관이 힘찬 목소리로 덧붙였다.

"후전보가 살해된 곳은 히가시우에노 2번가 도로 위. 시각은 오전 4시에서 4시 15분 사이. 목격자는 아직까진 없다. 우에노서는 지금도 최선을 다해 탐문 조사를 벌이고 있다. 피의자는 예리한 날붙이로 피해자의 심장을 단칼에 찔러 죽였다. 흉기를 늑골 아래에서 세로 방향으로 찔러 심장을 꿰뚫었다. 피해자는 이 공격으로 즉사했다."

스가타 경부가 그 말을 듣고 감탄했다.

"그 녀석, 실력이 꽤 대단한데. 늑골 아래를 찌르면 횡격막이 마비가 돼서 표적이 목소리를 내지 못하지. 하지만 늑골을 건드리지 않고 연골 아래를 관통하는 각도를 찾아내기란 참 어려워. 베테랑 병사도 자주 실수하거든. 그 각도를 완전히 꿰뚫고 있는 걸 보니 수많은 실전을 치러 온 프로겠군."

불현듯 라드너 경부가 입을 열었다.

"사냥꾼의 수법이다."

오키쓰가 바로 물었다.

"IRF의 션 맥라글렌 말인가?"

"맥라글렌은 리얼IRA에 들어간 뒤 그 수법으로 처형을 해 왔습니다. 기척을 죽이고 표적에게 다가가 정면에서 처치합니다. 그보다 그 기술에 능통한 자는 없습니다. 상황에 따라 총이나 폭약을 쓰기도 합니다만, IRF에 합류한 뒤에는 오로지 그 가느다란 나이프만을 애용해 왔습니다."

담담하게 대답했다. 말투가 몹시 기계적이라서 신빙성이 느껴졌다.

라드너 경부가 스스로 말했던 특약 조항……. 특수부가 맡은 사건과 관련이 없는 한 IRF에 관한 정보를 제공하라 강요하지 않는다. 지금 그녀가 스스로 정보를 말했다는 것은 계약대로 임수를 수행하겠다는 의지를 드러냈다고 볼 수 있었다.

러시아인 외인 경부가 조용히 손을 들었다.

"오즈노프 경부, 말하십시오."

시로키가 지명하자 유리 오즈노프가 일어섰다. 차가운 겉모습에 망설이는 기색이 살짝 섞여 있었다. 망설이는 건가? 형사가 아니라 돌입 요원인 자신이 수사 회의에서 의견을 말해도 될지 망설이는 것이리라. 실제로 실내에 있는 많은 수사원들이 비난 섞인 시선을 보냈다. 유키타니와 나쓰카와를 비롯한 몇몇 수사원들은 그나마 그에게 호의적이었다. 하지만 그것은 처지가 외로운 손님을 동정하는 감정이었다. 오히려 유리는 그러한 시선에서 더욱 깊은 고립감을 느꼈다.

"밀수를 하다가 조직 내에서 무언가 분쟁이 벌어졌다는 데는 이론이 없습니다. 하나 IRF가 이런 시기에 이토록 위험한 행동을 했을까요? 그들은 영국 고위 관료를 암살하고자 일본에 왔습니다. 이목을 끄는 행위, 더욱이 살인을 비롯한 범죄 행위는 피하려고 할 겁니다."

"타당한 의문이다."

오키쓰가 담담한 투로 말을 이었다.

"우리는 IRF가 후전보를 살해했다는 것을 어디까지나 하나의 가능성으로서 염두에 두면서 어떠한 예단도 하지 않고 수사를 해야 한다. '오픈게임은 책대로'라는 말이 있듯이."

"또 외무성 철칙입니까?"

스가타 경부가 묻자 오키쓰는 미소를 지었다.

"체스 격언일세. 초반에는 교본에 나온 정석대로 놓으라는 의미지. 현재 우리는 진실에 다다르는 여정의 초반에 서 있네. 초반이니 충실하게 기본을 지키며 나아갈 수밖에 없지."

중지 명령이 내려진 수사를 다시 재개하고자 중국인 살인 사건을 구실로 삼았다. 첫수부터 기수奇手를 썼으면서 태연하게 '기본'을 입에 담았다. 유키타니는 부장답다고 생각했다.

"모두들 션 맥라글렌의 자료와 사진을 확인해 주십시오. 수사를 하면서 그와 맞닥뜨릴 수도 있으니 부디 주의하길 바랍니다. 경솔하게 접촉하지 마십시오."

시로키가 주의하라고 지시하자 유키타니는 새삼스레 긴장했다. 션 맥라글렌은 IRF의 유명한 처형인이다. 오즈노프가 지적한 대로 IRF가 관여했는지는 의심스럽긴 하지만, 만약에 그가 실행범이 맞는다면 그보다 위험한 피의자는 없다. 다이코쿠 부두에서 사살된 쓰루미서의 네 경관이 떠올랐다. 그들은 평범하게 불심검문을 했을 뿐인데 갑작스럽게 살해당했다.

여하튼 오키쓰가 수사를 속행하겠다고 선언하자 수사원들은 그 어느 때보다 분발했다. 그런 분위기를 만들어 낸 것은 무언가 장애물이 생길 때마다 그것을 역이용하여 사기를 드높여 왔던 오키쓰의 수완이었다.

표정이 되살아난 수사원들과는 딴판으로 미야치카 이사관은 씁쓸한 표정으로 입을 다문 채 가만히 있었다. 커리어에 치명상이 될 수도 있는 이 위험한 국면에 관여하지 말아야 하는지, 적극 관여해야 하는지 아직도 정하지 못한 듯했다.

회의가 끝난 뒤에 거듭 망설이다가 미야치카는 부장실로 돌아간 상관을 찾았다.

"저는 이번 조사가 무슨 목적인지 본청에 보고를 올리겠습니다."

그가 그렇게 나올지 알았는지 오키쓰는 조금도 움츠러들지 않았다.

"마음대로 하게. 그게 자네의 판단이라면."

자기가 말해 놓고도 미야치카는 상관의 답을 듣고 놀랐다.

"부장님께서는 감춰야 할 수사의 진짜 목적을 알려도 된다고 말

쏨하시는 겁니까?"

"자네는 그렇게 하라는 상층부의 지시를 받지 않았나. 애당초 자네가 우리 부서에 배속된 건 그 때문이 아닌가?"

빈정거리는 것도 아니었다. 미야치카는 무척이나 진지하게 대답한 상관의 얼굴을 물끄러미 쳐다봤다.

"애당초 예상하고 계셨군요. 제가 상부에 보고를 올리리라."

오키쓰는 책상 위에 있는 케이스에서 즐겨 피우는 몬테크리스토를 집었다. 방금 전까지 회의실에서 흠뻑 피웠으면서 마치 오늘 처음으로 피우는 것처럼 맛있게 물고는 불을 붙였다.

"그 테러리스트와 똑같아."

"예?"

"다이코쿠 부두에서 자살했던 테러리스트는 단순히 시간을 벌려고 스스로 얼굴을 망가뜨렸네. 우리가 처한 상황도 마찬가지야. 소더튼의 방일 일정은 이미 정해져 있네. 이제 얼마 남지 않았어. 그가 일본에 체류하는 시간도 알려져 있지. 그 시간만 벌면 되네. 자네가 어떤 판단을 내리든 난 지지할 생각이야."

미야치카는 한숨을 내쉬었다. 역시나 어떻게 처세할지 결정을 미루는 수밖에 없겠다. 오키쓰는 모든 것을 꿰뚫어 보고서 움직이고 있었다. 그릇의 깊이가 달랐다.

"착각하지는 말게. 난 자네가 특수부의 설립 취지를 잘 이해하고 있을 테니 수사원들의 의욕에 공감해 주리라 기대하고 있네."

미야치카는 고개를 숙이고서 물러났다.

자기가 당해낼 수 있는 상대가 아니었다. 그것이 부장의 인심 장악술이라는 걸 알면서도.

나쓰카와반과 유키타니반은 즉시 역할 분담을 마쳤다.

유키타니반은 후전보가 속한 조직의 모든 일원들, 거래를 한 적이 있는 조직, 교우 관계, 혈연 및 지연, 그 외에 그와 관련된 모든 정보를 꼼꼼하게 밝혀내기로 했다. 나쓰카와반은 밝혀진 조직과 인물을 감시하기로 했다.

후전보. 안후이성 출신으로, 13년 전에 유학생으로서 일본에 넘어왔으며 사이타마현에 소재한 일본어 학교에서 사흘을 다닌 뒤에 종적을 감춘 불법 체류자다. 이미 사망한 일본어 학교의 경영자는 허이방 하부 조직의 조직원이었다. 학교 자체가 불법 입국에 조직적으로 관여했음을 당시 사이타마 현경이 적발했다. 그 학교의 이사였던 자가 바로 루덩주였다.

후전보가 속한 조직의 규모는 열 명에 불과하지만, 조직원 모두가 다른 범죄 집단과 유기적으로 연결되어 있었다. 그 말단이 암흑가의 밑바닥으로 끝없이 확산되어서 전모를 파악하기가 어려웠다. 특수부는 수십 명의 중국인 범죄자와 여러 관련 거점을 '중점 감시 대상'으로 지정했다. 나쓰카와반은 밤낮없이 감시 태세를 유지했다. 그들이 거점으로 삼은 곳은 도쿄 안팎으로 수없이 많았다. 거점 형태도 사무소, 음식점, 잡화점, 의류점, 개인 주택 등 다양했다.

유키타니반이 조사해서 알아낸 정보는 즉시 나쓰카와반에게 피드백되었다. 특수부는 조금씩 감시 대상을 좁혀 나갔다.

나쓰카와반이 알아낸 정보는 또한 유키타니반에게 피드백되었다.

도쿄도 안에서 후전보와 그의 동료가 여러 백인 남성과 만났다는 목격 정보를 얻어 냈다. 백인 남성들 중에 적어도 한 명은 불법 입국한 아일랜드인이라는 것이 밝혀졌다. 그리고 후전보의 비밀 계좌에 돈을 보낸 이체인 명의는 미국 민간 단체인 '아일랜드 동포 지원 협회'였다.

유키타니반과 나쓰카와반이 알아낸 정보가 시시각각 모양을 이뤄나갔다. 후전보의 조직이 IRF가 기갑병장을 밀수하는 데 관여했다는 것은 이제 의심할 여지없는 사실이 되었다.

수사 속도와는 상관없이 기술반에서는 대기 상태가 이어졌다.

스즈이시 미도리는 대기 근무가 전혀 고역스럽지 않았지만 이번 건은 특별했다.

IRF. 미도리의 가족을 빼앗은 자들. 그들은 또한 '배신자'인 라이저 라드너 경부의 목숨을 노리고 있었다. 그들과 싸우기 위해서 미도리는 묵묵히 드래군을 정비했다. 라이저가 탑승하는 밴시를.

IRF 출신인 라이저를 향한 증오 때문에 기체를 점검하는 눈을 흐려서는 안 된다. 미도리는 스스로 그렇게 다짐했다. 감정 때문에 실수를 저지른다면 결과적으로 테러리스트를 돕는 꼴이다. 만약에 그런 일이 벌어진다면 스스로를 절대로 용서하지 못하리라.

미도리의 마음은 복잡하다고 표현할 수 없을 만큼 어지러웠다.

마구 흐트러진 마음을 부여잡으며 작업에 임했다. 일에 몰두하면서 끝없이 솟아나는 잡념을 떨쳐냈다. 그럴 수밖에 없었다.

암살 표적인 영국 고위 관료는 12월 2일에 일본을 방문할 예정이다. 그때까지 암살 실행 부대의 거점이 밝혀진다면 특수부 드래군에게도 출동 명령이 내려질 가능성이 높다. 즉각 대응할 수 있도록 드래군을 점검해 둘 필요가 있었다.

세 기의 드래군 중에서 밴시는 단연코 아름다웠다. 탑승 요원인 라이저처럼. 저 우아한 기체에는 무시무시한 살상 능력이 숨겨져 있다. 그 역시 라이저와 닮았다. 다른 점이라면 밴시의 기체는 여왕의 드레스가 머릿속에서 떠오를 만큼 눈이 시리도록 새하얀 데 비해 라이저는 언제나 허름한 가죽 재킷에 데님 바지만 입고 다닌다는 것이다.

키를 두드리던 손을 멈추고서 미도리는 문득 자기가 입고 있는 옷을 훑어봤다. 경시청 스태프 점퍼와 수수한 치마 차림이었다. 며칠씩이나 입은 점퍼에는 군데군데 얼룩이 져 있었다.

로커 안에 여벌 점퍼가 여러 벌 있을 것이다. 갈아입으러 가는 김에 잠깐 쉬자……. 미도리는 작업용 안경을 벗어 책상 위에 놓고서 일어섰다.

로비라고 할 만큼 넓지는 않지만, 청사 2층 구석에는 간소한 소파가 몇 개 놓여 있는 공간이 있다. 창문이 거의 막혀 있는 특수부 청사에서 그 공간만이 유일하게 환했다.

오후 3시가 지났을 무렵이었다. 다른 사람은 없었다. 미도리는 팬스레 안도하고서 소파 하나에 앉았다. 자판기에서 산 호지차 마개를 열고 한 모금 들이켠 뒤에 옆에 놔뒀다. 그리고 들고 있던 책을 펼쳤다.

『차창』. 아버지가 평생 유일하게 집필한 책이었다. 친가에서 가지고 나와 연구소 로커에 놔뒀었다. 일하는 틈틈이 생각이 날 때마다 읽고 있었다.

아직 얼굴 한 번 마주한 적이 없는 환상 속 친구에게서 왜 그리움을 느끼는가? 틀림없이 인간이 본디 품고 있는 고독과 타인을 애타게 찾는 마음 때문일 것이다. 의지할 곳이 없는 불안한 여행길에는 더더욱 그렇다. 나는 이 마음을 소중히 간직하고 싶다. 누구든 그럴 것이다. 열차 안에서는 모두가 서로에게 이방인이다. 그것은 서로가 앞으로 알고 지낼 가능성이 있다는 것을 의미한다. 미지의 친구는 언제나 있다. 가장 슬픈 것은 원래 친구가 될 수 있는 사람이 그렇게 되지 못했을 때다.

여행 에피소드 사이사이마다 아버지의 센티멘털리즘을 엿볼 수 있었다. 살아생전의 아버지가 떠올라서 정겨웠다. 하지만 동시에 쓰라리기도 했다. 기분 전환을 하고자 읽었는데 쓸데없이 몰입하고 말았다. 그래도 책장을 넘기는 손가락이 멈추지 않았다.

호지차를 마시려고 고개를 들었는데 숨이 멎었다.

눈앞에 라드너 경부가 서 있었다.

목소리를 낼 새도 없이 상대는 이내 고개를 돌리고서 계단 쪽으로 걸어가 버렸다.

미도리는 책을 덮고 일어섰다. 한 모금밖에 마시지 않은 차를 쓰
레기통에 버리고서 종종걸음으로 연구소로 돌아갔다.

몸에 불쾌한 감정이 남았다. 역겨웠다. 경부는 분명 이쪽을 보고
있었다. 무방비하게 책을 열중해서 읽던 자신의 얼굴을.

왜 이쪽을 보고 있었을까? 할 말이라도 있었나? 자신의 얼굴이
그토록 맹하게 보였나?

눈을 마주쳤을 때 상대는 무언가 놀란 표정을 지었다. 착각인지
도 모른다. 잘 모르겠다. 머릿속이 혼란스러웠다. 테러리스트가 그
런 표정을 지을 줄이야. 역시 착각인가? 아니, 분명 그 얼굴은……

3

"어이, 저길 좀 봐."

혼다 어코드 조수석에서 미요시가 목소리를 높였다. 운전석에는
파트너인 혼마가 있었다. 두 사람 모두 나쓰카와반의 수사원들이다.
두 사람은 이틀 전부터 기타센주에 있는 어느 잡거빌딩을 감시하고
있었다. 그 건물의 1층과 2층에 입점한 '조코 상사'가 중국인 범죄
조직의 거점 중 한 곳으로 추정되기 때문이었다. 살해된 후전보도
한때 이 회사의 임원이었다는 사실이 확인되었다. 그날은 아침부터
수많은 사람들이 건물을 드나들었다. 두 사람은 무슨 일이 벌어지

리라 예상하고 있었다.

"움직였어?"

좌석에 기대고 있던 혼마가 몸을 일으켰다.

빌딩 안에서 달려 나온 다섯 남자가 누군가를 맞이하고자 도열했다. 모두 조코 상사의 중국인 직원들이었다.

"손님인가?"

운전석에서 실눈을 뜨며 지켜보던 혼마가 묻자 미요시가 대꾸했다.

"그렇다면 어지간히도 중요한 손님인 모양이야."

"대체 누가 오는 거지?"

두 사람은 마른 침을 삼키며 앞을 주시했다.

조코 상사의 다섯 사원들 앞에 검은 메르세데스 벤츠가 정차했다.

"이제 곧 알 수 있겠지."

미요시가 들고 있는 카메라를 그쪽으로 돌렸다. 혼다 어코드가 눈에 띄지 않도록 대각선 맞은편에 위치한 빌딩 모퉁이에 세워져 있었다. 빌딩 정문을 아슬아슬하게 엿볼 수 있는 위치였다.

벤츠 앞에서 남자들이 내렸다. 경호원인 듯했다. 그들은 날카로운 눈으로 주변을 살폈다. 한 사람이 뒷문을 열었다. 정렬한 남자들이 일제히 고개를 숙였다. 누군가가 내렸다.

"틀렸어. 얼굴이 보이질 않아."

뷰파인더를 들여다보고 있던 미요시가 신음했다. 경호원들과 조코 상사의 사원들이 그 남자를 에워싸는 바람에 얼굴이 가려졌다.

"조금만 오른쪽으로, 오른쪽으로 붙어……. 아냐, 그쪽이 아냐……."

카메라 셔터가 고속으로 작동했다. 미요시가 혼잣말을 하듯이 중얼거렸다.

"그래……, 좋아. 그대로……."

그러나 남자는 이미 빌딩 입구로 이어지는 짧은 계단에 발을 내디뎠다.

그대로 빌딩 안으로 사라지겠거니 여긴 순간, 선두에 걷던 그 남자의 머리가 계단 한 단만큼 위로 솟았다.

"앗!"

동시에 미요시가 목소리를 높였다.

"봤어?"

혼마가 초조해하며 물었다. 그의 위치에서는 잘 보이지 않았다. 선글라스를 끼고 있다는 걸 간신히 알 수 있었다.

"저 녀석은……."

미요시가 카메라를 내렸다. 그는 경악하고 있었다.

"왜 그래? 아는 남잔가?"

"그래, 아마도. 그런데 직접 만나 본 적은 없어. 사진으로 봤을 뿐이야."

"대체 누군데?"

"수사 자료에 있었어. 이번 사건이 아니라 예전 사건."

"예전?"

혼마가 고개를 갸웃거렸다……. 예전 사건?

미요시는 자기 눈으로 본 것이 믿겨지지 않는 듯한 눈으로 카메라를 쳐다봤다.

"분명, 저 녀석은……."

"틀림없어. 관젠핑關劍平이야."

같은 날 오후 5시 35분. 청사 회의실에 달린 대형 디스플레이에 뜬 확대 사진을 보고 스가타 경부가 단언했다. 낮에 미요시가 촬영한 사진이었다.

수사원 모두가 경악한 표정으로 화면을 응시했다.

"스가타 경부의 말이 맞습니다. 저 남자는 분명 펑지원馮志文의 비서입니다."

유리도 동일인이 맞는다고 확인해 주었다.

조코 상사의 입구 앞. 여러 남자들을 대동하고 어떤 젊은 남자가 건물 안으로 들어가려고 했다. 그 순간 남자의 옆모습을 찍은 사진이었다. 아무리 선글라스를 끼고 있어도 음습한 무언가가 깃들어 있는 저 눈은 알아볼 수 있었다.

관젠핑. 펑 코퍼레이션 CEO인 펑지원의 제1비서다.

펑지원이 이번 사건에 연루되어 있다.

예전 사건. 다시 말해 기갑병장 지하철 농성 사건 때 유리는 예기치 않게 중상을 입었다. 그 기억은 유리뿐만 아니라 특수부 요원 모두에게 생생했다. 또한 그 사건을 수사하고자 펑 코퍼레이션을 찾은 유리와 스가타에게 펑지원은 밀조 기갑병장과 관련한 단서를 제공했다. 그의 속내는 지금도 알 수가 없었다.

예상하지 못한 전개에 회의실은 이상한 흥분에 휩싸였다.

"나중에 그 녀석을 또 볼 것 같다는 느낌이 들었는데, 생각보다 일찍 찾아왔군."

태평한 말투와는 다르게 스가타는 신중한 눈으로 화면에 비친 관젠펑을 쳐다봤다.

미요시와 혼마의 보고에 따르면 관젠펑은 약 20분 정도 조코 상사에 머물렀다. 빌딩에서 나온 그를 태운 벤츠는 오쿠라 호텔 지하 주차장에 들어가 관젠펑과 경호원들을 내린 뒤 떠났다. 그 이후 행방은 쫓을 수 없었다고 했다.

펑 코퍼레이션은 홍콩 재벌 중에서 1, 2위에 손꼽히는 펑 그룹의 일본 총 대리점이다. 중국 자본은 일본 정재계에도 깊이 파고들어 그들의 영향력은 결코 작지 않았다. 또한 펑 그룹은 마찬가지로 홍콩을 거점으로 하는 흑사회 최대 조직인 허이방和義幇과 무언가 특별한 관계를 맺고 있다는 의혹이 있었다. 예전에 벌어진 지하철 농성 사건을 계기로 두 조직의 연결고리가 예기치 않게 밝혀졌다. 펑 코퍼레이션 사옥에서 CEO인 펑지원은 스가타와 유리에게 제1비서인 관젠펑을 소개했다. 그때의 경위와 후속 수사로 밝혀낸 내용들을 보고서로 정리해서 모두에게 배포한 바 있었다.

"앞으로 관젠펑의 일거수일투족을 중점적으로 감시한다. 나쓰카와반을 중심으로 편성을 짜도록."

오키쓰가 바로 지시를 내렸다.

"관젠펑이 조코 상사에 나타난 것은 그저 우연일 가능성도 있다. 유키타니반은 종전에 해 왔던 수사를 계속하도록."

"옛."

나쓰카와와 유키타니가 동시에 고개를 끄덕였다.

"IRF, 허이방, 살해된 후전보. 이 단서들이 어떻게 연결되어 있는지 철저하게 규명하도록."

곧바로 수사 태세를 확인한 뒤에 근무 편성을 다시 짰다.

중점 감시 대상…… 관젠펑.

"어쩐지 기대가 되는군. 그 녀석이 끓여 준 커피가 무척이나 맛있었는데."

분위기를 읽지 못하기는커녕 수사원들의 속을 긁는 스가타 경부의 가벼운 농지거리를 지금은 아무도 나무라지 않았다. 수사원들은 부여된 임무를 수행하러 현장으로 떠났다. 세 외인 경부들은 마지막에 회의실을 나갔다. 수사에서 돌입 요원이 낄 자리는 없었다.

"이봐, 관젠펑이 끓여 준 커피가 정말로 맛있지 않았나?"

스가타가 계단으로 향하며 물었다.

"모르겠는데."

무뚝뚝하게 대답했다.

"모를 리가 있나? 형사 출신인 주제에 벌써 까먹었어? 펑지원의 사장실에서 녀석이 우리에게 커피를 내왔잖아."

"난 손도 대지 않았다."

"아, 그랬지?"

동료를 무시하고 유리는 종종걸음으로 계단을 내려갔다. 조급했다. 맹렬하게 달려가는 수사원들처럼. 그리고 괴로웠다. 이 설레는 마음을 쏟아낼 곳을 찾지 못해서.

4

대상자 성명 | 관젠펑

나이 | 29세

현재 주소 | 신주쿠구 니시신주쿠 7번가 그란시티 신주쿠 6층 601호

출생지 | 중화인민공화국 푸젠성 안시현

직업 | 회사원

조회 결과 | 전과 없음

그 외 항목 | 조회 중

입국관리국에 남아 있던 기록에는 아무 문제가 없었다. 일본에서 취직하는 데 필요한 서류는 구비되어 있었다. 그뿐이었다. 다른 부분은 밝혀지지 않았다. 유명 기업의 사장 비서인데도 정체를 전혀 알 수가 없었다. 기업이 사원의 개인 정보를 외부에 드러내지 않는 것은 당연하다. 하지만 펑 코퍼레이션 직원 대부분이 관젠펑의 존재를 모르는 듯했다. 제1비서라는 직책이 있다는 것조차 모르는 사람도 있었다. 그리고 펑 코퍼레이션 안에서는 관젠펑을 언급하는

것을 꺼려하는 분위기가 흘렀다.

　관젠펑은 한 달에 많아야 닷새나 엿새만 회사에 출근한다. 비서로서 사장이 누군가와 면담하는 자리에 동석하기도 하지만, 그 이외에는 무슨 일을 하는지 사원들은 모른다. 관젠펑에게 명령을 내릴 수 있는 사람은 사장인 펑지웬 딱 한 사람뿐이었다. 또한 관젠펑은 현재 주소지인 니시신주쿠에 소재한 고급 맨션에도 거의 돌아가지 않았다.

　짧게 친 머리. 햇볕에 그을린 갈색 피부와 가느다란 눈썹. 그는 늘 프라다 선글라스를 끼고 다니는데, 회사 안에 있을 때도 어지간히 중요한 손님을 상대하지 않는 한 결코 벗지 않았다.

　그리고 관젠펑에게서는 압도적이리만치 음습한 기운이 느껴졌다. 직접 만나 본 적이 있는 유리 오즈노프 경부는 그가 '흑사회 상부 구성원'이라고 단언했다. 아시아 암흑가에 정통한 유리의 눈썰미는 신뢰할 만했고, 수사원들의 감도 그렇게 말하고 있었다.

　관젠펑을 감시하고 있는 나쓰카와반이 잇달아 보고를 올렸다.

　'관젠펑의 실제 거주지는 적어도 세 군데. 모두 오타구에 소재한 부동산 회사인 쓰루카베 지소가 소유하는 건물이다. 조직범죄대책부의 자료에 따르면 쓰루카베 지소는 사실상 허이방 하부 조직이 운영하는 프런트 기업이다.'

　'혈연자는 확인되지 않음. 특정한 여자도 없는 모양.'

　'관젠펑의 명의로 된 계좌는 제1수도은행 마루노우치 지점에 개설되어 있다. 펑 코퍼레이션 경리부가 매달 월급을 입금하고 있다.

그러나 해당 계좌에서 돈을 빼 간 흔적은 없다.'

관젠펑의 사생활도 어느 정도는 밝혀졌지만 결정적인 내용은 없었다. 그의 정체는 여전히 베일에 가려져 있었다. 전국에서 선발한 특수부 수사원들이 눈을 번뜩이며 감시하고 있는데(혹은 일부러 감시하라고 행적을 보여 주고 있는데) 자신의 정체를 이토록 철저하게 숨기다니 여간내기가 아니었다. 그리고 그는 때로 미행을 유유히 따돌리기까지 했다. 마치 특수부를 농락하듯이.

'요코하마시 쓰루미구 다싱 반점에서 식당 주인인 장언타오張恩濤와 회식을 했다. 장언타오는 허이방의 유력 간부로 확인된다.'

'게이오 플라자 호텔에서 중국인 두 명과 만났다. 그들은 허이방과 우호 관계인 비합법 단체의 대표다.'

'롯폰기에 있는 바 샤오허에서 화교 상공 연합회 부회장 에디 선과 회담을 나눴다. 선은 허이방의 일원으로 조직범죄대책부에서 일찍부터 감시하고 있는 인물이다.'

관젠펑은 하루가 멀다 하고 흑사회 유력자와 접촉했다.

수사 회의에서 오키쓰는 단정했다.

'관젠펑은 허이방의 간부임이 틀림없다.'

다싱 반점에서 회식을 했을 때 장언타오는 관젠펑을 고개 숙여 맞이했고, 상석에 앉혀 공손하게 환대했다고 한다. 나쓰카와반 수사원이 확인했다.

'오즈노프 경부가 간파한 대로 관젠펑은 허이방 안에서 꽤 높은 위치에 있는 것으로 추정된다.'

일본에서 비합법 활동을 하는 중국인 범죄 조직은 대부분 소규모 집단이다. 불법 입국자나 유학생 등 개인이 범죄를 저지르는 경우도 많았다. 다이코쿠 부두에서 살해된 자오펑이의 조직도 이에 가까웠다.

그에 비해 금세기 들어 일본에 진출한 허이방은 칭방靑幇의 계보를 잇는 대조직이다. 화교 네트워크를 통해 그 영향력을 전 세계에 떨치고 있었다. 또한 중세에 발상한 비밀 결사라서 옛 방식을 고수하고 있었다. 보스와 부하의 관계는 스승과 제자의 관계처럼 엄격했다. 스승에게 입문을 허락받은 제자는 직속 스승뿐만 아니라 그 위에 있는 대스승에게도 친자식처럼 극진히 대해야 한다. 62세인 장언타오가 서른 살이나 어린 관젠펑을 정중하게 맞이한 것도 조직 내 서열 때문이었다. 적어도 관젠펑이 장언타오보다 상위에 있다고 추정할 수 있다.

펑지원은 그런 남자를 사장 비서로서 옆에 두고 있다.

이루 말할 수 없는 으스스함을 느끼며 수사원들은 디스플레이에 뜬 두 장의 확대 사진을 봤다.

한 장은 선글라스를 낀 관젠펑. 수사원들이 몰래 촬영한 것이다.

나머지 한 장은 생글거리며 웃고 있는 펑지원. 경제지 표지를 장식한 초상이었다.

36세의 거대 재벌 도련님이 내보인 완벽한 웃음은 마치 수사당국, 아니, 일본 사회 전체를 비웃는 것처럼 느껴졌다.

"불쾌한 웃음이군."

평지원의 사진을 보며 오키쓰가 중얼거렸다. 수사원들의 심정을 꿰뚫어 본 것 같은 한마디였다.

"평지원이 관젠펑의 정체를 모를 리가 없다. 또한 굳이 숨길 생각도 없는 것 같군. 이건 일본 경찰을 향한 도전이야."

오키쓰는 불쾌하다고 말했지만 어쩐지 유쾌해 보였다.

나쓰카와 주임은 휴대전화로 부하에게 보고를 받으면서 시나가와구의 자쿠로자카 언덕을 오르고 있었다. 낮에는 계절치고 따뜻했지만, 밤이 되자 역시 상당히 쌀쌀해졌다. 지시를 짧게 내린 뒤에 언 손가락으로 통화를 끊고 휴대전화를 코트 속에 넣었다.

나쓰카와는 감시 임무를 지휘하면서 쉬는 시간을 할애하여 정보를 수집하고 있었다. 그날 밤은 관젠펑을 아는 펑 코퍼레이션 전 사원과 만나기 위해 그가 현재 일하는 직장을 찾아갔었다.

그 회사는 자쿠로자카 위에 있는 오피스 빌딩 안에 있었다. 시스템을 관리하는 홍콩계 기업의 하청을 맡고 있는 회사라고 했다. 그 사원은 펑 코퍼레이션을 나와 회사 설립을 도왔다고 한다. 응접실에서 10분쯤 이야기를 나눠 봤지만 그가 관젠펑에 대해 아는 정보는 이미 특수부가 밝혀낸 것들이었다.

결국 큰 수확은 없었다. 인사를 하고서 회사를 떠났다.

헛수고였지만 헛걸음이라고는 생각하지 않았다. 어차피 수사의 9할은 헛걸음이다. 헛걸음이라고 생각한 순간 수사는 어그러진다. 옛날에 그렇게 배웠다. 그 가르침을 우직하게 지켜 왔기에 지금의 자신이 있는 것이라고 나쓰카와는 생각했다.

잠깐 사이에 바깥은 더욱 추워졌다. 나쓰카와는 도로를 끼고 맞은편에 우뚝 서 있는 그랜드프린스 신다카나와 호텔을 올려다보며 커피라도 마시자고 생각했다. 횡단보도를 건너면서 스가타 경부를 떠올렸다. 수사 회의 때마다 듣는 시답잖은 커피 강의 때문에 요즘에 커피를 통 마시지 않았다. 한창 감시 임무를 수행하고 있을 때는 재탕 커피든 인스턴트 커피든 가리지 않고 마셨지만, 비번일 때까지 그럴 수는 없었다. 경찰관이라고 할 수 없는 용병의 영향을 받은 것 같아 화가 치밀기도 했다. 짜증이 나서 커피는 관두고 홍차나 녹차를 마시자고 생각했다. 그래, 녹차가 좋겠다. 호텔 카페 라운지라면 녹차도 있겠지.

호텔에 들어가 카페를 찾았다. 로비를 어슬렁어슬렁 걷고 있으니 오른쪽에서 다가온 풍채 좋은 인물과 맞닥뜨렸다.

"오비나타 씨."

무심코 불렀다. 상대도 놀랐는지 발걸음을 멈추고서 나쓰카와를 쳐다봤다.

"오오, 나쓰구나."

수사1과에 몸을 담았던 시절에 상관이었던 오비나타 간지 경시였다. 당시에 그는 수사1과 계장이었다. 현재는 주오서 부서장을 맡고 있다.

"잘 지내는 것 같군. 나쓰."

"옛, 계장, 아니, 부서장님께서도 건강하신 것 같아 다행입니다."

무심코 허리를 곧추 세웠다. 수사1과 시절에 오비나타에게 꽤 신세를 졌었다.

"이런 데서 뭐하고 있나? 아니, 잠깐. 분명 지금 수사 중이겠지?"

"아, 예. 실은 수사를 마치고 돌아가는 길이었습니다. 부서장님께서는?"

나쓰카와가 스스럼없이 되묻자 오비나타는 복잡한 표정을 지었다.

"어, 뭐……. 옛날에, 수사1과 관리관이었던 히라카 씨를 기억하나?"

"물론입니다."

히라카 관리관도 똑똑히 기억하고 있었다. 술을 좋아하는 인물로 그 뒤에 우에노서 서장에 취임했다.

"히라카 씨가 최근에 용퇴하기로 결정하셔서 당시 수사1과에서 일했던 경관들끼리 뭉치기로 했지. 오늘 밤 여기서 모이기로 했네."

몰랐다. 차가운 무언가가 가슴을 푹 찔렀다.

주변 사람들의 반대를 무릅쓰고 특수부에 들어간 자신을 경찰 내부에서는 배신자로 취급하고 있었다. 동기나 친했던 동료들과의 연락은 끊어졌다. 오늘까지 애써 신경 쓰지 않으려고 했지만, 설마 수사1과 모임의 연락망에서도 빠졌을 줄이야.

입 밖으로 불만을 토로할 뻔했지만 꾹 참았다. 이렇게 되리라 각오하고서 특수부에 들어간 것이다. 애써 밝은 표정으로 말했다.

"그럼 저도 히라카 씨께 인사를 드리고 가겠습니다. 오랜만에 다른 분들도 만나 뵙고 싶고요. 그 시절이 그립군요."

"그러지 않는 편이 좋겠어."

오비나타가 어두운 표정으로 말했다.

"이런 소리를 하기가 참 미안하네만 오늘은 이대로 돌아가게."

"무슨 뜻입니까?"

"모두들 특수부를 싫어하네. 자네가 얼굴을 내밀면 분위기를 망치겠지."

"이럴 수가……."

나쓰카와는 충격이 커서 할 말을 잃었다.

오비나타는 큰마음을 먹고 타이르듯이 말했다.

"나쓰, 자네도 한때는 수사1과에서 한솥밥을 먹어 봤으니 그들의 마음을 헤아리리라 믿네."

"……."

"다름 아닌 히라카 씨 본인이 특수부를 아주 질색하시네. 오랫동안 수사1과를 지켜 온 그분은 근본도 모르는 특수부 따위가 현장을 휘젓고 다니는 꼴을 용납할 수가 없겠지."

나쓰카와는 오비나타를 물끄러미 쳐다봤다. 한번 참았던 불만이 다시 입을 뚫고 새어 나오려고 했다.

"나쓰, 참게. 오늘 밤은 히라카 씨에게 특별한 자리야. 그런 모임을 망칠 수는 없네."

망친다…….

간신히 참았다. 그리고 말했다.

"……하나만, 알려 주십시오."

"뭔가?"

"오비나타 부서장님도 같은 생각입니까? 특수부 말입니다."

상대는 대답하지 않았다. 그러나 눈을 보면 알 수 있었다.

나쓰카와는 조용히 고개를 숙인 뒤 문으로 성큼성큼 걸어갔다.

시나가와역을 향해 자쿠로자카 언덕을 내려가면서 생각했다. 경찰관의 긍지를 품고 매일 수사에 전념해왔건만 경찰 조직은 자신을 이토록 배척했다. 자신이 스가타 경부를 비롯한 외인 경부들을 인정하지 않는 것처럼.

그나저나 오랜만에 재회한 오비나타의 말이 마음에 사무쳤다.

'헛걸음이라고 생각한 순간 수사를 망친다.' 옛날에 이 말을 알려준 사람이 다름 아닌 오비나타였다.

일을 하던 시로키의 휴대전화가 울렸다. 업무용이 아니라 개인용 휴대전화였다. 처음 보는 번호였다. 그는 조심스럽게 받았다.

"여보세요?"

"아, 시로키 씨입니까? 오랜만에 뵙니다. 스다입니다."

"스다 선배님?"

뜻밖의 인물이었다. 스다는 대학교 1년 선배로 별로 친하지 않았다. 그는 경제산업성에 들어갔는데 지금은 과장보좌를 맡고 있다고 들었다.

"저야말로 격조했습니다. 오랜만입니다."

"갑자기 전화를 해서 미안합니다."

"아뇨, 아뇨. 잘 지내십니까?"

"예, 덕분에 잘 지냅니다. 그쪽은 어떻게 지냅니까?"

"여러모로 힘듭니다만, 뭐, 어떻게든 해 나가고 있습니다."

"얘기 들었습니다. 새 부서에서 애쓰고 있다고. 시로키 후배님답
게 고군분투하고 있지 않을까 걱정이 돼서."

"송구스럽습니다. 걱정을 끼쳐 드렸군요."

서로 안부를 물은 뒤에 스다는 가벼운 투로 본론으로 들어갔다.

"이번에 하나모리 세미나 OB모임을 열게 됐는데, 제가 총무를 맡
았습니다. 오랜만에 갖는 자리이니 하나모리 선생님도 초청해서 성
대하게 치르자는 얘기가 나와서요."

그리운 은사의 이름을 듣고 시로키는 무심코 웃었다.

"선생님께서는 잘 지내십니까?"

"예. 정정하시다고 합니다. 직접 참석해서 안부를 여쭙는 게 좋지
않을까 싶습니다. 일정은 아직 조정하는 중입니다만, 시로키 후배님
도 꼭 참석했으면 좋겠군요."

"예, 기꺼이 참석하겠습니다."

"그렇습니까? 다행입니다."

스다는 안도한 듯했다.

"후배님이 최근에 동창회에도 얼굴을 통 비추지 않는다고 들어서
조금 걱정했습니다. 모두 보고 싶어 하니 잘됐어요. 공무도 중요하
지만 가끔은 숨 돌릴 시간도 필요하죠. 숨 돌릴 시간 말입니다."

"고맙습니다. 기대하고 있겠습니다."

"그나저나 주워들은 얘기가 있어서."

"뭡니까?"

"그게, 그쪽이 지금 맡고 있는 사건 때문에 윗분께서 화가 나신 것 같더군요. 아뇨, 우리 부서는 아닙니다. 통정국通政局 윗분, 터놓고 말하자면 동북아시아과입니다."

"무슨 뜻이죠?"

지금까지 흘렀던 온화한 분위기가 급속도로 흐트러지는 것을 느끼며 시로키는 경계하며 되물었다.

"펑지원 말입니다. 여기저기를 너무 들쑤시고 다니는 거 아닙니까? 관계자를 통해 항의가 들어왔다는데, 정말로 펑 코퍼레이션을 수사하고 있습니까?"

"그건 말씀드릴 수가 없습니다."

"여하튼 지금은 시기가 좋질 않아요. 지금 우리는 홍콩과 일본 기업의 공동 프로젝트를 막 시작한 참이거든요. 그 프로젝트는 중국의 상무부도 관여하고 있고요. 통달인지 요청인지 형식은 잘 모르겠지만, 그쪽 부서로 곧 연락이 갈 겁니다."

대학 선배. 가장 범용성이 좋은 '회선' 중 하나다. 그와는 아무런 관계도 없는 안건이지만, 상부에서 떠맡겼기에 연락을 '중개'할 수밖에 없었으리라. 경제산업성 과장보좌인 스다와 경시청 이사관인 시로키는 동급에 속한다. 접촉하기에 더할 나위 없는 상대다. 그가 전화한 이유는 바로 이것이었다.

"배려해 주셔서 감사합니다."

"저도 오랜만에 시로키 후배님의 목소리를 듣고 싶었습니다. OB

모임에 꼭 와 줘요. 자세한 일정과 장소가 정해지면 또 연락하죠."

"고맙습니다. 기대하고 있을 테니 부디 잘 부탁드립니다."

시로키는 정중하게 인사한 뒤에 전화를 끊었다.

그대로 꼼짝 하지 않고 5분쯤 골똘히 생각했다. 그 뒤에 일어서서 같은 사무실 안에 있는 미야치카의 책상으로 향했다. 시로키의 책상과 미야치카의 책상은 칸막이처럼 배치된 로커와 서류함 때문에 같은 방이라고 생각할 수 없을 만큼 격리되어 있었다.

시로키는 전용 단말기로 업무를 하던 미야치카에게 통화 내용을 모두 전했다.

"저번에는 외무성. 이번에는 경제산업성이군."

미야치카는 그렇게 신음하고서 일어섰다. 곧바로 두 사람은 같은 층에 있는 상관의 사무실로 향했다.

시로키는 방에 있던 오키쓰에게 보고했다.

"이르군."

그것이 오키쓰의 감상이었다. 시로키도 동감이었다.

"우리 수사원들은 신중하게 수사를 하고 있을 겁니다. 언젠가는 펑 코퍼레이션에게 발각되겠지만, 아무리 그래도 너무 이릅니다."

"평소부터 조직 주변에 그걸 깔아 놨겠지. 스가타 경부의 말을 빌리자면 '센서' 말일세."

"그토록 주의하고 있다면 역시 펑지원은 관젠펑이 흑사회 조직원이라는 걸 알면서도 수하로 두고 있군요."

미야치카가 생각하면서 말했다.

"뭐, 그야 그렇겠지만, 이번 건을 근거로 삼는 건 아직 무리야. 펑지원 개인이라면 모를까, 펑 그룹은 기업으로서 결코 바깥에 내보일 수 없는 비밀을 수십 개쯤 안고 있겠지. 늘 경계하는 게 자연스러워."

"그래서 우리는 어떻게 대처해야 합니까?"

시로키가 묻자 오키쓰는 시치미를 떼는 척 말했다.

"스다에게는 고맙다고 했겠지?"

"예."

"그럼 됐네. 우리는 달리 할 일이 없어."

미야치카가 놀라며 말했다.

"내버려 두라는 말씀입니까?"

그의 관료로서의 '센서'가 경고를 울렸다. 시로키도 마찬가지였다. 관료 사회에서 주류파가 되고자 한다면 이런 '연락'을 대놓고 거역하는 것은 상책이 아니다. 이의를 제기할 때도 최대한 배려를 해야만 한다.

"우리는 눈앞에 닥친 사건만으로도 정신이 없네. 경제산업성이 뭐라고 하든 신경 쓸 여유가 없어. 적어도 12월 2일까지는."

12월 2일은 소더튼이 일본을 방문하는 날이다.

시로키와 미야치카는 고개를 끄덕이고는 더욱 창백해진 얼굴로 방을 나갔다.

"상황은?"

11월 17일. 도시마구 이케부쿠로 2번가 도로 위에 정차한 밴에 올라탄 나쓰카와가 다짜고짜 그렇게 물었다. 안에 있던 부하 야마오와 시마구치가 뒤를 돌아봤다.

"이것 좀 보십시오."

야마오가 차 안에 늘어서 있는 모니터를 가리키며 말했다.

모든 모니터에 맨션처럼 생긴 건물을 드나드는 험상궂은 남자들이 비쳤다. 그들이 발산하고 있는 폭력의 파동이 화면을 통해서도 여실히 전해졌다.

"그렇군. 다들 한바탕 해보자는 얼굴들이로군."

지금 모니터에는 야마오와 시마구치가 감시하는 '이케부쿠로 제2 다카하타 맨션'의 실시간 영상이 나오고 있었다. 수사 차량인 밴에서 조금 떨어진 위치에 있는 저 건물은 허이방과 우호 관계를 맺은 '허팡러和方樂'라는 조직의 거점 중 하나로 추정되는 곳이다.

"3시쯤 넘어 조직원들이 속속 몰려들더니……. 저 녀석들 항쟁이라도 벌일 작정인가 본데요……. 아, 방금 오른쪽 구석에 비친 저 남자 말입니다. 저 녀석이 입은 외투 좀 보십시오."

시마구치가 영상을 확대했다. 남자의 왼쪽 가슴이 부자연스럽게 부풀어 있었다.

"틀림없이 권총을 소지하고 있습니다. 다른 녀석들도 마찬가지입니다. 조직범죄대책부에도 연락할까요?"

"녀석들은 진즉에 움직이고 있어."

나쓰카와가 모니터를 노려보며 대답하자 그의 가슴 주머니에서 휴대전화가 진동했다.

"나야."

나쓰카와가 재빨리 받았다.

"……알았어. 곧 가겠다."

그는 짧게 대답하고서 휴대전화를 집어넣은 뒤에 시마구치와 야마오에게 말했다.

"이번에는 신주쿠라는군. 여긴 너희들한테 맡긴다. 뭔가 움직임이 있으면 바로 연락해."

"예."

나쓰카와는 두 사람의 대답을 등 뒤로 들으며 황급히 밴에서 내렸다.

헤이와도오리로 나와 택시를 잡아타고서 '신주쿠 1번가'라고 말했다.

나쓰카와는 야스쿠니도오리에서 내려 하나조노도오리 쪽으로 걷다가 도중에 '그랜드코트 니시오카'라는 잡거빌딩에 들어갔다.

2층 202호실 앞에서 멈춰 인터폰을 누르자 곧바로 부하인 구라모토가 문을 열었다.

좁은 원룸 안에는 구라모토 말고도 눈매가 사나운 세 남자가 있었다. 그들은 거무스름한 바닥에 설치된 네 대의 모니터를 쳐다보고 있었다. 모두들 한눈에 봐도 경찰임을 알 수 있었다. 세 사람은 모두 조직범죄대책부 2과 수사원들이다.

202호실은 조직범죄대책부가 빌린 곳으로, 주로 감시 임무를 하기 위해 쓰인다고 한다.

"고생이 많습니다."

나쓰카와가 세 사람에게 인사했지만, 상대는 눈길도 주지 않을 뿐만 아니라 대답도 하지 않았다. 틀림없이 구라모토는 거북해했을 것이다.

"허팡러의 간부들이 다 모인 것 같던데."

나쓰카와가 그렇게 말하자 세 사람 중에서 가장 베테랑으로 보이는 남자가 턱으로 모니터를 가리키고서 쌀쌀맞게 말했다.

"보다시피."

모니터에 고기구이집 '사이라쿠 주가' 앞에서 경계를 하고 있는 중국인 남자들이 비쳤다.

"일촉즉발이야. 특수부에서는 뭐 잡은 게 없나?"

"아뇨, 우리도 딱히……."

나쓰카와가 말끝을 흐리자 세 사람을 들으라는 듯이 혀를 찼다.

"쓸데가 없구면."

"또 비밀주의냐?"

"이러니까 특수부는."

"우리는 호의를 베풀어 이곳에 들여보내 줬건만."

입을 모아 그렇게 투덜거렸다.

구라모토가 분한지 입술을 깨물었다. 그러나 지금은 참을 수밖에 없었다.

"이봐."

조직범죄대책부 요원 하나가 화면을 가리켰다.

모두가 몸을 앞으로 내밀어 모니터를 들여다봤다.

사이라쿠 주가 앞에 검은 메르세데스 벤츠가 정차했다. 흑사회 조직원들이 꼿꼿이 서서 맞이했다.

그 영상을 보고 나쓰카와는 순간 긴장했다.

차에서 내린 사람은 바로 관젠핑이었다.

11월 18일. 오후 6시 30분. 특수부 청사 회의실. 유키타니반의 이케하타 수사원이 보고했다.

"루덩주의 행방은 여전히 묘연합니다. 동료 브로커의 말에 따르면 루덩주와 연락이 끊어진 날이 이번 달 11일이라고 하는데, 후전보가 살해된 날과 일치합니다. 앞뒤 상황으로 보아 후전보가 살해됐다는 것을 알고 루덩주가 황급히 종적을 감춘 것 같습니다."

유키타니반의 가노 수사원이 보고했다.

"허이방의 하부 조직 주변에서 불온한 움직임이 포착됐습니다. 조직범죄대책부에서는 대규모 항쟁의 징조로 여기고 대응하고 있습니다. 외사2과에서도 경계를 강화한 듯합니다. 중국인 범죄자 사이에서 아일랜드인과 전쟁을 벌일 거라는 소문이 나돌고 있다고 합니다만, 소문의 출처는 확인되지 않았습니다."

우에노에서 누군가(아마도 사냥꾼)에게 살해된 후전보의 조직은 허이방의 하부 조직일 가능성이 높다. 그들 말고도 허이방 산하에 있는 수많은 중국인 범죄 조직들이 IRF가 기갑병장을 밀수하는 것을 도왔으리라. IRF는 은혜를 갚기는커녕 잇달아 그들의 동포들을 살해했다. 자오펑이, 후전보, 그리고 어쩌면 더 많은 사람들을.

"IRF와 허이방이 일본에서 전면 대결을 벌인다? 그거 굉장한데."

스가타 경부가 재미있다는 투로 말했다.

"영국 도박업자들이 이런 게임을 가만히 놔둘 리가 없지."

"회의 중에 무책임한 사담은 삼가라."

미야치카가 평소보다 날카로운 목소리로 주의를 주었다. 스가타의 발언은 그야말로 무책임했다.

만에 하나라도 그런 사태가 벌어진다면…….

"다음에는 나쓰카와반이 보고해 주십시오."

긴장을 감추려는지 시로키가 재촉했다.

"어제 오후 3시 전후에 허이방 하부 조직 중 하나인 허팡러 산하의 각 거점에서 큰 움직임이 포착됐습니다. 살기등등한 조직원들이 잇달아 모이기 시작했습니다. 오후 5시에 허팡러의 간부들이 신주쿠의 고기구이집 '사이라쿠 주가'에서 관젠펑과 회담을 가졌습니다. 직후에 각 거점에 모여 있던 조직원들이 일제히 흩어졌습니다. 요 이틀 동안에 비슷한 움직임이 세 건 있었습니다. 이런 사실들로 보아 관젠펑은 하부 조직의 폭발을 억누르고자 흑사회의 유력 간부와 거듭 만나고 있는 듯합니다."

오키쓰는 눈을 감고 생각에 잠겼다. 집중했다. 다음 수를 찾는 체스 플레이어처럼. 국면을 파악해야만 했다. 하지만 봉쇄된 말들이 너무 많았다.

1분 뒤에 오키쓰가 눈을 떴다.

"흑사회가 긴장한 이유는 후전보 살인 사건 때문이다. 그렇다면 역시 의문이 드는군. 소더튼이 곧 일본을 방문하는 이 시기에 IRF는 어째서 위험을 무릅쓰고 흑사회를 도발했지? 현재로서는 IRF를 정면에서 수사할 수가 없으니 우린 흑사회의 움직임을 쫓을 수밖에 없다. 유키타니반은 후전보의 주변을 살펴보도록 하고, 나쓰카와반은 허이방과 관련된 조직들을 계속 감시해 주게. 오픈게임은 어디까지나 책대로."

국면이 이토록 복잡하고 성가시게 꼬였는데도 오키쓰는 아직도 초반이라고 단언했다. 소더튼이 일본을 방문하는 날이 시시각각 닥쳐오고 있는데도. 종잡을 수 없는 저 상관은 현 국면을 대체 어떻게 파악하고 있는 것인지 부관인 시로키조차 헤아리기가 어려웠다.

같은 날 오후 9시 6분. 오키쓰는 부장실에서 스즈이시 주임에게 보고를 받고 있었다. 스즈이시는 특수부가 보유하고 있는 드래군 중 피어볼그와 바게스트의 운용상 문제점을 보고했다. 각 기체의 탑승자인 스가타 경부와 오즈노프 경부도 듣고 있었다.

책상 위에 놓인 전화가 울렸다. 도청 방지 조치가 되어 있는 외선이었다. 오키쓰는 이내 수화기를 들었다.

외무성 스오 사무관의 전화였다.

"대체 어쩔 작정입니까? 당신의 독단으로 일본의 장래를 망칠 작정입니까?"

깊이 울리는 남성적인 저음이었다. 그러나 그 목소리에는 예전의 그 차분함이 결여되어 있었다.

"지금 외사 현장은 엉망입니다. 녀석들이 그쪽에게 무슨 짓을 할지 알 수가 없습니다. 더는 막아 줄 수가 없습니다."

"그걸 테러리즘이라고 하는 겁니다. 테러를 막기 위한 테러라니 흥미롭군."

"말장난하지 마십시오."

"말장난이 아니오. 테러의 기원을 역사적으로 보면 의외로 그겁니다. 우리는 지검과 미리 논의를 하고서 중국인 범죄 조직을 쫓고 있을 뿐입니다."

통화 내용을 짐작한 미도리와 오즈노프 경부가 물러나려고 하자 오키쓰가 눈으로 제지했다. 스가타 경부는 애초부터 나갈 생각이 없었는지 당당하게 귀여겨들었다.

"잘도 그런 말씀을 하시는군요. 검찰은 시야가 좁을 뿐만 아니라 외교가 얼마나 기민한 일인지도 잘 모릅니다. 그걸 다 알고서 검찰에게 협조를 구하신 거지요?"

"검찰은 범죄 수사에 전념하는 우리의 자세를 이해해 주고 있습니다. 그런 바탕 위에서 내린 판단이라고 전 받아들이고 있습니다."

"적당히 좀 하십시오. 설마 그런 변명이 통할 국면이라고 진심으로 생각하는 건 아니겠지요?"

"국면은 시시각각 변합니다. 특히 대국자가 킬리언 퀸 같은 걸출한 명수라면 더더욱."

"무슨 뜻입니까?"

"현재 도쿄도에 있는 흑사회가 지금 어떤 정세에 놓여 있는지 아십니까?"

"특수부의 동태는 보고를 받고 있습니다만."

"그 역시 킬리언 퀸이 놓은 수일지도 모릅니다."

상대방이 입을 다물었다.

"다른 가능성도 있겠습니다만, 여하튼 흑사회의 긴장이 이대로 고조되면 소더튼의 경호에도 영향을 미칠 겁니다. 현 국면이 그렇다는 겁니다."

스오는 한숨을 내쉬었다.

"유럽국장님과 이야기를 해 보겠습니다. 경시청의 에비노 국장님과도. 그럼 되겠지요?"

"고맙습니다."

"전 우리 부서의 명확한 의사를 특수부에 전했습니다. 그것만은 확인해 주십시오."

"알겠습니다."

"그 대신에."

상대가 기회를 놓치지 않고 말을 덧붙였다.

"그쪽에서 얻은 정보를 우리에게도 알려 주십시오."

"물론입니다. 하나 그러기 위해서는 우리에게도 정보를 줘야 합니다."

"더 뭐가 필요하다는 말씀입니까?"

"일본에 잠입한 것으로 추정되는 IRF 활동가 목록 말입니다. 우리 요원이 섣불리 접촉하지 않도록 주의를 주려고."

"그 자료라면 드리지요."

"부탁합니다."

스오의 목소리에서 감탄이 묻어 나왔다.

"……역시 오키쓰 부장님이군요."

"뭐가 말입니까?"

"각 방면에서 보여 준 당신의 수완은 대단했습니다. 힘 있는 원군이 있다고 해도 이런 흐름 속에서 국면을 여기까지 끌고 올 줄이야. 역시 전설이군요."

"립서비스인 줄은 알겠습니다만, 스오 사무관이 그렇게 말해 주니 기쁘군요."

오키쓰가 수화기를 내려놓자 스가타 경부가 말했다.

"외무성입니까?"

"서유럽과 스오 수석 사무관 전화다. 실력자지."

"그런 것 같네요. 목소리는 들리지 않았지만, 우리가 필요로 하는 것을 순식간에 파악하고서 협상을 건 모양이군요."

"맞네. 경찰 조직은 전문 능력은 높지만 부서끼리 연대가 잘 되지 않아. 더욱이 IRF와 허이방이 충돌하리라는 것도 진즉에 예상했겠지. 그러니 드래군을 보유한 우리 특수부를 아군으로 두는 편이 이득이라고 판단한 거겠지."

오즈노프 경부가 무언가 눈치 채고서 말했다.

"부장님은 상대가 유능하다는 걸 전제에 두고서 움직인 거군요?"

"예상보다 예리한 사내라서 다행이야. 결단력도 있어. 외무성 차기 에이스답구먼."

"부장님은 그런 자를 역으로 이용했군요?"

일찍이 경찰 관료에게 배신당했던 오즈노프 경부는 '정체 모를 전직 외교관' 상관을 아직도 신뢰하지 못했다.

"그도 자기 딴에는 우리를 이용하고 있다고 여기고 있겠지. 먼 미래에 그는 우리에게 더 큰 위협이 될 거다. 하나 지금은 앞날을 걱정하고 있을 상황이 아냐. 중요한 사안을 대처하는 것이 급선무야."

"만약에 스오라는 인물이 그토록 명민하지 않았다면 일을 그르쳤겠군요?"

"그럴 경우에는 다른 공략법을 생각하면 되네. 실제로 국면은 크게 요동치고 있네. 누구도 예측할 수가 없어. 다만 그때마다 최선의 수를 둘 뿐이야."

스즈이시 주임은 긴장하며 대화를 듣고 있었다. 시스템 제어공학이란 한길만 걸어왔던 그녀는 정치 시스템과 역학 따윈 이해할 수 없었다. 외무성을 상대로 어떤 흥정을 했느냐는 대화에 끼어들 생각은 털끝만큼도 없었다.

"그나저나 외교관은 굉장하구먼. 서로 상대방에게서 뜯어 낼 수 있는 만큼 다 뜯어 내니."

스가타 경부가 빈정거리자 오키쓰는 평소답지 않게 무심코 웃음
을 흘렸다.

6

11월 19일 새벽, 사이타마현 가와고에시의 어느 잡목림에서 타살
당한 중년 남성의 시신이 발견됐다. 지문을 확인해 보니 시신의 주
인은 수배 중이었던 범죄자 루덩주로 밝혀졌다. 시신 상태로 보아
죽은 지 사흘이 지났다. 그는 예리한 칼을 가슴에 맞고 즉사했다. 후
전보 살인 사건 때와 동일한 수법이었다.

모든 특수부 요원들이 낙담했다. 유력한 실마리 하나가 완전히
사라졌기 때문이다.

같은 날 오후 6시 28분. JR 주오선 기치조지역 플랫폼에서 유키타
니는 상행선 전철을 기다리고 있었다.

사막에서 모래알 하나하나를 다 살펴보는 것 같은 지루한 수사를
끝마치고 돌아가는 길이었다.

오늘 아침에 청사에서 나쓰카와가 흘렸던 말이 떠올랐다…….
'데리와 런던데리의 차이가 무엇인지 지금까지 생각해 본 적이 없
었어. 생각하기는커녕 그런 지명조차 들어 본 적이 없었지. 아니, 어
게인 보도는 기억하고 있으니 들어 본 적은 있을지도 모르겠지만,

적어도 난 그런 지명을 머릿속에 담아 두지 않았어.'

그때 유키타니는 '나도 마찬가지야.' 하고 대답했다. 1972년 피의 일요일 사건이 벌어진 장소. 지도에는 두 지명이 병기되어 있었다. 데리 그리고 런던데리. 남북 아일랜드의 통일을 주장하는 내셔널리스트는 그 지역을 데리라고 불렀고, 북아일랜드가 영국에 귀속되어야 한다고 주장하는 유니어니스트는 런던데리라고 불렀다. 아일랜드가 어떤 나라인지 조사한 뒤에야 비로소 알게 된 사실이었다. 일본에서 수사만 해 왔던 일개 형사와는 전혀 인연이 없는 미디어 속 세상의 이야기였다. 지금은 그 무관심이 모든 것의 근원이라고 생각했다. 그들이 얽힌 사건을 직접 수사하는 입장이 아니었다면 자각할 수 있었을지도 의심스러웠다.

자신은 10대 때 방황했었다. 폭력의 고통은 잘 안다. 시모노세키의 아이가 느꼈던 고통과 아일랜드가 중세부터 받아 왔던 고통이 같을 리가 없다. 자신은 역시 무지하다고 생각했다. 하지만 경찰관으로서 고통이 새롭게 확산되는 것만은 막고 싶었다. 흑사회 역시 북아일랜드보다 더한 어둠 속에서 탄생한 조직이리라. 다른 문화에서 유래된 두 폭력이 지금 일본에서 맞붙으려고 한다……

휴대전화가 울렸다. 부하인 마쓰나가 수사원이 건 전화였다.

"후전보의 여자 중 하나가 살해되기 전날에 그와 만났답니다. 우에노서와 우리가 예전에 한번 접촉했던 여자인데, 동료와 말을 맞추고서 사실을 숨겼답니다."

플랫폼에 전철이 들어왔다. 휴대전화를 귀에 댄 채 일단 줄에서 벗어났다.

"그 여자는 직장인 마사지숍 사장한테서 빚을 졌습니다. 사장이어서 갚으라고 재촉하자 12월 2일까지 갚겠다고 대답했답니다."

12월 2일. 소더튼이 일본을 방문하는 날이다. 우연인가? 부장이 예전에 이런 말을 했었다……. '우연을 믿지 마라.'

"현재 여자는 가게에서 근무하는 중입니다. 감시를 계속할까요?"

"장소는?"

"오기쿠보 2번가. 중국식 마사지 업체 '메이메이' 앞입니다. 곧 근무가 끝날 겁니다."

가깝다. 곧바로 결단을 내렸다.

"임의동행을 요구해. 나도 가겠다."

문이 닫히기 직전에 전철에 뛰어들었다.

혼잡한 전철 안에서 유키타니는 숨을 내뱉었다.

예감이 들었다. 무언가 실마리를 잡은 것 같은 예감이었다. 희박할지도 모르겠으나 루덩주라는 실마리가 사라졌기에 지금은 그런 것에라도 매달리고 싶었다. 소더튼이 일본을 방문하는 날은 이제 2주밖에 남지 않았다.

여자는 다소 저항했지만 임의동행에 응했다고 한다. 연락을 받은 유키타니는 오기쿠보서로 곧장 향했다.

서 안에서 느껴지는 차가운 시선을 아랑곳하지 않고 취조실로 향했다. 대기하고 있던 마쓰나가가 상세하게 설명을 했다. 여자는 일상 생활이 가능한 수준으로 일본어를 구사할 줄 안다. 하지만 민감한 화제가 나오면 종종 알아듣지 못하는 척 군다고 했다. 만약을 위해서 본부에 연락해 통역을 요청했다. 베이징어와 광둥어에 능통한 오즈노프 경부가 근처에 있어서 급히 보냈다고 했다.

경부가 도착하기를 기다렸다가 취조실에 들어갔다. 참고인이 여성이니 배려하는 차원에서 취조 보조자로 오기쿠보서 여경도 동석했다.

여자의 이름은 린샤오야林小雅. 나이는 서른세 살.

양판점에서 산 것 같은 분홍색 나일론 점퍼와 몸에 딱 붙는 치마를 입고 있었다. 화장은 진했지만 불안감을 숨기지는 못했다. 그녀는 고개를 푹 숙이고 있었다.

취조실에 들어온 유키타니를 보고 린샤오야는 뜻밖이라는 반응을 보였다. 자신에게서 다른 경찰관들과 다른 분위기가 감도는 모양이었다.

뒤이어 들어온 러시아인 오즈노프 경부를 보고 여자는 더욱 고개를 갸웃거렸다. 자신과 오즈노프 경부의 조합은 확실히 일본 경찰서와는 어울리지 않았다.

"저, 불법 체류 아니에요. 자격, 있습니다."

여자가 갑자기 말을 쏟아 내자 유키타니가 부드러운 투로 말했다.

"오늘 오시라고 한 건 그것 때문이 아닙니다. 전 경시청 특수부 소속 유키타니라고 합니다. 이 사람은 유리 오즈노프 경부. 원활한 의사소통을 위해서 통역을 부탁했습니다."

특수부라는 말을 듣고 여자는 안도하며 중얼거렸다.

"지롱징차……."

지롱징차란 기룽경찰機龍警察을 중국어로 발음한 것이다. 암흑가에서 중국인 범죄자들이 특수부를 그렇게 부른다. 그 통칭을 아는 걸 보니 저 여자는 틀림없이 암흑가의 사정에 어느 정도 정통하리라.

몇 가지 형식적인 확인을 한 뒤에 유키타니는 루덩주의 사진을 내밀었다.

"이 사람을 압니까?"

아무 대답도 없었다.

"오늘 아침에 이 사람의 시신이 발견됐습니다. 후전보 씨와 똑같은 수법으로 당했습니다."

"예?"

낯빛이 바뀌었다. 분명 그녀는 동요하고 있었다.

"아시는군요?"

"루요. 루덩주. 후전보와 함께 일했어요."

"무슨 일을 했습니까?"

린샤오야가 다시 침묵했다.

"린 씨, 경우에 따라서 당신은 경찰의 보호를 받아야만 할 겁니다. 당신 본인의 안전을 위해서라도 부디 말씀해 주십시오."

유키타니는 주저하는 상대에게 거듭 말했다.

"부탁합니다."

유키타니의 진지한 태도에 신용할 만하다고 판단했는지 린샤오야가 고개를 숙인 채 진술을 시작했다.

"저우시走私."

"밀수 말이군요?"

"예. 큰일을 맡아서 여러 조직에 도움을 청한다고 했습니다. 루덩 주가 주도하는 것 같았어요. 자세한 건 몰라요……. 저기, 정말로 보호해 주는 건가요?"

"최대한 노력하겠습니다. 상관을 통해 법무성이나 입국관리국에도 얘기를 하겠습니다. 특별 조치를 받은 전례도 있습니다."

여자는 조금 안심하는 눈치였다.

유키타니는 취조할 때 청취하는 자의 인간성만이 상대방의 마음을 뒤흔들 수 있다고 믿고 있다.

좁은 취조실 벽 쪽에 서 있는 오즈노프 경부는 아무 말 없이 여자를 보고 있었다. 아무래도 통역은 필요가 없을 듯했다.

"당신은 직장 사장인 시 씨한테서 300만 엔에 가까운 빚을 졌군요."

"예."

"시 씨가 재촉하자 12월 2일까지 갚겠다고 말씀하셨다는데."

"예."

"어떻게 변제할 생각이었습니까?"

여자가 순순히 대답했다.

"후전보한테서 돈을 받을 작정이었어요. 돈을 확실히 주겠다고 후전보가 약속해서."

"후전보 씨는 어디서 그런 돈을 조달하려고 했을까요?"

"아일랜드인이 주기로 했대요. 살해되기 전날에요. 12월 2일까지 녀석들이 확실히 지불할 거라고."

유키타니는 오즈노프 경부와 순간 시선을 교환했다.

"그게 무슨 뜻이죠?"

"후전보는 무언가 아는 눈치였어요. 루덩주도요. 역시 아일랜드인이 두 사람을 죽인 건가요?"

"진정하세요. 후전보 씨와 루덩주 씨는 뭘 알고 있었습니까?"

"모르겠어요. 그 외에는 아무것도 몰라요. 전 아무 관계도 없어요."

"천천히 생각해 보십시오. 뭐든지 좋습니다. 후전보 씨의 태도나 말에서 무언가 이상한 점이 없었습니까? 마지막에 만났을 때를 처음부터 순서대로 돌이켜 보십시오."

"……."

"당신은 후전보 씨한테 무슨 얘길 했습니까?"

"돈 얘기요. 시가 자꾸 돈을 갚으라고 성화를 부려서……. 그 사람은 부자이면서 정말로 욕심쟁이예요……. 빨리 갚지 않으면 큰일이 날 테니 빨리 돈을 마련해 달라고 하고."

"후전보 씨가 뭐라고 하던가요?"

"아까 그 얘기요. 그 녀석들이 틀림없이 12월 2일까지 돈을 줄 거라고."

그 대목에서 린샤오야가 불쑥 말했다.

"……수지와와樹枝娃娃."

"뭐라고요?"

유키타니가 되묻자 여자가 힘주어 말했다.

"그래, 떠올랐어요. 저도 궁금해서 물어봤어요. 12월 2일에 무슨 일이 있냐고요. 그랬더니 후전보가 히죽거리며 수지와와라고 했어요."

"수지와와? 그게 뭡니까?"

"모르겠어요. 저도 의미를 몰라서 여러 번 물었어요. 말장난하는 줄 알고."

유키타니는 옆에 서 있는 오즈노프 경부를 올려다봤다. 그 역시 의미를 모르는지 고개를 가로저었다.

같은 날 오후 11시부터 시작된 수사 회의에서 유키타니 주임은 린샤오야의 증언을 보고했다.

"후전보와 루덩주는 IRF가 기갑병장을 밀수하는 것을 도왔습니다. 그때 암살 계획이 있다는 냄새를 맡고 IRF를 협박했다가 살해당한 게 아닐까요? 그렇게 생각하면 12월 2일까지 돈을 지불하겠다는 의미가 무엇인지, IRF가 위험을 무릅쓰고 두 인물을 처치할 수밖에 없었던 이유가 무엇인지 명확해집니다. 수지와와는 암살 계획과 관련된 무언가를 가리키는 것 같습니다."

수지와와. 단순하게 번역한다면 '나뭇가지 인형'이다.

"수지와와? 후전보가 정말로 그렇게 말했나? 그 여자가 잘못 들은 게 아니고?"

미야치카가 따지자 유키타니가 대답했다.

"저도 여러 번 확인해 봤습니다만, 린샤오야가 틀림없다고 했습니다."

여느 때처럼 스가타가 끼어들었다.

"작전명이나 어떤 암호 아냐? 군대에서는 흔한데."

분명 그렇게 느껴질 만큼 그 단어의 어감은 기묘했다.

조용히 부하들의 대화를 듣고 있던 오키쓰가 입을 열었다.

"유키타니 주임의 추측이 맞겠지. 앞뒤가 맞는다. IRF가 이 시기에 굳이 위험을 무릅쓴 이유가 밝혀졌다. 하나 그 대신에 새로운 수수께끼가 생겨났군. 수지와와."

오키쓰는 담배 연기를 내뿜으며 눈을 감았다.

"스가타 경부의 말대로 어떤 암호일 가능성도 있다. 소더튼 암살 작전을 가리키는 단어일지도 모른다. 하나 상대는 '시인'이다. 테러라는 작품에 어떤 비유와 수식어를 붙였을지 상상하기가 어렵군."

그 말을 듣고 라드너 경부가 고개를 살짝 끄덕이는 것을 미도리는 놓치지 않았다.

북아일랜드의 테러는 중세부터 시작되었다. 다른 민족들은 아일랜드인을 끊임없이 억압하고 폭력을 가했다. 그리고 아일랜드인은 저항했고, 그리고 절망했다.

깊은 숲과 청아한 물속에 수많은 정령들이 산다고 전해진다. 태곳적 전사의 후예는 그 섬에서 붉은 피를 흘리며 저항했다. 하지만 켈트의 풍토는 일본인의 일상과 너무나도 동떨어졌다.

새로운 지시가 내려지지 않은 채 회의가 끝났다.

켈트의 피가 흐른다는 것을 보여 주는 장신과 금발. 회의실을 떠나는 라드너 경부의 뒷모습에서 미도리는 중세의 암흑을 보았다.

7

눈을 뜬 뒤에 한동안 자신이 어디에 있는지 혼란스러웠다. 연구소 수면실인지 고코쿠지에 있는 맨션인지. 두 곳 모두 별 차이는 없었다. 베개의 축축한 감촉에 미도리는 비로소 깨달았다. ……고코쿠지구나.

손을 뻗어 베개맡에 둔 자명종 시계를 집었다. 8시가 막 지났다. 낮인가 밤인가. 커튼 틈으로 빛이 새어드는 걸 보니 아침이구나. 사회인이 눈을 뜨는 지극히 평범한 시간이지만, 미도리에게는 낯설었다.

침대에서 일어나 세수를 했다. 다음 근무까지 시간이 상당히 남았다. 부엌에서 어젯밤에 귀가하기 전에 산 식빵을 굽지도 않고 먹은 뒤 팩우유를 마셨다. 토스트로 해 먹는 게 훨씬 맛있을 테지만 실행하지는 않았다. 귀찮아서가 아니라 그것이 습관이었기 때문이다. MIT를 다녔던 시절에도 실험 중에는 손을 뗄 수 없을 만큼 바빴다.

식사라 할 수 없는 식사를 끝마친 뒤 미도리는 가방에서 아버지의 저서를 꺼냈다. 이미 다 읽었지만 다시금 훑어봤다. 마음에 남는 대목이 잔뜩 있었다. 어느 부분을 읽든 그리웠다. 저 작은 책 속에 아버지가 있었다.

아버지의 상념, 아버지의 미소, 식견, 경구, 그리고 약간의 잠언. 그것들은 은근한 수줍음과 함께 행간에서 숨 쉬고 있었다.

책을 읽기 전에 예상지도 못했던 후회가 밀려들었다. 더 일찍 읽어서 살아생전 아버지에게 감상평을 들려줬으면 얼마나 좋았을까. 틀림없이 아버지는 고개를 돌리며 딸의 건방진 비평을 흘려듣는 척했으리라. 부끄럽게 웃는 옆얼굴이 눈에 선했다.

인문서는 거의 읽지 않지만 이 책은 호평을 받을 만하다고 미도리는 생각했다. 그 아버지가 이런 여행을 하며 저런 사색에 잠겼을 줄이야. 좁은 서재에 틀어박혀 이토록 따뜻한 문장을 착실하게 썼을 줄이야. 아버지를 자랑하는 딸의 팔불출에 불과한 걸까?

기억을 아무리 뒤져도 『차창』이 팔렸다는 이야기를 들은 적은 없었다. 출판사 직원에게 미안하다고 말했던 어머니의 얼굴만이 떠올랐다. 애당초 이 책은 지금도 시중에 유통되고 있을까?

휴대전화를 집어서 책 제목과 저자 이름으로 검색해 봤다.

절판이 됐는지는 모르겠지만 인터넷 서점에 품절이라고 떠 있었다. 대형 서점에는 재고가 남아 있을지도 모르겠다. 여하튼 널리 읽혔다고 말하기는 어려울 듯했다.

매년 엄청나게 쏟아지는 출판물 속에 아버지의 책이 쓸쓸히 파묻혀 있었다. 그것이 자못 아버지다워서 미도리는 묘하게 납득했다. 동시에 안타까웠다. 책이 읽히지 않으면 아버지가 남긴 따뜻한 마음이 없어져 버릴 것 같은 기분이 들었다.

11월 20일 오전 10시 28분. 가부키초를 막연하게 걷던 라이저는 센트럴로드에서 야스쿠니도오리로 나왔다. 때마침 파란불이 켜진 횡단보도를 건너 역 반대 방향으로 나아갔다.

일본 경시청과 계약해 특수부의 일원이 된 이후로 라이저는 틈이 날 때마다 종종 거리를 거닐었다.

터미널역 번화가를 중심으로 걸었다. 목적은 없었다. 굳이 말하자 면 도쿄의 지리와 교통을 익히기 위해서, 혼잡한 거리 속에서 자신 의 망집을 털어내기 위해서, 그리고…… 어쩌면…… 자신이 이곳에 있다는 걸 알리기 위해서.

어디에 있든 처형인은 온다. 언젠가 반드시. 그렇다면 하루라도 빨리. 그런 마음인지도 모르겠다.

세 시간 조금 전에 대기가 풀렸다. 곧바로 다마치의 더그매에 가 서 수면을 취해야겠지만, 내키지 않아서 거리로 나왔다. 어디든 좋 았다. 아주 낯선 거리에 갈 만한 여유는 없었다. 긴자나 신주쿠, 혹 은 우에노. 신주쿠로 정했다. 임무 때문에 여러 번 가 본 적이 있었 다. 신키바에서 멀리 떨어진 곳이 좋다고 생각했다. 가죽 재킷 속에 애용하는 S&W M629가 들어 있었다. 지급품이었다. 개정된 경찰법 제67조 3호 '국민 및 경찰관 본인의 생명을 보호하고자 특별히 중 대한 필요성이 있는 경우에 한해' 그리고 경찰관직무집행법 제7조 제4호에 따라 특수부 돌입반 외인 경부는 소화기小火器를 늘 휴대할 수 있다.

밖을 거닐 필요는 이제 없었다. 킬리언은 이미 자신을 찾아냈다.

세 명의 처형인이 다시 찾아오는 것은 시간문제였다. 앉아서 기다리면 된다. 특수부가 먼저 그들의 위치를 알아낸다면 자신이 그들에게 가게 되리라. 어쨌든 차이는 없었다. 그 사실을 알면서도 걸어다니지 않을 수가 없었다. 홀로 다마치의 더그매에 있으면 돌이킬수 없는 과거만이 자꾸 떠올랐다. 그 추억들은 떠올리고 싶지 않지만, 그래도 더할 나위 없이 소중했다. 라이저는 이 미칠 듯한 굴레에서 달아나고 싶었다.

킬리언 퀸이 거처를 찾아온 이후로 그런 충동이 점점 커져만 갔다. 이국의 군중 속에 있으면 의지할 데는커녕 인간 사회와 단절되어 있는 자신의 처지가 새삼스레 떠올라 오히려 제정신을 차릴 수있을 것 같았다.

이 나라의 거리는 너무나도 기묘하고 불가사의했다. 직업군인인 동료가 좋아하는 음료수 자판기도, 곳곳에 있는 낙서도 그랬다. 벨파스트에도 곳곳마다 낙서가 있었다. 그러나 그것들은 대부분 정치적 메시지나 선동이었다. 찬동할 수 있는지 없는지만 다를 뿐 모두 명확한 의미가 있었다. 그러나 이 거리에 있는 낙서는 문자라고도, 기호라고도 할 수 없는 기묘한 문양이었다. 품을 들여 왜 그런 걸그리는지 이해할 수 없었다.

멈춰 서서 하늘을 올려다봤다. 드높고 푸르렀다. 겨울을 곧 맞이할 일본의 가을 하늘이었다. 벨파스트의 하늘과는 완전히 달랐다. 일본인이 그토록 이상한 것은 이 하늘 때문인가? 뻥 뚫린 듯한 상쾌한 하늘 아래에서 자신은 공허하게 목숨을 부지하고 있었다.

몇 달 전에 다마치의 더그매 근처에서 불꽃놀이를 봤다. 하늘에 빛과 색의 시각적 관현악이 펼쳐졌다. 아름다움을 아름다움으로써 애호하는 마음을 진즉에 잃어버린 라이저에게도 그 광경은 압도적이었다. 폭발 테러가 잦은 벨파스트에서 불꽃놀이는 수십 년 동안 금지되어 왔다. 한창 평화 프로세스가 진행 중일 때는 잠시 해금된 시기도 있었다고 하지만, 라이저는 본 기억이 없었다. 어게인이 벌어지면서 바로 금지됐다. 라이저는 신주쿠를 걸으며 생각했다. 만약에 지금 벨파스트에서 불꽃놀이가 허용된다고 해도 오히려 슬플 뿐이다. 순간의 섬광이 비참한 폐허만을 비출 테니까.

발길이 가는 대로 종합 상가 바로 앞에서 오른쪽으로 꺾어 신주쿠도오리로 빠졌다. 기노쿠니야 서점이 눈에 들어왔다. 지금까지 여러 번 그 앞을 지났다.

무심코 떠올랐다. 청사 로비에서 스즈이스 주임이 읽었던 책. 순간 『철로』인 줄 알았다. 시리아에서 버렸던 그 책인 줄 알았다. 하지만 아니었다. 책 제목과 저자 이름이 보였다. 일본어였다.

테러 피해자인 스즈이시 주임이 『철로』와 장정이 비슷한 책을 읽는 장면은 몹시도 무서웠다.

저자 이름이 분명 스즈이시였다.

혹시 그 아가씨의 친척인가? 혹은…… 가족.

충동적으로 서점에 들어갔다. 오전이라서 사람은 그렇게 많지 않았다. 서점 안에 검색용 단말기가 설치되어 있었다. 시험 삼아 저자명 란에 스즈이시라는 성을 입력해 봤다. 이름은 알지 못했다.

있다······.

표시된 층에 가서 책장을 찾았다. 여행 에세이 코너였다. 적갈색
장정. 그 사위스러운 색깔은 마음에 새겨져 있었다. 그 색깔은 새 책
들의 사이에 조용히 끼어져 있었다.

스즈이시 데루마사『차창』.

책 뒷부분에 저자 약력이 실려 있었다. 무역업자인 모양이다. 스
즈이시 주임과 어떤 관계인지 모르겠다.

라이저는 그 책을 들고 계산대로 향했다.

같은 날 오후 5시 40분. 호텔 친잔소 도쿄의 로비를 가로지르며
오키쓰가 혼잣말을 중얼거렸다.

"미들게임은 마술사처럼."

미야치카와 함께 동행한 시로키가 상관을 돌아봤다.

"요전에 말씀하셨던 체스 격언의 후속편입니까?"

"그러네. 중반전에서는 상대의 의표를 찔러 임기응변으로 두라는
가르침이지."

오키쓰는 현 상황을 중반으로 보고 있었다. 너무나도 급격한 전
개에 시로키는 새삼 정신이 아찔해졌다.

어제 오전에 경제산업성이 스다를 통해 시로키에게 다시 접촉해
왔다. 스다는 통상정책국 야마구치 참사관의 의향을 전했다. 시로키
는 즉시 상관에게 보고했다. 그 뒤에 참사관 본인이 오키쓰에게 직
접 연락을 해 왔다.

'펑 코퍼레이션 사장이 오키쓰 부장님과 은밀히 만나고 싶다는 의사를 우리를 통해 타진해 왔습니다. 자리를 마련할 테니 일정을 조율해 주십시오. 그쪽은 되도록 이른 시일에 만나고 싶어 하더군요.'

"우리가 펑 코퍼레이션을 은밀히 내탐하고 있다는 걸 알면서, 더욱이 항의까지 했으면서 자리를 마련하겠다니. 경제산업성은 대체 무슨 생각입니까?"

"그 녀석들은 아무 생각도 없어. 무지한 거뿐이야."

미야치카가 툭 내뱉었다.

"상식을 몰라. 그렇지 않다면 어떻게 심부름꾼이나 앞잡이 같은 짓거리를 할 수 있을까?"

경제산업성은 펑 그룹을 비롯한 여러 홍콩 기업과의 합동 프로젝트를 추진하고 있었다. 그들은 자신들이 일본 경제를 부흥시키는 키를 쥐고 있다는 자부심이 있어서 어떻게든 프로젝트가 원만하게 진행되길 바란다. 다시 말해서 언제나 펑 그룹의 의향을 우선한다. 펑 측은 그런 역학 관계를 이해하고 있기에 일부러 경제산업성에 중개를 부탁한 것이다.

……선수를 쳤나? 그럼 상대방이 어떻게 나오는지 일단은 살펴봐야겠군.

가볍게 만남에 응했던 오키쓰는 지금 가볍다고 할 수 없는 표정을 짓고 있었다.

"'마술사처럼'이라고 했지만, 설마 이 대목에서 그런 수를 둘 줄이야. 예상 밖의 기묘한 수였다. 아니, 도중에 대국자가 바뀐 것 같기도 했다. 우리가 싸우고 있는 진짜 상대는 누구인가? 킬리언 퀸인가? 아니면 펑지원인가?"

오키쓰가 중얼거렸다. 하지만 두 부관은 상관의 속내를 도저히 짐작할 수가 없었다. 현기증이 날 정도였다.

"체스에서는 선수先手가 유리하지. 체스판은 아직 전부 다 보이지 않지만, 우리가 후수인 것만은 확실해."

'오픈게임은 책처럼, 미들게임은 마술사처럼.' 그럼 엔딩게임은? 그 격언은 어떻게 이어지는가?

시로키는 물어보기가 망설여졌다.

지정된 객실에 들어갔다. 정원이 내려다보이는 프리미어 가든 스위트룸이었다. 바깥에 펼쳐진 정원은 늦가을 빠른 밤에 묻혀 지금은 보이지 않았다. 불이 켜진 삼중탑三重塔을 배경으로 제냐 정장을 기품 있게 갖춰 입은 남자가 서 있었다.

"처음 뵙겠습니다. 오키쓰 부장님. 펑 코퍼레이션의 CEO인 펑지원이라고 합니다. 이번에 갑작스러운 요청을 흔쾌히 수락해 주셔서 진심으로 감사합니다."

어눌하게 들리지 않는 명료한 일본어였다. 눈매가 길쭉한 홍콩 재벌의 귀공자. 알려진 나이는 서른여섯이지만 그보다 훨씬 젊어 보였다.

"늦었군요. 펑 씨는 일찍부터 와 계셨는데."

함께 있던 남자가 인사보다 먼저 불평을 늘어놓았다. 시로키는 반사적으로 손목시계를 확인할 뻔했다. 약속 시간보다 10분 일찍

왔다.

"기다리게 해서 미안합니다. 경시청 특수부 오키쓰입니다."

오키쓰는 살짝 고개를 숙인 뒤 명함을 내밀었다.

처음 대면하는 두 사람이 명함을 교환했다. 남자는 경제산업성 통상정책국 통상기구부 야마구치 다쓰미 참사관이었다. 합동 프로젝트에서 경제산업성의 창구 역할을 맡고 있는 듯했다. 몸가짐이 세련된 평지원에 비해 야마구치는 위압적이고 오만했다. 자신을 포함한 관료의 전형이라고 할 법한 모습에 시로키와 미야치카는 코웃음을 쳤다. 체지방률이 높아 보이는 체형과 통통한 얼굴, 까다로운 눈매 역시 평지원과는 대조적이었다.

오키쓰, 평지원, 그리고 야마구치 세 사람은 창가에 있는 커피 테이블에 둘러앉았다. 평지원과 야마구치는 부하를 동석시키지 않았다. 시로키와 미야치카는 실내에 있는 팔걸이의자에 앉았다.

"드디어 뵙게 되어 기쁘군요. 전 일찍부터 오키쓰 부장님의 지혜를 꼭 얻고 싶었습니다."

평지원이 싹싹하게 웃었다. 그의 뒤에는 도시의 야경이 펼쳐져 있었다. 어두워야 할 밤이 여기저기 흩어져 있는 빛 때문에 아련하게 보였다.

일찍이 평지원은 국제 용병 중개 조직 SNS(솔저 네트워크 서비스)를 통해 스가타 도시유키를 고용하려고 했다. 하지만 같은 시기에 오키쓰가 스가타를 드래군 탑승 요원으로 발탁하면서 결과적으로 평지원은 오키쓰에게 패배했다. 그 일 때문에 오키쓰의 신변을 조사했었다고 본인이 말한 적이 있었다.

"그거 영광이군요. 절 아주 철저하게 조사하셨다고요?"

"예."

"뭐 알아낸 게 있습니까?"

"아무것도 모른다는 걸 알아냈지요."

"오호."

"어엿한 고위 관료인데도 지금까지 무슨 직무를 맡아 왔는지는 알려지지 않았더군요. 귀국에서는 있을 수 없는 일이지요."

"이거 수고스럽게 해서 미안합니다. 직접 물어봐 주셨으면 좋았을 텐데요."

"지금 물어보면 알려 주시겠습니까?"

"한직을 전전해 왔습니다. 줄곧 아무도 모르는 곳으로 떠밀려 살아왔지요."

시로키와 미야치카는 팔걸이의자에 앉아 긴장했다. 느닷없이 강렬한 응수가 시작되었다.

"오늘은 평지원 사장님께서 경시청을 통하지 않고 직접 오키쓰 부장님과 말씀을 나눌 중요한 안건이 있다고 해서 제가 직접 이 자리를 마련했습니다."

두 사람이 나누는 대화의 의미를 전혀 알아차리지 못한 채 야마구치는 자신의 존재를 과시하듯이 끼어들었다. 이 자리의 주선자가 자신이라고 과시하는 표정을 지었다. 그는 무신경하다기보다는 너무나도 평범한 관료였다. 시로키와 미야치카도 그 모습을 보고 어이없어했다.

"야마구치 참사관님, 그전에 재떨이 좀 부탁드립니다."

말투는 정중했지만, 평지원은 타국의 고위 관료에게 '재떨이 좀 가져오라'고 시켰다.

"어, 사장님께서는 담배를 안 피우시잖습니까?"

야마구치가 놀라서 되물었다. 공공 장소에서는 금연이 당연하다는 인식이 공무원 사회와 민간 사회에 뿌리를 내렸음을 엿볼 수 있었다.

"오키쓰 부장님께서 피우실 겁니다. 그렇지요?"

"역시. 아주 잘 조사하셨군요."

오키쓰는 웃으면서 품속에서 시가릴로 케이스를 꺼냈다. 야마구치는 시로키와 미야치카에게 눈치를 주었지만 타인의 부하, 더욱이 타 관청의 직원에게 명령을 할 수는 없는 노릇이었다. 그는 하는 수 없이 자리에서 일어나 재떨이를 찾기 시작했다. 오키쓰는 재떨이를 기다리지 않고 지참한 성냥으로 태연하게 담뱃불을 붙였다.

분명 평지원은 오키쓰의 신변을 철저하게 조사했다. 민간 기업 대표가 경찰 조직 관리직을 조사했다는 것은 분명 이상한 일인데도 그는 숨기려고도 하지 않았다. 오히려 승부를 걸고자 그 사실을 밝혔다.

"특수부에서 저희 회사 사원인 관젠펑을 조사하고 있는 모양이더군요."

"맞습니다. 공식적으로는 부인하고 있습니다만."

"괜찮습니다. 관젠펑이 어떤 범죄에 연루되어 있다고 의심하시는 지요?"

"대답하기가 어렵군요."

야마구치가 값비싼 도기 재떨이를 들고 돌아왔다.

"이게 있더라고요. 자, 쓰세요."

펑지원이 야마구치에게 가볍게 인사를 한 뒤 말을 이었다.

"우린 전 세계에 네트워크가 깔려 있습니다. 이 네트워크가 비즈 니스에 얼마나 유용한지 아실 겁니다. 우린 '연緣', 다시 말해서 지 연과 혈연이라는 것들을 아주 중시합니다. 그것들이 소중하다는 것 을 잊지 않았기에 우리는 전 세계에 뻗어 나갈 수 있었습니다. 전통 적인 가치관에 근거한 우리네 인간관계를 타국에서 종종 오해를 하 시더군요. 부디 오해를 푸시길 바랍니다. 펑 그룹은 어디까지나 정 당하면서도 공평한 비즈니스를 펼치고 있습니다. 제 친구이자 귀국 의 고관이기도 한 야마구치 참사관님은 그 부분을 아주 잘 이해하 고 계시지요."

펑지원이 고관이라고 말하며 띄워 주자 야마구치는 흐뭇해했다. 시로키와 미야치카는 야마구치 따윈 이미 안중에도 없었다. 펑지 원과 허이방의 관계는 이미 명백해졌다. 경찰이 그 사실을 알고 있 다는 걸 펑지원이 모를 리가 없다. 서로가 다 알고 있는데 펑지원은 대체 무얼 변명하려고 하는 건가?

"다시 말해 이런 뜻입니까?"

오키쓰는 천천히 연기를 내뱉고서 말했다.

"펑 그룹에는 오래된 커넥션에서 비롯된 독자적인 정보망이 있지만, 그것은 세간에서 말하는 범죄 조직이 아니다. 그걸 증명하고자 갖고 있는 정보를 제공하고 싶다."

펑지원이 그 말을 듣고 감탄해하며 웃었다.

"고대 현자도 당신 앞에서는 고개도 들지 못하겠군요."

"정보 내용은?"

"IRF의 은신처."

뭐라고…….

시로키와 미야치카는 무심코 일어설 뻔했다. 야마구치는 흠칫 놀란 눈으로 펑지원을 쳐다봤다.

현재 경찰은 테러리스트의 은신처를 찾는 데 혈안이 되어 있었다. 그런데 펑지원은 무심하게 말했다. 그런 정보를 일개 민간 기업이 어떻게 알아낸 것인가?

"그럼 말씀해 주시겠습니까?"

펑지원은 서류가방에서 한 통의 봉투를 꺼냈다.

"여기에 적혀 있으니 넣어 두시지요."

"그럼 잘 받겠습니다."

오키쓰는 그 봉투를 받아 열어 보지도 않고 탁자 위에 놓았다.

"어떻게 입수했는지 여쭤도 될는지요?"

"혈연입니다. 테러리스트한테 협박을 받던 동포 하나가 전해 줬습니다. 그 이상은 말씀드리지 못하니 양해해 주시길."

"정보의 출처가 알려지길 원치 않아서 내게 직접 알려 준 겁니까?"

"그뿐이라면 익명으로 통보하면 될 일입니다. 아주 중대한 내용이라서 신뢰할 만한 인물이나 관청에 맡겨야겠다 싶었습니다. 안타깝지만 제가 아는 범위에서 그런 경찰은 거의 없더군요."

"다른 이유는?"

"오키쓰 부장님께 드리는 친애의 증거이지요."

농담인가? 하지만 철저하게 웃음으로 일관하고 있는 평지원의 얼굴에서는 아무것도 읽을 수가 없었다.

"이거 곤란하군요. 신종 뇌물입니까?"

"그렇게 받아들여 주신다면 다행이겠군요. 처음에 말씀드렸다시피 전 오키쓰 부장님과 우호 관계를 맺길 바랍니다. 이번 건이 하나의 계기가 됐으면 좋겠군요."

"잠깐만요."

야마구치가 낯빛을 바꿔 제지했다. 그는 상식을 초월한 대화 내용에 당황했다. 잘못 얽혔다가는 목숨이 위험할 수도 있는 상황이라는 걸 이제야 깨달은 모양이다.

"무슨 얘길 하는 겁니까? 난 전혀…… 입장상 그런…….."

"평지원 사장님께서는 농담을 아주 잘하시는군요."

오키쓰가 무표정하게 말했다.

"농담?"

"그렇지요? 사장님?"

"예."

평지원이 야마구치를 보고 웃었다.

"놀라게 해서 죄송합니다. 오키쓰 부장님께서 경제산업성이 맡고 있는 프로젝트가 얼마나 중요한지 이해해 주시길 바랄 뿐입니다."

"그렇습니까?"

석연치 않은 얼굴로 야마구치는 수긍했다. 시로키는 평지원의 말이 결코 농담이 아니라는 걸 통감했다. 평지원과 오키쓰는 웃음이라는 가면을 쓴 채 팽팽하게 검을 겨루고 있었다.

"전해 드리고 싶은 것은 다 전해 드렸습니다."

"어렵게 만났으니 조금만 더 여쭤 보고 싶군요."

오키쓰는 우아한 손놀림으로 시가릴로의 재를 털고서 물고 늘어졌다.

"관젠펑에 대해 묻고 싶습니다. 그는 대체 누굽니까?"

"우리 회사 사원입니다. 우리 회사에서는 사원을 채용할 때 기준에 따라 심사를 합니다. 관젠펑은 당연히 그 심사를 통과했습니다."

"그를 비서로 삼은 이유는?"

"유능하니까요. 또한 그는 유익한 인맥을 많이 갖고 있었습니다."

"'전통적 가치관에 근거한 인간관계' 말입니까?"

오키쓰가 빈정거리자 평지원이 곧바로 반응했다.

"그가 흑사회와 연관되어 있다고 말씀하시고 싶은 겁니까? 뒷골목 사정은 전 잘 모릅니다. 설령 어떤 자가 이른바 흑사회의 일원이라고 해도 과연 그 사실을 인정할까요? 공식적으로 인정하지 않는 것이 그들의 규칙이라고 알고 있습니다만."

"이거 한심한 질문을 했군요."

오키쓰는 시가릴로를 재떨이에 두고서 봉투를 들고 일어섰다.

"귀중한 말씀을 해 주셔서 감사합니다, 펑지원 사장님. 배려해 주신 야마구치 참사관님께도 감사드립니다."

오키쓰는 표연하게 객실을 떠났다. 시로키와 미야치카도 황급히 상관을 쫓았다.

시로키가 운전하는 차 안에서 오키쓰는 봉투를 열고 종이를 꺼냈다.

"은신처는 사이타마현 혼조시 고다마초에 소재한 에르산 화학 고다마 공장이라고 적혀 있군."

"그 정보가 진짜라고 믿으시는 겁니까?"

조수석에 앉아 있는 미야치카가 돌아봤다.

"정확도는 꽤 높다고 생각하는데. 사실인지 아닌지는 현지를 조사해 보면 알겠지."

"이건 뒷거래입니다."

"이걸 뒷거래라고 한다면 국가 간의 외교는 전부 파렴치한 짓거리가 되네. 걱정하지 말게. 난 그들과 거래할 생각이 털끝만치도 없네. 상대도 그걸 알고서 이런 수를 둔 거겠지."

시로키는 운전하면서도 마치 악몽을 꾸고 있는 것 같았다.

"머리가 지끈거립니다. 처음부터 마지막까지 도저히 의중을 읽어 내지 못했습니다."

"펑지원은 철저하게 계산한 뒤에 경제산업성을 끌어들였네. 경제산업성은 펑지원과 줄다리기를 하고 있다고 생각하겠지만, 실제로는 이용만 당하고 있네. 미야치카 이사관의 표현이 맞네. 심부름꾼이자 앞잡이지. 평지원은 야마구치 참사관의 성격을 교묘히 이용했어. 대형 프로젝트를 주재하는 자신의 역량을 과시하고 싶어 하는 야마구치는 어리석게도 그의 꾀에 넘어갔네. 평지원은 경제산업성을 앞세워서 자기들이 하는 일을 공식적인 사업인 것처럼 꾸몄네. 실제로는 아주 더러운 속임수지. 대단한 마술사로군."

오키쓰는 차 안에서 휴대전화로 나쓰카와에게 지시를 내렸다.

'사이타마현 혼조시 고다마초에 소재한 에르산 화학 고다마 공장을 당장 극비리에 조사하라.'

8

"에르산 화학 고다마 공장 부지 안에는 컨테이너 트레일러 아홉 대가 세워져 있습니다. 모두 하카타, 니가타, 나고야, 고베, 오사카 각 항구에서 하역할 때 사라졌던 컨테이너였습니다. 각 항구의 방범 카메라에 찍힌 트레일러의 번호판을 보고 확인했습니다."

11월 22일. 나쓰카와 주임의 우렁찬 목소리가 회의실에 울려 퍼졌다.

"에르산 화학은 엘코 약품의 자회사로 주로 살충제 원료를 제조하고 있습니다. 2년 전에 그 공장에서 유독가스가 유출되는 사고가 벌어졌고, 인근 주민들이 공장을 상대로 소송을 벌였습니다. 현재는 설비 세척과 점검이라는 명목으로 조업을 중지한 상태입니다. 하지만 실제로는 비용 문제 때문에 수리도, 해체도 하지 못하고 방치한 상태입니다. 그래도 모회사가 그 공장을 관리하고 있는 것은 분명합니다. 전기도 아직 살아 있습니다. 공장 주변에서 탐문조사를 벌인 결과 최근에 여러 백인 남녀가 그 공장을 드나드는 걸 보았다는 목격담을 얻어냈습니다. 사진으로 네 사람을 확인했습니다. 이파 오드넬, 제리 오브라이언, 마크 헤거티. 그리고 킬리언 퀸입니다."

특수부는 스오 사무관을 통해 목록을 입수했다. 출처는 아마 영국의 SS일 것이다. 일본에 침입했다고 추정되는 IRF 활동가 스물두 명의 이름과 사진이 목록에 담겨 있었다. 리더로 추정되는 시인 킬리언 퀸을 비롯해 사냥꾼, 묘지기, 무희의 이름도 포함되어 있었다. 다만 사냥꾼 션 맥라글렌과 묘지기 매슈 피츠기번스는 에르산 화학 주변에서 확인되지 않았다.

"총 인원은 알 수 없습니다만, 저 공장에 테러리스트와 밀수된 기모노가 집결되어 있는 건 틀림없는 것 같습니다."

오키쓰가 결연하게 말했다.

"군용병기를 마련하고 결집시킨 단체를 발견했으니 우리 특수부가 자체적으로 체포할 수 있다. 즉시 형사 절차를 밟아 도쿄 지방재판소에 영장을 청구하겠다."

사태가 크게 출렁였다. 지금 모두가 그 너울을 체감했다.

"소더튼이 일본을 방문하는 날이 얼마 남지 않았다. 잠복 중인 테러리스트와 은폐된 기모노의 숫자는 아직 모른다. 애당초 이 정보를 알려 준 평지원의 속내도 모른다. 하나 그걸 확인하고 있을 여유가 없다. 우린 그들이 움직이기 전에 제압해야만 한다. 사안이 중대하니 본청과 외무성에도 연락하겠다. 아마 SAT와 합동 작전을 벌이게 되겠지."

디스플레이에 공장의 위성사진이 표시됐다. 각 방향의 측면 사진과 상세한 지형도도 아울러 표시됐다.

"문제는 공장 입지입니다."

시로키 이사관이 일어서서 모두에게 말했다. 단정한 그의 얼굴이 긴장 때문에 창백해졌다.

"주변은 온통 밭. 공장과 민가도 점점이 흩어져 있고, 그 일대에 엄폐물이 하나도 없어서 낮이든 밤이든 몰래 접근하기란 불가능에 가깝다. 다음은 부지 내 건물 배치다. 시설은 크게 A, B, C 세 동으로 나뉘어져 있다. 컨테이너 트레일러는 모두 중앙 B동 앞에 세워져 있다. 동쪽 A동과 서쪽 C동은 출입구의 크기와 내부 구조로 보아 기모노를 격납하기에는 적합하지 않다. 그래서 밀수된 기모노는 전부 B동에 은닉되어 있을 것으로 추정된다. 가장 큰 문제는 B동 주변에 설치되어 있는 여섯 개의 약액 탱크다. 텅 비어 있어야 하겠지만, 혹시 몰라서 관계자에게 물어봤더니 엄밀하게 점검한 적은 없다고 했다. 만에 하나 이 탱크가 파손되면 포스겐 등 유독 가스가 유출될 가능성이 있다."

"이거 골치 아프게 됐군."

캔 커피를 입에 대며 스가타가 대답했다.

"이런 기습 작전에 익숙한 특수부대가 필요하겠어. SAS라도 불러올까? IRF를 상대하려면 그 녀석들이 최고야."

"스가타 경부가 모처럼 제안을 해 줬지만 SAS도 어렵겠지."

오키쓰는 눈 하나 깜빡이지 않고 말을 이었다.

"탱크를 파손시키지 않으면서 돌입해야 하니 기존 기갑병장으로 그들을 제압하기란 불가능하겠지. 스즈이시 주임."

"예."

자신을 부를 것으로 예상했던 미도리가 일어섰다.

"자네 의견은?"

"'1호 장비' 말고는 방법이 없을 것 같습니다."

오키쓰가 낸 초안을 스가타와 미도리가 수정하고 감수했다. 스가타는 군사적 측면에서, 미도리는 기술적 측면에서. 주로 이 세 사람의 합의대로 작전의 큰 줄기가 짜여졌다.

컨테이너 한 대로 운반할 수 있는 기갑병장은 최대 두 기다. 따라서 적의 기갑병장은 최대 열여덟 기. 적병의 숫자는 목록이 정확하다면 스물두 명. 그중에 하나는 다이코쿠 부두에서 자살했으니 스물한 명.

밀수된 기갑병장이 아직 컨테이너 안에 격납되어 있다면 다행이겠으나 그럴 가능성은 낮았다. 일부 혹은 모든 기체가 공장 안으로 옮겨져 출격을 준비하고 있다고 보는 것이 맞으리라. 해체해서 점검하는 중이라면 문제없이 제압할 수 있다. 제2종 기갑병장이 기동하는 데 필요한 시간은 대체로 7분에서 10분. 시스템이 켜져 있는 상태라면 요원이 탑승하고 발진하는 데까지 1분에서 2분. 그 시간 안에 승부를 봐야 한다.

B동은 천장이 높은 건조물이다. 정보에 따르면 내부가 칸막이로 구분되어 있지 않아서 천장에서 바닥까지 훤히 트여 있다고 한다. 돌입한 뒤에 신속하게 적 기갑병장의 위치와 상태를 파악한다. 그리고 각종 장비로 적 병사가 탑승하는 것을 저지해 기동할 수 없도록 막는다.

작전 계획을 SAT에 넘겨 상세한 행동 계획을 수립하기로 했다. 미도리는 곧바로 연구소로 돌아가 기술자들을 지휘해 1호 장비를 준비했다.

스가타를 비롯한 세 명의 돌입 요원들에게는 준대기 명령이 내려졌다. 열두 시간 뒤에는 대기 명령, 또 열두 시간 뒤에는 출동 명령으로 바뀔 예정이다.

대기실에서 특수 방호 재킷으로 갈아입고 있을 때 스가타의 휴대전화가 울렸다. SNS…… 솔저 네트워크 서비스 전화였다.

"오, 스가타. 나 SNS의 서머스야."

영업 담당 간부인 레지널드 서머스의 쾌활한 목소리가 귀에 들어왔다.

"레지? 오랜만이네. 요즘 어때?"

지퍼를 올리며 영어로 대답했다.

"잘 되고 있어. 수익도 순조롭게 늘어나고 있고. 그쪽은 어때?"

친밀한 말투였다. 서머스는 언제나 친밀하게 군다. 속마음이 유쾌하든 불쾌하든.

"뭐, 그렇지."

"그거 다행이군. 그런데 널 만나고 싶어 하는 클라이언트가 있는데 말이야."

"다음 계약 건으로?"

"아직 모르겠지만, 우리한테 장차 큰돈을 안겨 줄 유망한 클라이언트야. 급하게 연락해서 미안하지만 당장 만나봐 주지 않겠어?"

"당장? 일본에 있나?"

"그래. 도쿄에 체류하고 있는데 내일 출국할 거래."

"안타깝지만 지금 일하는 중이야."

스가타는 벤치에 앉아 목소리를 낮췄다.

"그쪽은 딱 5분만 시간을 내 달라는데."

"안 돼. 당분간은 개인 시간을 낼 수가 없어. 비번 날에 내가 연락할게."

"나도 어려울 거라고 말은 해 뒀는데 말이야. 여하튼 상대가 네가 있는 곳으로 직접 가겠다는 말까지 했거든."

"나 경찰에서 일하는데?"

"그쪽은 전부 다 알고 있어. 신키바 어디에 청사가 있는지도."

"면회하러 오겠다는 건가?"

"그래. 널 무척이나 만나고 싶어 해. 제발, 스가타. 이대로 놓치기에는 너무 아까운 상대야."

스가타는 생각하며 주변을 둘러봤다. 나중에 들어온 유리가 등을 돌린 채 옷을 갈아입고 있었다. 동료의 등은 집음 장치보다도 감도가 좋다.

"네 시간 뒤에 휴식 시간이야. 신키바 4번가에 델리시오소라는 카페가 있어. 히가시센고쿠교 근처야. 말하면 어딘지 금방 알 거야."

"고마워. 그쪽한테 전할게. 이제야 체면이 살겠군."

"상대 이름은?"

"현 단계에서는 말할 수 없어. 만나면 알게 될 거야. 그 가게에 있으면 그쪽이 널 보고 다가가겠지. 넌 독특하게 생겼으니까."

통화를 끊고 일어섰다. 유리는 돌아보는 척도 하지 않았다.

네 시간 뒤에 스가타는 특수 방호 재킷을 걸친 채 밖으로 나갔다. 델리시오소에 들어가 늘 앉던 자리에 앉았다. 상대는 아직 오지 않은 듯했다. 가장 싼 블렌드를 주문했다. 이 가게에서는 비싼 걸 주문하면 돈만 버리는 꼴이다. 가게 이름은 스페인어로 감미롭다는 뜻인데, 주인이 원두를 볶아 우려내는 실력이 미숙해서 원두의 본연의 맛을 살리지 못했다. 컵과 컵받침 취향도 고약했다. 하지만 청사와 가까워서 대기 시간에 한숨을 돌리는 데 가장 적합한 장소였다. 조금만 더 맛있으면 좋을 텐데, 하고 투덜거리면서도 꽤 자주 찾는 가게였다.

앞에 나온 컵을 입에 대려고 했을 때 카페 앞에 벤츠가 정차했다. 뒷문을 열고 나타난 남자가 혼자 카페에 들어왔다.

선글라스를 낀 정장 차림의 남자. 관젠핑이었다.

역시나 스가타도 그를 보고 아연실색했다.

그에게서 감도는 음습한 분위기가 늦가을의 햇살마저도 가리는 듯했다. 가게 분위기가 확 바뀌었다.

관젠핑은 곧장 스가타가 앉은 자리로 걸어왔다. 그리고 아무 말도 없이 맞은편에 앉았다.

스가타가 일본어로 말을 걸었다.

"너였나? 자꾸 성가시게 군다는 클라이언트가."

"그렇다."

관젠핑이 대답했다. 그의 목소리를 처음 들었다.

"서머스도 한통속인가?"

"너와 접촉하기 위해 협력을 구했다. 서머스는 내가 너한테 유익하다고 판단했다. 무엇보다 솔저 네트워크한테 이득이 되리라 짐작하고서 내 요청을 받아들였다."

"대담한 작전은 군사적으로도 통하기는 하지만, 잘도 이런 곳에 왔군. 이 주변에는 경찰관들이 쫙 깔려 있는데."

제7방면 본부를 비롯해 신키바에는 경찰 관련 시설이 밀집되어 있다. 관젠핑은 그게 뭐 어쨌다는 표정으로 슬쩍 웃음을 흘렸다.

스가타는 다시 컵을 들었다.

"상대가 넌 줄 알았다면 딴 곳을 지정했을 텐데."

관젠핑이 고개를 갸웃거렸다.

"여긴 별로 맛이 없거든."

스가타는 자기가 내뱉은 말처럼 별로 맛없는 커피를 한 모금 들이켰다.

"왜 그래? 오늘은 어쩐지 언짢아 보이는데?"

선글라스 너머의 눈이 반응했다.

"뭐야? 정답이야? 그냥 한번 말해 본 건데."

"……."

"그냥 네 몸에서 뿜어지는 그 무서운 기운이 전에 만났을 때와 미묘하게 달라진 것 같아서."

관젠펑이 지긋지긋하다는 표정으로 입을 열었다.

"루 때문에 왔다."

"루? 살해된 루덩주 말인가?"

"그렇다. 루는 내 은인의 일족이었다. 그 녀석은 보잘것없는 놈이긴 하지만."

"그래서?"

대답이 없었다. 하지만 그는 분노를 또렷하게 드러냈다.

"이런 어울리지도 않는 흉내를 내면서까지 날 만나려고 한 이유가 그건가?"

"하나, 알려 주지."

관젠펑이 불쑥 말했다.

"킬리언 퀸에게는 '세 번째 목적'이 있다."

"뭐?"

"쉬고 있는데 방해했군."

관젠펑이 일어섰다.

"잠깐. 모처럼 왔으니 커피 한잔쯤은 마시고 가."

"이 가게는 커피 맛이 별로겠지. 네 혀를 믿겠다."

그가 보기 좋게 되받아치자 스가타는 쓴웃음을 지었다.

관젠펑은 무정하게 출구로 향했다. 스가타는 그의 등을 향해 말한 마디를 날렸다.

"'수지와와.'"

상대가 발걸음을 멈추고 돌아봤다. 정곡을 찔렀다. 스가타는 계속해서 물었다.

"여기 온 김에 그 의미도 알려 주면 좋겠는데."

관젠펑은 한쪽 뺨을 일그러뜨리고서 아무 말 없이 떠났다.

스가타는 3분 동안 남은 커피를 다 마셨다. 탁자에 지폐를 두고서 가게를 나섰다.

빠른 걸음으로 청사로 돌아가는데 뒤에서 누군가가 불러 세웠다.

"스가타 경부."

나쓰카와반의 후나이였다. 관젠펑을 감시하는 수사원 중 하나다.

"경부가 왜 관젠펑과…… 더군다나 이런 곳에서."

"내가 묻고 싶은 심정이야."

"어떻게 된 겁니까? 관젠펑과 대체 무슨 얘길 나눈 겁니까?"

후나이가 버럭 화를 내며 물었다. 마치 배신자를 심문하듯이. 관젠펑을 미행했더니 특수부 청사 쪽으로 가서 동료와 몰래 만나더라. 누구든 그런 광경을 본다면 수상하게 여길 것이다. 후나이도 틀림없이 놀랐으리라. 아무리 봐도 내통…… 배신자다.

"킬리언 퀸한테는 '세 번째 목적'이 있다."

"그게 뭡니까?"

"몰라. 녀석이 그렇게 말했어. 무슨 뜻인지는 부장님이 생각해 주
겠지."

어이없어하는 후나이를 남겨 두고 스가타는 청사로 돌아갔다.

관젠펑의 목적, 킬리언 퀸의 목적, 그리고 수지와. 머리를 흔들
어 잡념을 털어냈다. 그만두자. 병사가 대기 중에 생각에 빠지면 체
력을 소모하게 된다. 자신의 임무는 컨디션을 유지하는 것이다.

9

11월 24일 오전 1시. 사이타마현 혼조시 고다마초. 재활용 센터
옆에 세워진 트레일러……, 특수부 지휘 차량 안에서 오키스는 모
든 요원이 자기 자리에 배치하기를 기다렸다. 스가타의 피어볼그는
고다마초 히루카와강 인근의 플라스틱 공장에, 유리의 바게스트는
고다마초 다카제키의 물류 센터, SAT 돌입1반은 간에쓰 고속도로에
가까운 고다마 공업 단지 동쪽 입구에, 돌입2반은 이마이에 있는 복
지 시설에 대기하고 있었다. 모두 에르산 화학을 중심으로 펼쳐진
휴경지 외곽을 따라 대기하고 있었다. 더 접근하면 공장에서 훤히
보일 테니 현 지점이 경계라고 할 수 있었다. 사이타마 현경에서 기

동대와 총기 대책 부대 RATS가 출동해서 포위망을 더욱 단단히 굳혔다.

확 트인 휴경지 중심에 서 있는 공장은 그야말로 육지의 외딴섬에 세워진 요새였다. 방어벽은 없는 것이나 마찬가지지만 접근하기 전에 위치가 드러날 것이다. 잠복하고 있는 테러리스트들은 24시간 주변을 경계하고 있을 것이다. 1호 장비로 기습하자마자 각 소대가 최단거리로 돌입하는 작전을 세웠다. 특수부 SIPD와 경비부 SAT가 작전대로 포진해 있었다.

사이타마 현경이 지역 주민을 유도해서 모두 대피시켰다. 다만 주택 조명은 평상시대로 켜 놓았다. 주택과 건물의 조명이 부자연스럽게 꺼져 있다면 금세 작전을 알아차릴 것이다. 시간이 흘러 밤이 늦어지면 경찰관들이 알아서 민가 조명을 끄기로 했다. 심야에 주택의 불이 모두 켜져 있어도 의심을 살 수가 있다. 모든 경찰 차량은 전조등을 끄고 서행했다. 이번 작전은 철저하게 정숙을 유지하며 수행해야만 한다.

"PD1 배치 완료."

"PD2 배치 완료."

통신기에서 디지털 통신 음성이 흘러나왔다. PD1은 피어볼그, PD2는 바게스트의 작전 암호명이다.

SAT의 안자이 쓰토무 대장도 다른 차량에서 이 통신을 듣고 있을 것이다. 안자이는 앞서 벌어졌던 지하철 농성 사건의 책임을 지고 사직한 히로시게 다쿠로의 후임이다. 그는 밑에서부터 잔다리밟아

대장까지 오른 히로시게를 흠모했다. 관저가 특수부의 지휘를 따르라고 지시를 내렸는데도 그는 불만을 숨기지 않았다. 엄밀하게 말하자면 특수부의 아래에 놓인 것이 아니라 합동 작전이었다. 그의 체면만은 지켜 준 것이다. 역시 안자이도 작전을 수행할 때 지휘 계통이 혼란하면 치명적인 결과가 벌어질 수 있다는 걸 충분히 알고 있다. 지금은 조용히 지켜보고 있지만, 오키쓰가 그릇된 판단을 내리면 당장 개입할 것이다.

특수부 지휘 차량 안에는 오키쓰 부장과 기술반의 시바타 기술관이 있었다. 그들은 드래군과 탑승 요원의 바이탈을 표시하는 기기를 보고 있었다. 시로키는 청사에서, 미야치카는 가스미가세키에서 각자 작전을 조율하고 있었다. 스오는 이번 작전에 대단한 관심을 보였지만 현장에 올 여유가 없었다. 수사원들은 지금도 정보를 분주히 수집하고 있었다.

"본부, 여긴 BN01. 배치 완료."

SAT 돌입1반의 후쿠시마 나오미 반장의 목소리였다. BN은 브라우니를 뜻하며, BN01은 후쿠시마 반장이 탑승한 1호기의 암호명이다. 한 반에 네 기의 기갑병장이 편성되어 있다. SAT는 이번 작전에 모두 여덟 기의 브라우니를 투입했다. 제1종 기갑병장 브라우니는 유럽과 미국의 군대 및 경찰에서 널리 쓰이는 우수한 기체다. 하지만 기본 스펙을 현격하게 향상시킨 제2종에 비해 구식이라는 느낌을 지울 수 없었다. SAT는 올해 초에 제2종 최신예기인 보가트를 여섯 기 도입했지만, SAT를 섬멸하고자 벌어진 지하철 농성 사건에 휘말려 모두 잃었다.

사이타마 현경의 배치가 늦어졌다. 갑작스럽게 중요한 작전에 투입되어서인지 현장에서 혼선이 빚어졌다. 하지만 예상한 범위였기에 오키쓰는 냉정을 잃지 않았다.

적확하게 지시를 내리면서 오키쓰는 속으로 생각했다.

어제 심야에 나쓰카와 주임을 통해 후나이 수사원의 보고를 전해 들은 오키쓰는 직접 스가타 경부에게 물었다. 스가타는 놀랄 만한 이야기를 했다.

이런 타이밍에 관젠펑이 무모하게 접촉을 해 왔다. 만남을 중개해 준 솔저 네트워크는 아마도 장래에 큰 고객이 될 수도 있는 펑 그룹에게 호의를 베풀어 줬을 뿐이리라. 그나저나 관젠펑이 말한 킬리언 퀸의 세 번째 목적은 대체 무얼 의미하는가?

의문은 또 있었다. 관젠펑이 군이 '세 번째 목적'이라는 표현을 썼다는 것이다. '세 번째'란 첫 번째와 두 번째가 존재하는 것을 전제로 한 것이다. 특수부에서는 분명 그러한 표현을 써 왔다. 첫 번째 목적은 소더튼 암살. 두 번째 목적은 라드너 경부 처형. 펑지원은 자신이 특수부의 내부 현황뿐만 아니라 기밀 정보까지 파악하고 있다고 과시하고 싶었나?

마술사가 거듭 기묘한 수를 두었다. 그러나 이건 정말로 그가 둔 수인가?

─스가타 경부. 자네는 관젠펑과 접촉하고 무얼 느꼈나?

─그건, 경고겠지요. 그렇게 느껴지더군요.

오키쓰가 묻자 스가타는 즉답했다. 교란도 공갈도 아닌 경고라고.

관젠핑이 경고를 한 것이라면 그것은 수사 방침 전체를 가리키는 것인가, 아니면 앞으로 펼쳐질 돌입 작전을 가리키는 것인가? 만에 하나 에르산 화학이 덫이라면 정보를 제공해 준 펑지원의 처지는 아주 난처해진다. 펑지원의 복심인 관젠핑이 주인을 방해하고자 그런 발언을 했을 리가 없다.

숙고해 봤으나 작전을 중지해야 하는 근거로는 부족했다. 관젠핑도 그걸 내다보고서 단어를 택했으리라.

여하튼 펑지원과 관젠핑의 생각은 미묘하게 어긋나 있는 듯했다. 그 어긋남은 어디에서 비롯된 건가.

지금은 이쪽이 둘 차례였다. 무언가 수를 두지 않는다면 국면은 움직이지 않는다.

덫일 수도 있다는 걸 알고서 벌이는 작전이다. 세 돌입 요원에게는 덫일 가능성이 있다는 걸 충분히 설명했다. 신중하게 그리고 교활하게…… 세 요원들은 경시청과 계약한 대로 갖고 있는 모든 기술들을 임무에 쏟아 부으리라.

같은 시각 신키바. 특수부 청사와 가까운 도쿄 헬리포트. 경시청 항공대 격납고에서 라이저는 최종 점검을 끝마친 밴시와 마주하고 있었다.

경시청 특수부의 핵심인 미분류 강화병장 드래군. 그중 하나인 코드네임 밴시. 하얀 죽음의 정령은 전면 해치를 크게 펼친 채 조용히 기다리고 있었다. 자신의 내장을 드러낸 시체처럼.

나는 너와 잘 어울려…….

라이저는 개방되어 있는 밴시의 그리브*에 몸을 돌려 다리를 집어넣었다. 걸쇠가 라이저의 부츠 밑을 고정시켰다. 비스듬하게 기울어져 있던 밴시의 하반신이 똑바로 일어섰다. 동시에 그리브 내벽에 달린 패드가 팽창해 라이저의 허리 및 다리를 고정시켰다.

전면 해치가 닫혔다. 좌우 뱀브레이스**에 두 팔을 집어넣고서 끝에 있는 컨트롤 그립을 쥐었다. 등을 하니스*** 쪽으로 밀자 뱀브레이스 내벽 패드가 팽창했다. 밴시의 팔이 산 자처럼 순간 흔들렸다.

머리 부분의 셸이 닫히고 안쪽 VSD(다각적 디스플레이)에 외부 영상이 투영되었다. 그리고 각종 정보가 영상 위에 오버레이되었다. BMI(브레인 머신 인터페이스) 조정이 완료되었다. 중핵 유닛인 킬龍骨 회로가 열리고, 라이저의 척추에 박혀 있는 위스커龍鬚와 연동되었다.

위스커는 킬과 양자결합으로 연결되어 있다. 이른바 일대일로 대응하는 키라고 할 수 있다. 이 위스커가 없으면 드래군을 조종할 수가 없다. 체내에 킬을 품고 있는 드래군은 위스커가 있는 자에게만 자신의 거대한 몸을 맡긴다.

라이저 라드너 경부의 전용기인 밴시. 전장은 약 3미터. 기존의 기갑병장보다 작은 세 기의 드래군 중에서 가장 섬세하고 날씬한

* Greave, 정강이 부분을 감싸는 갑옷.

** Vambrace, 팔을 감싸는 갑옷.

*** Harness, 각종 장치와 이어지는 배선들의 다발.

몸을 갖고 있다. 완만한 곡선으로 이루어진 우아한 기체는 천사의 조각상으로도, 마녀로도 보였다. 순백의 몸을 뒤덮고 있는 죽음의 기운은 밴시가 본디 갖고 있었던 것인가, 아니면 탑승자인 라이저 본인이 풍기는 것인가?

격납고에 서 있는 밴시 주변에는 특수부 연구소에서 가져온 각종 기기가 놓여 있었다. 분주히 움직이는 기술반 직원들을 지휘하던 스즈이시 미도리가 탁자 위에 있는 마이크를 들었다.

"라드너 경부님. 1호 장비를 장착하겠습니다."

"라저."

스피커에서 라드너 경부의 목소리가 울렸다.

유압식 암이 특수부 트레일러에서 교체식 특수 옵션인 1호 장비의 주장치를 꺼낸 뒤에 밴시의 후면에 있는 접속 장치를 향해 뻗어 나갔다. 마찬가지로 교환식인 접속 장치는 기능과 중량이 각기 다른 옵션마다 따로 마련되어 있는 유닛이다. 기체에 가해지는 부하와 데이터 링크를 최적화하기 위해서였다. 1호 장비용 유닛은 반출하기 전에 미리 밴시의 본체에 장착해 뒀다. 묵직한 소리와 함께 타원형 주장치가 밴시의 등에 고정되었다.

"주 장치 접속 확인."

뒤이어 주장치 후미에 다각기둥 모양의 액체 탱크가 접속되었다.

"펌프 작동 확인."

주 장치에 파릴렌 계열 폴리머를 주성분으로 하는 액체가 주입되었다. 기술자들은 주장치 좌우에 접혀 있는 강선鋼線 안에 액체가 충전되기를 마른 침을 삼키며 가만히 기다렸다.

60%…… 70%…… 80%…….

그 수치는 미도리도, 밴시 안에 있는 탑승자도 관측하고 있었다.

"약물 충전 100%. 순환 사이클 확립 확인."

미도리도 바로 앞에 있는 디스플레이에 표시된 각 수치를 확인했다. 약물 온도, 농도, 선도鮮度 모두 적정 범위 안에 있었다.

"폐액廃液 필터를 점검하겠습니다."

"라저."

주 장치에서 안개가 뿜어져 나오듯 수분이 슈웃, 하고 분출되었다. 이상 없음.

"전 유닛 접속 및 연대 확인."

밴시에 탑재된 ECU가 변화된 중량에 따라 기체 밸런스를 조정하기 시작했다.

"활공날개를 전개해 주세요."

"라저. 활공날개 전개."

접혀 있던 강선 다발이 팬터그래프처럼 펼쳐졌다.

전압을 가하자 무수한 강선들이 변형하여 날개맥*을 이루었고, 그 날개맥의 틈새를 순환하던 약물이 미크론 단위의 얇은 막을 형성해 나갔다. 그 모습은 흡사 막 성체가 된 곤충이 움츠렸던 날개를 활짝

---

* 곤충의 날개에 무늬처럼 갈라져 있는 맥.

펴 나가는 영상을 빨리 돌린 듯했다. 잠자리처럼 얇은 그 날개가 바로 '1호 장비'인 VG익翼이다. 전압과 액압을 얼마나 가하느냐에 따라 익평면형상과 애스펙트 비율과 상반각 등이 바뀐다. 또한 햇빛이 반사되면 액막液膜에 비눗방울과 같은 환상적인 문양이 드러난다. 등에 달린 약액 탱크는 그야말로 잠자리의 몸통처럼 보였다.

날개를 원래대로 되돌렸다. 폐액 필터에서 다시 물이 뿜어져 나왔다.

"시험 운행은 끝났습니다. 그대로 헬리포트로 이동하세요."

"라저."

"최신 기상 정보에 따르면 현재 목표 지역으로 비구름이 접근하고 있습니다. 서두르세요. 비가 내리면 1호 장비는 쓸 수가 없습니다."

"알고 있다."

밴시는 허리를 숙여 옆에 놓인 프랑키 스파스15 컴뱃 쇼트건을 오른쪽 매니퓰레이터로 집었다. 드래군은 마스터 슬레이브 방식과 BMI 방식을 병용하여 조종한다. 매니퓰레이터는 마치 사람의 손가락처럼 매끈하게 움직였다. 하지만 그 손가락은 총을 쥐기에는 너무 컸다. 오른 손바닥 안쪽에 내장된 전용 어댑터가 스파스15의 손잡이와 결합된 뒤에 방아쇠와 맞닿았다.

일반 기갑병장은 총기를 운용할 때 탈착하는 데 시간이 걸리는 외장식 어댑터를 사용한다. 그에 비해 드래군은 내장식 어댑터 덕분에 보다 부드럽게 총기를 쥘 수 있었다.

오른쪽 매니퓰레이터로 개머리가 없는 스파스15를 들고서 밴시가 발을 앞으로 내디뎠다. 기존 기갑병장에 비해 드래군은 거의 소리를 내지 않고 보행할 수 있다. 특히 밴시의 보행은 벨벳 융단 위를 걷는 숙녀 같았다.

바깥에 경시청의 대형 헬리콥터 AW-101이 대기하고 있었다. 미도리는 세 대의 컴퓨터를 가방에 넣은 뒤에 먼저 올라탔다. 밴시를 매달고서 AW-101이 바로 발진했다. 오전 1시 28분.

2시 11분. 헬리콥터가 혼조시 상공에 도착했다. 강하 목표는……에르산 화학 고다마 공장.

저 아래에 깔려 있는 어둠 속에 드문드문 빛이 보였다. 북동쪽으로 뻗어 나가는 빛줄기는 간에쓰 고속도로와 조에쓰 신칸센이다.

밴시의 셸 안에서 라이저가 기압, 온도, 습도, 풍향을 점검했다. 비구름이 가까웠다. 당장에라도 쏟아질 것 같은 날씨였다. 하지만 아직 늦지 않았다.

"PD3가 본부에 알린다. 목표 확인."

라이저의 귓가에 지휘 차량에 있는 오키쓰의 음성이 들렸다.

"본부가 PD3에 알린다. 작전 개시."

"PD3 라저. 리프트 오프."

고정익 글라이더가 아닌 1호 장비에 예항*은 불필요했다. 밴시를 매달고 있던 장비가 풀렸다.

---

* 曳航. 글라이더 등을 비행체에 매달아 목표 지점으로 옮기는 것.

"다이브."

강하 개시. 칠흑의 바닥으로.

활공날개는 아직 접혀 있는 상태였다. 약액을 아껴야 해서 아슬
아슬한 지점에서 펼칠 예정이다. 밴시의 셸 안에서 보이는 화면은
현재 에어본 모드였다. 화면에 표시된 고도, 수평, 방향, 대지속도對
地速度, 대기속도對氣速度가 급격하게 바뀌었다. 헬리콥터와 충분히
거리를 벌릴 때까지 자유낙하했다. 펼친 두 팔과 두 다리를 놀려 강
하 속도와 자세를 제어했다. 스카이다이빙을 하듯이. 다만 온몸을
때리는 바람은 없었다.

"익스텐드."

날개를 펼쳤다. 잠자리 날개를 펼치자 중력가속도가 급격하게 걸
렸다. 마치 온몸이 물 위에 내동댕이쳐진 것 같은 충격이 일었다. 하
지만 그것도 한순간이었다. 360도 주변에는 온통 암흑의 하늘이 펼
쳐져 있었다.

화면이 글라이딩 모드로 전환되었다. 속도와 함께 날개와 약액
상태가 시시각각으로 표시되었다. 마음의 착각을 배제한다면 부유
감은 느껴지지 않는다. 라이저는 정보를 하나도 놓치지 않고 세심
하게 조종했다. 무언가에 집중할 수 있는 순간만이 자신에게 허락
된 휴식 시간이었다. 그러나 조작할 필요는 거의 없었다. 탑승자의
중심 이동을 검출하여 알아서 원하는 방향과 속도로 날개 파라미
터가 바뀐다. 라이저의 척수에 삽입된 위스커가 척수반사를 검출해
양자결합된 밴시의 킬로 전달하기 때문이다. 방대한 정보를 수집하

여 연산해 낸 결과를 탑승자에게 감각으로 피드백한다. 평형을 유지하려는 척수반사를 순식간에 포착해 탑승자의 뜻대로 날개를 조작한다. 이 시스템은 1호 장비가 아닌 다른 병기를 운용하는 데는 쓸 수가 없었다.

날개맥의 강선은 형상 기억 재료로 만들어졌는데 내부에 약액 순환구와 제어용 도선이 지난다. 강선들은 제각기 독립된 피에조 액추에이터*로 기능하여 날개 형상을 바꾼다. 활공날개는 좌우에 포어윙과 핸드윙 두 쌍이 달려 있다. 날개는 펄럭일 수 없다. 어디까지나 활공하기 위한 날개였다.

액막은 빛을 받으면 아름답게 빛나지만, 원래는 무색투명해서 밤에는 거의 보이지 않는다. 레이더로도 탐지하지 못하고, 소리와 열도 내지 않는다. 스텔스 성능이 대단히 뛰어나다. 은밀한 작전에 특화된 특수 옵션이 바로 1호 장비다. 그러나 큰 약점도 있다. 비가 내리면 액막을 펼칠 수가 없다. 결빙되는 저온에서도 사용할 수 없다. 또한 대량의 먼지나 벌레가 액막에 달라붙으면 제어를 할 수가 없다.

밤하늘에 뜬 별은 구름에 뒤덮여 보이지 않았다. 밴시는 바람이 거의 불지 않는 이상적인 조건에서 활공했다.

밴시가 흐느끼는 밤에 사람이 죽는다. 아일랜드에서는 그렇게 전해져 왔다. 고향에서 멀리 떨어진 이국의 밤에 밴시가 내려앉은 곳에서 누군가가 죽는다. 자신 아니면 킬리언인가?

---

* 압전소자를 이용한 일종의 모터.

암흑 속에서 외딴섬의 윤곽이 떠올랐다. 그 섬은 급격하게 커져 눈앞에 육박했다. 외딴섬은 이윽고 세 개의 상자가 되었다. ABC 세 동을 확인했다. B동 주변에 있는 여섯 개의 원통형 탱크도.

터치다운 프로세스에 들어갔다. 내비게이션 기능이 강하 예정 경로를 화면에 오버레이로 표시했다. 약간 깊은 각도로 진입했다. B동 옥상과 접촉하기 직전에 비동기 스위치를 켠 뒤 그립을 당겨 기체를 일으켰다. 지면 효과 때문에 양력이 증가하여 기체가 순간 다시 상승했다. 그 정점에서 활공날개를 접었다.

"폴드."

다리 부분의 굴신성을 최대한 활용하여 B동 옥상 가장자리에 조용히 착지했다. 발바닥 부분이 충격 흡수 소재로 만들어졌지만 완전히 소리를 죽일 수는 없었다. 적들이 침입을 알아차렸을 위험성이 가장 높은 순간이었다.

목표물들은 아무런 움직임을 보이지 않았다. 이 과정을 관측하고 있을 지휘 차량에서 모두가 안도의 한숨을 크게 내뱉었으리라. 분명 스즈이시 주임도.

그 아가씨는 라이저가 무참히 죽기를 바라고 있을 테지만, 언제나 한 치의 실수도 없이 완벽하게 기체를 점검해 준다.

자세를 가다듬자마자 빗방울이 뚝뚝 떨어지기 시작했다.

밴시의 셸 안에서 라이저가 웃었다. 사지에 뛰어든 밴시의 날개에 빗줄기가 단 한 방울도 떨어지지 않았다. 행운이라고 해야 할지, 불운이라고 해야 할지 모르겠다.

옥상 서쪽 모퉁이로 이동해 왼쪽 매니퓰레이터 끝(인체로 말하자면 왼쪽 새끼와 약지 끝)에 달린 디스펜서로 두 종류의 액체 화약을 배출하여 한데 뒤섞으면서 재빨리 발랐다. 신관을 남겨 두고 동쪽 모퉁이로 이동했다. 똑같은 행동을 되풀이했다. 이 두 군데에 바른 화약을 터뜨려 적들을 교란시킬 작정이었다. 마지막에는 옥상 중앙에 액체화약을 바른 후 신관을 두고 뒤로 물러났다. 왼쪽 손목에 달린 장치로 끝에 앵커 볼트가 달린 와이어를 콘크리트에 쏘아 박아서 기체를 고정시켰다.

점화 신호를 보냈다. 두 지점에서 폭발이 일어났다.

2초 뒤에 옥상 중앙을 터뜨렸다. 뻥 뚫린 구멍 속으로 몸을 날리고서 와이어를 타고 내려갔다.

눈앞에 공장 내부의 모습이 펼쳐졌다. 대형 장치와 각종 기기들, 펌프, 반응조, 보일러, 냉각기. 그 사이에 복잡하게 뻗어 있는 파이프와 탱크, 캣워크. 공조 시설과 열 교환기의 위치 역시 앞서 숙지한 정보대로였다. 미리 입력된 배치도가 3D화되어 디스플레이에 표시되었다. 폭연과 분진이 자욱한 내부를 재빨리 파악했다. 밴시에 달린 각종 센서가 수집한 정보는 실시간으로 지휘 차량에 보내졌다.

"본부. 둘라한 여덟 기를 확인. 서쪽 벽면에 세 기. 동쪽 보일러 옆에 세 기. 정면 입구 주변에 두 기. 동쪽 세 기는 임전태세를 완전히 갖추었고, 나머지 기체들은 해치를 개방하여 조만간 임전태세로 전환될 기세다."

"본부 라저. 각 소대 돌입."

와이어로 강하하면서 섬광탄을 쏘았다. 엄청난 섬광과 음향이 내부를 뒤흔들었다. 기갑병장으로 달려가던 남자들이 모두 멈춰 섰다.

바닥에 착지해 와이어를 끊었다. 순식간에 판단을 끝내고서 가장 가까운 서쪽으로 향했다. 오른쪽 매니퓰레이터로 쥔 스파스15로 둘라한의 배면 해치에 오르려는 남자를 반자동으로 쏘았다. 슬러그탄이 남자의 머리를 없애버렸다. 뒤이어 나머지 두 기 쪽으로 총구를 겨눠 노출된 콕핏을 격파했다. 이제 저 세 기의 기갑병장은 기동할 수가 없다. 남은 것은 다섯 기.

곧바로 정면 입구로 기체를 돌렸다. 복잡하게 배치된 설비와 파이프를 요리조리 피해 달리며 스파스15를 연사했다. 슬러그탄 세례에도 아랑곳하지 않고 기체에 탑승한 남자가 콕핏을 닫으려고 했다. 라이저는 해치가 닫히려는 콕핏 안을 노려서 쏘았다. 핏물에 물든 내부를 해치가 뒤덮었다. 총알이 다 떨어졌다. 탄창을 교체할 여유가 없었다. 그 옆 기체에 오른 남자가 해치를 닫으려고 했다. 닫히기 직전에 그 기체 앞에 도착한 밴시는 해치 틈새로 스파스15를 비틀어 넣었다. 콕핏 안에 있던 남자는 스파스 총신에 등이 꿰뚫려 숨이 끊어졌다.

어댑터를 해방하여 둘라한의 등에 꽂혀 있는 스파스를 버렸다.

셸 안에서 경고음이 울렸다. 좌측 후방에서 적기가 나타났다. 등에 총격을 맞은 밴시가 바닥에 내동댕이쳐졌다. 동쪽에 있던 세 기 중 두 기가 총을 쏘았다. 그중 한 기가 쓰러진 밴시 위에 올라탔다. 다른 한 기는 옆으로 돌아 집요하게 발로 찼다.

디스플레이에 경고등이 켜졌다. 적들이 맹공을 펼쳤다. 자세를 가다듬을 여유를 주지 않겠다며 공격을 거세게 퍼부었다.

셀 안에서 라이저는 무표정했다. ……시한이 다 됐다. 너희들은 살아남을 수 있는 기회를 놓쳤다. 이제 죽음을 피할 수 없다. 나는 너희들이 진심으로 부럽다…….

정면 셔터를 찢고서 검은 덩어리가 안으로 뛰어들었다. 유리 오즈노프 경부의 전용기인 바게스트였다. 세 기의 드래군 중에서 이동 속도가 가장 빠른 기체다. 예상대로 바게스트가 맨 먼저 뛰어들었다. 먹잇감을 노리는 사냥개처럼.

바람을 가르고 달릴 수 있는 강력한 다리. 사나우면서도 유연하게 뻗은 상반신. 그리고 온몸이 칠흑 같은 검은색이다.

검은 요견妖犬의 다리가 밴시 위에 올라탄 둘라한을 차 버렸다.

찢어진 셔터 틈새로 투광기가 눈부신 빛이 쏘았다.

밴시가 바닥을 굴러 거리를 띄우자 다른 둘라한이 쫓았다.

그만. 지금 나를 쫓을 때가 아닐 텐데? 놀 상대가 필요하다면 자, 저기 있다…….

투광기에서 쏟아내는 강렬한 빛 속에서 새로운 거인이 나타났다. 다크카키를 기조로 한 시가지전 위장 도색이 되어 있는 스가타 도시유키 경부의 전용기인 피어볼그다. 전차가 일어선 것처럼 거칠게 생긴 기갑병장과 달리 드래군의 형태는 인체와 가깝다. 그중에서도 피어볼그는 가장 인간처럼 생긴 기체였다. 밴시 역시 인간형이지만 그것은 천사이자 마녀이지 인간이 아니다. 피어볼그는 그야말로

'인간'이었다. 전쟁을 즐기고, 전투를 벌이며 살아가는 인간. 용맹한 글래디에이터처럼 생겼다.

피어볼그는 허리에 찬 검집에서 특수합금으로 된 검은 아미나이프를 뽑아 단숨에 둘라한에게 달려들었다. 근접전투에서 피어볼그만큼 격투 능력이 뛰어난 기체는 없다.

라이저는 두 기의 둘라한을 아군에게 맡겼다. 남은 것은 이제 한 기다. 그런데 어디 있지? 적은 두 기를 앞서 보낸 뒤에 숨어 버렸다. 노회한 술수였다. 색적장치에 반응이 있었다. 맹렬하게 빠르다. 어지럽게 얽힌 덕트 사이를 이동하고 있었다.

둘라한은 켈트 전설에 등장하는 머리가 없는 요정을 가리킨다. 기사의 망령이라고도 전해진다. 죽음을 알리는 불길한 사자라는 점은 밴시와 비슷하다고 할 수 있다. 이름의 유래처럼 머리가 없이 단순한 구조로 설계된 둘라한은 좁은 곳에 특화된 기체였다. 망령처럼 어둠 속을 빠져 나가는 적은 지금 그 특성을 최대한 이용하고 있었다.

뒤를 쫓아 달렸다. 늘씬한 밴시가 겨우 지날 수 있을 만큼 좁은 틈을 적은 종횡무진 달렸다.

대형 펌프와 교반기 사이를 이동하고 있을 때 통로를 뒤덮은 덕트를 뚫고 갑자기 무언가가 튀어나왔다. 종이 한 장 차이로 피했지만 어깨 장갑이 뚫렸다. 둘라한의 왼쪽 매니퓰레이터에 끝을 날카롭게 다듬은 짧은 막대기가 용접되어 있었다. 기갑병장끼리 근접전투를 벌일 때 가장 유효한 무기였다. 반응속도가 빠른 드래군이 아니었다면 방금 그 일격이 기체를 꿰뚫었으리라. 상대는 이미 공격

지점에서 벗어났다.

지리적 이점을 살려 적을 농락하겠다는 심산인가?

이 전투 방식은, 혹시⋯⋯.

둘라한이 이동하면서 공장 제어반을 쓰러뜨렸다. 녹이 슨 철판이 밴시의 어깨를 덮치자 그 틈을 타고 뒤에서 둘라한이 밴시의 몸통을 붙잡았다. 뿌리칠 수가 없었다. 밴시의 장갑이 삐거덕거렸다. 상대가 집요하게 달라붙어 몸통을 죄었다. 온몸으로 몸부림쳤다. 주변 설비를 쓰러뜨리며 벽 쪽으로 이동했다. 몸을 홱 돌려 둘라한을 벽 쪽으로 냅다 밀어붙였다. 두 번, 세 번 둘라한을 벽과 충돌시켰다. 하지만 효과가 없었다. 안쪽에서 창문을 차폐하던 판이 부서졌다. 적은 더 큰 압력으로 밴시의 몸통을 옥죄었다. 둘라한의 매니퓰레이터도 부러지겠지만, 그 전에 밴시의 셸이 뭉개질 것이다.

1호 장비의 약액 탱크가 소리를 내며 부서졌다. 남아 있던 약액이 탱크에 난 균열에서 뚝뚝 떨어졌다. 바닥을 물들인 거뭇한 얼룩이 점점 퍼져 나갔다.

경고등이 격렬하게 깜빡이는 디스플레이 시야 영상에⋯⋯ 밴시를 옥죄는 둘라한의 매니퓰레이터가 라이저의 눈앞으로 닥쳐왔다. 엄청난 집념이었다. 본인의 기체도 부서질 거라는 생각은 아예 하지 않는 듯했다. 이 집념의 동기는 원한이다. 중세부터 켜켜이 쌓여온 아일랜드인의 원한.

그립을 조작했다. 왼쪽 매니퓰레이터 끝이 움직여졌다. 손가락이 둘라한의 팔에 닿았다. 밴시 역시 파손을 각오하고서 액체 화약을 짜냈다. 지근거리에서 폭발한다면 밴시도 무사하지 않을 테지만, 라이저는 망설이지 않고 판단을 내렸다.

라이저의 의도를 눈치 챈 둘라한이 갑자기 밴시를 밀쳐낸 뒤에 창문을 부수고 밖으로 뛰어나갔다. 무서우리만치 감이 좋았다. 라이저는 곧바로 밴시를 일으켜 그 뒤를 쫓아 밖으로 나갔다.

빛을 쏘는 투광기와 엄청난 숫자의 경찰차가 보였다. 붉은 경광등이 깜빡였다. 그리고 사이렌이 요란하게 울렸다. 본격적으로 내리기 시작한 비가 밴시 기체에 묻은 분진을 씻어 내렸다. 회전하는 붉은 경광등 빛이 훤히 드러난 순백색 기체에 비쳤다.

공장을 포위한 브라우니 한 기가 갑자기 튀어나온 둘라한에 놀라 M82A1 대물 저격총을 발포했다. 빗속에서 묵직한 소리가 울렸다. 둘라한 옆에 있던 굵은 삼나무 가지가 터졌다.

"쏘지 마!"

SAT의 통신이 들렸다. 후쿠시마 반장이 외쳤다.

둘라한과 삼나무 뒤에는 어두운 밤보다도 거멓게 보이는 탱크가 있었다.

"BN01이 소대 각 기에게 알린다. 절대로 쏘지 마라."

둘라한이 다른 SAT 기체를 향해 맹렬하게 달려갔다. 브라우니가 반사적으로 총구를 들었지만 쏘지는 않았다. 둘라한이 탱크를 배후에 두고 있었기 때문이었다. 브라우니가 순간 망설였다. 둘라한은 그 틈을 놓치지 않고 브라우니의 품으로 달려들어 왼쪽 매니퓰레이터에 달린 창으로 상대방의 복부를 찔렀다. 실전 경험의 차이가 이런 결과를 빚어냈다.

기능이 정지된 브라우니에서 피 묻은 창을 뽑아낸 둘라한이 다시 이동을 개시했다. 지원하러 달려온 SAT 기갑병장들은 탱크를 배후에 두고 이동하는 둘라한을 차마 쏘지 못한 채 가만히 서 있었다.

브라우니 한 기가 움켜쥔 M82A1을 경찰봉처럼 쳐들고서 둘라한 앞으로 뛰어들었다. 그러나 절묘한 몸놀림으로 그 일격을 피한 둘라한은 왼쪽 매니퓰레이터에 달린 창으로 상대의 어깨 장갑을 꿰뚫었다. 거대한 브라우니가 물웅덩이에 쓰러지면서 물이 요란하게 튀었다.

둘라한은 손에 달린 창으로 탱크를 충분히 파손시킬 수 있다. 한 시라도 빨리 제압해야만 한다.

라이저는 내장된 화기로 적기를 조준했다. 하지만 쏠 수 없었다. 둘라한은 언제나 여섯 개의 탱크를 배후에 두고서 움직였다. 밴시의 화기는 너무 강력해서 쏠 수가 없었다.

틀림없다. 이 노회함은…….

"'DRAG-ON'."

주저 없이 음성 코드를 외쳤다. 시프트 체인지…… 드래그 온.

양쪽 그립 커버를 힘껏 벗긴 뒤 안에 달린 버튼을 좌우 동시에 세게 눌렀다. 인벨로프 리미트 해제. 피드백 서프레서, 풀 릴리스.

라이저의 척수에 달린 위스커가 뜨거워졌다. 온몸의 세포가 타올랐다. 지옥의 업화에 대이고 있는 것처럼. 이 순간마다 라이저는 언제나 죄를 생각한다. 이 고통은 스스로가 내린 벌이라고.

밴시의 킬이 마치 자신의 것처럼 느껴졌다. 밴시도 그렇게 느끼고 있으리라. 사고는 프로그램과 연동되어 병렬화됐다. 정신과 정보, 육체와 기체의 경계가 사라졌다.

기체를 때리는 비가 살갗에 느껴졌다. 비가 눈동자를 때리고 있는데도 눈 하나 깜빡이지 않고 뜰 수가 있었다. 어그리먼트 모드. BMI로 완전히 전환되어 기계적 조작으로는 불가능한 반응 속도로 움직일 수가 있다. 이것이 바로 드래군의 진가다.

깜빡이던 디스플레이가 어그리먼트 모드로 바뀌면서 안정되었다. 시프트 완료.

밴시가 발치의 물을 차며 달려 나갔다.

탱크와 탱크 사이를 이동하는 둘라한은 경찰차가 진로를 막고 있는데도 개의치 않고 충돌했다. 차문이 찢어지고 차체가 찌그러졌다. 빗속에서 깨진 앞유리창이 사방에 튀었다. 경찰차들이 잇달아 박살 났다.

밴시는 전복된 경찰차들 사이를 지그재그로 달려 나갔다. 경이적인 운동 성능이었다. 장애물을 피하는 육상 선수처럼 유려한 몸놀림이었다. 휘날릴 리가 없는 장갑이 휘날리는 것처럼 보였다.

경찰차를 버리고 허겁지겁 달아나는 제복경관 옆을 건드리지 않고 바람처럼 지나갔다. 경관은 영문을 모른 채 하얀 드레스 자락이 얼굴을 스친 것 같은 표정을 지으며 멈춰 섰다.

단숨에 둘라한과의 거리를 좁힌 밴시가 아무도 없는 경찰차를 발판 삼아 도약했다.

하얀 기체가 소나기가 내리는 밤 속을 경쾌하게 뛰어올랐다.

이동하던 둘라한이 상공에 떠 있는 적을 감지했다. 발걸음을 멈추고서 왼쪽에 달린 창으로 머리 위를 크게 찔렀다. 제2종 기갑병장의 시스템으로는 어그리먼트 모드에 들어간 드래군의 행동을 정확하게 예측할 수 없었다. 반쯤 감으로 찌른 것이리라. 하지만 둘라한은 밴시의 착지 지점을 거의 정확하게 포착하고 있었다. 공중에 떠 있는 순간에 라이저는 1호 장비인 활공날개를 활짝 펼쳤다.

비가 내리는 밤에 현혹의 날개가 펼쳐졌다. 떨어지는 타이밍을 조금 늦췄다. 0.1초도 되지 않는 찰나의 순간에 생과 사가 갈렸다.

밴시는 둘라한이 밑에서 찌른 흉기를 상공에서 차 내고서 착지했다. 둘라한의 왼쪽 매니퓰레이터가 날아가고, 몸통 부위가 세로로 크게 찢어졌다.

움직임이 멎은 둘라한이 앞으로 고꾸라졌다.

기갑병장으로는 도저히 불가능한 몸놀림을 목격한 경찰관들이 경악하며 밴시를 쳐다봤다.

어그리먼트 모드 해제. 피로와 구역질이 갑자기 밀려들었다. 어그리먼트 모드로 전환하면 신체가 한계를 넘어 소모된다. 하지만 지금 느끼고 있는 구역질은 그것과 달랐다. 묘하게 익숙한 느낌이었다.

경찰차 사이렌 소리가 빗소리에 묻혔다. 붉은 빛만이 어둠 속에서 번지며 계속 회전했다.

둘라한의 배면 해치가 열렸다.

멀리서 에워싸고 있던 기동대원들이 수런거리기 시작했다. 탑승 요원은 살아 있나? 제압된 기갑병장의 탑승자가 생존할 가능성은 거의 없다고 하는데.

머리에서 피를 흘리는 작은 백인 남성이 윗몸을 일으켰다. 노인이었다.

역시…….

디스플레이에 피범벅이 된 처참한 얼굴이 비쳤다. 매슈 피츠기번스. 묘지기라 불리는 노련한 전사였다.

라이저는 탈착 프로세스에 들어갔다. 전면 해치를 열고 뒤이어 머리 부분 셸을 열었다. 빗속에 자신의 얼굴을 드러냈다.

늙은 테러리스트는 옛 동료인 라이저를 똑바로 쳐다봤다. 평생을 고집만으로 살아온 애국자. 비참한 고향을 지금껏 바라봐 온 노인의 시선이 느껴졌다.

비가 쉴 새 없이 내렸다. 그리고 바람도. 아아, 빗줄기가 따갑다.

피츠기번스의 얼굴이 모멸감에 일그러졌다.

"배신자 맥브레이드!"

노인은 그렇게 외치고서 쓰러졌다. 기동대가 일제히 달려들어 콕핏에서 피츠기번스를 끌어냈다. 배가 찢어져 내장이 엿보였다. 빗물이 밖으로 불거진 내장을 하얗게 씻어 내렸다.

피츠기번스는 숨이 끊어졌다.

배신자 맥브레이드. 그 피는 아직도 저주를 받았는가.

빗물이 머리카락을 타고 방호 재킷을 흠뻑 적셨다. 라이저는 밴시의 그리브에서 다리를 빼어 콘크리트 위에 내려섰다. 히스의 냄새가 풍겼다.

이 비는 참 익숙했다. 머릿속에서 느껴지는 불쾌한 감촉과 함께
비는 언제나 자신을 따라다녔다. 과거의 죄는 지하가 아니라 구름
위에 쌓이는 모양이다.

어게인 때 내렸던 비를 떠올렸다. 우묵땅 바닥에 내렸던 비. 그리
고…….

10

에르산 화학 공장에 잠복했던 IRF 테러리스트 여덟 명 전원이 사
망했다. 기갑병장에 탑승하지 못했던 두 명도 SAT가 돌입했을 때
저항하다가 사살되었다. 경찰 순직자는 브라우니에 탑승했던 SAT
대원 한 명이었다. 어깨 장갑이 파손된 브라우니 탑승자는 중상을
입었지만 생명에는 별 지장이 없다고 했다.

현장에 킬리언 퀸은 없었다. 사냥꾼과 무희도. 그것이 우연인지
아닌지 알 수가 없었다. 적어도 특수부가 감시를 개시한 20일 이후
에 공장에 드나든 자는 없었다.

비는 24일 새벽에 그쳤다. 오전 9시에 오키쓰 특수부장은 외무성
특별회의실에서 한정된 몇몇 관계자에게만 돌입 작전의 결과와 현
상황을 보고했다. 오키쓰의 보고를 들은 자는 스오 히로오미 서유
럽과 수석사무관과 가야노 아키라 유럽 담당 심의관, 그리고 경찰

청의 우사미 교조 국제 테러리즘 대책과장과 나가시마 요시타케 외사과장, 경시청의 사카타 모리카즈 경비부장과 시미즈 노부오 공안부장이었다.

"일본에 침입한 것으로 추정되는 IRF 테러리스트는 스물두 명. 한 명은 다이코쿠 부두에서 자살했고, 이번 작전에서 여덟 명이 사망했습니다. 현재 킬리언 퀸을 비롯해 열세 명이 남아 있습니다. 또한 에르산 화학에 모여 있던 아홉 대의 컨테이너는 모두 텅텅 비어 있었습니다. 각 컨테이너에 기모노가 한 대씩 적재되어 있었다고 해도 공장 안에서 여덟 기만이 발견되었기에 한 기가 부족합니다. 아홉 번째 컨테이너에 애초부터 아무것도 적재되어 있지 않았다고 추정하는 건 부자연스러우니 현재 IRF는 최소 한 기에서 최대 열 기의 기모노를 일본 어딘가에 숨겨 두고 있다고 봅니다."

오키쓰가 보고하자 사카타 경비부장이 목소리를 높였다.

"그토록 호언장담을 했으면서 가장 중요한 킬리언 퀸을 놓쳤나?"

외무성에서도 이례적으로 질책을 쏟아냈다. 원래라면 타 관청과 회의를 하기에 앞서 경찰 측에서 내용을 조정해야만 했다. 그러나 사태가 너무나도 급격하게 진행되는 바람에 사전에 조정을 하지 못했다. 이는 경찰 안에서 고립되어 있는 특수부의 처지와도 관련이 있었다.

사카타가 이러한 감정을 드러낸 것은 이유가 있었다. SAT를 관할하는 경시청 경비부는 지하철 농성 사건 때 큰 타격을 받아서 이번 작전에서도 지휘권을 사실상 특수부에게 넘겨야만 했다. 그런데 이번에도 SAT에서 순직자가 한 명이 나오고 말았다. 경비부 안에서 특수부를 원망하는 목소리가 극에 달했다.

"에르산 화학에서 잠복하고 있었던 것 자체가 양동 작전이었을 가능성이 있습니다."

오키쓰가 태연하게 대답했다. 그는 이번 사건이 이례적인 사태임을 인정하고 있었다. 그리고 역시 이런 자리에서는 시가릴로를 꺼낼 수가 없었다.

"양동 작전에 걸렸다고 스스로 인정하는 건가?"

"어디까지나 가능성입니다. 하나 양동 작전치고는 전력을 너무 공장에 할애했더군요. 진심으로 덤벼들었다고 봐야겠지요."

사카타가 격노하며 입을 열려고 하자 스오가 제지했다.

"개개인의 책임은 사후에 따져도 늦지 않습니다. 지금은 국내에 잠복 중인 테러리스트를 한시라도 빨리 확보하는 방안부터 생각해 주십시오."

오키쓰를 옹호하는 것은 아니었다. 앞으로 여드레 뒤면 소더튼이 일본을 방문한다. 외무성도 극도로 초조해졌다. 경찰 내부의 알력 다툼 따위를 가만히 지켜봐 줄 여유는 없었다.

"나라의 외교가 걸린 아주 시급한 때입니다. 제안하건대 이쯤에서 합의점을 찾았으면 합니다."

"합의점을 찾는다?"

사카타가 되묻자 원숭이처럼 몸집이 작은 나가시마 외사과장이 빈정대며 말했다.

"협력하자는 의미입니다. 모두 사이좋게 지내자 이 말이죠."

"솔직하게 말씀드리자면 그렇게 해 주셨으면 합니다. 부디 양해해 주시길."

스오가 주눅 들지 않고 긍정했다.

경찰 측 참석자들이 일제히 미심쩍은 눈으로 오키쓰를 쳐다봤다. 그는 외무 관료 출신이다. 오키쓰와 외무성, 그리고 관저와의 사이에서 무슨 흥정이 오간 게 아닌가…….

하지만 오키쓰 역시 뜻밖이라는 표정으로 스오를 쳐다봤다.

나가시마 과장이 짐짓 크게 웃었다. 웃는 얼굴도 원숭이 같았다.

"뭐, 좋은 게 좋은 거 아니겠습니까? 앞으로는 다 함께 팔을 걷어붙이십시다. 은근슬쩍 뒤통수치지 말고."

IRF 활동가들을 검거하고자 공안부 외사과는 임시 조치로서 특수부와 부분적으로 협력하자고 요청했다. 특수부는 그 요청을 수락했다. 또한 관계된 부처들도 협력 태세를 지원하기로 했다.

그것이 공안부와 특수부 사이에서 맺어진 임시 협정이자 합의점이었다.

청사로 돌아온 오키쓰는 부장실에서 시로키와 미야치카에게 이 사실을 말했다.

"나가시마 과장은 정말로 정치인 같더군. 은퇴 후에 정말로 출마하는 거 아닌가 모르겠어."

나가시마는 그야말로 관료였다. 그는 체제에 순응하는 척 합의점을 찾자는 핑계를 대며 책임을 다른 부국에 떠넘기려는 작정이었다. 남은 시간은 얼마 남지 않았다. 소더튼이 일본을 방문하는 날까지 테러리스트를 찾지 못할 가능성이 크다고 봤으리라.

"애당초 경비국의 뜻대로 외사과가 순순히 움직여 줄 리가 없지. 그들의 문화는 비닉과 은밀로 대변할 수 있으니. 손에 든 패를 보여 줄 리가 없지. 보여 주기는커녕 더 꽁꽁 감출 가능성이 높아. 하나 우리는 적어도 수사를 해도 된다는 공인을 받았네. 모두들 수사하기가 조금은 수월해지겠지."

"예."

시로키는 감탄하며 고개를 끄덕였다. 시간이 얼마 남지 않아서 어쩔 수 없이 그런 선택을 할 수밖에 없었지만, 수사를 재개할 수 있도록 허가를 받았다. 이런 결과를 이끌어 낸 것은 부장의 수완 덕분이었다.

한편 미야치카는 상관의 솜씨에 혀를 내두르면서도 그 위험성에 전율했다. 수사에 실패할 경우에는 나가시마 과장의 꿍꿍이대로 특수부가 모든 책임을 떠안을 가능성이 있었다.

미야치카의 속내를 눈치 챘는지 오키쓰가 말을 이었다.

"나가시마 과장보다는 스오 사무관 쪽이 더 마음에 걸리는군. 그가 어떻게 사후 처리를 하려 하는지 몹시 궁금해."

오키쓰는 때마침 떠올랐다는 듯이 책상 위에 있는 케이스에서 애용하는 시가릴로를 꺼냈다. 오늘 처음 피우는 담배였다.

"여하튼 우리는 전력을 다해 최악의 결과를 막기만 하면 될 뿐이야."

　같은 날 오후 9시 52분. 10시에 열릴 예정인 수사 회의에 참석하고자 나쓰카와는 부하들과 함께 회의실에 모였다. 유키타니반 수사원들과 돌입반 외인 경부들도 있었다. 드래군을 정비해야 해서 스즈이시 주임은 회의에 빠졌다. 실내에는 무거운 피로감이 감돌고 있었다. 모두들 작전 사후 처리에 쫓겨 변변히 쉬지도 못한 채 이제 막 청사에 돌아온 참이었다. 공장 유류품 중에서 실마리가 될 만한 것은 전혀 없었다.

　회의감이라고밖에 표현할 수 없는 분위기도 실내에 감돌고 있었다. 주모자로 추정되는 킬리언 퀸은 현장에 없었다. 사냥꾼과 무희도. 돌입 작전은 실패였는가? 모두의 시선이 라드너 경부에게 쏠렸다. 밴시가 경이로운 운동 성능으로 둘라한을 제압하는 모습 일부를 사이타마 현경이 목격하고서 찬탄했다. 하지만 SAT 대원을 희생시켰다는 혹독한 비판도 함께 경찰 안에 나돌았다.

　"작전은 성공했다."

　앞줄에 앉은 스가타 경부가 말했다. 누구에게 말한 것인지 알 수가 없었다. 라이저와 모두에게 말한 것이리라. 그리고 자기 자신에게도.

　"우린 임무를 완벽하게 완수했어. 그 뒷일은 사령부가 생각할 일이지."

　"군사와 수사는 다릅니다."

나쓰카와가 무심코 반론했다. 그럴 생각은 없었지만 그는 성과를 의심하고 있었다.

"그럴지도 모르지."

스가타가 윗몸을 천천히 돌렸다.

"밴시의 기록을 봤어. 그 영감이 묘지기였나? 소문보다 더 엄청난 상대였어. 사망한 경관은 운이 좋지 않았지만, 그래도 용케 제압했어."

그 무시무시한 상대를 제압한 라드너 경부는 앞을 똑바로 바라본 채 뒤를 돌아보지 않았다. 피츠기번스가 그녀의 옛 동료였다는 걸 모두가 알고 있었다.

"묘지기가 이 정도라면 사냥꾼과 무희도 만만치 않겠군. 각오를 해 둬야겠어."

나쓰카와는 새삼 실감했다. 흉악하기 그지없는 테러리스트가 일본 어딘가에 숨어 있다. 자신들은 기필코 저 위험한 자들을 물리쳐야만 한다.

공교롭게도 평소에 외부인으로 취급하는 스가타의 말을 듣고 경찰관으로서의 사명감을 다시 인식했다. 그래도 저 하얀 머리 용병을 도무지 받아들일 수가 없었다. 받아들이기는커녕 예전보다 더 거리감을 느꼈다. 돌입 작전 전날에 관젠펑과 스가타가 밀회하는 현장을 부하가 목격했다. 스가타는 자초지종을 오키쓰에게 보고했고, 나쓰카와도 내용을 전해 들었다. 하지만 무조건 믿을 수는 없었다.

나쓰카와는 그랜드프린스 신다카나와 호텔 로비에서 우연히 만났던 오비나타를 떠올렸다. 그는 존경하는 경찰관 중 하나였다. 그 오비나타가 특수부에 들어간 옛 부하를 수사1과 모임에서 밀어냈다. 자신이 얼굴을 내밀면 분위기를 망친다면서. 자신은 오비나타를 비난할 수가 없었다. 오비나타를 비롯한 옛 동료들처럼 그는 외인 용병들을 혐오했다.

정각 10시에 오키쓰가 시로키와 미야치카를 대동하고 회의실에 들어왔다. 그리고 경시청 공안부 외사 제3과 소카베 유노스케 과장도 들어왔다.

오키쓰는 회의를 시작하기에 앞서 임시 조치이긴 하지만 외사와 협력 태세를 취하기로 결정했다고 설명했다. 사실상 합동 태세라고 볼 수가 있었지만 외사 사람은 제3과장인 소카베 말고는 아무도 오지 않았다. 소카베도 그저 얼굴이나 비추려고 참석한 듯했다. 앞으로 합동 회의가 열릴 일은 없으리라. 외사라는 특이한 부서의 비밀주의와 배타성을 잘 아는 나쓰카와와 수사원들은 당연하다고 생각했다.

그래도 나쓰카와는 떳떳하게 피의자들을 쫓을 수 있게 되어 기뻤다. 또한 동시에 더욱 커진 책임감에 몸을 떨었다.

회의는 대략 한 시간 만에 끝났다. 오키쓰는 자세하게 상의를 하기 위해 소카베 과장과 함께 부장실로 들어갔다.

말상이라는 별명이 붙었을 만큼 얼굴이 길쭉한 소카베는 뭐라 종잡을 수 없는 얼굴로 말을 흘렸다.

"외무성 사람은 흥정에 능해서 곤란하다니까."

한없이 진심으로 보이는 농담에 오키쓰는 쓴웃음만 지었다.

더듬어 봐야 하는 실마리가 몇 가지 있었다.

킬리언 퀸의 세 번째 목적, 관젠펑, 그리고 수지와와.

하나같이 미궁 안에 뻗어 있는 실보다도 미덥지 않았다. 실마리라기보다는 속임수처럼 보였다. 사실 그럴 가능성이 더 높았다. 그래도 더듬어 볼 수밖에 없었다.

11월 25일. 소더튼이 일본을 방문하는 날까지 이레가 남았다.

오전 9시 47분. 신주쿠 햐쿠닌초의 나카이도 코포라는 아파트를 찾은 나쓰카와는 깨진 창문 안을 들여다보고 무언가 이변이 벌어졌음을 깨달았다.

관젠펑과 그 주변을 조사하던 나쓰카와반은 중국인 범죄 조직의 일원 하나가 백인 남성과 만난 적이 있다는 유력한 정보를 포착했다. 인상착의로 보아 그 백인이 IRF 목록에 있는 마틴 오키프일 가능성이 있다고 본 나쓰카와는 부하인 후카미를 데리고 그 백인과 만났다는 중국인인 양무진楊木進의 집을 찾았다.

요즘에 보기 드문 낡은 목조 모르타르조 건물인데 다른 주민은 거의 없는 것 같았다. 1층 안쪽에 그 남자의 집이 있었다. 후카미가 문을 두드리며 집주인을 불렀을 때 나쓰카와는 옆에 난 창문이 깨져 있다는 걸 깨달았다. 안을 들여다보니 부엌에 쓰러져 있는 남자의 다리가 보였다. 나쓰카와는 당장 문에 몸을 날렸다. 문은 열려 있었다. 긴급한 상황이라 판단하고서 실내에 발을 내디뎠다.

쓰러져 있는 남자는 백인이었는데 이미 숨을 거둔 것이 확실했다. 나쓰카와는 남자의 코가 꺾여 있다는 걸 확인하고서 후카미에게 말했다.

"마틴 오키프로군."

"예."

10대 때 경관에게 맞아 꺾인 코가 오키프의 큰 특징이었다. 두꺼운 재킷 가슴 부분에 탄흔이 있었다. 사살당한 모양이었다.

후카미는 3평짜리 방으로 이어지는 장지문을 열었다. 썩은 내가 코를 찔렀다. 싸구려 컬러 박스와 냉장고를 빼고 살림살이는 거의 없었다. 옆에 있는 민가의 벽에 가려져 창문에 햇볕이 들지 않았다. 창문 아래에 이불이 개켜 있었다. 편의점 봉투가 아무렇게나 굴러다니고 있었다.

"주임님!"

후카미가 큰 목소리로 불렀다.

3평짜리 방에 또 다른 사람이 숨겨 있었다. 머리를 벽장 속에 처박고서 쓰러져 있었다. 정장 차림의 중년 남자였다. 아시아인이었고 역시 가슴에 탄흔이 있었다.

"이 녀석이 양무진일까요?"

"글쎄."

나쓰카와는 장갑을 끼고 시신이 움직이지 않도록 주의하면서 재빨리 소지품을 뒤졌다.

"아무것도 없군."

신분증이나 무언가 소지품이 있다면 신분을 밝힐 수 있는 단서가 된다. 좌우 주머니와 안쪽 주머니를 찾았다.

얇은 카드 같은 것이 만져졌다. 신중하게 빼냈다. 명함이었다.

창문에서 새어드는 흐릿한 빛에 명함을 비춰 본 나쓰카와와 후카미는 경악하며 눈을 크게 떴다.

"주임님, 이건……."

후카미는 상기된 목소리로 말하며 이쪽을 보고 있었다.

하지만 나쓰카와는 명함에서 눈을 뗄 수가 없었다.

명함에는 이렇게 적혀 있었다.

'미우네 무역 주식회사. 영업부. 平原善明.'

같은 날 오후 5시에 열린 회의에서 나쓰카와는 떨리는 목소리로 그 이름을 보고했다. 그 순간 실내에 충격과 긴장감이 흘렀다. 그 반응은 사람 이름 때문이 아니라 회사 이름 때문이었다.

미우네 무역.

지하철 농성 사건의 실행범인 왕푸궈王富國와 나타웃 와차라쿤 등이 잠복했던 지바현 소데가우라시에 있는 창고를 빌렸던 회사다. 다만 그 회사는 실체가 없는 페이퍼컴퍼니였다. 서류상의 명의는 모조리 거짓이었고, 계좌에 흘러들었던 자금이 어디에서 와서 어디로 빠져나갔는지 아직도 밝혀지지 않았다. 특수부가 지금도 쫓고 있는 사건의 흑막을 밝혀낼 최대의 키워드가 바로 미우네 무역이었다.

그 이름이 지금 다시 떠오를 줄이야…….

"히라하라 요시아키, 혹은 히라하라 젠메이라는 인물은 시스템에서 검색되지 않았습니다. 미우네 무역과 마찬가지로 가명인 것 같습니다. 명함에 적힌 주소는 미우네 무역이 계좌를 개설했을 때 썼던 주소와 동일합니다. 이 명함이 피해자의 것인지 아니면 어디서 건네받은 것인지는 알 수 없습니다. 나카이도 코포 3호실의 임차인인 양무진은 신오쿠보에 소재한 지인의 집에서 발견되어 임의동행을 요구했습니다. 아주 놀란 눈치였지만 묻는 말에 순순히 대답하고 있습니다. 양무진한테 정장 차림의 남성 사진을 보여 주니 전혀 모르는 사람이라고 진술했습니다. 정장 차림의 남자의 지문과 얼굴을 서버에 조회해 봤지만 해당하는 사람은 나오지 않았습니다. 조직범죄대책부의 자료에도 없었습니다. 중국인인지 일본인인지 국적조차 밝혀지지 않았습니다. 현재 시신의 정체는 알 수가 없습니다. 피해자가 갖고 있던 소지품은 이 명함 한 장뿐이었습니다. 부자연스럽게도 이 명함에는 피해자의 지문을 포함해 그 누구의 지문도 남아 있지 않습니다."

여느 때처럼 몬테크리스토를 피우며 오키쓰는 조용히 듣고 있었다. 물론 다른 자들은 할 말을 잃었다. 세 외인 경부조차도.

나쓰카와가 보고를 계속했다.

"지문 및 여러 특징들로 조회해 보니 시체로 발견된 백인은 국제수배 중인 IRF 멤버 마틴 오키프로 밝혀졌습니다. 그 목록에도 실려 있는 테러리스트입니다. 오키프와 명함을 갖고 있던 남자의 사망 추정 시각은 모두 오늘 오전 3시에서 4시 사이입니다. 두 사람 모두 지근거리에서 총을 맞았습니다. 시신이 발견된 나카이도 코포 주변에서 범행 시각에 총성이나 수상한 소리를 들었다는 사람은 아직 나오지 않았습니다. 또한 저항한 흔적이 없는 것으로 보아 어딘가 다른 곳에서 사살된 뒤에 그곳으로 옮겨진 것 같습니다. 양무진은 오키프와 기모노를 밀수하는 데 공모했다는 사실은 인정했으나 이번 살인에는 관여하지 않았다고 진술했습니다. 또한 범행 시각에 인근 바에서 술을 마셨다고 진술해서 현재 알리바이를 살펴보고 있습니다."

인왕(仁王)처럼 얼굴이 시뻘게진 나쓰카와가 자리에 앉았다.

"그 적이다."

오키쓰가 단정했다.

그 말을 듣고 수사원들은 소름이 돋았다.

'적.' 왕푸궈를 비롯한 여러 용병들을 고용해 SAT를 섬멸하려고 했던 자들. 그리고 직업 범죄자 크리스토퍼 네빌을 고용해 스가타 도시유키를 납치했던 자들.

"틀림없다. 녀석들이 다시 나타났다."

오키쓰가 시가릴로의 연기를 내뱉었다. 옅게 떠도는 연기 뒤에서 그는 희미하게 웃었다.

제4장

런던/과거

1

적이다…….

누군가의 목소리에 실눈을 떴다. 갈색 눈동자가 이쪽을 보고 있었다. 브라이언이었다.

일어나. 적이 왔다고…….

브라이언이 또 말했다. 아니다. 브라이언이 아니다. 브라이언은 총에 맞아 죽었다. '하퍼의 가게'의 그 뚱뚱한 주인처럼 모두에게 잊혔다.

빠르게 정신을 차렸다. 라이저는 모래 위에 깐 모포 위에서 몸을 바로 일으켰다.

"후딱 움직이지 않으면 전멸이야."

아메디오는 그렇게 말하고서 AK-47을 든 채 서쪽 경사면으로 이동했다. 그의 머리카락은 새카맣고 눈동자는 갈색이다. 브라이언의 머리는 검은색이 섞인 갈색이었다. 다만 아메디오의 눈빛은 브라이언과 흡사했다.

라이저도 옆에 놔둔 AK-47을 들고서 아메디오의 뒤를 따랐다. 다른 다섯 사람들도 각자 침상에서 일어나 합류했다. 모두들 떨고 있었다. 새벽이 찾아온 사막의 추위 때문만이 아니었다. 체온을 모조리 빨아들일 만큼 칼라시니코프*가 싸늘해서였다.

여명이 밝기 시작한 땅은 파랬다. 새가 지저귀는 소리도 들리지 않았다. 바위와 모래, 그리고 아자마(관목)의 바다가 펼쳐져 있었다.

야영지로 택한 골짜기에서 군락 가장자리를 따라 우회했다. 평원을 건너는 미풍이 아자마 저편에서 잎들이 부자연스럽게 부대끼는 소리를 실어왔다. 적은 분명 접근하고 있었다.

"하미드는 어떻게 됐어? 보초를 서고 있었잖아?"

와심이 작은 목소리로 물었다.

"졸고 있었나 보지. 틀림없이 이미 당했을 거야."

체첸인인 루슬란이 지긋지긋해하며 말했다.

"그 멍청이가 우리 발목을 잡을 줄 알았지."

완만한 경사면은 남쪽으로 넘실거리다가 지붕처럼 뻗어 나갔다. 그 위에서 아자마가 뒤덮고 있는 골짜기가 내려다보였다.

"여기서 흩어지자."

완만하게 펼쳐진 경사면을 돌아보며 아메디오가 제안했다.

---

* AK-47의 통칭.

"적은 골짜기에 있는 야영지로 향하고 있을 거야. 경사면 위에서 포위해 기습하자."

"왜 네가 정하는데? 무슨 지휘관이라도 된 줄 아나?"

와심이 항의하자 루슬란이 빈정거렸다.

"그럼 왜 여기까지 따라왔나? 모래 위에서 느긋하게 퍼질러 자지 않고."

"이 이교도 새끼가."

와심은 불온한 눈으로 루슬란을 노려봤지만 더는 아무 말도 하지 않았다.

모두 흩어졌다. 거리를 벌린 채 점점이 흩어져 있는 바위 사이를 조심스럽게 나아갔다. 시리아의 사막에는 모래보다 돌과 바위가 많다. 한눈을 팔다가는 돌을 밟고 발목을 접지를 수가 있었다.

아자마 사이에서 갑자기 총화가 번쩍였다. 선두에서 걷던 와심이 비명을 내지르며 자빠졌다.

"엎드려!"

루슬란이 외쳤다. 그는 아자마를 향해 AK-47를 난사하며 달려갔다. 대열이 순식간에 흐트러졌다. 너 나 할 것 없이 절규하며 총을 마구 쏘았다.

적이 뒤에서 기습을 가했다. 바람에 실린 인기척을 느끼면 자신들이 그곳에 모이리라 짐작했던 것이다.

어스름이 덮여 있는 경사면에서 총성이 요란하게 울려 퍼졌다. 앞을 달리던 루슬란이 쓰러졌다.

멈춰 선 아메디오가 아자마를 향해 AK-47을 갈겼다.

라이저는 달리면서 총을 쐈다. 그런데 철컥, 하는 소리가 나더니 갑자기 총알이 나가지 않았다. 동시에 바위 뒤에 몸을 날려 몸을 숨겼다. 그 직전에 아메디오가 쓰러지는 모습을 봤다.

바위 뒤에서 라이저는 자신이 동요했음을 깨달았다. 동요? 그렇다. 분명 동요하고 있었다. 어째서? 기습을 당해서가 아니었다. 봤을 리가 없는 브라이언이 죽는 순간을 아까 본 것 같았기 때문이었다.

칼라시니코프를 살펴보았다. 탄피가 배출구에 끼어 있었다.

심호흡을 하며 바위 뒤에서 귀를 기울였다. 총성이 멎었다. 다른 세 사람도 당한 모양이다.

아자마 가장자리까지 대략 5.5미터가량 떨어져 있었다. 밤의 잔재는 아직도 대지에 새카맣게 남아 있었다.

지금이라면 빠져나갈 수 있다. 라이저는 AK-47을 버리고서 포복으로 바위에서 기어나왔다. 적이 눈치 채지 못하도록 온몸으로 집중했다. 아자마에 도달했다. 뱀이 된 것처럼 조용히 그 사이로 숨어들었다. 멀리서 새가 우는 소리가 들렸다. 적의 시야가 닿지 않는 관목 아래에서 멈추고 귀를 기울였다. 인기척을 더듬었다. 다시 전진했다. 그런 동작을 되풀이했다. 조금이라도 긴장을 푼다면 얼기설기 얽혀 있는 나뭇가지에 몸이 걸려 소리가 날 것이다.

우측 전방에서 인기척이 접근해 왔다. 숨을 죽이고서 나이프를 뽑았다. 아자마 저편에서 인기척이 멎었다가 다시 움직였다. 아직 멀었다. 아직 이르다. 아슬아슬한 순간까지 참았다. 가장 가까이에 접근했을 때 덮치고 상대방의 목을 그었다. 동시에 옆구리에 총을 맞았다. 격통에 비명을 질렀다.

"소대 전멸."

AK-47로 아자마를 헤집던 라힘이 아랍어로 말했다. 그는 허수아비처럼 키가 크고 말랐다. 올려다봐야 할 만큼 컸다. 196센티미터쯤 되는 것 같았다. 아픈지 목을 부여잡고 있던 이나드도 일어섰다. 두 사람 모두 머리에 암갈색 쉬마그*를 두르고 있었다.

이나드가 쉰 목소리로 신음했다.

"젠장…… 목을 당했군."

"그게 무슨 꼬락서니야?"라힘이 어이없어하며 말했다.

"신참한테 당하다니 부끄러운 줄 알아라. 덫을 놓은 쪽이 도리어 당하면 어쩌자는 거야?"

"방심하지는 않았는데……. 이 여자애가 나미르(표범)처럼 재빨랐어."

"그걸 방심했다고 하는 거다."

"아니, 하지만……."

말을 이으려고 했지만 이나드는 고통스러운지 기침을 했다.

라이저는 격통 때문에 여전히 엎어져 있었다. 고무탄은 상상했던 것보다 훨씬 아팠다. 잘못 맞으면 사망할 수가 있다. 배에 멍이 났을 것이다. 다른 상처처럼 당분간은 사라지지 않으리라. 멀리서 울부짖

---

* 아랍 스카프.

은 루슬란과 와심의 목소리가 들렸다. 자국어로 아프다고 외치고들 있겠지. 아메디오의 목소리는 들리지 않았다. 가만히 고통을 견뎌 내고 있나? 아니면 기절했나? 고무탄을 잘못 맞고 사망했나?

동료의 이름을 부르는 아메디오의 목소리가 들렸다. 안도했다. 이유는 잘 모르겠다. 힘이 빠져 배를 부여잡고 있던 팔이 축 늘어졌다.

라힘은 엎어져 있는 라이저를 물끄러미 쳐다봤다. 그녀의 진정한 자질을 가늠하는 것처럼. 이나드의 말처럼 그녀의 몸놀림이 표범처럼 빠른지.

라이저의 눈앞에는 이나드를 베었던 칼이 굴러다니고 있었다. 도신은 마찬가지로 딱딱한 고무로 되어 있었다. 이나드와 라힘은 '교관'이고 라이저는 '학생'이었다.

킬리언 퀸은 IRF에 입대한 라이저를 극비리에 시리아로 보냈다.

……'국비 유학'이야. 열심히 배우고 와.

시리아 데이르에조르. 이라크와의 국경 근처다. 스텝과 사막이 뒤섞인 고원지대가 유프라테스강을 향해 완만하게 뻗어 내려간다. 용암류가 동굴과 절벽이 많은 복잡한 지형을 만들어 냈다. '무하디라'는 바위와 모래와 자갈이 뒤섞인 불모지에 설치되어 있었다.

무하디라는 아랍어로 원래 '강의'를 뜻한다. 그곳은 그야말로 강의의 장이었다.

학생들은 대부분 이슬람권 출신 무슬림이다. 그 외에도 전 세계에서 온 유학생들이 모여 있었다. 인종, 언어, 사상, 종교가 모두 달랐다. 유일하게 공통점을 뽑으라면 그들 모두가 테러리스트라는 것이었다.

흔한 테러리스트 육성 캠프와는 아주 달랐다. 이미 붕괴된 시리아 정부와는 관계없이 전 세계 테러 조직과 복합적으로 연대하고 있었다. 주체는 어디까지나 이슬람 원리주의 조직이다. 알라를 모독하는 것은 물론 허용되지 않았다. 하지만 주의나 주장을 가리지 않고 온갖 테러 조직에서 보낸 훈련병들을 받고 있었다.

IS를 비롯해 하마스, 시리아 해방 기구, PFLP 등 시리아 안에 거점을 둔 과격파 조직은 많다. 하지만 영국에 대항하는 조직인 IRF는 비이슬람계 조직 안에서 친화성이 높은 쪽에 속했다. 오히려 시리아는 북아일랜드처럼 테러리스트 및 테러 기술 수출국으로 변했다. 라이저는 특기생으로서 무하디라의 문하에 들어갔다.

물론 문 따윈 존재하지 않았다. 있는 것은 거의 다 무너진 유적의 벽뿐이었다. 시리아 국내는 물론 주변 여러 나라에도 그러한 석조 유적은 무수히 많았다. 그 안팎에 세워진 유목민 교역소가 학교 건물이었고, 또 기숙사였다. 또한 그곳은 이라크로 밀입국하는 테러리스트가 묵는 여관이기도 했고, 밀수 중계 지점이기도 했다. 국경 지대에는 게릴라 전술을 훈련하는 민병 조직들이 아주 많았다. 무하디라는 그런 조직들 속에 교묘히 섞여 있었다.

라이저가 '입학'했을 시점에 학생 수는 마흔 명에서 쉰 명 남짓이었다. 일주일 뒤에는 스무 명 가까이 줄어들었다. 이유는 훈련 중에 사망해서였다. 초기 과정에서만 고무탄으로 야전 훈련을 벌인다. 그 이후에는 실탄을 사용한다. 고무탄을 쓰는 야전 훈련도 훈련이라기보다 사막에 내던져진 학생에게 공포와 고통을 여실히 느끼게 해준다는 의미가 더 컸다. 또한 학생의 자질을 관찰할 수 있는 첫 단계이기도 했다.

살아서 시리아의 사막에서 나오려면 전사로서 온갖 기술을 익혀 인정을 받는 수밖에 없었다. 한때 줄었던 훈련생들은 금세 보충되었다. 무하디라를 거친 정예는 재산이었다. 각국의 테러 조직들은 언제나 그 '자산'을 갖고 싶어 했다.

훈련병들의 나이는 10대 후반에서 30대 전반까지 폭넓다. 누구든 똑같이 대우해 준다. 기숙사라 부르는 좁은 석조 건물 안에서 한데 뒤얽혀 잔다. 그래서 낙오자나 사망자가 나오면 모두들 내심 안도한다. 공간이 조금이라도 넓어지면 그만큼 편하게 잘 수 있다. 잘 자면 그만큼 살아남을 가능성이 높아진다. 의욕의 크기가 생사를 크게 좌우한다.

라이저는 금세 이곳의 규칙을 깨달았다. 카모지 경기에서 헐리를 들고 상대와 맞부딪치는 것과는 차원이 달랐다. 모든 학생들이 목숨을 걸고 싸웠다. 살아남기 위해서는 각오를 굳힐 수밖에 없었다. 이곳에 막 들어왔을 때는 총을 다루는 법도 잘 몰랐던 라이저는 금세 성인 병사와 어깨를 나란히 하고 사격 훈련에 매진했다.

"엔진 시동."

전장계電裝系에 불이 들어왔다. 외주 모니터와 경고등, 계측기 등이 켜졌다.

제1종 기갑병장 샤이탄의 콕핏 안. 요상한 악취가 안에서 풍겼다. 라이저는 머리에 주입한 매뉴얼을 떠올리며 여유 없는 눈으로 각종 기기를 점검했다.

"맨 처음에 무전부터 점검하는 걸 잊지 마라."

헤드폰에서 라힘의 목소리가 들렸다. 외부와 통신하지 못하는 기갑병장은 그저 관에 불과하다. 너무 커서 매장할 수가 없으니 성가시기 짝이 없는 관이라고 할 수 있으리라.

외부 영상을 확인했다. 하얀 거석으로 이루어진 골짜기가 화면에 펼쳐졌다. 해치 뒤쪽에 전면 모니터가 달려 있는데, 머리 위에서 발치까지 볼 수 있을 만큼 시야가 넓었다. 여덟 대의 외부 카메라가 촬영한 영상을 시스템이 합성하고 보정한 뒤에 이 화면에 표시했다. 머리 위에 설치된 메인 콘솔에는 기기의 상태와 임무 정보 등이 표시되어 있었다. 좌우 벽면에는 서브 콘솔 패널이 달려 있었다.

조종 장치는 페달 두 쌍과 레버 두 쌍이다. 각 레버마다 스위치와 트리거, 패들, 썸스틱 등이 달려 있었다.

더웠다. 땀이 비 오듯 흘렀다. 등에서 다리를 타고 땀이 뚝뚝 떨어졌다. 악취의 원인은 이것 때문인가? 수많은 훈련병들이 흘린 땀과 그리고 그보다 더 많은 피가 이곳에 배어 있으리라. 목이 한없이 말랐다.

"건기 사막에 기갑병장에 타는 건 뜨거운 모래를 품고 강철로 된 관에 들어가는 것이나 마찬가지지."

라힘의 목소리는 강철보다 차가웠고, 모래보다 뜨거웠다.

산 채로 매장된 남자의 이야기를 세컨더리 스쿨의 도서관에서 읽은 적이 있었다. 정확하게 말하자면 과제 때문에 반강제로 읽었다. 에드거 앨런 포였던가? 속표지에 실려 있던 저자의 초상화가 기억났다. 산 채로 매장된 남자의 이야기를 쓴 그 수염 난 작가는 산 채로 쪄 죽는 사람을 상상해 본 적이 있었을까?

좌석에 기대고 있는 등으로 진동과 회전음이 전해졌다. 엔진이 시동됐음을 확인한 뒤에 좌우 메인 레버를 비틀자 유압계가 작동했다. 배기가 분출되고 그와 동시에 콕핏이 덜컹 솟았다. 각 관절의 잠금장치가 풀리면서 댐퍼*가 펼쳐졌다. 자신이 탄 기체가 두 다리로 섰다는 걸 실감했다.

"그 감각을 온몸에 새겨 둬라. 1초라도 빨리 몸을 그 상태로 이끌어야 한다."

가동 중인 기갑병장은 특별히 조작하지 않더라도 그 상태를 유지하려고 한다. 상당한 충격을 받아도 동적 평형 상태로 돌아가도록 설계되었다.

뒤이어 시스템이 자가 점검을 시작했다. 기체 밸런스와 가동부의 토크 등을 조정하고자 기체가 몇 초 동안 경련하듯 미세하게 움직였다. 마치 자신이 경련하는 것 같은 착각이 들었다.

"조정이 끝났으면 바로 움직여라. 상황에 따라서는 자가 점검 순

---

* 진동 에너지를 흡수하는 장치.

서를 넘겨라. 판단을 순간적으로 내려라. 1초 이상 허둥대면 넌 끝 장이야."

가장 왼쪽에 있는 페달을 밟았다. 움직였다. 샤이탄이 전진했다. 예상치 못한 약동감이 느껴졌다. 무심코 흥분했다. 영혼이 모니터를 뚫고 골짜기 사이를 오갔다.

무하디라에서 온갖 것들을 머릿속에 철저히 주입시켰다.

맨손 근접전 훈련, 나이프를 비롯한 근접 병기를 쓰는 암살술, 소형에서 대형에 이르는 각종 화기를 다루는 법, 폭발물의 지식과 설치방법, 그리고 제1종 및 제2종 기갑병장의 조종법.

시가전을 상정하고 발달한 궁극의 개인 병기인 기갑병장은 테러리스트들이 가장 중시해야 하는 병기다. 그것을 조종하는 법을 숙련시키는 것이 무하디라에서는 필수였다.

라힘, 이나드를 비롯한 교관들은 대부분 이슬람 지하드(성전)를 치르는 무자헤딘이어서 가차 없이 지도했다. 또한 전문적인 분야는 비이슬람 테러리스트가 지도하기도 했다. 놀랍게도 러시아 특수부대 출신 교관까지 있었다. 조국에 절망한 그들은 다른 이가 상상할 수 없을 만큼 뿌리 깊은 원한을 품고 있었다.

밥을 먹을 때든, 잠을 잘 때든 '강의'는 느닷없이 시작됐다. 그리고 언제 끝날지 알 수가 없었다. 훈련병을 늘 긴장 상태에 두어서 임전이라는 개념을 머리가 아닌 몸으로 체득시키기 위해서였다. 낙오자들이 대량으로 나왔다. 그런 자는 대의가 있는 전투의 최전선에는 필요가 없었다.

각 기종의 성능, 특색, 그리고 상황에 따른 대응 수단을 익혔다.

기갑병장을 분해하고 조립하는 법과 정비 기술도 배웠다.

강의를 듣다가 라이저는 샤이탄이 러시아제 제1종 기갑병장 부커를 바탕으로 제작된 기체라는 걸 알았다. 기갑병장뿐만 아니라 러시아제 무기는 이슬람권에 광범위하게 유통되고 있었다.

기갑병장에 켈트의 오래된 요정의 이름이 많이 붙은 것은 켈트인의 전투 방식 때문이라는 설도 무하디라에서 처음 들었다. 고대 역사가가 기술한 바에 따르면 켈트인은 전투할 때 이륜전차를 즐겨 썼다고 한다. 그들은 소아시아에서 전차를 다루는 법을 배운 뒤에 다시 유럽에 전해 주었다. 아일랜드에서 태어났으면서 그런 사실을 전혀 몰랐다.

실제로 기갑병장에 탑승해서 벌이는 훈련에서는 몸에 밴 근접전 기술을 곧바로 조종 동작으로 변환해 내는 운동 능력을 시험한다. 어느 기종의 어느 부위를 어느 각도로 타격해야 무력화시킬 수 있는가? 밤낮으로 몸에 새겨 넣었다. 이 과정에서 사망자가 가장 많이 나왔다.

라이저가 무하디라에 들어간 지 얼마 안 됐을 즈음이었다. 향신료 향이 진동하는 누에콩 볶음을 겨우 목구멍 속에 흘러 넘긴 뒤에다 무너진 석벽 뒤에 앉아 『철로』를 읽고 있었다. 무하디라에 올 때 지참한 얼마 안 되는 소지품 중 하나였다. 더블린 기숙사에 있었던 짐은 거의 버렸지만, 브라이언의 유품이기도 한 이 적갈색 책만큼은 버리지 않고 갖고 왔다. 딱히 읽고 싶었던 건 아니었다. 달리 읽을 게 없었기 때문이었다. 그저 넋 놓고 앉아만 있어도 머리가 돌아간다. 무언가를 읽고 있으면 시름을 잊을 수 있었다.

젊었던 그대는 노쇠해져 끝없이 뻗은 철로를 걷겠는가?
쭉 뻗은 두 가닥 선 사이를 우직하게 나아가면
집념 깊은 회오를 뿌리칠 수 있으리라 꿈이라도 꿨는가?

이미 여러 번 읽었다. 표제작 「철로」. 역시 이 시에 이끌렸다. 이따금 그 이유를 생각해 봤지만 알 수가 없었다. 처음에 이 책을 펼쳤을 때 눈에 들어온 시라서 그런가?

"『철로』 아냐? 킬리언 퀸을 읽고 있었나?"

놀라워하며 말을 건 남자가 있었다. 갈색 눈동자, 그리고 감도는 분위기에서 라이저는 순간 브라이언의 그림자를 보았다.

"응, 뭐."

라이저가 모호하게 수긍했다. 남자는 거뭇한 양털 셔츠에 회색 카고바지를 입고 있었다. 머리에는 베이지색 쉬마그를 둘렀다.

"『해의 소묘』는 봤나? 킬리언 퀸의 첫 번째 시집 말이야."

"안 읽어 봤어."

라이저는 성가신 척 대답했다.

"안 읽어 봤다니? 킬리언의 작품에 흥미가 있는 거 아니었나?"

"이거, 내 책이 아냐."

라이저는 그렇게 말하고 나서 고개를 숙였다.

"내…… 친구의 책. 그저 빌려서 보고 있을 뿐이야."

남자는 라이저를 지그시 쳐다본 뒤 서투른 영어로 말했다.

"그 영어, 아일랜드 억양이 느껴지는군. 넌 IRA인가?"

"IRF야."

"그래? 굉장하군."

남자가 흥분을 감추지 않고 드러냈다. 체격은 브라이언과 비슷하지만 자세히 보니 얼굴은 별로 닮지 않았다. 사막의 메마른 햇볕 때문이리라. 순간 브라이언을 떠올린 자신이 부끄러웠다.

무하디라에서는 자기 소개를 해야 하는 의무가 없었지만, 훈련병끼리 대화를 나누는 건 자유였다. 남자는 자신을 아메디오 발렌시아가라고 밝혔다. 라이저가 들어오기 닷새 전에 왔다고 한다. 나이는 일곱 살 위이지만 이레 전에 온 루슬란과 이틀 뒤에 온 와심과 함께 이른바 동기라고 할 수 있었다. 쉬마그를 두르고 있지만 무슬림은 아니었다. 사막의 햇살을 막는 데 이게 가장 좋다고 본인이 말했다.

아메디오는 바스크 민족주의 조직 ETA(바스크 조국과 자유)의 일원이다.

1990년대 이후 고립되고 약화된 ETA는 정전과 무장 해제를 선언했다가 여러 번 철회해 왔다. 하지만 어게인 이후에 IRF가 대두하자 이에 자극을 받은 급진파 잔당들이 다시 활동을 개시하려고 했다.

ETA와 바타수나당의 관계는 IRA와 신페인당의 관계와 가깝다. 또한 쇠퇴하는 패턴도 비슷했다. ETA는 역사의 무대(혹은 나락)로 화려하게 부활한 북아일랜드의 조직을 당연히 본보기로 삼아 선망해 왔다.

라이저가 IRF라는 것을 알고 아메디오는 더욱 적극적으로 말을 걸어 왔다.

"난 『해의 소묘』를 좋아해. 첫 작품에 비해 『철로』는 비유가 너무 많아. 하지만 강한 힘이 느껴져 대중들은 『철로』를 더 좋아할 테지만."

라이저가 어이가 없다는 눈으로 상대를 쳐다보다가 무심코 웃음을 터뜨렸다.

"왜 그래? 내가 뭐 이상한 소리라도 했나?"

아메디오가 어리둥절해했다.

"미안. 나도 예전에 아주 똑같은 감상평을 말한 적이 있어서……. 너무 똑같아서 무심코……."

그만 웃음이 나와 버렸다. 똑같았다. 그날 자신이 말했던 감상과. 브라이언과 통화를 하면서 그렇게 대답했었다. 학교 계단을 내려가면서.

"그래? 같은 감상이라고?"

딱히 마음이 상하지는 않았는지 아메디오가 말을 이었다.

"다시 말해 우리는 감성이 비슷하다는 말이군?"

"그럴지도 모르지."

라이저도 마지못해 동의했다.

그 이후에 아메디오는 무하디라에서 유일한 말상대가 되었다.

고향의 세컨더리 스쿨에서 그랬던 것처럼 라이저는 학생들 안에서 고립되어 있었다. 언제나 똑같았다. 하지만 아메디오는 스스럼없이 대해 주었다. 일찍이 메이브 맥허티, 그리고 브라이언 맥허티가 그랬던 것처럼.

2

"나미르. 넌 나미르처럼 달려라."

라힘이 명령하는 대로 라이저가 탄 샤이탄은 와지(마른 강) 밑바닥을 질주하고 있었다.

발치에 있는 네 개의 페달은 이동과 모드를 전환하는 데 쓴다. 가장 왼쪽에 있는 페달이 1번, 가장 오른쪽에 있는 페달이 4번이다. 이동 조작은 오로지 1번 페달로만 가능하다. 풋인 페달이라 발등 쪽에도 레버가 있어서 왼발 하나로 전진, 정지, 후진, 속도 조정을 할 수가 있다. 가장 오른쪽에 있는 4번 페달은 자세 유지와 선회 등을 담당한다. 1번 페달과 달리 조이스틱처럼 전후좌우로 움직인다.

이제는 더위가 아무렇지도 않았다. 모래와 바람의 열기가 편안했다.

"그 바위를 타고 넘어라. 겁먹지 마라. 한번 겁을 집어먹으면 아무것도 할 수 없어."

앞을 가로막는 큰 바위를 잇달아 뛰어넘은 뒤에 경사면을 달렸다. 우측 3번 페달이 점프와 착지를 담당한다. 균형을 잡는 것은 전자동이다. 넘어질 것 같으면 기체가 알아서 팔과 다리를 움직여 버텨 준다. 넘어졌을 경우에는 알아서 안정된 자세만 취할 뿐 탑승자가 지시를 내리지 않으면 일어서지 않는다. 포복 자세로 운용하는 경우가 많기 때문이리라. 좌측 2번 페달은 기본 자세 복귀와 현상 유지를 지시하는 킥페달이다.

아일랜드에서는 점프 레이스(장애물 경마)가 큰 인기를 끌고 있다. 전통 스포츠인 여우잡이에서 유래된 스티플체이스다. 교회 첨탑에서 첨탑을 향해 말을 타고 가시덤불과 수풀을 넘어 황무지를 달린다. 중세 기사들이 잉글랜드를 활보하기 훨씬 이전부터 켈트의 신들은 말을 타고 달리며 나라를 세웠다. 말을 타는 것은 긍지였고, 목숨을 걸고 경주에 임하는 기수는 그야말로 이 땅에 재림한 켈트의 전사였다. 라이저는 사막의 와지에서 기갑병장을 타고 황무지를 달리는 켈트 신들의 환영이 되었다.

"2번 페달을 떼는 타이밍을 몸으로 익혀라. 그걸 못하면 바로 죽는다. 라이언보다 빠른 나미르일지라도."

라힘의 지도는 적확했다. 동작을 시스템에 맡기면 숙련된 상대에게 금세 움직임이 읽힌다. 이 기능을 일부러 해제하여 균형을 무너뜨리거나, 속임수를 거는 기술을 익히는 것은 실전을 위한 첫 걸음이었다.

전면 모니터에 적기가 나타났다. 동일 기종인 샤이탄 두 기였다. 마찬가지로 훈련병이 탑승했다.

"적을 제 몸처럼 느껴라. 적의 마음을 읽어야 한다. 그리고 적한 테 네 마음을 보이지 마라. 먹잇감을 노릴 수 있는 최고의 순간까지 기다려."

라힘이 말할 것도 없이 라이저는 이미 마음을 잊었다.

팔은 메인 레버로 조작한다. 제2, 제3레버는 각각 사격용과 격투용이었다. 조준과 발포, 장전, 타격, 파지 등 목적에 맞는 조작을 할 수가 있다.

제1종 기갑병장의 대부분의 동작은 매크로에 등록된다. 레버 조작은 등록된 매크로를 불러내 적절한 파라미터를 부여하는 작업에 불과하다.

2번 페달을 복잡하게 조작해 적을 교란시키며 바위 뒤에 숨어들어 왼손에 장착된 PKM머신건을 겨누었다. 샤이탄은 외장식 어댑터를 사용해 왼쪽 매니퓰레이터에 머신건을 쥐고 있었다. 탄약은 공포탄이었다. 역시나 훈련을 하면서 기갑병장을 파손시킬 수는 없는 노릇이었다.

적기도 머신건으로 이쪽을 겨누고 있었다. 하지만 이쪽 움직임을 파악하지 못한 채 우왕좌왕하고 있었다.

"망설이지 말고 쏴라. 달려들어서 물어. 네 발톱으로 적을 찢어라."

그 순간 트리거에 걸려 있는 라이저의 하얀 손가락은 사나운 나미르의 발톱이 되었다.

실전 기술 훈련을 제외하고, 강의에서 늘 무기와 전투만 다루는 것은 아니었다. 우선 언어를 배웠다. 비아랍권 훈련병은 아랍어를 짧은 기간에 집중적으로 익혔다. 아랍어를 익히지 않으면 모든 훈련을 따라갈 수가 없었다.

다음은 영어, 러시아어, 프랑스어, 베이징어. 각 언어를 모국어로 쓰는 테러리스트가 자는 시간도 주지 않고 철저하게 가르쳤다. 라이저의 모국어는 영어이지만, 아일랜드의 독특한 억양이 묻어 있었다. 옛날에 귀족 계급이었다고 주장하는 늙은 영국인이 완벽한 퀸스 잉글리시로 교정해 주었다. 또한 미국 동해안에서 쓰는 발음도 알려 주었다. 상황에 따라 쓸 수 있도록 미국 영어와 영국 언어를 구별해서 배웠다.

이토록 필사적으로 공부한 것은 난생처음이었다. 교사가 고전적인 채찍이 아니라 토카레프를 들고 있어서 좋든 싫든 언어 공부에 매달릴 수밖에 없었다. 책상과 의자도 없는 유목민의 작은 집을 유용한 교실에서.

킬리언 퀸이 했던 '국비 유학'이란 말을 떠올릴 것도 없이 라이저는 의무감과 사명감이 있었다. IRF의 자금원에는 시민이나 지지자들의 기부금도 포함되어 있었다. 이른바 '혈세'다. IRF는 무하디라에 결코 적지 않은 금액을 지불했을 것이다.

언어를 습득하면서 동시에 각국 정세도 머릿속에 주입했다. 정치 정세, 군사 정세, 경찰, 암흑가, 지리, 교통, 민족, 종교, 그리고 역사. 가장 중요한 것은 문화였다. 알라를 모욕하는 것은 절대로 용서받을 수 없었지만, 무슬림의 편견은 배제되어 있었다. 이슬람권 공공

기관의 수업보다 훨씬 객관적이었다. 사상보다 중요한 것은 정확한 정보다. 적을 모르면 적을 이길 수 없다. 중국어 강사인 중국인이 거듭 그렇게 말했다. 그의 부모님은 저널리스트였는데 어느 날 갑자기 공안부에 끌려가 고문을 받아 죽었다고 했다. 그는 오른쪽 눈이 심하게 찌그러져 있었다. 지역 공산당의 지시를 받은 불량배가 연필로 찌른 것이었다. 불량배는 그가 입원한 병원에까지 찾아와 침대에 누워 있던 그의 안대와 붕대를 벗긴 뒤 상처에 노란 가래까지 뱉었다. 병원 경비원은 그 모습을 조용히 지켜봤을 뿐만 아니라 실실 웃으며 불량배를 배웅하기까지 했다. 하얗게 혼탁한 오른쪽 눈에는 지성을, 멀쩡한 왼쪽 눈에는 증오를 담고서 강사는 나이와 국적이 다른 학생들에게 말했다. ……너희들에게 맡긴다.

"내 아버지는 엘티아노 호수에서 어부 일을 하고 있어. 집도 호수 바로 근처에 있지. 바스크에 가 본 적 있나? 해 뜰 녘과 해 질 녘에 옥상 위에서 엘티아노 호수를 보면 끝내주지."

아메디오가 그렇게 말했다. 눈앞에는 바위가 여기저기 깔린 하얀 황야가 펼쳐져 있었다. 무성한 관목들이 곳곳을 뒤덮고 있었다. 모래쥐가 바위 사이를 달리는 모습이 보였다.

"아내는 이웃 마을 출신인데, 장인도 역시 어부였어. 두 형과 여동생 하나가 있지. 동생은 마을 우체국 직원과 결혼했어. 두 형은 모두 날 귀여워해 줬지. 나도 형들을 사랑했어. 큰형은 시위에 참가했다가 경관한테 두들겨 맞고 닷새 뒤에 숨을 거뒀어. 그 닷새 사이에 큰형을 죽인 사람이 경찰이 아니라고 날조를 하더라. 둘째 형은 지금도 형무소에 있을 거야. 큰형을 때린 사람이 경관이라고 항의했을 뿐인데 잡아서 처넣었지."

라이저는 묵묵히 듣고 있었다. 엘티아노 호수. 눈에 선했다. 최고의 일출과 일몰. 최고의 가족. 갑작스러운 불행.

말을 할까 했다. 내 아버지는 배신자라 손가락질 받았는데 실은 영웅이었고…… 내 할아버지도 배신자라 손가락질 받았는데 실은 그렇지 않았다고…….

설명할 자신이 없어서 말하지 않았다. 또한 가볍게 입에 담아서는 안 될 것 같았다. 더욱이 한번 가족 이야기를 꺼내면 밀리 이야기도 해야만 한다.

내 동생은 어게인 때 목소리를 잃었다……. 그렇게 말하면 아메디오는 틀림없이 큰 관심을 보이리라. 그것만은 피하고 싶었다. 적어도 지금은 아직.

라이저가 가족 이야기를 피하려는 태도를 보이자 아메디오는 화제를 바꾸었다. 과거를 언급하는 것을 꺼리는 자는 많았다. 오히려 말을 하는 자가 드물었다. 애써 추궁하지 않는 것이 최소한의 예절이었다.

아메디오는 IRF에 대해 여러모로 알고 싶어 했다. 그럴 법하다고 생각했다. 그는 바로 ETA다. 스페인에서 분리 독립하기를 바라는 바스크인이지만, 스페인인보다 정열적이고, 그리고 그 누구보다 열심히 공부에 매진했다.

"IRF에 몸을 담고 있다면 킬리언 퀸을 만난 적이 있나? 알려 줘. 그는 어떤 인물이지?"

"어떤 인물이냐니……."

라이저는 역시 우물거렸다.

"몇 번 만나 보지 못했어. ……최근에야 지원했고."

"어, 그래?"

"응."

"막 들어온 널 무하디라에 보내다니. 대단한 유망주인 모양이군."

오히려 감탄한 모양이었다.

아메디오는 더는 물어보지 않았다. 라이저는 그의 배려라고 생각했다.

칼을 이용한 격투술 훈련은 라힘과 이나드가 번갈아 맡았다. 칼뿐만 아니라 사격술과 기갑병장 조종법도 저 두 사람이 반쯤 전속으로 라이저를 맡게 되었다. 그것은 라이저가 자질을 인정받았다는 의미였다. 아메디오는 솔직하게 라이저를 칭찬했다. 다른 훈련병들은 질투하고 무시했다. 라힘과 이나드가 자신을 눈여겨보지 않아서 다행이라고 안도하는 훈련병도 있었다. 그 두 사람의 눈에 띄면 더 가혹한 훈련에 시달리게 될 테니까.

훈련병 사이에서 나도는 소문을 들은 아메디오는 감탄하며 라이저에게 전했다. 이런 소문이었다. ……다른 교관들이 여러 병사들을 동등하게 훈련시켜야 한다고 충고하자 라힘이 '백 마리의 산양보다

한 마리의 나미르'라고만 대답했단다.

"칼을 다루는 법을 보면 상대의 출신을 알 수가 있다. 잘 들어라. 출신이 밝혀지면 끝장이다."

모래가 덮인 고대 광장터 위에서 라이저와 대치하던 라힘이 말했다.

두 사람은 손에 익은 사라와를 들고 있었다. 사라와는 칼끝과 날이 날카로운 아프가니스탄의 칼이다. 카이베르 나이프라고도 불린다. 라힘은 라이저에게 자신을 마음대로 찔러 보라고 했다. 그런데 본인은 마치 맨손인 것처럼 아무렇게나 서 있었다.

라힘은 지도를 할 때 군대식 방법론을 쓰지 않았다. 특히 나이프를 가르칠 때는. 벨파스트의 소년 중에는 군대나 형무소에 갔다 온 형들에게 배웠다며 칼을 다루는 실력이 프로페셔널하다고 과시하는 자가 적지 않았다. 라힘의 가르침은 라이저가 그동안 보고 들은 것과는 전혀 달랐다.

"알겠나? 네 출신이 밝혀진다면 상대는 네 검술을 읽을 것이다. 검술을 읽힌 순간에 승부는 끝이 난다."

각 군대 조직마다 고유한 훈련 프로그램이 있다. 아무래도 그 틀에 얽매이지 말라는 가르침인 것 같았다. 라이저는 열심히 라힘의 빈틈을 찾았다.

"유파의 숫자만큼 칼을 다루는 법은 각양각색이다. 모든 것이 옳고, 모든 것이 틀렸다. 상대의 목을 그은 자가 올바를 뿐이지."

그럼 라힘은? 저 허수아비 같은 무자헤딘은 사라와를 어떻게 다

룰까?

주의하며 상대의 일거수일투족을 응시했다. 눈동자를 돌리는 방향, 발놀림, 숨 쉬는 모습까지. 라힘은 칼을 평범하게 오른손으로 들고 있는 듯했다. 하지만 그의 오른손은 언제나 왼손이나 몸에 가려져 있었다.

"그래, 눈빛이 아주 좋군."

라힘이 흐뭇하게 웃었다.

"자력으로 알아차린 자는 네가 처음이다. 싸우기 전에 되도록 상대한테 손을 보이지 마라. 적한테 전력을 가늠할 만한 단서를 주는 것은 어리석은 자의 짓이야. 네 손은 너만 보면 되는 것이다."

지금은 칼을 배운 경험이 없어서 손을 숨길 이유가 없었다. 하지만 무작정 파고들어 봤자 소용없다. 무언가를 찾아내라. 자신에게는 있고 라힘에게는 없는 무언가를.

자세를 낮춰 맹렬하게 좌측 전방…… 라힘의 우측 옆으로 파고들었다. 라힘의 긴 팔이 닿는 지점에 들어가기 직전에 슬라이딩을 하듯 몸을 던졌다. 그러고는 사라와를 거꾸로 쥐고서 힘껏 휘둘렀다.

땅바닥에 쓰러지기 전에 라힘이 커다란 다리를 라이저의 등에 올렸다. 그는 온 체중을 실어 라이저를 오래된 포석 위에 내리눌렀다. 모래와 피가 입속에 튀어 고통스러웠다. 사라와의 끝이 목덜미에 느껴졌다. 라힘이 마음만 먹었다면 쓰러지기 전에 죽였으리라.

카모지를 할 때 썼던 러프 플레이를 떠올려 봤다. 오래된 수법이었다. 팀에 들어가기 전부터 여러 번이나 썼었다. 넘어진 척 상대를 때리는 수법이다. 라힘은 카모지를 본 적이 없을 테지만 역시 통하지 않았다. 마술처럼 신선했다. 그는 라이저의 몸놀림을 순간적으로 보고 공격을 피하면서 동시에 등에 공격을 가했다.

그러나 위에서 덮치고 있는 라힘의 목소리는 떨리고 있었다.

"진정한 나미르다……."

등이 갑자기 가벼워졌다. 라힘이 다리를 풀었다. 라이저는 신음하며 윗몸을 일으키고서 돌아봤다.

라힘의 야전복 바지가 찢어져 있었다. 오른쪽 허벅지에 한 줄기 가느다란 상처가 나 있었다.

라이저의 칼이 라힘을 스친 것이었다.

"넌 죽음을 데리고 다니는군."

허수아비 같은 남자의 얼굴에 무언가 두려워하는 듯한 기색이 번졌다.

낮마다 훈련을 하고, 밤마다 강의를 들었다.

훈련병들의 면면은 라이저와 아메디오를 제외하고 대부분 바뀌었다.

루슬란은 도망치다가 사살당했다. 와심은 기갑병장 근접전 훈련을 받으러 나갔다가 돌아오지 않았다.

죽음을 의식하지 않은 날이 없었다. 하늘을 떠도는 모든 매가 시체를 기다리는 대머리독수리처럼 보였다.

'넌 죽음을 데리고 다니는군.'

가장 죽음과 친숙할 라힘이 자신에게 그렇게 말했다. 그 의미를 알 수가 없었다. 되물을 마음도 솟지 않았다.

이나드가 다른 훈련병에게 말하는 것을 들은 적이 있었다. 컴퍼스로 그린 것처럼 얼굴이 동그란 이나드는 그 얼굴처럼 눈을 동그랗게 뜨고서 라힘의 놀라운 신앙심을 칭송했다. 그야말로 진정한 무자헤딘이라고.

이스라엘군(러시아군이었을지도 모른다.)의 공중 폭격으로 라힘은 부모님과 아내, 그리고 갓난아기였던 딸을 잃었다. 그는 그 뒤에 성전에 몸을 던졌다. 그리고 그 누구보다 용맹한 전사가 됐다. 셀 수 없을 만큼 수많은 이교도 적들을 몰살했던 그가 10대 백인 소녀에게 '죽음을 데리고 다닌다'고 할 줄이야.

그 이야기를 아메디오에게 했더니 그는 라이저를 지그시 쳐다보고서 이렇게 대답했다.

"알 것 같군."

이번에는 곧바로 되물었다.

"무슨 뜻이야?"

"뭐라고 해야 할까…… 특별한 것 같아. 넌 어딘가."

'분명 언니는 특별한 사람이야.'

아냐. 밀리는 그런 의미로 말한 게 아냐.

"……왜 그래?"

"암 것도 아냐."

"말실수를 했나? 신경 쓰지 마. 네가 이상한 녀석이라는 뜻은 아냐."

378

"괜찮아. 아무렇지도 않아."

그 뒤에 아메디오는 『철로』 이야기를 했다. 그는 몇몇 시를 암송해 보였다. 진심으로 킬리언 퀸을 흠모하는 것 같았다.

"이 중에서 가장 좋아하는 시는 뭐야?"

라이저가 갖고 있는 시집을 부러워하며 넘겨 보던 아메디오가 물었다. 라이저는 표제작이라고 대답했다.

"그럴 줄 알았어."

그는 그렇게 말하고서 히죽 웃었다.

속내를 들킨 것 같아 가슴이 철렁했다.

적갈색 시집을 열심히 들여다보는 갈색 눈동자.

어쩐지…… 머릿속에서 불쾌한 감촉이 느껴졌다.

사격 훈련 때는 핸드건부터 스나이퍼 라이플까지 각종 총을 다루었다. 역시 러시아제가 많았다.

바위산 기슭에서 열 명이 한 줄로 늘어서서 표적 인형을 겨눴다. 들고 있는 총은 제각기 달랐다. 라이저는 MP443을 들고 있었다. 라힘과 이나드가 학생들 뒤에서 눈을 번뜩이고 있었다. 미숙한 학생이 있다면 즉시 혹독하게 지도했다. 그러나 사격 훈련에서 라이저가 지도를 받아야 할 것은 이제 거의 없었다.

두려움도, 흥분도 없이 담담하게 쐈다. 자세, 감. 그 누구보다도 높은 명중률. 바람을 읽고 공기의 냄새를 맡았다. 투지, 원한, 그리고 긍지.

열 탄창 분의 총성이 바위에 되울렸다. 라이저의 MP443은 총성조차도 다른 사람이 쏘는 총을 압도하고서 날카롭게 울렸다.

탄을 다 쏘고서 탄창을 갈았다. 그 동작도 숨을 쉬듯 자연스럽고 빨랐다. 라이저는 다시 호쾌하게 총을 쏘기 시작했다.

갑자기 금속음이 나더니 방아쇠가 움직이질 않았다.

또야…….

손에서 여러 번 느꼈던 불쾌한 감촉이 느껴졌다. 탄피가 배출구에 걸려 있었다. 배협排莢 불량…… 즉 잼이다.

라이저가 오토매틱 총을 쏠 때면 무슨 영문인지 이상하리만치 높은 빈도로 잼이 일어났다. 그때마다 교관은 실전이었다면 곧바로 죽었을 거라며 호통을 쳤다. 총을 잘못 쥔 탓인가 싶어서 이리저리 고쳐도 봤지만 그래도 잼이 벌어지는 횟수는 줄지 않았다. 기갑병장의 매니퓰레이터로 장착된 총을 쏠 때도.

물론 잼이 벌어졌을 때 대응하는 법은 충분히 훈련을 받았다. 곧바로 탄창을 확인하고서 슬라이드를 뒤로 당겨 탄피를 뺀 뒤 다음 총알을 장전하면 된다. 몸이 기억할 때까지 거듭 훈련했다. 오토매틱 총을 쓰면 으레 잼이 벌어지기 마련이다. 하지만 라이저의 경우에는 우연이라고 할 수 없을 만큼 빈도수가 높았다.

"총에 문제는 없다. 네 사격법도 그렇고."

잼을 일으킨 MP443을 살펴보고 라힘이 엄숙한 표정으로 말했다.

"넌 죽음을 데리고 다닌다. 동시에 네 곁에는 늘 악운이 따라다니지."

갑자기 깨달았다. 철이 들기도 전에 머릿속에서 종종 느꼈던 불쾌한 감촉. 그것은 탄피가 배협구에 걸렸을 때 손에서 느껴진 감촉과 똑같았다.

처음 '배신자의 혈통'이라 조롱을 받았을 때.

어게인 때 그로브너 로드를 달리고 있었을 때.

메이브의 우정을 잃었을 때.

그리고 우묵땅 바닥에서 아버지를 찾아 달렸을 때.

언제나 그랬다. 머릿속에서 잼이 벌어진 듯한 감촉이 느껴졌었다. 악운이 인생의 흐름을 막아 버렸다. 무참한 손톱 자국을 남긴 채.

내 인생은 한없는 잼의 연속이다…….

3

'라이저한테는 자유가 필요해.'

그때 아버지는 분명 그렇게 말했다. 키디로 향하는 시골길에서. 차창 밖에 히스 군락이 보였다.

아버지는 무슨 말을 하고 싶었을까? 테러리스트들이 한데 부대껴 자는 작은 석조 건물 안에서 라이저는 여러 번 생각했다. 잠이 오지 않는 밤에, 혹은 낮에. 그날 밤에 있었던 일을 돌이켜봤다. 허름한 르노 원박스 왜건. 운전하는 아버지와 그 옆에 앉아 있는 자신, 그리고 골판지 상자 안에 숨어 있는 킬리언 퀸.

나는 자유다. 그래서 지금 이곳에 있다. 맥브레이드의 긍지를 깨달았기 때문이다.

숨을 거둔 아버지의 얼굴이 떠올랐다. 눈을 뜬 채 죽었다. 델릭 맥브레이드는 누가 봐도 꼬리 내린 개였다. 하지만 아니었다. 그렇지 않았다. 아버지도, 할아버지도 사실은 꼬리 내린 개가 아니었고, 배신자도 아니었다. 아무도 그 사실을 몰랐다. 사람들은 그저 맥브레이드의 오명만을 알고 있었다.

자신은 어떤가? 사막의 작은 집 안에서 더러운 속옷이 담긴 포대를 베고 누워 있는 자신은?

적어도 킬리언 퀸은 자신을 인정했다. 그래서 더블린까지 데리러 왔고, 무하디라에 보내 주었다.

나는 다르다. 애써 자신을 타일렀다. 나는 자유다.

그리고 머릿속에서 밀리가 치는 피아노 선율이 들렸다. 베이스음은 그윽하게, 주선율은 또렷하게, 내성부는 은은하게. 맑은 음색이 귀 안에서 흘러나와 사막에 울려 퍼지기 시작했다. 선율은 바람을 타고 모래를 말아 올리고 관목을 나부끼게 하고서 와지로 내려갔다. 아주 은밀하게. 사막에 스며들듯이. 미소 같은 섬세한 터치는 따뜻한 감성을 간직하고 있었다. 밀리의 웃음 그 자체였다.

밀리는 지금도 계속 피아노를 치고 있을 것이다. 얼마나 실력이 늘었을까? 언제가 될지는 모르겠지만 밀리가 치는 피아노 선율이 기대가 되었다.

현실을 떠올렸다. 밀리가 받을 수 있는 레슨은 한계가 있었다. 밀리는 벨파스트의 좁은 지구에 갇혀 결코 밖으로 나가지 못할 것이다.

자신에게 좀 더 힘이 있다면. 현실을 바꿀 수 있는 힘이 있다면.

제1종 기갑병장의 조종법을 완전히 습득한 뒤에 제2종 기갑병장 과정으로 넘어갔다.

무하디라에서 쓰는 훈련 기종은 이프리트와 이프리터다.

이프리트는 무자헤딘이 즐겨 쓰는 기종으로 알려져 있다. 이프리터는 이프리트의 장갑을 간소화하여 기동성을 높인 기종으로 역시 무자헤딘이 즐겨 쓴다.

"넌 나미르다. 황금색 털과 녹색 눈동자를 지닌 나미르다."

이프리터의 콕핏 안에서 라이저는 라힘의 목소리를 들었다.

제1종 기갑병장에 비해 메인 모니터는 작았지만, 뒤쪽까지 외주 영상을 압축 보정하여 투영하고 있었다. 오히려 시야가 넓어서 사각이 없었다.

"죽음도, 악운도 언제나 너와 함께 있다. 하나 두려워하지 마라. 죽음과 악운을 널 따르는 두 종자從者라고 생각해라."

조종장치는 기본적으로 한 쌍의 스틱과 페달뿐이다. 그리고 좌우에 형상이 제각기 다른 수많은 버튼과 스위치가 있었다. 하지만 어떤 기능인지 표시하는 기호나 라벨은 전혀 없었다. 모드에 따라 기능이 달라지기 때문이다. 지금은 주행 모드다.

오늘 훈련 장소는 샴싯사라 불리는 바위산 위였다. 그 산의 정상부, 수직으로 깎여 있는 절벽 가장자리를 라이저는 달렸다.

"니슬 사길."

라힘이 지시를 내리자 이프리터가 오른쪽 매니퓰레이터로 정상에 있는 바위에 고정된 굵은 와이어를 붙잡고서 주저 없이 허공으로 뛰어내렸다. 강하 모드로 바뀌었다. 회색 사막 미채 도료가 칠해진 기체가 퍼스트로프 강하법으로 절벽을 미끄러지듯 내려갔다.

눈앞이 아찔해질 만한 고도였다. 주 모니터에 비치는 시야가 급변했다. 느껴질 리가 없는 풍압을 온몸으로 느꼈다. 공포의 총량마저도 데이터로 표시되어 있는 듯했다.

'니슬 사길'이란 아랍어로 매를 의미하는데, 무하디라에서는 제2종 기갑병장 훈련 메뉴 중 하나를 가리킨다. 매 말고는 그 누구도 지날 수 없는 장대한 절벽을 한없이 내려갔다. 자신의 기술과 기체를 절대적으로 신뢰하지 않는다면 도저히 불가능한 행위였다.

주행, 강하 외에도 순항, 도약, 사격, 격투 등 모드는 다양하다. 그리고 모드마다 다양한 서브 모드가 있다. 그래서 조종법을 완전히 습득하기란 쉽지 않았다. 보통은 시스템이 상황을 판단하여 알아서 모드를 전환한다. 대부분의 동작은 매크로로 저장되어 있어서 퍼스트로프 강하도 프로그램이 대응할 수 있었다. 당연히 라펠 강하도. 콘셉트는 제1종 기갑병장을 발전시킨 것이지만, 프로그램이 대응할 수 있는 범위가 대단히 넓고 복잡하다. 라이저는 모든 것을 완벽하게 해냈다. 그만큼 모든 것을 순식간에 판단할 수 있다는 뜻이었다. 기체에 깃들어 있는 무수히 많은 정령들을 자유자재로 부렸다.

절벽 중간쯤에 동굴이 뚫려 있었다. 최적의 순간에 와이어를 놓아 안으로 뛰어들었다. 여러 번 와 본 적이 있는 곳이다. 동굴은 바위산의 중턱에까지 이어져 있다. 그곳까지 주파해 내야 비로소 니슬 사길 훈련은 끝이 난다.

땅에 착지한 순간 왼쪽 바위 뒤에 숨어 있던 적기가 덮쳐 왔다. 교관이 타고 있는 이프리트다. 훈련기인 이프리터와 마찬가지로 사막 미채 도료가 칠해져 있지만, 교관이 탄 기체는 회색보다는 모래색이 두드러졌다. 오른쪽 매니퓰레이터에는 사라와를 크게 만든 듯한 나이프가 쥐어져 있었다. 첫 공격을 최소한의 움직임으로 피한 뒤에 스쳐 지나가듯 상대 기체의 어깨를 때렸다. 균형을 잃고 앞으로 고꾸라진 적기의 등을 힘껏 밟았다. 약한 등 장갑이 찌그러지고 교관의 단말마가 새어 나왔다. 일반적으로 기갑병장은 무게 중심이 높아서 격투를 벌일 때 우선 어깨부터 때려서 상체를 뒤흔드는 것이 정석이다. 적의 자세를 무너뜨리고서 약한 장갑을 노려야 한다.

"지금껏 난 수많은 전사들을 키워 왔다. 개중에는 무슬림이 아닌 자도 있었다. 신앙심이 없어도 총은 쓸 수가 있는 법. 하나 신을 믿지 않는 자는 대개 전투에서 무르더군."

실전처럼 목숨을 걸고 훈련을 하던 도중에 라힘이 지도와는 거리가 먼 자신의 술회를 들려주었다. 더는 가르칠 것이 없다는 듯이.

"넌 달랐다. IRF는 가톨릭 신을 믿는 자들이라고 하던데, 넌 신앙심이 없다."

기능이 정지된 이프리트의 매니퓰레이터가 펼쳐져 있었다. 라이저는 적기에서 사라와를 빼앗아 이프리터의 허리에 달린 범용 홀더에 집어넣은 뒤 계속 앞으로 나아갔다. 완만한 내리막이 계속 이어졌다.

동굴 안에 있는 메마른 바위 군데군데에는 고대 벽화와 조각 같은 것이 남아 있었다. 하지만 기갑병장의 장갑에 치이거나, 총에 맞아 처참하게 부서져 있었다.

"넌 나미르다. 나미르한테 신앙이 없는 건 당연하다."

동료 교관이 죽었는데도 라힘은 아무런 감정도 드러내지 않았다. 무하디라에서는 훈련생뿐만 아니라 교관도 늘 죽음에 노출되어 있었다.

이윽고 완만한 내리막이 급한 오르막으로 변했다. 등반을 해야만 하는 지점도 나왔다. 니슬 사길 코스에서는 기갑병장의 종합적인 조종 기술을 시험받는다.

급한 암벽을 다 오르기 직전에 위쪽에서 적기가 나타났다. 교관이 탄 이프리트가 라이저가 탄 기체의 머리를 냅다 차려고 했다. 라이저는 발차기를 피한 뒤 암벽 위로 펄쩍 뛰어올랐다. 그러나 미처 똑바로 서기도 전에 두 번째 발차기가 날아왔다. 자세를 낮추어 그 공격도 피했다.

"내게는 옛날에 딸이 있었다. 태어나자마자 살해됐지. 이교도가 죽였다."

디딜 곳을 확보하고 기체를 일으킨 뒤에 허리 홀더에서 사라와를 뽑았다. 적기도 매니퓰레이터로 사라와를 쥐고 있었다. 서로 조금씩 간격을 좁혔다. 발밑을 보니 방금 올라온 암벽이 입을 쩍 벌리고 있었다. 콕핏에서 경고음이 울렸다. 뒤에서 다른 한 기의 이프리트가 접근해 왔다. 교관들이 협공을 가했다. 앞쪽 이프리트에게 다가가는 척하다가 순간 백스텝으로 펄쩍 물러나 거꾸로 쥔 사라와로 적기의 몸통 측면을 찔렀다.

"넌 내 딸이 아니다. 낯선 땅에 사는 이교도의 딸이다. 나미르의 딸이다."

기능이 정지된 뒤쪽 이프리트의 몸통에서 사라와를 뽑았다. 교관의 피가 뚝뚝 떨어지는 사라와로 앞쪽에 있는 적기를 견제했다. 그동안에도 라이저가 탑승한 이프리터는 단 한 번도 뒤를 돌아보지 않았다.

상대가 뛰어들었다. 빠르다. 옆으로 몸을 날리면서 사라와를 휘둘렀다. 손에 묵직한 감촉이 느껴졌다. 라이저가 휘둘렀던 사라와가 적기의 머리에 깊숙이 박혀 있었다.

기갑병장의 머리 부위는 센서와 복합 조준장치가 담긴 유닛이다. 인체와 달리 파괴되더라도 곧장 활동이 정지되지 않는다. 오히려 적에게는 호기였다. 라이저의 사라와는 적기의 머리에 박혀 있고, 라이저의 기체는 적기의 공격권 안에 있었다.

"묘한 기분이로군. 난 나미르의 딸을 키운 거야."

라이저는 망설이지 않고 적기를 향해 돌진했다.

머리에 사라와가 박힌 이프리트는 암벽 위에서 거꾸로 추락했다. 이동 사령부에 디지털 통신으로 교관의 비명이 울려 퍼졌으리라.

"넌 남자가 아니다. 또한 무슬림도 아니다."

뒤쪽, 저 아래에서 무언가가 충돌하는 소리가 들렸다. 라이저는 뒤도 돌아보지 않고 앞으로 나아갔다. 평탄한 길을 타고 동굴을 빠져나갔다. 골. 니슬 사길 코스의 종료 지점이었다. 바위산의 중턱. 햇빛이 눈부셨다. 교관기를 운반한 먼지투성이 트럭이 동굴 앞 산길에 세워져 있었다. 그 옆에서 대화를 나누던 남자들이 놀라며 라이저의 이프리터를 돌아봤다. 교관기가 아니라 훈련기가 살아 돌아온 것이 어지간히도 희한했나 보다.

"네가 남자였고, 무슬림이었다면……."

"네가 남자였고, 무슬림이었고, 그리고 무자혜딘이었다면."

라힘이 라이저를 쳐다보고 말했다. 진심으로 애석해하며.

"아니, 이런 말을 해서는 안 되지. 네게는 너의 싸움이 있으니."

'임스틴'이라 불리는 마지막 시험. 무하디라에 온 지 9개월이 지났다.

그날 시험을 받아야 하는 사람은 라이저와 아메디오 두 사람이었다. 교관들이 동이 트기 전에 갑자기 두 사람을 깨워 바위가 널려 있는 와지 바닥으로 끌고 갔다. 아무래도 그곳이 임스틴을 치르는 곳인 모양이다.

라힘, 이나드 외에 세 교관이 입회했다. 사파리 재킷을 입은 주름살이 많은 백인 남성도 있었다. 그는 눈동자도, 머리도 거멨다. 처음 보는 얼굴이었다. 밀수와 밀입국의 중개 지점이기도 한 무하디라에서는 드문 일이 아니었다. 늘 낯선 사람이 있었다.

라힘의 진심 어린 칭찬을 곱씹을 여유가 라이저에게는 없었다.

지금껏 받아 온 훈련으로 보아 임스틴은 상상을 초월하는 가혹한 시험이리라. 그 내용은 아무도 모른다. 처절한 훈련을 이겨 내고 임스틴에 이른 두 사람 중에 하나는 덧없이 죽는다고 했다.

무하디라를 나온 자는 진정한 강자가 되어야만 한다. 적을 이기는 힘, 자신을 극복하는 힘, 그리고 운. 그 모든 것들을 시험받는다. 기량에 자신이 있었지만 라이저는 두려움에 떨었다. 자신에게는 늘 악운이 따라다닌다.

라힘은 라이저에게 자동권총 한 자루를 건넸다. 러시아제 SR-1구르자.

"임스틴의 형식은 사람마다 다르다. 네게 주어진 시험은 배신자를 처형하는 것이다."

배신자. 가슴에 사무친 단어였다. 라이저는 긴장하며 구르자를 묵묵히 받았다.

동시에 두 교관이 아메디오를 뒤에서 단단히 붙잡았다.

아메디오는 저항할 새도 없이 두 팔이 붙잡힌 채 강제로 무릎을 꿇었다.

라이저가 경악하며 돌아보자 라힘이 고개를 끄덕였다.

"배신자는 바로 이 남자다."

구르자를 쥔 채로 할 말을 잃었다.

아메디오가 발버둥 쳤다.

"아냐! 난 아냐!"

교관들은 그의 머리를 땅바닥에 대고 눌렀다.

정말로 아메디오는 배신자인가? 단순히 한 사람을 죽이라는 것이 그 가혹한 임스틴일 리가 없다. 명령이 내려지면 동기조차 가차 없이 죽일 수 있을 만큼 정신이 강인한지 시험하고 있는지도 모른다. 그렇다면 시키는 대로 아메디오를 죽이지 않으면 임스틴은 실격이다. 그리고 실격이 의미하는 것은⋯⋯.

지금껏 아무 말이 없었던 사파리 재킷을 입은 백인 남자가 앞으로 걸어 나와 라이저에게 말했다.

"그는 스파이였어. 여기 실태를 조사하기 위해 파견됐지."

나직한 말투였다. 남자는 라이저를 지그시 쳐다봤다. 검은 눈동자에는 아무런 감정도 담겨 있지 않았다.

"솔직히 말하자면 우리 실책이야. 우리도 많이 허술해졌어."

"당신은 ETA인가?"

남자는 부정도, 긍정도 하지 않았다.

돌이켜 생각해봤다. 아메디오는 자신에게 여러 가지를 물었다. IRF에 대해, 킬리언 퀸에 대해. 막 입대해서 아무것도 모른다고 대답하면 더는 물어보지 않았다.

"아메디오는 스파이가 아냐."

무심코 외쳤다.

"제대로 알아본 거야?"

"알아봤어. 늦었긴 했지만 세심하게."

"아메디오는 스파이가 아냐. 난 알아."

"네가? 저 남자의 뭘 안다고?"

"아메디오는 ETA 전사야. 아버지는 엘티아노 호수에서 어부 일을 하고 있고, 형이 둘이 있고, 여동생이 하나 있고, 부인의 친정도 물고기잡이를 한다고……."

백인 남자가 고개를 천천히 가로저었다.

"엘티아노 호수에는 물고기가 없어."

라이저는 눈앞에 있는 남자를 말끄러미 쳐다봤다. 급속도로 힘이 빠져나갔다.

물고기가…… 없다…….

"빨리 쏴라."

이나드가 재촉했다. 라힘이 조용히 이쪽을 보고 있었다.

"쏘지 않는다면 임스틴은 실격이다. 불합격자에게 줄 수 있는 것은 영예가 아니라 죽음이다."

엘티아노 호수에는…… 물고기가 없다…….

"도리어 네가 총에 맞게 될 거다. 어서 쏴."

이나드가 거듭 재촉했다. 그 말이 머릿속에 울렸다. 혼란스러웠다.

"죽고 싶나? 그동안 라힘이 일러준 가르침을 허투루 할 셈이냐? 쏴!"

……철로 저 앞에 고향은 없다고 까마귀가 울어 댄다.

아메디오가 암독했다. 킬리언 퀸의 시구. 그는 킬리언을 숭배했다. 까마귀가 울어 댄다. 물고기가 없다.

"쏴! 이 녀석은 배신자야!"

배신자.

이나드가 허리에 찬 홀스터에서 마카로프를 뽑았다. 동시에 라이저는 구르자를 아메디오의 뒤통수에 댔다.

"다시 한 번만 조사해다오! 난 스파이가 아냐!"

아메디오가 아우성쳤다. 누른 머리에서 땀과 눈물이 뚝뚝 떨어졌다.

"속지 마! 다들 거짓말을 하고 있어! 엘티아노 호수에 물고기가 없다고? 말도 안 돼! 헛소리야!"

이나드가 자신에게 총을 겨누고 있었다. 라힘이 쏘아보듯 라이저를 노려봤다.

방아쇠에 걸친 손가락이 움직이지 않았다.

"라이저! 제발 날 믿어 줘! 조사해 보면 금방 밝혀질 거야! 엘티아노 호수에는 물고기가 있어!"

새치가 있는 뚱뚱한 주인과 턱이 가는 섬세한 아이가 웃고 있었다. 메이브가 건 전화. 닫힌 문. 잃어버린 그 모든 것. 베이지색 쉬마그를 두른 브라이언이 『철로』를 읽고 있었다. 갈색 눈동자. 브라이언은 가톨릭인데 어째서 쉬마그를 두르고 있지?

"라이저!"

방아쇠를 당겼다. 총성이 울렸다. 그 불쾌한 감촉이 손에 느껴졌다. 탄피가 튀지 않았다. 아메디오의 머리가 축 늘어졌다. 교관이 그의 시체를 놓았다. 피는 퍼지지 않고 모래에 스며들었다.

백인 남자는 돌아보지도 않고 물러갔다.

라힘은 우두커니 서 있는 라이저의 손에서 잼을 일으킨 구르자 SR-1을 뺏어서 물끄러미 쳐다봤다. 탄피가 단단히 씹혀 있었다. 다 죽이지 못한 감정을 억지로 억누른 흔적처럼.

허수아비처럼 생긴 무자혜딘이 고통스러워하며 천천히 말했다.

"넌 네 종자인 죽음과 악운을 길들이는 법을 알아내야만 한다. 쉽지 않겠지. 하나 그러지 못한다면 언젠가 그 종자들이 널 망칠 거다. 조심하거라. 내 딸이여."

그것이 라힘의 마지막 가르침이었다.

임스틴은 합격이었다.

무하디라를 떠나는 날 아침에 라이저는 『철로』를 사막에 던져 버렸다. 적갈색 시집은 이윽고 모래에 뒤덮여 버렸다. 그녀는 뒤도 돌아보지 않고 사막을 떠났다.

4

라이저는 여러 중개인을 거치고, 여러 개의 위조 여권을 써서 시리아에서 더블린으로 돌아왔다. 아무 데도 들리지 않고 지시받은 대로 더블린 근교 핀글래스에 있는 '세이프하우스'로 향했다. 두 집이 한 지붕을 쓰는 형태인 하프 디태치드 하우스를 개축하여 하나로 합친 집이었다. 누가 봐도 평범한 주택이었다.

라이저를 맞이하러 나온 사람은 로즈라는 초로의 여자였다. 그녀는 라이저를 보살피라는 명령을 받았다고 짧게 말했다. 다른 명령이 내려지기 전까지 그 집에서 쉬기로 했다.

라이저는 1층 안쪽 침실을 거처로 배정받았다. 그 침실의 내부 역시 다른 민가와 다를 것이 없었다. 붙박이장, 라이팅 데스크, 팔걸이 의자, 액자에 표구된 평범한 풍경화. 침대도 간소했지만 9개월이나 사막에서 보내고 온 터라 불만은 전혀 없었다. 라이저는 침대에 몸을 내던지고서 곧바로 잠에 들었다.

라이저도 말수가 적은 편이지만 로즈는 더더욱 말이 없었다. 말을 하지 말라고 명령을 받았는지도 모른다. 그녀는 라이저의 이름조차 몰랐다. 손님의 과거, 신분, 임무에 대해서는 일절 물어보지 않은 채 라이저를 철저히 보살폈다. 고요만이 집 안을 지배했다. 속내를 결코 드러내지 않는 로즈의 모습에서는 체념 같은 것이 희미하게 섞여 있었다. 라이저는 어머니인 유니스를 떠올렸다.

커다란 옷장 속에는 각종 옷과 신발이 구비되어 있었다. 하나같이 헌옷들뿐이었지만 새것처럼 잘 관리가 되어서 문제는 없었다. 로즈가 좋아하는 것을 입으라고 했다. 색도, 모양새도 제각각이었지만 희한하게도 눈에 띌 만한 것은 없었다. 라이저의 취향을 잘 몰라서 급하게 갖춰 놓은 듯했다.

외출은 허용되지 않았다. 텔레비전은 거실에 놓여 있었는데, 원하는 때에 원하는 만큼 봐도 좋다고 했다. 뉴스를 봤다. 다른 프로그램에는 흥미를 품을 수가 없었다. 신문은 매일 아침마다 로즈가 침실로 가져다주었다. 컴퓨터와 유선전화는 없었다. 외부와의 통신이나 연락은 금지됐다. 필요한 것이 있으면 로즈가 금방 마련해 준다고 했다. 시험 삼아 무언가를 주문해 볼까 했지만 아무것도 떠오르지 않았다.

식사는 세 끼 모두 로즈가 직접 차려 주었다. 요리는 평범했지만 맛있었다. 먹고 싶은 게 있다면 말하라고 했지만 그것마저도 떠오르지 않았다. 로즈가 차려 주는 식사만으로도 충분했다.

어느 날 거실에서 텔레비전 보도 프로그램을 트니 어게인 특집이 시작되었다. 전 세계에 수 차례 방영된 영상(시민이 촬영한 디지털 영상)으로만 구성된, 아주 진부한 방송이었다. 구성도 기존 방송과 똑같았다. 라이저는 평범한 방송을 보고 분노마저 치밀었다. 저 무난함은 어게인의 모든 것을 업신여기고 모욕했다. 방송 제작자는 진지하게, 또한 저널리스트의 마음가짐으로 제작했는지 모르겠지만, 저 프로그램에는 어차피 남의 일이고, 과거의 사건이라는 마음의 거리가 여실히 투영되어 있었다.

불쾌해져 텔레비전을 끄려고 리모컨을 들었을 때 뒤에 있는 문 근처에 로즈가 서 있음을 깨달았다. 처음 보는 표정이었다. 증오였다.

로즈는 라이저의 시선을 느끼고서 금세 표정을 평소대로 되돌렸다.

"누가 미워?"

큰마음을 먹고 물어봤다.

"PSNI? 영국군? 로열리스트? 매스컴? 아니면 시민?"

그녀는 아무 대답도 하지 않고 부엌으로 가 버렸다. 라이저는 그녀가 순간 다른 표정을 지었음을 보았다.

로즈는 비웃고 있었다.

그녀는 모든 것을 증오했다. 그 안에는 틀림없이 IRF도 포함되어 있을 것이다. IRF를 위해 일하면서 로즈는 가톨릭도, 리퍼블리컨도 똑같이 미워하고 있는 것이다. 말수도 적고 눈에 띄지 않는 저 여자의 마음 밑바닥에 있는 것이야말로 테러리즘의 핵이자 원형이라고 라이저는 생각했다.

그 집에 머문 지 여드레째 심야에 갑자기 손님이 찾아왔다. 킬리언 퀸이었다. 그는 두 사람을 대동하고 왔다.

로즈는 세 사람을 재빨리 거실로 안내하고서 문을 단단히 잠갔다.

킬리언은 꽃다발을 들고 있었다.

"어서 와. 무사히 졸업한 것을 축하해. 기숙사 생활은 쾌적했나?"

그가 뻔뻔하게 말했다. 9개월 전과 조금도 변하지 않았다. 저 싹싹한 웃음도. 그러나 라이저에게는 킬리언의 농담에 맞춰 줄 위트가 없었다. 무슨 말을 하려다가 결국 아무 말 없이 꽃다발을 어색하게 받아들었다. 라이저는 연분홍색 꽃의 이름을 알지 못했다. 세컨더리 스쿨 주니어 사이클의 수료증서를 받았을 때보다 기쁜 것도 같았지만, 스스로도 마음을 잘 모르겠다. 사막의 열기가 아직도 몸 안을 휘돌고 있어서 그런가?

킬리언은 라이저를 보고 호들갑스럽게 탄성을 질렀다.

"대단해. 몰라보게 달라졌구먼. 저 눈은 그야말로 강인한 전사의 눈이야. 내가 사람을 제대로 봤어. 그렇게 생각하지 않나?"

킬리언은 동의를 구하듯 대동한 두 사람을 돌아봤다. 붉은 곱슬머리가 인상적인 몸집이 큰 남자와 몸집이 작은 초로의 남자였다. 아마도 경호원이겠지. 지금 라이저는 두 사람의 역량이 어느 정도인지 한눈에 알 수 있었다. 확실하게 느껴졌다. 최정예 무자헤딘에 필적하는 살기가.

몸집이 큰 남자가 킬리언에게 대답했다.

"함께 일을 해보지 않았으니 뭐라고 대답할 수가 없군. 하나 살아서 무하디라에서 돌아온 것만으로도 실력이 상당하다고 할 수 있지."

그리고 그는 라이저에게 말을 걸었다.

"오, 사신. 한번 보고 싶었다."

"사신?"

"그쪽에서 그렇게 불렸다면서? 다 들었다. 보기 드문 보물을 발굴해 냈다고 이슬람계 조직 녀석들이 호들갑을 떨었다더군."

정보는 어느 정도 전해진 듯했지만 뉘앙스는 상당히 이상했다.

덩치가 큰 남자가 손을 내밀었다.

"잘 부탁해. 션 맥라글렌이다."

"라이저 맥브레이드."

악수를 나누고 통성명을 하자마자 덩치 큰 남자가 묘한 표정을 지었다. 초로의 남자는 낯빛이 바뀌었다. 지긋지긋했다. 자신이 맥브레이드라 이름을 밝혔을 때 질리게 봐 온 반응이었다.

두 사람 모두 무하디라에서 돌아온 루키의 소문은 들었어도 이름까지는 몰랐던 모양이다. 그것도 킬리언의 생각인가? 킬리언은 라이저에 관한 정보를 철저하게 독점하여 관리하고 있었다.

"혹시 맥브레이드 일족인가?"

헌팅캡을 쓴 초로의 남자가 물었다. 킬리언은 남자를 라이저에게 소개했다.

"매슈 피츠기번스. 묘지기라 불리지. 너도 들은 적이 있겠지. 웃어른이니 부디 깍듯이 모셔 주길 바라. 선도 꽤 유명해. 별명은 사냥꾼."

알고 있다. 사냥꾼과 묘지기 모두. 둘 다 유명한 테러리스트다. 사냥꾼은 리얼IRA 시절부터 악명을 떨쳤다. 오마 폭탄 테러를 저지른 용의자 중 하나로 지목되었지만, 증거 불충분 때문인지 알리바이를 반박하지 못해서인지 기소조차 되지 않았다. 묘지기는 분명 은퇴했거나 죽었다고 들었다. 두 사람이 맥브레이드라는 이름을 듣고 꺼려하는 반응을 보이는 것도 당연하다.

"믿기질 않는군. 넌 맥브레이드를 동료로 삼을 생각인가?"

피츠기번스가 킬리언에게 따졌다.

"저런 녀석을 어떻게 믿나? 맥브레이드는 배신자의 혈통이라고."

"그래서 오히려 신뢰할 수 있다고 생각하는데 말이야. 그녀는 누구보다도 필사적으로 세상의 악평과 싸워 왔지. 내가 그녀였다면 진즉에 꺾였을걸."

"시적 표현인지 자기 자랑인지 모를 그 말재간은 제발 때와 상황을 가려서 해 줬으면 좋겠구먼. 난 조슈아 맥브레이드를 알고 있다. 직접 봤지. 자기 혼자만 싸우는 것 같은 표정을 짓고 있던 아주 역겨운 남자였다. 아니나 다를까 녀석은 토마스 코디를 영국인한테 팔았지. 아주 질 떨어지는 배신자야."

피츠기번스의 말 속에는 맥브레이드를 매도하는 내셔널리스트의 전형적인 편견이 가득했다. 그의 마음속에서 편견은 사실로서 굳어져 있었다. 진실을 증거와 함께 내밀더라도 그는 결코 인정하지 않으리라.

"난 피의 일요일이 벌어지기 전부터 활동해 왔다. 어게인이 아니라. 72년도에 벌어진 사건 말이야. 배신자는 냄새만 맡아도 알 수 있어."

피츠기번스는 고작 열 살을 겨우 넘긴 어린 나이에 입대했을 것이다. 10대 초반에 지원하는 자는 IRA에서는 드물지 않았다. 하지만 어린이가 모든 현상에는 다면성을 갖고 있다는 걸 헤아릴 수 있었을까? 아이는 어른의 편견을 빠르게 받아들인다. 실제로 현재 벨파스트의 어린이들은 아무런 의심도 품지 않고 폭력에 물든다.

"영감, 그렇게 섭섭한 소리 하지 마. 함께 일을 해 보면 본성을 알 수 있을 거야. 그 뒤에 대처해도 늦지 않아."

맥라글렌이 히죽거리며 피츠기번스를 진정시켰다. 그가 말하는 '대처'가 무슨 뜻인지는 명백했다. 그는 그것을 언제든지 수행할 수 있다는 자신감과 실적을 갖고 있었다.

"그때는 내가 죽인다. 네게 죽이도록 맡길쏘냐."

타협을 절대로 인정하지 않는 투쟁 노선을 걸어온 묘지기에게 철저 항전을 주장했던 토마스 코디는 숭배해 마지않는 지도자였을 것이다. 그 누구보다 조슈아를 증오할 법하다.

"게다가 맥브레이드를 처형하면 펍에서 내게 술 한잔 사겠다는 녀석들이 줄을 서겠지."

맥라글렌이 놀란 표정을 지으며 말했다.

"그렇구먼. 그 특전은 놓치고 싶지 않은데. 역시 영감한테는 아까워. 그럼 먼저 찜한 사람이 임자지."

"두 분의 동의는 구한 셈치고, 이만 작전 회의에 들어가는 게 어떨까? 우리 새 동료의 첫 출진에 어울리는 큰일이야."

"이봐, 킬리언. 넌 그 일에 이 아가씨를 데리고 가라는 건가?"

이번에는 맥라글렌이 놀라며 이의를 제기했다.

"방금 동의를 한 거 아니었나?"

"아무리 그래도 이번 건은 안 돼."

"이번 일은 그녀한테 자격이 있는지 심사하는 자리이기도 해. 네 말이 맞아. 조금이라도 의심이 든다면 그 자리에서 대처해도 돼."

"상대는 셰이머스 로난이라고."

셰이머스 로난. 들어 본 적이 있는 이름이었다. 정치가였던가? 아니, 분명…….

"맥브레이드 가문의 아가씨가 셰이머스 로난을 죽인다. 그러니 의미가 있다고 생각하지 않나?"

킬리언이 표료하게 말하자 피츠기번스는 악의에 찬 웃음을 지었다.

"그런 취향이 있었나? 과연 마음에 드는군. 난 수락하겠네."

피츠기번스는 납득했지만 맥라글렌은 아직도 생각하고 있었다.

"몇 명이서 할 거야?"

"총 네 명. 여기 있는 사람들끼리 해치운다. 그럴 생각으로 너희들을 택한 거야."

"너도 갈 건가?"

킬리언이 고개를 끄덕였다.

"천하의 그 셰이머스 로난을 처치하는 일이야. 그게 예의겠지."

그로부터 세 시간에 걸쳐 면밀한 의논이 이루어졌다. 그 후에 네 사람은 그 밤중에 세이프하우스를 떠났다.

로즈는 자신의 방에 틀어박혀 얼굴을 비추지 않았다. 그리고 네 사람을 배웅도 하지 않았다.

그것이 그녀의 임무였다. 세이프하우스에 혼자 살다가 이따금씩 비밀리에 누군가가 오면 감춰 주고 보살펴 준다. 방문자의 이름도 모르고 묻지도 않는다. 그리고 떠난 뒤에는 모든 것을 잊고서 다시 세이프하우스에서 홀로 지낸다.

라이저는 침실에서 재빨리 옷을 갈아입으며 생각했다. 로즈가 매일 묵묵히 수행하는 집안일이야말로 세계를 향해 가하는 테러가 아닐까 하고.

5

셰이머스 로난은 IRA잠정파의 장로였다. 몇 년 전에 은퇴했고 신페이당의 집행부와도 거리를 두고 있지만, 리퍼블리컨 사이에서는 여전히 폭넓은 지지를 받고 있었다.

그는 IRF가 일으킨 일련의 테러들을 혹독하게 비난하는 성명을 냈다. 각종 보도나 논문에서도 자주 인용하는 그 성명은 비주류파 리퍼블리컨을 가장 설득력 있게 꾸짖는 비판으로서 안팎으로 인정

받았다.

현재 로난은 밸리캐슬 인근 토르웨스트 해변에 은거하고 있다고 한다.

핀글래스에 있는 세이프하우스에 나와 일단 헤어진 뒤에 제각기 다른 경로로 북아일랜드에 입국한 네 사람은 사흘 뒤에 앤트림주 밸리미나에서 합류했다.

동지가 마련한 미니쿠페를 타고 국도A43을 따라 북동쪽으로 향했다. 자동차는 사냥꾼이 운전했다. 묘지기는 조수석에 앉았다. 시인과 라이저는 뒷좌석에 앉았다.

"상징이니까."

차 안에서 킬리언이 그렇게 말했다.

"뭐?"

라이저가 돌아보았다.

"로난을 처형하는 이유 말이야. 그 늙은이는 우리가 부정해야만 하는 해악인 타협 그 자체야."

물론 라이저는 되묻지 않았다. 병사는 임무에 무슨 의미가 있는지 묻지 않는다. 하지만 이미 은퇴한 노인을 왜 죽이는지 궁금해하는 표정을 무심코 지었나 싶어서 라이저는 겸연쩍었다.

"더 빨리 처형했어야 했어."

피츠기번스가 특유의 완고한 투로 말했다.

"참모본부는 진즉에 처형 판결을 내렸다. 빨리 집행했어야 했어."

"그리 쉽게 해치울 수 있는 상대가 아냐. 모든 일에는 타이밍이 있으니까. 나 참, 영감은 성미가 급하다니까."

맥라글렌이 운전하면서 빈정거리자 피츠기번스는 더욱 얼굴을 찌푸렸다.

"그럼 왜 지금 하는 거냐?"

맥라글렌을 대신해 킬리언이 대답했다.

"시기를 보고 있었어. 이득과 손해를 저울에 재면서."

"지금 그 저울이 이득 쪽으로 기울어져 있나? 난 처음부터 그렇게 봤는데."

"새 저울추 몇 개가 이득 쪽에 올라갔거든. 하나는 현재 시기지. 지금 세상 사람들은 로난을 굳이 처형할 필요가 없다고 여기고 있어. 이런 시기에 일부러 처형을 집행한다면 IRF의 단호한 의지를 다시 한 번 세상에 보일 수 있겠지."

"시기는 무슨."

피츠기번스가 코웃음을 쳤다.

"요컨대 구심력이 약해졌다는 거 아닌가? 의장을 비롯한 다른 녀석들도 정치적 해결에 관심을 보이기 시작했잖나."

그저 완고한 노인처럼 보이지만 피츠기번스는 상황을 잘 관찰하고 있었다.

킬리언 퀸은 IRF 창설 멤버 중 하나인 실력자이지만, 조직 안에서 그 권력을 마음껏 휘두를 수가 없는 처지였다. 그의 지도력을 의심하는 세력이 늘 존재했다. 참모본부의 요직을 애써 피해 온 그 신중함이 도리어 그러한 의심을 부추겼다고 할 수 있었다. 자신의 존재감을 드러내기 위해서라도 그는 언제나 급진적인 전략을 제시해야만 했다.

"그 말이 맞아. 이 상황을 타개하지 않으면 리얼IRA의 전철을 밟게 될 거다."

"그래서 IRA잠정파도 기개를 잃어버렸어. 정치는 위험해. 달콤한 꿈을 꾸게 하거든. 아무리 꿔 본들 꿈은 꿈이야. 실현되지 않으니 꿈이지."

"어이쿠. 나보다 훨씬 시인답구먼."

"네 허언과 내 말을 똑같이 보지 마라. 난 이 눈으로 봐 왔던 것들을 있는 그대로 말했을 뿐이야. 녀석들은 죽어 버린 사람을 쉽게 잊어버려. 그래서 쉽게 꿈을 꾸지. 망자를 잊지 않으면 꿈도 꾸지 않아. 그것이 얼스터의 법도야."

"묘지기가 말하니 더욱 설득력이 있군. 그게 오래 살아남은 비결인가?"

사냥꾼이 가벼운 투로 말하자 묘지기가 무척 진지하게 말을 이었다.

"셰이머스 로난의 달콤한 허언은 인공 감미료가 무더기로 들어간 막과자보다도 몸에 해롭다. 특히 아이들한테 좋지 않아. IRA잠정파도, 신페인당도 그런 진실을 모른 채 평화 프로세스 따윌 추진하고 있지. 죽은 조상과 가족, 그리고 친구도 다 잊고서 말이야. 난 절대로 못 잊어."

피츠기번스가 뜨겁게 술회를 내뱉었다. 비참한 배신을 거듭 당해 온 북아일랜드의 역사를 돌이켜본다면 그의 신념은 정당한 것처럼 들렸다.

"셰이머스 로난은 얼간이 사기꾼이다. 난 녀석을 잘 알아. 녀석은 토마스 코디조차 비판했다. 그 코디를 말이야. 그가 살아 있었다면 조국을 지키는 전쟁이 이 지경까지 타락하지 않았을 것을."

"코디는 마약 판매상이었다고 하던데?"

인민을 위한 저항 조직이 범죄로 활동 자금을 조달한다. 그 사실을 잘 아는 맥브레이드가 피츠기번스를 조롱했다.

"코디는 훌륭한 사내이자 진정한 애국자였다. 난 만나 본 적이 있어."

면식이 있다는 것을 일일이 언급하는 것이 그의 말버릇인 모양이다. 더욱이 같은 말을 되풀이한다.

"영감의 유명인 사랑은 못 말리겠구먼. 나중에 마이클 콜린스도 만난 적이 있다고 하는 거 아냐?"

"데 발레라*는 만난 적이 있다. 벌레 같은 겁쟁이 소인배였지."

맥라글렌이 야유하자 피츠기번스가 큰소리를 쳤다.

"또 다른 새로운 저울추가 바로 저 아가씨인가?"

"뭐야? 알고 있었나?"

킬리언이 짐짓 허를 찔렸다는 표정을 지어 보였다.

자신이 새로운 저울추? 라이저는 아무 말도 하지 않고 차 안을 둘러봤다.

피츠기번스가 유쾌해하며 말했다.

---

* 아일랜드의 정치인. 아일랜드의 독립에 힘을 썼으며 아일랜드 임시정부의 수반을 맡은 바 있다.

"로난은 맥브레이드를 결코 비난하지 않는 별난 녀석이었지. 그 로난을 맥브레이드의 아가씨가 처치한다? 맥브레이드의 충성심을 참모본부에 보일 수 있는 절호의 기회지."

"역시 시인답다. 이 몸도 납득할 수밖에 없겠군. 그래서 난 킬리언, 널 높이 평가하지. 토마스 코디 이후로 최고의 두뇌야."

"영광이군."

코디의 정체를 아는 킬리언은 역시나 떨떠름해했다.

조수석에 앉아 있는 피츠기번스가 뒷좌석에 있는 라이저를 돌아봤다. 얼굴에 새겨져 있는 주름이 유쾌한 웃음을 만들어 냈다.

"난 조슈아 맥브레이드와 만난 적이 있지. 배신자인 네 할아버지 말이다."

예전에도 들었다. 대체 몇 번이나 같은 말을 하는지 모르겠다.

"난 네게도 할아버지와 같은 피가 흐르고 있길 바란다. 그렇지 않으면 내가 널 처형할 수가 없거든."

"영감, 그건 먼저 점찍은 사람이 임자야."

맥라글렌이 불쑥 말했다.

미니쿠페는 오후 2시에 패런마칼란 로드에서 토르 로드에 들어갔다. 주변에 있는 초지에 양들이 무리를 짓고 있었다. 눈앞에 아일랜드해가 펼쳐졌다. 반년 넘게 시리아에서 훈련을 받다가 이제 막 돌아온 터라 고향의 녹음과 바다가 눈에 스미는 듯했다. 하지만 정서적인 감성은 아니었다. 풍부한 자연을 자랑하는 얼스터에서 태어나 셀 수 없을 만큼 산과 바다와 숲과 호수를 봐 왔지만 그녀는 그것들과 친숙해질 수가 없었다. 그녀의 머릿속에는 잿빛 도시와 거멓게 괸 운하뿐이었다. 황량한 시리아 사막의 풍경이 아직도 그녀의 마음속에 있었다.

토르 로드를 달리던 도중에 미니쿠페를 세웠다. 이제부터는 차에서 내려 도보로 접근하기로 했다. 시골길 옆과 목초지에 파묻혀 있는 고대 돌담이 엿보였다. 아일랜드 여기저기서 볼 수 있는 유적이었다. 목가적인 풍경이었지만 들판에 점점이 흩어져 있는 건축물들은 대부분이 폐허였다. 고대 유적과 달리 현대의 폐허는 생생해서 애처로웠다. 라이저는 인간의 삶을 담아 내는 데 실패한 건축물의 흔적이 정겨웠고, 또한 눈을 돌리고 싶을 만큼 싫었다.

방목지 끝에 있는 절벽 위에 오래된 집 한 채가 보였다. 저곳이 셰이머스 로난의 오두막이었다. 예전에는 지역 명사가 쓰던 별장이었던 모양인데, 노스 해협에서 불어닥치는 바람에 시달렸는지 당시의 모습은 찾아볼 수가 없었다.

작년에 아내를 떠나보낸 뒤에 로난은 이곳에서 틀어박히다시피 살고 있었다. 그를 보살피는 경호원이 여섯 명이 있었다. 오두막 옆에 차량 두 대가 세워져 있었다.

저 오두막은 얼핏 무방비해 보였다. 하지만 시야가 확 트인 만큼 접근하기가 쉽지 않았다. 미리 상의한 대로 두 패로 나뉘었다. 시인과 사냥꾼은 확 트인 초지를 우회하여 오두막과 가까운 숲에 숨었다. 그 숲에서 한 발자국이라도 나온다면 창문이 많은 오두막 안에서 금세 발견되리라. 두 사람은 일단 숲에서 대기했다.

라이저와 묘지기는 다 무너져 내린 낮은 돌담을 따라 오두막으로 접근했다. 돌담은 산사나무 생울타리와 한 몸처럼 얽혀 있었다. 아무렇게나 우거진 산사나무 생울타리는 돌담을 완전히 뒤덮은 채 오두막 바로 옆까지 이어져 있었다. 머리 위를 날아다니는 바다오리의 울음이 성가셨다. 절벽에 바다오리 떼의 둥지가 있는 모양이다. 생울타리는 점점 모호하게 펼쳐지다가 이윽고 덤불로 바뀌었다.

피츠기번스는 덤불 아래를 포복하여 나아갔다. 라이저도 그 뒤를 따랐다. 곳곳에 남아 있는 돌담이 앞을 막았다. 밖에서는 돌담이 보이지 않을 만큼 산사나무가 이 일대를 뒤덮고 있었다. 이 덤불 속을 조용하게 나아가려면 상당한 기술과 집중력이 필요하다. 예전에는 도저히 불가능했다.

무하디라에서 임했던 야전 훈련을 떠올렸다. 그때도 어딘가에서 새가 울었다. 이나드가 쏜 고무탄이 배에 맞았다. 얼굴이 둥근 무자헤딘 교관. 시리아 사막의 아자마에 비하면 산사나무 가지 따윈 실크 커튼보다도 부드러웠다. 하지만 켈트에서 산사나무는 요정이 좋아하는 특별한 나무다. 산사나무 뿌리에 앉아 있으면 요정의 나라에 끌려간다는 동화를 들어 본 적이 있었다. 산사나무의 가지를 꺾으면 기억을 잃는다고도 했다. 지금 자신은 산사나무 덤불을 뚫고 어디로 가고 있는 걸까? 문득 그런 생각이 들었다.

덤불 끝에 하얀 빛이 보였다. 오두막 옆에 도착했다. 숨을 죽이고서 동정을 살폈다.

오두막 주변에는 울타리 같은 것이 설치되어 있지 않았다. 하지만 방치된 산사나무가 자연스레 오두막을 에워싸 안뜰 같은 공간을 빚어냈다. 바다에 면한 오른쪽에는 창고가 있었다. 안뜰에 놓인 가든 테이블에 두 남자가 있었다. 여섯 명의 경호원 중 두 명이었다.

로난과 여섯 경호원들의 사진. 오두막 주변 지형과 내부 구조. 그 모든 정보들을 사전에 머릿속에 집어넣어 뒀다. 피츠기번스가 알아낸 것이었다. 테이블 위에 캔 맥주 두 개와 피시 앤드 칩스가 담긴 접시가 놓여 있었다. 늦은 점심이라도 먹고 있었나? 오두막 뒷문이 두 사람의 등 뒤에 있었다.

피츠기번스가 뒤를 돌아보자 라이저는 아무 말 없이 고개를 끄덕였다. 두 사람은 발터P99를 들고 있었다. 장전이 되어 있는 것을 차 안에서 확인했다.

두 사람은 조용히 덤불에서 나와 두 남자에게 접근했다. 잡담을 나누며 감자를 집어먹던 남자들이 뒤를 돌아보고서 입을 쩍 벌렸다. 그들의 눈에는 소녀와 노인이 홀연히 솟아난 것처럼 보였으리라. 저 덤불을 조금도 흔들지 않고 통과할 수 있는 자가 있으리라 상상조차 하지 못했으리라.

남자들이 부랴부랴 캔을 내려놓기 전에 라이저의 발터가 그들의 미간을 꿰뚫었다.

두 사람은 멈추지 않고 곧장 뒷문으로 향했다. 갑자기 오른쪽에서 총성이 들렸다. 창고에서 남자가 튀어나왔다. 우연히 그곳에 있었던 모양이다. H&K UMP서브머신건을 들고 있었다. 피츠기번스가 발터로 응사했다. 라이저는 주저 없이 뒷문 안으로 뛰어들어 주변을 유심히 살폈다. 아무도 없었다. 오두막의 출입구는 두 군데뿐이다. 정면은 시인과 사냥꾼이 막고 있을 것이다. 라이저는 권총을 두 손으로 쥔 채로 이동했다.

복도 창문에서 뜰이 보였다. 묘지기가 총을 쏘면서 산사나무 덤불 속으로 뛰어들었다. UMP를 쥔 남자가 달리며 웃음을 흘렸다. 서브머신건 앞에서 산사나무 덤불 따윈 방패가 되어 주지 못한다. 한바탕 갈겨 주면 끝이다. 남자는 피츠기번스를 아마추어라고 여겼으리라. 라이저도 순간 그렇게 생각했다. 하지만 묘지기의 속내를 금세 깨달았다. 그의 주도면밀한 노회함도.

아니나 다를까 남자는 멈춰 서서 45ACP탄을 덤불에 퍼부었다. 이윽고 총알이 다 떨어지자 남자는 탄창을 갈 새도 없이 제자리에 쓰러졌다. 덤불 속에서 발사된 단 한 발의 총알을 맞고.

피츠기번스는 결코 무모하게 덤불에 뛰어든 것이 아니었다. 그는 산사나무에 가려진 돌담의 위치까지 미리 모조리 파악해 두었다. 덤불에 뛰어든 척 돌담 뒤에 숨었던 것이다. 그리고 상대가 총알이 다 떨어지기를 노렸다가 유유히 총을 쐈다.

적지임에도 지리적 이점을 살려 교활하게 싸운다. 묘지기라는 별명은 장식이 아니었다. 그 노회함 덕분에 그는 여태까지 살아남은 것이다.

요정이 사는 산사나무 덤불을 망가뜨린 남자가 요정의 분노를 샀다. 돌담의 존재를 알지 못했다면 라이저도 그리 생각했을지도 모른다. 아니, 알고 있더라도 그렇게 보였다. 켈트의 돌담은 그대로 남자의 비석이 되었다.

현관 쪽에서 총성이 띄엄띄엄 들렸다. 시인과 사냥꾼이었다. 라이저와 묘지기의 총성을 신호로 움직이기로 미리 의논을 해 뒀다. 라이저는 복도를 지나 침실로 향했다. 등 뒤에서 적이 나타났다. 곧바로 몸을 홱 돌려 총을 쐈다. 남자가 뒤로 쓰러지면서 총을 쐈다. 총알이 회벽을 스치고 지나가자 잘은 파편이 튀었다. 라이저는 머리카락에 달라붙은 파편을 털지도 않고 앞으로 나아갔다.

경호원은 이제 두 명이 남았다. 킬리언과 사냥꾼이 한 명을 상대할 테니 한 명만 더 처리하면 된다. 침실에는 아무도 없었다. 그대로 안쪽 서재로 향했다. 문이 열려 있었다. 책장을 뒤에 둔 로난과 UMP를 든 경호원이 서 있었다. 모두 궁지에 몰렸다는 표정을 짓고 있었다.

라이저를 본 경호원이 UMP를 전자동으로 쐈다. 문과 주변 벽에 구멍이 뚫렸다. 그보다 더 빨리 서재 안으로 뛰어든 라이저가 남자의 가슴에 총알 두 발을 박았다. 두 번째 총알을 쏘았을 때 또 그 불쾌한 감촉이 손에서 느껴졌다.

설마…… 설마 이런 상황에서.

탄피가 씹힌 총을 든 소녀와 책장 앞에 우두커니 서 있는 노인. 서로가 서로를 망연히 쳐다봤다.

바다오리가 쉴 새 없이 울어 댔다.

2~3초쯤 지났으리라.

로난은 발치에 쓰러져 있는 경호원의 UMP를 들었다. 라이저의 발터는 지금 쏠 수가 없었다. 어서 슬라이드를 당겨 탄피를 빼내야 한다. 그토록 훈련을 거듭했건만 몸이 도저히 움직이지 않았다.

—넌 네 종자인 죽음과 악운을 길들이는 법을 알아내야만 한다. 쉽지 않겠지. 하나 그러지 못한다면 언젠가 그 종자들이 널 망칠 거다.

총성이 울렸다. 로난이 UMP를 떨어뜨리고서 쓰러졌다. 반대쪽 문이 열려 있었다. 맥라글렌이 초연이 남아 있는 발터P99를 들고 서 있었다. 뒤이어 킬리언이 나타났다. 피츠기번스도 침실 쪽에서 얼굴을 내밀었다.

킬리언은 쓰러져 있는 노인에게 서서히 다가갔다.

로난이 실눈으로 그를 쳐다봤다.

"전혀 변하지 않았군······."

노인은 고통스러운지 연신 기침을 해 대며 중얼거렸다.

"IRA에서 10대 킬러는 드물지 않았지······. 내가 철이 든 뒤부터 줄곧······ 수십 년 전인데······. 앞으로도 분명 똑같겠지. 킬리언, 그렇지 않나?"

"그럴지도 모르지. 하나 당신네들이 꺼낸 안이한 타협론이 초래한 결과야. 판결 주문主文에도 그렇게 적혀 있지. 우리는 조국을 혼미에 빠뜨리는 이적 행위를 저지른 셰이머스 로난에게 사형을 선고한다. 형은 곧바로 집행한다."

로난은 더는 아무 말도 하지 않았다. 눈앞에 있는 남자와 그를 포함한 그 모든 것들이 가여운지 웃고 있었다.

라이저는 발터를 버리고 로난의 손에서 UMP를 주워들었다. 그리고 쓰러져 있는 노인의 숨통을 확실하게 끊었다.

바다오리가 울어 댔다.

"저 신인은 쓸 만한가?"

맥라글렌이 피츠기번스에게 물었다.

"저런 악운을 짊어지고 있는데 어떻게 써먹겠나?"

묘지기는 재수가 없다며 잼을 일으킨 발터를 발로 차 버렸다.

"잼? 아무리 그래도 그건 우연이겠지."

"우연이라고? 하필 표적을 끝장내려는 그 순간에?"

"부탁이니 그런 미신을 참모본부에서 들먹이지는 말아 줘."

시인이 농담하는 투로 말했다.

"여하튼 첫 처형을 해냈군."

"처음이 아냐."

자신이 죽인 장로의 시체를 물끄러미 쳐다보며 라이저는 중얼거렸다.

"두 번째 처형이야."

처음에 처형한 남자의 이름은 말하지 않았다. 또한 아무도 묻지 않았다.

IRF가 셰이머스 로난을 처형했다는 성명을 공표한 지 이틀이 지났다. 킬리언은 라이저를 대동하고서 리스번으로 향했다. 사냥꾼 맥라글렌도 동행했다.

그 가게는 앤트림주와 다운주를 구분하는 라간강 인근에 있었다.

아무리 봐도 흔해 빠진 도매 정육점이었다. 뒷문으로 들어갔다. 무수히 많은 커다란 고깃덩어리들이 널찍한 실내에 정연하게 매달려 있었다.

—편리한 가게야. 말만 하면 거의 뭐든지 마련해 주지. 하지만 회원제에다가 완전 예약제라서 느닷없이 들이닥치면 들여보내 주질 않아.

그날 아침에 킬리언이 그렇게 말했다. 예약은 맥라글렌이 해 뒀다고 했다. 매달린 고깃덩어리 사이를 나아가니 유리가 달린 사무소 안에서 머리숱이 아주 적은 중년 남자가 맥주를 마시고 있었다. 세 사람을 알아본 남자가 일어서서 사무소에서 나왔다.

"기다리고 있었어. 시간에 딱 맞춰서들 왔구먼."

맥라글렌은 위아래 모두 트레이닝복을 입은 중년 남자를 친근하게 불렀다.

"오, 토키. 오랜만이군."

"사냥꾼과 시인이 함께 가게를 찾아 주다니 기쁘구먼."

트레이닝복을 입은 남자와 맥라글렌이 서로 포옹했다. 아무래도 오랫동안 알고 지낸 사이인 듯했다.

"가게는 어때? 잘 나가고 있겠지."

"옛날만큼은 아니지만 뭐, 그럭저럭."

"그럼 잘 되고 있는 거잖아?"

"그것보다 사냥꾼이 또 여우 사냥을 하려는 건가?"

"어. 나도 새로운 도구를 보고 싶어서 따라오긴 했는데, 오늘은 저 아가씨한테 어울릴 만한 액세서리를 맞춰 줬으면 좋겠어."

"돈은 참모본부가 지불하나?"

토키라는 남자가 킬리언과 라이저를 번갈아보며 조심스럽게 물었다.

"걱정 마. 일시불로 낼 테니까. 요즘에 유행하는 물건 중에 괜찮은 게 있으면 좀 꺼내 줘."

남자는 킬리언의 대답을 듣고 만족한 모양이었다.

"그럼 일단 쇼룸부터 보여 주지."

토키는 세 사람을 냉동고 앞으로 안내했다. 그는 옆으로 늘어선 네 개의 문 중 오른쪽 끝에 있는 문을 끙끙대며 열었다. 그 안이 '쇼룸'이었다.

30제곱미터쯤 되는 실내에 형광등이 잇달아 켜졌다. 냉기는 없었다. 온도와 습도는 쾌적했다. 길쭉한 탁자가 여러 개나 놓여 있었다.

핸드건, 라이플, 쇼트건, 서브머신건 등 탁자 위와 벽 쪽 진열대에 각종 총기가 진열되어 있었다. 유탄 발사기도 있었다.

"찾는 물건은?"

"글쎄. 일단 핸드건부터."

맥라글렌이 대답했다.

"평범한 여자라면 모양새가 우아한 소구경 권총을 추천해 주고 싶지만, 너희들이 데리고 온 여자이니……. 이건 어때?"

토키가 근처에 있는 핸드건을 집어 들었다.

"슈타이어 M9-A1. M9 변종이지. 언더레일을 피카티니 규격으로 바꿔 놓은 거야."

점주가 추천한 권총을 보고 라이저가 뜨뜻미지근한 반응을 보이자 킬리언이 조언했다.

"도구와의 상성은 아주 중요해. 네 직감을 믿도록 해. 주문을 하면 구해 주기도 하지. 주인장, 그렇지?"

"무슨 물건이냐에 따라 다르지. 뭐, 우리 가게에서 취급하지 않는 물건은 다른 곳에서도 구할 순 없지만."

라이저는 진열된 총을 쓱 훑어봤다.

SIG, H&K, CZ……. 자동권총은 안 된다. 현재 자신은 아직 악운을 길들이지 못했다…….

시선이 어느 리볼버에 머물렀다. 번쩍이는 스테인리스 배럴과 논플루트 실린더와 컴펀세이터*가 눈에 띄었다. 라이저는 빨려들듯이 그 리볼버를 집었다. M629 커스텀건인 것 같았다.

"그 녀석이 마음에 드나?"

토키가 뜻밖이라는 표정으로 라이저를 쳐다봤다.

"그 녀석은 S&W 커스텀 부문이 제작한 V컴프야. 주문했던 녀석이 인수하기 전인지 후에 죽었다는데 돌고 돌다가 결국 우리 가게에 들어왔지. 그래서 그 총만은 한 정밖에 없어. 저런 물건은 우리 가게만 취급하지."

"마음에 들었다면 어쩔 수 없지만……. 저 녀석은 우리 일에 맞지

---

* 총구의 반동을 잡아주는 보정기.

않아."

사냥꾼이 고개를 갸웃거렸다. 하지만 금세 무언가를 깨달았는지 생각을 바꿨다.

"아니, 오히려 잘 됐군. 리볼버라면 그 묘지기 영감이 말했던 재수 없는 잼도 일으키지 않을 테니까."

라이저는 지금 자신의 손에 있는 은색 총이 악운을 다스리고 재앙을 쫓아 주는 액막이인 양 세게 쥐었다.

6

사랑하는 언니에게

제인이 저녁에 숨을 거뒀어. 지금 장례식에서 막 돌아온 참이야. 이렇게 쓰면 안 될지도 모르겠지만, 제인이 주님의 부름을 받아 차라리 잘됐다고 생각해. 왜냐면 어머니 때도 그랬지만, 제인이 고통스러워하는 모습을 도저히 볼 수가 없었으니까. 예전에도 썼지만 암이란 정말로 고통스러운 병이야.

제인이 젊었을 적에 더블린에서 어떻게 살았는지, 그리고 왜 벨파스트로 돌아왔는지 난 몰라. 물어본 적도 없어. 남의 과거를 캐묻는 건 아주 비열한 짓이라고 아버지가 가르쳐 줬어. 그래도 이것만은 알아. 제인이 아주 큰 상처를 입고 있었다는 걸. 제인은 모두에게 상냥했지만, 아주 큰 고독을 마음속에 품고 있었어. 그리고 고향의 슬픈 현실을 그 누구보다도 아파했어.

언니. 병에 걸리는 이유는 여러가지겠지만, 난 역시 마음의 고통이 가장 크다고 생각해. 고독과 슬픔이 사람의 목숨을 갉아먹고, 약하게 만들어 병을 불러들이는 걸 테지. 그런 기분이 들어. 제인과 어머니가 벨파스트가 아닌 다른 환경에서 살았다면 병에 걸리지 않았을지도 몰라.

아아, 언니. 난 제인에게 큰 신세를 졌어. 감사하는 마음을 도저히 글로 표현할 수가 없네. 어머니가 돌아가셨을 때 제인은 홀로 망연자실해하던 날 위로해 줬고, 어떻게든 살아갈 수 있도록 마음을 다해 주었어. 세컨더리 스쿨을 나온 뒤에 직장을 찾아 준 사람도 제인이었어. 모두 그분 덕분이야.

암에 걸렸다는 사실을 안 뒤에도 제인은 그 사실을 숨기고서 내게 피아노를 계속 가르쳐 줬어. 몸이 망가지고 있는 와중에도. 그 사람이 내게 쏟아 준 애정과 배려를 어떻게 갚을 수 있을까?

세상을 떠나기 이틀쯤 전에 제인에 언니에 대해 물었어. 몇 년씩이나 얼굴을 비추지 않는 라이저가 어디서 뭘 하고 있느냐고. 난 평소처럼 공책에 글자를 적어서 대답했어. 언니는 런던에 있는 작은 회사에 다닌다고. 출장이 잦아서 고향에 들를 시간은 없지만, 건강하게 잘 지내고 있다고. 지금까지 여러 번 그렇게 답했어. 그때 제인은 이미 기억이 혼탁해져 있었지.

공책을 보고 제인은 조용히 눈을 감았어. 그 표정은 돌아가시기 전에 어머니가 지었던 표정과 똑같았어. 어머니처럼 제인도 언니가 회사에서 일하며 평범하게 살고 있다는 말을 믿지 않았을까?

제인은 언제나 언니를 감싸 주었어. 언니가 더블린에서 잡은 첫 직장을 뛰쳐나갔을 때도 라이저에게는 자유가 필요했을 거라며 결코 다른 사람처럼 비난하지 않았어. 하지만 내심 어머니처럼 언니를 의심하고 있었을까?

아니, 어머니도 그런 말을 하지 않았어. 그저 잠자코 한숨을 내쉬기만 했지. 그때 어머니와 제인이 지었던 표정이 똑 닮았어.

언니가 정말로 IRF에 지원했다면 인근 리퍼블리컨 사이에서 분명 소문이 돌았겠지. 하지만 지금껏 그런 소문은 들어 본 적이 없고, 집에 경찰이 들이닥친 적도 없었어. 남들처럼 평범하게 편지도 주고받건만 왜 다들 의심하는 걸까?

미안. 어쩐지 이야기가 멀리 갔네. 머릿속에서 온갖 것들이 빙글빙글 돌고 있는 듯해서 생각을 좀처럼 멈출 수가 없어. 미안해. 머리가 차분해지면 다시 편지를 쓸게.

동생이 보낸 편지를 여러 번 읽었다. 복잡한 경로로 배달된 편지였다.

제인이 죽었다. 미스 제인 플러머가.

어쩐지 서글퍼 보였던 그녀의 옆모습이 떠올랐다. 당장에라도 꺾일 것처럼 힘없고 가냘픈 몸도. 명줄이 짧을 것 같긴 했지만 그래도 너무 이르다.

늘 생각했다. 예배당에서 밀리에게 피아노를 가르쳐 주던 모습. 고향에서 유일하게 마음을 쉬게 할 수 있는 때였다.

어머니는 라이저가 시리아에서 훈련을 받고 있을 때 죽었다. 백혈병이었다. 어머니가 앓던 잇몸 출혈은 백혈병의 초기 증상이었다.

밀리가 쓴 대로 마음속에 숨겨 둔 비탄이 어머니의 병을 초래했을까? 수긍이 간다. 어머니는 맥브레이드의 진실을 알면서도 숨겨야만 했다. 어머니는 딸이 살인을 저질렀음을 알아차렸는데도 언급할 수 없었다. 금지 때문이었을지도 모르고 사랑 때문이었을지도 모른다. 확실한 것은 유니스 맥브레이드가 견디기 어려운 고통을 감내하며 살았다는 것이다.

시리아에 있던 라이저는 어머니의 죽음을 알 수가 없었다. 아일랜드에 돌아온 뒤에도 오랫동안 그 사실을 알지 못했다. 셰이머스 로난을 암살한 뒤에 킬리언 퀸은 라이저를 직속 처형인으로 삼았다. 참모본부의 승인을 받았지만, 라이저의 존재를 조직 구성원에게는 감췄다. 벨파스트에서 라이저의 이름이 뭇 사람들의 입에 오르내리지 않았던 것은 그 때문이었다.

킬리언이 라이저를 자기 손 안에 감춘 것은 물론 당국에게 적발될까 봐 우려해서였다. 하지만 자기 입맛대로 라이저를 부릴 수 있기 때문이기도 했다. 실제로 킬리언은 은밀하게 수행해야 하는 중대한 작전에 라이저를 자주 투입했다. 또한 참모본부에 보고할 수 없는 일에도. 라이저 본인도 킬리언의 뜻을 거역하지 않았다.

어머니의 죽음을 안 것은 킬리언의 지시대로 활동 거점을 런던으로 옮겼을 때였다. 큰마음을 먹고 동생에게 편지를 보냈더니 복잡한 전송 경로를 거쳐 답장이 돌아왔다. 그 편지에 담담하게 적혀 있었다. 어머니가 세상을 떠난 지 벌써 2년이나 넘게 지났다고. 당장 벨파스트행 비행기에 올랐다. 더블린에 소재한 운송회사에 취직해 집을 나간 뒤로 친가에 돌아가는 것은 처음이었다. IRF에 지원한 뒤에 벨파스트에서 여러 번 임무를 수행했지만 친가 근처에는 애써 다가가지 않으려고 했다.

자신의 방, 아버지의 차고, 그 모든 것이 옛날 그대로였다. 혼자 살고 있는 밀리가 라이저를 맞이해 주었다. 동생의 미소는 옛날처럼 따뜻했지만 흘러간 세월보다 밀리는 더욱 어른이 되어 있었다. 몇 년씩이나 소식을 끊은 채 사라진 라이저를 밀리는 조금도 나무라지 않았다. 그리고 라이저는 제인이 밀리와 함께 어머니를 간병해 주었다는 사실을 알았다. 홀로 남겨진 밀리를 위해서 여러모로 도와주었다는 사실도. 이튿날 인사를 하러 교회에 갔다. 수수한 재킷과 치마를 평범하게 입고 있는데도 제인은 라이저의 기억보다 10년은 더 늙어 보였다. 제인은 라이저를 보고 입 밖으로 튀어나올 뻔한 말을 주름이 늘어난 목으로 삼킨 듯했다. 그녀는 의례적인 인사만을 건넸다.

세컨더리 스쿨에서 주니어 사이클을 마친 밀리는 제인 덕분에 지역 우체국에 취직했다. 예전보다 더 검소하게 살고 있었다. 무엇보다 눈부셨던 밀리의 그 웃음은 라이저가 집을 나갔을 때보다 확연하게 그 빛을 잃었다.

그 이후로 라이저는 런던에서 매달 동생 앞으로 돈을 보냈다. 라이저가 받는 돈은 원칙적으로 임무를 수행하는 데 필요한 공작 자금뿐이었다. 하지만 그 자금은 참모본부에서도 기밀에 부친 돈이라서 약간은 마음대로 쓸 수가 있었다. 큰 액수는 아니었다. 또한 액수가 너무 크면 거짓말이 들통이 날 것이다. 라이저는 동생과 제인에게 현재 런던에 소재한 회사에서 일하고 있다고 둘러댔다. 대커 앤드 힐스라는 상사인데 규모는 작지만 수많은 나라와 거래를 트고 있어서 출장이 잦다고 했다.

대커 앤드 힐스는 킬리언이 쓰는 위장 회사 중 하나다. 그럴듯한 사업 내용과 기업 이념이 실려 있는 웹사이트도 존재한다. 기재된 번호로 전화를 걸면 여성이 상냥한 목소리로 매뉴얼대로 대응해 준다. '대커 앤드 힐스 영업본부 제1과 서브 매니저'가 라이저의 가짜 직책이었다.

결국 고향에 돌아가 본 것은 그때가 마지막이었다. 임무에 쫓겨서 그러기도 했다. 동생이 마음에 걸렸지만 부모님의 냄새가 풍기는 친가에는 발걸음을 하고 싶지 않았다. 요컨대 부담스러워서였다. 고향을 위해 싸우는데 고향을 부담스러워한다. 그러한 모순을 스스로도 설명할 수가 없었다.

고향에 돌아갔던 그날로부터 벌써 6년이나 지났다.

제인이 죽었다…….

금작화 담장 너머에 있는 오래된 교회. 새어 나오는 선율. 피아노 앞에서 경쾌하게 흔들리는 밀리의 어깨. 그걸 지켜보는 제인의 옆얼굴.

머나먼 곳에 있는 빛 하나가 사라진 것 같은 기분이었다.

어찌할 수 없는 답답한 마음을 품고 플랫*을 나와 콜롬비아 로드를 걸었다.

런던에 온 뒤로 라이저는 거처를 빈번하게 바꿨다. 지금은 쇼디치의 스완필드 스트리트에서 살고 있었다. 재개발이 되어 현대적으로 탈바꿈한 거리 중 하나지만, 난잡한 분위기도 남아 있었다. 라이저는 개장과 증축을 거듭한 길쭉한 건물의 3층을 빌렸다. 설비가 잘 갖춰져 있다고 하기는 어려웠지만 딱히 불편하지 않았다. 오히려 지금까지 살았던 곳 중에서 가장 마음에 들었다. 날짜를 헤아려 보니 벌써 반년 가까이나 살았다. 가장 긴 기간이었다. 근처에는 방글라데시에서 온 주민들이 많았다. 라이저는 그 어떤 이웃과도 교류하지 않았다. 섣불리 남과 친해지면 나중에 성가시게 된다. 고독도 딱히 고통스럽지 않았다.

밀리는 켄싱턴 하이 스트리트로 편지를 보냈다. 고향으로 돌아갔을 때 알려 준 가짜 주소였다. 하이드 파크와 홀란드 파크와 가까워서 살기 좋은 곳이라고 했다. 그것은 거짓말이 아니었다. 실존하는 주소였다. 밀리는 알 턱이 없겠지만 라이저가 어디서 살든 그녀 앞으로 온 우편물은 지정된 사서함에 보내지도록 되어 있다. 며칠 시일이 더 걸리긴 하지만 어쩔 수 없었다.

밀리가 보낸 편지에는 개봉된 흔적이 전혀 보이지 않았다. 하지만 당국과 IRF가 확인했을 것이다. 현대 기술이라면 흔적을 남기지 않고 개봉했다가 다시 원래대로 되돌릴 수 있다. 영국 정보 기관이 라이저의 존재를 아직도 모를 리가 없다. 알면서도 아무런 행동을 취하지 않는 것은 어떤 의도가 있어서겠지. 그 어떤 보안 경로를 거

---

* 공동 주택.

치더라도 밀리는 아무것도 모른 채 태연하게 편지를 우편함에 넣었다. 또한 답장도 받았다. 그 과정에서 당국은 두 사람의 편지를 살펴볼 수 있었다.

말을 못 하는 밀리와는 전화로 통화를 나눌 수가 없었다. 웹캠을 이용해 컴퓨터나 단말기로 서로를 보면서 수화로 대화를 나누는 것도 불가능하지는 않지만, 밀리는 그것을 한사코 거부했다. 나이보다 늙어 버린 자신을 내보이는 것을 싫어하는 듯했다. 옛날 밀리에게서는 찾아볼 수 없는 고집이었다.

그래서 라이저는 '검열'을 신경 쓰지 않기로 했다. 그렇지 않으면 동생과 교류할 수 있는 수단이 완전히 사라져 버린다. 편지에는 자매끼리 나눌 법한 평범한 내용이 담겨 있었다. 더욱이 라이저는 편지에 거짓말만 적었다. 영국 당국이나 IRF가 읽더라도 곤란한 부분은 없었다.

이메일을 주고받자고 밀리에게 제안한 적도 있었지만 동생은 이것도 소극적이었다. 목소리를 잃은 뒤로 오로지 필담으로만 타인과 교류를 해 온 밀리는 자신의 손으로 글자를 쓰는 행위를 포기하길 원하지 않았다. 더욱이 본인이 편지에 이렇게 적었을 정도였다. '우체국에서 일하고 있어서 그런지 사람들이 편지를 더 많이 썼으면 좋겠어. 게다가 난 역시 종이 편지를 좋아하는 것 같아.'

콜롬비아 로드에 있는 플라워 마켓을 멍하니 들여다봤다. 작은 점포들이 지붕을 맞댄 채 늘어서 있었고, 수많은 노점들도 나와 있었다.

유리병, 올리브 비누, 양철 장난감, 앤티크 그릇, 유기농 초콜릿. 형형색색의 잡화와 과자를 바라보고 있는 것 같았지만, 실은 아무것도 보고 있지 않았다.

'라이저에게는 자유가 필요해.'

동생이 보낸 편지에 제인이 그런 말을 했다고 적혀 있었다. 그 말이 머릿속에서 사라지질 않았다. 허름한 르노를 운전하던 아버지가 했던 말과 똑같았다. 우연인가? 아니면 아버지와 제인에게는 라이저에 대한 어떤 공동된 견해가 있었던 건가? 모르겠다. 답장을 보낼 때 밀리에게 자세히 물어볼까? 아니, 안 된다. 밀리에게는 설명할 수가 없었다. 또한 어떻게 써야 자신의 이 답답한 심정을 전할 수 있을지도 모르겠다.

갑자기 노란색이 눈에 들어왔다. 노란색 편지지였다. 무심코 손으로 집었다. 계산대에 있던 뚱뚱한 여자가 이쪽으로 시선을 홱 돌렸다. 사지도 않는데 상품을 만지작거려서 언짢아하는 표정이었다. 라이저는 그 표정을 아랑곳하지 않고 그대로 계산대에 가서 편지지와 동전을 함께 내밀었다. 뚱뚱한 여자는 태도를 확 바꿔 싹싹하게 웃으며 돈을 받은 뒤 편지지를 봉투에 넣어 건넸다.

편지지의 그 노란색은 어렸을 적 밀리가 입었던 원피스 색깔과 똑같았다.

런던에서 은밀히 살면서 라이저는 이따금씩 '여행'을 떠났다. 옛날에 고향으로 돌아갔을 때 밀리와 제인에게 출장이 잦다고 했던 말은 거짓말이 아니었다. 다만 출장이 아니라 지령을 받고 요인을 암살하러 자주 나갔다.

라이저의 임무는 참모본부 군사법정의 판결을 집행하는 것이다. 다시 말해 고국의 적을 처형하는 것이다.

지금껏 몇 명을 죽였는지 모르겠다.

스토몬트 자치의회를 비롯한 정부 요인, 군인, 경찰관, 적대 세력의 지도자, 신의 공평한 사랑을 설파하면서 가톨릭을 향한 폭력은 용인하는 프로테스탄트 목사. S&W M629V컴프는 강력했다. 은빛으로 빛나는 44매그넘 앞에서 질긴 악운은 얌전해졌다. 라이저가 겨눈 사람에게 확실한 죽음을 선사했다.

범행 성명을 낼 수 없는 임무를 끝마친 뒤에 토키네 가게에서 산 V컴프를 어쩔 수 없이 처분해야만 하는 일이 생겼다. 라이저는 다른 사람의 명의로 S&W의 커스텀 부문 퍼포먼스 센터에 똑같은 형태의 V컴프를 주문했다. 그리고 똑같은 총을 각기 다른 명의로 두 자루 더 구비해 뒀다.

조직 내 내통자나 탈주자를 처형할 때 뭐라 형언할 수 없는 기분이 들었다. 그들은 그야말로 배신자였다. 라이저는 임무를 수행할 때 자연스레 솟는 감정을 애써 머릿속에서 배제했다. 무하디라에서 머릿속에 주입시킨 기본 중 하나였다.

처형을 실행할 때마다 사람들은 전율했고, IRF의 결연한 의지가 공포와 함께 널리 퍼졌다.

이윽고 라이저는 사신이라 불리게 됐다. 처음에는 무하디라에서 라힘이 썼던 비유가 다른 뉘앙스로 전해진 것이었다. 하지만 지금 라이저는 명실상부한 IRF의 사신이었다.

또한 그 별명과 함께 보조를 맞추려는 듯이 일찍이 밀리가 '공주님' 같다고 칭찬했던 라이저의 골든블론드는 어느새 사막의 모래처럼 칙칙한 빛깔로 퇴색해 버렸다.

동료가 당연하다는 듯이 사신이라고 부르기 시작한 지 얼마나 지났을까. 라이저는 처형을 할 때마다 손 안의 M629가 점점 무거워지는 듯한 느낌이 들었다. 사람을 죽인 만큼 확실하게 무거워졌다. 틀림없이 기분 탓이리라. 그때는 총알을 한 발씩 정성스레 장전한 뒤에 다시 쥐어본다. 역시 기분 때문이다. 무게가 달라졌을 리가 없다.

하지만…… 무언가가 무거워졌다. 다른 무언가. 견디기 어려웠다. 삐걱거렸다.

싸늘한 거처 거실에서 라이저는 동생의 피아노 연주를 들었다.

아이팟으로. 하나뿐인 의자에 앉아서. 한쪽 무릎을 감싸 안은 채. 눈을 감고서.

동생에게 연주를 녹음해서 보내 달라고 부탁했다. 아직 건강했던 제인이 녹음 장비가 있는 지인에게 부탁해 주었다. 집에서 녹음을 해서인지 녹음 상태는 결코 좋지 않았다. 그래도 라이저에게는 그 어떤 명연주를 수록한 명반보다도 가치가 있는 음원이었다.

요한 세바스티안 바흐. 관현악 모음곡 제3번 라장조 「G선상의 아리아」.

흔들리는 정감이 느껴졌다. 자애로 가득한 깊고도 부드러운 숨결이 느껴졌다. 하지만 튀어 오르는 듯한 약동감이 가득했다. 일찍이 제인이 지적했던 미숙한 부분은 완전히 사라졌다. 옛날보다 월등히 나아졌다. 그러나 기술이 향상되어 안정감이 늘어난 만큼 밀리다운 생생한 파동이 색채를 잃어버린 것 같았다. 그저 자신의 주관일 뿐인가? 아니면 밀리는 정말로 살아가는 기쁨을 잃어버린 것인가?

됐어, 그만 생각하자…….

밀리가 제멋대로인 언니를 위해서 쳐 준 곡이었다. 더 이상 뭘 바라겠는가?

'여행'에서 돌아와 가장 가까운 우체국을 들러 사서함에 들어온 밀리의 편지를 받았다. 집으로 돌아가 편지를 여러 번 읽으며 오로지 밀리의 피아노 연주만 들었다. 순진무구한 선율이 자신의 죄를 꾸짖는 듯했다. 그것이 라이저의 일상 아닌 일상이었다.

라이저는 홀로 귀를 기울였다. 같은 곡을 거듭 들었다. 그때만은 고향의 꿈이 편안했다.

7

사랑하는 언니에게

언니가 마지막으로 집을 들른 지 벌써 몇 년이나 지났는지 모르겠네. 그 뒤로 한 번도 얼굴을 보여 주지 않았어. 어렸을 적에 내가 언니에게 집을 나가야 한다고 했지. 기억나? 내 생각은 지금도 변함이 없어. 언니는 틀림없이 회사에서 열심히 일하고 있을 테지. 활약하고 있는 언니의 모습을 상상하니 기뻐.

나도 언니를 생각하며 매일 우체국에서 일하고 있어. 언니가 하는 일과 달리 내 일은 누구나 할 수 있을 만큼 간단해. 하지만 말을 못 하는 내게는 일이 있는 것만으로도 감지덕지하지. 그런데 요즘에는 어깨 결림이 너무 심해서 간단한 일조차 못 하고 있어. 오코너 국장님이 모처럼 새로운 일을 맡겨 주셨는데. 일을 잘 해내면 승진을 시켜 주겠다고 약속도 하셨는데 몸이 이래서 도저히 해내지 못할 것 같아.

오코너 국장님의 부인인 마지 씨는 과자를 아주 잘 구우시는데, 종종 쿠키를 나눠 줘. 아주 부드럽고 맛있어. 그런데 국장님의 세 아이들은 그다지 좋아하지 않는대. 세 아이 모두 한창 먹을 때인데 참 희한하지? 마지 씨는 내게 아주 잘해 줘. 같이 저녁을 먹자고 권하기도 했지. 오코너가 사람들은 모두 좋은 사람들이지만, 말을 못 하는 내가 폐가 될까 봐 여태껏 한 번도 초대에 응하지 않았어.

전에 받은 편지에서 언니가 업무 관계자와 자주 저녁을 먹는다고 쓰여 있던데, 분명 재밌겠지? 매일 집과 우체국만 오가는 나로서는 도저히 상상도 할 수 없는 삶이야.

언니는 옛날부터 특별한 사람이었어. 나의 자랑스러운 언니. 줄곧 자랑거리이자 동경의 대상이었어. 솔직히 말해 언니가 정말 부러워. 언니는 정말로 아름다워서 언제나 이목을 끄는 존재였지. 특별한 언니와 달리 내겐 아무런 장점이 없어. 제인이 그토록 열심히 가르쳐 줬는데도 결국 피아노로 무언가를 이루지도 못했고.

사랑하는 자랑스러운 언니. 요즘에 난 옛날만 생각하고 있어. 제인이 교회에서 피아노를 가르쳐 줬던 기억, 언제나 언니가 데리러 와 줬던 기억. 그리고 훨씬 과거도 떠올려. 동갑이었던 앤지 더프너. 그녀의 어린 남동생 바비. 사랑스러운 베시. 모두 사이좋게 지냈던 사랑하는 친구들이었지. 하지만 그 친구들은 이제 어디에도 없어. 내겐 이제 언니밖에 없어. 언니가 정말 보고 싶어.

그렇지 않아…….

편지를 읽으며 여러 번 생각했다. 밀리야말로 자신의 자랑이었다. 따뜻한 햇살은 언제나 밀리만 비췄다. 앤지, 바비 그리고 베시도 모두 밀리의 따뜻한 햇살에 모여들었다. 나는 동생이 눈부셨다. 선택받은 사람은 바로 밀리였다. 하지만 그날…… 어게인 때 자신이 손을 놓은 바람에 햇살에 구름이 드리워졌다. 무언가가 크게 뒤틀리고 말았다. 잼을 일으켰다. 운명이 탄피를 무정하게 씹었다.

아냐, 아냐…….

'업무 관계자와 함께 저녁을 먹었다.' 물론 거짓말이다. 대커 앤드 힐스의 관계자는 테러리스트나 범죄자뿐이다. 그들과 친밀하게 식사를 함께 한 적도 없었다. 라이저는 혼자 밥을 먹는다. 임무를 수행할 때는 '여행지'에서, 그렇지 않을 때는 자택 부엌에서. 요리조차 하지 않았다. 대부분 편의점 같은 곳에서 사 온 샌드위치나 통조

림으로 끼니를 때웠다. 그리고 오렌지. 무얼 먹든 아무 맛도 나지 않았다. 밀리보다 훨씬 쓸쓸한 저녁이었다. 하지만 밀리에게는 그렇게 말할 수가 없었다. 킬리언 퀸이 마련해 준 대커 앤드 힐스라는 위장 회사에 다니고 있다는 거짓말을 이어 나갈 수밖에 없었다.

어떤 의미에서는 분명 특별하다. 킬리언과 라힘도 인정해 주었다. 그것은 결코 밀리가 말하는 특별함은 아니었다. 가장 동떨어진 의미였다.

여동생이 오코너가 식구들이 저녁을 함께 먹자고 거듭 초대했는데도 응하지 않았다는 것이 마음이 걸렸다. 옛날에 밀리는 자신이 남에게 폐가 될까 눈치를 살피는 아이가 아니었다. 고통으로 가득한 세월이 역시 밀리를 바꿔 버린 건가? 아니면 오코너가를 보고 어게인 때 죽었던 더프너가 사람들이 떠오른 건가? 그렇다면 마음이 더더욱 아프다.

앤지, 바비, 베시, 그리고 패트릭과 마기 부부. 그날 라이저와 동생은 폴스 로드에서 우연히 더프너가 식구들과 마주쳤다. 더프너가의 다섯 식구들의 웃음이 선명하게 기억났다. 그들은 죽고 밀리는 남았다. 그리고 지금도 세계의 한쪽 구석에서 살아가고 있었다.

푸념이 적혀 있는 것도 마음에 걸렸다. 천진난만했던 옛날의 밀리라면 상상도 할 수 없는 일이었다. 밀리는 어머니에게서 갈색 머리를 물려받았다. 하지만 세월이 흘러가니 푸념을 늘어놓는 성격마저 닮기 시작하는 것 같았다. 일상을 무심하게 적어 놓은 글 속에 음울한 한숨이 어렴풋하게 배어 있었다.

모든 것들이 퇴색되어 조용히 사라져 가는 듯한 상실감이 들었다. 마음이 답답했다. 그리고 미칠 것 같았다.

침대에 누워서 밀리의 연주를 들었다. 마음을 가라앉힐 수 있는 방법은 달리 없었다.

마음을 다잡고서 일어서 햇볕이 들지 않는 골목에 면한 창가 쪽 탁자에 다가갔다. 콜롬비아 로드에서 산 노란색 편지지에 여동생에게 보낼 답장을 썼다.

사랑하는 밀리에게. 편지 보내 줘서 고마워. 나도 밀리를 보고 싶지만, 지금 새로운 프로젝트를 막 시작한 참이라 저녁마다 클라이언트와 식사를⋯⋯.

쓰다 만 편지지 한 장을 찢고서 두 손으로 구겼다. 거짓말, 거짓말, 거짓말.

겨우 참아냈다. 이 거짓말이 너무나도 견디기가 어려웠다. 격정이 가라앉기를 기다렸다. 그리고 다시 펜을 들어 날조된 문장을 또다시 써 내려갔다.

사랑하는 밀리에게⋯⋯.

오전 9시. 플랫을 나왔다. 쇼디치 하이 스트리트역에서 지하철을 탔다. 환승을 거듭하며 미행이 없는지 신중하게 확인한 뒤에 코벤트 가든에서 내렸다. 역 승강구를 나와 긴 에스컬레이터를 올라 드루어리 레인 극장 인근 전화부스에 들어갔다.

저번 연락 때 들은 번호를 눌렀다. 상대가 곧바로 받았다.

"'베리저스.'"

"'시오다.'"

"넌가? 본부에서 내려온 지시는 없다."

"그뿐인가?"

"그래. 왜 그래? 일이 없어서 불안한가? 천하의 사신도 보통 사람들처럼 잘릴까 봐 두렵나?"

'베리저스'의 실없는 농담에 화가 울컥 치밀었다. 하지만 애써 참았다. 상대는 일개 연락책일 뿐이다.

"다음 번호는?"

"듣지 못했어. 이번과 똑같겠지."

조용히 전화를 끊었다. 전화부스에서 나와 홀본역까지 걸어갔다. 또다시 환승을 거듭하여 스완필드 스트리트에 있는 거처로 돌아왔다.

귀찮긴 하지만 정시 연락을 건너뛰어서는 안 된다. 도청을 피하고자 휴대전화는 되도록 사용해서는 안 된다. 유선전화도 도청을 당할 위험성이 있지만 휴대전화보다는 안전하다.

사신이라는 별명과는 별개로 부여된 '시오다'라는 코드네임은 아일랜드어로 실크를 의미한다고 한다. 알려 주기 전까지는 몰랐다. 통일 아일랜드를 실현시키고자 싸우면서도 정작 아일랜드어를 모른다. 고향에서도, 무하디라에서도 가르쳐 주지 않았다. 이 우스운 현실을 비웃어도 되는가?

형언할 수 없는 권태감이 몰려왔다. 위험한 징조였다.

아메디오를 생각했다.

생각해서는 안 된다는 걸 알면서도 생각했다. 플랫에서, 카페에서, 지하철에서 그 생각은 갑자기 라이저의 어깨를 잡고 흔들었다.

그는 정말로 배신자였는가?

사파리 재킷을 입은 백인은 정말로 ETA였는가?

엘티아노 호수에는 정말로 물고기가 없는가?

모든 것이 기만일 가능성이 컸다. 아메디오가 잠시 시간을 벌고자 거짓말을 했을 가능성도. 모략의 세계에서 살다 보니 거짓말이 진실보다 더 가치가 있다는 것을 통감했다.

임스틴을 부여받은 두 훈련병 중 하나는 죽는다고 했다. 그것은 무슨 의미인가? 선택받은 한 명이 상대방을 죽인다. 보다 유망한 전사를 위해서 그렇지 않은 전사를 희생시킨 건가? 전사를 육성하는 효율로 따져보면 있을 수 없는 일이었다. 그와 동시에 무하디라의 방침을 생각하면 충분히 있을 법한 일이었다.

아메디오를 처형하는 것만큼 라이저를 시험하는 데 적합한 임스틴은 없었으리라. 이 문제는 처형당하는 상대의 죄가 모호하면 모호할수록 좋다. 너무나도 적절한 때에 출제된 이 문제는 라이저의 자질을 높이 평가했던 라힘의 '아버지의 마음'에서 비롯됐는지도 모른다.

임스틴을 극복한 자는 무언가에 절대로 얽매여서는 안 된다. 그런데 자신은. 이 꼬락서니는.

─조사해 보면 금방 밝혀질 거야! 엘티아노 호수에는 물고기가

있어!

마음만 먹으면 언제든지 조사할 수 있었다. 하지만 라이저는 조사하지 않았다. 얽매임을 벗어던져서가 아니었다. 아는 것이 무서웠기 때문이었다.

만약에 엘티아노 호수에 물고기가 있다면?

생각해서는 안 된다. 그 생각은 사막 저편에서 말라가는 시집을 다시 *끄*집어낼 것이다. 라이저는 자신의 마음을 봉했다. 무하디라의 가르침에 충실하라.

그레이트 포틀랜드 스트리트역을 나와 올버니 스트리트에서 전화를 했다.

"베리저스."

"시오다."

"내일 오후 10시에 다운패트릭에 있는 주리스라는 여관에 들어가. 그곳에 동지 하나가 기다리고 있을 거다."

"둘이서 하는 건가?"

"어, 중요한 임무야. 실수하지 마."

전화가 끊어졌다. 다운패트릭. 오랜만에 조국에서 임무를 수행하게 됐다. 내용은 알 수 없었다.

또 '여행'이다. 이번에는 며칠이나 걸릴까? 밀리가 보낸 편지가 쌓일 정도로 오래 걸리지 않았으면 좋겠는데.

엿새 뒤 오전 9시. 다운패트릭의 오드리즈 에이커 인근에 있는 곡물 창고. 통용문 앞에 한 남자가 서 있었다.

하얀 트렌치코트를 입은 라이저는 개의치 않고 골목에서 나와 천천히 걸어 나갔다.

남자가 라이저를 보고 수상하다고 여겼는지 몸을 앞으로 내밀었다. 하지만 라이저는 상대를 보지 않은 채 계속해서 접근했다.

남자가 경계하며 품속에 오른손을 넣었다. 그런데 그 남자의 뒤에서 머리가 붉은 덩치 큰 남자가 나타났다.

"이봐."

바로 뒤에서 걸걸한 목소리가 들리자 남자가 화들짝 놀라며 뒤를 돌아봤다. 그가 총을 뽑기 전에 덩치 큰 남자의 오른팔이 번뜩였다.

덩치 큰 남자는 그 한 동작으로 남자를 바로 죽였다. 덩치 큰 남자는 상대가 조용히 쓰러지도록 어깨를 잡은 채 천천히 땅바닥에 눕혔다. 그러고는 가는 나이프를 뽑았다. 솜씨가 여전했다. 나이프는 상대의 늑골 아래로 들어가 세로로 심장을 꿰뚫었다.

사냥꾼 션 맥라글렌이었다. 그가 이번 임무의 파트너였다.

맥라글렌은 라이저를 보고 고개를 끄덕이고는 재킷 안에서 발터 P99를 꺼냈다. 다른 보초들도 그가 모조리 정리했다.

두 사람은 통용문을 통해 안으로 들어가 쌓여 있는 곡물 가마니 사이를 나아갔다. 어둑한 창고 안쪽에 사무실이 있었다. 그 앞에 서 있던 보초가 놀라서 우지 SMG를 들려고 하자 라이저는 그보다 먼저 M629로 그의 머리를 꿰뚫었다.

라이저는 그대로 사무실에 뛰어들어 서 있던 남자들을 사살했다. 모두 네 명. 처형은 순식간에 끝났다.

사냥꾼이 모두의 얼굴을 확인했다.

"틀림없이 니랜드야."

팀 니랜드. 다른 세 남자는 그의 근처에 쓰러져 있었다.

두 사람은 아무 일도 없었다는 듯이 창고를 나와 근처에 세워 둔 레인지로버에 올라타고서 도주했다.

국도 A22를 타고 계속 북쪽으로 올라갔다.

"니랜드도 멍청한 녀석이야."

사냥꾼이 운전하며 말했다.

"시인한테는 우리가 붙어 있는데 말이야."

옛날부터 킬리언 퀸과 대립을 했던 IRF 유력 간부 중 하나인 팀 니랜드는 상대를 실각시키고자 모의를 했다. 시인은 선수를 쳐서 그의 일파를 숙청해 버렸다. DUP가 선거를 앞두고 지지층을 넓혀 가던 시기라서 참모본부는 거사를 벌일 타이밍을 재고 있었다. 다운패트릭에서 사냥꾼과 라이저가 숙청을 하고 있을 때 벨파스트에서는 묘지기가 나머지 니랜드파 멤버들을 쓸어 버렸을 것이다.

"요즘에 큰 호평을 얻고 있더군. 다들 사신한테 걸리면 끝장이라고 그러더군."

조수석에 앉아 있는 라이저를 곁눈으로 보고서 사냥꾼이 웃었다.

"시인의 눈이 옳았어. 묘지기 영감이 허구한 날 불평을 쏟아 내더라."

라이저는 끝없이 펼쳐진 푸른 초원을 보며 잠자코 있었다.

이번 임무뿐만이 아니라 그동안 맡아 왔던 임무는 대부분 킬리언 퀸이 지위를 유지하는 데 기여를 했다. 자유롭게 부릴 수 있는 '사신'을 얻은 덕분에 그의 사상은 더욱 급진적인 방향으로 기울어졌다. 하지만 그것은 라이저가 갈구한 긍지와 결코 이어지지 않았다.

IRF는 작년에 채링크로스에서 대규모 폭탄 테러를 실행했다.

'채링크로스의 비극'이라 불리는 그 테러에 처형인인 라이저는 관여하지 않았다. 모든 사실은 사후에 알게 되었다. 암담한 생각이 들었다. 말로는 표현하지 않았지만, 원래 라이저는 무차별 테러에 회의적이었다. 무력 투쟁을 표방한 IRF에 소속되어 있으면서 폭탄 테러를 부정하는 자기 자신이 얼마나 어리석은지 잘 알고 있었다.

주모자는 킬리언 퀸이었다.

그는 참모본부가 공식 범행 성명을 발표했을 때 인터넷에 자신의 견해를 발표했다.

'우리는 세계로부터 버림받았다. 전 세계의 분쟁 지역이 모두 그렇다. 그래서 우리는 부르짖었다. 비참한 현실을 모조리 무시하고 덮어 버리려는 녀석들의 뺨을 후려갈겼다. 그대들이 현재 생각해야 할 것은 비단 저녁 메뉴만이 아닐 것이다.'

여전히 명쾌하고 알기 쉬운 논리였다. 하지만 본인의 복잡한 내면과는 전혀 달랐다. 그는 의도해서 구별하고 있는 건가? 아니면 두 모습이 모두 그의 본심인가? 본인은 틀림없이 후자라고 대답하겠지만, 그렇다고 하더라도 그가 내뱉은 말은 거짓이 아닌 것 같았다.

중세부터 현대까지…… 크롬웰의 아일랜드 침략부터 어게인까지 오로지 짓밟히기만 했던 조국을 사랑하기는 한다. 아무런 죄도 짓지 않았는데 예방 구금이라는 명목으로 비인도적으로 투옥되어 고통 속에 죽어 간 동포들의 원한도 잘 안다. 하지만 자신은 대의나 신앙 때문에 싸우는 것이 아니다. 자신은 스스로의 긍지를 위해서 싸워 왔다. 키디로 향하는 도로 위에서 맥브레이드의 진실을 들었던 그날부터.

맥브레이드의 피를 자랑스럽게 여기는 만큼 그 피가 무서웠다. 언젠가 선조들처럼 수렁에 빠지는 숙명이 찾아오지 않을까? 그런 생각이 든 시점부터 긍지는 이미 흔들리고 있었다.

앞을 바라보며 라이저가 말했다.

"셰이머스 로난을 죽였을 때 기억나?"

"갑자기 뭐야?"

맥라글렌이 재밌다는 표정으로 응했다.

"함께 수행한 첫 임무이니 기억하고 있지."

"차 안에서 묘지기가 그랬지. '요컨대 구심력이 약해졌다는 거 아닌가?'라고."

피의 숙청을 거듭하고, 어게인을 겪은 뒤에 IRF는 급속도로 성장했다. 그만큼 참모본부 안에서는 주도권을 쥐려는 분쟁이 극심해졌고 구심력을 유지하기가 어려워졌다.

"시인은 자신의 권력을 유지하려고 지금껏 지시를 내렸다고 말하고 싶은 건가?"

라이저는 부정하지 않았다. 라이저는 현 정세를 그렇게 보고 있었다. 그 견해는 주변에서 얻은 정보와도 부합했다.

묘지기는 그야말로 본질을 꿰뚫어 보고 있었던 것이다. 그리고 그 흐름에 편승했다. 테러리스트의 이러한 태도는 테러를 낳은 세계에서 살아가는 인간의 특징이라고 할 수 있지 않은가?

그러나 사냥꾼은 아무것도 모르는 척 말했다.

"IRF는 원래 철저 항전을 표방하며 생긴 조직이야. 시인은 그 상징이지. 성 패트릭의 날 퍼레이드에 등장하는 기념물과 똑같아. 우리가 앞으로 끌어 줘야지."

상징? 분명 시인도 그때 셰이머스 로난을 타협주의의 상징으로서 죽여 버렸다.

"충고해 두지. 사신 아가씨."

사냥꾼의 말투에서 쾌활한 느낌이 사라졌다.

"분명 시인은 성 패트릭도, 마이클 콜린스도 아냐. 하지만 전쟁에는 녀석의 그 철두철미함이 필요해. 어차피 죽느냐 사느냐의 싸움이야. 우린 망설이지 않고 죽이라고 명령을 내리는 쪽에 붙는다. 그리고 난 명령을 받으면 망설이지 않고 죽인다."

사냥꾼이 오른손을 운전대에서 슬그머니 떼어 재킷 안쪽에 넣었다. 라이저는 차도를 쳐다보는 척 시야 한구석에서 그 느릿한 동작을 확실하게 포착하고 있었다.

라이저는 소매 속에 숨겨둔 칼을 언제든 뽑아들 수 있었다. 사냥꾼도 그걸 알고 있었다.

끈적끈적한 살의가 차가운 열기처럼 차 안에 가득 찼다.

사냥꾼. 자신과 똑같은 처형인. 셀 수 없을 만큼 수많은 사람들을 죽여 왔다. 사냥꾼은 자비도 없이 배신자를 사냥한다. 배신자의 빈틈을 찔러 목을 긋는다. 맥브레이드는 배신자가 아니었다. 온 신경을 손가락에 집중했다. 나이프의 감촉이 느껴졌다. 그러나 움직임을 적에게 보이지 않았다. 라힘의 가르침. 사막에 버린 시집. 아메디오의 피. 바다오리가 울어 대는 소리. 밀리의 편지가 슬슬 왔으려나?

무언의 시간이 차 안에 흘렀다.

이윽고 살의는 안개처럼 확산되었다.

결국 두 사람은 아무 말도 하지 않았다. 레인지로버는 벨파스트에 들어섰다. 사냥꾼의 오른손도 어느새 운전대 위로 돌아와 있었다.

공항 근처에서 라이저가 내리자 맥라글렌이 운전석에서 말했다.

"부탁한다. 묘지기 영감이 벨파스트 펍에서 술을 왕창 얻어먹고 다니는 짜증나는 광경만은 보고 싶지 않아."

그 말만을 남기고서 레인지로버는 가 버렸다. 조국의 길섶에 라이저를 남겨 두고서.

라이저는 우두커니 서서 먼 도시를 멍하니 쳐다봤다.

밀리가 있는 친가가 문득 머릿속에 스쳤다.

들를까…….

하지만 뭐라고 핑계를 대고 돌아가면 좋을까? '업무차 근처에 왔다가 한번 들러 봤어.' 하고?

라이저는 고개를 저어 생각을 지우고서 공항을 향해 걸어 나갔다.

런던으로 돌아온 라이저는 우체국에서 밀리가 보낸 편지를 받아 거처인 플랫으로 돌아갔다. 편지를 읽고, 샤워를 하고, 다시금 읽었다. 여러 번 읽었다. 그리고 침대에 누웠다.

나가기 전과 거의 달라진 것이 없는 적막한 나날. 그것이 다시 시작되었을 뿐이었다.

쇼핑을 하기 위해 그날은 아침부터 거리로 나왔다. 소유욕은 없었지만 아무리 그래도 최소한의 생활용품은 필요했다. 임무에 필요한 물자와 도구도. '여행'을 떠나기 전에는 행선지에 맞는 옷을 미리 여러 벌 구입해 왔다. 그날은 베이지색 트렌치코트와 데님바지를 입고 있었다. 무심하게 입은 일상복이었다.

쇼디치 하이 스트리트에서 북동쪽으로 분기되는 해크니 로드를 걷고 있었을 때 어느 펍이 눈에 들어왔다. 여러 번 앞을 지나간 적이 있는 가게였다. 그다지 장사가 잘 되는 것 같지는 않았다. 마침 점심시간이었다. 여기서 때우고 가자는 생각에 라이저는 나무문을 밀어서 열었다. 점심에는 펍에 혼자 들어가기가 편하다. 그에 비해 밤에는 껄끄럽다. 우선 술을 마셔야만 하고, 여자가 혼자 있으면 남자들이 귀찮게 집적거린다.

가게 안은 보기보다 넓었다. 하지만 내부가 전체적으로 촌스러웠다. 역시 손님은 적었다. 비상구와 주방 출입구를 습관처럼 확인했다. 최적의 위치에 있는 자리가 비어서 그곳에 앉았다. 메뉴를 보고 아이리시 오이스터와 연어 샐러드, 그리고 허브차를 주문했다.

요리는 금방 나왔다. 맛은 나쁘지 않았다. 가격에 비해 훌륭한 맛이었다. 오랜만에 요리다운 요리를 먹은 것 같았다. 가게 구석에 피아노가 놓여 있었다. 낡긴 했지만 손질이 잘 되어 있는 듯했다. 밤에 누군가가 취객의 주문을 받거나, 혹은 스스로 흥을 돋우기 위해 연주하리라.

어쩐지 마음이 편안해지는 것 같았다. 오이스터와 샐러드를 빵과 함께 말끔하게 비웠다. 찻잔을 입으로 가져가면서 피아노를 바라보고 있으니 보타이를 한 웨이터가 말을 걸어 왔다.

"쳐도 됩니다."

라이저는 놀라서 상대의 얼굴을 봤다. 하얗게 센 콧수염을 덥수룩하게 기른 노인이었다. 잔을 닦으며 미소를 짓고 있었다.

"치고 싶지요? 상관없어요. 마음껏 쳐 봐요."

생각지도 않았지만, 듣고 보니 확실히 그랬다. 저 피아노를 쳐 보고 싶었다.

무심코 되물었다.

"정말로, 괜찮나요?"

"예, 물론."

세상풍파를 다 겪은 것 같은 웨이터가 방긋 웃으며 고개를 끄덕였다.

라이저는 일어서서 조심스럽게 피아노에 다가갔다. 건반을 살짝 만져봤다. 서늘하고 딱딱했다. 오랫동안 잊었던 감촉이었다.

피아노 앞에 앉아 두 팔을 뻗었다. 뜻밖에도 마음이 포근해졌다.

그 곡을 쳐 보자. 그 아리아를.

마지막으로 쳐 본 게 언제였던가? 지금이라면 칠 수 있을지도 모른다. 그런 기분이 들었다.

마음이 가는 대로 건반을 쳤다. 맑은 음이 흘러나왔다.

그러나 손가락은 첫 네 소절에서 멈췄다. 얼어붙은 것처럼. 죽은 것처럼.

그때와 똑같았다. 브라이언이 죽었을 때와. 밀리와 제인 앞에서 치려고 했으나 치지 못했던 때와.

자신은 조금도 변하지 않았구나…….

웨이터가 의아해하며 고개를 들었다.

창백해진 얼굴로 일어선 라이저는 피아노 위에 지폐를 올려 두고는 아무 말도 없이 문으로 향했다. 가게를 나가기 직전에 뒤를 돌아보니 늙은 웨이터가 그저 서글프게 고개를 가로젓고 있었다. 쓸데없이 권했다며 자책하는 듯했다.

종종걸음으로 해크니 로드를 되짚었다. 고개를 숙인 채 뒤를 돌아보지 않고서. 도중에 몇몇 행인과 부딪쳤지만 알 바 아니었다.

방심했다. 따뜻한 식사와 웨이터의 호의에 방심했다. 이것이 현실이다. 이 세상에는 자신에게 허락되지 않은 것들이 아주 많았다. 무엇이 허락되었고, 무엇이 허락되지 않았는가? 뒤섞여 있어서 잘 모르겠다.

수요일이 되면. 브라이언에게 직접 물어보면…….

자신은 이미 알고 있다. 수요일은 이제 오지 않는다.

사랑하는 언니에게

여전히 직장에서 열심히 일하고 있을 테지? 나도 여전히 우체국에서 근무하고 있어. 결국 오코너 씨가 맡긴 일을 잘 해내지 못했어. 승진도 물 건너갔고. 어깨 결림 때문이야. 아주 고질병이 됐어. 요즘에는 두통도 날 괴롭혀. 이제 뭘 하는 게 두려울 정도야.

어제 마지 씨가 언니에 대해 물었어. 언니가 정말로 런던에서 일하고 있느냐고 아주 에둘러서 묻더라고. 난 물론이라고 대답했지. 마지 씨는 나를 배려해서 더는 아무것도 묻지 않았어. 그래서 오히려 마음에 걸려. 여러 기억들을 돌이켜 보면 역시 어머니도, 제인도 의심했던 것 같아. 언니가 테러리스트가 된 게 아닐까 하고.

그럴 리가 없어. 언니는 그 누구보다도 이 지역에 만연한 폭력을 싫어하는 상냥한 사람이었으니까. 난 언니를 믿어.

8

"베리저스."

"시오다. '산토끼' 건은 끝냈다."

"알겠다. 시오다한테 내려진 새 지시는 없다. 다음에도 이 번호로."

수화기를 내려두고 공중전화부스를 나왔다. 템스강 쪽으로 워털루 로드를 걸었다. 런던에 3주 만에 돌아왔다. '산토끼'를 쫓아 줄곧 뉴욕에 있었다. 오늘 아침에 미국에서 막 돌아온 참이었다. 플랫에 돌아가기 전에 여느 때처럼 정시 연락을 넣었다. 6월 1일. '여행'을 떠나기 전, 런던은 신록이 피어나기 시작해 아름다웠다. 그런데 오늘은 구름 속에 어둡게 가라앉아 있었다.

산토끼는 도주한 조직의 내통자였다. 강철 같은 규율을 자랑하는 IRF의 정보를 의도적으로 적에게 흘린 동기는 돈이 아니었다. 강한 신념이었다. 산토끼는 IRF의 이념에 동조하여 지원했으면서 다른 이념에 사로잡혔다. 그리고 죽음을 각오하고 배신했다. 참모본부는 사신에게 산토끼를 처형하라 명령했다. 정보 유출 건이 발각된 뒤에 산토끼는 글래스고에서 미국으로 달아났다. 뉴욕에 들어갔다는 것까지는 참모본부도 확인했지만, 그 뒤에 산토끼의 행방을 알아내는 데 꽤 애를 먹었다.

브루클린의 로우하우스에 숨어 있던 산토끼는 자신을 찾아온 사신을 보고 말했다.

─너, 맥브레이드의 딸이라고 하던데 사실인가?

아무 대답도 하지 않고 M629로 그의 머리를 쐈다. 대답할 의무는 없었다. 아마추어나 그런 것에 반응한다. 그도 사신이 대답하리라 생각하지 않았겠지만, 대답을 듣고 뭘 어쩔 작정이었는가? 똑같은 배신자라고 말하고 싶었나? 같은 배신자이니 자비를 베풀어 달라고 구걸하려고 했나? 아니면 배신자는 배신자를 처단할 권리 따윈 없다고 매도하고 싶었나? 라이저는 모두 아니라고 생각했다. 산토끼의 눈에는 다른 것이 깃들어 있었다. 그 눈을 본 기억이 있었다.

거울에 비친 자신의 눈과 비슷한 것 같았다.

한시라도 빨리 플랫으로 돌아가고 싶었다. 혹스턴 우체국을 들려야만 한다. 밀리가 보낸 편지가 쌓여 있을 것이다. '여행'을 떠나기 전에도 사서함을 확인해 봤으나 아직 편지가 배달되지 않았다. 경로 어딘가에서 문제가 발생했는지 그 시점에 이미 여러 날 우편물이 밀려 있었다. 빨리 답장을 써야 하는데. 밀리가 틀림없이 걱정하고 있을 텐데.

스완필드 스트리트에 있는 플랫으로 돌아가니 실내에 축축한 공기가 가득했다. 창문을 열고 환기를 시켰다. 짐을 내려 둔 뒤 옷도 갈아입지 않고 침대에 누워 밀리의 연주를 들었다.

오랜만에 듣는 밀리의 피아노. 여행 때는 아이팟을 들고 갈 수가 없었다. 사람을 죽이는 현장에 밀리를 데리고 가는 것과 마찬가지였기에.

이번 여행은 지독하게 피곤했다. 투명한 선율을 듣고서야 비로소 몸이 풀리기 시작했다.

아리아를 들으며 멍하니 생각했다. 바흐 일족은 프로테스탄트였다고 한다. IRF에 소속된 자신이 프로테스탄트가 작곡한 곡에 도취됐다. 자신의 적은 프로테스탄트가 아니다. 또한 프로테스탄트의 적은 가톨릭이 아닐 것이다. 그렇다면 우리들의 싸움은? IRF의 대의는? 맥브레이드의 긍지는?

어느새 잠에 빠졌다. 정신을 차리니 우체국 영업 시간이 지나 있었다. 밀리의 편지는 내일 찾으러 갈 수밖에 없었다. 다시 잠에 들려고 했으나 땀에 젖은 축축한 셔츠가 살갗에 불쾌하게 달라붙어 잠을 방해했다.

이튿날 6월 2일. 오전 9시 전에 일어나 샤워를 했다. 오렌지 두 개로 아침을 때운 뒤에 니트 위에 카디건을 걸치고서 플랫을 나섰다. 우체국에 가기 위해 스완필드 스트리트를 걷고 있었을 때 데님바지 주머니 안에서 휴대전화가 울렸다. 그 번호를 아는 사람은 세 사람뿐이었다. 참모본부 의장과 부의장, 그리고 킬리언 퀸.

"런던에서 어제 막 돌아왔다는 건 알지만 급한 임무야."

킬리언이었다.

"긴급하게 임무를 하나 부탁하고 싶다. 오늘 정오까지 수행해야 해."

임무 내용을 들었다. 하늘에 더욱 짙은 먹구름이 드리웠다. 발밑 포석이 공허한 소리를 내고 있었다.

자신의 본 임무는 처형이다. 정오까지는 앞으로 두 시간밖에 남지 않았다.

"본부에서 내려온 지시는 없었어."

동요를 겨우 억누르고서 걸어가며 대답했다.

"내 판단이야. 참모본부는 지금 혼란에 빠져 있어. 멤버 하나가 20분 전에 구속됐어. 스코틀랜드 야드에 말이야. 혐의는 모르겠다. 네가 그를 대신해 임무를 수행해 줬으면 한다. 지금 런던에서 신뢰할 수 있는 사람은 너뿐이야."

"중지해야 하는 거 아닌가?"

"작전은 이미 진행되고 있어. 이제 멈출 수 없어."

"그 멤버가 계획을 불 가능성은?"

"없다고는 할 수 없지. 하지만 그도 바보는 아냐. 적어도 정오까지는 버틸 거다."

내 임무는…….

그렇게 말하려다가 꾹 삼켰다. 병사에게는 명령을 거부할 권리가 없었다. 자신은 IRF의 병사다. 그리고 맥브레이드다.

발걸음을 돌려 쇼디치 하이 스트리트역으로 향했다. 우체국은 나중에 들를 수밖에.

환승을 거듭하며 미행이 없는지 확인한 뒤에 센트럴선 마블 아치역에서 내렸다. 대리석으로 된 마블 아치 아래를 지나 하이드 파크에 들어가 지정된 벤치에 앉아 대기했다. 서펀타인 호수가 보였다. 먹구름이 비치는 수면은 차디찬 재 같았다.

이내 중개자가 왔다. 색이 엷은 선글라스를 낀 원피스 차림의 중년 여자였다. 라이저의 옆에 앉아 커다란 토트백을 발치에 내려 뒀다. 눈에 띄지 않는 갈색이었다. 2분 뒤에 여자는 지극히 자연스럽게 일어서서 걸어가 버렸다. 그로부터 1분이 더 지난 뒤에 라이저는 남겨진 가방을 들고서 반대쪽으로 걸어 나갔다.

라이브 드롭. 가장 원시적이면서 가장 확실한 전달 방식. 가방은 상당히 무거웠지만 내색하지 않았다. 애써 가벼운 발걸음으로 말버러 게이트를 통해 공원을 나갔다.

이곳에서 패딩턴역까지는 걸어갈 수 있었지만 굳이 랭카스터 게이트역에서 지하철을 탔다. 감시가 없는지 확인하며 옥스포드 서커스역에서 베이컬루선으로 환승한 뒤에 베이커 스트리트역에서 내렸다. 역사 내를 한참 걸어 해머스미스 앤드 시티선 환승장으로 가서 지하철을 타고 패딩턴역으로 갔다. 미행은 없었다.

패딩턴역에는 총 열네 개의 두단식 플랫폼이 있다. 그리고 해머스미스 앤드 시티선 플랫폼만 북쪽 지상부에 위치하고 있다. 일단 개찰구를 나와 중앙 홀에 들어갔다. 아치형 볼트 구조인 천장에는 커다란 유리가 달려 있었다. 자연광이 널찍하고 확 트인 홀 전체를 비추고 있었다.

중앙 에스컬레이터 근처에 두 명의 제복경관이 있었다. 플레이드 스트리트로 이어지는 출입구에도 두 경관이 있었다. 그 외에 사복 경관도 있으리라. 토트백을 든 라이저는 자연스럽게 인파 속에 섞여들었다. 11시 45분이었다. 개찰구를 지나 1번 플랫폼으로 향했다. 곧장 벽 쪽에 있는 커피숍 근처 화장실에 들어갔다. 입구 근처에서 제각기 나오는 세 여자와 스쳤다. 예정대로 개인 칸 몇 개가 비어 있었다. 라이저가 도착하기 직전까지 세 여성 멤버들이 들어가 있었으니까. 비어 있는 개인 칸 중 하나에 들어가 뚜껑을 닫은 변기에 앉아 한숨을 돌렸다. 그러고는 토트백을 무릎 위에 올렸다. 감시의 눈은 이곳만은 미치지 못한다.

채링크로스의 참극 이후로 런던의 각 철도역은 경계를 강화했다.

이런 상황에는 섣불리 모략을 꾸미기보다는 단순한 수단을 쓰는 것이 더 유효하다. 하지만 무엇보다도 타이밍이 중요했다. 이번 작전은 전례가 없는 동시 다발 작전이었다. 서로 연락이 단절된 여러 그룹이 패딩턴역 곳곳에서 동시에 움직였다. 그야말로 작전이 초단위로 진행되었다. 그중에서도 중앙 홀에서의 작업이 가장 중요하다. 그 작업을 맡은 멤버가 체포됐으니 참모본부도 당황했을 법하다.

왼쪽 손목에 찬 디지털 시계를 봤다. 싸구려이지만 시간은 매일 정확하게 맞춘다. 11시 53분이었다. 일어서서 토트백 속에서 내용물을 꺼냈다. 커다란 알루미늄함과 접혀 있는 두꺼운 종이가 있었다. 알루미늄함을 변기 위에 두고서 두꺼운 종이를 조립했다. 완성된 종이함은 알루미늄함과 크기가 똑같았다. 그 종이함을 다시 토트백에 넣었다. 가방은 화장실에 들어왔을 때와 똑같이 부풀었다.

가방 안에는 '고장'이라 적힌 플레이트도 들어 있었다. 실제로 패딩턴역에서 쓰는 것과 똑같았다. 54분. 문을 살짝 열고서 바깥 동태를 살폈다. 사람이 있었다. 20초쯤 기다렸다가…… 바로 지금이다. 함을 남겨 두고 문을 닫은 뒤 재빨리 고장 플레이트를 내걸었다. 천천히 손을 씻고서 화장실을 나왔다. 55분.

앞으로 5분 동안만 함이 발각되지 않으면 된다. 청소부가 청소하는 시간도 멤버들이 사전에 알아 뒀다. 설령 발각되더라도 일반인이 함을 열려면 5분은 족히 걸릴 것이다. 실로 단순한 수법이었다. 그만큼 모든 작업을 아슬아슬한 타이밍에 끝마쳐야만 했다.

57분. 플레이드 스트리트를 동북쪽으로 걸어갔다. 정오. 등 뒤에서 폭발음이 들렸다.

그대로 뒤를 돌아보지 않고 걸어가다가 에지웨어 로드에서 택시를 탔다.

"사우스켄싱턴."

행선지를 말한 뒤에 좌석에 몸을 기대고서 눈을 감았다.

자신의 모습은 역사 곳곳에 설치된 감시 카메라에 당연히 찍혔으리라. 하지만 다른 그룹이 모든 감시실에 폭탄을 설치했을 것이다. 모든 폭탄은 전파를 이용해 거의 동시에 기폭되었다. 역사 안에 녹화 영상이 전혀 남지 않도록 주도면밀하게 준비한 것이다.

이번 작전도 킬리언이 주도했으리라. 지금 이 시기에 킬리언이 채링크로스 사건에 필적하는 대규모 테러를 실행한 의미는 무엇이지?

—요컨대 구심력이 약해졌다는 거 아닌가?

묘지기의 비웃음이 들렸다. 몇 개월 전부터 참모본부와 킬리언이 방침을 두고 대립하고 있다는 소문이 나돌았다. 틀림없이 킬리언은 초조해하고 있다. 머릿속에서 불쾌한 감촉이 느껴졌다.

택시를 두 번 갈아탄 뒤에 혹스턴 근처에서 내렸다. 백은 택시를 갈아타는 도중에 버제스 공원에 있는 쓰레기통에 버렸다.

사서함에 들어온 편지를 회수해서 돌아갔다. 밀리가 세 통의 편지를 보냈다.

이루 표현할 수 없는 피로감을 안고 무거운 발을 질질 끌다시피 플랫에 도착했다. 하나뿐인 의자에 앉아 바로 첫 번째 편지를 읽었다.

사랑하는 언니에게

잘 지내? 마지 씨는 역시 언니가 테러리스트가 됐다고 의심하는 것 같아. 오늘 오코너 씨도 물어봤어. 동료인 엘렌도. 물론 난 부정했지. 하지만 나 역시 마음에 걸려. 오랫동안 언니를 보지 못했으니까. 언니를 한번 만나러 가려고 해. 언니가 어떻게 사는지 이 눈으로 본다면 가슴을 펴고 마지 씨나 엘렌에게도 당당히 말할 수 있을 거야. 직장도 쉬어야 하고, 여행을 거의 해 본 적이 없어서 불안하긴 해. 그런데 혼자 런던에 가야 하다니! 그래도 언니와 만날 수 있다고 생각하니 참 멋진 여행이 될 것 같아. 지금은 하루 종일 그 생각만 하고 있어. 언니는 어떻게 생각해? 언니 생각을 들려줘.

머릿속에서 불쾌한 감촉이 스쳤다. 이번에는 보다 확실하게 느껴졌다. 덜덜 떨리는 손으로 다음 편지를 훑어봤다.

답장을 기다렸지만 도저히 못 참겠어. 언니는 여느 때처럼 출장을 떠났나 봐. 오코너 씨가 휴가를 주었어. 언니를 만나러 가고 싶다고 부탁하니 잘됐다고 말해 줬어. 일정을 정한 뒤에 연락할게.

숨이 막힐 듯했다. 마지막 편지를 읽었다.

멋대로 일정을 정해 버려서 미안해. 언니에게 폐를 끼치겠네. 비행기 표를 끊었어. 6월 2일 편이야. 호텔도 예약했어. 작고 아주 저렴한 곳으로. 낮에 런던에 도착할 거야. 곧 언니와 만날 수 있다고 생각하니 정말 기대가 돼.

플랫을 뛰쳐나와 도로를 달려 큰 목소리로 택시를 잡았다. 런던 지하철은 모조리 운행이 중단되었을 것이다. 이동 수단은 차량뿐이다.

"패딩턴."

택시에 뛰어들고서 그렇게 말하자 운전기사가 곤혹스러워하며 돌아봤다.

"손님, 아직 모릅니까? 지금 이 부근에서 난리가 났다고요."

"갈 수 있는 데까지라도 좋으니 어서 가요."

지폐를 움켜쥐어 운전기사 코앞에 들이밀었다. 그는 성가셔하며 돈을 받은 뒤에 차를 몰았다.

6월 2일. 오늘이다. 오늘이라니. 낮에 도착한다? 정확하게 몇 시지? 항공사도, 편명도 적혀 있지 않았다. 히스로 공항? 아니면 개트윅 공항? 만약에 히스로 공항이라면. 히스로 익스프레스는 패딩턴 역으로 직행한다. 히스로 익스프레스를 탔다고 단정할 수는 없었다. 피카딜리선이나 버스나 택시를 이용했다면.

택시는 노던선을 따라 서쪽으로 나아갔다. 아니나 다를까 그레이트 포틀랜드 스트리트 부근부터 정체가 시작되었다. 택시를 버리고 매릴번 로드를 달렸다.

히스로 익스프레스 전용 플랫폼은 6번과 7번이다. 폭탄은 1번 플랫폼 쪽에 설치했다. 그 폭탄의 위력은 어느 정도였을까? 다른 그룹은 역 어디에 몇 발의 폭탄을 더 설치했을까?

불길한 감촉 때문에 머리가 터질 것만 같았다. 배협구가 집요하게 탄피를 씹었다. 운명의 잼이 날카롭게 울어 대며 희망을 씹었다. 나는 이제 자동총을 쓰지 않는다. 그러니 제발 부디…….

하늘을 뒤덮은 구름에서 빗방울이 뚝뚝 떨어지기 시작했다. 금세 빗줄기가 굵어졌다.

'낮에 런던에 도착할 거야. 곧 언니와 만날 수 있다고 생각하니 정말 기대가 돼.'

심장이 터질 것 같았다. 큰 목소리로 부르짖을 뻔했다. 오로지 달렸다. 이 도로는 예전에 달렸었다. 또 비다. 빗속에서 시간이 겹쳐졌다. 자신은 런던의 매릴번 로드가 아니라 벨파스트의 그로브너 로드를 달리고 있었다. 히스가 무성하게 핀 우묵땅 바닥일지도 모른다. 밀리. 아버지. 제발, 제발. 모든 풍경과 시간이 비와 눈물에 녹아내렸다. 아아, 비가 따갑다.

피아노가 들렸다. G선상의 아리아. 금작화가 흔들리고 있었다. 노란 원피스를 입은 밀리의 어깨. 조신하게 앉아 있는 제인의 옆얼굴. 밀리가 이쪽을 돌아봤다. 그 웃음은 삶의 기쁨으로 가득했다…….

매릴번 로드는 베이커 스트리트와의 교차로부터 완전히 봉쇄되어 있었다. 엄청난 수의 경관들과 경찰 차량들이 깔려 있었다. 그리고 기갑병장도. 구급차 사이렌이 들렸다. 헬리콥터의 요란한 소리도 들렸다. 노성과 웅성거림도.

라이저가 바리케이드를 지나려고 하자 두 경관이 두 팔을 벌리며 막아섰다.

"여긴 통행 금지 구역입니다. 물러나세요."

카디건 안쪽에 숨겨 둔 나이프를 무심코 뽑으려다가 직전에 제정신을 차렸다. 멍하니 상대방의 얼굴을 쳐다봤다. 빗물이 번져서 잘 보이지 않았다. 경관들이 노란색 레인코트를 입고 있었다. 전에도 봤었다. 벨파스트에서. 우묵땅 바닥에서. 모두 같은 얼굴이었다. 눈에 보이는 것마다 기시감이 들었다. 같은 곳을 여러 번 헤맸다. 미로에 갇혀 영원히 빠져나갈 수 없었다.

"동생이…… 있을지도 몰라……. 역에, 히스로에서……."

그 말만 간신히 쥐어짜냈다. 마치 자신의 목소리가 아니라 먼 곳에서 들리는 공허한 목소리 같았다.

"사정은 딱하지만 아가씨, 여길 지나갈 수는 없습니다."

"밀리가 있을지도 몰라."

"어서 물러서요."

경관이 거듭 경고했다. 두 경관이 더 다가왔다.

라이저는 아무 말 없이 등을 돌렸다. 비를 맞으며 달려왔던 매릴번 로드를 되짚었다.

어게인 때도 밀리는 무사했었다. 이것이 영원히 이어지는 미로라면 틀림없이 이번에도 무사할 것이다……. 그래, 틀림없어…….

하지만 저번에 밀리는 목소리를 잃었다. 이번에는 대체 무얼 바쳐야만 하는가?

—넌 네 종자인 죽음과 악운을 길들이는 법을 알아내야만 한다.

쉽지 않겠지. 하나 그러지 못한다면 언젠가 그 종자들이 널 망칠 거다. 조심하거라. 내 딸이여.

라힘의 애처로운 목소리가 들렸다. 모처럼 가르침을 내려 줬는데도 자신은 끝내 이뤄내지 못했다.

그날 밤에 웨스턴 아이 병원에 임시 시신 안치소가 마련되었다. 신원이 확인된 유해도 있었고, 그렇지 않은 시신도 있었다. 가족이 살아 있는지 걱정하며 달려온 사람들은 접수처에서 주소와 성명을 기입한 뒤에 안치소에 들어갔다. 모두들 기도하는 심정으로 시신과 마주했다.

라이저는 가짜 이름으로 안에 들어갔다. 쭉 늘어서 있는 시신을 차례대로 확인했다. 약 마흔 구였다. 물론 그곳에는 크게 다치지 않아 육안으로 판별할 수 있는 시신만이 눕혀져 있었다.

남자, 여자, 젊은이, 노인, 그리고 어린이. 모두 죽었다. 모두 자신이 죽였다.

여기저기에서 흐느낌이 들렸다. 오열과 하늘을 향해 내뱉는 탄식도. 사랑하는 가족의 싸늘한 시체를 목도한 일가친척들이었다.

시체들 사이를 그저 묵묵히 걸었다. 자신이 죽인 자들의 시체를 하나씩 보며 돌아다녔다. 뚱뚱한 남자, 비썩 마른 노인, 학생으로 보이는 소년…… 그다음에 발걸음이 멎었다.

밀리가 있었다.

두 눈을 뜬 채 숨져 있었다. 옆으로 쓰러진 르노 안에서 숨을 거

둔 아버지처럼.

윤기를 잃은 검은 머리카락은 하얀 분진을 뒤집어써서 마치 노파의 머리 같았다.

밀리는 조잡한 회색 파카를 입고 있었다. 눈에 익었다. 옛날이 자신이 입었던 파카였다. 집을 나올 때 남겨 뒀었다. 왜 밀리는 이런 낡은 옷을 입고 여행에 나섰을까? 언니의 눈에 금방 띌 수 있도록? 언니가 자신을 잊어버렸을까 봐 걱정돼서?

"가족이십니까?"

담당 직원이 우두커니 서 있는 라이저에게 말을 걸었다. 그녀는 아무 말 없이 고개를 가로젓고는 시신 안치소를 떠났다.

같은 날, 라이저 맥브레이드는 아무에게도 통보하지 않고 전선을 이탈했다. 그 이후 소식을 끊었다.

IRF 참모본부는 라이저의 도주를 배신이라 단정했다.

제5장

도쿄/현재 Ⅲ

1

신주쿠구 햐쿠닌초에서 시신 두 구가 발견되었다. 한 명은 IRF 테러리스트인 마틴 오키프. 또 다른 한 명은 미우네 무역의 명함을 갖고 있던 신원 불명의 아시아인이었다.

두 시신의 연관성은 전혀 알 수 없었다. 두 사람은 어째서 그곳에서 살해됐는가? 불가사의한 상황이었다. 총알이 어디에서도 발견되지 않은 점과 사망 추정 시각에 주변에서 아무 소리도 듣지 못했다는 증언으로 미루어 다른 곳에서 살해된 것으로 추정되었다.

신원 불명의 남자는 와이셔츠와 싸구려 정장을 입고 있었다. 안에는 면 속옷을 입고 있었고, 나일론 양말을 신고 있었다. 모두 한눈에 봐도 대형마트에서 파는 기성품이라는 걸 알 수 있었다. 태그는 모두 제거되어 있었다. 명함 말고 소지품은 전혀 발견되지 않았다. 명함에 적혀 있는 '平原善明'이라는 이름이 살해된 남자의 이름인지, 살해한 남자의 이름인지, 아니면 제삼자의 이름인지 알 수 없었다. 명함 자체는 지극히 간소했다. 평범한 매트지에 이름, 상호 등이 신해서체로 세로로 적혀 있었다. 영문 표기도 없었다. 흔히 볼 수 있는 요즘 명함보다는 구식이었다. 한 장뿐인 명함에 누구의 지문도 찍혀 있지 않은 것으로 보아 속임수 같았다. 그렇다면 '平原善明'는 역시 실존하지 않는 가공의 이름일 가능성이 높았다.

오키쓰는 '적'이 이번 사건에 관여했을지도 모른다고 지적했다. 그 적이 실수로 명함을 흘리고 갔을 리는 없다. 일부러 남겨 둔 것이리라.

확실한 점은 일본에 잠입한 IRF 플레이어의 숫자가 열두 명으로 줄었다는 것이었다. 당장 사체의 신원부터 밝혀내야겠지만 상당히 어려울 것으로 예상됐다.

유키타니반과 나쓰카와반 수사원들은 그날부터 시체의 사진을 들고서 탐문조사를 벌였다. 여유가 없었다. 그날이 시시각각으로 다가오고 있었다.

유키타니반의 아다치는 지시받은 대로 중국인 커뮤니티에서 탐문을 시작했다. 금세 수확이 있으리라 기대하지 않았다. 첫 번째, 두 번째 시도는 헛수고로 끝났다. 세 번째, 네 번째도 똑같았다. 다섯 번째, 여섯 번째도. 일곱 번째로 전 상하이 상공회 직원이었던 천이라는 노인과 접촉했다. 작년에 은퇴한 노인은 시모오치아이의 어느 골목에서 고양이와 함께 볕을 쬐고 있었다. 그 광경을 보고 이번에도 헛수고로 끝날 것 같았지만 포기할 수도 없었다.

아니나 다를까 노인도 사진 속 남자를 본 적이 없다고 했다.

"다시 한 번 잘 보십시오. 뭐든 좋으니 머릿속에 떠오르는 게 있으면 말씀해 주십시오."

아다치는 언제나 그렇듯이 물고 늘어졌다. 노인은 무릎 위에 있던 고양이를 내려 둔 뒤 돋보기안경을 고쳐 쓰고서 들여다봤다.

"으음, 역시 모르겠는걸."

노인이 유창한 일본어로 대답했다.

"그렇습니까? '平原善明'라는 글자는 이름일지도 모릅니다. 히라하라 요시아키, 혹은 히라하라 젠메이."

"히라하라 젠메이?"

노인이 미묘한 반응을 보였다. 아다치가 곧바로 캐물었다.

"이런 글자인데."

명함을 크게 확대한 복사본을 보였다.

"平原…… 善明……."

노인은 무언가 떠오른 듯했다.

"아시는 분입니까?"

"아니, 그런 사람은 모르지만…… 잠시만 기다려 보게."

집 안으로 들어간 노인이 이내 낡은 공책을 들고 돌아왔다.

"이건 내가 적은 메모인데 말일세. 여길 보게나……. 6년 전에 평위안공시平原公司, 그리고 산밍善明 오피스. 둘 다 회사 이름일세."

"잠깐 좀 보겠습니다."

아다치가 황급히 공책을 들여다봤다. 노인이 가리키는 장에 분명 그런 이름이 적혀 있었다.

"같은 시기에 만났었지. 둘 다 본토의 높은 양반이 소개를 해 주었었지. 도무지 물건을 파는 회사 같지 않아서 줄곧 의아해했네만."

다른 장도 훑어봤지만 단서가 될 만한 글은 없었다.

"미안하구먼. 이건 내 일기 같은 거라서."

노인이 미안해하며 말했다.

"이 공책 좀 빌려갈 수 있겠습니까?"

"아, 그러게. 이 나이에 남이 일기를 읽어 본들 하나도 안 부끄러우니."

노인이 흔쾌히 수락해 주었다.

곧바로 청사로 돌아간 아다치는 때마침 청사에 있었던 유키타니 주임에게 공책을 건네고서 노인의 이야기를 보고했다.

"우연일지도 모르지만 아무래도 마음에 걸려서⋯⋯. 어떻습니까? 주임님."

잠자코 듣고 있던 유키타니가 아다치를 데리고 곧장 취침실로 향했다. 그러고는 코를 드르렁 골며 자고 있던 나쓰카와 주임을 깨웠다.

5분 뒤에 두 반의 수사원들에게 새로운 지시가 내려졌다.

조사 대상⋯⋯ 주식회사 펑위안공시, 주식회사 산밍 오피스.

11월 28일 유키타니와 나쓰카와는 부장실에서 상관에게 수사 결과를 보고했다. 두 사람의 얼굴이 창백해졌다.

"펑위안공시와 산밍 오피스는 모두 실체가 없는 컨설턴트 회사였습니다. 상공회를 통해 외무성, 후생노동성, 경제산업성, 그 외에 각종 외곽 단체 직원과 수시로 접촉한 흔적이 있었습니다. 그 뒤에 두 회사는 이유도 없이 갑자기 휴면 상태에 들어갔습니다. 사원 대부분은 가짜 이름을 써서 주소 및 연락처를 알 수가 없었습니다만, 그 회사 주변을 조사해 보니 중국 대사관 관계자 이름이 여럿 떠올랐습니다. 시체로 발견된 남자도 관계자 중 하나였습니다. 저는 두 회사가 어떠한 첩보 활동을 위해 설립된 위장 회사라 보고 있습니다. 다시 말해……."

유키타니가 떨리는 목소리로 말을 이었다.

"명함을 갖고 있던 시체는 중국 공작원이었습니다."

자신들이 밝혀낸 그 사실이 대체 무얼 의미하는가? 앞으로 수사는 어느 방향으로 흘러가는가? 유키타니와 나쓰카와는 불안을 감추지 못했다.

함께 있었던 시로키와 미야치카도 할 말을 잃었다.

미야치카가 쉰 것 같은 목소리로 신음했다.

"대체 뭐가 어떻게 돌아가고 있는 거야."

오키쓰가 책상 위에 있는 경찰 전화를 들었다.

"특수부 오키쓰입니다. 외사3과 소카베 과장을 연결해 주십시오."

같은 날 시로키 이사관은 상관의 명령을 받고 급히 본청으로 향했다.

공안부 외사과는 책상들이 거의 비어 있고 한산했다. 내근자가 손에 꼽을 수 있을 만큼 적었다. 특수부 수사원들도 낮에는 대부분 밖으로 나가긴 하지만 외사과는 독특했다. 다들 분실이라는 숨겨진 외부 거점에서 활동하는 모양이었다. 시로키도 자세히는 알지 못한다. 같은 경찰인데도 외사과는 마치 딴 나라 같았다.

배타적인 경찰 조직 안에서도 외사과는 특히 배타적인 부서다. 외사과는 이번 사건에서 특수부를 배제해야 한다고 주장한 바 있었다. 시로키는 긴장하며 안쪽으로 나아갔다.

고요하기 그지없는 한편에서 외사3과 소카베 과장이 혼자서 차를 홀짝이고 있었다. 아랫입술이 두꺼워서 차를 마시는 얼굴이 우스꽝스러웠다. 그의 얼굴은 그야말로 독특했다. 평범하게 생긴 사람이 적합하다고 하는 이 외사과에서 그 얼굴은 아주 인상적이었다.

시로키를 본 소카베가 일어서서 자기 책상으로 가자고 권했다.

인사도 하는 둥 마는 둥 시로키는 곧바로 본론으로 들어갔다.

"전 상관처럼 흥정을 하지 못해서 솔직하게 확인하러 왔습니다. 만약에 실례를 범한다면 부디 용서해 주십시오."

시로키는 시체 사진을 꺼내 소카베에게 보였다.

"이 사진은 이미 보셨을 줄로 압니다. 공안, 조직범죄대책부, 형사부에도 돌렸습니다만, 어제까지는 별 소득이 없었지요. 그 뒤에 여러 진전이 있었습니다. 현재 우리 특수부는 외사과가 이자와 이자가 속해 있는 조직을 '특수 사안'으로 다루고 있다고 보고 있습니다."

소카베는 짐짓 소리를 내어 차를 홀짝였다.

"현재 외사과와 특수부는 협력 태세를 맺고 있습니다. 물론 현실적으로 외사과가 여러모로 승복하지 못하고 있다는 걸 잘 압니다만, 다시 한 번 확인해 주실 수 없겠는지요?"

"이름은 모양종莫陽忠. 중국국가안전부 공작원입니다."

소카베는 선선히 인정하고서 찻잔을 내려뒀다.

"실은 저도 방금 들었습니다. 마침 그쪽에 연락을 하려던 참이었습니다. 아실는지 모르겠지만 우린 2과와 사이가 좋질 않거든요. 제게도 좀처럼 알려 주질 않아서……. 여기, 자료 모음입니다. 급히 작성하다 보니 엉성합니다만."

그는 복사본이 담긴 파일을 건넸다.

"2과의 얘기에 따르면 저 모양종이라는 남자가 스즈키나 야마다라는 가명을 쓰며 여기저기를 기웃거렸다더군요. 일본에는 저런 녀석들이 우글거리지요."

외사 3과는 국제 테러리스트를 담당하고, 외사 2과는 동아시아 여러 국가의 스파이를 담당한다.

기선을 제압하고자 소카베가 정보 중 일부를 흘렸을지도 모른다. 시로키는 그 정보가 믿을 수 있는 것인지 확인하고자 고개를 들고 상대를 쳐다봤다.

소카베는 찻잔 옆에 놓인 만주를 입에 가져가며 말했다.

"제 말이 믿기지 않습니까?"

"아뇨, 그런 게 아니라⋯⋯."

시로키가 말끝을 흐렸다.

"괜찮습니다. 안 그래도 외사는 경찰의 블랙박스라는 소리를 듣고 있으니. 2과에서 불평을 쏟아냈지요. 특수부 따위한테 정보를 줄필요가 있느냐고요. 물론 저도 이런 중요 정보를 남한테 주고 싶지 않습니다. 그래도 이번에는 모처럼 협력하기로 뜻을 모았으니."

아이처럼 만주를 한입 가득히 넣고 우물거리는 소카베의 말상에서 속내를 전혀 읽을 수 없었다. 그의 수완을 일찍이 들어온 터라그의 말을 도저히 그대로 받아들일 수가 없었다. 오히려 속이 너무 빤히 보였다. 그 빤함이 무서웠다. 장막 뒤에서 펼쳐지는 국가 간의 지적 전쟁 속에서 살아가는 인간의 특수성을 문외한인 시로키도 이해하고 있었다.

"오키쓰 부장님께 전해 주십시오. 이건 빚을 지는 것도, 갚는 것도 아니라고."

그 말 속에 어떤 사인이 담겨 있다는 걸 시로키도 눈치 챘다.

"확실히 전하겠습니다."

"오늘 이렇게 왕림해 주셔서 감사합니다."

소카베는 일방적으로 대화를 마치고서 두 번째 만주를 집었다.

계급은 같은 경시이지만, 오랫동안 온갖 유령들을 상대해 오며 이 자리까지 올라온 소카베는 역시 한 수 위였다. 시로키는 자신이 얼마나 미숙한지 깨닫고서 건네받은 파일을 들고 인사를 한 뒤에 물러났다.

부장실에서 직접 보고를 받은 오키쓰는 쓴웃음을 지으면서도 명쾌하게 대답했다.

"소카베 과장은 두 가지를 전하려고 했다. 첫 번째는 그 시신이 중국국가안전부의 공작원임이 틀림없다는 것을 보증해 줬지. 두 번째는 이 정보를 전해 준 것은 자신의 본의가 아니라는 것. 이 역시 정보의 정확도를 보증해 준다."

시로키와 나란히 서 있는 미야치카도 필사적으로 머리를 굴렸다.

허울뿐인 협력 태세 때문에 본의가 아닌데도 군이 정보를 전해 줬을 리는 없다. 무언가 의도가 있는 것이 분명했다.

"외사3과에 직접 영향력을 끼칠 수 있는 사람은 공안부장인 시미즈 씨, 경찰청 외사과장인 나가시마 씨, 외사정보부장인 사기야마 씨, 어쩌면 더 위일 수도 있겠군."

소카베보다 더 속내를 알 수가 없는 상관이 중얼거렸다. 범위가 너무 넓어서 오키쓰도 짐작하지 못하는 듯했다.

미야치카는 순간 경비기획과의 오노데라와 그의 상관인 홋타 과장을 떠올렸다. 그 두 사람이 '적'과 연관이 있는 것인가······.

"어쨌든 이렇게 사인을 보내 준 것으로 보아 소카베 과장은 예상보다 우리한테 호의적일지도 모르겠군. 원래는 우리한테 정보를 넘겨 줄 생각이 없었다고 하니 물론 아군은 아니겠지만."

미야치카는 속에서 끓어오르는 의심과 초조를 억누르고자 상관에게 말했다.

"그렇지만 부장님. 중국 스파이가 북아일랜드 테러리스트와 함께 살해되다니 이 사건은 대체……."

"'엔드게임은 기계처럼.'"

오키쓰가 중얼거렸다. 체스 격언의 마지막 문구였다. 소더튼이 일
본을 방문하는 날이 닷새밖에 남지 않았으니 현 상황은 그야말로
종반부라고 할 수 있었다.

"기계처럼 집중하고, 기계처럼 생각하라. 마지막 승부는 상대방
의 수를 얼마나 깊이 읽어 낼 수 있는지에 따라 판가름이 난다."

수를 깊이 읽어 낸다. 그러나 미야치카와 시로키는 체스판의 전
모조차도 아직 보이지 않았다. 그리고 대국을 하는 상대조차.

29일. 라이저가 기거하는 다마치의 더그매에 한 통의 편지가 배
달되었다. 이곳에 살기 시작한 뒤로 우편물이 배달된 것은 처음이
었다. 폐허뿐인 이 지역에서는 전단지조차 뿌리지 않는다.

받는 이는 라이저 라드너. 보낸 이는 영국 대사관.

봉투 안에는 한 장의 초대장만 담겨 있었다.

'성 드뤼옹 국제 농학교. St. Druon International School for the
Deaf. 학생 연주회 알림.'

전혀 모르는 학교였다. 개최일은 11월 30일.

킬리언이다……. 라이저는 그렇게 직감했다.

농학교. 연주회. 모든 것이 라이저에게 달라붙어 얽혔다. 불길하
다. 그립다. 도망칠 수 없다. 도저히.

고심한 끝에 라이저는 그 편지를 상관인 오키쓰에게 제출했다.

같은 날 오후 4시에 열린 수사 회의에서 모두에게 그 편지가 알려졌다.

"영국 대사관에 문의를 해 보니 발송한 기록이 없다는 대답을 받았습니다. 그러나 초대장은 진짜였고, 봉투도 영국 대사관이 공식으로 쓰는 것이었습니다. 다만 이 봉투는 구하기가 비교적 쉽습니다. 간다 우체국 소인이 찍혀 있는데, 누군가가 관내 우체통에 넣어서 보낸 것으로 보입니다."

시로키 이사관이 수사원들에게 상황을 설명했다.

"성 드뤼옹 국제 농학교는 오차노미즈에 있는 실존하는 학교로 청력이나 언어에 장애가 있는 외국인 자제를 위한 초등 교육 기관, 다시 말해 초등학교입니다. 운영 기관은 영국에 본부를 두고 있는 NPO 법인인데 그 단체는 정상입니다. 학생들의 보호자는 주로 유럽과 미국의 부유층입니다. 북아일랜드 과격파와 접점이 있는 보호자나 교직원은 없었습니다. 장애가 있는 학생들에게 적극적으로 음악을 가르치는 것이 학교의 방침입니다. 문제의 그 연주회도 매년 한 차례씩 학생들의 보호자와 각국 복지 교육 관계자들을 초청하여 여는 연례 행사입니다. 올해도 초대장에 적혀 있다시피 11월 30일에 개최될 예정인데 행사장 준비도, 초대장 발송도 모두 끝마친 상황이었습니다."

수사원들이 웅성거리기 시작했다. 11월 30일. 내일이다. 그리고 소더튼이 방일하기 이틀 전이다. '우연을 믿지 마라.' 오키쓰가 늘 말하는 외무성의 철칙대로라면 이 초대장에는 의미가 있다.

"라드너 경부가 직감했다고 말했다시피 보낸 이는 십중팔구 킬리언 퀸이겠지. 거기까지는 수가 보이는군. 하나 그 앞이 어려워."

시가릴로를 피며 오키쓰가 말을 흘렸다. 평상시의 여유는 이제 찾아볼 수가 없었다. 생각하는 기계라도 된 것처럼 그 두뇌로 무수히 많은 수를 맹렬한 속도로 검토하고 있으리라.

이윽고 오키쓰가 라이저 라드너에게 말했다.

"라드너 경부, 자네는 어떻게 하고 싶은가?"

모두가 그녀를 주목했다. 스즈이시 미도리 주임도.

라드너 경부와 농학교가 어떤 관계가 있는지 미도리는 모른다. 그러나 그녀가 수화로 사정 청취를 한 것으로 보아 지인 중에 농인이 있는 것으로 추측할 수 있다.

"가 보고 싶습니다."

라드너 경부가 나직이 대답했다.

"그럼 가 보게."

"예."

"부장님, 잠시만."

미야치카가 말했다.

"아무리 생각해도 이건 덫입니다. 아니, 그 이전에 학교 측에 연주회를 중지하라고 권고해야 합니다."

"저도 같은 의견입니다."

시로키가 곧바로 동료를 지지했다.

"어린이들이 만에 하나라도 사고에 휘말린다면 돌이킬 수가 없습

470

니다. 미야치카 이사관의 말대로 한시라도 빨리 행사를 중지해 달라고 요청해야 합니다."

"그건 가장 먼저 생각해 봤네."

오키쓰가 냉철하게 대답했다.

"현 상황을 객관적으로 말하자면 경찰관한테 초대장이 하나 배달되었을 뿐이네. 그것만으로 어떻게 연주회를 중지해 달라고 부탁할 수 있겠나?"

미야치카와 시로키가 말을 잃었다. 그 말이 맞다⋯⋯. 소더튼의 방일, 라드너 경부와 IRF, 킬리언 퀸과의 관계 등을 학교 측에 모조리 설명할 수는 없는 노릇이었다. 성 드뤼옹의 학생 보호자 중에는 외교관도 있다. 그들은 반드시 본인들의 채널을 통해 문의를 하고, 보고를 받으리라.

"거기까지 생각하고 둔 수였나⋯⋯."

미야치카가 신음했다. 그곳에 있는 모두가 같은 마음이었을 것이다.

"그렇다네. 대사관 봉투 안에 연주회 초대장만 달랑. '시인'이 좋아할 만한 수 아닌가? 그리고 그는 우리가 반드시 연주회에 참석하리라 보고 있겠지."

킬리언 퀸이라는 희대의 대국자를 상대로 철저히 기계가 될 작정인지 오키쓰는 냉혹하게 지시를 내렸다.

"그의 진짜 노림수가 무엇인지는 모르지만 적어도 두 번째 목적은 라드너 경부를 죽이는 것이다. 시인 본인이나 혹은 IRF 처형인이

나타날 가능성이 대단히 높다. 행사 당일에 모든 수사원들은 행사장을 만반의 태세로 감시하라. 어디까지나 어린이들의 안전이 최우선이다. 킬리언 퀸을 비롯해 국제 지명 수배범을 발견하면 즉시 체포하도록."

그때 손을 드는 자가 있었다. 유리 오즈노프 경부였다.

"오즈노프 경부."

오키쓰의 허가를 받아 그가 발언했다.

"이건 적의 교란 작전이 아닙니까? 수사의 눈을 모양종과 오키프의 사체에서 돌리기 위해서."

유키타니, 나쓰카와를 비롯한 많은 수사원들이 고개를 끄덕였다. 오즈노프 경부는 역시 현장 수사원들과 비슷한 시점으로 상황을 보고 있다고 미도리는 생각했다.

"물론 두 단서를 포기한 것은 아니네. 철저히 추적해야지. 하나 내일 하루만은 연주회에 걸겠다."

"양동일 가능성은?"

스가타 경부가 지체 없이 지적했다. 부장이 즉답했다.

"있네."

"그걸 알면서도 강행하는 이유가 뭡니까? 우리는 라이저를 미끼로 쓸 작정이지만, 상대는 이 틈에 다른 곳에서 무언가를 할 꿍꿍이일지도 모르죠."

"난 그 가능성이 낮다고 보고 있네."

"근거는?"

"논리적이지는 않아. 굳이 말하자면 필연성을 찾을 수가 없다고 할 수 있겠지."

"필연성?"

그때 라드너 경부가 발언했다.

"저도 같은 느낌이 들었습니다. 부장님이 킬리언 퀸의 특징을 잘 잡아냈다고 봅니다. 그의 작전에는 언제나 필연성이 있습니다. 적어도 이번에는 양동 작전이 아닌 것 같습니다. 무언가 다른 의도가 있습니다."

스가타가 어깨를 들먹이며 입을 다물었다. 그 표정은 어이가 없다는 것처럼도, 납득한 것처럼도 보였다.

"스가타 경부와 오즈노프 경부는 행사장 인근에서 발진 대기하게. 스즈이시 주임은 준비를 하도록."

발진대기란 드래군에 탑승한 채로 대기하는 것을 뜻한다. 당연히 기술반도 이에 맞춰 대응해야만 한다.

미도리는 바로 물러나 청사 지하에 있는 연구소로 돌아갔다.

미도리는 기술반의 모든 기술관들을 소집하여 발진대기에 따른 업무를 조정한 뒤에 피어볼그와 바게스트의 상태를 확인했다. 두 시간 뒤에 보고와 의논을 할 겸 파일과 노트북을 들고 부장실로 향했다.

노크를 하고 들어갔다. 안에는 부장의 책상을 중심으로 두 이사관과 세 외인 경부가 에워싸고 있었다. 한창 작전 세부 내용을 정하

고 있는 듯했다. 오키쓰는 미도리에게 실내에서 잠시 기다리라고
했다.

벽 쪽에 있는 파이프 의자에 앉았다. 자신의 직무와 관계된 사항
이 있을지도 몰라서 귀를 쫑긋 세웠다. 수사원들의 배치를 다시 검
토하고 있는 듯했다. 기술반과는 관계가 없었다. 남몰래 안도의 한
숨을 내뱉었다. 5분쯤 논의를 하다가 그들은 해산했다. 황급히 나가
려던 미야치카가 문득 무언가가 떠올랐는지 라드너 경부에게 말을
걸었다.

"자네는 내일도 그 차림으로 갈 생각인가?"

"예."

그녀가 무뚝뚝하게 대답하자 다른 사람들도 돌아봤다.

오래 입어서 해진 가죽 재킷과 데님 바지. 그녀가 늘 입고 다니는
옷차림을 보고 시로키 이사관도 고개를 갸웃거렸다.

"분명…… 조금 부적절할지도 모르겠군."

그에 비해 스가타 경부는 태평하게 말했다.

"뭐 어떻습니까? 연주회라고 해 봤자 학예회나 마찬가지일 텐데."

"괜찮다고 하면 괜찮다고 할 수도 있겠지만, 성 드뤼옹에는 부유층
자제들이 많이 다니지. 각국 교육 관계자도 내빈 목록에 들어 있어."

"맞다. 아무리 그래도 그 옷차림은 너무 투박해. 행사장에서 금세
눈에 띌 거다."

"상대는 애초부터 라이저가 목적인데 눈에 띄는 게 무슨 대수겠어?"

당사자인 라드너 경부는 세 사람의 대화를 전혀 흥미가 없는 것

처럼 잠자코 듣고 있었다. 흥미가 없다기보다는 마음 그 자체가 이 세계에 없는 듯했다.

미도리는 어쩐지 이런 생각이 들었다. 라드너 경부는 신데렐라다. 일부러 초라해 보이도록 재를 뒤집어써서 타인과 다른 자신을 감추려고 한다. 순백의 밴시가 그 본질을 보여 준다.

"스즈이시 주임."

갑자기 이름이 불리자 정신을 차렸다. 미야치카 이사관이 불렀다.

"같은 여자의 입장에서 자네는 어떻게 생각하는지 알려 주게. 라드너 경부의 옷차림 말이야."

"라드너 경부한테는……."

동요를 감추고 일어섰다.

"붉은색이 어울린다고 생각합니다."

뜻밖의 말이 나왔다. 하지만 결코 거짓이 아니라 말하고 나서 정말로 그런 생각이 들었다.

왜일까…….

라드너 경부가 놀란 표정으로 이쪽을 쳐다봤다. 그때와 똑같은 얼굴이었다. 로비에서 아버지의 책을 읽고 있었을 때 봤던 얼굴과.

"그거 봐라."

미야치카가 의기양양해했다.

"스즈이시 주임도 다른 복장이 좋다고 하지 않나."

그런 의미로 말한 것이 아니었다. 내심 그렇게 생각했지만 입 밖으로는 내뱉지 않았다.

"이 작전에서 라드너 경부가 뭘 입든 별 의미가 없다. 스즈이시 주임, 기다리게 해서 미안하네."

오키쓰의 한마디로 그 논쟁은 일단락되었다. 미도리는 황급히 상관의 책상으로 달려갔다.

그날 특수부의 거의 모든 직원들은 청사에서 묵었다. 라이저는 아직도 떨리는 손으로 대기실 로커를 열었다. 문 안쪽에 달린 거울에 얼굴이 비쳤다. IRF를 이탈한 이후로 황금색이었던 머리카락은 탁한 모래색으로 완전히 바뀌었다. 옛 모습은커녕 지금 자신의 얼굴에는 미쳐 버릴 것 같은 번민이 또렷하게 배어 있었다.

—언니는 틀림없이 빨강이 잘 어울려.

로커 문을 세차게 닫았다.

—빨간 옷을 입은 언니는 분명 멋있을 거야.

2

11월 30일 분쿄구 도립 청소년 문화센터. 그곳의 소형 홀에서 성 드 뤼옹 국제농학교 학생 연주회가 열린다. 개장 시각은 오후 1시 30분이지만 특수부 수사원들은 아침부터 각 지점에 배치되어 있었다.

어젯밤에 경시청 경비부 제1기동대 소속 폭발물 처리반이 행사장을 수색했다. 사전에 폭발물이 설치된 흔적은 발견할 수 없었다.

센터 및 학교 관계자에게는 공공기관 테러 경계 강화 주간이라고 설명을 해 뒀다. 같은 명목으로 행사장 안팎에 수사원들을 배치하는 것도 허락을 받았다.

정오쯤 되자 교사가 학생들을 인솔하여 대기실에 들어갔다. 공연 예정시각은 오후 2시다.

청소년 문화센터 주차장에는 특수부 지휘 차량이 세워져 있었다. 그 옆 트럭 안에서는 스가타 경부가 탑승한 피어볼그가 대기하고 있었다. 유사시에 곧장 뛰쳐나올 수 있도록 발진대기 명령이 떨어져 있었다. 남쪽 통용문에 면한 도로 위에 정차한 트럭에는 오즈노프 경부가 탑승한 바게스트가 대기하고 있었다. 마찬가지로 발진대기 상태였다. 각 차량 근처에는 백업 요원인 기술반 직원들도 대기하고 있었다.

센터 각 출입구에는 특별 게이트를 설치했다. 총기나 폭발물 등이 반입되지 않도록 입장하는 사람들의 짐을 검사했다. 농학교 연주회와 어울리지 않는 엄중한 경계에 놀란 손님들도 적지 않았다. 하지만 그들 대부분은 공공 시설에서 벌어진 테러를 경험한 적이 있는 유럽인과 미국인들이라서 딱히 항의는 하지 않았다.

정면 출입구 게이트 옆에서는 나쓰카와 주임이, 반입구 부근에서는 유키타니 주임이 눈을 번뜩였다. 그들은 소형 이어폰을 착용하고 있었다. 옷깃 뒤에는 지향성 마이크가 숨겨져 있었다. 일본에 침입한 IRF의 잔당은 열두 명이다. 킬리언 퀸을 비롯한 다른 구성원들의 사진은 모든 수사원들이 휴대하고 있었다.

개장 시간이 되었다. 로비 여기저기 모여 있던 학생 가족과 관계자들이 소형홀로 하나둘씩 들어갔다. 공연이 시작되기까지 아직 시간이 남아 있었다. 로비에 남아 인사를 나누는 손님도 많았다.

라이저는 평소처럼 가죽 재킷에 데님바지 차림으로 행사장에 들어갔다. 아동 연주회와는 전혀 어울리지 않는 가죽 재킷 안쪽에는 더더욱 어울리지 않는 M629가 숨겨져 있었다.

만약을 위해 최신 상황을 확인하고자 주차장에 세워진 지휘 차량에 조용히 접근해 뒷문을 열었다.

활기차게 흔들리는 어깨가 보였다.

노란색 원피스는 아니었다. 남색 경시청 직원 점퍼였다.

네 대가 놓인 단말기의 키보드를 자유자재로 넘나들며 귀신 같은 솜씨로 두드리고 있었다. 네 대가 넘는 디스플레이를 악보인 양 쳐다보면서. 그 동작에는 분명 리듬이 있었다. 생명을 새기는 호흡이 있었다. 예전에도 생각했다. 유려하고 약동감이 넘치는 저 손가락 놀림은 마치…….

"밀리."

누군가가 미도리라고 부른 것 같은 기분이 들어 키보드를 치던 손가락을 멈추고서 돌아봤다.

라드너 경부였다.

뭐라고 말하려고 했을 때 다가온 경부가 느닷없이 자신의 오른쪽 손가락을 쥐었다.

너무나도 갑작스러워서 어떻게 대처해야 좋을지 모르겠다. 상대방의 얼굴에서 무언가에 홀린 것 같은 귀기鬼氣가 느껴졌다.

"피아노를 친 적이 있나?"

갑자기 물었다.

"예?"

"예전에 피아노를 친 적이 있었나?"

"없습니다. 놔주세요."

힘을 주어 그 손을 뿌리쳤다.

그녀는 갑자기 정신을 차린 것처럼 물러났다. 수치스러워하는 것 같기도, 넋을 놓은 것 같기도 한 표정으로 이쪽을 쳐다봤다.

"미안하다."

그 말만을 하고서 지휘 차량에서 황급히 나갔다.

엇갈리듯이 행사장의 모습을 보러 나갔던 오키쓰 부장이 돌아왔다.

"왜 그러나?"

자신의 얼굴을 보고 무슨 일이 있었음을 눈치 챈 듯했다.

"라드너 경부가……."

"경부가 왜?"

미도리가 당황하며 대답했다.

"경부님이 제게…… 피아노를 친 적이 있느냐고……."

"그런가?"

오키쓰는 한숨을 내쉬고서 생각에 잠겼다. 무언가 짐작 가는 데가 있는 듯했다.

"라드너 경부의 여동생이 오랫동안 피아노를 배웠다고 하더군. 그와 관계가 있을지도 모르겠어."

"그렇습니까?"

알 듯 모를 듯한 이야기였다. 라드너 경부의 여동생. 그것과 아까 그 행동이 무슨 관계가 있다는 건가? 부장은 무언가를 더 알고 있는데 자신에게 감추고 있는지도 모른다.

석연치 않았지만 미도리는 다시 화면을 쳐다봤다.

오른손에 사위스러운 감촉이 남아 있었다. 그 감촉을 지우려는 듯이 다시 키를 치기 시작했다. 복잡한 조정을 끝마치고 모니터에 표시된 그래프를 보며 말했다.

"PD1, PD2. 두 기체 모두 동기 펄스, 에코 정상. 간섭은 발견되지 않았습니다. 그 외에 모든 것이 정상. 발진 대기 속행하십시오."

라드너 경부가 손가락을 움켜쥐었다. 사람을 죽였던 손으로 손가락을. 셀 수 없는 사람을 죽였던 저 손으로.

동요가 가라앉지 않았다. 안 돼. 지금은 임무에 집중해야 돼.

라이저는 종종걸음으로 주차장에서 센터 입구로 향했다. 정신이 나갔나 보다. 자신이 혐오스러워서 구역질이 났다. 저 아가씨는 필시 당황했으리라. 가족을 죽였던 테러리스트가 갑자기 손을 쥐고서 영문을 알 수 없는 질문을 던졌으니.

저 아가씨의 손가락. 밀리처럼 작고 가늘었다. 자신이 죽인 동생의 손가락.

잊어버려. 과거의 죄에 비해 지금의 부끄러움 따윈 별 거 아니다. 아무래도 좋다. 잊어버려.

연주회가 곧 시작된다. 킬리언 퀸이 초대한 연주회다. 자신이 무얼 생각하려고 하든, 무얼 떠올리려고 하든 앞으로 30분 뒤면 모든 것이 끝난다. 끝나길 바랐다. 그저 그것만을 바랐다.

1시 35분에 행사장에 들어갔다. 로비에 배치된 수사원이 힐끔 쳐다봤다. 접수처에서 초대장을 제시하고서 프로그램 편성표를 받았다. 옷차림은 투박하지만 백인인 라이저를 수상하게 여기는 사람은 없었다.

좌석이 257개가 있는 다목적 홀은 아직 한산했다. 중간쯤에 앉고서 고개와 눈을 돌리지 않고 주변을 살폈다. 이상은 없었다. 무대 왼쪽에 피아노가 놓여 있었다. 억눌렀던 감정이 미묘하게 술렁였다.

소형홀 곳곳에는 적외선 카메라가 설치되어 있었다. 무대와 객석, 그리고 출입구의 동태를 지휘 차량에서도 감시할 수 있다.

시인은 이 홀에서 무슨 짓을 꾸미려는가? 그가 직접 오지 않을 가능성도 있다. 이곳에 사냥꾼이 나타나는가? 아니면 무희?

옛날에 무희 이파 오드넬은 무대 위에서 객석에 앉아 있는 표적을 사살한 적이 있다고 했다. 이번에도 그 수법을 쓰려는 건가? 아마 아니리라. 시인은 옛 작품을 모방하는 것을 좋아하지 않는다. 틀림없이 자신만만한 신작을 준비했을 것이다.

공연 시각이 가까워지자 객석이 하나둘씩 채워지기 시작했다. 그래도 만석이 되려면 아직 멀었다. 학생 보호자와 가족, 내빈을 합

친 관객 숫자는 알고 있었다. 대부분 백인 가족들이다. 시로키 이사
관이 말했던 대로 모두 값비싼 정장을 갖춰 입고 있었다. 장내 안내
방송도 영어였다.

성 드뤼옹은 농인의 수호성인이라고 한다. 그 이름을 붙인 이 학
교에는 발성이 부자유스러운 발성장애아를 포함해 청각장애아가
통학하고 있다. 최근에 보청기 등 기술이 발달하면서 청각장애아의
교육 방식도 크게 바뀌었다고 한다.

버저가 울렸다. 장내 조명이 꺼졌다. 공연 시작이다. 프로그램 내
용은 사전에 파악해 뒀다. 첫 순서는 연주가 아니라 합창이다. 곡명
은 「에델바이스」. 스포트라이트가 무대 오른쪽을 비췄다. 학생 열
명이 일렬로 나왔다. 모두 여섯 살에서 열 살 전후로 보이는 외국
아동들이다. 가장 뒤에는 플루트를 든 젊은 백인 여자 교사가 있다.
객석에서 박수가 쏟아졌다. 학생들은 의외로 차분했다. 이 행사를
즐기는 듯했다. 좋은 지도 덕분이리라.

무대 왼쪽에서 나온 마흔쯤 되어 보이는 여자 교사가 피아노로
향했다. 체형이 바늘처럼 가냘프다. 담갈색 머리카락 사이로 새치가
엿보였다. 어쩐지 제인이 떠올랐다. 가엾은 미스 제인 플러머. 하지
만 신께서는 당신에게 구원을 내려 주었고, 나에게는 주지 않았다.

어린이들이 관객들을 향해 인사를 한 뒤에 교사가 치는 피아노
선율에 맞춰 노래를 부르기 시작했다. 내림나장조. 개중에는 음을
틀리는 어린이도 있었다. 하지만 신경 쓰는 사람은 없었다. 음을 틀
린 본인도 명랑하게 노래를 불렀다. 그것만으로 관객들은 크게 만

족하는 듯했다. 청각장애아를 둔 부모에게 즐겁게 노래를 부르는 자식의 모습을 보는 것보다 더 큰 즐거움은 없으리라. 젊은 교사가 연주하는 플루트 소리가 노래와 어우러져 곡 전체를 띄웠다. 어린이들의 맑은 목소리가 더욱 생생히 뻗어 나갔다. 밀리도 교회에서 노래를 불렀었다. 누구보다도 발랄하게. 어게인 전에. 목소리를 잃어버리기 전에.

노래가 끝나고 박수갈채가 쏟아졌다. 열 명의 어린이들이 발그스름해진 얼굴로 인사를 하고서 무대 왼쪽으로 내려갔다.

어둠 속에서 라이저는 주변 기척을 살폈다. 행사장 안에 변화는 없었다. 적은 언제 나타나려는가? 긴장감이 높아졌다. 심장 박동이 가죽 재킷 속에 감춰 둔 M629를 자꾸 밀어 올렸다.

주차장에 세워진 지휘 차량 안에서 오키쓰가 마이크에 대고 상황을 확인하고 있었다.

"본부가 각 대원에게. 상황을 보고하라."

"정문 게이트. 이상 없음."

"반입구. 특별한 이상은 발견되지 않음."

"대기실. 변화 없음."

"연수실 앞 통로. 이쪽은 이상 없음."

"레스토랑 앞. 이상 없습니다."

보고는 하나같이 '이상 없음'이었다. 현재 테러가 벌어질 조짐은 보이지 않았다.

벽에 달린 여러 디스플레이에는 행사장 곳곳을 실시간으로 보여 주는 영상이 표시되어 있었다. 소형홀의 관객석을 잡고 있는 카메라에서 무대를 보고 있는 관객들의 얼굴이 보였다. 다들 즐거워하고 있는데 유일하게 미소조차 짓지 않는 사람이 있었다. 바로 라드너 경부였다. 신키바 청사에서 시로키, 미야치카 이사관도 이 영상을 뚫어져라 쳐다보고 있을 것이다.

한편 미도리는 모니터 기기를 노려보며 드래군 탑승 요원의 바이탈을 확인했다. 뇌파, 심박수, 혈압, 체온, 모두 이상 없음.

트럭 짐칸에 숨겨져 있는 피어볼그와 바게스트는 제각기 팔과 다리를 극단적으로 접은 자세로 대기하고 있었다. 드래군 셸 안에 있는 스가타 경부와 오즈노프 경부는 아이들링 상태를 유지하며 명령을 가만히 기다리고 있었다.

각 기체 앞에는 세 대의 모니터가 설치되어 있었다. 한 모니터에는 차량에 설치된 광각 카메라 영상이 비치고 있었다. 전방, 후방, 좌우가 한 화면에 담겨 있었다. 각 영상마다 카메라 번호와 타임 코드가 달려 있다. 다른 한 모니터에는 수상해 보이는 물체를 확대한 영상과 데이터를 보여 주고 있었다. 건조물의 이름, 표식, 수상한 차량의 차종, 번호, 거리, 상대속도 등이 기재되어 있었다. 한 모니터에는 평면 GPS 지도와 현재 위치가 표시되어 있었다. 트럭 짐칸 안에서, 드래군의 셸 안에서 스가타와 유리는 한순간도 긴장을 놓지 않고 이 영상들을 쳐다봤다.

박수를 받으며 무대에 오른 3학년 여자애가 피아노로 향했다.

베토벤의 「엘리제를 위하여」. 가단조. 중간 부분의 화음은 편곡하여 음을 줄였다. 주근깨투성이인 붉은 머리 소녀의 손가락은 장애가 조금도 느껴지지 않을 만큼 자연스럽게 춤췄다. 상당히 연습했으리라. 단음계의 선율이 애처롭고도 아름다웠다.

다음은 1학년 남자애가 나왔다. 히스패닉인가? 반바지에 나비넥타이를 맸다. 플루트를 불었던 젊은 여교사가 피아노 의자의 높이를 조절해 주었다. 모차르트의 「반짝반짝 작은 별에 의한 12변주곡」. 다장조. 주제제시부. 단순한 멜로디이지만 왼손 반주는 원곡 그대로였다. 작은 머리에 커다란 보청기가 달려 있었다. 귀가 많이 불편해 보였다. 그래도 열심히 연주하고 있었다. 어린 손가락이 연주하는 그 음은 듣는 이의 마음을 흔들었다.

프로그램 네 번째는 5학년 남자애의 차례였다. 인도 출신처럼 생겼다. 마찬가지로 모차르트의 곡을 연주한다. 피아노 소나타 제11번 가장조 제3악장 「터키 행진곡」.

리듬에서 약동감이 느껴졌다. 스스로 행진하고 있는 것처럼 관객들의 마음도 들떴다. 하지만 라이저는 연주에 몰입할 수가 없었다. 온몸의 신경을 날카롭게 다듬으며 기다렸다.

연주를 끝마치고 소년이 객석을 향해 고개를 깊숙이 숙였다. 박수가 성대하게 쏟아졌다. 전반부 프로그램이 끝났다.

객석 조명이 켜졌다. 휴식 시간은 20분. 관객들이 로비로 나갔다. 라이저도 그 뒤를 따랐다.

로비 여기저기에서 가족들이 즐겁게 대화를 나누고 있었다. 이리저리 달리는 유아도 있었다. 눈물이 글썽거리는 눈을 살며시 누르는 부인도.

행복한 웃음은 아무래도 상관없다. 그보다는 그렇지 않은 표정…… 이곳과 어울리지 않는 것을 찾아야 했다. 라이저는 무심하게 주변을 살폈다. 수상한 것은 없었다. 이곳과 어울리지 않는 것은 자신뿐이었다. 전반부에서는 아무 일도 벌어지지 않았다. 후반부에 공격할 작정인가? 어쨌든 방심해서는 안 된다.

지휘 차량 안에서 오키쓰가 다시 상황을 확인했다.

"본부가 각 대원에게. 변화는 없나?"

보고는 역시 변화 없음, 이상 없음 일색이었다.

휴식 시간에 들어간 관객석 영상은 한산한데 비해 로비 영상은 사람들로 가득했다. 감상을 주고받는 가족들, 서로 인사하는 보호자들, 자판기 음료를 사 달라고 조르는 아이, 그리고 담소를 나누는 관객들과 외따로 떨어진 키 큰 라드너 경부도 보였다.

조각상 같은 그녀의 영상을 힐끗 본 뒤에 미도리는 드래군 각 부위의 전압, 온도, 활동 가능 시간을 점검했다. 모두 적정 수치였다.

스가타와 유리는 드래군에 달린 카메라를 통해 트럭 짐칸 안에 설치된 모니터를 유심히 쳐다봤다. 첫 화면에서 마음에 걸리는 부분을 드래군의 손가락으로 터치하니 두 번째 모니터에 확대 표시되었다. 각종 데이터도 확인했다. 역시 수상한 점은 없었다.

2부 시작을 알리는 버저가 울렸다. 라이저는 다른 관객들에 섞여 자리로 돌아갔다. 장내가 어두워졌다.

후반부 첫 순서는 5학년 여자애의 첼로 연주였다. 마른 중년 여교사가 다시 피아노로 향했다. 곡은 포레의 「시실리안느」. 사단조. 밀려드는 파도와 같은 무곡舞曲이라서 리듬이 어렵다. 첼로는 그야말로 몸으로 음을 느끼는 악기다. 그러나 무대에 선 갈색 피부를 지닌 소녀는 이 곡과 정열적으로 부딪쳤다. 자신의 장애와 과감하게 맞서 싸우듯이.

조명이 환해졌다. 여덟 명의 소년소녀가 무대에 올랐다. 「별에게 소원을」. 합주였다. 여러 리코더 음색에 철금의 소리가 더해졌다. 흔들리고, 또 뿔뿔이 흩어질 것 같았지만 그럭저럭 한데 모아졌다. 모두들 열심히 연주하고 있었다. 즐거워 보였다.

예정된 프로그램이 어느덧 끝에 다다랐다. 라이저는 온몸이 땀에 흠뻑 젖었음을 깨달았다. 올 테면 빨리 와라. 죽음의 늪에서 초조해하는 건 이제 질색이다.

수사원들이 지휘 차량에 보고했다.

"반입구 우측 교차로에 수상한 차량 발견. 초록색 미니밴. 번호는 시나가와×××-××××. 차량 안에 백인 남녀 두 명이 있다. 운전석에는 젊은 여자, 조수석에는 남자."

백인…… 드디어 IRF가 나타났나? 미도리는 몸이 굳었다. 운전석에 있는 젊은 여자는 무희 이파 오드넬인가? 수배 사진을 떠올렸다.

이마 한가운데서 가르마를 탄 검은 머리. 대담한 웃음이 번져 있는 가련한 동안. 일본에 잠입한 테러리스트 중에서 흉악하기로 두 손가락 안에 꼽히는 자다.

조회한 결과 차량은 스기나미구에 사는 이탈리아인 남성의 소유 차량으로 판명되었다.

수사원은 여러 각도에서 카메라로 미니밴을 잡았다. 얼굴과 골격 등으로 간이 조회를 해보니 IRF 국제수배범의 것과는 일치하지 않았다. 디스플레이에 잡힌 여자의 얼굴은 이파 오드넬과 닮은 듯 닮지 않았다.

몇몇 수사원들이 불심검문을 했다. 남녀는 신분증을 보여 달라는 요구에 응했다. 두 사람의 신원은 금세 확인되었다. 차량 소유자인 이탈리아인과 그 딸이었다. 운전하던 딸이 친구에게 전화를 걸고자 잠시 정차했다고 한다. 딸도 면허증을 소지하고 있었다.

아무래도 관계가 없는 듯했다. 이탈리아인은 과민한 일본 경찰에게 화를 표출하고서 차를 몰고 가 버렸다.

긴장이 풀렸다. 미도리는 몰래 한숨을 내쉬었다. 시선을 다시 측정 장비 쪽으로 돌렸다. 드래군 탑승 요원의 바이탈은 변화가 없었다.

합주가 끝나고 상기된 아이들이 인사를 하고서 무대 왼쪽으로 내려갔다. 박수가 울리는 가운데 드디어 마지막 순서가 찾아왔다. 무대 조명이 다시 어두워졌다. 6학년 여자애가 피아노로 향했다. 바흐의 「평균율 클라비어 곡집」 제1권 제1번 다장조 전주곡. 이 곡은 개

개의 음뿐만 아니라 코드의 맛도 잘 살려야만 한다. 장애가 있는 학생에게는 상당히 난이도가 높은 곡이라고 할 수 있다. 그러나 밤색 곱슬머리를 어깨까지 늘어뜨린 백인 소녀는 각 음의 뒤에 이어지는 울림마저 정확하게 표현해 낼 수 있는 수준이었다.

규칙적인 음형을 유지하면서 코드만을 바꿔 갔다. 그 연계에서 풍부한 뉘앙스가 생겨났다. 모두가 귀를 기울였다. 도취되었다. 감정이 살아 숨 쉬었다. 음이 색채를 띠며 퍼져 나갔다. 먼 세계로. 먼 시간으로.

—라이저 언니!

피아노를 치던 손을 멈추고서 밀리가 돌아봤다. 무대 위에서, 교회에서, 기억의 끝에서.

그날 밀리의 손을 놓지 않았더라면.

어게인 날뿐만이 아니었다. 자신은 두 번이나 밀리의 손을 놓고 말았다. 알고 있었다. 알면서도 자신은 줄곧 외면해 왔다. 늘 그랬다. 과거를 마주하면서도 언제나 아무것도 보지 않았다. 그때……킬리언이 도와 달라고 집에 찾아왔을 때 어리석게도 따라나서려는 자신을 밀리는 만류해 주었다. 그 회색 파카를 움켜쥐고서 고개를 격렬하게 가로저었다. 당장에라도 울음을 터뜨린 것 같은 얼굴로. 그런데 자신은 그 손을 뿌리쳤다.

모든 것을 밀리에게 말해야만 했다. 브라이언의 책을 주웠던 것도, 브라이언의 죽음도, 자신이 경관을 죽였다는 것도. 밀리만은 언제나 자신을 이해해 주었고, 편을 들어 주었는데. 진심으로 충고해 주었는데. 그런데도 자신은 가장 사랑하는 동생을 계속 속여 왔다.

가장 사랑한다고? 정말로 동생을 사랑했다고 할 수 있나? 사랑하려고 했으면서도 아무것도 몰랐다. 모두 자신의 자아 때문이다. 그 자아가 동생의 목소리를 빼앗았고, 목숨마저 빼앗았다.

밀리가 더프너가 아이들과 가 버렸다.

제인이 쓸쓸하게 미소 지었다.

아버지와 어머니와 여동생이 둘러앉은 단출한 식탁. 그것은 비참하지도, 초라하지도 않았다. 그것이 바로 행복이었다. 맥브레이드의 진짜 긍지는 그 식탁에 있었던 것이다.

바흐의 선율이 부드럽게 흘렀다. 가슴속에서 콸콸 쏟아져 나오는 기억을 억누를 수가 없었다. 절망과 후회만으로 점철된 기억. 영혼이 소리 없이 통곡했다.

─늘 생각해. 언니는 내 자랑이야.

어렸을 적부터 밀리는 눈치가 빨랐다. 무엇이든 숨길 수가 없었다. 그런 밀리가 정말로 눈치 채지 못했을까? 자신이 사람을 죽였다는 것을, 테러리스트가 됐다는 것을. 어머니와 제인처럼…… 아니, 훨씬 예전부터 눈치 채고 있지 않았을까?

─분명 언니는 특별한 사람이야.

그 비가 또 내리고 있었다. 빗속을 달리고 있었다. 벨파스트 그로브너 로드를. 런던 매릴번 로드를. 우묵땅 바닥을. 지금도 자신은 달리고 있었다. 몸을 갈가리 찢는 회한 어린 절규를 내지르면서. 「G선상의 아리아」를 들으며 번뇌의 늪 속을. 이제 비 때문에 아무것도 보이지 않았다. 아아, 비가 따갑다.

소형홀 문이 열리고 관객들이 밖으로 나왔다. 연주회는 끝났다. 나쓰카와는 정문에 설치된 게이트 옆에서 귀갓길에 오른 관객들을 부하인 후카미와 함께 지켜봤다.

킬리언 퀸은 나타나지 않았다. 청소년 문화센터 주변 길목에 배치했던 부하들도 이상이 있다는 보고를 하지 않았다. IRF는 행사장에 얼씬도 하지 않았다.

어린이 연주회가 무사히 끝난 것은 다행이었다. 그러나 나쓰카와의 속내는 복잡했다. 기껏 펼친 작전이 헛수고가 됐다. 라드너 경부에게 보낸 초대장은 역시 양동이었던가? 시간이 촉박한 이 국면에서 특수부는 만 하루가 넘는 시간을 허비해 버렸다.

부장은 '엔드게임은 기계처럼'이라고 했다. 부장이 너무 기계처럼 생각하다가 오판한 것이 아닐까? 나쓰카와는 본인의 초조한 감정과 상관을 향한 의문을 고개를 가로저어 지워 내려고 했다.

오키쓰는 지휘 차량 안에서 눈을 지그시 감고 있었다. 그의 손가락 사이에 끼워져 있는 시가릴로에는 불도 붙어 있지 않았다.

"여기는 본부. PD1과 PD2에게 알림. 발진대기를 해제해 주십시오."

미도리가 헤드폰 마이크로 지시를 전했다.

"PD1 라저."

"PD2 라저."

스피커에서 응답이 돌아왔다. 여섯 시간이나 넘게 같은 자세로 대기하고 있었는데도 스가타와 유리의 말투는 탑승 전과 똑같았다. 미도리는 속으로 감탄했다. 두 사람 모두 진짜 프로다.

헤드폰을 벗고서 뒤를 돌아봤다. 오키쓰에게 말을 걸까 망설였다. 의기소침하고 있을 상관에게 뭐라고 해야 좋을지 당장에 떠오르질 않았다.

다시 장비를 쳐다보니 행사장 내부의 모습이 흘러나오는 디스플레이 하나에 문득 시선이 쏠렸다. 관객석을 비추는 카메라 영상이었다. 공연이 끝났는데도 관객석에 누군가가 있었다. 라드너 경부였다. 그녀는 자리에 앉아 앞을 바라본 채 꿈쩍도 하지 않았다. 연주는 진즉에 끝났는데도 일어서서 밖으로 나올 기미가 없었다. 텅 빈 관객석에 홀로 남아 있었다. 미도리는 고개를 갸웃거리고서 카메라 초점을 라이저에게 맞춘 뒤에 확대했다.

숨이 멎었다. 예상하지 못했던 것을 봤다. 당황스럽고 혼란스러웠다. 뭐지…… 대체 뭐지?

화면 속에서 라이저 경부가 울고 있었다.

3

결국 12월이 찾아왔다.

1일 오후 나쓰카와와 유키타니는 청사에 있던 여러 수사원들을 대동하고서 자발적으로 소회의실에 모였다.

"우리, 아니, 일본 경찰이 오늘 중에 테러리스트를 모두 체포하기란 어렵겠지."

나쓰카와가 중심이 되어 말했다. 소회의실에 모인 인원은 두 반을 합쳐 아홉 명이었다. 다른 자들은 지금도 외부에서 수사를 하러 돌아다니고 있다.

"소더튼은 내일 일본을 방문해. 분하지만 시간이 다 됐어. 역부족이었어."

모두 초췌해진 얼굴로 나쓰카와를 쳐다봤다.

"이제부터는 경비부가 주축이 될 거다. 하지만 우리 임무가 끝난 건 아냐. 어젯밤에 부장님께 가서 확인을 했다. 수사는 계속할 거라고. 펑지원, 관젠펑 등 수상한 녀석들이 한둘이 아냐. 우리는 조금이라도 많은 단서를 긁어모아야 돼. IRF의 세 번째 목적도 여전히 밝혀지지 않았지. 지금까지 해 온 노력을 수포로 돌릴 수는 없어. 앞으로의 싸움에서 꼭 도움이 될 거라고 부장님께서도 그러셨다. 그 적과의 싸움 말이야. 다들 어때? 죽었다 생각하고 한번 해보지 않겠나?"

회의실 안에 있는 형사들이 고개를 강하게 끄덕였다. '적'과의 싸움. 부장은 더 앞을 바라보고 있었다.

"나쓰카와 선배가 고맙게도 기합을 불어넣어 줬으니 나도 한마디 해 두지."

유키타니가 미소를 지으며 일어섰다.

"일단 오늘은 빨리 귀가해서 일찍 쉬도록 해. 다들 얼굴이 말이 아냐. 특히 나쓰카와, 네가 가장 지독해. 욕조에 몸을 푹 담그고서 수염이나 깎으라고."

"너랑 비교해서 얼굴이 지독하지 않은 사람이 어딨냐?"

나쓰카와가 투덜거리자 모두가 웃었다.

소더튼의 방일을 앞두고 경비 태세와 관련한 회의가 오후 4시부터 경시청에서 열렸다. 실무 관계자들이 경비 작전에서 서로가 맡은 임무를 확인하는 회의였다. 실무 담당 책임자인 가시와 경비1과장이 주재하는 회의로, 사쿠마 경호과장, 사카타 경비부장, 시미즈 공안부장의 얼굴이 보였다. 경찰청 경비국에서는 나가시마 외사과장, 구메이 경비과장, 그리고 홋타 경비기획과장이 참석했다. 그 외에 외무성에서 옵저버 역으로 스오 수석사무관도 참석했다.

국면은 좋든 싫든 다음 단계로 넘어갔다. 소더튼이 일본을 찾는 내일부터 떠나는 그 순간까지 그를 지켜내야만 한다. IRF는 다수의 기갑병장을 일본에 들여왔다. 경호하는 쪽도 기갑병장을 배치해야만 한다. 그러나 소더튼의 방일은 극비 사항이다. 급습부대인 SAT를 소더튼이 체류하는 기간 내내 공공연하게 배치할 수는 없는 노릇이었다.

"외무성과 검토를 거듭한 끝에 현장 경호는 경비부 경호과와 특수부가 합동으로 맡기로 합의를 봤습니다."

가시와 히로시 과장이 담담하게 말했다. 그는 촌동네의 교사나 공무원처럼 인상이 평범한 인물이었다. 경비부나 공안부에서 흔히 볼 수 있는 유형이다.

"다만 주체는 종전대로 경비부입니다. 특수부는 이번 작전에 특별 배치된 것이니 경비부를 보조하며 작전을 수행해 주길 바랍니다."

회의에 참석한 사람들은 이의를 제기하지 않았다. 경비 작전의 상세한 내용은 일찍부터 짜여 있었다. 하지만 상황이 상황인지라 특수부도 작전에 참가할 수밖에 없었다. 사카타 경비부장은 내심 탐탁지 않아 했지만 지금은 입을 다물었다.

특수부가 특사를 경호하는 이번 작전에 참여할 수 있었던 것은 오로지 오키쓰의 집념과 수완 때문이었다. 또한 스오 수석사무관의 결단도 적잖이 영향을 끼쳤으리라. 수완가라 불리는 외무성의 젊은 간부는 오키쓰와 만나고 방침을 바꾼 듯했다. 그의 속내는 알 길이 없었으나 내각관방장관도, 경찰 상층부도 특수부를 경비 작전에 투입해야 한다는 의견을 냈다고 한다. 진위 여부는 알 수가 없지만.

"그럼 앞에 있는 파일 봉투를 열어 주십시오."

가시와 과장이 지시하자 스오 사무관을 제외한 참석자 모두가 배포된 봉투를 열었다. 스오는 처음부터 개봉된 파일을 갖고 있었다.

"경호 대상자를 태운 전세기가 내일 오후 1시 15분 하네다 공항에 도착합니다. 수도고속도로를 타고 뉴오타니 호텔로 직행합니다. 회의, 면담, 상의 등 모든 업무를 호텔 안에서 할 것이라 밖으로는 일절 나갈 일이 없을 겁니다. 3일과 4일의 일정을 마치고 5일 오전 11시 20분에 호텔을 나와 같은 경로로 하네다 공항으로 갑니다. 경호 대상자가 움직일 때 수도고속도로 진출입로와 아오야마도오리에 보통 수준의 교통 검문소를 설치하여 봉쇄할 예정입니다. 경호 대상자가 도로를 통과하는 딱 30분만 철저하게 검문을 시행합니다. 경호 레벨은 최고 수준인 E등급입니다만, 이 사실은 극비라는 걸 명심하십시오."

이 회의의 목적은 어디까지나 확인이다. 그곳에 있는 대부분의 관계자들은 사전에 여러 준비를 해야만 했기에 경비 계획을 숙지하고 있었다. 유일한 예외인 오키쓰 부장만은 소더튼의 일정조차도 지금 처음 알았다. 파일에는 마지막까지 철저하게 감췄던 최종결정 사항이 상세히 적혀 있었다.

"지금까지 경찰은 뉴오타니 호텔에 묵었던 여러 각국 요인들을 경호해 왔습니다. 이번에도 기초 확인을 모두 끝내 놨습니다."

가시와의 말은 소더튼과 접촉하는 호텔 종업원을 비롯한 관계자들의 신원에는 문제가 없다는 의미였다.

"또한 공항에서 호텔로 이동하는 동안에 기존 경호 체계에 더해 우리 부서가 보유한 주반을 붙이도록 하겠습니다. 물론 호텔에도."

주반*이란 경시청 경비부 경호과가 보유한 요인경호용 기갑병장을 가리킨다. 트럭 등으로 위장한 패키지 안에 발진대기 상태로 배치된다. 특별한 일이 없으면 밖으로 드러날 일이 없는 기모노라서 경찰 안에서는 은어로 그렇게 부른다.

눈에 띄지 않는 것이 신조인 경호임무에 기갑병장을 투입한다니

---

* 일본 전통복 속에 입는 내의.

얼핏 기이하게 보일 수 있으리라. 그런데 2년 전에 자원 개발 원조 계획을 교섭하고자 일본을 찾았던 나이지리아 특사가 기갑병장의 습격을 받은 사건이 벌어졌었다. 당시 경비부에서는 최고 수준의 경호 태세를 취하고 있었다. 하지만 소화기를 소지한 몇몇 인원만으로는 특사를 암살하고자 돌진하는 기갑병장을 도저히 막아 낼 수가 없었다. 다행히도 특사는 목숨을 건졌지만 그 전례 때문에 SAT를 비롯한 특수부대가 아닌데도 경호과에 기갑병장이 배치되었다.

경호과에는 제2종 기갑병장 니굴이 두 기 배치되어 있다. 요인경호에 특화된 기체로 특별 훈련을 받은 SP*가 탑승한다. 이 주반은 경비부 경호과의 은밀한 자랑이었다.

회의 끝머리에 스오가 일어서 참석자 모두에게 고개를 깊숙이 숙였다.

"여러분, 부디 잘 부탁드립니다."

그의 태도에서 우국충정이 느껴졌다. 외무성 정점을 노리는 그에게 야심이 없을 리가 없다. 그런데도 그가 이렇게 자존심을 버렸다. 적어도 고급 관료 특유의 오만함은 티끌만큼도 찾아볼 수가 없었다. 그만큼 사태가 절박하다고 할 수 있고, 그의 그릇을 보여 준다고도 할 수 있으리라. 혹은 오히려 그의 신중함과 야심을 방증하는 것일지도 모른다.

---

* 요인 경호를 담당하는 특별 경찰관.

같은 날 오후 4시 30분. 라이저는 홀로 청사 내 대기실에 있었다. 드래군 탑승 요원에게는 로커실 겸 대기실로 방이 두 개가 배정되었다. 스가타와 유리는 같은 방을 함께 쓰고 있고, 라이저는 홀로 이 방을 쓰고 있었다. 넓이는 평범한 비즈니스 호텔의 객실만 하고, 내부는 살풍경했다. 철제 사무용 책상과 의자, 그리고 간이침대만이 놓여 있었다. 대기 중에는 줄곧 이곳에서 지내야만 한다. 지금도 준대기 명령이 발령되어 있었다.

특수 방호 재킷을 입은 채로 간이침대에 앉아 발치에 놓인 봉투 안에서 책을 꺼냈다. 열흘쯤 전에 신주쿠에서 산 책이었다.

스즈이시 데루마사 저 『차창』. 사기만 하고 아직 읽지는 않았다. 에르산 화학공장 돌입 작전 때문에 읽을 기회를 놓쳐서이기도 했지만 읽는 게 두렵기도 했다. 책을 산 날 밤에 채링크로스 참극에 관한 뉴스를 다시 검색해 봤다. 피해자 중에 일본인 여행객 이름이 있었다. 스즈이시 데루마사, 유코, 히토시, 미도리. 저자는 틀림없이 스즈이시 주임의 아버지다.

처음부터 읽기 시작했다. 무역업자인 저자가 여러 나라를 여행했을 때의 추억을 엮어 놓은 여행기였다. 여행 기록에 저자 특유의 감성이 섞여 있었다. 때로는 염세적인 문장도 나왔지만, 결코 체념으로 이어지지는 않았다. 매력적인 위트도 있었다. 문장 속에 풍부한 인간성이 숨겨져 있었다.

결코 예단하지 않고 읽으려고 했으나 쉽지 않았다. 그 아가씨의 아버지가 이런 인물이었나? 의외인 것 같기도, 그렇지 않은 것 같기도 했다.

　제3장을 읽고 있었을 때 방호 재킷 안에서 땀이 배어 나왔다. 그 장에서 주로 스페인 여행을 다루고 있어서였다. 업무차 프랑스에서 스페인으로 넘어간 젊은 시절 저자는 무사히 거래를 끝마친 뒤에 스페인의 풍토에 매료되어 무작정 여행을 하기로 마음을 먹었다. 스즈이시 데루마사의 마음은 점점 바스크 지방으로 향해갔다.

　머릿속에서 불쾌한 감촉이 느껴졌다. 설마…… 개미지옥에 점점 빠져드는 것처럼 마음이 초조해졌다. 줄곧 눈을 돌려왔던 것이 예기치 않은 곳에서 서서히 고개를 쳐드는 것 같은.

　스즈이시 씨는 마드리드에서 침대칸이 있는 특급열차를 타고 빌바오에 들어갔다. 그곳에서 바스크 철도를 타고 산세바스티안으로 향했다.

　손이 떨렸다. 책을 내던지고서 그만 읽을까 싶었다. 하지만 도저히 그만둘 수가 없었다. 쫓기는 듯한 심정으로 문장을 읽어 나갔다. '엘티아노 호수.' 그 글자가 눈에 확 들어왔다. 무심코 소리를 지를 뻔했다. 지금까지 애써 모른 척해 왔건만. 만약에 그 답이 이곳에 적혀 있다면.

　엘티아노 호수에 물고기가 있는가?

　하지만 스즈이시 씨는 엘티아노 호수 주변 경관과 인근 주민의 따뜻한 정은 언급했지만, 그 이상은 아무것도 적지 않았다.

　예감이 빗나갔다. 답은 적혀 있지 않았다. 텅 빈 탄피가 두개골 안에서 부드럽게 배출되는 것이 느껴졌다. 어깨를 크게 들썩이며 가

뿐 숨을 내뱉었다. 한심하기 짝이 없었다. 오랫동안 절망 속에서 살아왔으면서. 새삼스레 답을 알아본들 죄의 무게는 달라지지 않는 것을.

계속해서 읽었다. 스즈이시의 인품과 문장에 매료되었다. 유유자적한 필치가 점차 저자의 생각을 그려 나가기 시작했다.

─국경을 넘을 때면 나는 언제나 사람과 사람의 사이를 가로막는 진정한 경계를 떠올린다. 이 경계는 국경과 반드시 일치하지 않는다. 그 점은 행복이라고 할 수도 있고, 불행이라고 할 수도 있다. 사람은 무언가에 의해 언제나 서로 분리되어 있다.

─열차 안에서는 모두가 서로에게 이방인이다. 그것은 서로가 앞으로 알고 지낼 가능성이 있다는 것을 의미한다. 미지의 친구는 언제나 있다.

─이렇게 흔들리는 열차 안에 있으니 예전에 친구가 될 수 있었을 사람이 갑자기 문을 열고 고개를 내밀어 말을 걸어 줄 것만 같다.

자꾸 킬리언 퀸의 『철로』가 떠올렸다. 킬리언도, 스즈이시 씨도 열차와 철로를 모티브로 여러가지를 여행에 빗대었다. 하지만 그 접근법이 전혀 달랐다.

『철로』에 이런 구절이 있었다.

젊었던 그대는 노쇠해져 끝없이 뻗은 철로를 걷겠는가?

쭉 뻗은 두 가닥 선 사이를 우직하게 나아가면
집념 깊은 회오를 뿌리칠 수 있으리라 꿈이라도 꿨는가?

또 이런 구절도 있었다.

붉게 녹슨 운명의 앞에도, 뒤에도
철로를 기어 다니는 구더기에게 미소를 지어 주는 바보는 없다.

킬리언은 냉소적이고, 스즈이시 씨는 낙관적이었다. 스즈이시 씨
의 국가관이나 역사관은 단순하고 다분히 감성적이지만 그만큼 상
냥하다. 그에 비해 킬리언은 세상을 믿지 않았다. 사람을 믿지 않았
다. 킬리언에게 타자는 언제나 박해자이자 방관자였다. 조국의 역사
를 생각하면 당연하다. 그것이 진실이었기 때문이다. 한편 스즈이시
씨는 달랐다. 그는 단절된 이국의 타자를 '미지의 친구'라 불렀다.
그것은 무지에서 비롯된 무책임도 아니었고, 우월감에서 비롯된 오
만함도 아니었다. 문장을 보면 그가 비참한 현실의 구조와 역사의
본질을 이해하고 있다는 걸 알 수 있었다. 그는 이국의 사람들에게
온화한 투로 이렇게 말했다.

—아직 얼굴 한 번 마주한 적이 없는 환상 속 친구에게서 왜 그리움을 느
끼는가? 틀림없이 인간이 본디 품고 있는 고독과 타자를 애타게 찾는 마음
때문일 것이다.

—가장 슬픈 것은 원래 친구가 될 수 있는 사람이 그렇게 되지 못했을 때다.

마음에 자연스럽게 스며들었다. 스즈이시 씨의 말 속에는 타자를 위하는 배려가 흘러넘쳤다. 순수하고 진지하게 사람을 믿고 있었다. 사람을 믿어야 한다는 희망을 조금도 버리지 않았다. 가톨릭과 프로테스탄트가 원래는 적대하지 않았던 것처럼 진실과 희망 역시 결코 상반된 것이 아니다. 하지만 진실을 아는 자는 쉽게 희망을 비웃는다. 오히려 그런 자들의 심리야말로 진부한 것이다.

무명 작가인 스즈이시 씨의 감상이 국제적으로 알려진 킬리언 퀸의 사상을 넘어선다는 생각이 들었다.

적갈색 정장이 아주 닮은 두 책. 한 책은 영어로, 다른 한 책은 일본어로 적혀 있다. 한 책은 사람을 선동하고, 다른 한 책은 사람을 따뜻하게 한다. 무엇이 더 가치가 있는지는 명백하다. 문화의 차이가 아니라 그릇의 차이다. 영혼이 얼마나 자유로운가의 차이다.

흔들리는 열차에 몸을 맡긴 채 차창을 조용히 바라보는 여행자. 그의 눈동자는 온화하고 호기심으로 가득하다. 이 세상의 모든 것들을 똑바로 직시한다. 배신당하거나 상처 입는 것을 두려워하지 않는다. 국경을 넘을 때 그는 인간 사이를 가로막고 있는 경계를 떠올렸다. 가톨릭과 프로테스탄트를 가로막는 피스 라인*. 타자의 아픔을 느끼면서 애써 그 경계를 넘어 그 너머에 있는 친구를 찾는다.

---

* 구교도와 신교도 사이의 긴장 및 충돌을 막고자 벨파스트를 비롯한 북아일랜드 각지에 설치된 장벽.

스즈이시 데루마사는 진정한 자유인이다.

—라이저에게는 자유가 필요해.

아버지인 델릭 맥브레이드가 남겼던 말. 오랫동안 그 말은 자신에게 수수께끼였다. 그 의미를 이제야 알 것 같은 기분이었다.

스즈이시 주임의 아버지가 그 의미를 자신에게 알려 준 것이다.

책을 들고 있는 두 손이 부르르 떨렸다. 무언가가 끊임없이 울컥 치솟았다. 도저히 막을 수가 없었다.

아버지는 자신을 사랑해 주었다. 그런데 자신은 아버지가 죽은 뒤에도 오랫동안 이해하지 못했다. 딸의 영혼이 자유롭기를 바랐던 아버지의 사랑을 자신은 짓밟았다. 어머니를 불행에 빠뜨렸고 동생을 죽였다. 두 번 다시 돌이킬 수 없다. 차고에서 아버지가 전기 공구를 다루는 소리도, 어머니가 만든 스튜 냄새도, 밀리의 웃음도. 대체 여긴 어디야? 내가 지금 어디에 있는 거야? 비가 내리고 있나? 비는 싫다. 비에 젖어 책을 읽을 수가 없다……

12월 2일 오후 1시 20분 하네다 국제 공항은 엄중한 경계 태세에 놓여 있었다. 전세기는 예정 시각보다 5분 늦게 도착했다. 수행원과 함께 비행기 밖으로 나온 외무영연방국 심의관 윌리엄 소더튼은 불어 닥치는 찬바람에 코트 옷깃을 세울 새도 없이 곧바로 메르세데스 벤츠 S클래스에 떠밀리듯이 들어갔다. 뒤이어 관계자들은 렉서스 두 대에 나눠서 탑승했다. 선두와 후미에 경호차인 레거시B4가 한 대씩 붙었다. 여기까지는 평범한 경호 태세라고 할 수 있었다. 하지만 오후 1시 25분 차량 대열이 공항에서 수도고속도로 완간선에 들어가자 앞뒤에 트럭이 한 대씩 추가로 붙었다. SP가 탑승한 요인 경호용 기갑병장 니굴을 적재한 위장 트럭이다. 두 대 모두 차종과 외관이 다르다. 두 트럭은 자연스럽게 대열 앞뒤에 붙었다.

차량 대열은 곧장 도심으로 향했다. 극비 방일이라서 보도도 되지 않았기에 경찰차나 바이크 등 선도 차량이 없었다. 차량 대열이 공항을 출발하자마자 경시청은 검문을 강화하여 사실상 도로를 봉쇄했다. 경호 대상자는 국가 원수급이 아니고, 또한 극비리에 방일했기에 눈에 띄는 태세는 최대한 피했다.

경비부의 위장 트럭과 거리를 벌린 채 경호 대열의 앞뒤를 달리는 트럭이 있었다. 앞에 두 대, 뒤에 한 대다. 모두 특수부의 차량이었다. 경호과 트럭에 비해 상당히 작았다. 앞에 달리는 두 트럭 안에는 오즈노프 경부의 바게스트와 라드너 경부의 밴시가 각기 발진대기 상태로 적재되어 있었다. 뒤에서 달리는 트럭에는 스가타 경부의 피어볼그가 적재되어 있었다. 지휘 차량은 경호 대열에서 상당히 떨어진 후방에 있었다. 기술반 직원들이 탄 차량은 더 뒤에 있었다. 특수부 지휘 차량이 나와 있는 것은 드래군을 관측해야 하기 때문이다. 현장 지휘권은 어디까지나 경호과에 있다.

"NG01. 대향차 하얀 프리우스. 번호 조회."

"조회 완료. 수상한 점 없음."

경호 차량들이 쉴 새 없이 상황을 전했다.

에르산 화학공장 돌입 작전 이후로, 아니, 애당초 이번 사건이 벌어진 이후로 특수부의 수사원, 돌입 요원, 기술관들은 매일 밤을 새우는 비상근무를 해 왔다. 특히 성 드뤼옹 농학교 연주회 때 기술반 직원들은 총동원되어 초과 근무에 시달렸다. 현재 모두들 초췌해져 있다. 하지만 나흘을 더 버텨야 한다. 피폐해진 온몸의 신경을 가다듬어 마지막 나흘을 이겨 내야만 한다.

특수부 지휘 차량 안에서는 오키쓰와 등을 마주하고 앉은 스즈이시 주임이 드래군 탑승 요원의 바이탈을 점검하고 있었다. 원리상 킬과 위스커의 동기가 풀리는 일은 벌어지지 않는다. 하지만 모니터링할 수 있는 상태를 유지하지 않으면 기술자로서 불안하다. 그래서 그녀는 킬과 위스커에 보내진 펄스 신호가 이곳으로 되돌아오는 에코의 시간차를 측정하는 것이다.

"킬, 위스커 동기 펄스. 전 기체 에코 정상."

등 뒤에서 들리는 그 목소리를 들으며 오키쓰는 여러 디스플레이에 표시된 외부 영상을 노려보며 기계처럼 생각에 잠겼다. 킬리언 퀸의 두 번째 목적은 라이저 맥브레이드, 즉 라드너 경부를 처형하는 것이다. 밴시의 가장 큰 특색은 등에 장착하는 옵션 부속품이다. 그러나 트럭 안이 비좁아서 발진대기 상태에서는 그 옵션을 장착할 수가 없었다. 그래도 평범한 기갑병장보다는 뛰어난 전력이다. 하지만 탑승 요원이 적의 표적이 되어 있어서 불안을 품지 않을 수가 없었다.

1시 31분. 오이 분기점에서 오이 연락로를 경유해 히가시시나가와 인터체인지에서 수도고속도로 1호 하네다선에 진입했다. 각 차량은 순조롭게 달리고 있었다. 이상은 없었다.

공항에서 호텔까지 이동하는 데 걸리는 시간은 짧다면 짧다고 할 수 있다. 더욱이 주로 고속도로를 이용한다. 경비부에서는 고속도로 위에서 습격을 받았을 때를 대비한 여러 훈련을 철저히 해 왔다. 요인 경호용 기갑병장과 위장 트럭이 방패가 되어 적기를 막거나 벽이 되어 퇴로를 확보한 뒤에 요인 탑승 차량을 현장에서 이탈시킨다. 경비부에게 가장 중요한 것은 습격범을 체포하는 것이 아니라 경호 대상자의 안전을 확보하는 것이다.

1시 37분. 하마자키교 분기점에서 수도고속도로 도심환상선에 들어갔다. 곧 고속도로 출구가 나온다. 아무도 말은 하지 않았지만, 모든 경호 요원들의 긴장감이 커져 갔다.

선두 트럭 안에 적재된 바게스트의 셸 안에서 유리는 차량 카메라가 촬영하는 주변 영상을 눈 하나 깜빡이지 않고 쳐다봤다. 수도 고속도로 안에서 기갑병장으로 습격을 하려면 반드시 트럭이 필요하다. 차량 대열이 고속도로를 빠져나가기 전까지는 트럭은 검문소에 걸려 진입할 수가 없다. 하지만 반대 차선까지는 검문 대상이 아니었다. 그렇다면 대향 차량인가?

전방에서 한 트럭이 접근해 왔다. 부자연스럽게 속도를 높이고 있었다. 유리는 몸을 앞으로 내밀며 모니터를 주시했다.

"여긴 PD2. 전방 1번 카메라에 제한 속도보다 더 빠르게 접근해 오는 트럭 포착."

전 차량에 주의하라고 경고를 보냈다. 그러나 트럭은 앞을 달리는 승용차를 추월한 뒤에 차선으로 되돌아갔다. 유리는 조용히 숨을 내뱉었다. 긴장을 풀지 않고 주변 차량을 다시 살펴봤다. 상대속도는 정상 범위. 수상한 차량은 없음.

고속도로에 들어선 지 약 18분 뒤에 경호 대열은 예정대로 가스미가세키 인터체인지를 나왔다. 롯폰기도오리를 타고 북쪽으로 가다가 합동청사와 경시청이 오른쪽에서 보이는 지점에서 좌회전을 했다. 아오야마도오리를 나아가다가 아카사카미쓰케역에서 우회전하여 지요다구 기오이초에 있는 뉴오타니 도쿄 더 메인에 들어갔다.

무사히 도착했다…….

미도리는 입안이 바짝바짝 말라 있다는 걸 깨달았다. 키보드 위에 있는 손가락에 땀이 배어 있었다. 예상보다 더 강렬한 스트레스였다.

안경을 벗고 등 뒤에 있는 상관을 돌아봤다.

오키쓰는 조용히 시가릴로에 불을 붙이고 있었다. 그의 등에서 출발하기 전보다 더한 긴박감이 느껴졌다.

청사 안 연락실에서 시로키와 미야치카가 안도해하며 서로를 마주봤다.

이동 중에 습격은 벌어지지 않았다. 그러나 소더튼이 일본을 떠나는 12월 5일까지는 단 한순간이라도 긴장을 늦춰서는 안 된다. 두 사람은 서로의 얼굴에서 그러한 각오를 느꼈다.

단정한 얼굴에 땀이 맺혀 있는 시로키가 말했다.

"오늘부터 나흘인가. 우리도 청사에서 묵어야겠군."

"그래야겠지."

미야치카는 기름종이로 얼굴에 낀 유분을 닦다가 무언가가 떠올라서 중얼거렸다.

"특수부에서는 이사관도 현장에 나가나……."

"뭐라고?"

시로키가 되묻자 미야치카는 그저 고개만 가로저었다.

특수부 지휘 차량과 피어볼그 적재차량, 그리고 기술반 직원들이 탄 왜건은 예정대로 호텔 지하 주차장에 정차했다. 바게스트 적재 차량은 호텔 뒤쪽에 있는 반입구로 갔고, 밴시 적재 차량은 기오이자카 쪽 주차장으로 갔다.

발진대기는 여덟 시간이 한계였다. 드래군을 벗은 스가타와 유리는 차 밖으로 나와 오키쓰와 합류했다. 발진대기 편성표는 미리 짜놓았다. 호텔에 도착한 뒤 네 시간 동안은 라이저가 밴시에서 대기하기로 했다. 기술반 직원들도 그에 맞춰서 편성을 짰다.

이번 경호만은 절대로 실패해서는 안 된다는 것을 모두가 통절하게 느끼고 있었다.

호텔에 도착한 지 두 시간 뒤에 유리와 스가타는 오키쓰와 함께 소더튼이 묵는 프레지덴셜 스위트룸으로 향했다. 경호 대상자와 경호요원을 대면시키기 위해서였다.

그 방은 평범한 스위트룸과 달리 호텔의 공식 웹사이트에 기재되어 있지 않았다. 일반인은 숙박은커녕 그 방의 존재조차도 모른다. 국빈, 혹은 준국빈을 대우하기 위한 전용 특별실이다.

실내에는 가시와 히로시 경비1과장, 사쿠마 야스노리 경호과장과 그 부하들이 있었다. 경호제3계 SP가 다섯 명이 있었다. 경비부 경호과에 소속된 SP 중에서 가장 우수한 인재를 골랐을 것이다. 규정대로 정장 단추는 모두 풀어 놓았다. 총기를 비롯한 장비를 곧바로 꺼낼 수 있도록 하기 위한 조치였다. 그들은 모두 오키쓰와 두 외인 경부를 적대시했다. 하지만 일반 경찰관만큼 노골적이지는 않았다. 사정을 모르는 자가 봤다면 무관심하다고 여겼을 만큼 냉담한 표정을 짓고 있었다.

그리고 윌리엄 소더튼은 그들보다도 더욱 무관심한 표정을 짓고 있었다. 인생 그 자체가 흥미가 없다는 듯한 표정이었다. 하지만 그 얼굴에 비해 그의 경력은 탐욕스러웠다. 일본보다 훨씬 옛날부터 강고한 관료 제도를 구축해 온 국가의 산물이었다. 그는 귀족 계급의 고루한 사상을 고수해 왔으면서 이따금씩 자기 자신도 태연하게 속였다. 일찍이 그가 소속이 다른데도 SIS의 북아일랜드 특수 공작에 영향력을 행사한 것은 사상, 편견, 애국심 때문이 아니었다. 장래에 높은 지위에 오르는 데 도움이 되리라 예상했기 때문이리라. 영국 관료계를 대표해서 리퍼블리컨들의 비난을 한 몸에 받고 있다는 말도 수긍이 되었다.

얼굴이 귀족처럼 선이 얇은 소더튼은 지금 아무런 표정도 짓지 않고 소파에 몸을 기댄 채 실내에 있는 손님들을 쳐다봤다. 필요 없는 표정을 짓는 것조차 귀찮다는 듯이.

그의 주변에는 네 명의 수행원들과 세 명의 경호원들이 있었다.

경호원 중 하나가 스가타 경부를 힐끗 쳐다봤다. 한순간이었지만 그 눈빛은 SP보다 훨씬 강렬했다. 또한 맹렬한 적의가 숨겨져 있었다. 짧게 쳐올린 흑갈색 머리와 사나운 얼굴. 날렵해 보이는 체구. 스가타가 놀라며 그 남자를 쳐다봤다. 무언가 말을 걸려다가 역시 장소가 장소인지라 입을 다물었다.

"소더튼 경. 이쪽은 우리와 마찬가지로 경호를 담당하고 있는 경시청 SIPD의 오키쓰 준이치로 부장입니다."

가시와 과장이 영어로 소개했다.

소더튼은 처음으로 흥미를 보였다.

"오, 당신들이? 소문은 우리도 익히 들었습니다. 일본 경찰의 드래군은 참으로 재밌더군요."

그뿐이었다.

오키쓰 역시 유창한 영어로 인사를 했지만, 가시와가 눈치를 줘서 바로 방을 나갔다.

"소더튼 경 같은 인물은 외교 세계에서 드물지 않아. 오히려 저런 유형의 인간이 국가 간의 외교에 가장 적합하지."

엘리베이터를 향해 걸으면서 오키쓰가 말했다.

스가타가 스스럼없이 말했다.

"옛날에 아프리카 독재자를 경호하는 임무를 맡은 적이 있었는데, 그 녀석에 비해 소더튼 각하는 신사는커녕 성인이야. 부장, 걱정할 필요 없어요. 설령 저 인물, 경호 대상자라고 해야 하나? 여하튼 저 녀석이 그 어떤 속물이든 우리는 변함없이 임무에 전념할 테니까."

"부디 그래 주길 바라네."

엘리베이터에 타는 상관을 지켜본 뒤에 유리와 스가타는 계단으로 향했다.

"아는 남자인가?"

유리가 스가타에게 물었다. 소더튼의 경호원 중 하나를 가리키는 것이다.

"버나드 내시. SAS 최정예 대원이야. 나머지 두 남자도 틀림없이 SAS대원이겠지."

SAS대원이 신분을 숨기고 경호를 맡고 있는 걸 보니 영국에서도 소더튼을 경호하는 데 꽤 신경을 쓴 것 같았다.

"전우인가?"

"그 반대야. 녀석은 날 증오해. 무슨 운명의 장난인지 난 녀석의 적들한테 자주 고용되었지. 남미와 아프리카에서 내가 녀석들한테 뜨거운 맛을 보여 줬거든. 실제로 녀석은 지옥을 맛보며 퇴각했겠지. 그때 SAS에서 얼마나 희생자가 나왔더라?"

잡담하듯 말하는 동료를 곁눈으로 보며 유리는 아무 말 없이 앞으로 나아갔다.

또 저 남자 때문에 성가시게 됐다. 임무에 악영향을 끼치지 않았으면 좋겠는데……. 평소답지 않게 불필요한 걱정을 했다고 여겼다가 이내 생각을 고쳐먹었다.

이번 임무는 아무리 걱정을 해도 지나치지 않다.

4

12월 3일. 소더튼이 일본에 체류한 지 이틀째. 예정대로 회의 등 모든 일정은 호텔 안(요쓰야 쪽 더 메인에서 아카사카 쪽 가든 코트까지)에서 진행되었다. 스위트룸에서 회의실로 이동할 때는 SP와 영국 측 경호원들이 만반의 태세로 경호했다. 식사를 할 때도 철저하게 룸서비스를 이용하거나 레스토랑을 통째로 빌렸다.

SP의 밀착 경호와는 별개로 경호과의 요인경호용 기갑병장 니굴을 적재한 위장 트럭은 호텔 인근 도로와 주차장에서 일반 차량에 섞여 조용히 숨을 죽이고 있었다.

목적상 아무래도 발진대기가 잦은 요인경호용 기갑병장은 탑승자가 편하게 대기할 수 있도록 설계되었다. 자세히 말하자면 기내 공조 시스템이 잘 갖춰져 있고, 수분을 공급받기가 용이하며, 좌석이 편안하다. 니굴은 최신 기술로 제작된 기체이지만 그래도 오랫동안 발진대기 상태를 유지하는 것은 고역이다. 훈련을 받지 않은 일반인이라면 꼼짝도 않고 좌석에 앉아 있기만 해도 30분도 채 버티지 못하리라.

한편 특수부 드래군도 편성표에 따라 장소를 옮기면서 발진대기 상태를 유지했다.

그동안에도 나쓰카와반과 유키타니반 수사원들은 종전대로 각지에서 수사를 계속하고 있었다. 중국국가안전부 요원이었던 모양종의 사체. 린샤오야가 들었다는 '수지와와'라는 이상한 말. 그들은 흐릿한 실마리를 간신히 더듬으며 비밀의 정답을 쫓고 있었다.

특별한 변화도, 이상도 없이 방일 이틀차가 지나갔다.

그리고 체류 사흘째인 12월 4일. 어제와 마찬가지로 회의와 면담이 거듭 이루어졌다. 모든 것이 일정대로였다. 돌발 상황은 하나도 벌어지지 않았다. 모든 것이 예정대로 흘러갔지만 경호를 맡은 자들은 한시라도 긴장을 늦추지 않았다. 상대는 악명 높은 IRF다. 어떤 수단으로 폭발물을 안으로 들였을 가능성도 당연히 고려해야만 했다. 패딩턴역 폭발물 테러 때 보여 준 대담한 수법은 널리 알려졌다. 각국에서는 IRF가 과거에 썼던 테러 수법을 철저히 연구하여 그 대책을 강구했다.

또한 현역 SAS 대원으로 추정되는 세 경호원들도 철두철미하게 경계했다. SAS는 지금까지 IRA, IRF와 싸우며 수많은 전우를 잃었다. 기회만 주어진다면 주저하지 않고 IRF를 공격하리라. 하지만 지금 버나드 내시에게 주어진 임무는 소더튼을 경호하는 것이었다. 그 어떤 비상사태가 벌어지더라도 SAS 정예 대원인 그들은 부여된 임무를 최우선으로 수행하리라.

특수부 세 외인 경부에게는 발진대기 명령이 떨어졌다. 교대한 뒤에는 곧바로 휴식을 취했다. 배를 채우고, 잠깐 눈을 붙인 뒤에는 또다시 발진대기 상태로 돌아갔다. 조금도 여유를 부릴 수가 없는 태세였다. 스가타 경부가 악연이라고 했던 SAS 대원 내시와 얼굴을 마주할 기회가 거의 없는 것이 오즈노프 경부에게는 유일한 위안거리였다.

같은 날 오후 10시 35분. 그날 일정을 다 소화한 소더튼이 호텔 특별방으로 돌아갔다. 이튿날 아침 9시까지는 개인 시간이다. 그러나 경호 담당자에게는 낮과 밤의 구별도 없었다.

일본 측 창구로서 회의 석상에서 소더튼과 마지막까지 동석했던 스오 수석사무관은 공무를 끝낸 뒤에 지하 주차장에 세워진 특수부 지휘 차량을 방문했다. 차 안에 있던 오키쓰는 스즈이시 주임을 대신해 드래군 탑승 요원의 바이탈을 점검하고 있는 시바타 기술관을 남기고 밖으로 나갔다.

차량 옆에서 간단하게 정보를 교환하고 상황을 확인하고 있으니 누군가가 묘하게 늘어지는 목소리로 "오, 이거 다 모여 계셨군요." 하고 말을 걸었다.

외사3과 소카베 과장이었다. 그는 두 사람이 자신의 등장에 의아해하고 있다는 걸 알아차렸다.

"아, 위로차 찾아왔습니다."

그는 손에 든 함을 들어 올려 보였다.

"아까 고생하고 있는 사쿠마 과장도 만나고 왔습니다. 경호 작전이 참 힘들지요? 자, 나눠 드십시오."

외사과장이 경호 요원들을 위로하러 오는 것은 이례적이었다. 소더튼의 방일과 IRF는 외사3과가 맡고 있는 대테러작업과도 관계가 있으니 부자연스러운 행보라고는 할 수가 없었지만, 자연스럽다고도 할 수 없었다.

"배려해 줘서 고맙습니다."

슈마이가 담긴 함을 오키쓰가 웃으며 받았다.

"오키쓰 부장님, 이제부터 쉬신다고요? 괜찮으시다면 잠시 얘기 좀 나눌 수 없겠습니까? 소카베 과장님도 어떠십니까?"

무언가를 눈치 챘는지, 아니면 좋은 호기라고 봤는지 스오가 뜻밖의 제안을 했다.

"음, 괜찮긴 합니다만 제가 끼면 방해가 되지 않을는지요?"

미리 입을 맞춘 것처럼 소카베가 넉살 좋게 수락하자 오키쓰는 쓴웃음을 지었다. 그러고는 슈마이가 든 함을 차 안에 있는 시바타에게 건네고서 동행했다.

호텔 로비에 있는 바에 들어간 세 사람은 각자 좋아하는 칵테일을 주문했다.

오키쓰는 잠시 생각하다가 아이리시 블랙손을 부탁했다. 아이리시 위스키와 드라이 베르무트를 반씩 섞은 뒤 페르노와 아로마틱 비터를 각각 3대시씩 가미한 칵테일이다. IRF의 습격을 한창 경계하고 있을 때 아이리시 위스키로 만든 칵테일을 시킨다. 오키쓰다운 대담한 익살에 스오는 살짝 이맛살을 찌푸렸고, 소카베는 히죽 웃음을 흘렸다.

오키쓰와 스오는 요깃거리로 클럽샌드위치도 함께 주문했다. 그 바에서는 시가도 주문할 수 있었다. 오키쓰는 기뻐하며 메뉴 안에서 코히바 시글로IV를 골랐다. 평소에는 몬테크리스토를 애음하지만, 온종일 지휘 차량에 틀어박혀 있는 터라 기분 전환을 하고 싶었다.

바 안에서 피아노 연주가 흘렀다. 재즈 스탠더드 넘버「라운드 미드나이트」.

오키쓰는 느긋하게 시가를 피웠다.

"달콤하고 향이 그윽하군……. 역시 최고급 코로나 고르다답군요."

오키쓰가 만족해하자 소카베가 고개를 끄덕이고서 잔을 비웠다.

"오키쓰 부장님은 평판대로 취미가 고상하시군요. 전 담배에는 그리 정통하지 않거든요. 오로지 이거뿐이지요."

그는 한손을 들어 웨이터를 부르고서 칵테일을 하나 더 주문했다. 오키쓰와 스오는 미리 말을 맞춘 것처럼 알코올을 한 잔 이상은 마시지 않았다.

소카베는 바로 나온 칵테일 잔을 기울이며 무심하게 입을 열었다.

"아, 그렇지요. 북아일랜드와 관련된 작은 정보가 들어왔는데."

그가 본론으로 들어갔다.

"정보라고 해 봤자 정확도가 낮은 소문에 지나지 않지만요. 애당초 그런 어설픈 정보는 누구한테도 말하지 않습니다만, 시간이 더 흘러봤자 그저 소문에 그칠 것 같아서 두 분께 들려 드릴까 합니다. 모처럼 이렇게 모였으니."

오키쓰는 소카베가 들고 있는 칵테일을 봤다. 리큐어를 베이스로 만든 쿠앵트로 토닉. 소카베 과장은 단 것을 무척 좋아한다고 들었다. 아마도 즐겨 마시는 칵테일은 아니리라.

"1년쯤 전에 스코틀랜드 댐 바닥에서 신원을 알 수 없는 백골 사체가 떠올랐습니다. 젊은 여자와 대여섯 살쯤 된 남아였죠. 적어도 죽은 지 10년은 넘은 사체였습니다. 알몸이라서 신원을 밝혀낼 수 있을 만한 단서는 아무것도 없었지요. DNA 감정 말고는 방법이 없었습니다. 두 사람이 모자 관계라는 건 금방 알아냈습니다만, 그 이외의 정보는 여러 데이터베이스를 조회해 보는 수밖에 없었지요. 현지 경찰도 탐문조사를 벌였지만 별 수확을 거두지 못했습니다. 그런데 최근에 아이의 아버지가 아무래도 에드거 캠벨인 것 같다는 얘기가 나와서."

오키쓰와 마찬가지로 가만히 귀를 기울이던 스오가 기억을 더듬었다.

"에드거 캠벨? 어디서 들어 본 적이 있는데…… 분명…….

"북아일랜드 경찰관입니다."

오키쓰가 암울한 표정으로 말했다.

"틀림없이 세계에서 가장 유명한 PSNI 직원입니다."

스오가 화들짝 놀랐다.

"그렇군요. 어게인."

말상인 소카베가 고개를 끄덕였다.

"기갑병장을 타고 시민을 쏜 순경입니다. 사건 직후에 자살한 이 남자가 어째서 그런 어리석은 짓을 저질렀는가? 그것은 이른바 역사의 수수께끼지요. 이제부터 들려드릴 얘기는 정보라고도 할 수 없는 순전히 제 상상입니다. 스코틀랜드 댐에 빠져 죽은 남아가 캠벨의 자식이라면 역사의 수수께끼를 풀 하나의 가설이 생겨나지 않겠습니까?"

"캠벨한테는 처자식이 없었을 겁니다. 있었다면 진즉에 드러났을 터."

"본인도 몰랐다면?"

스오가 의문을 품자 소카베가 대답했다.

"실제로 캠벨한테는 경찰에 들어가기 훨씬 전에 헤어진 여자가 있었던 모양입니다. 치안부대도 인원을 선발할 때 먼 과거까지는 확인하지 못했습니다."

코히바의 연기 너머에서 오키쓰가 소카베를 쳐다봤다.

"영국 정보 기관이 그 여자를 조사했겠군요."

"아나나 다를까, 행방불명이었습니다. 어게인이 벌어지기 약 한 달 전쯤부터요. 친척이 하나도 없는 웨일즈의 한 시골에서 혼자 남자애를 키웠다고 합니다. 그 모자가 어느 날 홀연히 사라졌고, 그로부터 한 달 뒤에 아버지로 추정되는 남자가 어게인을 일으켰지요."

"협박이군요."

스오도 그 이야기를 듣고 역시나 전율했다.

"그렇습니다. 누군가가 모자를 납치해 경찰관으로 근무 중인 아버지와 대면시켰습니다. 그게 누구의 아이인지 아버지는 알고 있었겠지요. 납치범은 아버지한테 시민한테 총격을 가하고, 그 뒤에 자살하라고 명령했습니다. 반대로 생각한다면 이토록 무모한 요구에 응할 만한 자는 자식이 인질로 잡힌 부모뿐이겠지요. 아버지는 큰 죄를 짓고서 죽음을 택했고, 납치범은 곧바로 여자와 아이를 죽였습니다. 당연하다면 당연하겠지요. 인질을 살려 둘 생각이 애초부터 없었을 테니까. 문제는 그 납치범이 누구냐는 것인데."

에드거 캠벨에게 무차별 총격을 명령한 자. 문제라고 했지만 소카베의 얼굴에 답이 나와 있었다. 오키쓰와 스오의 얼굴에도.

IRF…… 킬리언 퀸.

모든 것이 단번에 이어졌다. 캠벨이 총격을 가하는 계기가 됐던 첫 번째 총성. 사건이 벌어지고 이튿날 새벽에 UDA 동앤트림 여단의 명의로 흘러나온 가짜 성명. 모든 것이 계획에 따라 벌어진 일들이었다.

어게인 당일에 일당 중 하나가 미리 물색해 놓은, 절대로 촬영되지 않을 장소에서 총을 발포했다. 이 발포는 캠벨에게 주는 신호임에 동시에 그가 무차별 총격을 가한 이유는 '폭도에게서 공격을 받았기 때문'이라는 구실을 PSNI 측에 주었다. 가짜 성명을 내보낸 이유는 UDA에 누명을 씌우기 위해서가 아니었다. 모호했던 상황을 더욱 모호하게 만들기 위해서였다. 미디어와 각종 소셜네트워크가 빚어낼 혼란을 이용하기 위해서였다. 아주 그럴듯하게 포장되어 발표된 가짜 성명은 계획대로 전 세계를 교란시켰고, 여러 의혹을 등가치로 바꾸었다. 어게인이 벌어져 가장 이득을 본 자가 비주류파 리퍼블리컨이 아니냐는 의혹이 싹 사라졌다. 그 결과 역사적으로 진행되었던 평화 프로세스는 붕괴되어 파괴 프로세스로 역행하였다. 비주류파 리퍼블리컨에게는 가장 바람직한 정세였다. 그리고 IRF가 대두했다.

스오가 목소리를 높였다.

"증거는커녕 근거조차 없지 않습니까? 순전히 당신의……."

"공상입니다. 그래서 아까 말하지 않았습니까?"

어스레한 조명 아래에서 소카베가 길쭉한 얼굴을 내밀었다.

"가령 그런 의혹이 있다고 한다면 영국이 내버려 둘 리가 없습니다. 스토몬트 정부도 마찬가지겠지요. 킬리언 퀸의 진짜 얼굴을 만천하에 드러내고, IRF 테러리스트를 쳐부술 절호의 명분이지 않습니까?"

소카베가 어두운 얼굴로 한숨을 내뱉었다. 웃는 것처럼도 보였다.

"처음에 말씀드렸다시피 이 건은 아무리 시간이 흘러도 소문에 그칠 겁니다."

스오와 오키쓰는 그의 말이 무슨 뜻인지 곧바로 이해했다.

영국 측에서도 이 건에 관여한 자가 있다…….

조사하다가 그 사실이 밝혀졌을 것이다. 아마도 정치가. 그것도 당시 정부의 유력자. 섣불리 파헤쳤다가는 예기치 않게 영국 안에서 피의 소용돌이가 휘몰아칠지도 모를 만큼 유력한 인사.

그렇다면 소카베의 말대로 영국 정부가 이 건을 더 파헤칠 리가 없다. 댐 바닥에서 발견된 사체는 영원히 신원 불명으로 남으리라.

"전 시 같은 건 초등학교 때 교과서로밖에 접해 보지 못했지만, '시인'의 카리스마가 무엇인지 알 것도 같더군요. 어게인 때 무차별 사격으로 죽은 시민은 열세 명. 1972년 피의 일요일 당일에 죽은 사람의 숫자와 똑같습니다. 아무리 계획적으로 피의 일요일을 재현하고자 했더라도 무차별 사격으로 사망한 사람의 숫자까지는 맞힐 수 없습니다. 그런데 우연히 맞았지요. 이게 대단한 거지요. 신이 도왔습니다. 뭐, 당사자도 깜짝 놀랐겠지만."

소카베는 믿을 수 있는 정보원을 갖고 있으리라. 그는 스스로 공상이라고 했던 가설을 확신하는 듯했다.

"어게인을 왜 벌였는지는 납득이 갑니다만, 소카베 과장, 당신의 노림수는 뭡니까?"

오키쓰가 대놓고 물었다.

"방금 그 얘기는 사교 석상의 서비스치고는 조금 상세하군요. 외사3과 과장인 당신이 이런 정보를 왜 밝혔는지 의도를 말씀해 주시지요."

"고마에 사건이지요."

뜻밖의 대답이 돌아왔다.

"당시 난항을 겪고 있던 특수부 설립 문제가 고마에 사건이 계기가 되어 단숨에 진척되었지요. 이거 무척 비슷하군요. 어게인이 벌어진 뒤에 IRF가 생겨난 흐름과."

가게 안 조명이 더 어두워졌다. 12시가 지났다.

"과연. 듣고 보니 그렇군요."

오키쓰가 코히바를 피우며 미소 지었다. 피아노 연주도 어느새 그쳤다.

"어게인이 IRF가 자작한 작품이고, 그 작가가 킬리언 퀸이라면 고마에 사건은 제 작품이라는 뜻입니까?"

"설마요. 당치도 않습니다."

소카베가 다시 웃음을 지었다. 어두워진 조명 때문에 노회함이 더욱 도드라져 보였다.

"그거야말로 증거가 없습니다."

스오가 쓸쓸해하며 신음했다.

"소카베 과장님, 절 끌어들였군요."

"스오 사무관님께는 송구스럽습니다만, 순간적으로 그러는 편이 좋을 것 같다고 판단해서."

소카베는 조금도 주눅 들지 않았다.

"제가 오키쓰 부장님과 한패였다면 어쩔 작정이었습니까? 그래요. 어게인 때 가담한 영국 측 누군가처럼."

"그 구도를 알아낸다면 큰 수확 아닙니까?"

소카베가 태연하게 말을 이어가자 스오와 오키쓰는 쓴웃음을 지을 수밖에 없었다. 힘이 빠지는 동시에 전율했다. ……저자가 바로 외사3과의 '말상'이구나.

"그 킬리언 퀸과 날 빗대 주니 영광스럽군요. 하지만 난 스스로의 운을 믿지 않습니다. 로맨틱, 혹은 루나틱하다고 할 만큼 그 운을 맹신하지 않는다면 그런 작전은 도저히 실행할 수가 없습니다. 더욱이……."

오키쓰는 골똘히 생각하다가 말을 이었다.

"난 이렇게도 생각합니다. 킬리언 퀸이 제 아무리 카리스마가 넘치는 인물일지라도 역사의 흐름을 바꾼 건 그가 아니다. 자신이 역사를 바꿨다고 생각한다면 그것은 터무니없는 오만이다."

잠시 침묵이 흘렀다.

"슬슬 돌아가야겠군요."

코히바를 재떨이에 두고서 오키쓰가 일어섰다. 다른 두 사람도 뒤따라서 일어섰다.

소카베는 만족스럽게 웃고 있었다. 그 이유는 스오의 얼굴에 확연히 드러나 있었다.

스오의 얼굴에는 오키쓰를 향한 의심이 번져 있었다.

5

12월 5일 아침이 밝았다. 소더튼이 일본에 머무는 마지막 날이다. 일본에서의 마지막 밤도 무사히 지나갔다. 그러나 긴장을 푼 경호 관계자는 일본 측에도, 영국 측에도 없었다. 오히려 긴장은 정점에 달해 있었다.

테러를 저지르려면 오늘뿐이다. 전세기가 이륙하는 그 순간까지 앞으로 몇 시간이 남았다. 적은 그 사이 어느 순간에 습격해 올 것이다…….

11시 27분. 경호 대열이 뉴오타니 호텔을 출발했다. 바게스트가 적재된 트럭이 선두에 섰다. 다음에는 밴시가 적재된 트럭이 뒤따랐다. 그 뒤에는 경비부 트럭, 레거시, 소더튼이 탄 차량이 이어졌다. 방일했을 때와 똑같은 배치였다. 맨 뒤에는 마찬가지로 피어볼그가 적재된 트럭이 있었다. 경찰차나 경찰 오토바이의 선도는 없었다. 특수부 지휘 차량과 기술반 직원들이 탄 차량은 경호 대열에서 꽤 거리를 둔 채 뒤따랐다. 이 역시 방일했을 때와 똑같았다.

라이저는 출발하기 세 시간 전에 유리와 교대해 발진대기 임무를 맡다가 그대로 경호 대열에 합류했다. 유리는 거의 쉬지도 못한 채 다시 바게스트에 탑승했다.

하늘에 구름이 꼈다. 바람이 없는 대기는 죽은 것처럼 꼼짝도 하지 않았다. 어제에 이어서 습도가 높은데 곧 겨울비가 쏟아질 것 같았다.

적은 호텔을 나선 직후나 혹은 공항을 목전에 뒀을 때 기습을 하리라. 오키쓰는 지휘 차량 안에서 디스플레이에 나오는 주변 영상을 유심히 지켜보며 대비했다. 그 뒤에서 스즈이시 주임은 탑승 요원의 바이탈을 관측했다. 시로키, 미야치카 이사관은 유사시에 대비해 청사에서 대기하고 있었다.

경로에 있는 각 검문소에서 일제히 경계를 강화했다. 방일했을 때와 마찬가지로 사실상 도로를 봉쇄한 것이다. 트럭은 특히 철저하게 검문했다.

무겁고 습한 먹구름 아래에서 차량 대열은 기오이초도오리를 따라 남하하다가 벤케이교를 건너 아카사카미쓰케 교차로에서 좌회전했다. 경로를 어떻게 정하든 이 지점은 무조건 지나야만 한다. 그래서 이 지점에 중점적으로 경비 병력을 배치했다. 원칙적으로는 방일했을 때처럼 수도고속도로를 타고 최단 거리로 공항으로 갈 예정이다. 물론 공표되지는 않았다.

아오야마도오리에서 우치보리도오리로 들어갔다. 사쿠라다호를 따라 나아가다가 국회 앞 교차로에서 우회전했다.

11시 35분. 차량 대열은 가스미가세키에서 수도고속도로 도심환상선에 들어갔다. 습격은 없었다. 사고나 정체도 발생하지 않았다.

오키쓰는 흔들리는 딱딱한 좌석에 앉아 생각했다. '엔드게임은 기계처럼.'

이해할 수 없는 평지원의 갑작스런 접촉과 정보 제공, 관젠핑이 스가타 경부에게 말한 킬리언 퀸의 세 번째 목적, 수지와와, 중국국가안전부 요원의 사체와 미우네 무역의 명함……

진행 방향을 비추고 있는 모니터 영상을 응시하고, 디지털 무선통신에 귀를 기울이며 오키쓰는 더욱 생각에 골몰했다.

11시 38분. 대열 선두가 이치노교 분기점을 통과했다.

수도고속도로를 어떻게 거쳐 하네다 공항까지 갈지 여러 경로를 마련해 두었다. 적들이 수도고속도로에 잠복하고 있을 가능성은 낮았다.

오키쓰의 머릿속에서 무언가가 번뜩였다. 반대로 적들이 수도고속도로에 잠복했다면 이동 경로를 미리 알아냈다는 뜻이다.

번뜩임은 이내 강한 빛으로 바뀌었다. IRF는 모두 알고 있었다. 경로도, 호텔도, 출발 시간도. 왜냐면……

선두를 달리는 트럭 안. 바게스트의 카메라로 짐칸 안에 있는 모니터를 바라보던 유리는 전방에 이변이 벌어졌음을 깨달았다. 교차하는 사쿠라다도오리 위를 지나 시바 공원 램프 출구에 접근했을 즈음이었다. 현재 차량 대열은 확 트인 사차선 도로 위를 달리고 있었다. 후루카와강을 따라 동남쪽으로 뻗어 나가는 수도고속도로 남단에는 도로 바로 옆에까지 빌딩이 쭉 늘어서 있다. 수도고속도로에 면한 어느 빌딩의 창문 하나가 깨졌다. 층수는 알 수 없었다. 도로보다 꽤 높은 지점이었다.

영상을 확대하여 확인할 새도 없었다.

"1호차 PD2가 본부에 알린다. 전방 2번 카메라!"

창문에서 뛰어내린 녹색 덩어리가 빌딩 벽면을 따라 낙하했다. 퍼스트로프 강하였다. 벽면을 박차고 수도고속도로 위에 내려앉은 녹색 덩어리. 머리가 없는 괴이한 실루엣……. 제2종 기갑병장인 둘라한이다.

진동과 충격 때문에 짐칸이 흔들렸다. 트럭 운전기사가 급하게

브레이크를 밟았다. 명령이 떨어지길 기다릴 수 없었다. 바게스트의 팔을 뻗어 전동 윙의 개폐 버튼을 눌렀다. 열리기 시작한 윙의 틈새에서 하얀 빛이 새어들었다. 앞에서 총성이 들렸다. 중기관총이다. 동시에 트럭이 옆으로 넘어졌다. 빛이 순식간에 사라지고 충돌과 함께 천지가 격렬하게 뒤흔들렸다.

후미 트럭 안에 있던 스가타 도시유키는 차량 대열이 급하게 정지했음을 깨달았다. 반사적으로 주변 영상을 확인했다. 후방 카메라에 초록색 둘라한이 잡혔다. 반대차선의 펜스를 뛰어넘어 또 다른 한 기가 도로 위에 뛰어들었다. 곧바로 윙 개폐 버튼을 눌렀다.

"3호차 PD1이 알린다. 콘택트. 후방에 둘라한 두 기."

둘라한은 오른쪽 매니퓰레이터에 장착된 NSV중기관총으로 이쪽을 겨눴다. 12.7×108mm탄 세례가 트럭에 쏟아졌다. 윙이 막 열리기 시작했다. 발진대기 상태로 웅크리고 있는 피어볼그가 팔을 뻗어 랙에 수납되어 있는 브로닝M2 중기관총을 쥐었다. 그 사이에도 짐칸에 잇달아 구멍이 뚫렸다. 매니퓰레이터에 달린 내장식 어댑터에 M2 방아쇠가 걸렸다. 윙 틈새로 총신을 꺼내 응사했다. 그리고 다 열리지 않은 윙을 억지로 벌리고서 주행 중인 트럭에서 뛰어내렸다.

수도고속도로 위에 선 피어볼그는 후방에 있는 적 두 기를 향해 M2 방아쇠를 당겼다.

피어볼그의 후방에 정차해 있는 경호과 트럭에서 주반 니굴이 긴급 발진했다.

"PD1이 NG02에게 알린다. 여긴 내가 막겠다!"

스가타가 그렇게 외치기 전에 SP가 탑승한 NG02(니굴 2호기)가 경호 대상 차량으로 달려갔다.

초록색 기체들이 퍼스트로프 강화로 잇달아 도로에 뛰어내렸다. 그 색채는 자신들이 아일랜드군임을 드높이 선언하는 듯했다. 도로 위에 느닷없이 출현한 거대한 덩어리를 피하려다가 일반 차량들이 연쇄 충돌을 일으켰다. 봉쇄되지 않은 반대차선에서는 하마자키교 분기점에서 들어온 일반 차량들이 평소처럼 달리고 있었다. 중앙분리대는 기갑병장이 뛰어넘을 수 있을 만한 높이였다. 반대차선을 가로질러 좌우로 전개한 둘라한은 장비한 NSV중기관총을 난사하며 달려왔다.

옆으로 넘어진 선두 트럭을 피하고서 급정지한 2호차의 윙이 열리더니 밴시가 땅에 내려왔다. 뒤이어 경호과 트럭이 정지하면서 니굴 1호기가 긴급 발진했다.

적은 계속해서 내려왔다. 니굴이 레밍턴M1100의 총구를 들기 직전에 마지막 적기가 착지했다. 전방에 있는 적은 모두 여섯 기.

밴시가 좌우 매니퓰레이터로 쥔 프랑키 스파스15를 반자동으로 동시에 쏘았다. 두 총 모두 정확하게 사격했다. 단 한 기가 두 기의 화력을 냈다. 아니, 기갑병장 네 기에 필적했다. 차량 대열을 습격하려고 했던 여섯 기의 적기가 발걸음을 멈췄다.

급정지한 후속 차량들이 뒤로 되돌아가려고 했지만 후방에서 전투가 시작되는 바람에 퇴로가 막혔다. 저 앞에는 시바 공원 램프 출구가 있다. 경호과의 레거시가 기어를 확인한 뒤에 소더튼이 탄 벤츠를 고속도로 출구로 유도하려고 했다. 하지만 그보다 먼저 둘라한 한 기가 차선을 가로질러 앞을 가로막았다. 출구 부근은 차선의 고저차가 낮다. 레거시 앞에 튀어나온 둘라한이 총을 갈겨 레거시를 완전히 부숴 버렸다. 뒤이어 둘라한은 벤츠를 향해 총구를 돌렸다. 총알 세례가 벤츠에 쏟아지기 직전에 그 앞으로 튀어나온 니굴이 방패가 되어 총알을 막아냈다. NSV의 총격을 받고 쓰러지기 전에 니굴은 M1100을 세 발 쏘았다. 지근거리에서 슬러그탄을 맞고 둘라한이 자빠졌다.

서로의 총탄을 맞고 기능이 정지된 두 기갑병장과 레거시의 잔해가 시바 공원 램프 출구를 막아 버렸다. 소더튼이 탄 벤츠와 수행원들이 탄 두 대의 렉서스는 어쩔 수 없이 다시 후진할 수밖에 없었다.

발진대기 중이었던 밴시의 등에는 옵션 부속품이 달려 있지 않았다. 대신에 스파스15가 일곱 정이나 수납된 마운터를 달고 있었다. 탄을 다 쏜 밴시는 두 손에 든 스파스를 동시에 버렸다. 예비 탄창도 있으나 교체할 여유가 없었다. 두 손을 등으로 돌려 마운터에 수납된 스파스를 좌우에서 한 정씩 뽑았다. 적에게 접근할 여유를 주지 않고 사방에 쉴 새 없이 연사했다. 둘라한 한 기가 온몸에 슬러그탄을 맞고 침묵했다. 후방에 있는 두 기를 합치면 남은 적은 모두여섯 기. 마운터에 수납되어 있는 스파스는 다섯 정.

차량 흐름은 이치노교 분기점에서 완전히 멈췄다. 저 먼 앞에서 무거운 총성과 폭발음이 들렸다. 겁에 질린 사람들이 차를 버리고 지휘 차량의 좌우를 지나 필사적으로 달아났다.

오키쓰는 태연하게 상황을 파악하는 데 주력했다. 소더튼이 탄 벤츠는 무사하다. 다만 차량 대열은 전진도, 후진도 못한 채 멈춰 섰다. 전방에 있는 적 여섯 기는 시바 프런트 빌딩 7층에서 수도고속도로로 퍼스트로프 강하법으로 내려왔다. 그 층은 2개월 전부터 외국 기업이 통째로 빌렸는데 현재 내장 공사 중이다. 후방에 있는 두 기는 각기 반대 방향에서 사쿠라다도오리를 달리던 두 트럭에서 출현했다. 두 기는 옆으로 도출된 교각을 기어올라 수도고속도로 위에 오른 뒤에 중앙 펜스를 뛰어넘었다.

'수읽기'에서 완패했다. 다이코쿠 부두에서 발견된 둘라한 두 기는 조립이 다 된 완성 상태였다. 기갑병장은 주로 부품 단위로 밀수하는데도. 다이코쿠 부두에서 발견된 둘라한 때문에 그만 선입견이 생겨 버렸다. 완성된 형태로 기갑병장을 밀수했을 거라는 선입견. 적은 내장 공사 자재라고 속이고서 분해된 둘라한 부품을 7층까지 옮긴 뒤에 조립했다. 목표물이 통과하는 수도고속도로를 내려다보면서.

기갑병장이 습격하리라 예상했을 경우에는 주로 이동 경로인 도로를 경계한다. 물론 고속도로 주변 빌딩도 점검하긴 하지만 기껏해야 옥상이나 비어 있는 층 정도다. 정식으로 임대한 층까지는 점검하지 않는다. 하물며 고속도로 고가교 아래를 지나는 일반도로는 애초부터 점검 대상에서 제외된다. 기갑병장은 시가전을 상정하고 개발된 병기이니 당연히 이렇게 게릴라식으로 운용할 수 있으리라 눈치 챘어야 했다. 지금껏 그것을 실행한 테러리스트가 없었기에 방심했다. 그러나 킬리언 퀸은 해냈다.

그뿐만이 아니었다. 교각을 타고 고속도로 위로 올라간다는 단순한 수법을 왜 상상하지 못했던가? 아카하네교 교차점에서 수도고속도로는 지상과 상당히 가까워진다. 알파벳 L자를 오른쪽으로 90도 돌린 형태인 교각은 지상에서 더욱 가깝다. 둘라한이 소형이라고 해도 3미터는 족히 넘는다. 트럭을 발판으로 삼는다면 말 그대로 손이 닿을 만한 높이다. 아카하네교 부근은 니혼교와 마찬가지로 하천 위를 뒤덮는 것처럼 고속도로가 뻗어 나간다. 바로 아래가 하천이기에 양쪽 강변, 혹은 좌우 강변 중 한 곳에 교각을 둬야만 한다. 유서 깊은 하천을 뒤덮고서 고층 빌딩 벽면을 스치듯 뻗어 나가는 고속도로. 일본에서만 볼 수 있는 광경인지라 일본인은 둔감했다. 시인은 그 부분에 착안한 것이다.

피어볼그가 반격하자 두 기의 둘라한은 각기 도로 위에 세워져 있는 일반 차량인 미니밴 뒤에 숨어들었다. 스가타는 M2 방아쇠를 조작하는 그립에서 손을 뗀 뒤에 욕설을 내뱉었다.

저 더러운 새끼들…….

두 차량 안에 남아 있는 사람들이 울부짖었다. 가족이었다. 아이도 있었다. 스가타는 전투를 벌일 때 민간인이 휘말리지 않도록 애써 조심하면서 싸우지 않는다. 하지만 적극적으로 민간인을 방패로 삼는 행위는 별개다.

그렇군. 경찰관과 싸울 때는 저런 방식을 취한다는 거로군…….

본업이 병사인 스가타에게는 새로운 발견이었다. 녀석들은 분명 경찰관과의 싸움에 익숙하다. 물론 스가타도 대테러 작전을 수행한 경험이 있었다. 하지만 어디까지나 병사로서의 싸움이었지, 경찰관으로서의 싸움은 아니었다.

이게 무슨 독립의 대의냐…….

대의 따윈 없다. 테러리스트에게 대의라니. 라이저의 공허한 눈이 늘 그렇게 말하고 있지 않나? 테러뿐만이 아니다. 모든 전쟁에 대의가 없다는 것을 스가타는 그 누구보다도 잘 안다.

효과가 있다고 여긴 두 기의 둘라한이 미니밴 지붕 위로 NSV의 총구를 내밀어 피어볼그를 향해 가차 없이 총격을 퍼부었다. 하지만 고속도로 위에는 차폐물이 없었다. 숨을 만한 곳은 적과 마찬가지로 일반 차량 뒤밖에 없었다. 당장에 장갑이 두꺼운 부분을 앞으로 내밀어 방어했다. 충격이 셸 안으로 직접 전해졌다.

그때 검은 벽이 피어볼그 앞을 가로막았다. 니굴 2호기를 적재했던 경호과 트럭이었다.

"고맙다!"

트럭 차체가 방패가 되어 피어블그를 총탄에서 구해 냈다. 운전자는 경호과 경관이었다.

그러나 그 순간 트럭 운전석이 NSV 총격을 맞고 파괴되었다. 도로 위에 앞유리창 파편과 운전자의 산산조각 난 시체가 흩어졌다.

"본부가 각 PD기에게 알린다."

피어볼그의 셸 안에서 디지털 통신음성이 들렸다. 오키쓰 부장이다.

"곧 SAT가 도착한다. 그때까지 어떻게든 버텨라."

"PD1 라저."

그렇게 대답하면서 스가타는 결의했다. SAT가 도착하기 전에 이녀석들만이라도 자신의 손으로 정리하겠노라고.

드래군에 달린 카메라를 통해 오키쓰는 상황을 확인했다. 현장 지휘권은 특수부에게 없지만, 경비부는 드래군을 운용할 수가 없었다.

차량 내 디스플레이에는 실시간 현장 영상 외에도 고속도로 전체 상황도 표시되어 있었다. 고속도로 도심환상선은 전면 봉쇄되었다. 현장으로 통하는 메구로선, 하네다선, 다이바선 등도 봉쇄되었다. 봉쇄의 여파로 수도고속도로 전체가 크게 정체되었다. SAT가 도착하기까지 시간이 걸릴 듯했다.

좁은 고속도로 위에서 협공을 당한 차량 대열은 앞으로도, 뒤로도 갈 수 없는 상황에 처했다. 오키쓰는 시바 공원 램프 출구 영상을 유심히 쳐다보고 있었다. 탈출구는 역시 저기뿐이다. 밴시에 내장된 미사일로 출구를 가로막고 있는 기갑병장 두 기와 레거시 잔해를 없앤다면…….

안 된다. 그럴 수 없다. 레거시와 니굴 안에 아직 생존자가 있을 가능성이 있다.

니굴 1호기를 발진시킨 트럭이 속도를 높였다. 강행 돌파를 하려는 심산이었다. 적기를 향해 달려들었지만 그 전에 집중포화를 받았다. 결국 방향을 잃고 펜스와 충돌했고, 차체 절반이 허공에 뜬 채로 정지했다.

밴시는 슬러그탄을 다 소진한 스파스15를 버린 뒤에 등에 달린 마운터에서 새로이 두 정을 뽑았다. 순백의 장갑은 무수히 피격을 당해 더러워지고 흉측하게 찌그러졌다. 하지만 밴시는 조금도 겁먹지 않고 스파스를 계속 쐈다. 결국 어깨 장갑이 벗겨져 요란한 소리를 내며 도로 위에 떨어졌다. 그래도 멈출 기미는 없었다. 밴시는 두 정의 쇼트건을 동시에 쏘았다. 아무리 드래군의 성능이 뛰어나다고 해도 평범한 인간은 도저히 제어할 수가 없다. 한계를 초월한 동체시력과 집중력, 그리고 상식에서 벗어난 정신력이 필요했다.

적 네 기는 아수라처럼 우뚝 서 있는 밴시에게 쉽사리 접근하지 못했다. 그러나 네 정의 NSV는 도로 위와 펜스에 무수한 구멍을 뚫으며 화망을 펼쳤다.

벤츠를 보호하고자 앞으로 나온 경호과 레거시가 총을 맞고 화염에 휩싸였다. 그 화염을 뛰어넘어 후방에 있던 니굴 2호기가 나타났다. 벤츠를 보호하며 레밍턴M1100으로 응전했다.

네 기의 둘라한이 조금씩 포위를 좁혔다. 적 한 기가 옆으로 쓰러진 특수부 트럭으로 달려가 몸을 숨긴 뒤에 NSV 총구를 내밀었다. 그런데 그 발목을 무언가가 붙잡았다. 발목을 홱 잡아당기자 둘라한이 자빠졌다. 바게스트가 윙을 억지로 끼기긱 밀어 올리며 서서히 그 칠흑 같은 기체를 드러냈다. 화들짝 놀란 둘라한이 NSV 총구를 들이대기 전에 바게스트는 늠름한 다리로 상대의 동체에 발차기를 날렸다. 찌그러진 기체 틈새에서 선혈이 뿜어져 도로 위에 튀었다.

남은 적은 다섯 기······.

도로를 딛고 일어선 바게스트의 셸 안에서 유리가 신음을 흘렸다. 아까 트럭이 옆으로 쓰러질 때 머리를 부딪치는 바람에 두통이 났다.

고통을 참으며 뒤에 있는 트럭을 돌아봤다. 짐칸을 비추는 영상을 확대했다. 랙에서 빠져나와 바닥에 굴러다니는 브로닝M2의 총신이 살짝 꺾여 있었다. 유리는 그 총을 포기하고 바게스트 어깨에 달려 있는 홀스터에서 KBP OSV-96을 뽑았다. 근접전투용 양각대, 프런트 사이트, 리어 사이트 및 숄더스톡을 제거한 뒤에 총신마저 극단적으로 줄인 대물 라이플이다. 그 라이플을 권총처럼 쥔 뒤에 근처에 있는 적기를 향해 연달아 발포했다. 예기치 않은 위치에서 출현한 바게스트에 놀란 적 세 기가 산개하여 태세를 정비했다.

적 총탄이 결국 소더튼이 탄 벤츠에 맞았다. 보닛과 운전석을 포함한 차체 앞부분이 파괴되었다. 살아남은 SP와 내시를 비롯한 영국 측 경호원들이 벤츠를 버리고 차 밖으로 뛰쳐나왔다. 니굴 2호기가 재빨리 이동하여 그들을 보호하며 M1100을 쐈다.

밴시는 양손에 든 스파스를 버리고서 등 뒤에서 새로운 총을 쥐었다. 그 틈을 노려 둘라한 한 기가 NSV를 쳐들고서 돌진했다. 총탄을 다 쏜 모양이었다.

밴시의 내장식 어댑터가 스파스를 단단히 고정시키고서 방아쇠와 접촉하기까지 약 15초가 걸린다. 그 전에 도달한 둘라한이 NSV로 밴시를 내리쳤다. 뒤로 펄쩍 물러나 치명타는 피했으나 흉부 장갑이 무참하게 찌그러졌다. 둘라한이 다시 공격을 가하려고 했다. 하지만 밴시가 더 빨랐다. 지근거리에서 스파스 두 정을 내밀고서 발포했다. 총격을 맞고 둘라한이 뒤로 쓰러졌다.

남은 적은 네 기…….

밴시는 곧바로 총구를 돌려 좌전방에 있는 둘라한을 쐈다.

그때 바게스트는 우측에 있는 적기를 향해 쏘고 있었다. 하지만 좌우에 있는 적 두 기는 도로 위에 방치된 차량 뒤를 민첩하게 넘나들며 OSV-96의 맹공을 피했다. 드래군에 필적할 만한 운동성이었다. 두 조종사 모두 여간내기가 아니었다. 기체의 잠재력을 최대한 끌어내고 있었다.

총알이 다 떨어진 바게스트는 옆으로 쓰러진 트럭 뒤에 몸을 숨기고서 좌우 매니퓰레이터를 능숙하게 조작해 탄창을 갈았다. 13초만에 교체를 끝냈다. 다시 차 밖으로 몸을 내밀며 발포했다.

그때 전방 좌우에 있는 두 기의 둘라한이 동시에 검은 덩어리를 방출했다. 그 덩어리는 맹렬한 기세로 하얀 연기를 내뿜으며 도로 위를 굴렀다.

"연막탄이에요!"

지휘 차량 안에서 미도리가 외쳤다.

모든 모니터가 화이트아웃되었다. 더는 현장 상황을 지켜볼 수가 없었다.

오키쓰의 이마에 땀이 번졌다.

연막에 숨어 암살을 완수하려는 것인가? 아니면 퇴각하려는 것인가? 아니면 다른 노림수가 있나…….

후방에 있는 두 기의 둘라한도 동시에 연막탄을 쐈다. 아카하네 교 인근 도로가 하얀 연기에 뒤덮였다.

열화상 처리 시스템에 이상이 생겼다. 적외선 센서가 작동하지 않았다. RP연막탄*이다.

피어볼그의 셸 안에서 스가타가 씨익 웃었다.

연막이라? 잘됐군…….

전방에서 들렸던 총성이 멎었다. 섣불리 쐈다가는 블루 온 블루(아군 오인 사격)를 일으킬 가능성이 있었다. IFF(피아식별장치)는 작동하지만, 실수로 소더튼이라도 쏜다면 최악이다.

연막탄이 투척되기 전에 기록된 주변 정보가 셸 내벽에 달린 VSD에

---

* 적린 연막탄으로 적외선 센서를 차폐하는 효과가 있다.

오버레이되어 연막에 뒤덮인 지형 및 물체의 정보를 보충했다.

트럭 뒤에서 나와 곧바로 이동을 개시했다. 결단을 내리는 속도가 생사를 가른다는 것을 스가타는 숙지하고 있었다. 피어볼그의 매니퓰레이터를 대거 모드로 전환한 뒤에 왼쪽 매니퓰레이터로 허리에 찬 칼집에서 검은 아미나이프를 뽑았다. 드래군의 크기에 맞춰서 특별 제작한 무기였다. 근접전에서는 이 나이프가 가장 믿음직하다.

여기저기에서 일제히 소음이 울렸다. 차체가 부딪치는 소리였다. 적들이 도로 위에 남겨진 차량을 움직여서 상황을 바꾸려고 했다. 주변 기록 정보를 무효화하려는 시도였다.

어디서 얄팍한 수작을…….

혀를 차며 피어볼그는 농밀한 연기 속을 헤엄치듯이 이동했다.

미니밴을 방패로 삼고 있는 적 한 기를 발견했다.

날 얕보지 마…….

스가타만 한 숙련자라면 일반 기갑병장을 타고도 은밀히 상대방에게 접근할 수가 있다. 하물며 드래군이라면.

적기의 뒤로 몰래 접근해 장갑 틈새에 거대한 아미나이프를 꽂았다. 둘라한이 순식간에 정지했다. 미니밴 안에 있던 여섯 살짜리 남자애가 휘둥그레진 눈으로 이쪽을 올려다봤다.

적기가 나이프를 뽑고서 신속하게 차량 대열 전방으로 이동했다.

다른 한 기는 어디로 갔나…….

하얀 연기. 아무것도 보이지 않았다.

밴시의 셸 안에서 라이저는 눈을 부릅뜬 채로 센서를 확인했다. 풍속 제로. 확 트인 고속도로 위이지만 연막이 걷히기까지 시간이 걸릴 듯했다. 현재 시각은 11시 42분. 적이 습격한 지 3분도 지나지 않았다.

한치 앞도 보이지 않는 어둠 속에서 싸우는 법은 무하디라에서 라힘이 철저히 가르쳐 주었다. 동요하지 않고 가만히 집중했다. 기척을 감지했다. 9시 방향이다. 기갑병장이 이동하는 소리가 들렸다. 하지만 묘하다. 단순한 보행이 아니었다. 이건 아이리시댄스 스텝이다. 연막 속에서 적 기갑병장이 춤을 추고 있었다.

틀림없이 무희 이파 오드넬이다.

스텝은 금세 멎었다. 밴시의 존재를 감지한 것이리라. 도발적인 살기가 농밀한 연기를 타고 전해졌다. 그야말로 도발이었다. 연기에 휩싸인 고가교 위. 지금은 보이지 않지만 등 뒤에는 묘조인*의 지붕이 있었다. 일본이라는 이국의 무대에서 무희는 도발적인 춤을 선보였다. 표적은 관객석에 있는 사신이다.

살기가 느껴지는 방향을 향해 스파스를 쐈다. 반응이 없었다. 3초 뒤에 저 아래쪽에서 묵직하고 둔탁한 소리가 들렸다. 기갑병장이 착지하는 소리였다. 무희가 묘조인 뒤쪽에 뛰어내린 모양이다.

도로 가장자리로 달려가 아래를 내려다봤다. 하얀 기체 덩어리가

---

* 도쿠가와 가문 역대 쇼군의 위패를 모시는 절.

치솟았다. 착지한 무희가 연막탄을 새로이 쏘았다. 분출하는 연기 사이로 위를 올려다보는 둘라한 한 기가 순간 보였다. 머리가 없는 기체는 분명 웃고 있었다.

모든 탄을 다 소진한 스파스를 버리고서 라이저는 허공을 향해 기체를 날렸다.

OSV-96을 들고 사격 자세를 취하며 유리는 바게스트를 천천히 뒤로 물렸다. 하얀 어둠이 시야를 뒤덮어 버렸다. 두통이 가시질 않았다. 머릿속이 마비된 듯했다.

초조해하지 마라. 차분히 색적장치를 확인하자…….

센서가 자그마한 상황 변화를 감지해 냈다. 눈으로 확인할 수는 없었지만 분명 두 기의 기갑병장이 잇달아 고속도로 위에서 아래로 강하했다. 한 기는 밴시다. 무슨 일이 벌어졌는지 모르겠다. 전방에는 적 두 기가 있었다. 이제는 한 기만이 남았다. 자신은 그 한 기가 소더튼에게 접근하지 못하도록 막아야만 했다. 후방 상황은 알 수 없지만 지금은 스가타를 믿을 수밖에 없었다.

적은 어디에 숨어 있는가? 어느 순간에 습격하려는가?

밴시와 함께 강하했던 둘라한도 상당히 강했다. 그러나 나머지 한 기는 얕잡아 볼 수 없는 강적이었다. 사냥꾼 아니면 무희인가?

바게스트의 셸 안에서 유리는 자신의 심장 소리를 듣고 있었다. 숨이 가빴다. 과호흡 증상이다.

갑자기 경고등이 켜졌다. 반사적으로 뒤로 펄쩍 물러났다. 눈앞에 적기가 엄습했다. 머리가 없는 기체가 손에 든 가느다란 나이프로 바게스트의 흉부 장갑을 찢었다.

적은 다시 하얀 연기 속으로 사라져 기척을 지웠다.

그야말로 귀신 같은 움직이군…….

유리는 셸 안에서 전율했다.

적의 나이프가 인체로 말하자면 흉골 하부를 아래에서 찔러 올리려고 했다. 사냥꾼의 수법이었다. 저 연기 속에 사냥꾼 션 맥라글렌이 있다. 북아일랜드의 처형인이 하얀 어둠 속에 숨어서 모스크바의 사냥개를 노리고 있었다.

바로 시프트 체인지를 해야 하나…….

망설였다. 자신은 스가타나 라이저보다 전투 경험이 적다. 어그리먼트 모드로 전환하지 않으면 저런 강적을 제압하기 어려울 것이다. 하지만 어그리먼트 모드는 아주 짧은 시간밖에 쓰지 못한다. 더욱이 시프트 체인지를 한번 해 버리면 돌이킬 수가 없다. 어그리먼트 모드로 전환해서 싸우다가 제한 시간이 다한다면 더는 바게스트를 가동시킬 수가 없다. 적어도 더는 작전을 수행하지 못하리라. 원칙상 시프트 체인지는 적을 확실하게 궁지에 몬 뒤에 써야만 한다. 더욱이 만약에 적이 이대로 공격을 가하지 않고 다른 작전을 수행하러 이동한다면 바게스트는 어쩔 수 없이 전선에서 이탈해야만 한다. 적이 연막을 피운 목적이 그것일지도 모른다. 여하튼 상황을 파악할 수가 없으니 성급히 시프트 체인지를 해서는 안 된다.

센서에 귀를 기울이자…….

유리는 온몸의 신경으로 기척을 더듬으며 OSV-96의 총구를 이리저리 돌렸다.

어디냐. 어디에서 올 거냐······.

안개 속에 숨은 머리 없는 기사의 망령. 그야말로 아일랜드의 원한이었다. 그는 정적 속에 서 있었다. 먹잇감의 심장을 꿰뚫을 나이프를 쥔 채로 가만히 낌새를 엿보고 있었다.

경고음. 등 뒤에서 적이 엄습했다. 뒤를 돌아 발포했다. 빗나갔다. 둘라한이 하얀 연기를 가르며 나타났다. 두 기체가 한데 얽혔다. 뒤엉킨 채 도로 위에 쓰러졌다.

적기가 OSV-96을 쥔 오른쪽 매니퓰레이터를 억눌렀다. 근접전에서는 나이프가 압도적으로 유리하다. 적이 휘두른 나이프를 왼쪽 매니퓰레이터로 간신히 쳐냈다. 좌측 상완부 장갑에 미끄러진 나이프가 고속도로 위에 꽂혔다.

적기 아래에 깔려 있어서 벗어나고자 발버둥을 쳐 봤다. 하지만 도저히 뿌리칠 수가 없었다. 둘라한은 집요하게 칼을 휘둘렀다. 왼쪽 매니퓰레이터로 나이프가 콕핏에 적중하지 못하도록 필사적으로 막았다. 시프트 체인지를 할 여유조차 없었다. 그런 틈을 줄 만큼 무른 적이 아니었다. 0.1초라도 집중력이 흐트러진다면 칼이 흉부 장갑을 꿰뚫으리라. 칼을 무수히 쳐내다가 찌그러진 좌완부 장갑이 당장에라도 벗겨질 듯했다. 판단을 그르친 것인가? 이 국면에서 유일하게 시프트 체인지를 할 수 있는 호기를 놓쳐 버린 것인가?

바게스트의 두 다리를 전력으로 놀렸으나 적에게 유효타를 날리지 못했다. 뒤꿈치가 허무하게 노면만을 긁을 뿐이었다. 사냥꾼의 둘라한 아래에 깔린 바게스트의 머리와 등에서 마찰 불꽃이 튀었다. 온몸으로 바닥을 기었으나 자세를 뒤집지 못했다.

장갑을 통해 적의 압도적인 여유가 전해졌다. 먹잇감의 숨통을 끊을 수 있겠다고 확신한 사냥꾼의 여유였다.

야윈 개에게 도망칠 방법은 없었다. 그러나 바게스트는 두 뒤꿈치로 계속해서 노면을 찼다.

스가타는 셸 안에서 느껴질 리가 없는 바람을 느꼈다.

바람이 나왔다. 연막이 급속도로 확산되었다.

피어볼그의 집음장치가 여러 사람의 발소리를 잡아냈다. 이쪽으로 다가오고 있었다. 그리고 기갑병장 한 기도. 이 가벼운 보행음은 니굴이다. 벤츠를 버린 소더튼과 SP들이 적들이 우글거리는 전방을 피해 후방으로 물러난 것이다.

이 상황에서는 최선의 판단이었다. 엄호하러 이동하려고 했을 때 다른 기갑병장이 움직이는 소리가 들렸다. 둘라한이었다. 일반 차량을 방패로 삼고 있던 녀석이었다. 기척을 죽이고서 연기 속에 숨어 있었나? 자신과 마찬가지로 소더튼 일행의 발소리를 듣고서 습격에 나선 것이리라.

둘라한이 곧바로 노면을 박차고서 도약했다.

늦지 않게 지킬 수 있을까…….

일행과 함께 이동하던 경호과 니굴이 뒤를 돌아 측면에서 달려든 둘라한과 맞섰다. 적기는 NSV로 니굴의 몸통을 강타하여 기능을 정지시켰다.

장갑 틈새에서 선혈이 뚝뚝 떨어지는 니굴을 발로 차서 쓰러뜨린 둘라한은 망연자실하게 서 있는 소더튼 일행을 향해 발을 내디뎠다.

고속도로 가장자리에 내몰린 일행 중 하나가 숨겨 뒀던 서브머신건으로 둘라한을 쏘았다. 일본 측 SP가 아니었다. SAS 소속 버나드 내시였다. 적기의 장갑에 구멍이 뚫렸다. 둘라한이 멈췄다. 공격은 유효했다. 그러나 둘라한은 비틀거리면서 총신이 구부러진 NSV로 내리쳤다. 그 공격에 맞는다면 틀림없이 모조리 즉사하리라.

적기가 곤봉처럼 휘두른 중기갑총이 적중하기 직전에 피어볼그의 아미나이프가 둘라한의 등과 콕핏을 한꺼번에 꿰뚫었다. 적기는 그대로 얼어붙은 것처럼 정지했다.

내시가 들고 있었던 것은 서브머신건이 아니라 PDW(퍼스널 디펜스 웨폰)였다. H&K MP7. 은밀히 휴대하기에 적합한 총기다. 또한 특제 4.6×30mm탄은 관통력이 뛰어나다. 핸드건보다는 훨씬 현명한 선택이었으나 기갑병장을 저지하기에는 역부족이었다.

이치노교 분기점 쪽에서 방치된 일반 차량들 사이를 누비며 하얀 오토바이 부대가 달려오는 모습이 보였다. 그보다 훨씬 뒤에 SAT의 브라우니도 보였다.

피어볼그는 테러리스트의 선혈에 젖은 나이프를 뽑아 그 끝으로 소더튼 일행이 보라는 듯이 후방을 가리켰다.

어서 가라. 뒤에는 이제 적이 없다…….

SP가 소더튼을 데리고 뛰기 시작했다. 내시가 달리며 피어볼그를 돌아봤다. 그는 사나운 얼굴로 분하다는 표정을 지었다. 그것도 잠시, 일행은 흩어져 가는 안개 속으로 사라져 버렸다.

내시의 얼굴은 분명 이렇게 말하고 있었다. ……네놈한테 목숨을 빚지다니.

스가타는 훗, 하고 웃고서 쥐고 있는 나이프를 내려다봤다. 오랫동안 애용해 온 나이프지만 슬슬 다른 것으로 바꾸는 편이 나을지도 모르겠다. 이제는 나이프의 주인이 어떤 인간인지 모두가 다 알 테니.

머리가 없는 사냥꾼의 나이프가 바게스트의 가슴을 찔렀다. 콕픽 안에 있는 유리에게까지는 미치지 못했다. 체념을 못하는 사냥개가 가여운지 사냥꾼은 바게스트를 억누르고 있는 왼쪽 매니퓰레이터에 더욱 힘을 주었다.

버텨라. 조금만 더…….

바게스트와 둘라한은 노면을 긁으며 처음에 쓰러졌을 지점에서 조금씩 이동하고 있었다. 옆으로 쓰러진 트럭 앞부분을 향해.

드디어 다 왔다…….

둘라한은 바게스트의 숨통을 끊고자 나이프를 쳐들었다. 그 틈을 노려 바게스트는 윙 틈새로 왼쪽 팔을 찔러 넣었다. 안에 굴러다니던 브로닝 M2중기관총을 쥐고서 나이프를 든 둘라한의 매니퓰레이터를 내리쳤다. 머리 없는 기체가 휘청거렸다. 그 기회를 놓치지 않고 곧바로 오른쪽 다리를 차올렸다. 앞으로 엎어진 둘라한이 황급히 몸을 일으키려고 했다.

바게스트는 두 무릎을 꿇고 있는 둘라한의, 원래라면 머리가 있어야 할 부분에 OSV-96의 총구를 갖다 댔다.

처형인 션 맥라글렌. 네놈이 지금껏 얼마나 많은 사람들을 처형해 왔는지는 모르겠다. 하나 오늘은 네놈이 처형당하는 날이다…….

방아쇠를 당겼다. 둘라한은 끈이 끊어진 꼭두각시처럼 스르르 무너졌다. 사냥꾼은 두 번 다시 사냥에 나서지 못하리라.

흩어져 가는 연기 속에서 피어볼그가 접근해 왔다. 손에 든 아미나이프를 머리 위로 빙빙 돌리면서. 검은 날이 새빨갛게 물들어 있었다. 후방에 있는 적 두 기를 처리한 모양이다. 남은 적기는 한 기. 하지만 그 한 기는 밴시와 함께 고속도로 아래로 뛰어내렸다.

디지털 통신으로 보고했다.

"PD2가 본부에 알린다. 고속도로 위에 나타난 둘라한 일곱 기를 제압. 나머지 한 기는…….”

갑자기 고속도로가 격렬하게 요동쳤다. 굉음과 진동. 간신히 자세를 제어했다.

폭발이다. 고속도로 위가 아니다. 지상이다.

대체 무슨 일이…….

폭발 충격이 지휘 차량에도 미쳤다. 탑재된 기기들은 다행히도 별 영향이 없었다. 혼란스러운 보고가 잇달아 들어왔다. 오키쓰는 뒤얽힌 정보들로 사태를 파악하려고 애썼다. 무슨 일이 벌어졌는지 전혀 모르겠다. 가장 먼저 소더튼의 안부부터 확인해야만 한다.

그 뒤에서 미도리는 드래군 각 기체의 상태를 점검했다. 서둘러서 디지털 통신으로 각 탑승 요원에게 이상이 없는지 확인했다.

PD1 확인 완료…… PD2 확인 완료…….

"여기는 본부. PD3, 상황을 보고해 주십시오."

헤드폰 마이크에 대고 다시 말했다.

"여기는 본부. PD3, 응답 바람. PD3."

음성이 띄엄띄엄 변환되다가 이윽고 완전히 끊어졌다. 수신 불가를 알리는 전자음만이 계속 이어졌다.

미도리가 오키쓰를 돌아보며 외쳤다.

"PD3, 통신두절!"

6

엄청난 굉음과 함께 분진이 요란하게 피어올랐다.

집음 장치의 보호 기능이 없었다면 고막이 파열됐으리라.

땅바닥에 지하로 이어지는 새카만 입구가 보였다.

무희가 저 아래로…….

밴시는 노출된 좁은 계단을 내려갔다. 몇 미터 내려가니 나선계단이 설치된 수직 갱도가 나왔다. 상당히 깊었다.

밴시는 왼쪽 손목에 달린 장치로 벽을 향해 앵커볼트를 쏘았다. 단단히 고정됐는지 확인한 뒤에 퍼스트로프 강하로 단숨에 하강했다.

최심부에 이르자 와이어를 끊고서 착지했다. 좌우에 긴 터널이 이어져 있었다. 직경이 6미터쯤 되는 것 같았다. 칸막이로 구획된 공간에 온갖 케이블과 강관이 지나갔다. 밴시가 하강한 곳은 보수 점검용 공간인 듯했다.

그래서 둘라한을 쓴 건가…….

보통 기갑병장에게는 비좁지만 머리가 없는 둘라한이라면 충분히 이동할 수 있는 넓이였다.

터널 안에 채프*가 한가득 떠다니고 있었다.

"여기는 PD3. 본부 나와라."

통신불능. 전방에 직사각형 상자가 굴러다녔다. 미리 설치해 둔 채프 디스펜더. 보통 채프는 레이더를 교란시키고자 쓰이지 통신을 방해하고자 쓰이지는 않는다. 하지만 밀폐된 지하 터널 안이라면 충분히 통신을 방해할 수 있다.

그렇군…….

터널 안에서 둘라한이 달리는 소리가 들려왔다.

좋다. 모처럼 초대했으니…….

라이저는 망설이지 않고 무희를 쫓아 달려 나갔다.

---

* 레이더를 방해하는 알루미늄 조각.

오후 12시 13분. 아카하네교 교차점을 중심으로 그 일대는 이미 봉쇄되었다. 제1기동대는 소더튼과 수행원들을 무사히 보호했다. 심각한 부상자가 없었던 소더튼 일행은 기동대의 보호를 받으며 곧바로 공항으로 이동했고, 지체하지 않고 전세기를 타고 이륙했다.

경시청 경비부 경호과 SP를 비롯해 경찰관 다수가 다치거나 죽었다. 고속도로 위에서 기갑병장과 충돌한 일반 차량의 탑승자들도 겨우 구조되어 병원으로 실려 갔다. 중상자는 있지만 현재 사망자는 확인되지 않았다. 기갑병장의 총격전에 휩쓸려 눈먼 탄을 맞은 일반인이 없었던 것이 불행 중 다행이었다. 지체하지 않고 차량을 버리고 달아난 사람이 많았기 때문이다.

고속도로를 나온 오키쓰는 지휘 차량을 타고 아자부구 나가사카초에 있는 나가사카관에 들어갔다. 기술반 차량 두 대도 뒤를 따랐다. 호화 저택이 즐비한 주택가 안쪽. 주변에 빙 심겨 있는 나무들이 건물을 완전히 가리고 있었다. 더욱이 부지는 상당히 넓었다. 나가사카관은 제1수도은행의 게스트하우스인데 원래는 옛 재벌가가 별장으로 쓰던 곳이었다. 그 건물을 급하게 빌려 쓸 수 있었던 것은 외무성 유럽 국장인 마스하라 다이치의 인맥 덕분이었다. 오키쓰가 갑작스럽게 요청을 하자 마스하라는 조용히 제1수도은행장과 연결해 주었다.

나가사카관 부지 안에 정차한 지휘 차량 안에서 오키쓰와 미도리는 그제야 송신된 폭발 현장 영상을 보았다. 아타고도오리와 사쿠라다도오리의 분리대에 조성된 잔디 중앙에 검은 구멍이 뚫렸다.

그 속에는 아자부 공동구의 점검구가 설치되어 있다고 한다.

묘조인과 점검구 사이에서 대체 무슨 일이 벌어졌는가? 현장에는 몇몇 행인들이 있었지만 자욱한 연막 때문에 모든 과정을 다 지켜본 자는 없었다. 지휘 차량 안에서 밴시의 시야 영상을 지켜봤지만 상황을 판단할 수가 없었다.

그래도 짧은 순간을 목격한 사람이 몇 명 있었다. 그들의 증언을 종합하자면 묘조인 묘지에서 둘라한이 달려나오자마자 점검구 부근에서 폭발이 일어났다. 둘라한은 폭파된 부분을 통해 지하로 뛰어들었고, 쫓아온 밴시도 뒤를 따랐다…….

영상으로도 점검구 외곽체와 덮개가 폭파된 흔적을 확인할 수 있었다. 사쿠라다도오리 아래에는 전기, 가스, 상하수도, 통신 등 도시의 라이프라인을 뭉뚱그린 아자부 공동구가 깔려 있다. 적은 습격 현장과 가까운 점검구 하나에 미리 폭탄을 설치해 뒀다. 점검구를 몇 미터만 넓힌다면 소형 기갑병장이 충분히 침입할 수 있다. 그리고 지하 터널에 나 있는 보수 점검용 통로도 이동할 수 있다. 아자부 공동구는 도라노몬에서 규모가 더 큰 히비야 공동구와 이어진다.

"경비부에 연락. 당장 전 기동대를 배치해서 아자부와 히비야 공동구의 모든 점검구를 봉쇄."

마이크에 대고 지시를 내린 오키쓰는 옆에 있는 미도리와 자기 자신이 듣도록 중얼거렸다.

"IRF가 이번 작전에 둘라한을 택한 이유가 있었군……."

라이저는 수많은 채프가 부유하는 공동구를 오로지 달렸다. 무희를…… 가엾은 과거의 자신을 쫓아서.

이파 오드넬. 다마치 더그매에서 봤을 때 느꼈다. 자신과 똑같다. 자신의 눈에만 보였던 그녀의 오만함은 천진난만하게 느껴질 정도였다. 그 천진난만함은 무지에서 비롯되었다. 세계를 다 아는 것처럼 보이지만 사실 아무것도 모른다. 무지는 틀림없는 죄다. 자신은 너무나도 무지했다.

서로 마주한 거울 속에 쭉 늘어선 추악한 자화상. 반드시 부수리라. 속죄할 여지는 없다. 거울 속 자신도, 거울 밖 자신도.

갑자기 넓은 공간이 나왔다. 머리 위를 올려다보니 지상까지 구멍이 뚫려 있었다. 도라노몬 수직갱이다. 정면에는 히비야 공동구가 둥근 입을 벌리고 있었다. 아자부 공동구 터널보다 넓다. 벽면을 이루는 철근 콘크리트 블록의 패턴도 달랐다.

라이저는 주저하지 않고 히비야 공동구에 진입했다.

밴시의 머리와 어깨 장갑이 이따금 콘크리트 천장이나 벽에 긁히면서 불꽃이 튀었다.

외부 장갑에는 무수한 총구멍이 뚫려 있었다. 우아했던 외관은 흔적조차 찾을 수가 없었다. 어깨 장갑과 허리 장갑이 한 장씩 떨어져 나갔다. 하지만 변화된 기체 밸런스는 킬이 알아서 조종해 주었다.

하얀 도장塗裝도 그을음과 초연이 덕지덕지 묻어 잿빛이 되었다. 마치 땅에 묻히기를 기다리는 망자의 수의와도 같았다.

무심코 웃음이 나왔다. 그야말로 밴시와 잘 어울린다. 그리고 떠올렸다. 웨스턴 아이 병원의 유해안치소에서 밀리가 입고 있었던 회색 파카. 색깔이 바래고 해진 천.

특수부 차량에 잇달아 통신이 들어왔다. 오키쓰는 정보를 분석하여 상황을 파악한 뒤에 각지에 적확한 명령과 요청을 전했다.

"자동차경라대와 인근 관할서에도 응원을 요청. 인원이 어떻게 배치되었는지도 연락 바람."

공동구는 도시 전역에 펼쳐져 있지만 점검구와 출입구는 한정되어 있었다. 수는 많지만 지금이라면 적을 앞지를 수가 있다.

밴시와는 여전히 통신이 되지 않았다. 평상시에 기체가 보내는 INS(관성항법장치) 데이터도 당연히 두절되었다. 지상에서 밴시의 위치를 파악할 길이 없었다.

옆에서 봤을 때는 전혀 여유가 없는 것처럼 보이지만, 지금 오키쓰의 두뇌는 그야말로 정밀기계처럼 지금까지의 국면을 정확하게 분석하고 있었다.

그랬구나…….

모든 것이 이어졌다. 모든 것이, 하나로. 킬리언 퀸의 세 번째 목적으로.

저명한 '시인'의 신작은 수많은 모티브, 수많은 테마가 치밀하게 박힌, 장대한 태피스트리였다. 사람을 속이는 테러와 범죄의 일대 교향곡이었다. 사건의 발단부터가 시인이 지어 낸 작품의 도입부였던 것이다.

다이코쿠 부두에서 벌어진 밀수 사건이 그 발단이었다. 요코하마 세관조사부가 우연히 정보를 입수하여 밀수를 적발했다지만, 사실은 우연이 아니었다. 컨테이너 안에 완성된 기갑병장을 놔뒀던 것은 '이번에 밀수된 기갑병장은 모두 완성된 형태'라는 선입견을 심어 주기 위해서였다. 또한 테러 계획 그 자체를 폭로하는 의미가 있었다. 밀수 사건을 전후해 외무성이 소더튼 암살 계획을 감지한 것도 마찬가지였다. 또한 영국이 포착했다는 IRF의 움직임도. 모든 것이 킬리언 퀸이 의도적으로 흘린 것이다. 치밀하게 계산한 타이밍에.

요코하마 세관, 가나가와 현경, 외무성, 그리고 경시청 특수부. 모두가 시인의 각본과 연출대로 놀아났다.

세 처형인을 대동하고서 킬리언 퀸이 라드너 경부의 더그매를 찾은 것은 단순히 처형 선고를 하기 위해서가 아니었다. 그 방문 속에는 의미가 숨겨져 있었고, 필요성도 있었다. 또한 그들이 국제 지명 수배범이면서도 현역 경찰관의 거처에 침입한 것은 객기도 광기도 아니었다. 하물며 조국과 옛 동료를 향한 로맨티시즘도 아니었다. 라이저에게 첫 번째, 두 번째 목적을 들려준 뒤에 그녀가 어떤 심리를 품도록 유도했다. 그것이야말로 킬리언이 더그매를 찾은 가장 큰 목적이었다. 무희의 도발적인 연기도 한몫했다.

그리고 그 '적'의 의도.

'적'은 중국 공작원과 IRF 테러리스트를 각기 다른 곳에서 살해한 뒤 햐쿠닌초에 있는 아파트에 방치했다. 그리고 중국인 사체 안에 미우네 무역 명함을 남겨 뒀다. '적'이 두 사체를 통해 특수부에게 고하려고 했던 메시지. 그것은 이번 사안에 중국이 관여하고 있다는 사실이었다.

펑 코퍼레이션의 펑지원은 중국의 의도에 따라 움직였다. 한편 관졘펑은 틀림없는 흑사회 상부 구성원이다. 그런데 얼핏 일심동체처럼 보이는 펑지원과 관졘펑이 어긋난 행보를 보였다. 그것은 중국공산당과 흑사회의 생각 차이를 보여 주는 것이었다.

살해된 루덩주와 후전보는 킬리언 퀸의 진정한 목적을 알아 버렸다. 그래서 IRF는 두 사람을 어쩔 수 없이 죽일 수밖에 없었다.

관졘펑은 펑지원의 방침이 흑사회의 가치관에서 어긋나기에 겉으로는 따르기는 했지만 속으로는 반발했다. 루덩주는 소인배이지만 관졘펑이 은혜를 입은 자의 일족이었다. 그뿐만이 아니었다. IRF는 협력한 중국인 동포를 여러 명이나 죽였다. 칭방靑幇의 계보를 잇는 거대 조직 허이방에 침을 뱉은 것이나 마찬가지였다. 관졘펑은 도저히 이를 묵과할 수가 없었다. 헤이다오黑道에 사는 자로서 체면을 지켜야만 했다. 그러나 동시에 중국국가안전부를 대놓고 거역할 수는 없었다. 그래서 스가타와 접촉해 넌지시 경고했다. 그것이 그가 할 수 있는 최대한의 저항이었던 것이다.

오키쓰의 뇌리에 새어든 빛은 바닥에 침전된 단편들을 구석구석 비췄다. 이윽고 빛은 수렁 속에 묻힌 작은 기억을 파냈다.

단말기로 검색하고서 확인했다. 켈트 전설이었던가? 아니면 민간 전승?

이거다……. 위커맨.

고대 켈트 사회에서 신봉했던 드루이드 종교의 의례다. 가느다란 나뭇가지를 짜서 만든 거인상에 제물이 될 인간을 태운 뒤에 불을 붙인다. 그것이 바로 위커맨이다. 드루이드교의는 그들의 문자로 남겨져 있지 않았다. 「갈리아 전기」 등 다른 문명의 문헌에 적힌 내용이 알려진 전부였다.

틀림없다. 나뭇가지 인형을 뜻하는 수지와와란 바로 위커맨이었다. 루덩주와 후전보가 켈트 문명이나 드루이드 종교를 알고 있었을 리가 없다. 두 사람은 그 단어가 무엇을 의미하는지 IRF에게서 들었으리라.

디스플레이에 중세 그림과 목판화가 표시되어 있었다. 사람 모양의 우리 속에 떠밀려 들어간 인간들이 울부짖었다. 그림들은 하나같이 처참한 유래에 걸맞게 괴이하고 사위스러웠다.

위커맨은 드래군. 그리고 위커맨 안에 들어간 제물은 라이저 라드너.

킬리언 퀸의 세 번째 목적은 차세대 주력 병기인 드래군을 탈취하는 것이었다.

IRF는 어째서 습격 지점으로 아카하네교 교차점을 택했는가? 인근에 고층 빌딩이 있으면서 지상에서 기어오를 수 있을 만큼 낮은 교각이 달린 고속도로 고가교는 많을 것이다. 그러나 공동구 점검구가 인근에 있는 고가교는 많지 않다. 그래서 아카하네교를 택할 수밖에 없었던 것이다.

"아직 늦지 않았어."

오키쓰가 목소리를 내어 말했다. 아직 늦지 않았다. 만에 하나 IRF 가 밴시를 포획했더라도 반출할 수 있는 공동구 출입구는 한정되어 있다. 그 출입구만 틀어막는다면.

무희의 발은 빨랐다. 머리 없는 기체는 쥐처럼 지하 터널을 달려갔다. 이파의 웃음소리가 채프와 한 덩어리가 되어 터널 안을 가득 채우고 있는 듯했다.

또 넓은 공간이 나왔다. 사쿠라다 수직갱이다. 머리 위에는 역시 지상까지 구멍이 뚫려 있었다.

정면으로 이어지는 히비야 공동구 안쪽에 둘라한이 있었다. 드디어 따라잡았다.

무희가 탄 둘라한이 이쪽을 돌아봤다. 존재하지 않는 머리로 비웃고 있었다.

알고 있었다. 진정 두려운 것은 물고기가 있든 없든 마찬가지라는 것이다. 답을 알 필요 따윈 애초부터 없었다.

엘티아노 호수에 물고기가 있는가?

있다면 어떻고, 또 없다면 어떻다는 것인가? 여하튼 아메디오를 처형한 자신의 죄는 변함이 없다. 자기 자신이 선택한 것이다. 처음부터 알고 있었다. 그리고 모르는 척 살아왔다. 답을 모른다고 핑계를 대며 자신을 애써 속여 왔다.

공포스러운 나머지 진실을 직시하는 것을 피했다. 무거운 죄에 짓눌려 미쳐 버릴 것 같았던 마음에 도주로를 만들어 줬을 뿐이었다.

그것이 사람을 죽인다는 것이다.

라이저는 오른쪽 매니퓰레이터를 조작해 등에 있는 스파스15를 꺼냈다. 마운터 중앙부에 남은 마지막 한 정이었다. 좁은 터널 안에서는 뽑을 수가 없었다.

둘라한을 조준했다. 직선상에 있었다. 터널 안에서 이파가 달아날 곳은 없다. 방아쇠를 당기려는 순간에, 폭발이 일어났다.

히비야 공동구 안에서 폭발…….

"폭발이 벌어진 곳은 사쿠라다 수직갱 동쪽. 공동구 내 상부에 구멍이 나 있다는 것을 확인. 그 구멍은 안쪽에서 다른 터널과 연결되어 있는 모양. 주변에 기갑병장은 보이지 않음."

기동대가 보고하자 지휘 차량 안에서 오키쓰가 외쳤다.

"당했군."

오키쓰는 당장 도쿄도 건설국에 연락해 현재 공사 중인 모든 지하 터널의 자료를 부탁하면서 동시에 모든 지하 작업부를 대피시켜 달라고 요청했다. 그러고는 불안한 눈빛으로 자신을 쳐다보는 스즈이시 주임에게 말했다.

"우치보리도오리 지하화 공사 현장이 틀림없네. 고쿄 앞 광장을 지나는 자동차가 없도록 도로를 지하화하는 공사지. 라드너 경부는 분명 그곳에서 무희를 쫓고 있을걸세."

사쿠라다 수직갱은 경시청 코앞에 위치하고 있다. 발밑에 폭발이 일어나 경시청은 문자 그대로 격진이 일었으리라.

정면 디스플레이에 도쿄도 지도를 띄운 뒤에 지하 터널 배치도를 최대한 겹쳤다. 도쿄에는 두 터널이 수 미터 거리 안에 근접한 지점이 상당히 많았다. 하지만 깊은 곳에 위치한 구조물을 이토록 자기들 입맛에 맞게 폭파할 수 있는가?

건설국 직원에게 질문을 거듭한 끝이 사정을 알았다. 한정된 부지와 공간, 그리고 비용 문제 때문에 여러 공사 주체들이 하나의 지하 작업장을 공동으로 쓰고 있었다. 그래서 공사 예정도만 봐서는 알 수가 없는 연락 통로나 자재 적지장이 존재한다. 또한 공사를 끝낸 뒤에 메우지 않고 그대로 방치한 통로가 존재할 가능성이 있다는 것도.

연락 통로가 있다면 폭파는 쉽다. 건설국에서도 이 통로를 확인하는 데 시간이 걸리는 모양이다. 그만큼 경찰을 배치하는 데 시간이 지체될 수밖에 없었다.

오키쓰는 마음속으로 다시 신음했다.

당했군…….

오른쪽 매니퓰레이터로 스파스를 쥔 채 수직 구멍에 난 철제사다리를 올랐다.

금세 평탄한 공간이 나왔다. 아무것도 부설되어 있지 않은 터널이었다. 공동구와는 비교도 되지 않을 만큼 넓었다. 아직 개통이 안된 차도다. 어둠에 뭉개져 저 앞이 보이지 않았다. 어디로 이어지는

가? 만약에 절망으로 이어진다면 두려워할 필요가 하나도 없다. 절망이란 희망을 잃은 것이다. 자신은 처음부터 그런 걸 갖고 있지 않았다.

장갑을 통해 지하에 깔려 있는 습기와 냉기가 전해졌다. 그리고 살기도.

라이저는 어둠 속으로 발을 내디뎠다. 통신은 여전히 두절되어 있지만 둘라한의 발소리를 포착한 집음 장치가 나아가야 할 방향을 알려 주었다.

무희는 절묘하게 거리를 유지하고 있었다. 뒤를 쫓는 사신에게 잘 따라오라고 말하는 것처럼.

멋진 기술이다. 이것도 시인이 지도한 덕분인가?

터널 구석에 채프 디스펜서가 놓여 있었다. 대체 몇 개나 설치한 거지? 하나부터 열까지 죄다 치밀하게 준비했군…….

라이저는 미소를 지었다. 이 지하도가 절망을 지나 지옥으로 이어진다면, 무희여, 종막까지 마음껏 춤을 추어라.

7

피어볼그와 바게스트를 회수한 특수부 트럭 두 대가 나가사카관에 도착했다. 대기하고 있던 기술반 직원들이 재기동에 대비해 파손된 부위를 점검하기 시작했다. 두 기체 모두 총탄을 셀 수 없이 맞아 외부 장갑이 처참하게 망가졌다. 근본적인 수리나 교체는 불가능했다. 어디까지나 응급처치만 할 수밖에 없었다.

부지 주변에 나무가 심겨져 있어서 안이 잘 보이지 않았다. 하지만 만약을 위해 파란 방수 시트를 텐트처럼 쳐 놓았다. 모든 작업은 그 안에서 이루어졌다. 매스컴 헬리콥터가 영상을 찍지 못하도록. 신키바에서 직원과 기자재를 싣고 출발한 기술반 차량이 이곳으로 속속 도착했다. 그 차량들은 나가사카관 정문 앞에서 검문을 받은 뒤에 방수 시트를 지나 부지 안으로 들어갔다.

그 사이에 스가타 경부와 오즈노프 경부는 특수 방호 재킷을 입은 채 물을 마시며 심신의 피로를 풀고자 애썼다. 상황이 심각한지라 역시 스가타도 캔 커피가 아니라 아이소토닉 음료를 섭취하고 있었다.

지휘 차량 안에서 오키쓰는 각 부문 담당자와 바삐 연락을 취하고 있었다. 신키바 청사에 있는 미야치카와 시로키도 마찬가지였다.

경찰 전체의 지휘 계통은 흐트러졌다. 현장에서 뛰어다니는 인원보다 무전으로 떠드는 인원이 더 많을 지경이었다.

혼란이 이어지는 와중에 지하에서 또 다시 폭발이 일어났다는 보고가 들어왔다.

우치보리도오리의 지하 부분이 끝나기 직전, 교코도오리와 교차되는 지점 부근이었다.

둘라한이 그 지점에서 한창 건설 중인 쓰쿠바 익스프레스 도쿄역 시설로 이동한 듯했다.

오키쓰는 곧바로 쓰쿠바 익스프레스의 현재 기점역인 아키하바라역으로 앞서 인원을 보냈다.

그런데 자동차 전용 도로와 역이 보행자용 터널로 이어져 있는 건 부자연스러운데? 오키쓰는 그렇게 생각했다.

지하화된 우치보리도오리와 쓰쿠바 익스프레스의 경로도를 노려보며 여러 담당자와 연락을 하던 오키쓰가 휴대전화에 대고 평소답지 않게 험악한 목소리로 외쳤다.

"대체 그게 무슨 소립니까?"

노성에 놀랐는지 관측 기기를 보고 있던 스즈이스 주임이 돌아봤다.

"……알겠습니다. 그럼 정보를 모아서 이쪽에 알려 주십시오. 한시라도 빨리."

그가 사납게 전화를 끊자 스즈이시 주임이 걱정스레 물었다.

"무슨 일이 있습니까?"

"이권이야."

오키쓰가 툭 내뱉듯이 말했다.

"피난 경로를 확보한다는 명목으로 깊은 지하 공간에 비상용 통로를 부설하는 중이라더군. 대체 언제 그런 계획이 실행된 건지 모르겠군. 어디선가 뜬금없이 샘솟은, 그야말로 지하수 같은 이야기야. 여러 기업들이 제안하자 관할 관청이 덥석 받아들였다더군. 전형적인 이권 사업이야. 마지막에 덧붙인 구상이니 당연히 공보에 실린 설계도를 봐도 알 수가 없지. 그 비상용 통로가 어디에서 어디로 이어지는지 당장은 파악하기가 어렵겠어."

그 의미를 깨달은 스즈이시 주임도 얼굴이 창백해졌다.

"이럴 수가……."

"테러리스트에게는 절호의 도주로, 경찰에게는 문자 그대로 미궁
이로군."

도쿄도 지하가 지금 무희의 단독 무대가 되었다. 무희의 춤은 라
드너 경부뿐만이 아니라 경시청 전체를 농락하고 있었다. 안무가는
그 유명한 시인이다.

딱딱한 의자에 몸을 기댄 채 오키쓰는 디스플레이에 표시된 지도
를 노려보며 생각했다.

평지원이 친잔소에서 일부러 정보를 알려 준 것은 드래군을 출동
시키기 위해서였다. IRF의 바로 눈앞으로. 에르산 화학 공장에 숨어
있던 여덟 사람이 아닌 다른 멤버들이 공장을 포위하는 특수부를
감시했다. IRF는 감시해서 얻은 정보를 토대로 각 드래군과 대적할
탑승 요원을 특정했다. 묘지기 피츠기번스는 그걸 알면서도 스스
로 버리는 말이 되었다. 아니면 그 사실을 모른 채 그저 맥브레이드
를 처형하고자 덤벼든 것인가? 장이 불거져 나올 만큼 중상을 입었
는데도 기갑병장 해치를 열고 일어선 피츠기번스의 그 행동을 보면
당연히 전자인 것 같았다. 하지만 동시에 맥브레이드를 죽이겠다는
집념도 역시 엿보여서 후자일 가능성도 부정할 수 없었다.

중국은 IRF가 벌이려는 드래군 탈취 계획을 지원했다. 나중에 드
래군을 자국의 소유로 삼으려는 심산이었으리라. 킬리언 퀸은 중국

의 속셈 따위 손바닥 보듯 다 알고 있었다. 어차피 여우와 너구리의 속고 속이는 싸움이다. IRF의 정보원은 중국 정보 기관이었다. 국가 안전부뿐만 아니라 인민해방군 총참모부 제2부도 관여했으리라. 소 더튼이 일본을 방문하는 일정, 경로, 숙소 등 모든 기밀이 일찍이 중 국으로 흘러들었다…… 일본 정부 어딘가에서. 그렇기에 IRF는 이 습격 작전을 짤 수 있었던 것이다.

그리고 '적'은 드래군이 중국에 넘어가는 것을 원하지 않았다.

적의 적은 아군이라는 건가? 아니, 대놓고 중국을 자극할 수 없는 '적'은 어엿한 사법기관인 특수부를 이용한 것이다.

그렇다면 킬리언 퀸이 라이저를 농학교 연주회에 초대한 것 은……

오키쓰의 머릿속에서 마지막 퍼즐 조각이 맞춰졌다. 체스판의 전 모가 드디어 드러났다. 시인이 그려낸 치밀한 구도의 전체상.

오키쓰는 무심코 일어섰다. 경찰 무전으로 청사에 있는 시로키 이사관을 급히 호출했다.

"나쓰카와반과 유키타니반한테 당장 연락하게. 성 드뤼옹 국제 농학교에 다니는 학생들의 소재지를 서둘러서 확인하라고 전하게. 우선 연주회에 출연한 학생들부터."

무희의 두 번째 폭파가 일으킨 분진을 뚫고 지나가니 눈 아래에 광대한 수직갱이 보였다. 5층 높이는 되는 것 같았다. 각층 단면에 서 철골과 철판이 엿보였다. 상당한 대규모 시설이었다. 수직 구멍 가장자리까지 걸어가 아래를 내려다봤다. 최하층에 건설 중인 선로가 보였다. 그렇다면 이곳은 역인가? INS를 확인했다. 도쿄역이다. 확장 중인 역사인가? 아니면 인근에 새로이 세우고 있는 새 역인가? 방금 지나온 통로도 지도에 존재하지 않았다.

둘라한은 선로 위를 달리고 있었다. 헐벗은 콘크리트 계단을 뛰어내려간 듯했다. 곧바로 뒤를 쫓았다.

달려가는 밴시의 다리에 채인 채프 디스펜서가 소리를 내며 굴렀다. 대체 몇 개째인가? 상대는 예정된 경로에 미리 채프를 깔아 놓은 것 같았다. 하지만 의도 따윈 이제 신경 쓰이지 않았다.

칠흑 같은 바닥으로, 바닥으로 계속 낙하하는 듯한 감각이었다.

이 암흑은 고대부터 시작되어 줄곧 변함없이 이어지고 있다.

요정과 악귀가 발호했던 고대. 기근과 학살이 이어졌던 중세. 피의 일요일이 벌어졌던 70년대. 그리고 어게인이 벌어졌던 현대까지. 폭력은 변함없이 존재했다. 틀림없이 미래에도. 단 한 번도 단절되지 않으리라.

—전혀 변하지 않았군.

죽음이 임박한 순간에 셰이머스 로난이 그렇게 말했다. IRA 잠정파의 장로. 자신이 죽였다. 두 번째 처형 때.

—앞으로도 분명 똑같겠지. 킬리언, 그렇지 않나?

당신이 옳았다. 겉모습이 아무리 변화하더라도 본질은 전혀 변하지 않는다. 고대 요정의 옷과 악귀의 살갗은 중세에는 기사의 갑옷이 되었고, 현대에는 기갑병장이 되었다. 70년대에는 진압대가 들었던 두랄루민 방패였다. 과거와 현재와 미래는 곧장 이어진다. 이 터널처럼. 세계는 늘 변함없이 암흑을 잉태해 왔다.

무수한 폭력이 겹쳐져 시간을 움직인다. 역사가 아니다. 그저 시간이다. 그곳에는 영원히 사체가 쌓인다. 웨스턴 아이 병원의 유해 안치소는 그 일부다. 밀리의 사체도, 브라이언의 사체도 아무 의미 없이 그곳에 쌓였다. 자신도 언젠가 그곳으로 가리라. 역사란 흐르는 시간의 별칭이자 동시에 사체가 쌓인 산의 높이를 가리키는 단위다.

일찍이 라힘이 지적했던 대로 자신은 종교를 갖지 않았다. IRF이면서, 가톨릭이면서 신을 믿은 적이 없었다. 그로브너 로드를 달리면서, 매릴번 로드를 달리면서 자신은 신에게 기도하지 않았다. 기도했어야 했나? 기도했다면 수요일에 브라이언과 만날 수 있었나? 아메디오를 죽이는 일이 없었을까?

신이 존재한다면 믿는 대상으로서가 아니다. 원한을 들을 상대로서 존재하는 것이다.

시로키 이사관이 지휘 차량에 무전을 넣었다.

"성 드뤼옹 학생 중 하나가 행방불명됐습니다!"

시로키의 목소리는 평소답지 않게 긴박했다.

"이름은 마네트 노슬링. 나이는 열한 살. 국적은 미국. 현 주소지는 시부야구 진난 2번가. 납치되었을 가능성이 높습니다. 오늘 아침 9시 반에 요요기서에 실종 신고가 들어왔습니다."

오전 9시에 담당 교사가 해당 아동이 등교하지 않은 것을 확인했다. 결석계를 미리 내지 않았기에 학교 측은 규정대로 보호자에게 연락을 했다. 보호자는 놀라서 곧바로 자식의 휴대전화에 전화를 걸어 봤지만 전원이 꺼져 있었다. 그 장애 아동은 평소에 휴대전화를 진동 모드로 설정해서 들고 다니며 전원을 결코 끄지 않는다. 부모는 곧바로 가장 가까운 요요기서에 실종 신고를 했다.

"나쓰카와, 유키타니 두 사람한테 아자부 나가사카초 나가사카관에 있는 지휘 본부에 오라고 전하게. 다른 수사원들은 경비부의 지시에 따라 터널 수색에 합류하게."

시로키에게 지시를 내리고서 휴대전화를 끊은 오키쓰는 대기 중인 스가타와 유리, 그리고 스즈이시 주임을 지휘 차량으로 불렀다.

피어볼그와 바게스트를 긴급 수리하는 직원들을 지휘하던 미도리는 부장이 부른다는 시바타 기술관의 말을 듣고서 뒷일을 그에게 맡긴 뒤에 바로 지휘 차량으로 향했다.

지휘 차량 앞에서 빠른 걸음으로 다가오는 스가타 경부와 오즈노프 경부와 맞닥뜨렸다. 저 두 사람과 함께 호출을 받았다는 것은 드래군의 운용에 관한 문제인가?

세 사람이 안으로 들어가자 오키쓰는 곧바로 문을 잠갔다. 그 모습을 보고 미도리는 사태가 심상치 않다는 것을 느꼈다.

"킬리언이 라이저의 밴시를 노리고 있네. 그녀의 과거를 이용해서."

오키쓰는 자신의 추리를 간략하게 들려주었다. 밀리 맥브레이드의 죽음에 대해서도.

—내게는 자살이 허용되지 않는다.

미도리는 할 말을 잃었다. 그리고 모든 것을 이해했다. 라드너 경부의 그 허무. 죽기를 바라는 것처럼 보이지만 죽음의 가장자리에서 냉철하게 임무를 수행하는 그녀의 모순을.

예전에 라드너 경부가 미도리와 특수부 요원들에게 무언가 말을 하려다가 말았다.

—채링크로스 참극에서 살아남았다고 알고 있다. 나…….

그녀는 말을 삼켰었다. 누구도 그 뒷말은 듣지 못했다. 부장을 제외한 그 누구도.

'나와는 관계없다', '나는 그 심정을 모른다.' 모두 라드너 경부가 그렇게 말하려다가 그만두었으리라고 생각했다. 하지만 정반대였다.

'나는 그 누구보다도 그 심정을 잘 안다.'

그녀는 그렇게 말하려고 했던 것이다. 그 말을 차마 하지 못한 것은 다른 사람의 관용을 구하려는 것처럼 비춰질까 봐 부끄러워서였다. 그녀는 자기 자신에게 철저하고도 엄숙하게 벌을 내렸다. 아니, 정말로 그런가? 역시 '나는 모른다'일지도 모른다. 스스로 여동생을 죽인 그 심정이 너무나도 복잡해서 쉽사리 입 밖으로 꺼낼 수 없었을 것이다. 혼란스러웠다. 모르겠다. 애당초 알 수 있을 리가 없다. 그녀의 마음을.

"다시 말해 IRF는 지하 어딘가에 라이저를 유인한 뒤에 밴시를 탈취할 작정이다, 이겁니까?"

스가타 경부가 말했다. 오키쓰가 고개를 끄덕였다.

"그렇다."

"어려운 일이야. 우리가 맺은 계약서에는 자폭조항이 있으니."

미도리가 반사적으로 되물었다.

"잠시만요. 그게 뭔가요?"

스가타 경부와 오즈노프 경부가 돌아봤다. 두 사람의 얼굴에서 표정이 사라졌다.

"자폭조항이라니, 전 한 번도……."

기술반 주임으로서 자폭장치의 존재는 당연히 알고 있었다. 핵심 기밀인 킬을 감싸듯 C-4폭탄이 장착되어 있다. 처음부터 모든 드래 군에 장착되어 있었다. C-4폭탄은 충격만으로 절대로 폭발하지 않 는다. 폭탄의 존재가 꺼림칙하긴 했지만 미도리는 여태까지 드래군 을 정비하고 연구해 왔다. 적극적으로 긍정할 생각은 털끝만치도 없었고, 실제로 그 폭탄을 써야만 하는 상황 따윈 상상도 할 수 없 었다. 하지만 전 세계가 벌이는 기술 전쟁이 얼마나 심각한지 알게 되니 자폭장치가 왜 필요한지 이해가 되는 듯도 했다. 그러나 아무 리 그래도 '자폭조항'이라니…….

"그걸 설명해야만 하는 상황이라고 판단했기에 자네를 부른 걸세."

오키쓰가 천천히 말했다.

"자폭조항이란 드래군 탑승 요원과 맺은 계약서에 적힌 특별 조 항이네. 이렇게 적혀 있지. '드래군이 행동 불능 상태에 빠져 제삼자에게 탈취될 가능성이 생겼을 경우에 탑승자인 갑은 신속하게 드래군을 폭파시킨다.'"

기밀을 지키고자 죽음을 강요하는 조항이었다. '신속하게 폭파'라고 적혀 있지, '신속하게 본인과 함께 폭파'라고는 적혀 있지 않았다. 사실 백 퍼센트 같은 의미이지만, 최대한 책임 소재를 모호하게 하려는 공무원다운 레토릭이었다. 미도리도 경시청과 비밀을 엄수할 것을 엄중하게 계약을 맺었다. 그 계약서에도 비슷한 레토릭이 넘쳐흘렀다. 하지만 미도리의 계약서에는 자살을 강요하는 자폭조항 따윈 없었다.

그런 계약서에 자청해서 서명할 사람이 과연 있을까?

있었다. 얼굴을 보면 알 수 있다. 이유는 모르겠지만 스가타 경부와 오즈노프 경부는 내용을 완전히 이해하고서 계약을 맺었다. 적어도 라드너 경부는 이 항목 때문에 고민하지 않았으리라. 무심하게, 오히려 기꺼이 사인했으리라.

"경찰관 중에서 드래군 탑승 요원을 선발할 수 없었던 이유는…… 그 계약 조항 때문이었군요……."

오키쓰가 정장 안주머니에서 시가릴로 함을 꺼냈다.

"그렇다네. 다른 이유도 있지만 자폭조항이 가장 큰 이유인 것은 분명하지."

경찰관은커녕 정상인 중에서 선발하는 것은 불가능하다. 비정상인 중에서밖에 선발할 수가 없으리라. 예를 들면 테러리스트 같은.

드래군의 기수가 될 자는 자신의 목숨 값도 받아야만 하리라. 청사 지하 연구소에서 처음 자폭장치의 존재를 알았을 때 미도리는 그렇게 생각했다. 자기답지 않은 그 감상은 비유가 아닌 그야말로 즉물적인 사실이었다. 마물과의 계약이라는 사실.

고작 5년 때문에. 5년 뒤에는 당연하다는 듯이 일반화될 기술인데. 5년의 우위를 위해서 사람 목숨을 버리는 것을 정당화할 수 있는가?

미도리는 군사 세계에서 통용되는 그 논리를 도저히 이해할 수 없었다.

"밴시가 그리 쉽게 탈취될 리가 없겠지만, 그런 상황에 처한다면 라이저는 기꺼이 자폭 스위치를 누를 테죠."

'정통 용병'인 스가타가 말했다.

오키쓰는 시가릴로를 든 채 불을 붙이려고 하지 않았다.

"킬리언은 라이저의 과거를 그 누구보다도 잘 아네. 애초부터 그녀의 약점을 찔렀지. 스스로 여동생을 죽이고 말았다는 유일하고도 최대의 약점 말이네. 라이저의 동생은 열 살 때 어게인에 휘말려 발성 장애인이 되었네. 그래서 라이저를 농학교 연주회에 초대해서 학생들의 얼굴을 미리 보여 준 거지. 농아를 인질로 잡으면 라이저는 틀림없이 투항할 걸세."

오즈노프 경부가 화들짝 놀라 상관을 쳐다봤다.

오키쓰는 오즈노프가 물어볼 법한 질문에 미리 답을 했다.

"열한 살짜리 소녀가 이미 납치됐다. 성 드뤼옹 학생이고 미국인이지. 연주회 출연자 중 하나네."

러시아인 전직 형사가 낮게 신음했다.

콘솔에 기대고 있던 스가타 경부가 말했다.

"꽤 공을 들인 작전이긴 한데 글쎄요? 너무 우연에 기대는 거 아닙니까?"

"그 반대네. 시인은 여러 우연을 찾아낸 뒤에 그것들을 한데 잇는 시를 지었다. '첫 번째 목적'이라고 했지만 소더튼을 암살하는 건 오히려 위장일지도 모르지."

상대를 칭찬하는 것처럼 들렸지만 오키쓰의 말 속에는 혐오가 배어 있었다.

"이 작전의 최대 우연은 소더튼이 방일하기 직전에 성 드뤼옹 농학교가 연주회를 연 거네. 말을 못 하는 열 살 전후의 여자애가 연주회에 출연하는 것까지는 기대하지 않았겠지만, 만약에 없었다고 해도 작전에는 아무런 지장이 없지. 농학교 학생이라면 그 누구든 상관없을 테니까."

"연주회 그 자체가 없었다면?"

스가타가 질문하자 오키쓰는 어깨를 들먹였다.

"문제없네. 학생 얼굴을 미리 보여 주는 수단은 얼마든지 있지. 만약에 그게 불가능했다면 그 순간 다른 시를 썼을 거네. 킬리언이라면 얼마든지 쓸 수 있다. 그보다 뮤즈의 사랑을 받는 사내는 없네. 테러리즘의 여신 말일세."

미도리는 상관의 목소리가 저 멀리서 들리는 것 같았다.

라드너 경부는 마치 자폭이라는 운명을 향해 일직선으로 치닫고 있는 것 같았다. 그러나 공교롭게도 똑같은 이유가 그녀의 자폭을 막을 것이다.

─피아노를 친 적이 있나?

성 드뤼옹 연주회 날, 라드너 경부가 자신의 손가락을 쥐었다. 여러 감촉이 되살아났다. 라드너 경부의 여동생은 옛날에 피아노를 배웠다고 부장이 그때 분명히 말했다.

채링크로스, 패딩턴역, 그리고 어게인. 끝없이 이어져 간다. 모든 것이 폭력으로 연쇄된다. 자신도, 라드너 경부도 그 사슬에 꽁꽁 얽매여 있다.

오키쓰는 스가타 경부를 제외하고 스즈이시 주임과 오즈노프 경부에게 복귀를 명령했다. 왜 스가타만 남긴 것인가? 오즈노프 경부는 의아해하면서도 명령대로 물러났다.

지휘 차량 문을 다시 잠그고서 오키쓰는 스가타 쪽으로 몸을 돌렸다.

"최악의 경우에는…… 알고 있겠지?"

"예."

스가타가 예상했다는 듯이 대답했다.

"계약서 부칙 부분은 외우고 있지요. '드래군 탑승자가 자폭조항을 이행하지 않았을 경우에 갑甲인 스가타 도시유키는 해당 기체를 대신 파괴해야만 한다.'"

계약금은 제각기 다르다. 그건 라이저와 유리도 잘 알고 있었다.

계약서 내용도 달랐다. 자폭조항은 세 사람의 계약서에 모두 담겨 있었다. 하지만 스가타의 계약서에만 자폭조항에 부칙 사항이 달려 있었다.

동료 외인 경부인 유리, 라이저가 자폭하지 않았을 경우에 스가타는 동료의 기체를 저격해야 하는 의무가 부여되어 있었다. 그것은 다름 아닌 동료를 살해하는 것을 의미한다.

"괜찮겠나?"

오키쓰가 다시 확인했다.

"그래서 내가 가장 높은 개런티를 받는 거 아닙니까? 그것보다 봤습니까? 유리의 얼굴…… . 그 녀석은 틀림없이 눈치 챘을 겁니다. 부장이 나만 남겨 둔 이유를. 어쨌든 전직 형사이니 눈치가 빠르죠."

"상관없네. 그가 동의하든 말든 자네가 임무를 수행하는 데는 지장이 없으니."

"잘 부탁합니다. 나중에 골치 아픈 일에 휘말리는 건 딱 질색이라서."

"그가 이의를 제기하더라도 그건 앞으로 그와 풀어 가야만 하는 문제이네. 자네는 자네의 계약서에 적힌 의무를 수행하면 그뿐."

"그건 실수 없이 해낼 테니 안심하쇼."

스가타는 늘 자신이 프로페셔널하다고 자부하고 있다. 그것은 그의 아이덴티티라고 할 수 있다.

클라이언트가 바라는 대로 계약을 이행한다. 스가타의 머릿속에는 그 생각뿐이었다.

세 번째 폭발이 벌어졌다. 두려워하지 않고 분진 속으로 뛰어들었다. 어둠 속에 또다시 어둠이 이어졌다. 선로는 다시 자동차 도로로 바뀌었다.

끝이 없는 터널. 깊이를 알 수 없는 지하 미궁. 무희를 쫓아 달려가는 지하 공간을 보고서 라이저는 기시감이 들었다.

어디선가 본 적이 있었다. 자신은 언제나 달리고 있었다. 그로브너 로드? 매릴번 로드? 하지만 지하에 비는 내리지 않는다. 대신에 채프가 내리고 있었다.

계속 달리다가 이제야 깨달았다.

기시감이 아닌…… 기독감既讀感.

젊었던 그대는 노쇠해져 끝없이 뻗은 철로를 걷겠는가?

쪽 뻗은 두 가닥 선 사이를 우직하게 나아가면

집념 깊은 회오를 뿌리칠 수 있으리라 꿈이라도 꿨는가?

『철로』다…….

옛날에 여러 번이나 읽었던 킬리언의 시집. 지금 이 상황과 표제작이 똑 닮았다.

집념 깊은 회오인가? 분명 그렇다. 패딩턴역을 폭파한 날부터…… 어게인이 있었던 날부터…… 훨씬 전부터…… 후회에 몸을 떨지 않았던 밤은 없었다. 하지만 과거를 떨쳐내는 것은 꿈에서도 생각지 않았다. 지금 이 순간도.

머릿속에서 불쾌한 감촉이 느껴졌다. 오랜만이었다. 느끼지 않게 된 이유는 분명하다. 자신은 이미 행복하지도, 불행하지도 않다. 무슨 일이 벌어지든 허무할 뿐이다. 그런데 이 불길한 감촉은? 죽음을 뛰어넘은 재앙이 저 앞에 기다리고 있는가?

8

나가사카관에 도착한 나쓰카와 주임은 특수부의 특수 차량과 도요타 크라운 등 수사 차량이 난잡하게 세워진 넓은 부지를 빠른 걸음으로 지났다. 곧장 현재 본부로 삼고 있는 지휘 차량으로 향했다.

지휘 차량 안에서 오키쓰 부장과 스즈이시 주임이 디스플레이에 표시된 여러 층이나 되는 입체지도와 그곳에 찍힌 여러 광점들을 쳐다보고 있었다. 먼저 도착한 유키타니 주임이 문 쪽에 서 있었다.

"이건 현재까지 둘라한이 이동한 경로인가?"

나쓰카와가 유키타니에게 작은 목소리로 물었다.

"그런 모양이야."

유키타니도 목소리를 낮춰 대답했다.

나쓰카와는 입체 지도의 하층에 뻗어 있는 복잡한 부분을 가리키며 물었다.

"이 부분은 뭐지? 하수관인가?"

"글쎄? 하수관치고는 너무 큰데."

오키쓰가 두 사람을 돌아보지 않고 말했다.

"도쿄 지하에서 현재 공사 중인 터널이네."

"예?"

두 사람은 놀라며 지도를 다시 봤다. 무수히 많은 거대한 뱀이 일제히 지하로 파고드는 것처럼, 여러 층으로 된 동굴이 한데 얽혔다가 나뉘어졌다. 너무 복잡해서 눈이 핑핑 돌았다. 이래서야 신이 아닌 이상 테러리스트의 도주로를 예측하는 것은 불가능하다.

오키쓰는 모든 신경을 극한으로 집중해 디스플레이를 응시하고 있었다. 종반전. 최후의 국면. 최후의 수읽기.

소름이 끼칠 정도다. ……나쓰카와와 유키타니는 그런 상관의 얼굴을 처음 봤다.

둘라한과 밴시가 마지막으로 통과한 것으로 확인된 곳은 쓰쿠바 익스프레스 도쿄역 시설 안이다. 이파 오드넬의 최종 목적지는 대체 어디인가?

킬리언 퀸은 그곳에서 라이저를 기다리고 있다. 열한 살짜리 소녀를 인질로 삼고서. 그는 연기투로 라이저에게 밴시를 넘기라고 협박하리라. 예를 들어 '네 그 하얀 드레스를 여기에 벗어 놨으면 좋겠군.' 하고.

라이저는 따를 수밖에 없다. 킬리언이 그녀를 죽인다. 위스커의 존재를 모른다면 사체를 방치할 것이고, 안다면 죽이지 않고 납치하든가 사체를 밴시와 함께 회수할 것이다. 아마 모를 것이다. 시인은 사신을 처형한다.

밴시를 트럭에 실어서 반출하리라. 기체를 트럭에 신속하게 실으려면 적어도 기갑병장 두 기가 필요하다. 한 기로도 가능하지만 시간이 걸린다. 그동안에 초계도 해야 하니 세 기가 가장 적당하다. 에르산 화학에 집결한 컨테이너는 총 아홉 대였다. 밀수된 기갑병장 중 남은 것은 최대 열 기. 수도고속도로에서 습격해 온 기체는 여덟 기. 그 중에 일곱 기를 제압. 최종 지점에서 기다리고 있는 기체는 두 기, 혹은 한 기. 도주 중인 이파가 탑승한 기체를 포함하면 적에게 남은 기갑병장은 모두 합해서 두 기에서 세 기라는 소리다.

인원수도 맞아떨어진다. 일본에 침입한 IRF 플레이어는 스물두 명이다. 잔존 인원은 '적'에게 살해된 마틴 오키프를 제외하고 열한 명. 제압된 둘라한 탑승자를 제외하면 네 명이다. 그 중에 두 명은 시인과 무희다. 나머지 두 명은 밴시를 반출할 기갑병장에 탑승하리라.

밴시를 트럭에 실은 뒤에 다 함께 이탈한다. 기갑병장은 모조리 버린다. 지하에서 트럭을 타고 그대로 도주할 수 있는 곳.

시인의 성격, 기호를 생각했다. 그의 작품의 경향을 분석했다. 그의 추종자가 되어 본다. 철저하게 그의 작품을 모사해 본다.

이만한 대작을 마무리하기에 적합한 무대. 극적인 공간. 그렇지 않은 곳은 배제해도 된다.

공사 중인 쓰쿠바 익스프레스 선로와 이어지는 터널, 혹은 인접한 터널을 모조리 재검토했다. 뚜껑처럼 하천을 뒤덮고서 빌딩과 빌딩 사이를 누비는 고속도로. 시인은 그런 일본적인 풍경에 주목했다. 그렇다면…….

"에도교 분기점."

오키쓰가 소리를 내어 말했다.

니혼교 위를 지나는 수도고속도로 도심환상선을 지하화하려는 계획이 있다. 이에 맞춰서 정체를 해소하고자 현재 신에도교 분기점을 공사하는 중이다. 일본의 도로 문제를 해결할 새로운 도시 구상의 첫 걸음으로 평가받고 있는 공사다. 거의 완성이 되어 현재는 아무도 없을 것이다. 그리고 바로 근처에 스미다강이 흐르고 있다.

시인이 택할 만한 마지막 무대는 그곳뿐이다.

"피어볼그와 바게스트는?"

"10분 전부터 발진대기 중입니다."

스즈이시 주임이 바로 대답했다.

"당장 두 기를 운송한다. 목표는 에도교 분기점 공사 현장."

철로는 불결한 거리를 지나
차가운 묘지를 이리저리 휘돈다.
결국 그대는 헛수고임을 깨닫고서 스러지리라.
나락의 끝에서 막다른 길을 만나 비참하게 벌벌 떨리라.

불결한 거리? 차가운 묘지? 모두 수긍이 갔다.

자신의 인생은 끝없는 쟁의 연속이다. 인생의 탄피를 운명이 자꾸만 썼었다. 지하를 헤매다가 죽음을 맞이할 수 있다면 바라는 바다. 결코 헛수고가 아니다. 자신의 곁에 늘 붙어 있는 악운에게 고마운 마음마저 든다.

터널의 경사가 점차 급해졌다. 여기서 더 급해지면 기갑병장이 움직일 수가 없다. 종착점이 가까워졌음을 예감했다.

오르막 끝에서 빛이 보였다. 시야가 확 트였다. 나선형으로 계층을 이루고 있는 장대한 콘크리트 원통이 나왔다. 현재 바닥 부분에 서 있다. 머리 위에는 잿빛 하늘이 떠 있었다. 원통은 땅을 박차고 하늘로 올라가듯 드높이 소용돌이치고 있었다. 구름이 가까웠다. 거대한 나선형 원통을 뒤덮는 뚜껑인 양 어둡고 무거운 구름이 걸려 있었다. 나선 틈새에서 끊임없이 불어오는 찬바람이 귀에 거슬렸다.

건설 중인 고속도로다. 어디인지는 잘 모르겠으나 분명 이곳은 분기점이다. 공사는 거의 끝난 것처럼 보였다. 태고의 폐허처럼 적막한 경관을 연출하고 있었다.

장소에 대한 흥미는 진즉에 잃었다. 어디든 상관없다. 그저 이곳이 묘지라면.

전방에 무회의 둘라한이 정지했다. 이쪽을 보고 서 있었다.

그 뒤에는 트럭 한 대와 둘라한 두 기가 있었다.

트럭 옆에 누군가가 있었다. 확인할 것도 없었다.

"초대에 응해 주어 고맙다."

집음 장치에서 목소리가 들렸다. 킬리언 퀸이다.

이곳이 '나락의 끝'이다.

몸에 밴 동작으로 스파스15의 총구를 그쪽으로 돌렸다. 시선입력. 조준장치가 자동으로 작동했다. 에러. 장치가 목표물을 특정하지 못했다. 킬리언의 바로 옆에 사람이 있었다.

하얀 양털코트를 입은 여자애였다. 백인. 밤색 곱슬머리.

충격을 받고 숨이 막혔다. 틀림없다. 성 드뤼옹 국제 농학교 학생이다. 연주회 때 바흐의 평균율을 연주했었다.

"내 목소리가 들리겠지?"

트레이드마크인 모즈코트가 아니라 캐러멜색 더플코트를 입고 있는 킬리언이 소녀에게 베레타Px4를 들이댔다.

"네 그 드레스 말이야. 폐공장에서 봤을 때는 밤인데도 순백으로 보였지. 그런데 지금은 온통 잿빛이군. 지하에서 거미줄이라도 뒤집어썼나?"

에르산 화학 공장을 말하는 것이다. 킬리언은 상황 일부를 보고 있었던 것이다. 어딘가 안전한 곳에서.

"클리닝은 우리가 해 주지. 넌 지상으로 내려와 이 아이를 집까지 바래다 줘. 여긴 꽤 추워. 이 아이에게 빨리 핫초콜릿이라도 먹이는 게 좋을 것 같은데?"

소녀가 창백한 얼굴로 밴시를 쳐다봤다. 자신에게 무슨 일이 벌어졌는지조차 틀림없이 모를 것이다.

무희가 탄 둘라한이 다가왔다. 비웃는 것처럼 여유가 느껴지는 발걸음이었다. 완력으로 억지로 해치를 열 작정인가?

"자, 어서 내려."

킬리언이 베레타의 총구로 밤색 머리를 밀었다. 소녀의 얼굴이 고통에 일그러졌다.

둘라한이 대담하게 걸어왔다. 다마치의 더그매에서 라이저를 도발했던 그날 밤처럼.

둘라한을 향해 스파스를 다섯 발 쐈다. 그러고는 이내 총구를 다시 킬리언에게로 돌렸다.

지근거리에서 별안간 슬러그탄을 맞은 둘라한은 몸통에 구멍이 수없이 뚫린 채로 침묵했다.

"여전해. 태연하게 죽음을 선사하는군. 역시 넌 특별해."

무희의 죽음을 바로 앞에서 봤는데도 킬리언은 희미하게 웃기만 했다.

"하지만 나도 진심이야."

킬리언은 인질로 잡은 소녀에게 더 세게 총구를 들이밀었다. 소녀가 소리 없는 비명을 질렀다.

아리아가 들렸다. 밀리. 내가 죽인 동생.

기술반 직원이 운전하는 트럭에 실려 현장으로 옮겨진 피어볼그와 바게스트는 도착하자마자 발진했다. 공사 현장 펜스를 넘어뜨리고서 안으로 뛰어들었다.

셸 안에서 유리는 먼 총성을 감지했다. 쇼트건. 다섯 발.

분기점은 정보대로 거의 완성되어 있었다. 장애물 경주의 허들처럼 외벽을 뛰어넘어 새 도로를 가로질렀다.

나선형으로 원을 그리는 도로 안쪽에 이르렀다. 지하로 이어지는 입체구조물의 바닥을 내려다봤다.

바게스트의 카메라가 최심부 영상을 흐릿하게 잡아 디스플레이에 표시했다. 밴시를 확인했다. 떨어진 지점에 트럭 한 대와 둘라한 두 기가 있었다. 부장이 추측한 대로였다. 그 정확도에 혀를 내둘렀다. 밴시 옆에 있는 총을 맞은 둘라한은 무희인가? 영상을 확대했다. 킬리언 퀸과 인질 소녀를 확인했다.

빌어먹을……. 유리는 혀를 찼다. 최악의 상황이었다.

라이저의 성격과 심리를 대강은 이해하고 있다. 자신과 마찬가지로 과거를 버리고, 과거에 쫓기는 인간이다. 부장이 짐작한 대로 라이저는 자폭조항을 이행할 수 없다. 그녀가 밴시를 버리는 순간에 인질도 죽는다.

"여긴 PD2, 본부 나와라. 피의자와 인질을 확인했다. 퍼스트로프 강하로 돌입하겠다."

"본부 라저. PD2 돌입하라."

디지털 변조된 오키쓰의 목소리가 들렸다. 곧바로 행동을 개시하려던 유리는 동료가 수상한 행동을 하고 있음을 깨달았다.

홀스터 겸용 매거진 벨트에서 바렛XM109 페이로드 라이플을 뽑은 피어볼그는 저격 자세로 바닥을 겨눴다.

유리의 뇌리에 직감이 스쳤다.

방금 돌입 명령을 받은 것은 자신뿐이다. 오키쓰 부장은 스가타에게 명령하지 않았다. 그리고 아까 전에 부장은 지휘 차량에 스가타만을 남기고, 자신과 스즈이시 주임은 나가게 했다. 이런 상황에서 같은 돌입 요원인 자신에게 무얼 숨길 필요가 있는가? 만약에 있다면 그것은…….

바게스트는 어깨에 멘 홀스터에서 OSV-96을 뽑아 피어볼그를 겨눴다.

"스가타, 대체 무슨 짓이냐?"

대답이 없었다.

드래군을 운송한 트럭과 동시에 현장에 도착한 수사차량 도요타 크라운에서 나쓰카와와 유키타니가 뛰어내렸다. 피어볼그와 바게스트가 부순 펜스를 지나 안으로 들어간 두 사람은 조립식 공사 관리 시설로 직행했다.

완성 직전이라 인적이 없는 공사 현장에는 싸늘한 분위기가 흘렀다. 소란스러운 도시의 틈새에 뻐끔히 입을 벌린 에어포켓이었다. 불어오는 찬바람에 관리동 문이 덜컹덜컹 흔들렸다.

관리 사무소에는 사람이 있어야 할 터인데…….

수상하게 여기고서 안을 들여다본 두 사람은 경악했다.

처참한 피바다였다. 단기관총으로 갈겼으리라. 문 위치에서 봤을 때 네 사람이 숨져 있었다. 강렬한 피비린내가 실내에 진동했다. 살해된 지 얼마 지나지 않았다. 각 공사 현장을 비추는 감시 카메라 모니터와 통신 기기가 모조리 박살났다.

무참한 학살 현장을 두 눈으로 보니 온몸이 떨렸다. 이가 갈릴 정도로 공포와 분노가 치밀었다.

"뭐가 시인이야……. 이건 살인마야."

나쓰카와가 내뱉었다.

킬리언 퀸이 흉악한 테러리스트인 것은 진즉에 알고 있었다. 그러나 실제로 벌어진 테러를 머리로 도저히 이해할 수 없었다.

유키타니가 휴대전화로 보고했다.

"에도교 분기점 공사관리동에서 대량 살인 사건이 발생했습니다. 사상자는 네 사람, 혹은 그 이상일지도 모릅니다. 인근 봉쇄를 요청합니다. 당장 지원을 부탁합니다."

동요를 엿볼 수 없는 냉정한 말투였다. 하지만 평소에도 하얀 유키타니의 얼굴은 나쓰카와가 일찍이 본 적이 없을 만큼 새하얘졌다.

셸 안에서 트리거에 손가락을 건 채로 유리가 스가타에게 물었다.

"동료를 쏠 생각인가?"

XM109와 OSV-96. 둘 다 대구경 대물 저격총이다. XM109로 저 아래를 겨누고 있는 피어볼그의 흉부를 OSV-96이 겨누고 있었다. 그곳에는 스가타의 머리가 위치하고 있다.

피어볼그는 저격 태세를 풀지 않았다.

"그 손으로 밴시와 라이저를 한꺼번에 파괴할 셈인가?"

계약서에 적혀 있다고 해도 자폭조항을 이행할지 말지는 전적으로 본인 의사에 달렸다. 고용주에게는 한없이 불확실한 조항이다. 실제로 라이저는 그 조항을 쉽사리 파기하려 하고 있다. 계약으로 자폭을 강요할 정도로 무자비한 고용주가 대책을 마련하지 않았을 리가 없다. 하지만 원격조작으로 폭파시키는 건 스즈이시 주임이 동의하지 않으리라. 기체에 그런 시스템이 있었다면 그녀는 절대로 직책을 맡지 않았으리라. 그녀뿐만이 아니라 애초부터 정상적인 연구자를 확보하지 못했을 것이다. 기술반의 '스터디'도 뿌리부터 뒤집어지리라.

"역시 그랬군."

스즈이시 주임은 자폭조항의 존재조차 알지 못했다. 드래군에 미리 설치되어 있었던 자폭장치는 그녀가 받아들일 수 있는 한계였으리라. 기술반을 통솔하는 스즈이시 주임이 모르게 드래군에 원격 폭파 장치를 집어넣는 것은 불가능하다. 계약 파기에 대비한 안전장치는 기체 시스템에는 없다고 봐도 된다. 그 안전장치가 있다면 이 남자…… 스가타 도시유키.

부드러워야 할 아리아가 무서우리만치 변조되었다. 기묘하게 일그러진 외침이 들려왔다. 비 때문인가? 구름 색깔을 보니 당장에 비가 내려도 이상하지 않다. 하지만 아직 비는 내리지 않았다. 모래 때문인가? 이곳은 시리아의 사막이 아니다. 히스 향이 감도는 우묵땅도, 산사나무가 무성한 생울타리도 아니다.

이 날카로운 비명은 밴시가 우는 소리다. 고국의 전승대로 벗어날 수 없는 죽음의 징조다. 망자가 나온다. 이 거대한 무덤 바닥에서.

트럭 옆에 있는 두 기의 둘라한이 위협하듯이 발을 앞으로 내디

덨다.

"라드너 경부, 이 아이의 검시 보고서는 네가 써야겠군."

베레타의 방아쇠에 걸려 있는 킬리언의 손가락이 서서히 움직였다.

잠깐…….

라이저는 오른쪽 매니퓰레이터의 어댑터를 개방한 뒤 스파스를 킬리언 앞에 던졌다.

"그래야지."

킬리언이 미소를 지었다.

자신은 두 번이나 밀리의 손을 놓쳤다. 이제 결코 놓지 않겠다.

라이저는 떨리는 손가락을 해치 개방 스위치에 댔다.

피어볼그는 여전히 저격 태세를 유지한 채 분기점 바닥을 겨누고 있었다. 바게스트도 OSV-96을 피어볼그의 흉부에 댄 채 꼼짝도 하지 않았다.

"넌 밴시를 파괴하라는 명령을 받았군."

바게스트의 셸 안에서 트리거에 걸려 있는 유리의 손가락이 땀에 젖었다.

"스가타, 대답해."

평온한 목소리가 들려왔다.

"날 믿어."

그 간략한 답변에 유리는 아연실색했다.

드래군 관측기기를 노려보던 미도리가 목소리를 높였다.

"밴시와의 통신이 회복됐습니다."

에도교 분기점은 최신 공법으로 지어져 공간이 확 트인 구조다. 채프가 확산되어 효과가 사라진 것이다.

미도리는 헤드폰 마이크에 대고 불렀다.

"여기는 본부. PD3 응답 바람."

"PD3, 들리는가? PD3."

셸 안에서 갑자기 디지털 음성이 울려 퍼졌다. 통신이 회복된 모양이다.

"라드너 경부님, 당신은 비겁해요."

스즈이시 주임인가…….

"전 당신을 증오해요. 사람의 목숨을 빼앗고도 태연하게 살아가는 당신이 말이에요. 전 죽을 때까지 당신을 용서하지 않을 겁니다. 전 당신이 죄에 걸 맞는 벌을 받기를 바라요. 하지만 그건 당신의 바람이기도 하죠. 그래서 몹시 분해요."

멍하니 들었다. 스즈이시 주임의 본심. 직접 귀로 듣는 것은 처음이다.

"전 테러 때문에 가족을 잃었어요. 당신도 그렇다고 들었어요. 당신은 스스로 죽음을 택할 수가 없다고 했죠? 저도 같은 의견이에요. 당신을 절대로 자살해선 안 돼요. 당신한테는 더 엄숙한 벌이 내려져야 돼요."

그 말이 맞다. 죽이 잘 맞는군…….

"밴시를 버리더라도 테러리스트는 인질을 살려 두지 않아요. 당신 역시 죽일 겁니다. 그걸 알면서 밴시를 버리는 건 배신입니다. 자살은 할 수 없다고 스스로 금하지 않았나요? 자기 자신을 배신하는 것이야말로 진짜 배신이에요. 당신은 진정한 배신자가 될 셈입니까?"

날카로운 칼날이 가슴을 찔렀다. 심장을, 영혼을, 깊이 도려냈다. 일찍이 겪어 본 적이 없을 만큼 고통스러웠다.

자기 자신을 배신하는 것이야말로 진짜 배신이다.

"경부님, 당신은 분명 특별한 사람이에요. 당신이라면 밴시의 성능을 더 이끌어 낼 수 있어요. 다른 사람은 결코 해낼 수 없어요. 그런데도 애써 보지도 않고 죽음을 택하는 건 비겁해요."

아리아의 선율이 다시 맑아지고 우아해졌다. 밴시의 울음조차 마치 일부분인 것처럼 조화를 이루었다. 분기점 바닥에서 하늘을 향해 「G선상의 아리아」가 편안하게 뻗어 나갔다.

—분명 언니는 특별한 사람이야.

"고마워."

'고마워.'

미도리의 귀에 그렇게 들렸다. 그 뒤는 잘 들리지 않았다. 채프가 아직 남아 있는지 부분적으로 통신이 끊어졌다.

고마워, 미도리. 그렇게 말한 것처럼 들렸지만 잘 모르겠다.

고마워.

그 말은 바게스트의 셸 안에서도 들렸다. 그 직후에 소리가 잠깐 끊기긴 했지만 주임이 부르는 소리도 확실히 들렸다.

밴시의 통신이 회복되었다.

피어볼그 안에서 스가타도 방금 그 통신을 들었을 것이다.

라이저는 무언가를 시도하려고 하고 있다. 하지만 대체 뭘?

피어볼그는 저격 태세를 풀지 않았다.

피어볼그를, 스가타를 쏘려면 지금뿐이다. 하지만 그 역시 동료를 죽이는 일이다.

동료? 라이저는 테러리스트였다. IRF의 사신이었다. 사신을 정말로 동료라고 부를 수 있는가?

우리는 동료가 아냐. 스가타라면 그렇게 말하리라. 자신도 그렇게 생각한다. 또한 동시에 형사로서의 자신은 그렇게 생각하지 않는다. 같은 사건을 쫓아온 동료 아닌가?

머리를 가로저어 부정했다. 형사인 자신은 진즉에 죽었다.

어떻게 해야 좋은가? 어떻게 해야…….

미지의 친구는 언제나 있다. 가장 슬픈 것은 원래 친구가 될 수 있는 사람이 그렇게 되지 못했을 때다.

스즈이시 데루마사의 딸, 스즈이시 미도리.

비는 아직 내리지 않았다. 라이저는 분연히 고개를 들었다. 디스플레이 영상을 확대해 소녀의 귀를 확인했다. 보청기를 끼고 있지 않았다. 그립을 조작해 밴시의 양쪽 매니퓰레이터를 놀렸다. 드래군에 탄 상태에서 수화를 했다. 다섯 손가락의 관절까지 조작할 수 있는 드래군이기에 가능한 작동이었다.

'걱정하지 마. 내 말대로 해.'

밴시가 갑자기 기묘하게 움직이자 킬리언도, 소녀도 눈이 동그래져서 쳐다봤다.

제발, 제발 눈치 채…….

기도하는 마음으로 라이저는 밴시의 두 손을 움직였다.

'눈을 감고 가만히 있어. 귀가 들린다면 막아. 무슨 일이 벌어져도 움직이지 마.'

통했다. 소녀가 두 눈을 질끈 감았다. 아일랜드 수화는 아메리카 수화와 마찬가지로 ASL(아메리칸 사인 랭귀지)다.

"이런, 수화구나!"

밴시의 동작이 무슨 의미인지 알아차린 킬리언이 뭐라 외치기 전에 기체 허리 부분에서 스턴 그레네이드가 방출되었다.

섬광과 음향이 작열하기 직전에 킬리언은 소녀를 밀쳐내고 두 손으로 귀를 막았다.

동시에 총성이 울렸다. 지상부에서 저격 태세를 취하고 있던 피어볼그가 쏘았다. 연달아 발사된 세 발의 철갑탄이 두 기의 둘라한 그리고 트럭 엔진을 관통했다.

섬광이 번쩍이자 밴시는 단숨에 거리를 좁혀 매니퓰레이터로 킬리언의 머리를 향해 손날을 날렸다. 마치 사람 같은 몸놀림으로. 하지만 간발의 차이로 킬리언이 먼저 앞으로 엎드렸다. 밴시의 손날이 킬리언이 든 베레타를 날려 버렸지만 치명상은 입히지 못했다.

밴시는 아랑곳하지 않고 양쪽 매니퓰레이터로 쓰러져 있는 소녀를 안아 올렸다. 킬 덕분에 이러한 정밀한 동작이 가능하다.

인질을 확보했다. 안도한 순간에 셸 안에서 경고음이 울렸다.

디스플레이에 킬리언이 비쳤다. 쇼트건으로 이쪽을 겨누고 있었다. 라이저가 버렸던 스파스15다. 무희를 향해 다섯 발을 쏘았었다. 탄은 아직 한 발이 남아 있었다.

아무리 밴시가 팔로 막더라도 이 거리에서는 소녀를 총탄으로부터 완전히 지켜 줄 수가 없다.

해볼 테면 해봐라……

라이저는 디스플레이 속 시인을 응시했다.

킬리언이 방아쇠를 당겼다. 탄이 나가지 않았다. 잼이다. 무희를 쐈을 때 마지막 탄피가 배출구에 걸렸었다.

킬리언은 스파스를 버리고 도주했다.

악운은 네가 데리고 가라……

차도를 뛰어올라가는 킬리언의 등을 보다가 라이저는 손 안에 있는 소녀를 내려다봤다.

소녀가 조심스럽게 눈을 떴다. 밴시의 디스플레이에 앳된 웃음이 가득히 퍼졌다.

피어볼그가 발포한 순간에도 유리는 방아쇠를 당기지 않았다.

감이었다.

스가타의 말을 순전히 믿은 것은 아니었다. 무언가가 유리를 망설이게 했다.

피어볼그는 바렛을 삼연사하였다. 저격 대상은 밴시가 아니라 둘라한 두 기와 트럭이었다.

"PD3가 본부에 알린다. 인질 확보. 구급차를 요청한다."

통신기에서 라이저의 목소리가 들렸다. 끝난 모양이다.

피어볼그가 이쪽을 바라보는 것이 느껴졌다. 스가타의 시선이다.

히죽거리며 웃는 얼굴이 눈에 선해서 언짢았다.

"PD2가 본부에 알린다. 현재 위치에서 대기 중. 지시를 바란다."

"본부가 PD2에 알린다. 현 상태 유지. 그곳에서 경계를 계속하라."

오키쓰의 목소리가 들렸다. 스가타가 의기양양해하며 웃는 소리도 들린 것 같았다.

공사관리동을 나와 공사용 지하 승강구를 찾던 유키타니와 나쓰카와는 고속도로 외벽을 뛰어넘은 남자를 발견했다.

은발 백인. 수배 사진과 매스컴 보도를 여러 번 보아 눈에 익은 얼굴이었다.

두 사람은 화들짝 놀라 발걸음을 멈췄다.

킬리언 퀸이다.

그는 두 형사를 보자마자 공사 현장 펜스를 따라 달아났다.

두 형사가 전력으로 질주해 뒤쫓았다.

유키타니는 투명하리만치 창백한 얼굴로, 나쓰카와는 귀신처럼 벌게진 얼굴로 맹렬하게 달렸다.

다이코쿠 부두에서의 참극. 수도고속도로에서의 습격. 그리고 방금 목도한 공사관리동에서의 학살. 모든 것의 주범이 눈앞에 있다. 절대로 놓칠 수 없다.

무언가에 홀린 것처럼 추격했다. 모든 생각을 머릿속에서 날려버렸다. 두 사람의 눈에는 오로지 달아나는 범인의 등밖에 보이지 않았다. 유키타니가 나쓰카와보다 약간 더 빨랐다.

100미터나 넘게 달려갔을 때 유키타니가 뒤에서 몸을 날렸다. 다리를 붙잡힌 킬리언이 고꾸라졌다. 먼저 일어난 킬리언이 미처 일어나지 못한 유키타니의 얼굴에 훅을 날렸다. 유키타니가 벌러덩 넘어졌다. 나쓰카와가 뒤이어 도착했다.

나쓰카와와 킬리언이 대치했다. 두 사람 모두 숨을 헐떡였다. 킬리언이 권투 자세를 취했다.유키타니에게 날린 주먹으로 보아 실력이 꽤 수준급인 듯했다.

먼저 선공을 날린 쪽은 킬리언이었다. 그가 강렬한 오른쪽 스트레이트를 내질렀다. 나쓰카와는 가까스로 피하고서 상대의 품에 파고든 뒤 상대의 몸을 어깨에 걸어 앞으로 내던졌다. 상대가 스트레이트를 날카롭게 날리고자 앞으로 달려든 덕분에 기술이 잘 들어갔다.

나쓰카와는 곧바로 상대를 눌러서 제압한 뒤에 반사적으로 손목시계를 보고 외쳤다.

"12월 5일 오후 3시 25분, 킬리언 퀸 현행범 체포!"

9

에도교 분기점 현장은 주오서 관할 안에 있다. 나쓰카와와 유키타니는 통상 절차대로 피의자를 신속하게 주오서로 끌고 갔다.

킬리언 퀸을 체포했다는 소식은 이미 주오서에도 들어와 있었다. 이슬람 원리주의 조직의 정신적 지도자에 버금가는 거물 테러리스트가 인계되었으니 직원들이 소란을 떠는 것도 당연했다. 하지만 그것보다도 공사관리동에서 벌어진 대량 살인 사건을 처리하느라 경찰서 안은 그야말로 혼란의 도가니였다.

수갑을 찬 피의자를 좌우에서 붙잡은 나쓰카와와 유키타니가 취조실이 있는 2층으로 올라갔을 때 조직범죄대책과 소속 경찰관들은 고함을 지르며 바삐 움직이고 있었다.

"국제 지명 수배범을 현행범으로 체포하여 인계합니다."

나쓰카와가 말했다. 목소리를 듣고 너덧 명의 경찰관들이 고개를 들었다.

모두들 조용히 세 사람을 쳐다봤다.

유키타니와 나쓰카와는 그런 반응들이 당혹스러워서 발걸음을 멈췄다.

나쓰카와가 무언가 말을 하려고 입을 열었을 때 돌아다니는 직원들 사이에서 제복 차림의 오비나타 부서장이 나타났다.

풍채가 좋은 오비나타가 쏘아보는 듯한 눈빛으로 세 사람을 둘러봤다.

유키타니도 오비나타와 일면식이 있지만 나쓰카와만큼 인연이 깊지는 않았다. 오비나타의 시선에 두 사람의 몸이 굳어졌다.

"현행범으로 체포한 피의자를 인계합니다. 취조실을 빌리겠습니다."

"저 녀석이 킬리언 퀸인가?"

"예."

부서장이 콧방귀를 끼며 전 부하를 올려다봤다.

"에도교 분기점에서 벌어진 사건 때문에 우리서는 지금 창설 이래로 가장 바쁘네. 업무가 밀려서 손이 부족할 지경이야."

"예."

나쓰카와는 그저 고개를 숙일 수밖에 없었다.

"하지만 나쓰."

오비나타가 위엄 있는 목소리로 말했다.

"자네들은 킬리언 퀸을 체포했네. 이건 모든 일본 경찰의 쾌거야. 잘해 줬다."

주변에 있는 경찰관들이 고개를 끄덕이며 작게 박수를 쳤다.

"다카나와에서 했던 말은 용서해 주게. 내 인식이 부족했네. 군용 병기를 이토록 능숙하게 다룰 줄 아는 악당이 일본을 활보할 수 있는 시대라는 걸 이번 사건을 통해 깨달았네. 나쓰, 그리고 유키타니 주임. 앞으로도 특수부에서 열심히 해 주게."

오비나타가 내민 손을 나쓰카와는 빈 오른손으로 쥐었다. 뜨겁고
도 커다란 손이었다.

여러 경찰관들이 다가와 나쓰카와와 유키타니의 어깨를 두드렸다.

드디어 알아주었다…….

두 사람은 울컥 치솟은 뜨거운 감정을 참아낼 수가 없었다.

피의자 취조는 체포한 경찰관이 1대1로 하는 것이 기본이다. 먼
저 유키타니가 킬리언 퀸을 취조하기로 했다.

취조실은 조직범죄대책과를 지나 안쪽에 열 곳이 늘어서 있다.
복도를 끼고 맞은편에는 유치장 입구가 있다. 그 옆에는 지문 스캔
과 사진 촬영을 할 수 있는 방이 마련되어 있다.

유키타니는 먼저 피의자의 두 손가락 지문을 스캔한 뒤에 조회했
다. 국제 수배범의 것과 일치했다. 틀림없이 킬리언 퀸 본인이다.

다음에는 소지품을 조사했다. 1만 엔짜리 지폐가 마흔네 장이 든
봉투 하나, 50파운드 지폐와 20파운드 지폐가 각각 서른 장씩 든 봉
투 하나, 20달러 지폐가 열일곱 장. 동전은 없었다. 여권, 비자 등 신
분증도 없었다. 지폐 이외에는 오래된 쇼메 손목시계와 기성품으로
보이는 손수건뿐이었다. 전부 압수한 뒤에 서류에 서명을 시켰다.
킬리언 퀸은 영어로 짧은 경구를 읊으며 멋들어진 글씨체로 서명했
다. 나쓰카와의 양팔 업어치기에 제대로 당하고서 볼품없이 축 처
져 있던 전 시인은 그때만은 대단한 문호인 양 으스댔다.

마지막으로 사진을 찍은 뒤에 유키타니는 주오서에서 수배해 준 통역가와 함께 가장 앞쪽에 있는 취조실에 들어갔다. 이름 등 신원 확인부터 시작해 첫 번째 진술조서를 작성했다. 익숙한 일이지만 상대는 그 유명한 킬리언 퀸이다. 바짝 긴장하고서 취조에 임했다.

그동안에도 조직범죄대책과에서는 분주히 돌아다니는 직원들이 나쓰카와의 옆을 지나가면서 한마디씩 칭찬을 늘어놓았다.

"이거 2계급 특진이겠네", "저런 거물을 체포하다니 전 상상도 못 하겠습니다", "체포하는 순간에 상대가 킬리언 퀸이라고 의식했습니까?"

호탕해 보이지만 실은 그렇지 않은 나쓰카와는 진땀을 흘리며 그저 "아, 예", "뭐." 하고 대답하는 게 고작이었다.

오비나타 부서장이 나쓰카와의 어깨를 두드리며 크게 웃었다.

"마치부교쇼*의 말단 관리들이 살았던 핫초보리도, 로야시키**가 있었던 고덴마초도 모두 우리 주오서 관할 안에 있지. 전 세계에 악명을 떨쳤던 테러리스트가 이곳에서 체포되어 우리 서에 수감된 것도 생각해 보면 경찰 선배님들 덕분 아닌가?"

오비나타가 통쾌하게 말하자 주변 분위기가 들끓었다.

체포 자체보다 오비나타가 인정해 주었다는 것이 나쓰카와는 기뻤다.

---

* 에도 시대 경찰서에 해당하는 관청.
** 오늘날의 구치소나 유치장에 해당하는 곳.

대규모 사건을 처리하느라 혼란스러운 2층 플로어에 한 제복경찰관이 들어왔다. 머리를 거의 삭발한 아시아인 남자를 연행해 왔다. 나쓰카와의 시선이 아시아인 남자가 메고 있는 가방에 쏠렸다. 여행자의 짐처럼 가방이 빵빵하게 부풀어 있었다. 하지만 파란 트레이닝복을 입은 남자는 여행자로는 보이지 않았다.

"저 녀석이 그 녀석이야? 아까 그 신고?"

실내에 있던 경찰관이 동료에게 말을 거는 것이 들렸다.

"그래. 편의점 좀도둑."

들어온 경찰관이 대답했다.

"저 녀석 말이야. 계산대 옆에 놓여 있는 초콜릿을 상자째로 가져가려고 했대. 대체 무슨 생각인지……."

"꼭 이런 때에 성가시게 하는 녀석이 나타난다니까."

제복경찰관은 입을 굳게 다물고 있는 남자를 데리고 형사1과 안쪽에 있는 취조실 쪽으로 향했다. 체념했는지 뻔뻔스러운 표정을 짓고 있는 아시아인 남성의 얼굴을 무심하게 보던 나쓰카와는 직원의 목소리에 제정신을 차렸다.

"총감상은 따 놓은 당상이죠? 그죠? 나쓰카와 씨."

역시 "아, 뭐." 하고 대답하고서 나쓰카와는 손수건으로 얼굴을 닦았다.

"일단은 본부에 돌아가야 해서 일단 실례하겠습니다. 곧 돌아올 테니 그동안에 피의자를……."

"알고 있네. 안심하고 다녀와."

오비나타가 힘차게 고개를 끄덕였다.

모두에게 고개를 숙이고서 계단으로 향했다.

박수 소리를 들으며 계단을 다 내려갔을 때 무언가가 벌어졌다.

그 충격으로 바닥에 세차게 넘어져 정신을 잃었다.

10분 뒤에 나쓰카와가 잠시 의식을 되찾았다.

겨울의 어둠 속에서 빨간 램프가 보였다. 주변에서 노성이 터져나왔다. 그는 들것에 실린 채 구급차에 오르고 있는 중이었다.

주오서 2층에서 피어오르는 분진이 밤 저편에서 어렴풋이 보였다.

폭탄…….

갑자기 그런 생각이 들었다. 취조실로 연행되던 그 아시아인. 그가 메고 있던 배낭.

"피해는…….."

목소리를 높였다. 자신의 목소리 같지 않았다.

"유키타니는 무사합니까…… 킬리언 퀸은…….."

구급대원은 아무 말도 하지 않고 들것을 차 안에 밀어 넣고서 문을 닫았다.

그와 동시에 나쓰카와는 다시 의식을 잃었다.

12월 5일 오후 5시 18분. 경시청 주오서 2층 취조실에서 폭발이 벌어졌다. 추후에 신원을 알 수 없는 아시아인 남성이 벌인 폭탄 테러라는 것이 판명되었다. 이 폭발로 그곳에서 조사를 받고 있던 테러리스트 킬리언 퀸이 사망했다.

IRF는 즉시 공식 성명을 발표해 애국자 킬리언 퀸을 일본 정부가 교묘한 계략으로 죽였다고 엄중하게 비난했다. 또한 이번 일에 영국 국가 기관이 관여하고 있다는 것을 밝히고서 하루빨리 진실을 해명하라고 촉구했다.

아시아인 남성과 킬리언 퀸을 제외하고 주오서 경찰관 여섯 명, 경찰 직원 두 명, 취조를 받던, 혹은 유치 중이었던 피의자 아홉 명이 사망했다. 사망한 경찰관 중에는 부서장인 오비나타 간지 경시도 포함되어 있었다.

특수부 나쓰카와 다이고 경부보는 뇌진탕을 입었다. 유키타니 시로 경부보는 늑골, 쇄골, 전완골이 부러지는 전치 5주 중상을 입었다.

킬리언 퀸을 조사하던 유키타니 경부보는 피의자가 갈증을 호소하자 폭발 직전에 자리에서 일어나 급탕실로 향했다. 급탕실은 유치장 입구 안쪽에 위치하고 있고, 또한 건물 구조상 철골이 들어간 벽에 둘러싸여 있어서 구사일생으로 목숨을 건질 수 있었다.

부상자는 셀 수 없이 많았다. 자폭한 남자의 동기를 비롯해 배후 관계는 전혀 알 수 없었다. 범행 성명도 없었다. 또한 킬리언 퀸이 주도한 수도고속도로 도심환상선 기갑병장 난입 사건, 에도교 분기점 공사관리동 대량 학살 사건 등 같은 날에 벌어졌던 일련의 중대 테러와의 관련성은 며칠이 지났어도 밝혀지지 않았다. 이는 경찰 당국이 의도적으로 은폐했다기보다는 사태의 전모를 아직 다 파악하지 못했고, 또한 부국 사이에서 의견을 조정하는 데 난항을 겪고 있지 때문으로 추정되었다.

12월 8일 오후 2시. 신키바 특수부 청사 내 회의실.

오키쓰 특수부장이 모두에게 말했다.

"'적'은 IRF가 드래군을 탈취하는 것을 저지하는 것이 목적이었다. IRF의 배후에 중국이 있었기 때문이지. 적은 중국국가안전부 공작원을 살해해서 우리한테 이번 사건에 중국이 관여하고 있음을 알렸다. 우리는 이용당했다. 적이 의도했던 대로 우린 간신히 IRF의 작전을 저지하는 데 성공했지. 그러나 적은 체포된 킬리언 퀸이 배후 관계를 진술하는 것까지는 바라지 않았다. 그가 중국의 지원을 받았다고 증언한다면 중국과 일본 사이에서 외교적인 충돌이 벌어지기 때문이지. 한시라도 빨리 그의 입을 막을 필요가 있었다. 그리고 그를 처치할 수 있는 기회는 주오서 안에 수감되어 있을 때뿐이었다. 시간이 지나면 지날수록 암살은 어려워지니. 적은 킬리언 퀸이 체포되었다는 걸 알자마자 중국과 거래를 했다. 킬리언이 체포되었다는 사실과 소재지를 중국에 알려 주었다. 그것만으로 적은 목적을 달성했다. 적은 중국 당국으로 하여금 빚을 지게 만들었을 뿐만 아니라 킬리언 퀸의 입을 막는 데도 성공했다. 더는 허튼 짓을 하지 않겠지."

담담하게 말하는 오키쓰의 좌우에는 시로키, 미야치카 이사관이 엄숙한 표정으로 자리하고 있었다.

세 사람의 외인 경부는 한 달 전과 전혀 달라진 것이 없었다.

스즈이시 주임은 피곤한 기색을 내보이지 않으려고 등을 꼿꼿이 세웠다.

머리에 붕대를 감고 있는 나쓰카와 주임도 아무 말 없이 앞을 보고 있었다.

그러나 유키타니 주임만이 없었다.

"한편 연락을 받은 중국 당국은 자폭을 택할 수밖에 없는 사연이 있는 인물과 폭약을 마련했지. 아마 만약의 사태에 대비해 미리 준비해 놨을 거네. 그 자폭 요원은 지시에 따라 가야바초역 앞 편의점에서 일부러 눈에 띄도록 물건을 훔쳤네. 주오서 취조실과 유치장은 조직범죄대책과 안쪽에 있어서 외부인이 함부로 들어갈 수가 없네. 킬리언 퀸을 확실하게 암살하려면 취조실로 끌려갈 필요가 있었지. 보통 현행범이 붙잡히면 관할서 안으로 들어갈 때까지는 소지품 검사를 하지 않아. 조직범죄대책과를 지나 취조실이 늘어서 있는 복도로 들어가자 그 남자는 자폭을 감행했네."

희미한 신음이 들렸다. 나쓰카와 주임이었다. 눈앞에서 자폭 테러 실행범을 봤으면서도 놓쳐 버린 그는 깊이 자책하고 있었다.

"킬리언이 체포된 지 두 시간도 채 되지 않아서 중국은 모든 것을 수행했네. 그러려면 누군가가 실시간으로 정보를 알려 줘야만 하지. 역시 적은 경찰 내부 어딘가에 있다. 아니, 이미 경찰을 넘어 이 나라에 퍼져 있는지도 모르지."

저 먼 길이 어디로 이어지는지 살펴보듯이 오키쓰는 안경 뒤에 있는 눈을 깜빡였다

"이 땅에는 어둠이 있다. 어느 날 갑자기 발생한 게 아니다. 전 세계 도처에 몇 년, 몇십 년 전부터 있었지. 더 먼 과거로 거슬러 올라가면 중세, 혹은 그 이전부터 지금에 이르기까지 끊임없이 이어져 온 거네."

모두가 떠올렸다. IRF…… 아일랜드가 품었던 어둠. 그것은 분명 국소적인 것이 아니다. 시대도 한정되지 않는다. 그 어둠은 밤에도, 낮에도 지척에 있었다. 눈을 돌리고 싶은 사람이 어둠이 있다는 것을 감지하지 못했을 뿐이다.

"적은 그러한 사회의 어둠을 비열하게 이용하고 있다. 그들의 짓거리는 어둠보다도 더 사악한 행위지. 그들은 어둠이 결코 사라지지 않음을 잘 아네. 그렇다고 해도 간과할 수는 없다. 적은 암세포처럼 퍼져 나가고 있다. 그걸 막는 것이 우리의 임무다. 되도록 우리 손으로 이들을 근절하도록 하자."

오키쓰가 그렇게 분명히 말했다. 되도록이라는 단서를 달기는 했지만, 그 말투에서는 평소의 그 대담함이 느껴졌다.

"적어도 난 그렇게 생각하네. 여러분들은 지금껏 그래 왔듯이 각자 맡은 임무를 성실하게 수행해 주게. 이상."

회의를 끝내고 부장실로 돌아간 상관을 미야치카가 빠른 걸음으로 뒤쫓았다. 시로키도 그 뒤를 따랐다.

"부장님."

오키쓰가 발걸음을 멈추고 돌아봤다.

"저는 킬리언 퀸이 체포되었음을 적절한 시점에 연락했습니다. 부장님이 지시하신 대로. 하지만……."

그는 잠시 망설이다가 이내 결의를 굳히고서 말했다.

"킬리언 퀸을 체포한 직후에 경비국 경비기획과 오노데라 과장보좌가 다른 용건으로 저에게 연락을 했습니다. 그래서 연락을 받은 김에 비공식적이긴 하지만, 킬리언 퀸과 관련한 정보를 전해 주었습니다."

"오노데라?"

시로키가 놀라며 말했다.

"어차피 경비국에 이 사실을 알려야 했기에 문제가 없을 거라고 판단했습니다."

"그랬나?"

오키쓰가 고개를 살짝 끄덕였다.

"오노데라 과장보좌는 분명 훗타 과장의 심복이지?"

"예……. 제 판단이 틀렸던 겁니까?"

"마음 쓰지 말게."

오키쓰의 말투는 담담했지만 미야치카의 심정은 전혀 달랐다. 오노데라에게 정보를 알려줬다는 사실을 상관에게 밝힌다는 것은 상황에 따라 입장이 난처해질 수도 있다는 의미다. 미야치카는 대단한 결심을 하고서 행동을 벌였다. 그래서 자꾸만 불안이 남았다. 정말로 자신의 행동이 옳았던 건가?

오키쓰가 뒤이어 말했다.

"방금 그 얘긴 내 머릿속에만 담아 두겠네. 자네들도 그렇게 해 줬으면 좋겠군."

두 이사관이 그 말을 듣고 몸이 굳어졌다.

"설마 부장님, 홋타 과장님이……."

시로키가 묻자 오키쓰는 아무 대답도 하지 않고 가 버렸다.

나쓰카와가 병문안을 오자 유키타니가 침대 위에서 씨익 웃었다.

"뭐냐? 또 너야?"

외과병동 2인실. 창문에서 따뜻한 햇살이 비추었다.

상반신이 깁스에 고정되어 있어서 유키타니는 아직 꿈쩍도 할 수 없는 상태였다.

"그 말투는 뭐야? 내 얼굴 보는 게 벌써 질렸냐?"

나쓰카와는 가벼운 투로 대꾸하면서 익숙한 손놀림으로 침대 옆에 놓인 파이프 의자를 펼쳤다.

"그럼 이것도 질리겠구먼?"

그는 의자에 앉으며 병문안 선물인 젤리 상자를 창가 탁자에 놓았다. 탁자 위에는 그 외에도 여러 병문안 선물들이 놓여 있었다.

"질리고 자시고 난 아직 저것들을 하나도 먹어 보질 못했어. 병문

안을 온 녀석들이 다 먹어 치우더군."

"그래? 그럼 기특한 손님들을 위해서 또 사 오도록 하지. 이건 쉽게 상하는 게 아니니 나중에 몸이 좀 낫거든 너도 먹어."

"하루빨리 두 팔이라도 움직일 수 있게 됐으면 좋겠는데 말이야."

"빨리 낫지 않으면 모처럼 사다 준 음식들을 죄다 빼앗길 거야."

"대체 누굴 위해서 병문안을 온 건지 모르겠군."

유키타니가 짐짓 큰 목소리로 투덜거렸다. 두 사람이 크게 웃었다. 하지만 그 웃음은 어쩐지 억지로 지어낸 것 같아서 분위기가 흥겨워지지는 않았다.

그래도 유키타니는 묻지도 않았는데도 온몸이 아파서 밤잠을 이루지 못했고, 아까 약을 먹었고, 아픔이 가라앉으니 이번에는 몸이 간지러워서 죽겠다고 드문드문 말했다.

벽 쪽에 세워져 있는 액자 안에 경시총감 표창장이 들어 있었다.

킬리언 퀸을 체포한 공로로 두 사람은 함께 경시총감상을 받았다. 그러나 2계급 특진은커녕 승진은 없었다. 그것은 경찰 조직이 두 사람의 공훈과 조직 내 알력다툼을 눈금 없는 저울에 재서 내린 결정이었다.

주오서에서 받았던 한때의 축복. 그것은 대체 무엇이었는가? 드디어 사람들이 알아주었다고 생각했는데 그야말로 한순간의 환상이었다. 낮잠을 자다가 꾼 꿈보다도 더 덧없이 사라졌다. 실제로 그 축복은 감상할 새도 없을 만큼 즉물적이라서 단 한 개의 폭탄으로 주오서 취조실과 함께 흔적도 없이 사라졌다.

주오서 안에 '우리 직원들의 목숨과 맞바꿔서 총감상을 받았다' 며 두 사람을 원망하는 목소리가 자자하다고 한다. 사망한 오비나타 부서장이 인망이 두터운 인물이었기에 더더욱 그랬다.

침대 위에서 유키타니가 걱정스러운 눈으로 나쓰카와의 안색을 살폈다. 유키타니는 나쓰카와가 그 누구보다도 오비나타 경시를 흠모했음을 알고 있었다.

오비나타 경시가 순직했음을 알았을 때 나쓰카와는 이목에도 아랑곳하지 않고 울었다. 모두 자신의 책임이라면서.

좁은 병실에 공허한 침묵이 찾아왔다. 같은 병실을 쓰는 다른 환자는 검사를 받으러 나가서 없었다.

잠시 뒤에 나쓰카와가 목소리를 낮춘 채 말했다.

"이번 사건, 특히 마지막 상황에 납득할 수 없는 부분이 있더군. 어쩐지 뭔가 속고 있는 기분이야. 세 외인 경부의 동태도 그렇고."

유키타니는 조용히 듣고 있었다.

"나가사카관 지휘 차량 안에서 무슨 일이 있었던 모양이야. 스즈이시 주임의 상태가 이상했다고 기술반 시바타가 그러더군. 회의에서 설명은 해줬지만 중요한 부분은 얼버무렸어. 부장님은 우리한테 아직 무언가를 숨기고 있는 게 아닐까?"

"어둠이야."

유키타니가 불쑥 말했다.

"뭐?"

"네가 말해 줬잖아? 요전에 부장님께서 하신 말씀."

"중세가 어쩌고 하는 말?"

"그래. 그 사람들은 우리보다 훨씬 어둠과 가까운 곳에 있어. 이 세상 가장자리에서 늘 무시무시한 것들을 목도하고 있지. 의외로 부장님께서는 우리를 위해 그것들을 애써 감추려고 하는지도 몰라."

라드너 경부가 여동생을 죽인 과거를 이용해 드래군을 탈취하려 했던 작전. 자폭 테러. 킬리언 퀸의 폭살. IRF. 중국. 흑사회를 조종하는 적.

그리고 수지와, 위커맨. 산 제물을 인형처럼 생긴 우리에 가둔 채 불태워 죽이는 종교 의례. 고대의 미신과 현대의 모략이 뭐가 다르냐고 묻는다면 대답하기가 궁해진다.

모든 것이 암흑이었다.

나쓰카와가 무언가 말하려다가 말았다. 뭘 어떻게 말해야 좋을지 머릿속에서 도무지 정리가 되질 않았다. 체념하고 침대 위에 있는 동료를 쳐다봤다.

약이 들었는지 유키타니는 이미 눈을 감고 있었다.

"아이리시커피의 베이스는 바로 이거지."

대기실에서 스가타가 던피스 병을 꺼내 공용 탁자 위에 올려뒀다.

대기실은 물론, 청사 안으로 술이나 알코올류를 가지고 들어와서는 안 된다. 그러나 스가타는 요리용 와인처럼 소프트드링크에 첨가하는 용도로만 쓸 뿐이니 상관없다고 제멋대로 해석했다.

"옛날 아일랜드에서 수상 급유가 끝나기를 기다리는 비행정 승객을 위해서 만들어진 것이 시초라고 하는데, 뭐 유래는 아무래도 상관없지."

아이리시커피는 소프트드링크가 아니라 칵테일이라고, 유리는 마음속으로 정정했지만 너무나도 어처구니가 없어서 굳이 말하지 않았다. 아마 스가타는 이미 잘 알고 있으리라.

애당초 아일랜드 테러리스트와 생사를 건 싸움을 끝낸 뒤에 굳이 아이리시커피를 마시려고 하는 저 심정을 이해할 수가 없었다.

"베이스가 다르면 이름이 바뀌지. 예를 들어 코냑을 베이스로 하면 그건 아이리시커피라고 하지 않아. 로열커피지."

스가타는 요코하마 잡화점에서 사왔다는 잔 두 개를 병 옆에 나란히 올려뒀다.

유리는 팔걸이의자에 앉아 심드렁하게 쳐다봤다.

스가타는 서버에 담긴 커피를 두 잔에 균등하게 따랐다.

"물론 커피도 중요해. 커피가 저질이면 모든 게 다 허사야. 커피에 브라운 슈거와 던피스를 넣고 섞어. 그리고 마지막에 생크림을 올리면 끝."

완성된 아이리시커피 한 잔을 유리 앞에 내밀었다.

유리는 어쩔 수 없이 잔을 들고서 입에 댔다. 나쁘지 않았다. 적어도 예전에 억지로 권했던 캔 커피보다는 맛이 썩 괜찮았다.

"네 감이 맞아."

잔을 기울이며 스가타가 불쑥 말했다.

"내 계약서 자폭조항에는 부칙이 달려 있어. 자폭조항을 이행하지 않는 꽤씸한 기체는 내가 책임지고 파괴한다는 부칙. 네 감이 맞았어. 예상대로 전직 형사가 허명은 아니었군."

묻지 않고는 배길 수가 없었다.

"그렇다면 왜 쏘지 않았나?"

"밴시를? 그럴 필요가 없었으니까."

유리는 선선히 대답한 스가타의 표정을 유심히 관찰했다. 거짓말인지 아닌지. 모스크바 민경 시절에 붙은 습관이었다.

"자폭조항은 드래군이 탈취당하는 것을 막기 위한 조항이야. 라이저가 밴시에서 내리든 말든 적한테 밴시를 운송할 수단이 없는데 굳이 파괴할 필요가 어디 있나? 클라이언트인 경시청이 바라는 최선의 상황은 밴시를 무사히 확보하는 거야."

"……."

"게다가 적들보다 높은 고지를 확보했으니 당연히 지리적 이점을 살려 저격 태세를 취해야지. 인질 때문에 시인 선생을 쏠 수는 없었지만, 트럭과 둘라한은 손쉬운 표적이야. 스즈이시 주임과의 대화를 듣고 라이저가 무언가를 시도하리라 짐작했으니 타이밍에 맞춰 방아쇠만 당기면 됐지."

그때 상황을 머릿속으로 재현했다. ……스가타의 말대로였다.

"네가 지금 몸을 담고 있는 곳은 돌입반이지 수사반이 아냐. 특수작전을 더 공부하도록 해. 요즘에는 인터넷에서 매뉴얼도 판다고."

유리는 무표정하게 아이리시커피를 비운 뒤에 잔을 내려 뒀다.

"한 가지 물어보고 싶군."

"뭔데?"

"만약에 상황이 달랐다면······ 자폭조항을 이행하는 것 말고는 드래군이 탈취당하는 것을 막을 수단이 없는 상황에서 나나 라이저가 계약을 이행하지 않았다면 스가타, 넌 우리를 쏠 건가?"

자기 잔에 커피를 따르며 스가타가 지극히 간략하게 대답했다.

"쏜다."

그렇군······.

온몸에서 힘이 빠져나갔다. 흑과 백이 분명한 만큼 현실의 모호한 어둠 속에서 갈팡질팡하는 것보다는 편해 보였다.

그렇군. 날 쏘겠다······.

"나도 하나 묻고 싶은데."

커피 서버를 들고서 스가타가 고개를 들었다.

"뭔가?"

"한잔 더 하겠어?"

유리가 씁쓸해하며 대답했다.

"됐다."

근무를 끝내고 그날은 아침 9시에 청사를 나섰다.

연말이 가까워질수록 날씨가 점점 더 쌀쌀해졌다. 하지만 온종일 연구소에서 보내는 미도리는 계절이 어떻게 변하든 별로 관계가 없었다. 굳이 말하자면 기온, 기압, 습도, 풍향 등을 계산하는 드래군의 조준 시스템을 평소보다 더 유심히 조정하는 정도였다.

킬리언 퀸이 사망해서 비상 태세는 일단락되었다. 하지만 기술반의 업무는 이제부터였다. 피어볼그는 비교적 손상이 적었지만, 바게스트와 밴시를 수리하는 데 예상보다 시간이 더 걸릴 것 같았다. 특히 밴시는 상당한 피해를 입었다. 온몸에 NSV중기관총의 12.7×108mm탄을 맞아 외부장갑이 여러 장이 떨어져 나갔을 뿐만 아니라 한계까지 기체를 운용했다. 기체가 마지막까지 가동되었다는 사실이 믿겨지지 않았다. 순백색 장갑은 초연과 무수한 흠집 때문에 잿빛으로 바뀌었다. 밴시야말로 '재투성이 공주 신데렐라'라고 호소하는 것처럼.

바람도 없이 화창한 아침이었다. 밤을 새워 얼굴이 상기돼서인지 그다지 춥지 않았다. 오랫동안 작업에 집중해서인지 어깨와 등이 뻣뻣했다. 고코쿠지에 있는 자택에 돌아가고자 평소처럼 신키바역으로 걸어가던 미도리는 이 근방을 잠시 산책하고 싶어졌다. 걸으면서 생각하고 싶은 것이 있었다. 연구소나 청사 안에서는 정리할 수 없는 생각이었다. 줄곧 매듭짓지 못한 채 남겨 뒀었다. 안 그래도 요즘에 운동이 부족했는데 마침 잘 됐다.

수도고속도로 완간선과 완간도로 고가교 아래를 지나 유메노시마 공원으로 향했다.

보행자 전용로를 걸으며 생각했다. ……자폭조항에 대해.

역시 긍정할 수 없었다. 생각하면 할수록 그렇다. 자폭장치의 존재는 소극적으로 긍정하지 못할 것도 없다. 핵병기와 마찬가지로 그것은 억지력으로 쓰일 테니까. 사용하지 않는 것이 대전제다. 아무리 기밀이라고 해도 개인에게 자폭할 의무를 지우는 계약 따윈 있어서는 안 된다. 그것은 오키쓰가 말했던 '적'과 마찬가지로 어둠으로 이어지는 발상이다.

오키쓰 부장은 범죄와 싸우고, 또한 '적'과 싸우고 있다. 자신은 그것에 찬동했다. 테러 피해자의 한 사람으로서 모든 범죄를 근절시키는 데 온힘을 다하고 싶었다.

오키쓰 준이치로라는 인물은 지휘관으로서 능력이 탁월하다. 지난 사건에서 대국자인 킬리언 퀸의 수를 미리 읽어낸 것으로 보아 명백하다. 그 능력에 진심으로 탄복했다.

그러나 오키쓰는 세 사람과 자폭조항이 담긴 계약을 맺었다. 그는 진정 결백한 인간은 아니다. 이런 상관을 과연 신뢰해도 될까? 미도리는 마음이 흔들리고 있음을 자각했다.

세 계약자에게는 각자 계약을 할 수밖에 없는 이유가 있었으리라. 그렇다고 해도 그것을 이용해도 좋다는 뜻은 아니다. 사람의 약점을 이용해 계약을 강요하는 것은, 그래, 악마다.

동시에 미도리는 생각했다. '악마'가 되지 않으면 도저히 '시인'을 이길 수 없었다. 그리고 악마의 수족이 되어 정신없이 드래군을 수리하는 자신은 대체 무엇인가?

또 생각했다. 라이저 라드너 경부. 이 사람이 왜 계약을 맺었는지 이유는 알았다. 여동생 살인. 인과응보라고밖에 할 수 없는 무서운 죄였다. 자신의 상상을 뛰어넘었다.

그때 자신은 통신이 회복된 밴시를 향해 정신없이 외쳤다. 그

때 했던 발언에 거짓은 전혀 없었다. 자신은 죽을 때까지 그 사람을 용서할 수 없다. 그리고 밴시의 잠재력을 백 퍼센트 이상 발휘할 수 있는 건 그 사람뿐이다. 하지만 그때 자신을 움직이게 한 충동은······.

그때 이후로 라드너 경부와는 한 마디도 말을 섞지 않았다. 평소에도 그래 왔으니 딱히 이상하다고는 생각하지 않았다. 정비하면서 탑승자와 의논을 하는 때도 있으나 밴시는 아직 그 단계까지는 수리가 되지 않았다.

회의에서 본 라드너 경부 역시 예전과 달라진 것이 없었다. 여동생을 살해한 과거가 모두에게 알려졌는데도 전혀 개의치 않는 듯했다. 그녀의 정신 세계를 미도리는 역시 이해할 수 없었다.

유메노시마 경기장 옆을 지나 왼쪽에 펼쳐진 운하를 바라보며 걸었다. 수면에 비친 겨울 햇빛이 부드러워서 기분 좋았다. 듬성듬성 난 잔디를 밟으며 걷고 있었을 때 저 앞에 있는 벤치에 누군가가 앉아 있음을 깨달았다.

라드너 경부였다.

무심코 발걸음을 멈췄다. 잎이 완전히 떨어진 벚꽃나무 사이에서 그녀를 엿봤다.

그녀는 평소처럼 가죽 재킷을 걸치고 있었다. 무언가를 집중하여 읽고 있었다. 책이다. 경부가 책을 읽고 있었다. 미도리는 예전에 청사 2층 로비에서 독서를 하던 자신의 얼굴을 경부가 들여다봤던 기억이 떠올랐다. 그때와 입장이 정반대였다.

라드너 경부가 책을 읽는 것 자체가 몹시도 기묘했다. 더욱 기묘한 것은 경부의 표정이었다. 지금까지 본 적이 없었던 것 같은 얼굴이었다. 다른 사람인 줄 착각할 정도였다.

　뭘 읽고 있지?

　익숙한 장정을 보고 무슨 책인지 알아차린 미도리는 왔던 길을 슬그머니 되짚었다.

　뭐라고 말을 걸어야할지 모르겠다. 상대에게도, 자신에게도. 너무나도 당혹스러워서 그곳을 떠날 수밖에 없었다.

　『차창』이다. 왜 경부가…….

　라드너 경부가 아버지의 저서를 읽고 있었다. 저토록 평온한 얼굴로.

〈끝〉

옮긴이 | 박춘상

1987년 서울에서 태어나 한성대학교를 졸업했다. 마음에 깊이 남는 일본 소설을 소개하기 위해 노력하고 있다. 옮긴 책으로는 모리 히로시의 『모든 것이 F가 된다』, 『웃지 않는 수학자』, 『환혹의 죽음과 용도』, 『여름의 레플리카』, 『수기 모형』을 비롯하여 『사쿠라코 씨의 발밑에는 시체가 묻혀 있다』, 『날개 달린 어둠』, 『허구추리 강철인간 나나세』, 『에콜 드 파리 살인사건』, 『뒷골목 테아트로』, 『악당』, 『일곱 바다를 비추는 별』, 『법정의 마녀』등이 있다.

자폭조항 기룡경찰2

1판 1쇄 찍음 2018년 12월 20일
1판 1쇄 펴냄 2018년 12월 27일

지은이 | 쓰키무라 료에
옮긴이 | 박춘상
발행인 | 박근섭
편집인 | 김준혁
책임편집 | 장은진
펴낸곳 | 황금가지

출판등록 | 2009. 10. 8 (제2009-000273호)
주소 | 06027 서울 강남구 도산대로 1길 62 강남출판문화센터 5층
전화 | 영업부 515-2000 편집부 3446-8774 팩시밀리 515-2007
홈페이지 | www.goldenbough.co.kr

도서 파본 등의 이유로 반송이 필요할 경우에는 구매처에서 교환하시고
출판사 교환이 필요할 경우에는 아래 주소로 반송 사유를 적어 도서와 함께 보내주세요.
06027 서울 강남구 도산대로 1길 62 강남출판문화센터 6층 민음인 마케팅부

한국어판 ⓒ ㈜민음인, 2018. Printed in Seoul, Korea

ISBN 979-11-5888-481-9 03830

㈜민음인은 민음사 출판 그룹의 자회사입니다.
황금가지는 ㈜민음인의 픽션 전문 출간 브랜드입니다.